Clarissa
Im Herzen die Wildnis

Christopher Ross

Clarissa

Im Herzen die Wildnis

Alaska-Saga 1

Roman

Weltbild

Besuchen Sie uns im Internet:
www.weltbild.de

Projektleitung: usb bücherbüro, Friedberg/Bay
Redaktion: Ingola Lammers, Mannheim
Umschlaggestaltung: zeichenpool, München
Umschlagmotiv: www.shutterstock.com
(© Aleshyn_Andrei; Brykaylo Yuriy; kochanowski;
Vibrant Image Studio; Lagui; Meaning; Hintau Aliaksei)
Satz: Catherine Avak, München
Druck und Bindung: GGP Media GmbH, Pößneck
Printed in the EU
ISBN 978-3-86365-047-6

2015 2014 2013
Die letzte Jahreszahl gibt die aktuelle Ausgabe an.

1

Clarissa Howe hatte sich daran gewöhnt, dass ihr die meisten Männer nachstarrten. Obwohl sie zu wenig verdiente, um sich nach der neuesten Mode zu kleiden, und sie sich keine extravaganten Hüte wie die reichen Ladys aus dem West End leisten konnte, waren selbst vornehme Gentlemen so sehr von ihrem Aussehen angetan, dass sie ihr freundlich zunickten und ein wohlwollendes Lächeln schenkten. Einfache Fischer und Handwerker gaben sich etwas dreister, sie ließen sich schon mal zu einer kühnen Bemerkung hinreißen, und wenn sie ihren Vater vom Hafen abholte, ging immer ein anerkennendes Raunen durch die Menge. Einer hatte ihr mal einen Heiratsantrag auf offener Straße gemacht, ohne dass er jemals mit ihr ausgegangen war.

Warum die Männer sie bewunderten, wusste sie nicht. Wie oft hatte sie vor dem Spiegel in ihrem Zimmer gestanden und sich prüfend betrachtet, während sie mit den flachen Händen die Konturen ihrer schlanken Gestalt nachfuhr, als könnte sie so die Geheimnisse ihres Körpers ergründen. Ihr Gesicht war schmal, die Augen dunkel, die Haare so schwarz, dass sie für eine Indianerin durchgegangen wäre, hätte ihre Haut nicht so hell und weiß geschimmert. Auch an diesem Morgen waren ihre Haare zu locker gebunden. Es würde ihr wohl niemals gelingen, ihre Haare so streng zu frisieren wie damals ihre Mutter. Ständig hingen ihr ein paar vorwitzige Strähnen ins Gesicht. Sie hatte sich angewöhnt, sie aus dem Gesicht zu pusten, so wie sie es als kleines Mädchen getan hatte, eine scheinbar harmlose Geste, die jedoch ebenfalls bei Männern ankam, wie sie zu ihrer Verwunderung festgestellt hatte.

»So sind die Männer nun mal«, hatte ihre Mutter gesagt, »selbst dein Vater dreht sich nach jedem Weiberrock um!« Aber das war keine Erklärung. Eine ihrer Freundinnen beklagte sich heute noch darüber, dass ihr die Männer keine Beachtung schenkten, obwohl Clarissa nichts Abstoßendes an ihr entdecken konnte. »Du bist anders«, hatte die Freundin erklärt, »du bewegst dich so … aufreizend«, und sie hatte lachend geantwortet: »Das liegt daran, weil ich so oft bei meinem Vater auf dem Fischerboot war und ständig denke, ich würde das Gleichgewicht verlieren.« Das schönste Kompliment hatte ihr ein studierter junger Mann aus Seattle gemacht: »In Ihren Augen leuchten kleine Sterne! Wussten Sie das, Miss? Wie bei einer Fee aus dem Märchen!« Leider war er nach der zweiten Verabredung abgereist, wohl auch deswegen, weil seine Eltern nicht wollten, dass er sich mit der Tochter eines Fischers traf.

Normalerweise reagierte Clarissa nicht mehr auf die bewundernden Blicke der Männer. Die Gefahr, sich dabei lächerlich zu machen, war zu groß. Doch als an diesem Morgen eine Kutsche an ihr vorbeifuhr und sich ein vornehmer Gentleman weit aus dem Fenster beugte und sie anstarrte, blieb sie stehen und wunderte sich einmal mehr, wie sehr sich manche Gentlemen aus der Oberschicht für sie interessierten. Er nahm sogar seinen Zylinder ab und grüßte sie wie eine Dame, deren Bekanntschaft er gerne gemacht hätte. Neben ihm erkannte sie die Umrisse einer vornehmen Lady. Sie glaubte wohl, dass er eine Bekannte grüßte, und sah sein verräterisches Lächeln nicht.

Clarissa blieb reglos stehen und war froh, als die Kutsche in einer Seitenstraße verschwand. Zu aufdringlich und auch zu abschätzend hatte sie der Fremde gemustert, als wollte er sie mit seinen Blicken ausziehen. In seinen Augen hatte sie jenen Hochmut erkannt, den sie oft bei Gentlemen der Oberschicht beobachtete; die Annahme, sie könnten sich bei einfachen Frauen alles erlauben und das ausleben, was ihnen die feinen Damen der Gesellschaft nicht gestatteten. Als könnte man sie mit einem Lächeln kaufen.

Sie verdrängte die Gedanken an den Gentleman und ging langsam weiter. Auch an diesem Sonntag schlenderte sie an der English Bay entlang, dem weiten Strand im Westen von Vancouver, der im Sommer vor lauter Sonnenhungrigen kaum zu sehen war und jetzt im Spätherbst einsam und verlassen unter dem grauen Himmel lag. Ihr langer Mantel und der Hut schützten sie gegen den kühlen Wind, der über die Bucht hereinkam und sich zwischen den Häusern im West End verfing. Am Strand säumten schmale Holzhäuser mit steilen Giebeldächern die Beach Avenue, ein paar Blocks weiter ragten die herrschaftlichen Villen der Reichen empor. Die wohlhabenden Familien waren noch vor der Eisenbahn gekommen und hatten sich die besten Grundstücke gesichert. Auch sie wohnte in einer dieser Villen, allerdings nur in der winzigen Dachkammer, die dem Dienstmädchen zur Verfügung gestellt wurde.

Mit dem Wind wehten einige Regentropfen über die Straße. Die düsteren Wolken hingen so tief, dass sie beinahe die Fichten am Strand und im nahen Stanley Park berührten. Kein Wetter zum Spazierengehen, schon gar nicht für eine alleinstehende Dame ohne Begleitung, aber ein Ritual, auf das Clarissa um keinen Preis verzichten wollte. An jedem freien Tag lief sie über die Beach Avenue am Strand entlang, auf dem Küstenweg im Stanley Park, der sich wie eine undurchdringliche Wildnis im Nordwesten der Halbinsel ausbreitete. Dort begegnete sie nur selten Spaziergängern oder Wanderern, höchstens mal einer Squamish-Familie beim Angeln oder Beerenpflücken. Angeblich wohnten noch mehrere Indianerfamilien in verstreuten Dörfern auf der Halbinsel.

Im Schatten einiger Douglasfichten, die neben dem Weg in die

Höhe ragten, blieb sie stehen. Sie trat nah an einen der mächtigen Bäume heran und ließ ihre flache Hand über die Inschrift gleiten, die sie selbst mit einem Messer in die Rinde geritzt hatte: *Arthur Howe, August 24, 1892* und *Charlotte Howe, March 3, 1893.* Neben beide Daten hatte sie ein Kreuz geritzt. Drei Jahre war es nun schon her, seit ihr Vater in einem heftigen Sturm über Bord gegangen und ertrunken war. Sie hatten seine Leiche nie gefunden. Nur ein halbes Jahr später war ihre Mutter ins Wasser gegangen und in den Tod geschwommen. Aus Kummer, wie sie in einem Brief gestanden hatte. Auch nach ihrer Leiche hatte man vergeblich gesucht. Im Meer hatten sie die letzte Ruhe gefunden. Es gab keine Gräber, keine Grabsteine, nur die geritzten Namen und Daten in der Baumrinde, und selbst die waren kaum noch zu erkennen.

Clarissa trat ans flache Ufer, bis sie mit ihren Schuhen beinahe im Wasser stand, und blickte aufs Meer hinaus. Düstere Nebelschwaden hingen über der Bucht. Die Luft roch nach Salz und Tang und verfaultem Holz, und der kalte Sprühregen erinnerte sie an den nahenden Winter. Nur noch wenige Wochen, vielleicht auch nur Tage, trennten sie von der kalten Jahreszeit. In Vancouver waren die Winter verhältnismäßig mild, doch schon in den Ausläufern der Berge, wo ihr Onkel seine Farm hatte, trieb er eisige Schneestürme über das Land, und in den Coast Mountains weiter nördlich lag der Schnee so hoch, dass man nur mit dem Hundeschlitten oder auf Schneeschuhen vorwärtskam.

Auf dem Meer waren die Umrisse eines Fischerbootes zu sehen. Ein Kutter, der wahrscheinlich nur Kabeljau und Heringe in seinen Netzen hatte. Um diese Zeit gab es nicht viel zu holen in diesen Breiten, das wusste sie aus eigener Erfahrung. Oft waren sie mit leeren Netzen nach Hause gekommen, wenn sie im Spätherbst rausgefahren waren. Sie war häufig dabei gewesen, wenn sie im Sommer für ihre Eltern und im Winter als Haushälterin oder Köchin gearbeitet hatte, meist zusammen mit ihrer Mutter, die ebenfalls arbeiten gehen musste, weil sonst das Geld nicht gereicht hätte. Nach ihrem Tod hatte sie das verschuldete Boot bezahlt und ihren restlichen Besitz verkauft und keine fünfzig Dollar dafür bekommen. Das Geld lag in einem Beutel unter ihren Kleidern.

Ihr Vater hatte seinen Beruf so manches Mal verflucht, auf das stürmische Wetter vor Vancouver Island und die niedrigen Fangquoten geschimpft und die chinesischen Einwanderer dafür verantwortlich gemacht, dass ihre Netze immer leichter wurden und sie kaum noch über die Runden kamen, obwohl keiner der Chinesen als Fischer arbeitete. Die meisten Asiaten hatten beim Bau der Canadian Pacific geholfen und arbeiteten jetzt in Fabriken oder Wäschereien. Doch das Meer hatte ihn auf magische Weise angezogen. »Das Meer ist mein Leben«, hatte er gesagt und wohl schon gewusst, dass es auch einmal sein Tod sein würde. Clarissa konnte sich noch gut an den Jahrhundertsturm erinnern, wie er heulend und fauchend über die Bucht gebraust war und ihre Mutter und sie gemeinsam am Fenster standen und auf das schäumende Meer hinausgeblickt hatten. Schon damals war ihnen klar gewesen, dass er nicht wieder nach Hause zurückkehren würde. Seine eigene Schuld, wie sie zugeben musste, weil er trotz aller Warnungen hinausgefahren war. »Du bleibst bei der Mutter«, hatte er zu ihr gesagt, »ich schaff das schon.«

Sieben Monate später, nachdem sie vergeblich versucht hatte, einen entfernten Verwandten für die Fischerei zu begeistern, war ihre Mutter dem Vater ins Meer gefolgt. Clarissa war unterwegs gewesen und hatte nach ihrer Rückkehr mit anderen Fischern stundenlang nach ihr gesucht. Sie hatten sie nicht gefunden. Vielleicht war es besser so, und sie war jetzt wieder mit ihrem Mann vereint, so wie der Mann und die Frau in der Indianerlegende, die beide ertranken und als Wale wiedergeboren wurden. Die Vorstellung, dass ihre Eltern zu Walen geworden sein könnten, beruhigte sie seltsamerweise.

Wie jedes Mal, wenn sie um ihre Eltern trauerte, sprach sie ein kurzes Gebet und beendete es mit den Worten »Gott schütze euch!«. Der Wind antwortete mit einem leisen Seufzen, als hätte er sie verstanden. Sie wandte sich ab und kehrte langsam zum Haus zurück. Seit dem Tod ihrer Mutter arbeitete sie als Dienstmädchen für eine wohlhabende Familie, die ihren Reichtum wie die meisten Familien im West End mit der Eisenbahn verdient hatte. Thomas Whittler war einer der führenden Manager der Canadian Pacific und hatte schon früh gewusst, dann man den Endpunkt der Transatlantik-Eisenbahn nicht nach Port Moody, sondern an die Küste legen und dort eine neue Stadt gründen würde. Noch bevor Vancouver vor neun Jahren auf der Landkarte erschienen war, hatte er sich mehrere wertvolle Grundstücke gesichert. Seine Frau Louise und er besaßen mehr Geld als Königin Victoria im fernen England, behaupteten manche.

Die Whittlers wohnten in einer zweistöckigen Villa in der Broughton Street. Zwei Giebeldächer erweckten den Eindruck, als hätte man zwei Häuser ineinandergebaut und so verschachtelt, dass sie noch größer und eindrucksvoller wirkten. Eine kiesbedeckte Auffahrt führte durch den gepflegten Garten zum Haus, dessen Wände bis zum ersten Stock türkisfarben und im zweiten Stock unter einem der beiden Dächer blassgelb gestrichen waren. Eine breite Veranda, von schlanken Säulen und einem kunstvoll gedrechselten Holzzaun umgeben, zog sich auf der Vorder- und der Südseite um das Erdgeschoss. Unter einem kleinen Giebeldach führte eine Treppe zum Eingang.

Clarissa ging durch den Dienstboteneingang auf der Rückseite und stieg die steile Treppe zu ihrem Zimmer unter dem Dach empor. Es war kaum größer als die Abstellkammer zwei Türen weiter und lag neben der ebenfalls winzigen Kammer der Köchin, die nachts laut schnarchte und ihr schon manches Mal den Schlaf geraubt hatte. Viel machte es nicht her. Das einfache Bett ließ gerade mal Platz für den Schrank, in dem ihre gesamte Habe untergebracht war, und einen kleinen Tisch mit Stuhl. Auf dem Tisch stand eine Öllampe, elektrisches Licht gab es nur im Erdgeschoss und im ersten Stock.

Im Mantel, weil es unter dem Dach auch keinen Ofen gab und sich die Wärme, die vom Kamin, der direkt neben ihrem Zimmer zum Dach führte, nur langsam in ihrem Zimmer ausbreitete, trat sie ans Fenster. Aus dem leichten Nieseln war stetiger Regen geworden, der gegen das Fenster und in unregelmäßigem Rhythmus auf das Giebeldach schlug. Das Meer sah sie kaum und erkannte die Bäume im Stanley Park nur als dunkle Schatten. Bei schönem Wetter konnte sie, wenn sie ihr Fenster öffnete und sich weit hinausbeugte, sogar die schneebedeckten Gipfel der Coast Mountains sehen, ein Anblick, der sie immer wieder begeisterte und eine unerklärliche Sehnsucht in ihr weckte: Vancouver hinter sich zu lassen und nach Norden in die Wildnis zu ziehen, fernab des großstädtischen Trubels und weit entfernt von reichen Familien wie den Whittlers, die ihren einzigen Lebensinhalt darin sahen, Reichtum anzuhäufen und Gesellschaften für andere Reiche zu geben.

Sobald sie genug Geld gespart hatte, würde sie kündigen und einen Neuanfang wagen. Ob sie es wagte, in die Wildnis zu gehen und in einem dieser winzigen Dörfer abseits der befahrenen Wagenstraßen zu leben, wusste sie noch nicht. Eine Zeitlang hatte sie daran gedacht, zu ihrem Onkel zu ziehen und ihm auf der Farm zu helfen. Als Kind war sie einige Male bei ihm gewesen, hatte ihm bei der Ernte geholfen und jede freie Minute damit verbracht, auf Morning Star über die Hügel zu reiten. »Morning Star« war der etwas hochtrabende Name des stämmigen Wagenpferdes, auf dem sie reiten gelernt hatte. Doch die Wildnis jenseits der geschäftigen Siedlungen am Schienenstrang lockte sie noch stärker, vielleicht weil sie das genaue Gegenteil von dem Meer war, das sie bis zu ihrem Lebensende an den tragischen Tod ihrer Eltern erinnern würde, ihr aber gleichzeitig die Hoffnung vermittelte, sich dort ebenso frei und ungebunden fühlen zu können wie fernab der Küste.

Sie zog langsam ihren Mantel aus und warf ihn aufs Bett. Nach dem Essen, das sie auch an ihren freien Tagen in der Küche bekam, würde sie sich aufs Bett legen und den Nachmittag mit einem guten Buch verbringen. Anders als ihre Eltern, die selten gelesen hatten, tauchte sie gern in fremde Welten ein, etwa in das neue Tom-Sawyer-Buch von Mark Twain, das auf ihrem Kissen lag. Bücher waren der einzige Luxus, den sie sich leistete, sehr zur Verwunderung von Louise Whittler, die anscheinend an ungebildete Dienstmädchen gewöhnt war. Ihre Vorgängerin war eine Indianerin gewesen, die weder lesen noch schreiben konnte. An Weihnachten hatte Mrs Whittler ihr sogar ein Buch geschenkt, eines aus dem eigenen Bücherschrank natürlich, denn unnütze Geldausgaben waren den Whittlers ein Gräuel. Sie waren geizig, eine Eigenschaft, die sie bei vielen reichen Leuten beobachtet hatte.

Von der Straße drang Hufgeklapper herauf. Sie trat erneut ans Fenster und beobachtete, wie eine Kutsche vor dem Haus hielt, und ein Gentleman mit seiner Begleiterin ausstieg. Der Mann mit dem Zylinder, der ihr auf der Beach Avenue hinterhergestarrt hatte! Sie erkannte ihn an seinem hageren Gesicht und seinem spöttischen Lächeln und zuckte unwillkürlich zurück, als er seinen Zylinder abnahm und seine Begleiterin zur Treppe führte. Er sagte etwas, das sie nicht verstand, und sprach anscheinend mit der dicken Köchin, die sie an ihrem freien Tag als Dienstmädchen vertrat. Seine hochmütige Miene ließ vermuten, dass er sie zurechtgewiesen hatte. Das Gesicht der blonden Lady, die mit ihm gekommen war, war unter einem breitkrempigen Hut verborgen.

Clarissa nahm ihren Hut ab und setzte sich aufs Bett. Der Gedanke, dass der aufdringliche Gentleman länger bleiben könnte, beunruhigte sie. Sie verspürte keine Lust, sich noch einmal sein spöttisches Lächeln gefallen lassen zu müssen. Und es war nicht nur dieses Lächeln und die Art, wie er sie angesehen und mit seinen Blicken verschlungen hatte. Von ihm war etwas Bedrohliches ausgegangen, als hätte er geschworen, ihr so lange nachzustellen, bis sie sich ihm hingab, ungeachtet der blonden Lady an seiner Seite und ungeachtet ihrer Weigerung, sein Lächeln und Winken zu erwidern.

Ein abwegiger Gedanke, wie sie zugeben musste, und doch nicht aus der Welt, hörte man doch immer wieder von Gentlemen seines Schlages, dass sie sich bei Abhängigen das holten, was sie bei ihren Ehefrauen oder Verlobten nicht bekamen. Erst vor ein paar Wochen war das Gerücht umgegangen, der Juniorchef einer Gießerei hätte eine Fabrikarbeiterin vergewaltigt und dabei so stark verletzt, dass sie keine Kinder mehr bekommen konnte. Die Arbeiterin wusste natürlich, dass es vollkommen sinnlos war, einen Mann wie ihn zu verklagen, und hatte die Stadt mit unbekanntem Ziel verlassen.

Über die Treppe näherten sich Schritte. Es klopfte, die Tür ging auf, und die Köchin streckte ihren Kopf ins Zimmer. »Gut, dass du hier bist, Clarissa«, sagte sie. »Die Herrin schickt mich. Es wäre unerwarteter Besuch gekommen, und du solltest heute Dienst machen. Ihr Sohn ist aus Toronto zurückgekehrt. Frank Whittler und seine Verlobte. Keine Ahnung, wie sie heißt.« Sie senkte ihre Stimme und blickte sich um, bevor sie fortfuhr: »Ein widerlicher Geselle, wenn du mich fragst, und seine Verlobte ist nicht viel besser. Ich soll ihr um Punkt drei den Tee servieren, nicht um vier, sondern um drei, das sei sie von zu Hause gewöhnt.« Sie verdrehte die Augen. »Kommst du? Sie warten auf dich. Die Herrin möchte dich in spätestens zehn Minuten im Salon sehen.«

»Frank Whittler?« Clarissa war bereits am Schrank und zog ihre Dienstmädchen-Uniform heraus, den schwarzen Rock, die weiße Bluse und die weiße Haube. »Ich dachte, der wollte in Toronto eine Anwaltskanzlei eröffnen.«

Die Köchin blickte sich erneut um. »Hat anscheinend nicht geklappt. Soviel ich gerade mitbekommen habe, will er bei seinem Vater einsteigen.«

»Und seine Verlobte?« Clarissa schlüpfte aus ihren Kleidern.

»Spielt die Madame. Du kennst doch den Typ.«

»Betsy!«, schallte es von unten herauf. »Wo bleibst du denn?«

»Ich bin schon unterwegs, Madame!«, rief die Köchin. Sie zog die Tür zu und lief nach unten. Unter jedem ihrer schweren Schritte knarrten die Stufen.

Clarissa hatte bereits ihre Uniform angezogen, band vor dem Spiegel über der Kommode ihre Haare neu und steckte die Haube mit zwei Klammern fest. Sie pustete eine Strähne von ihrem linken Auge und strich sie mit angefeuchteten Fingern nach hinten. Ihr Gesicht war noch vom Spaziergang gerötet.

Mit einem Seufzer wandte sie sich vom Spiegel ab und folgte der Köchin nach unten. Die Tür zum Salon stand offen und gab den Blick auf Frank Whittler und seinen Vater frei, einen stattlichen Mann mit schlohweißem Vollbart. »Lass mir noch ein wenig Zeit«, sagte Frank, »ich muss mich erst einmal an diese Stadt gewöhnen und möchte mit Catherine noch ein paar Wochen Urlaub genießen, bevor ich zu arbeiten anfange. Die Jahre in Toronto waren sehr hart.« Er blickte sich zu seiner Verlobten um, die von der Treppe nicht zu sehen war. »Nicht wahr, Schatz? Das haben wir uns verdient.«

»Meinetwegen«, antwortete Thomas Whittler, »aber zu viel Zeit sollten wir nicht verstreichen lassen. Wir haben eine neue Nebenstrecke in Planung, und jemand muss sich um die Grundstücke am Fraser River kümmern.« Er kaute auf einer kalten Zigarre. »Und ihr beide meint es wirklich ernst? Dann sollten wir für nächsten Samstag einen Empfang planen, auf dem wir eure Verlobung offiziell bekannt geben. Ihr müsst unbedingt den Bürgermeister kennenlernen.« Er blickte die Lady an. »Ihr Vater ist Manager der Southern Ontario?«

Clarissa hatte den Flur erreicht und sah Louise aus einem der anderen Zimmer kommen. »Da sind Sie ja endlich, Clarissa!«, begrüßte die Frau des Managers sie ungeduldig. »Unser Sohn und seine Verlobte sind überraschend aus Toronto zurückgekommen. Bringen Sie uns Champagner, den guten französischen, und vier Gläser und decken Sie den Tisch fürs Mittagessen, ja?«

»Sehr wohl, Madame«, antwortete sie.

2

Sie schloss für einen Moment die Augen und holte tief Luft, bevor sie eine Flasche französischen Champagner und vier Gläser auf einem Servierwagen in den Salon schob. Auch ohne Frank Whittler anzublicken, glaubte sie zu spüren, wie er sie neugierig musterte und mit einem frechen Grinsen bedachte, als er sie erkannte. »Der Champagner, die Herrschaften«, verkündete sie.

Thomas Whittler nahm ihr die Flasche ab. »Danke, Clarissa, ich mach das schon. Sagen Sie der Köchin, dass wir in einer Stunde zu speisen wünschen.«

»Sehr wohl, Sir.« Sie verbeugte sich höflich.

»Habe ich dich vorhin nicht am Strand gesehen?«, fragte Frank.

War es ihr bisher noch gelungen, seinen Blicken auszuweichen, blieb ihr bei seinen Worten gar nichts anderes mehr übrig, als den Kopf zu heben und ihm in die Augen zu sehen. Er gehörte zu den wenigen Menschen, die nur mit dem Mund lächelten, und seine Augen wirkten eher kalt und berechnend, wie bei einer Raubkatze, die eines ihrer möglichen Opfer betrachtet. Seine Gesichtszüge waren kantig und auf gewisse Weise attraktiv, zumindest für junge Frauen wie seine Verlobte, denen es nicht gelang, hinter seine Fassade zu blicken. Clarissa wurde schon zu lange von Männern umgarnt, um sich von ihm täuschen zu lassen. Gentlemen seiner Sorte kannten keine echten Gefühle.

Gegen ihren Willen errötete sie. »Gut möglich, Sir. Ich war an der English Bay und im Stanley Park spazieren. Dort bin ich gern an meinem freien Tag.«

»Ist es denn nicht gefährlich für eine junge und hübsche Frau wie dich, sich dort aufzuhalten? Ich habe gehört, der Stanley Park ist immer noch Wildnis, und man könnte sich dort leicht verirren. Es soll sogar Indianer geben.«

»Ich habe keine Angst vor Indianern, Sir.«

»Und vor aufdringlichen Männern?« Es bereitete ihm anscheinend Spaß, sie auf diese Weise in die Enge zu treiben. »Hier treiben sich doch sicher eine ganze Reihe von rauen Burschen herum, die sich nicht zu benehmen wissen.«

»Nicht nur raue Burschen, Sir«, konterte sie. »Oft sind es die unscheinbaren Männer, die einem den größten Ärger bereiten. Ich komme zurecht, Sir.«

»Danke, Clarissa«, brach Thomas Whittler die Unterhaltung ab.

Clarissa deutete einen Knicks an und verließ den Raum. Erleichtert kehrte sie in die Küche zurück. Sie goss sich ein Glas von der Limonade ein, die Betsy auf dem Küchentisch stehen hatte, und nahm einen großen Schluck.

»Sag ich doch, er ist ein Ekel!«, bemerkte die Köchin. Sie stand vor dem neuen Gasherd und rührte in dem Muscheleintopf, den es zum Lunch geben würde. »Genau der Typ, vor dem ich mich in Acht nehmen würde, wenn ich so jung wie du und zwanzig Pfund leichter wäre. Sieh dich vor, Clarissa!«

»Keine Angst! Den lasse ich keine zwei Schritte an mich ran.«

»Sieh dich trotzdem vor.« Betsy sah vom Kochtopf auf. Die Lachfältchen um ihren Mund waren verschwunden. »Bei der letzten Familie, für die ich gekocht habe, gab es auch einen wie Frank, der machte sich in der Hochzeitsnacht an ein junges Dienstmädchen ran. Und weißt du, was passiert ist?«

»Sie wurde gefeuert?«

»Schlimmer. Sie jagten die Arme mit Schimpf und Schande davon und drohten ihr sogar mit der Polizei. Angeblich hatte sie dem Sohn im Flur aufgelauert und versucht, ihn in ihre Kammer zu locken. Den Lohn, der ihr noch zugestanden hätte, behielten sie zurück. Ich weiß, ich hätte mich für die Kleine einsetzen sollen, aber das hätte ihr auch nichts genützt. Und mich hätten sie genauso gefeuert und behauptet, wir würden unter einer Decke stecken.«

»Ich schiebe jeden Abend den Riegel vor, Betsy.«

»Das will ich doch hoffen.« Ihr Mund verzog sich zu einem entschlossenen Lächeln. »Und wenn doch etwas passiert, schreist du laut um Hilfe, dann komm ich mit der Bratpfanne hoch und zeige dem Mistkerl, wie er sich zu benehmen hat!«

Clarissa lachte. »Mach ich, Betsy.«

Doch ganz so leicht, wie es den Anschein hatte, nahm sie die Gefahr nicht. So sehr sie sich auch einredete, Frank Whittler wäre lediglich ein Angeber, der einer einfachen Frau wie ihr imponieren wollte, musste sie im Lauf der Woche erkennen, dass er doch mehr im Schilde führte. Bei jeder Gelegenheit, wenn sie das Essen oder den Tee servierte oder er ihr beim Saubermachen oder auf der Treppe begegnete, musste sie sich sein unverschämten Grinsen gefallen lassen, und einmal im Flur spürte sie sogar seine Hand an ihrer Hüfte. Als sie erschrocken herumfuhr und ihn vorwurfsvoll anblickte, lachte er.

Wie ernst die Lage wirklich war, erkannte sie jedoch erst einen Tag vor dem Empfang, der zu Ehren seiner Rückkehr und seiner Verlobung stattfinden sollte. Sie war gerade dabei, die Fenster im ersten Stock zu putzen, als er unbemerkt hinter ihr auftauchte und seine Arme um ihren Körper legte. »Nun?«, hörte sie ihn sagen. »Darauf wartest du doch die ganze Zeit, oder?«

Sie erstarrte mitten in der Bewegung, den Putzlappen in einer Hand.

»Ich weiß, dass du darauf wartest, Schätzchen. Oder glaubst du, ich hätte deine feurigen Blicke nicht bemerkt? Die ganze Woche machst du mir schon schöne Augen.« Seine rechte Hand wanderte an ihrem Bein hinab. »Weißt du eigentlich, wie hübsch du bist? Wäre doch schade, wenn eine Frau wie du verblühen würde, ohne jemals von einem richtigen Mann geliebt zu werden.«

Sie versuchte vergeblich, sich aus seiner Umklammerung zu befreien. »Lassen Sie mich los!«, fauchte sie ihn an. »Sie sollen mich loslassen, haben Sie nicht gehört? Wenn Sie nicht sofort aufhören, schreie ich laut um Hilfe!«

»Mein Vater ist im Büro, und Catherine und meine Mutter sind in der Stadt beim Einkaufen. Deine Hilferufe würden dir also nicht viel nützen.« Er kicherte verhalten. »Und wenn du denkst, die fette Betsy könnte dir helfen, muss ich dich leider enttäuschen. Ich habe die Tür verriegelt.« Sie spürte seinen heißen Atem im Nacken. »Nur zur Sicherheit, damit uns niemand stört.«

Sie wehrte sich verzweifelt. »Sie gemeiner Kerl! Wenn Sie nicht sofort …«

Das Klappern der Haustür und die Stimme seiner Mutter retteten sie, bevor er handgreiflich werden konnte. »Frank! Bist du zu Hause, Frank? Du musst dir unbedingt das Kleid ansehen, das ich Catherine für morgen Abend gekauft habe! Sie wird wie eine Prinzessin aussehen. Wo steckst du denn, Frank?«

Frank blickte sie scharf an. »Kein Wort!«, warnte er sie flüsternd. »Wenn du auch nur einen Ton sagst, verbreite ich überall, dass ich dich beim Stehlen erwischt habe. Dann werfen dich meine Eltern raus, und du bekommst keinen Fuß mehr auf die Erde. Hast du mich verstanden?« Er ließ sie los und ging zur Tür. Als er leise den Riegel aufschob, hatte er schon wieder Oberwasser. Er grinste unverschämt. »Unser kleines Techtelmechtel holen wir ein anderes Mal nach.«

Clarissa behielt den Zwischenfall für sich. Nicht einmal Betsy gestand sie, dass Frank sich an sie herangemacht hatte. Je weniger die Köchin wusste, desto besser war es für sie. Nach der Erfahrung mit dem jungen Dienstmädchen würde sie bestimmt nicht mehr stillhalten und nur ihre Stellung verlieren. Sobald Frank und Catherine verlobt waren und ein eigenes Haus gefunden hatten, würden sie nur noch alle paar Wochen bei seinen Eltern auftauchen, und die Gefahr wäre sowieso vorüber. Bis es so weit war, würde Clarissa ihm aus dem Weg gehen und darauf achten, dass sie nicht mehr allein mit ihm im Haus blieb. Für einen kurzen Moment überlegte sie sogar, heimlich ein Messer aus der Küche mitzunehmen, für alle Fälle, verwarf den Gedanken aber gleich wieder. Damit würde sie nur noch größeres Unglück provozieren. Wenn Frank einigermaßen bei Verstand war, würde er sich von ihr fernhalten und sich das, was er suchte, bei einem leichten Mädchen holen.

»Warum heiratet er sie bloß?«, fragte Clarissa am Samstagnachmittag die Köchin. Sie standen gemeinsam in der Küche und bereiteten das Essen für die Einladung vor. Zwanzig Personen waren angemeldet, darunter der Bürgermeister, der Chef des neuen Elektrizitätswerks und der Besitzer der Gießerei, alle mit ihren Gattinnen. »Ohne seine Verlobte hätte er doch freie Bahn.«

»Weil sie aus einer reichen Familie kommt.« Betsy probierte die Vorspeise, schüttelte den Kopf und gab etwas Salz und Pfeffer nach. »Ihr Vater ist ein hohes Tier bei der Southern Ontario Railroad. Liegt doch nahe, dass er so eine ins Haus holt. Würde mich nicht wundern, wenn sich die Canadian Pacific und die Southern Ontario bald zusammenschließen würden. So läuft das in den Kreisen. Kerle wie der denken doch selbst beim Heiraten ans Geschäft.«

»Wenn ich seine Verlobte wäre, würde ich mich weigern.«

Betsy probierte wieder und nickte zufrieden. »Die wird gar nicht gefragt. Ihr Vater hat erfahren, dass die Whittlers was bei der Canadian Pacific zu sagen haben, und sie nach Vancouver mitgeschickt. Der kann es wahrscheinlich gar nicht erwarten, dass sein Töchterchen den Whittler-Sohn heiratet und er einen großen Coup mit der Canadian Pacific landen kann. Glaub mir, ich weiß Bescheid. So lief das bei allen reichen Familien, für die ich gekocht habe. Aus Liebe hat kein Einziger von denen geheiratet. Und so einer wie Frank schon gar nicht.«

»Mit mir könnten sie so was nicht machen«, erwiderte Clarissa, »ich würde nur aus Liebe heiraten. Wenn das nicht klappt, bleibe ich lieber allein. Was will ich mit einem Mann, der nur mein Geld will und sich das, worauf es ankommt, bei anderen Frauen holt?« Sie schüttelte den Kopf. »Ohne mich, Betsy! Lieber bleibe ich mein ganzes Leben allein. Du schaffst es doch auch.«

Betsy nickte traurig. »Und rackere mich als Köchin ab. Aber ich war auch mal verheiratet … mit achtzehn. Mit einem Mann, der dreizehn Jahre älter war als ich. Ich habe ihn geliebt, Clarissa, ob du's glaubst oder nicht, ich habe ihn geliebt und ein halbes Jahr geheult, als er sich diese verfluchte Lungenentzündung einfing. Als er tot war, durfte ich ihn nicht einmal mehr sehen!«

Pünktlich um neunzehn Uhr erschienen die ersten Gäste. Im Salon war bereits gedeckt, und die Flaschen mit dem Champagner und die Gläser für die Begrüßungsdrinks standen auf einem Servierwagen. Clarissas Aufgabe war es, die Gäste einzulassen und ihre Mäntel in die Garderobe zu hängen. Die meisten behandelten sie von oben herab oder straften sie mit Nichtachtung, bedankten sich nicht einmal, wenn sie ihre Mäntel entgegennahm und ihnen den Weg zum Salon wies. Doch daran störte sie sich schon lange nicht mehr.

Der einzige Gast, der sie zu beachten schien, war Frank Whittler. Jedes Mal, wenn sie ihn bediente oder sich ihre Blicke zufällig kreuzten, lächelte er ihr verschwörerisch zu, als wollte er sie daran erinnern, was er vor einigen Tagen zu ihr gesagt hatte. Sie ging ihm, so gut es ging, aus dem Weg und tröstete sich damit, dass ihr in dieser Gesellschaft nichts passieren konnte. Solange sich so viele Menschen im Haus aufhielten, war sie sicher. Und die Geschmacklosigkeit, sich ihr ausgerechnet in seiner Verlobungsnacht zu nähern, würde selbst ein Mistkerl wie er nicht begehen.

Catherine war eine hübsche Frau, selbstgefällig, hochnäsig und eingebildet, aber ganz sicher imstande, seine Bedürfnisse zu befriedigen, selbst wenn sie nicht seine Traumfrau war.

Nach dem Essen musste Clarissa noch einmal Champagner servieren, bekam aber nur von draußen mit, wie Thomas Whittler mit seiner sonoren Bassstimme die Verlobung seines Sohnes ankündigte und ihn und seine zukünftige Schwiegertochter hochleben ließ. »Auf Catherine und Frank!«, rief er. Falls sein Sohn etwas sagte, ging es im fröhlichen Applaus der Gäste unter. »Na, das ist ja eine gelungene Überraschung!«, hörte sie den Bürgermeister sagen. Thomas Whittler fügte hinzu: »Möge der Zug, den die beiden besteigen, in eine glorreiche Zukunft fahren.« Womit er wohl auch die Verbindung der beiden Eisenbahnlinien, Canadian Pacific und Southern Ontario, meinte.

Nachdem sie dem Champagner zugesprochen hatten, blieben die Damen in einem Nebenzimmer des Salons, und die Herren zogen sich in die Bibliothek zurück, eine Angewohnheit, die Clarissa seltsam fand. Die Damen unterhielten sich über die neueste Mode und tauschten den aktuellen Klatsch aus, die Herren hüllten sich in Zigarrenrauch und erörterten bei Whiskey, Brandy oder Sherry die Geschäfte. Als sie den Servierwagen mit dem Kaffee in die Bibliothek schob, erkannte sie selbst in dem dichten Qualm, wie Frank ihr zuzwinkerte und sein Glas hob, als wollte er ihr zuprosten. Er vertrug anscheinend weniger als die anderen Gentlemen und schwankte leicht.

Ein Blick auf die Wanduhr im Salon zeigte Clarissa, dass es bereits auf ein Uhr zuging, als sich die Gäste verabschiedeten und sie die letzten Gläser abräumte. Louise Whittler gestattete ihr, auf ihr Zimmer zu gehen, bestand aber darauf, dass sie am nächsten Morgen, ihrem freien Tag, zum Dienst antrat und gründlich das Haus putzte. Ein halber freier Tag würde wohl auch mal genügen, und Gott würde sicher Verständnis dafür haben, wenn sie die Kirche ausfallen ließ. Dafür dürfte sie am Montag etwas später anfangen.

Erschöpft stieg sie die Treppe hinauf. Sie war seit sieben Uhr früh auf den Beinen und so müde, dass ihr nicht einmal Franks lüsterner Blick auffiel, als sie an der offenen Tür der Bibliothek vorbeiging. Er hatte sein Glas behalten, für einen »letzten Whiskey«, wie er sich ausgedrückt hatte, und stand allein zwischen den Bücherregalen. Seine Verlobte war bereits zu Bett gegangen.

In ihrem Zimmer vergaß Clarissa vor lauter Müdigkeit, den Riegel vorzuschieben, ein Fehler, den sie zumindest die nächsten Tage bereuen würde. Sie zog ihre Kleider aus, schlüpfte in ihr warmes Flanellnachthemd und kroch unter ihre Decken. Schon wenige Minuten später war sie fest eingeschlafen.

Es konnte keine halbe Stunde vergangen sein, als sie durch ein verdächtiges Knarren geweckt wurde. Sie fuhr hoch und rieb sich erschrocken die Augen. Eine dunkle Gestalt stand im Zimmer. In dem trüben Licht, das durchs Fenster hereinfiel, erkannte sie Frank Whittler, aber dafür hätte ihr auch schon der Whiskey- und Zigarrendunst, der ihn umfing, genügt. Sie erstarrte vor Angst. Eine unsichtbare Fessel legte sich um ihren Hals und zog sich so fest zusammen, dass sie kaum noch Luft bekam. Ängstlich starrte sie ihm entgegen.

»Hier bin ich«, sagte er grinsend. Er stand nur ein paar Schritte von ihr entfernt, beschwipst oder leicht angetrunken, aber nicht so stark, dass er nicht mehr Herr seiner Sinne gewesen wäre. Seine Jacke und seine Schuhe hatte er zurückgelassen. Über seinem gestärkten Hemd, das zur Hälfte aufgeknöpft und feucht vom verschütteten Whiskey war, spannten sich die Hosenträger. »Ich wusste doch, dass du die Tür für mich offen lassen würdest.«

Clarissa rang nach Luft und fand mühsam ihre Sprache wieder. »Gehen Sie! Gehen Sie bitte!«, presste sie hervor. In ihre Augen schossen Tränen. »Gehen Sie zu Ihrer Verlobten! Ich will nicht, dass Sie … Gehen Sie bitte!«

Ihre Verzweiflung schien ihn nicht zu beeindrucken. »Empfängt man so den Mann, nach dem man sich die ganze Zeit gesehnt hat?« Seine Stimme klang unnatürlich. »Glaubst du etwa, ich hätte nicht gesehen, wie du mich den ganzen Abend angestarrt hast? Gib's zu, du hast doch nur darauf gewartet, dass ich zu dir komme. Du willst es genauso wie ich, stimmt's, Schätzchen?«

»Gehen Sie bitte!«, flehte sie ihn an. »Sie sind … sind betrunken!«

»Wir sind verabredet, Schätzchen! Hast du das etwa vergessen? Wir wollten unser Techtelmechtel nachholen.« Er trat bis dicht vor ihr Bett und schob seine Hosenträger über die Schultern. Seine Hose rutschte ein Stück nach unten. Er nestelte an den Knöpfen herum. »Du willst doch jetzt nicht kneifen?«

Ihr trat der Schweiß auf die Stirn. »Lassen Sie mich in Ruhe! Ich …«

»Stell dich nicht so an!« Sein Tonfall änderte sich. »Du bist nicht die Erste, der ich's besorge, und bisher hat sich noch keine beschwert! Also zieh dein verdammtes Nachthemd aus und mach die Beine breit, oder muss ich es dir erst vom Körper reißen?« Seine Miene hellte sich auf. »He, vielleicht legst du es ja darauf an! Du magst es auf die harte Tour, was? Das kannst du haben!«

Seine derbe Sprache riss sie aus ihrer Erstarrung. Noch bevor er aus seiner Hose gestiegen war und nach ihr griff, hatte sie die Decke zurückgeschlagen und stieß mit beiden Beinen nach ihm, dabei erwischte sie ihn am linken Schienbein.

Er stöhnte vor Schmerz und taumelte zurück. »Was fällt dir ein, du Miststück? Du hältst dich wohl für was Besseres!« Er rieb sich das schmerzende Schienbein und ging erneut auf sie zu. In seinen Augen blitzte wilde Entschlossenheit. »Na, warte … Dir werde ich's zeigen! Ich werde es dir so hart besorgen, dass du den Rest des Jahres an mich denkst. Und glaube bloß nicht, dass du mich bei Catherine oder meinen Eltern anschwärzen könntest. Die würden dir sowieso nicht glauben. Also benimm dich gefälligst wie eine Frau, oder ich sorge dafür, dass du wegen Diebstahls im Knast landest! Kapiert?«

In ihrer Panik stieß Clarissa wieder zu. Sie traf sein rechtes Knie und brachte ihn erneut aus dem Gleichgewicht, verschaffte sich etwas Raum, als er nach einem Halt suchte und fluchend ins Leere griff. Ohne ihm nachzusetzen, sprang sie aus dem Bett, wollte an ihm vorbei aus dem Zimmer fliehen und spürte plötzlich, wie sich seine rechte Hand um ihren linken Oberarm schloss und sie herumriss. Das wutverzerrte Gesicht des Eindringlings vor Augen, drosch sie mit der freien Hand auf ihn ein und traf seine Nase so heftig, dass sie zu bluten begann. Für einen Moment verlor er die Fassung.

Mit beiden Händen stieß sie ihn wütend von sich. Er war viel zu überrascht, um sich zu wehren, stolperte rückwärts durch den Raum, prallte mit dem Hinterkopf gegen die Wand und rutschte benommen zu Boden.

3

Clarissa blieb keuchend stehen und massierte ihre schmerzenden Finger. Bittere Tränen der Wut und Verzweiflung füllten ihre Augen. Sie hatte noch nie einen Menschen geschlagen, und der Anblick des blutverschmierten Mannes verstörte sie so sehr, dass sie ihn lange betrachtete und für einen Augenblick sogar versucht schien, ihm ein Taschentuch zu reichen und ihm aufzuhelfen.

Erst sein leises Stöhnen und ein dumpfes Knarren, das aus dem ersten Stock zu kommen schien, ließ sie den Ernst der Lage erkennen. Sie hatte nicht mehr viel Zeit. Sobald Frank Whittler zu sich kam, würde er alles daransetzen, sie festzuhalten und der Polizei zu übergeben. Er würde sie des Diebstahls beschuldigen und vielleicht sogar seine Brieftasche in ihrem Zimmer verstecken, um einen scheinbar eindeutigen Beweis zu haben. Niemand würde ihr glauben, und wenn sie zehn Mal auf die Bibel schwor, die Wahrheit und nichts als die Wahrheit zu sagen. Als einfaches Dienstmädchen hatte sie gegen eine der angesehensten Familien der Stadt nicht die geringste Chance.

Ihr blieb nur die Flucht. Sie musste so schnell wie möglich hier weg, bevor die anderen aufwachten und die Treppe heraufkamen. Sie lauschte noch einmal, hörte wieder ein Knarren, als würde sich jemand im Bett aufsetzen, nur übertönt vom regelmäßigen Schnarchen der Köchin, die sich an den Resten in den Champagnerflaschen vergriffen hatte und tiefer als sonst schlief. Clarissa ließ sich nicht täuschen. Wenn die Whittlers etwas gehört hatten, konnte Thomas Whittler jeden Augenblick aus seinem Schlafzimmer kommen, um nach dem Rechten zu sehen, und dann blieben ihr nur noch wenige Sekunden.

Sie zog ihren Mantel an und band die Haare zu einem Knoten, steckte ihren Hut mit zwei Nadeln daran fest. Ihre wenige Habe, die Kleider, ihre guten Schuhe, ihren Kamm und ein paar andere Kleinigkeiten, eine Fotografie ihrer Eltern, die sie ein Jahr vor dem Tod ihres Vaters auf einem Jahrmarkt hatten anfertigen lassen, und das Tom-Sawyer-Buch packte sie in ihre Reisetasche. Den Lederbeutel mit dem gesparten Geld verstaute sie in ihrer Manteltasche. Ein rascher Blick in den Spiegel überzeugte sie davon, wie eine normale Reisende und nicht wie nervöses Dienstmädchen auf der Flucht auszusehen, sogar ihre Haare saßen einigermaßen. Nur das unruhige Flackern musste sie aus ihren Augen verschwinden lassen, falls sie sich unangenehme Fragen ersparen wollte.

Sie wollte gerade zur Tür gehen, als Frank Whittler sich stöhnend regte und einen heiseren Laut ausstieß. Gleich darauf ging im ersten Stock eine Tür auf, und Catherine rief verschlafen: »Frank! Frank! Bist du hier irgendwo?«

Clarissa erkannte, dass ihr keine Zeit mehr blieb. Über den Dienstboteneingang verließ sie das Haus und schlich auf der Außentreppe nach unten. Bis auf das schwache Licht, das von den Lampen an der Hauptstraße ausging, war es dunkel, und wegen der dichten Wolken waren auch der Mond und die Sterne nicht zu sehen. Vom Meer wehte kühler Wind herüber. Das ferne Tuten eines nahenden Dampfschiffes hallte als dumpfes Echo über die Stadt.

Im ersten Stock, direkt neben ihr, flammte eine Lampe auf. Sie lief rasch weiter. Mit der Tasche in der Hand schlich sie die restlichen Stufen zum Garten hinunter und lief durch die Büsche aufs Nachbargrundstück. Die Villa gehörte einem Richter, der wegen seiner strengen Urteile gefürchtet war, das hatte sie von Betsy erfahren, die sich besser als jeder andere in Vancouver auszukennen schien und bestens über den Klatsch und Tratsch informiert war. Clarissa lief geduckt an der Villa vorbei, überquerte die Straße und blieb zwischen den Büschen eines benachbarten Grundstückes stehen. Ein kleineres Haus, deren Besitzer sie nicht kannte. Sie blickte zurück und sah, dass mehrere Fenster im Haus der Whittlers erleuchtet waren, sie glaubte auch zu beobachten, wie ein Mann über die Außentreppe nach unten stieg, wahrscheinlich Frank.

Sie hatte keine Ahnung, wohin sie sich wenden sollte, und rannte ziellos weiter, über die Straße in den Schatten eines Hauses. Ein Hund bellte nervös, er klang nicht gefährlich, war aber laut genug, um die Aufmerksamkeit ihres Verfolgers zu wecken. Sie spähte in die Dunkelheit und sah Frank, denn nur er konnte es sein, auf der Außentreppe verharren und in ihre Richtung blicken. In dem Haus, in dessen Schatten sie sich versteckt hatte, ging ein Licht an, und eine weibliche Stimme rief: »Was ist los mit dir, Rusty? Sag bloß, da draußen treiben sich wieder diese aufdringlichen Katzen herum!«

Clarissa schlich geduckt davon und rannte an den Nachbarhäusern entlang nach Osten; sie hielt sich im Schatten der vielen Bäume, die immer noch im West End wuchsen und der Gegend einen fast ländlichen Charakter gaben. Der Boden war morastig vom vielen Regen, und sie war alle paar Schritte gezwungen, einer Pfütze auszuweichen. Über einige unbebaute Grundstücke, die sich wie ein Park zwischen den Villen ausbreiteten, erreichte sie die breite Robson Street, tagsüber eine belebte Geschäftsstraße und um diese Nachtzeit genauso vereinsamt wie alle anderen Straßen in Vancouver. Nicht einmal eine Straßenbahn ließ sich blicken. Die Schienen schimmerten blass im düsteren Licht der Lampen, die erst seit einigen Monaten die Straße säumten. Die Mitglieder des Stadtrats waren so stolz auf ihre neue Errungenschaft und das große Elektrizitätswerk, dass sie die Straßenlampen die ganze Nacht brennen ließen.

Schon nach wenigen Schritten merkte Clarissa, dass sie einen großen Fehler begangen hatte. Einer der beiden Polizisten, die nachts ihren Dienst in der Stadt versahen, patrouillierte auf der Robson Street. Er tauchte so plötzlich aus einem der dunklen Hauseingänge auf, dass sie erschrocken zusammenfuhr.

»Ich wollte Sie nicht erschrecken, Miss«, entschuldigte er sich. Er war nicht viel älter als sie und hatte die Schirmmütze seiner blauen Uniform so weit in die Stirn gezogen, dass man kaum seine Augen sah. Das Abzeichen auf seiner Brust glitzerte. »Darf ich fragen, wohin Sie um diese Zeit unterwegs sind? Wir hatten in letzter Zeit einigen Ärger mit einer Jugendbande, und ich halte es für keine gute Idee, nachts um zwei spazieren zu gehen. Eine junge Dame wie Sie sollte sich überhaupt nicht allein in der Stadt aufhalten.«

Clarissa hatte sich schon wieder gefangen und versuchte ein Lächeln. »Ich weiß, Officer, und glauben Sie mir, ich bin um diese Zeit bestimmt nicht freiwillig auf der Straße. Ich will zu meiner Tante. Sie ist sehr krank und braucht jemanden, der sich Tag und Nacht um sie kümmert. Sie ist lieber allein und will wohl nicht, dass sie jemand leiden sieht. Gestern Abend hat sie mich sogar aus dem Haus gejagt. Aber ich mache mir Sorgen, Officer, und weil ich sowieso nicht schlafen kann, dachte ich … Ich muss zu ihr, Officer.«

Die Ausrede war etwas weit hergeholt, überzeugte den Polizisten aber und entlockte ihm sogar ein verständnisvolles Lächeln. »Wie meine Großmutter«, erwiderte er, »die will auch keinen an sich ranlassen, obwohl sie sich kaum noch selbst waschen und anziehen kann. Zu manchen Dingen muss man die Alten zwingen, sagt meine Mutter, die ist auch ständig für sie unterwegs.« Ihm fiel wohl ein, dass ein Polizist nichts von seinem Privatleben preisgeben sollte, und fügte hinzu: »Darf ich fragen, wo Ihre kranke Tante wohnt, Miss?«

Clarissa überlegte kurz. Wenn sie Frank Whittler und einer möglichen Verhaftung entkommen wollte, musste sie zum Hafen oder zum Bahnhof, und beide lagen im Norden der Stadt. Also musste ihre vermeintliche Tante möglichst im Süden wohnen, falls Frank ebenfalls den Polizisten traf und nach ihr fragte. Sie rief sich die Straßennamen ins Gedächtnis. »In der Pacific Street.«

»Am False Creek? Ist vielleicht besser, wenn ich Sie begleite, Miss.«

»Nicht nötig, Officer«, wehrte sie rasch ab. Sie lächelte ihn an. »Ich komme schon zurecht. Ist ja nicht weit.«

»Die Tasche ist nicht zu schwer?«

»Nein, da sind nur ein paar Kleider meiner Tante drin. Ich hab sie bei mir zu Hause gewaschen. Ein paar Kleider und Schokolade … Die isst sie gern.«

»Na, dann. Passen Sie auf sich auf, Miss!«

Clarissa ging langsam weiter. Sie spürte die Blicke des Polizisten in ihrem Rücken und musste sich zwingen, nicht zu schnell zu laufen, selbst wenn die Gefahr bestand, dass Frank Whittler auf der Robson Street auftauchte, solange sie noch nicht abgebogen war. Im trüben Schein der Straßenlampen hielt sie auf die nächste Kreuzung zu. Ihre Tasche, die tatsächlich so leicht war, wie sie dem Polizisten erklärt hatte, wog plötzlich schwer in ihrer Hand, und sie musste sich zwingen, sie nicht von einer Hand in die andere zu wechseln, um keinen unnötigen Verdacht zu erregen. Sie kam sich vor wie eine Diebin.

An der Kreuzung überquerte sie die Straße und bog in die Howe Street nach Süden ab. Aus den Augenwinkeln suchte sie vergeblich nach dem Polizisten, der wohl wieder in den Hauseingang verschwunden war. Sie sah gerade noch, wie Frank Whittler aus einer Nebenstraße gerannt kam, mitten auf der Straße stehen blieb und fluchte, als er sie nirgendwo entdecken konnte. Sie versteckte sich hinter dem Eckhaus und spähte vorsichtig zu ihm hinüber, sah den Officer aus dem Schatten treten und hörte ihn fragen: »Was ist denn mit Ihnen los, Mister? Warum sind Sie so nervös? Gibt es ein Problem?«

»Ein Problem?«, erwiderte er. »Natürlich gibt es ein Problem! Und wenn Sie nicht so untätig hier rumstehen würden, hätten wir es vielleicht längst gelöst. Ich suche eine junge Frau. Dunkle Haare, ziemlich groß und schlank …«

»Hat sie Ihnen vielleicht den Laufpass gegeben, Mister?« Das süffisante Lächeln des Polizisten war bis in ihr Versteck zu spüren. Anscheinend glaubte er, dass sie mit Frank Whittler befreundet gewesen und weggelaufen war.

»Den Laufpass gegeben? Was fällt Ihnen ein?« Frank Whittler war außer sich vor Wut. »Wissen Sie überhaupt, wer ich bin? Frank Whittler von der Canadian Pacific. Sie wissen, dass diese Stadt der Eisenbahn gehört, und die CP auch über die Zusammensetzung der Polizei entscheidet. Also sagen Sie mir jetzt endlich, wohin die Frau gelaufen ist, oder Sie fliegen hochkantig raus! Sie ist eine Diebin, verstehen Sie? Eine gottverdammte Diebin! Sie hat mir fünfhundert Dollar gestohlen! Die leere Brieftasche lag auf ihrem Bett! Und als ich sie aufhalten wollte, ging sie mit einem Messer auf mich los!«

»Eine junge Frau? Mit einer Reisetasche?

»Ja, verdammt!

»Die ist zur Pacific Street runter. Wollte angeblich ihre kranke Tante aufsuchen. Hören Sie, woher sollte ich denn wissen, dass sie eine Diebin ist?«

»Geschenkt«, erwiderte er und lief weiter.

Clarissa hatte den Wortwechsel der beiden genutzt, um weiter nach Osten zu laufen und im Schutz der Dunkelheit, die unter einer defekten Straßenlampe herrschte, die Robson Street nach Norden zu überqueren und unbemerkt in die Granville Street abzubiegen. Am Ende der Straße ragte der Bahnhof der Canadian Pacific empor, ein wuchtiges Gebäude mit turmähnlichen Seitenflügeln, die es wie ein Stadttor einer mittelalterlichen Stadt erscheinen ließen.

Jetzt lief sie nicht mehr, sie rannte. Getrieben von der Panik, mehrere Monate, vielleicht sogar Jahre in einem Gefängnis verbringen zu müssen, falls man sie erwischte, hastete sie auf das Ende der Straße zu. Bis zum Bahnhof waren es fünf Häuserblocks, und sie war vollkommen außer Atem, als sie ihr Ziel erreichte und sich in einem Hauseingang von der Anstrengung erholte.

Sie spähte zurück und konnte niemanden entdecken. Die Straße lag leer und verlassen im Schatten der mehrstöckigen Häuser. Kein Schatten flackerte über die Hauswände, keine hastigen Schritte und keine Flüche waren zu hören. Frank Whittler war nirgendwo zu sehen, doch es würde sicher nicht lange dauern, bis er ihre Finte durchschaute und von selbst darauf kam, dass sie die Stadt verlassen wollte. Spätestens dann würde er am Bahnhof und im Hafen auftauchen. Er würde alle Polizisten, die er finden konnte, nach Norden scheuchen und ihnen befehlen, die Gegend nach ihr abzusuchen. Solange kein Zug oder Schiff die Stadt verließ, musste sie noch in der Nähe sein.

Ihr Blick wanderte über das Bahnhofsgelände jenseits der Uferstraße. Nur von zwei schwachen Lampen beleuchtet, ragte der klobige Bau dunkel und bedrohlich empor. Dahinter erhoben sich die Masten der ankernden Segelschiffe und die Schlote riesiger Dampfer. An Bord brannten einige Lampen.

Auf den Gleisen hinter dem Bahnhof waren mehrere Güterwagen abgestellt. Weiter westlich spiegelte sich das Licht einer Lampe in den Fenstern eines Personenwagens. Bei genauerem Hinsehen entdeckte sie drei weitere Waggons. Ein Personenzug, der in Kürze auf das Abfahrtsgleis geschoben würde? Soweit sie sich erinnern konnte, fuhr jeden Morgen ein Personenzug nach Westen, aber es war bestimmt sicherer, auf einen Güterzug zu klettern und damit die Stadt zu verlassen. Leider kannte sie den Fahrplan nicht.

Sie blieb unschlüssig im Hauseingang stehen und dachte für einen Augenblick sogar daran, sich an Bord eines der Schiffe zu schleichen und dort zu verstecken. Nur was passierte, wenn das

Schiff nach China oder Indien fuhr? Was sollte sie in einem Land, dessen Kultur ihr fremd war, und dessen Sprache sie nicht verstand? Wovon sollte sie dort leben? In die Heimat zurücknehmen würde man sie bestimmt nicht mehr. Die Seeleute waren sicher froh, wenn sie das Schiff verließ, und würden sie nicht mehr an Bord lassen. Irgendwo hatte sie gelesen, dass man Frauen auf einem Handelsschiff nicht duldete. Sie bedeuteten großes Unglück, hieß es in den Seemannslegenden.

Von der Robson Street tönte ein Pfiff herauf. Aufgeregte Rufe hallten als dumpfes Echo von den Häuserwänden zurück. Die Polizei suchte nach ihr. Sie blickte ängstlich zurück, sah einige dunkle Schatten und verließ rasch ihr Versteck. An dem Haus entlang lief sie zur Uferstraße und rannte im Schutz eines großen Bürogebäudes zum Bahnhof. Von der Angst getrieben, die Verfolger könnten sie im Lichtschein sehen, tauchte sie im Schatten unter und tastete sich zu den Gleisen vor. Neben dem Bahnhofsgebäude und nur wenige Schritte von einem der abgestellten Personenwagen entfernt, blieb sie stehen.

Wieder drang ein Pfiff an ihre Ohren. Auf der Granville Street, die zum Bahnhof führte, erschienen zwei Männer: Frank Whittler und der Polizist, dem sie etwas vorgelogen hatte. Ihr blieb keine Zeit mehr. Kurz entschlossen lief sie zu dem Personenwagen, erklomm die hintere Plattform und betrat den Wagen. Unter einem der Fenster ging sie rasch in die Knie und spähte von der Seite, damit man sie nicht sehen konnte, nach draußen. Ein denkbar ungünstiges Versteck, wie sie erkannte, aber jetzt nicht mehr zu ändern. Die beiden Männer hatten den Bahnhof bereits erreicht und blickten sich suchend um.

»So dumm, in einen der abgestellten Wagen zu klettern, wird sie doch nicht sein«, sagte der Polizist. »Sie muss doch wissen, dass wir hier suchen.«

»Wer weiß?«, erwiderte Whittler. »Rufen Sie Ihre Kollegen und suchen Sie das ganze Gelände nach der Diebin ab, auch im Hafen. Blasen Sie schon in Ihre verdammte Pfeife! Oder brauchen Sie was Schriftliches?«

»Aber so viele Leute sind wir nicht! Das dauert Stunden!«

»Versuchen Sie es wenigstens, Officer! Und lassen Sie sich nicht von ihren dunklen Augen täuschen! Die Lady hat es faustdick hinter den Ohren!«

»Wir tun, was wir können, Sir.«

»Dann fangen Sie endlich damit an!« Er deutete auf den Wagen, in dem sie sich versteckt hatte. »Ich nehme mir inzwischen schon mal die Wagen vor.«

Clarissa sah ihren Verfolger kommen, schob ihre Reisetasche unter die Sitzbank und kroch rasch hinterher. Sie machte sich so klein wie möglich und zog ihren Mantelkragen vors Gesicht, damit ihre weiße Haut nicht in der Dunkelheit leuchtete. Whittler begann anscheinend am anderen Ende mit der Suche, und es dauerte eine Weile, bis sich die Tür am Ende des Wagens öffnete, ein kühler Windhauch durch den Wagen fuhr, und sich scharrende Schritte durch den Gang näherten. Ihr Puls wurde schneller, und sie kroch weiter unter den Sitz, bis kaum noch Raum zwischen ihr und der Wand blieb.

»Hätte mich auch gewundert«, sagte er so laut, dass sie es hören konnte, »so dumm ist sie nicht. Das Miststück ist mit allen Wassern gewaschen!«

Die Schritte entfernten sich, und sie entspannte sich ein wenig, dankbar dafür, dass es noch kein Licht in dem Wagen gab und er sich nicht gebückt und unter jedem Sitz nachgesehen hatte. Wahrscheinlich hatte er Angst, sich seine teure Hose schmutzig zu machen. Trotz ihrer misslichen Lage musste sie lachen. Ein Gentleman wie er überließ die Drecksarbeit lieber anderen.

Die Tür hinter ihrem Sitz öffnete sich und wurde wieder geschlossen. Frank Whittler verließ den Zug und trieb sofort wieder die Polizisten an. »Seht bei den Güterwagen nach! Irgendwo muss sie sich verkrochen haben!«

Die Polizisten eilten davon, und als sie vorsichtig ihr Versteck verließ und aus dem Fenster spähte, sah sie Frank Whittler langsam zur Uferstraße zurückgehen. Er zog eine kleine Flasche aus der Innentasche seines Mantels, nahm einen kräftigen Schluck und sagte irgendetwas, das sie nicht verstand.

»Dieser miese Lügner!«, fluchte Clarissa leise vor sich hin.

4

Der durchdringende Pfiff einer Lokomotive ließ Clarissa aus dem Schlaf schrecken. Sie öffnete verwirrt die Augen und stellte entsetzt fest, dass sie mit dem Kopf an der Schulter eines Mannes lehnte. Er roch nach einem Duftwasser, wie es eigentlich nur Damen benutzten, und nach frischer Seife. Dicht vor ihren Augen glänzte eine goldene Krawattennadel im ersten trüben Tageslicht.

Sie wollte sich aufrichten und setzte gerade zum Sprechen an, als sich sein rechter Arm fest um ihre Schultern legte, und er mit der freien Hand ihren Kopf an seine Schulter drückte. »Kein Wort!«, warnte sie seine flüsternde Stimme. »Oder wollen Sie im Gefängnis landen? Die Polizei kommt!«

Sie verschluckte die heftigen Worte, die ihr auf der Zunge lagen, und stellte sich schlafend. Nur einmal öffnete sie kurz die Augen und sah einen Polizisten durch den Wagen kommen. Ein älterer Officer, der die wenigen Passagiere, die schon auf ihren Plätzen saßen, erschöpft musterte. Seine schlurfenden Schritte kamen langsam näher. Es fiel ihr schwer, die Augen geschlossen zu halten und so regelmäßig zu atmen, dass sie keinen Verdacht erregte.

»Guten Morgen, Mister«, hörte sie ihn sagen. »Ihre Gattin?«

»Meine Verlobte«, antwortete der Mann, an dessen Schulter sie lehnte. Sein Duftwasser stieg ihr in die Nase. »Wir haben eine lange Anreise hinter uns, und die Arme ist ziemlich erschöpft. Wir wollen nach Calgary … Dringende Geschäfte. Ich handele mit Grundstücken, wissen Sie?« Er klang wie ein vornehmer Gentleman. »Darf ich fragen, wonach Sie suchen, Officer?«

»Nach einer jungen Frau«, antwortete der Polizist bereitwillig. Er schien einigen Respekt vor dem eleganten Gentleman zu haben, »dem Dienstmädchen von Mister Whittler. Sie hat seinem Sohn fünfhundert Dollar aus der Brieftasche gestohlen und muss sich noch irgendwo in der Stadt aufhalten.«

»Sie hat den Sohn des Eisenbahn-Managers bestohlen?« Clarissa nahm an, dass der Gentleman den Kopf schüttelte. »Dann wäre sie schön dumm, wenn sie sich ausgerechnet in einem Zug verstecken würde. Hier entdeckt Whittler sie doch am ehesten. Über den Telegraf kann er an jedem Bahnhof seine Leute warnen, die brauchen sie nur abzufangen, wenn sie irgendwo aussteigt.«

»Hab ich Mister Whittler auch gesagt.« Der Officer sprach mit gedämpfter Stimme, als hätte er Angst, sie zu wecken. »Wenn Sie mich fragen, ist sie bei einer Freundin untergekrochen und wartet, bis sich die Aufregung gelegt hat. Aber Mister Whittler will wohl ein Exempel an ihr statuieren. Besonders der junge Mister Whittler. Er hat uns sogar eine Belohnung versprochen, falls wir die Diebin finden. Leider haben wir keine genaue Beschreibung.«

»Es gibt keine Fotografie oder Zeichnung von ihr?«

»Nur eine Beschreibung, und die passt auf jede zweite junge Frau. Wir sollen auf allein reisende Frauen achten.« Obwohl Clarissa die Augen geschlossen hatte, glaubte sie den Officer grinsen zu sehen. »Ihre Verlobte wecken wir besser nicht. Mit einem Gentleman wie Ihnen wird sie sich ihren Lebensunterhalt wohl kaum als Dienstmädchen verdienen müssen. Auf Wiedersehen.«

»Auf Wiedersehen, Officer. Viel Glück bei der Suche!«

Der Officer öffnete die Tür und stieg aus dem Wagen. Sie atmete befreit auf, als sie hörte, wie sich seine Schritte entfernten. Um ganz sicherzugehen, behielt sie die Augen aber geschlossen und öffnete sie erst, als sich der Druck des Arms um ihre Schultern lockerte, und der Gentleman sagte: »Sie haben es überstanden, Miss. Den Officer sind wir los, und der Schaffner wird wohl kaum an eine Diebin denken, wenn er Sie in meiner Gesellschaft sieht. Sie haben gehört, was er gesagt hat, sie suchen nach einer allein reisenden Frau.«

Sie löste sich von ihm und blickte ihn erstaunt an. Er war nicht besonders groß, trug einen Zylinder aus echtem Biberfell, und sein Anzug und das weiße Hemd saßen so makellos, dass sie nur maßgeschneidert sein konnten. Seine Haut war blasser als ihre und wirkte im morgendlichen Zwielicht, das durch die Fenster in den Wagen fiel, beinahe krank. Über seinen Lippen schimmerte ein bleistiftdünner Bart. Auffallend waren seine Hände, die auch einer reichen Lady gut gestanden hätten. Sie hatte noch nie einen Mann mit so sauberen und sorgfältig geschnittenen Nägeln gesehen. Weniger zu seiner eleganten Erscheinung passten seine blauen Augen, die sie in einer seltsamen Mischung aus Arroganz und Spott ansahen. Weniger verachtend als Frank Whittler, aber von einem ähnlich übersteigerten Selbstbewusstsein bestimmt.

»Vielen Dank«, sagte sie leise. »Warum haben Sie mir geholfen?«

Der Gentleman lächelte. »Sollte ich etwa zulassen, dass man eine hübsche Lady wie Sie ins Gefängnis wirft? Ich dachte mir gleich, dass Sie dieses Dienstmädchen sind, als ich Sie auf dem Boden liegen sah. Warum sollten Sie sich sonst hier verstecken? Wie eine Landstreicherin sehen Sie nicht aus.« Er betrachtete seine manikürten Hände, eine Geste, die sie noch öfter an ihm beobachten würde. Sein Lächeln blieb. »Sie können von Glück sagen, dass ich als Erster in den Wagen kam, Miss, ein anderer hätte vielleicht die Polizei gerufen. Ich hab Sie auf die Bank gehoben, Ihren Mantel gesäubert und Ihre Tasche ins Gepäcknetz gelegt.« Er deutete auf die Ablage über ihrem Sitz.

»Das war sehr freundlich von Ihnen«, bedankte sie sich noch mal. Eigentlich gehörte er zu der Sorte Männer, mit der sie nichts zu tun haben wollte. »War das der einzige Grund? Weil Sie mich für eine hübsche Lady halten?«

»Ich halte Sie für unschuldig.«

»Das bin ich auch«, sagte sie so laut, dass sich einer der anderen Passagiere nach ihr umdrehte. Sie senkte ihre Stimme rasch zu einem Flüstern. »Ich habe das Geld nicht gestohlen. Frank Whittler hat den Diebstahl erfunden, um sich an mir zu rächen. Er wollte … Sie können sich ja denken, was er wollte.«

»Frank Whittler? Wenn er so wie sein Vater ist, kann es nichts Gutes gewesen sein. Der Apfel fällt nicht weit vom Stamm, nehme ich an. Ich kenne seinen Vater, den ehrenwerten Thomas Whittler.« Er deutete auf eine Narbe an seinem Hals, die ihr bisher nicht aufgefallen war. »Die hat mir einer seiner Männer verpasst, nachdem ich Whittler beim Pokern besiegt hatte. Er hatte vier Asse auf der Hand und fühlte sich so siegessicher, dass er die Besitzurkunde für ein Grundstück in den Pott warf. Sie hätten sein Gesicht sehen sollen, als ich einen Royal Flush auf den Tisch blätterte. Ich weiß nicht, ob Sie was vom Pokern verstehen, aber so ein Blatt hat man nur alle paar Jahre mal.«

»Sie sind Glücksspieler? Sie haben mit ihm gepokert?« Clarissa hatte den Manager der Canadian Pacific als nüchternen Geschäftsmann kennengelernt und konnte sich nicht vorstellen, dass er sich an einen Spieltisch setzte. »Und ich dachte, Mister Whittler würde sich nur um seine Geschäfte kümmern.«

»Auch Männer wie er brauchen Abwechslung. Er ist ein schlechter Spieler, aber er hat immer seine Leute dabei, und Sie sehen ja, was dabei herauskommt.« Er berührte vorsichtig seine Narbe. »Nachdem ich wieder aufgewacht war, zwang er mich zur Revanche, und diesmal hatte er einen Royal Flush. Er hatte die Karten natürlich schon vorher aussortiert und gab sich auch keine Mühe, das zu verheimlichen, aber was sollte ich machen? Die Polizei rufen? Den großen Thomas Whittler anklagen? Ein Glücksspieler gegen einen angesehenen Manager der Canadian Pacific? Wie das ausgegangen wäre, können Sie sich ja denken. Mir blieb gar nichts anderes übrig, als klein beizugeben.«

»Dann müssen Sie sich ähnlich gefühlt haben wie ich. Nur

dass ich für ein paar Jahre im Gefängnis lande, wenn mich die Polizei erwischt.« Sie rückte ein Stück von ihm weg und blickte ihn prüfend an. »Sie sind Glücksspieler?«

»Spieler, Abenteurer, Unternehmer … Wie es kommt.« Er zog ein Kartenspiel aus der Tasche, blätterte es von einer Hand in die andere und steckte es wieder ein. »Das Kartenspielen habe ich von meinem Vater gelernt, der besaß einen Saloon in Arizona und soll sogar Doc Holliday gekannt haben.«

»Doc Holliday?«

»Ein berüchtigter Spieler im Wilden Westen, der auch mit dem Colt umgehen konnte. Ich verabscheue Schusswaffen, ich kämpfe lieber mit meinem Verstand.« Er zog einen Zigarillo aus seiner Brusttasche, hielt ihn fragend hoch und zündete ihn an, als Clarissa zustimmend nickte. »Eine Zeitlang war ich als Bibelverkäufer unterwegs, das erfordert beinahe so viel Talent wie das Pokern, und manchmal ist es sogar gefährlicher. Ein Farmer wollte mich glatt erschießen, als ich ihm unsere Luxusausgabe unter die Nase hielt. Es wäre Gotteslästerung, gläubige Christen mit solchen Büchern übers Ohr zu hauen.«

»Und? Hatte er recht?«

»Natürlich hatte er recht, aber was sollte ich tun? Wir leben nicht mehr im Wilden Westen, und einträgliche Pokerspiele sind schwer zu finden. Mir bleibt gar nichts anderes übrig, als mich in anderen Berufen zu versuchen.«

»Und manchmal helfen Sie unschuldigen Ladys.«

»Sollte ich etwa zulassen, dass man Sie festnimmt und ins Gefängnis sperrt? Das hätte ich mir nie verziehen, Miss. Das wäre eines Gentleman unwürdig gewesen. Wenn ich eine Dame treffe, behandele ich sie auch so.«

»Mit ehrenwerten Absichten, wie ich hoffe.«

»Sie glauben doch nicht, dass …« Er ließ den Gedanken unausgesprochen und blickte sie durch den aufsteigenden Rauch von seinem Zigarillo an. »Sie beschämen mich, Miss. Ich würde mir niemals erlauben, Ihnen zu nahezutreten. Sie an meine Schulter zu drücken, war eine reine Vorsichtsmaßnahme und diente keinen anderen Zweck, als Sie vor dem Gefängnis zu bewahren.«

»Clarissa Howe«, schnitt sie ihm das Wort ab.

»Samuel J. Ralston«, erwiderte er. »Nennen Sie mich Sam!«

Von der Spitze des Zuges drang ein schriller Pfiff nach hinten. Ein Ruck ging durch den Zug, und die Wagen setzten sich in Bewegung. Das angestrengte Schnauben der Lokomotive war selbst durch die geschlossenen Fenster zu hören. Dichte Rauchschwaden zogen wie schmutziger Nebel vorbei. Als Clarissa nach draußen spähte und den Polizisten, dem sie auf der Robson Street begegnet war, auf dem Bahnsteig stehen sah, wandte sie sich rasch ab und blickte in die andere Richtung. Erst als sie die Stadt hinter sich gelassen hatten und am Ufer des Burrard Inlets entlang nach Osten fuhren, wagte sie wieder aus dem Fenster zu blicken. Zum ersten Mal fühlte sie sich beim Anblick der Gießerei und des Sägewerks seltsam beschwingt.

Außerhalb der Stadt waren sie schon bald von dunklen Wäldern umgeben. Bis dicht an die Schienen reichten die Fichten heran. Es hatte zu schneien begonnen, und die weit ausladenden Zweige waren bereits von einer dünnen Schneeschicht bedeckt. Der Wind wirbelte dicke Flocken gegen die Fenster, und immer, wenn ein Zweig den Zug streifte, schleuderte er feuchte Schneeschleier in die Luft. Vancouver war eine Insel. Während es dort noch relativ mild und trocken war, herrschte hier draußen bereits Winter, und je höher der Zug in die Berge hinauffuhr, desto stürmischer wurde das Schneetreiben.

Begleitet vom Schnauben der Lokomotive und dem rhythmischen Rattern der Räder kämpfte sich der Zug durch die Wildnis. Was für eine Strapaze musste der Bau der Eisenbahn für die Arbeiter gewesen sein. Unter unmenschlichen Bedingungen und für einen Hungerlohn, so hatte sie von einem Fischer gehört, dessen Sohn dabei gewesen war, hatte sich die Canadian Pacific durch British Columbia gekämpft, und Familien wie die Whittlers hatten davon profitiert, weil sie das billige oder enteignete Land an der Strecke zu Höchstpreisen verkauft hatten und im Besitz höchst profitabler Aktien waren.

Über Thomas Whittler und seine Frau konnte sie sich nicht beschweren. Natürlich hatte man sie von oben herab behandelt, wie ein Dienstmädchen eben, das bei solchen Leuten angestellt war, um ihnen die Arbeit abzunehmen, die sie nicht tun wollten, und ihren Dreck wegzuräumen. Aber er hatte ihr einen fairen Lohn bezahlt und einen freien Sonntag gewährt, wenn er nicht gerade eine Einladung gab, und sie hatte ihr immerhin ein Buch geschenkt, in einer Anwandlung von mütterlicher Fürsorge, wie sie annahm.

Wie in einigen anderen reichen Familien, von denen sie gehört hatte, war es der Sohn, der jede Fairness vermissen ließ. Ausgerechnet Frank Whittler, der weder etwas dafür konnte, dass er in eine reiche Familie hineingeboren worden war, noch irgendetwas geleistet hatte, was ihn dazu berechtigte, ein Dienstmädchen wie eine Sklavin zu behandeln – wobei sowieso niemand je das Recht dazu haben sollte. Sie konnte sich glücklich schätzen, ihm entkommen zu sein. Er hätte sie vergewaltigt, wenn sie sich nicht verteidigt hätte, und niemand hätte etwas gegen ihn unternommen, wenn sie ihn angezeigt hätte; im Gegenteil, man hätte sie wegen übler Nachrede verurteilt und sie als »leichtes Mädchen« beschimpft. Ihr wäre nur die Flucht geblieben, so wie jetzt, nur dass Frank Whittler sie wegen schwerer Körperverletzung vor Gericht bringen würde, falls er sie jemals erwischte.

Sie starrte in das Schneetreiben hinaus. Ihr war klar, dass sie noch lange nicht in Sicherheit war. So schnell würde Frank Whittler nicht aufgeben. Gerade ein arroganter und hochnäsiger Mann wie er würde es sich niemals gefallen lassen, von einem einfachen Dienstmädchen gedemütigt zu werden. Er würde alle

Hebel in Bewegung setzen, um sie zu finden, und sein Vater würde ihm dabei helfen. Selbst wenn Thomas Whittler ahnte, dass sein Sohn der eigentlich Schuldige war, würde er seine Beziehungen spielen lassen, um sie zu aufzuspüren, und wahrscheinlich auch vor Gericht gegen sie aussagen. Wenn es darauf ankam, hielten diese reichen Familien zusammen.

Die Tür ging auf, und der Schaffner betrat den Wagen. Wie der Polizist, der sie an der Seite des Spielers gesehen hatte, schöpfte auch er keinen Verdacht. Solange es kein Foto und keine bessere Beschreibung von ihr gab, war sie relativ sicher. Leider würde es nicht mehr lange dauern, bis die Whittlers eine genauere Beschreibung von ihr an die Polizeidienststellen telegrafiert hatten, und sobald sie darauf kamen, dass sie sich in dem Zug versteckt haben könnte, würde man auch die Angestellten der Canadian Pacific informieren.

»Zwei Tickets nach Calgary«, verlangte der Spieler, »für meine Verlobte und mich.« Sein Lächeln sollte wohl ausdrücken, wie stolz er auf seine zukünftige Frau war. Er nahm den Zigarillo aus dem Mund. »Der Winter kommt zeitig dieses Jahr, was? So ein Schneetreiben hab ich lange nicht erlebt.«

»Dann warten Sie mal, bis wir in die Berge kommen, da liegt der Schnee schon einen Meter hoch.« Der Schaffner erwiderte sein Lächeln und gab ihm die Tickets. »Ich hoffe, Sie haben noch etwas Zeit bis zur Hochzeit. Könnte sein, dass wir Verspätung bekommen. Letzte Woche war es ein halber Tag.«

»Zur Not müssen Sie uns eben trauen«, sagte der Spieler. »Wäre mal was Neues, eine Hochzeit auf Rädern.« Er bezahlte und steckte die Tickets ein.

Clarissa wartete, bis der Schaffner den Wagen verlassen hatte. Erst dann entspannte sie sich einigermaßen und zog den Beutel mit ihrem Gesparten aus der Manteltasche. Sie zählte ihm den Betrag in die Hand. »Warum Calgary?«, wollte sie wissen. »Meinen Sie, dort bin ich sicher vor Frank Whittler?«

»Vor ihm sind Sie nirgendwo in Kanada sicher.« Er steckte das Geld ein. »Aber ich fahre nach Calgary, und es hätte nicht gerade überzeugend geklungen, wenn meine Verlobte woandershin gefahren wäre. Wenn ich Sie wäre, würde ich in die Staaten gehen, nach Montana oder Idaho. So weit reicht auch der Arm der Whittlers nicht.« Er nahm seinen Zigarillo aus dem Mund und deutete ein Lächeln an. »Es sei denn, Sie wollen mich tatsächlich heiraten ...«

»Einen Spieler, der rastlos durch die Lande zieht?«

»Einen Gentleman«, verbesserte er.

Clarissa lehnte sich amüsiert zurück und schloss die Augen. Sie war dem Mann dankbar, immerhin hatte er sie vor dem Gefängnis bewahrt. Sie fand ihn sogar sympathisch, wenn sie elegant gekleidete Männer wie ihn auch mit Vorsicht genoss. Die meisten waren entweder arrogant und eingebildet und hielten sich für etwas Besseres wie Frank Whittler, oder sie waren so eitel und selbstverliebt, dass sie gar nicht zu einer aufrichtigen Beziehung fähig waren. Sam Ralston war ein besonderer Fall. Auch eitel, auch selbstverliebt, vielleicht sogar ein wenig arrogant, aber ein Spieler wie er, der sich beim Pokern ständig verstellen musste, spielte einem auch im wahren Leben etwas vor, und man wusste nie genau, was man von ihm erwarten durfte. War er ehrlich zu ihr? Half er ihr tatsächlich nur, um sich an Whittler zu rächen?

Das Quietschen der Bremsen ließ sie die Augen öffnen. Der Zug hatte eine weite Lichtung erreicht und hielt vor einem Giebelhaus, das in dem heftigen Schneetreiben nur schemenhaft zu erkennen war. Erst als der Zug direkt davor hielt, las sie den Namen »Yale« auf dem Ortsschild. Auf dem Bahnsteig waren keine Passagiere zu sehen, nur ein Stationswärter, der eine Fellmütze mit Ohrenschützern trug und den Kragen seines Wintermantels hochgeschlagen hatte. Er redete auf den Schaffner ein, der aus dem Zug gestiegen war und vor einem dem Nachbarwagen stand, und hielt ihm einen Zettel hin. Ein Telegramm von Frank Whittler, wie sie annahm. Der Schaffner warf einen Blick darauf und schüttelte den Kopf. Anschließend stieg er wieder ein.

»Kein Grund zur Sorge«, beruhigte sie der Spieler, der die beiden Männer ebenfalls beobachtet hatte. »Da ging es bestimmt um das Wetter im Fraser Canyon. Sie haben den Schaffner gehört, wir werden sicher Verspätung haben.«

Tatsächlich ging der Schaffner an ihnen vorbei, ohne einen neugierigen Blick auf sie zu werfen. Sein Blick war vielmehr nach draußen gerichtet, in das Schneetreiben, das immer dichter und heftiger wurde und den Zug jetzt schon zwang, langsamer zu fahren. »Sauwetter!«, murmelte er vor sich hin.

»Sehen Sie?«, sagte der Spieler bester Laune.

5

Wäre Clarissa nicht auf der Flucht in eine ungewisse Zukunft gewesen, hätte sie während der abenteuerlichen Fahrt durch den Fraser Canyon vielleicht wie die anderen Passagiere aus dem Fenster geblickt und die urwüchsige Natur bewundert. Am linken Ufer des Fraser Rivers entlang dampfte der Zug durch den Canyon, eine zerklüftete Schlucht mit steilen, schroffen Felswänden, die in dem starken Schneetreiben bedrohlich nahe neben den Fenstern aufragten.

Der Fraser River war voller Schlamm und glänzte braun im fahlen Tageslicht, an den engen Stellen des Canyons verwandelte er sich in reißendes Wildwasser. Nur ein Dampfboot hatte es jemals durch die Stromschnellen geschafft. Auf der anderen Seite musste die verschneite Straße sein, über die unzählige Abenteurer während des großen Goldrausches von 1850 nach Norden gezogen waren. Der Zug hatte es einfacher, er fuhr alle paar Minuten durch einen der Tunnel, die meist chinesische Arbeiter erst vor ein paar Jahren aus dem Fels gesprengt hatten. In jeder der zahlreichen Kurven quietschten die Räder.

Ralston hatte recht, ging es ihr durch den Kopf. Erst in Calgary, wenn die Rocky Mountains hinter ihr lagen, würde sie Frank Whittler endgültig entkommen können. In die Staaten zu fliehen, war keine schlechte Idee. Sie war noch jung genug, um sich in einem anderen Land eine neue Existenz aufzubauen und vielleicht sogar eine einträglichere Arbeit zu finden. Als Haushälterin in einem Hotel vielleicht oder als Verkäuferin in einem Laden.

Vermissen würde sie das Meer und die Gedenkstätte, die sie für ihre Eltern geschaffen hatte. Beides blieb in ihrem Herzen. Ohne ein Grab, in dessen Erde man seine Eltern wusste, war es sowieso nicht wichtig, wo man ihrer gedachte. Sie würden ihre Gebete überall hören. Und vielleicht waren sie sogar stolz auf sie, weil sie einem Betrüger wie Frank Whittler entkommen war und ihr Leben selbst in die Hand genommen hatte. Aber noch war es nicht so weit. Noch trennten sie über zwanzig Stunden von der Ankunft in Calgary, und sie war dem Sohn des Managers noch lange nicht entwischt.

In Lytton wäre Clarissa am liebsten ausgestiegen. Auch der Stationsmeister der kleinen Stadt am Zusammenfluss von Fraser und Thompson River unterhielt sich eingehend mit dem Schaffner, und ihre Angst wuchs, Frank Whittler könnte inzwischen herausgefunden haben, dass sie mit dem Zug geflohen war, und die Polizei alarmiert haben. Obwohl der Zug ungefähr eine Stunde Aufenthalt in Lytton hatte, blieb sie erst einmal sitzen und zog ängstlich den Kopf zurück, als der Stationsvorsteher zufällig in ihre Richtung blickte. Erst als die Männer im Bahnhof verschwanden, wurde sie ruhiger und ließ sich überreden, mit dem Spieler das Restaurant gegenüber zu besuchen.

Sie revanchierte sich, indem sie ihm ein Mittagessen spendierte, und bewunderte sein vorbildliches Benehmen. Er benahm sich wesentlich gesitteter als die Whittlers oder andere wohlhabende Leute, die sie getroffen hatte. Zu ihm passten die übertriebenen Gesten, er wirkte sogar ganz natürlich, wenn er seinen kleinen Finger beim Teetrinken abwinkelte. Kein Mann, in den sie sich ernsthaft verlieben könnte, dazu war er ihr zu selbstverliebt und auch ein wenig zu eingebildet, aber jemand, in dessen Begleitung man sich nicht zu schämen brauchte. Sie konnte ihn sich gut bei einem Pokerspiel in feiner Gesellschaft vorstellen, bei einer privaten Gesellschaft oder einem Empfang, und musste schmunzeln, als sie daran dachte, wie er wohl in einem abgelegenen Goldgräber-

oder Holzfällernest auf die Männer wirken würde. Beim Gedanken daran, wie der vornehme Mann einen verrauchten Saloon betrat und sich anschickte, einigen rauen Kerlen ihre Ersparnisse abzunehmen, musste sie schmunzeln. Wenn er Schusswaffen tatsächlich verabscheute und dort bestehen wollte, musste er über andere Talente verfügen, die sie noch nicht kannte.

»Sie haben dem Officer erzählt, Sie handeln mit Grundstücken.«

»Eine kleine Notlüge.« Er zog einen Zigarillo aus seiner Brusttasche, steckte ihn an und paffte genüsslich. »Natürlich gibt es Mitspieler, die ihr Haus oder einen anderen Besitz einsetzen, und ich muss dann sehen, wie ich es einigermaßen gewinnbringend wieder loswerde, falls ich gewinne. Ansonsten sind mir Grundstücksgeschäfte zuwider. Ich habe nicht mal selbst ein Haus.«

»Sie sind immer unterwegs?«

»Ein rastloser Wanderer«, antwortete er lächelnd.

Während sie zum Zug zurückkehrten, die Köpfe gegen den treibenden Schnee gesenkt, kamen ihr die Worte des Spielers wieder in den Sinn. Eine »rastlose Wanderin« war sie ebenfalls. Ohne feste Bleibe, auch wenn es nur ein winziges Zimmer unter dem Dach gewesen war, seit mehreren Stunden und wohl auch die nächsten Tage ständig auf Achse und ohne ein bestimmtes Ziel. Würde sie jemals wieder ein Zuhause haben und sorgenfrei leben können? Oder würde sie die nächsten Jahre in einem Gefängnis verbringen?

Sie saßen bereits auf ihren Plätzen, als zwei Männer den Zug bestiegen. Junge Kerle in ihrem Alter, beide mit Gewehren und Schneeschuhen über den Schultern. Der größere der beiden, ein hagerer Bursche mit grauen Augen, trug eine gefütterte Holzfällerjacke über seiner Baumwollhose, der andere, ein untersetzter Bursche mit einem eingefrorenen Grinsen im Gesicht, schien kaum die Last seines Pelzmantels tragen zu können. Vor allem wegen der zahlreichen Wolfsfelle, die sie bei sich trugen, erregten sie die Aufmerksamkeit aller anderen Passagiere. »Wolfsjäger«, hörte Clarissa jemand flüstern.

»Mir reicht es erst einmal«, freute sich der Hagere. Er legte seine Schneeschuhe und die Felle auf die Gepäckablage und ließ sich auf eine freie Sitzbank fallen. Das Gewehr lehnte er gegen die Wand. »Höchste Zeit, dass wir unseren Lohn kassieren und mal wieder ordentlich einen draufmachen.«

Der Untersetzte verstaute ebenfalls seine Sachen und hockte sich mit dem Gewehr zwischen den Knien neben ihn. »Das kannst du laut sagen. Ich hab beinahe schon vergessen, wie eine Frau aussieht.« Er rieb seine kalten Hände gegeneinander. »Wenn der Job nicht so viel einbringen würde, wäre ich schon vor zwei Wochen umgekehrt.« Er nahm seine Pelzmütze ab und fuhr sich durch die struppigen Haare. »Meinst du, Betty-Sue hat auf mich gewartet?«

»Betty-Sue? Die Kleine aus dem Eisenwarenladen?« Der Hagere grinste ihn von der Seite an. »Wenn sie schlau ist, hat sie sich den Sohn des Bürgermeisters geangelt. Der hat drei Mal so viel Geld wie du und sieht besser aus.«

»Harold ›Big Ears‹ Ledbetter? Was will sie denn mit dem?«

»Harold erbt die Fabrik von seinem Vater. Die ist ein Vermögen wert.«

Der Untersetzte ließ sich seine gute Laune nicht verderben. »Und wenn schon. Ich hab jetzt auch Geld. Was meinst du, wie viele Felle haben wir?«

»Vierzehn, den Kojoten nicht mitgerechnet.«

»Die bringen reichlich Geld. Nicht für 'ne Fabrik, aber genug, um Betty-Sue zum Essen auszuführen und ihr eins von den schönen Kleidern zu schenken, die im General Store im Fenster liegen. Vielleicht haben sie sogar was von der Schokolade vorrätig, die sie manchmal aus Vancouver bekommen.«

»Ich bring mein Geld auf die Bank«, sagte der Hagere. »Der Boss will mir eine kleine Herde zum Sonderpreis geben, falls ich mir eine eigene Ranch zulege. In Kamloops unten soll es noch billiges Land geben, da gehe ich hin.«

Der Zug fuhr aus dem Bahnhof. Vor den Fenstern vermischte sich der Rauch, der von der Lokomotive nach hinten wehte, mit den wirbelnden Flocken, die immer noch die Luft erfüllten, und sie hörten nur an dem veränderten Geräusch, das die Räder verursachten, dass sie über die Brücke fuhren. Nur einmal, als der Wind in die Wolken blies, konnten sie den Fraser River sehen. Am Thompson River entlang ging es in die Wildnis, die bereits vor beinahe fünfzig Jahren eine Herausforderung für die Goldsucher gewesen war. Schroffe Berggipfel ragten über zerfurchten Tälern auf, dichte Fichtenwälder dehnten sich nach allen Seiten, nur unterbrochen von dem Fluss, der ähnlich wie der Fraser an manchen Stellen überraschend zahm war und sich in den engen Canyons mit wirbelnden Stromstellen durch sein felsiges Bett stürzte.

Clarissa merkte, wie sich der Untersetzte alle paar Minuten umdrehte und neugierig in ihre Richtung blickte. Nur die Anwesenheit des Spielers hielt ihn anscheinend davon ab, sie anzusprechen. Sie wandte sich von ihm ab und blickte aus dem Fenster. Überrascht stellte sie fest, dass das Schneetreiben etwas nachgelassen hatte und sie sogar das jenseitige Ufer des Flusses erkennen konnte. Nur noch wie ein durchsichtiger Schleier wirbelten die Flocken vom Himmel herab, zumindest in den Schluchten, wo der Wind nicht so stark blies.

Sie hatte schon von Wolfsjägern gehört. Ehemalige Fallensteller, die glaubten, damit leichtes Geld verdienen zu können, und junge Draufgänger wie die beiden, die als mutige Abenteurer beeindrucken und ebenfalls ihre Taschen füllen wollten. Die meisten Rancher hassten Wölfe, weil die Tiere vor allem junge Rinder rissen, wenn sie Hunger hatten und kein Wild mehr in den Wäldern fanden. Sie bezahlten die Wolfsjäger nach erlegten Tieren und verlangten die Felle als Beweis. Das ausgesetzte Kopfgeld lockte Abenteurer von überallher an, die mehr Wölfe töteten als nötig und weit in die Wildnis vordrangen, um möglichst viele Felle abzuliefern. Eine grausame Entscheidung, wie Clarissa fand. Aus irgendeinem Grund mochte sie Wölfe, vielleicht weil ihr ein indianischer Fischer, ein Freund ihres Vaters, so viele Geschichten über sie erzählt hatte. In den Legenden waren Wölfe keine grausamen Bestien wie in den Märchen der Weißen, sondern eher geheimnisvolle Wesen, die manchmal sogar menschliche Charakterzüge trugen und mit dem Großen Geist in Verbindung standen. Kein Krieger tötete einen Wolf.

»Hey, Pete!«, rief der Untersetzte plötzlich. Er sprang auf und deutete aufgeregt aus dem Fenster. »Nun sieh dir das an! Da oben, auf dem Hügelkamm! Siehst du den Schatten? Ich will verdammt sein, wenn das kein Wolf ist!«

Der Hagere folgte seinem Blick und kniff die Augen zusammen, um besser sehen zu können. »Du hast recht! Das ist ein Wolf, ein verdammter Wolf! Den haben wir wohl übersehen!« Er rückte näher ans Fenster heran und verfolgte den Schatten mit abschätzenden Blicken. Nach einer Weile drehte er sich grinsend um. »Was meinst du? Ob wir den aus dem fahrenden Zug treffen? Die Büffel sollen sie früher auch aus Zügen abgeknallt haben.« Er griff nach seinem Gewehr. »Ein Dollar, dass ich ihn mit dem ersten Schuss treffe!«

»Und ich sage, dass du danebenschießt. Danach bin ich dran.«

»Abgemacht!«, schlug Pete zufrieden ein. Er schob das Fenster hoch und wich vor dem böigen Wind zurück, der stärker als erwartet ins Innere des Wagens blies und eisige Kälte verbreitete. Mit dem Wind wirbelten Schneeflocken herein. Obwohl es bergauf ging, und der Zug relativ langsam fuhr, flog einer älteren Dame der Hut vom Kopf und wehte gegen die Verbindungstür. Sie griff sich erschrocken an den Kopf. Ihr Ehemann legte rasch beide Arme um sie und zog sie schützend zu sich heran. »Machen Sie sofort das Fenster zu!«, schimpfte er laut. »Sehen Sie den nicht, was Sie anrichten?«

»Was soll der Blödsinn?«, schimpfte ein junger Mann.

»Immer mit der Ruhe«, antwortete der Hagere. »Dauert nur einen Augenblick! Sobald ich die Bestie erwischt habe, sitzen Sie wieder im Trockenen!«

Clarissa war aufgesprungen. Sie wechselte einen raschen Blick mit Ralston, der aber keine Anstalten machte, den Wolfsjäger am Schuss zu hindern, und schüttelte wütend seine Hand ab, als er sie zurückhalten wollte. »Aufhören! Sofort aufhören!«, fuhr sie die Männer an. »Machen Sie das Fenster zu!«

»Dauert nur ein paar Sekunden, Miss!«, erwiderte der Untersetzte.

»Was soll das? Haben Sie nicht genug Wölfe getötet?«

»Nicht aus einem fahrenden Zug, Miss!«

Sie lief gebückt in den kalten Wind, der ihr durch den Gang entgegenwehte, und hangelte sich an den Sitzlehnen zu den Männern vor. Neben dem Untersetzten blieb sie stehen. An ihm vorbei beobachtete sie, wie der Hagere auf den Wolf zielte, der jetzt deutlich auf dem Hügelkamm zu erkennen war. Sie sah sein graues, fast silbernes Fell, seinen schlanken Körper, der ausschließlich aus Muskeln zu bestehen schien, und seine Augen, die in der eisigen Luft zu brennen und scheinbar verächtlich auf den Schützen gerichtet zu sein schienen, als wüsste er, dass ihn der Zweibeiner niemals treffen würde.

»Nein!«, rief sie so laut, dass der Untersetzte erschrocken zurückfuhr und der Hagere den Finger um den Abzug krümmte. Die Kugel löste sich krachend aus dem Lauf und traf den Wolf am linken Vorderlauf, ließ ihn vor Schreck aufheulen und humpelnd über den verschneiten Hügel verschwinden.

»Getroffen!«, jubelte der Schütze.

»Ein Streifschuss, der gilt nicht!«, erwiderte der andere.

Der Hagere zog das Gewehr herein und legte den Sicherheitshebel um. »Wenn die Lady nicht gewesen wäre, hätte ich ihn umgelegt.« Er blickte sie vorwurfsvoll an. »Was haben Sie sich dabei gedacht, Miss? War doch nur ein Wolf! Die sollte man sowieso alle ausrotten! Oder ist es wegen dem Wind?« Er zog das Fenster zu und blickte sich zu den verärgerten Passagieren um. »Schon gut«, rief er, »schon gut. Ist ja nichts weiter passiert! Tut mir leid wegen dem Hut, Ma'am! Wir lassen das Fenster jetzt unten, großes Ehrenwort!«

»Rüpel!«, schimpfte Clarissa.

Der Hagere ließ sich nicht aus der Ruhe bringen. »Sie sehen wirklich toll aus, wenn Sie so wütend sind, Miss. Hat Ihnen das schon mal jemand gesagt?« Ein einstudierter Satz, den er wohl öfter anbrachte. Er blickte auf den Spieler, der aufgesprungen war und ebenso erschrocken über ihre Reaktion wie die beiden Jäger zu sein schien. »Wenn Sie nicht mit dem Gentleman zusammen wären, würde ich glatt … Sie sind doch mit ihm zusammen, oder?«

Clarissa beruhigte sich langsam. »Wir sind verlobt.«

»Und warum tragen Sie dann keinen Ring?«

Sie blickte auf ihre linke Hand und blickte den Spieler entsetzt an. Daran hatten sie gar nicht gedacht. »Den will Sam mir in Calgary kaufen, er kennt dort einen guten Juwelier.« Sie richtete sich errötend auf und griff sich verlegen an die Haare. »Außerdem wüsste ich nicht, was Sie das angeht, Mister.«

»Immer zu Ihren Diensten, Miss … Ma'am.«

Sie kehrte auf ihren Platz zurück und blieb eine Weile stumm sitzen. Sie wusste selbst nicht, was plötzlich in sie gefahren war. Eine flüchtige Diebin tat besser daran, sich weniger auffällig zu verhalten, wenn sie unentdeckt bleiben wollte. Oder wollte sie wegen eines Wolfes ins Gefängnis gehen?

»Das war nicht besonders klug«, sagte Ralston leise. »Wenn er irgendwo von der Diebin erfährt, erinnert er sich vielleicht an Sie. Wir können nur hoffen, dass sie bald aussteigen. Weit fahren sie bestimmt nicht.« Er zündete sich einen weiteren Zigarillo an. »Was haben Sie sich bloß dabei gedacht?«

»Der Wolf hatte niemandem etwas getan.«

»Woher wollen Sie das wissen? Wölfe sind gefährlich.«

»Der nicht. Er hatte so etwas … Sanftes.«

Der Spieler blickte sie verwirrt an. »Sie sind eine seltsame Frau, wissen Sie das? Legt sich mit Frank Whittler an, dem Sohn eines der mächtigsten Männer im kanadischen Westen, und geht auf zwei Männer los, nur weil die ein Zugfenster hochschieben und auf einen Wolf schießen. Wenn ich es nicht besser wüsste, würde ich sagen, Sie legen es darauf an, verhaftet zu werden.«

»Unsinn! Ich kann es nun mal nicht ausstehen, wenn ein arroganter Schnösel wie Frank Whittler glaubt, sich an einer Angestellten vergreifen zu können, und genauso wenig kann ich zusehen, wie zwei dumme Jungen ein Zielschießen auf einen wehrlosen Wolf veranstalten. Das ist unanständig, Sam. Im höchsten Maße unanständig. Ein besseres Wort fällt mir leider nicht ein.«

»Clarissa Howe, die Kämpferin für Recht und Ordnung.«

»Clarissa Howe, die flüchtige Diebin. Und Sie helfen ihr!«

Er paffte an seinem Zigarillo und blickte dem Rauch nach. »Vielleicht hat mir mein Vater zu oft von Wyatt Earp und Doc Holliday erzählt. Die halfen vielen schönen Frauen aus der Patsche und liebten das Risiko genau wie ich.«

»Sie hätten wenigstens was sagen können.«

»Zu den Wolfsjägern? Das sind dumme Jungen.«

»Ihnen war es egal, ob der Wolf krepiert. Geben Sie's doch zu!«

»Ich hab nichts für Wölfe übrig.«

Sie wandte sich ab und blickte aus dem Fenster. Der Anblick des Thompson River, der in dem weiten Tal träge dahinfloss, beruhigte sie allmählich. Vielleicht war es ja nicht der Wolf, sondern allein ihre prekäre Lage gewesen, die sie dazu gebracht hatte, die beiden Männer anzuschreien. Ihr Leben hatte sich von einem Tag auf den anderen geändert. Aus einer jungen Frau, die einigermaßen zufrieden in Vancouver gelebt und ihr Auskommen gehabt hatte, war eine rastlose Wanderin geworden, die vor dem Gesetz auf der Flucht war und keine Ahnung hatte, was die Zukunft bringen würde. Sie war es nicht gewohnt, ständig vor Verfolgern auf der Hut zu sein.

Mit schleifenden Rädern legte sich der Zug in eine scharfe Linkskurve. Die Schienen führten vom Fluss weg in ein lang gestrecktes Tal, das zu beiden Seiten von schroffen Hügeln begrenzt war und sich in den Ausläufern gewaltiger Berge verlor. Bedrohlich ragten die Gipfel aus dem Land empor. Der Wind kam aus Norden und blies hier ungehindert, trieb feuchte Schneewehen an den Fenstern vorbei und verfing sich heulend zwischen den Wagen. Fauchend und schnaufend bahnte sich die Lokomotive einen Weg nach Osten.

Dass die Anstrengungen der Lokomotive schwächer wurden, merkte Clarissa erst, als das Fauchen und Schnaufen nicht mehr regelmäßig kam und die Wagen langsamer fuhren. Sie blickte erstaunt aus dem Fenster. Mitten in dem stürmischen Flockenwirbel blieb der Zug auf offener Strecke stehen.

6

Was hat das zu bedeuten?«, fragte Clarissa verwirrt. Sie blickte aus dem Fenster und sah den Schaffner aussteigen. Er trug einen Mantel über seiner Uniform, aber immer noch seine flachen Schuhe, und fluchte unübersehbar, als er bis über die Knöchel im Schnee einsank. Er lief zur Lokomotive vor.

»Auch das noch!«, schimpfte der untersetzte Wolfsjäger. Er schob das Fenster hoch und kniff die Augen gegen das Schneetreiben zusammen. »Und ich dachte, ich könnte mir heute Nacht von Betty-Sue den Arsch wärmen lassen.«

Der Hagere fand seine Worte nicht zum Lachen. »Ich hoffe, die Lok hat nicht schlappgemacht. Soll schon ein paarmal in dieser Gegend vorgekommen sein. Ich hab keine Lust, die ganze Nacht in diesem Zug zu verbringen.«

»Es geht sicher gleich weiter«, beruhigte der ältere Herr seine Ehefrau, die ihre Haare wieder zu einem Knoten gebunden und ihren Hut festgesteckt hatte. »Ich nehme an, es stehen wieder Elche auf den Gleisen. So ist es uns schon einmal gegangen, weißt du noch? Als wir deine Schwester besucht haben.«

Der Spieler sagte nur: »Das sieht nicht gut aus.«

Clarissa drückte ihre Wange gegen das Fenster und sah den Schaffner zurückkommen und in einen der Wagen steigen. Seine Miene verhieß nichts Gutes. Wenig später erschien er in ihrem Wagen und verkündete: »Tut mir leid, meine Damen und Herren, aber wir haben leider eine technische Störung. Wir werden uns wohl auf einen längeren Aufenthalt einstellen müssen.«

»Technische Störung?«, fuhr ihn der Untersetzte an. »Reden Sie Klartext, Mann! Was soll das heißen, Mann? Hat die Lok den Geist aufgegeben?«

»Ein Defekt«, sprach der Schaffner weiter in Rätseln. Als er sah, wie der Untersetzte aufstand und Anstalten machte, auf ihn loszugehen, fuhr er rasch fort: »Irgendwas mit der Dampfleitung und den Ventilen. Genau weiß ich es auch nicht. Eine Reparatur würde zu lange dauern, sagt Joe … der Lokführer, selbst wenn wir die Ersatzteile hätten. Deshalb hat er seinen Heizer zu Fuß zur nächsten Station geschickt. Dort gibt es einen Telegrafen. Wir …« Er schluckte verlegen. »Wir werden wohl eine neue Lok brauchen … Leider.«

»Und wie lange dauert das?«, fragte der ältere Herr besorgt.

»Das kann ich Ihnen leider nicht sagen, Sir. Bis zur nächsten Station sind es, nun ja … ein paar Meilen.« Er schluckte wieder. »Der Heizer ist ein kräftiger Mann, und über die Gleise kommt er sicher einigermaßen schnell voran, aber vier, fünf Stunden wird er brauchen. Und bis die neue Lok kommt …«

»Woher kommt sie denn, die Lok?«, unterbrach ihn der Untersetzte. Seine Laune war schon lange nicht mehr die beste. »Aus Vancouver oder Calgary?«

Der Schaffner errötete. »Das kommt drauf an, Mister …«

»Aber es dauert auf jeden Fall die ganze Nacht! Stimmt doch, oder?«

»Äh … Das könnte durchaus sein.«

»Dann rücken Sie doch endlich mit der vollen Wahrheit heraus! Was ist mit der Heizung? Wenn die Dampfleitung defekt ist, funktioniert auch die Heizung nicht mehr, hab ich recht? In ein paar Stunden sitzen wir hier alle in der Kälte und frieren uns den Arsch ab. So ist es doch, Mister Schaffner?«

»Kein Grund, die Nerven zu verlieren, Mister! Wir werden Holz sammeln und vor dem Zug ein großes Feuer anzünden, daran können wir uns wärmen.«

»Ohne uns!« Der Untersetzte blickte seinen Begleiter an, der bereits dabei war, die Schneeschuhe von der Gepäckablage zu nehmen. »Wir gehen zu Fuß weiter und suchen uns ein warmes Plätzchen, bis der verdammte Zug wieder fahrtüchtig ist. Wenn wir den Heizer überholen, sagen wir dem Stationsvorsteher, was passiert ist. Und übermorgen können Sie in der Zeitung lesen, dass die Canadian Pacific mit einer schrottreifen Lok durch die Berge fährt.«

»Sie wollen die Presse informieren?«

»Das kriegen die Zeitungsfritzen schon selbst raus«, sagte der Untersetzte. Er schulterte sein Gewehr, schnappte sich seine Schneeschuhe und die Felle und ging zur Tür. Der Hagere folgte ihm, ohne sich noch einmal umzudrehen.

Nachdem die Tür hinter den beiden zugefallen war, schwieg der Schaffner für einen Augenblick und blickte aus dem Fenster, als wollte er sich davon überzeugen, dass die Wolfsjäger auch wirklich das Weite suchten, dann räusperte er sich und sagte: »Es tut mir sehr leid, dass ich Ihnen nichts anderes mitteilen kann. Ich möchte jedoch betonen, dass der Herr im Unrecht war. Die Canadian Pacific benutzt hochmoderne Lokomotiven, die über jeden Tadel erhaben sind, aber auch bei so ausgefeilten Maschinen kann es zu unvorhergesehenen Zwischenfällen kommen. Glauben Sie mir, uns ist es genauso unangenehm wie Ihnen, bei diesem Wetter in eine solche Lage zu geraten, und ich kann Ihnen versichern, dass wir alles tun werden, um so schnell wie möglich weiterfahren zu können. Für den Augenblick möchte ich jedoch alle jungen Männer bitten, beim Holzsammeln zu helfen und ein Feuer in Gang zu bringen. Ich bedanke mich für Ihre Aufmerksamkeit, Ladies and Gentlemen.«

»Schöne Bescherung!«, schimpfte der Spieler leise. »Und wer bezahlt mir den Anzug, wenn ich da draußen im Wald rumstapfe? Die Canadian Pacific vielleicht? Ich glaube nicht, dass Mister Whittler einen Scheck unterschreibt.«

»Weder für Sie noch für mich«, ergänzte Clarissa niedergeschlagen.

Dennoch verließ Sam Ralston den Zug. Mit hochgestelltem Mantelkragen und einem qualmenden Zigarillo zwischen den Lippen sah sie ihn zum Waldrand stapfen. Immerhin hatte er seinen Zylinder zurückgelassen. Zwischen den anderen Männern, die zum Holzsammeln aufbrachen und eher nachlässig gekleidet waren, wirkte er wie ein Gentleman, der sich in eine Versammlung von Arbeitern, Farmern oder Holzfällern verirrt hatte. Selbst im tiefen Schnee abseits der Schienen schien er sich noch eine gewisse Würde zu bewahren.

Clarissa nutzte die Abwesenheit der meisten Männer, um sich wärmer anzuziehen. Sie vertauschte ihre flachen Schuhe mit ihren festen Winterstiefeln und den kleinen Hut mit einer Pelzmütze, die sie von ihrer Mutter geerbt hatte. »Aus echtem Nerz«, wie sie stets betont hatte. Sie zog ihren Mantel an und schlang den schwarzen Schal um ihren Hals, für alle Fälle, wie sie dachte. Auch die anderen Frauen hüllten sich in ihre Mäntel. Obwohl ein Fahrgast das Fenster der Wolfsjäger wieder geschlossen hatte, wurde es bereits empfindlich kalt in dem Wagen, oder zumindest kam es den Passagieren so vor.

Auch das Fauchen der Lokomotive war verstummt, und in ihrem Wagen herrschte eine beinahe gespenstische Stille. Außer ihr waren nur das ältere Ehepaar und zwei Frauen, deren Männer beim Holzsammeln halfen, im Wagen zurückgeblieben. Niemand sagte etwas, alle hingen ihren Gedanken nach und realisierten wohl erst allmählich, welche Strapazen die Worte des Schaffners bedeuteten. Noch war es im Zug einigermaßen warm, aber die Heizung arbeitete bereits nicht mehr, und schon bald würde eisige Kälte im Wagen herrschen. Sie würden kein Auge zutun, wenn die neue Lokomotive tatsächlich erst nachts oder am nächsten Morgen eintraf, und zitternd um das Feuer herumstehen, bis die Rettung kam. Die Alternative war ein fünfstündiger Fußmarsch durch die verschneite Wildnis, den sich keiner außer dem Heizer und den Wolfsjägern zutraute, nicht einmal die jungen Männer. Der Zwischenfall mit dem Wolf hatte die meisten Passagiere beunruhigt.

Die nächsten Stunden vergingen quälend langsam. Das Schneetreiben hatte etwas nachgelassen, aber der Wind blies unvermindert stark und verfing sich zwischen den Wagen und in den Baumkronen des nahen Waldes. Weiße Schleier wehten über die Böschung neben den Schienen und glänzten im matten Tageslicht über dem Fluss. Im klaren Wasser schwammen einige Eisbrocken, ein Zeichen dafür, dass der Winter längst gekommen war. Am jenseitigen Ufer wirkten die Bergriesen noch bedrohlicher als vor einigen Stunden.

Bei ihrem Anblick zog Clarissa unwillkürlich den Mantelkragen enger. Sie hatte Angst, nicht vor dem eisigen Wind oder dem Schnee, sondern vor dem Gefühl, ständig auf der Flucht zu sein. Wenn man sie entdeckte, müsste sie quälend lange Jahre im Gefängnis verbringen. Jede Minute, die sie länger im Einflussbereich der Canadian Pacific und der Whittlers blieb, bedeutete erhöhte Gefahr. Seit es Telegrafen gab, war es möglich, eine Nachricht innerhalb weniger Sekunden von einem Ort zum anderen zu schicken, und sie würde sich erst wieder sicher fühlen, wenn die Schienen der Canadian Pacific hinter ihr lagen. In einem Zug dieser Gesellschaft befand sie sich im Hoheitsgebiet der Whittlers, und dort fühlte sie sich wie auf ihrem Grund und Boden, auch wenn sie schon etliche Stunden von Vancouver entfernt war.

Im Wagen war es bereits so kalt, dass die ältere Dame zu zittern begann und sich eng an ihren Mann schmiegte, als endlich das Feuer unter dem Steilufer am Flussufer brannte, und sie sich aufwärmen konnten. Clarissa half dem Ehepaar aus dem Wagen und führte sie durch den aufgeworfenen Schnee und über einen steinigen, aber durch die Böschung geschützten Pfad zum Fluss hinab und zu den Felsen, in deren Schutz das Feuer brannte und sie einigermaßen vor dem Schneetreiben geschützt waren. Der Schaffner hatte einige Decken organisiert und verteilte sie an die Passagiere, nickte jedem freundlich zu und entschuldigte sich wiederholt »im Namen der Canadian Pacific«.

»Ah, da bist du ja«, empfing sie der Spieler mit einem aufgesetzten Lächeln. Sein Mantel war schmutzig, und an seinen Schuhen und der teuren Anzughose klebte Schnee. »Ich wollte dich gerade holen, mein Schatz.«

Die vertraute Anrede war für den Schaffner und die Passagiere bestimmt und verfehlte ihre Wirkung nicht, zumindest bei der älteren Dame, die anerkennend lächelte, als er einen Arm um seine angebliche Verlobte legte.

Der Schaffner hatte einen großen Topf ins Feuer gestellt. »Gleich gibt es Tee für alle«, versprach er, »leider ohne Milch und Zucker. Ich habe nur meine persönlichen Vorräte vorbei, und die reichen gerade mal für eine Runde.«

Clarissa fand einen einigermaßen großen Felsbrocken und setzte sich darauf. Die Wärme, die von dem Feuer ausging, tat ihr gut und vertrieb für einige Zeit sogar ihre trüben Gedanken. Einer der jungen Männer hatte eine Mundharmonika dabei und unterhielt sie mit fröhlichen Liedern, doch zum Mitsingen oder zum Tanzen war keinem von ihnen zumute, und nach einer halben Stunde hatte auch er genug und steckte sein Instrument wieder ein. Der Tee schmeckte furchtbar, war viel zu dünn und zu bitter, doch alle tranken davon, als der Schaffner mehrere gefüllte Becher herumgehen ließ. So bekamen sie an diesem Nachmittag wenigstens etwas Warmes in den Magen.

Am späten Nachmittag ließ sich auch der Lokführer am Feuer blicken. Er hatte angestrengt versucht, die Dampfleitung wenigstens notdürftig zu reparieren. Ohne Erfolg. »Da ist leider nichts zu machen«, sagte er zum Schaffner und wischte sich mit dem Ärmel über die rußverschmierte Stirn. »Mit der Lok komme ich keine zwei Schritte weit. Die muss ins Betriebswerk und gründlich überholt werden.« Er schenkte sich Tee ein. »Verfluchte Berge! Ich hab immer gesagt, wir brauchen schon hier zwei Loks, um einigermaßen voranzukommen, nicht erst in den Rockies.« Er fluchte leise in sich hinein.

Mit der Dunkelheit, die im Spätherbst schon früh auf das Land herabsank, nahm auch die Kälte zu. Obwohl die Männer einen großen Stapel Brennholz unter den Felsen aufgeschichtet hatte, nahmen die Vorräte rapide ab, und sie mussten noch einmal los, um für Nachschub zu sorgen. Der Himmel verfinsterte sich, aber weder der Mond noch die Sterne waren zu sehen, und lediglich der Feuerschein und der reflektierende Schnee schenkten etwas Licht.

»Lange kann es nicht mehr dauern«, sagte der Schaffner nach ungefähr sechs Stunden, »die Lok ist bestimmt schon unterwegs.« Nach acht Stunden sagte er noch einmal dasselbe, und als sich bereits einige Passagiere in ihre Decken gerollt hatten und dicht am Feuer im Sitzen schliefen, zuckte er nur noch mit den Achseln, wenn ihn jemand nach der Lokomotive fragte. Sie würde wohl doch erst am frühen Morgen eintreffen, und sie mussten sich die Nacht entweder im Stehen oder auf einem Felsen sitzend um die Ohren schlagen. Für die älteren Passagiere hatte der Schaffner eine Plane und weitere Decken geholt, damit sie wenigstens ein bisschen vor Schnee und Kälte geschützt waren.

Während der Spieler an der Felswand lehnte, den unvermeidlichen Zigarillo zwischen den Lippen, und sich mit einem anderen Gentleman über die besten Restaurants in Calgary austauschte, vertrat sich Clarissa die Beine. Sie stieg den Pfad zum Bahndamm hoch und blickte über den Zug hinweg zu den Bergen empor, deren schneebedeckte Gipfel das wenige Licht reflektierten und auf die endlosen Fichtenwälder abfärbten, die sich unterhalb der Berge durch die Täler zogen. Die verschneiten Bäume spiegelten sich in den Fenstern des Zuges. Vom Ufer drang der flackernde Feuerschein herauf. Der Schaffner hatte alle Lichter gelöscht und rote

Warnlaternen an die Spitze und das Ende des Zuges gehängt, um näher kommende Lokomotiven zu warnen.

Sie ging am Zug entlang, betrachtete die Lokomotive mit dem trichterförmigen Schornstein und folgte einer inneren Stimme auf die andere Seite des Zuges. Im Schatten der ersten Wagen blieb sie stehen. Ihr Blick folgte den Spuren der Männer, die Holz gesucht hatten, über die weite Lichtung zum Waldrand und blieb an den schattenhaften Umrissen eines Tieres hängen, das für einen Moment im Schnee verharrte und sie aus schmalen Augen anzustarren schien, bevor es gleich darauf im Wald verschwand. Ein Wolf? Fast hatte es den Anschein, die Augen des Tieres waren gelb und schmal gewesen. Der Wolf, den der untersetzte Jäger am Vorderlauf verwundet hatte? Unmöglich! So weit konnte er in dieser kurzen Zeit und mit seiner Verletzung nicht gelaufen sein. War sie schon so müde, dass sie einer Sinnestäuschung erlag?

Ihre Aufmerksamkeit wurde von einem Geräusch abgelenkt. Ein leises Fauchen, selbst in der stillen Nacht kaum zu hören, dann immer lauter und schließlich ein durchdringender Pfiff, der das ganze Tal auszufüllen schien und unverkennbar zu einer Lokomotive gehörte. Durch die Bäume war flackerndes Licht zu sehen, die Kopflampe einer schweren Dampflok, die mit einem hell beleuchteten Personenwagen aus dem Wald kam und sich dem haltenden Zug näherte. Als der Lokführer die Warnlampe erkannte, betätigte er den Bremshebel und brachte die Lok keuchend und zischend zum Stehen.

Nicht nur, weil ihr der Personenwagen verdächtig vorkam, auch ein seltsames Bauchgefühl, das sie nicht genau bestimmen konnte, hielt sie davon ab, aus dem Schatten der Wagen zu treten und der Lokomotive entgegenzulaufen. Sie verharrte ruhig in ihrer Deckung und beobachtete, wie der Lokführer aus seinem Führerstand kletterte und zum Wagen zurücklief. Außerhalb ihres Blickfeldes öffnete er die Tür und half einem Mann heraus.

»Ich hoffe, Sie hatten eine einigermaßen angenehme Fahrt«, hörte sie den Lokführer sagen.

Vom Feuer kamen der Lokführer, der Schaffner und die Passagiere herauf. Im Lichtschein, der aus dem Wagen drang, erkannte sie ihre müden und blassen Gesichter. »Na, endlich!«, rief jemand. »Wurde auch langsam Zeit!« Ein Mann rief wütend: »Dafür verlange ich eine Entschädigung, sonst gehe ich vor Gericht!« »Nun reg dich doch nicht auf, Jack«, antwortete eine Frauenstimme, »so schlimm war es nun auch wieder nicht. Der Schaffner hat doch getan, was in seiner Macht stand.« In ihrem Mann rumorte es anscheinend: »Mindestens ein Abendessen sind sie uns schuldig!«

Der Schaffner blieb erstaunt stehen und starrte anscheinend den Mann an, der aus dem Wagen gestiegen war und immer noch außerhalb ihres Blickfelds stand. »Sind Sie nicht … Sie sind doch Frank Whittler, der Sohn des Chefs!«

Clarissa stockte der Atem. Mit klopfendem Herzen beobachtete sie, wie Frank Whittler in den Lichtschein trat und dem Schaffner die Hand schüttelte. »Ganz recht, Frank Whittler. Ich werde künftig im Management der Canadian Pacific tätig sein und einen Teil der Verantwortung übernehmen.« Er wandte sich an die Passagiere. »Ladies and Gentlemen«, begrüßte er sie, »im Namen der Canadian Pacific darf ich mich ganz herzlich bei Ihnen entschuldigen und Ihnen versichern, dass wir alles tun werden, um Ihnen den Rest der Reise so angenehm wie möglich zu gestalten. Seien Sie versichert, dass es sich bei dem Defekt der Lokomotive um einen einmaligen Vorfall handelt, für den wir den Hersteller zur Verantwortung ziehen werden. Meine Angestellten halten heißen Tee und Sandwiches für Sie bereit, und ich lade Sie herzlich ein, sich im Luxuswagen der Canadian Pacific aufzuwärmen und ein wenig zu schlafen.« Er legte der älteren Dame, der Clarissa geholfen hatte, vertraulich eine Hand auf den Oberarm. »Für Sie steht ein bequemer Sessel bereit, Ma'am.«

»Frank Whittler!«, flüsterte Clarissa entsetzt. Sie stützte sich mit einer Hand an einem der Wagen ab und blickte wie gebannt auf den Mann, der versucht hatte, sie zu vergewaltigen, und sie ins Gefängnis bringen wollte. Er war doch sicher nicht gekommen, um sich bei den Fahrgästen zu entschuldigen.

Ihr Verdacht bestätigte sich schon im nächsten Augenblick. Denn kaum waren die Passagiere in den Wagen gestiegen, um sich den heißen Tee und die Sandwiches abzuholen, zog er den Schaffner zur Seite und sagte etwas, das sie nur bruchstückhaft verstand. »Diebin … allein reisende Dame … jung …«

Der Schaffner antwortete so leise, dass sie gar nichts mehr verstand, vermisste sie aber wohl und blickte sich suchend um. Gleich darauf öffnete er die Wagentür und rief: »Sir! Darf ich fragen, wo sich Ihre Verlobte befindet?«

»Meine Verlobte?«, versuchte Ralston, Zeit zu gewinnen. »Die wollte nur mal schnell … na, Sie wissen schon. Sie kommt sicher jeden Moment zurück.«

»Wie heißt Ihre Verlobte, Sir?«, fragte Whittler. »Clarissa Howe?«

»Helen … Sie heißt Helen. Wieso fragen Sie?«

»In welche Richtung ist sie gegangen?«

»Keine Ahnung. Wieso fragen Sie das alles?«

Clarissa erkannte, dass ihr keine andere Möglichkeit mehr blieb als die Flucht. Wenn sie der Rache dieses verbohrten Mannes entgehen wollte, musste sie so schnell wie möglich verschwinden. Sie hatte nicht einmal mehr Zeit, die Tasche mit ihrem wenigen Hab und Gut mitzunehmen. Sie konnte froh sein, wenn sie ihr Leben rettete, und selbst das war in Gefahr, wenn sie den Blick in die Ferne richtete und die verschneite Wildnis vor sich liegen sah.

Sie schlich zur Lokomotive und rannte auf den Waldrand zu.

7

Über den Pfad, den die männlichen Passagiere beim Holzsuchen in den Schnee getreten hatten, rannte Clarissa über die Lichtung. Nur weil sich der Spieler anscheinend daran erfreute, den Whittlers das Leben so schwer wie möglich zu machen, und ihren Verfolger so lange wie möglich hinhielt, schaffte sie es, sich unbemerkt vom Zug zu entfernen. Im Schutz der Wagen hastete sie durch den knöcheltiefen Schnee. Der eiskalte Wind trieb ihr den aufgewirbelten Schnee ins Gesicht und drang in ihre Augen. Sie kümmerte sich nicht darum, weil sie nur zu gut wusste, was sie erwartete, falls Frank Whittler sie festnehmen ließ und nach Vancouver mitnahm.

Im Schutz der Wagen schaffte sie es beinahe zum Waldrand. Die Bäume waren bereits dicht vor ihr, als plötzlich Stimmen hinter ihr laut wurden und Frank Whittler aufgeregt rief: »Da drüben ist sie! Am Waldrand! Hinterher!«

Anstatt sofort weiterzulaufen, drehte Clarissa sich um und blickte entsetzt auf ihre Verfolger. Auch in dem trüben Halbdunkel, das sich über der schneebedeckten Lichtung ausbreitete, erkannte sie Frank Whittler und glaubte sogar, seine entschlossene Miene zu erkennen. Hinter ihm liefen zwei weitere Männer, wahrscheinlich der Schaffner und der Lokführer. Als Angestellte der Canadian Pacific blieb ihnen wohl nichts anderes übrig, als ihm zu folgen.

»Clarissa Howe! Komm zurück!«, rief er. »Sofort!«

Seine Stimme weckte sie aus ihrer Erstarrung. Ohne darüber

nachzudenken, wie gering ihre Chancen waren, lief sie in den Wald hinein und glaubte gegen eine Wand zu stoßen, so dunkel war es zwischen den hoch aufragenden Fichten. Erst nach einer ganzen Weile hatten sich ihre Augen daran gewöhnt, und sie erkannte ihre Umgebung zumindest schemenhaft und nur dank des wenigen Schnees, der durch die Baumkronen gedrungen war und in einer dünnen Schicht über dem Unterholz und dem gefrorenen Waldboden lag.

Um keine neuen Spuren zu hinterlassen, blieb sie auf dem Pfad, den die Männer beim Holzsuchen hinterlassen hatten. In dem jungfräulichen Neuschnee, der sich auch zwischen den Bäumen ausbreitete, hätte sie jeder frische Fußabdruck sofort verraten. Dennoch kam sie nur langsam voran. Alle paar Schritte peitschten ihr Zweige ins Gesicht und überschütteten sie mit frischem Schnee. Der Boden war tückisch glatt. Sie hatte das Gefühl, kaum von der Stelle zu kommen, und glaubte schon nach wenigen Schritten, die aufgeregten Stimmen ihrer Verfolger zu hören. Warum musste der Zug auch stehen bleiben? Warum musste sie mitten in der Wildnis stranden, immer noch in Reichweite ihres Peinigers? Warum zeigte Gott kein Einsehen mit ihr?

Sie blieb neben einem Baum stehen und spähte verzweifelt in den Wald hinein. Die Spuren der Holzsucher verteilten sich einige Schritte vor ihr im Unterholz und verliefen im Nichts. Wenn sie weiterlief, hätten ihre Verfolger leichtes Spiel. Sie drehte sich um und lauschte. Rasche Schritte, durch den Schnee gedämpft, und das Knacken von Zweigen drangen durch den Wald. Sie waren dicht hinter ihr. Wenn ihr nicht bald etwas einfiel, war sie verloren und würde im Gefängnis genug Zeit haben, um über ihr Pech nachzudenken.

In ihrer Verzweiflung folgte sie einer Spur, die einer der Männer hinterlassen hatte. Sie führte am weitesten in den Wald hinein. Sie duckte sich unter einigen tief hängenden Zweigen hinweg, wischte sich den Schnee vom Gesicht, als sie einen der Zweige mit ihrer

Mütze streifte, und rannte weiter, in ihrer aufkommenden Panik jetzt blindlings und ohne festes Ziel. Ein vermeintliches Unglück verschaffte ihr eine weitere Chance. Auf einem Abhang stürzte sie über einen mächtigen, auf dem Boden liegenden Baumstamm und blieb liegen. Sie war so benommen, dass sie es nicht mehr schaffte, rechtzeitig aufzustehen. Ihre Verfolger waren zu nahe. Ihr blieb nichts anderes übrig, als sich dicht an den moosbewachsenen und von Schnee und Eis bedeckten Baumstamm zu pressen und zu hoffen, dass sie niemand entdeckte.

Sie lag flach auf dem frostigen Boden, ihren Körper gegen den Baumstamm gepresst und von wachsender Panik erfüllt. Sie wollte nicht nach Vancouver zurück und für ein Verbrechen büßen, das sie nicht begangen hatte. Sie wollte dem Mann, der sie belästigt und beinahe vergewaltigt hatte, nicht diese Genugtuung verschaffen. So unnachgiebig und verbohrt, wie sie ihn bisher kennengelernt hatte, würde er sich nicht damit begnügen, sie ins Gefängnis sperren zu lassen. Er würde dafür sorgen, dass sie in ein besonders strenges Gefängnis mit gefährlichen Mörderinnen und Verbrecherinnen kam und jeden Tag die Hölle auf Erden erlebte. Allein das spöttische Gelächter seiner Freunde und Bekannten, die sich darüber lustig machten, dass er sich von einem einfachen Dienstmädchen überwältigen ließ, würde ihn dazu zwingen, sich an ihr zu rächen. Die Demütigung, die sie ihm zugefügt hatte, würde er ohne Rache niemals verwinden.

Die Verfolger kamen näher und blieben nur wenige Schritte vor dem umgestürzten Baumstamm stehen. Clarissa konnte sie nicht sehen, aber hören. Einer der Männer, sicher der eher schwache Schaffner, keuchte angestrengt.

»Die … die kriegen wir nicht … nicht mehr«, stammelte er.

»Eine Frau?« Die ungläubige Stimme des Lokführers. »Das glaubst du doch selbst nicht. Wo soll sie denn hin? Hier gibt's weit und breit keine Stadt, nicht mal ein Dorf. Selbst wenn sie uns entkommen wäre, könnte sie hier nirgendwo unterkriechen.

Bei einem Fallensteller in den Bergen vielleicht, aber so weit würde sie gar nicht kommen. Nicht im Winter, wenn es so schneit.«

»Verdammt!«, fluchte Whittler. »Wenn man wenigstens was sehen könnte und die verfluchte Kälte nicht wäre.« Im Gegensatz zu dem stämmigen Lokführer war er das Leben in der Wildnis nicht gewöhnt. »Wo kann sie denn nur sein?«

»Überall.« Wieder die Stimme des Lokführers. »Vor zwei Jahren war ich hier mit einigen Freunden jagen. Der Wald ist riesig. Zwei Stunden braucht man bis zum anderen Ende, wenn es hell ist, wohlgemerkt, und bis zur nächsten Siedlung sind es vier, fünf Stunden, bei dem Wetter sogar noch länger.«

»Hast du das gehört, Clarissa?«, rief Whittler so laut, dass man es noch in weiter Ferne gehört hätte. »In den Wald zu laufen, bringt dir nichts! Hier gibt es weit und breit keine Siedlung! Komm zurück, wenn dir dein Leben lieb ist, oder willst du erfrieren oder von wilden Tieren angefallen werden? Ich gebe dir drei Minuten, Clarissa! Wenn du dann nicht hier bist, drehen wir um, und du kannst sehen, wo du bleibst! Der Lokführer kennt sich aus. Hier ist nichts! Allein in der Wildnis hast du keine Chance! Sei vernünftig! Komm zurück!«

Clarissa schmiegte sich noch enger an den Baum und wagte kaum zu atmen. Ihr Herz klopfte so laut, dass sie befürchtete, die Männer könnten es hören. Auch wenn sie ahnte, dass Whittler recht hatte und sie tatsächlich in der Wildnis verloren wäre, gab sie nicht auf. Alles war besser, als diesem Scheusal in die Hände zu fallen, sogar ein gefährlicher Marsch durch die Wildnis.

»Vielleicht kann sie uns nicht hören«, sagte der Schaffner.

»Unsinn! Weit kann sie auf keinen Fall sein.«

»Ich weiß, dass du mich hören kannst!«, rief Whittler in den Wald hinein. »Du hast noch zwei Minuten, um aus deinem Versteck zu kommen, sonst überlassen wir dich den Wölfen. Komm zurück, und ich will vergessen, dass du vor dem Gesetz geflohen bist. So machst du alles nur noch schlimmer!«

Clarissa spürte, wie die Kälte durch ihren Mantel kroch. Ein leichter Windstoß trieb Schnee über sie. Wie feiner Sprühregen fiel er auf sie herab.

»Verdammtes Miststück!«, fluchte Whittler leise.

Über ihr wurden Schritte laut, und sie hatte schon Angst, die Männer könnten sie in ihrem Versteck entdecken, doch sie vertraten sich nur die Beine. Obwohl der Wind zwischen den Bäumen kaum zu spüren war, setzte die Kälte sogar dem abgehärteten Lokführer zu. Der Schaffner zitterte hörbar.

»Die drei Minuten sind um!«, tönte Whittlers Stimme über Clarissa hinweg. »Wenn du lieber erfrieren willst, bitte sehr! Wir verschwinden jetzt!«

»Aber das können Sie nicht tun, Sir!«, hörte sie die ungläubige Stimme des Schaffners. »Hier draußen erfriert sie! Das wäre ... das wäre doch ...«

»... Mord?«, ergänzte Whittler höhnisch. »Ich würde eher sagen: Dummheit! Selbst eine einfache Frau wie sie müsste doch erkennen, dass man in dieser Wildnis nicht überleben kann. Jedenfalls nicht, wenn man eine Frau ist und weder Vorräte noch eine Waffe besitzt. Ausgerechnet jetzt, wo der Winter kommt.« Er blickte anscheinend den Lokführer an. »Stimmt doch, Joe?«

»Sie würde nicht mal diese Nacht überleben«, antwortete der Lokführer. Auch er war wohl mit dem brutalen Vorgehen von Whittler nicht einverstanden. Er räusperte sich verlegen. »Ich will Ihnen nichts vorschreiben, Sir, aber der Schaffner hat recht. Wir machen uns doch strafbar, wenn wir sie jetzt allein lassen. Das wäre doch ...« Er suchte nach dem passenden Wort, wollte seinen Chef anscheinend nicht beleidigen. »Es wäre ... unmenschlich.«

»Unmenschlich?«, fuhr Whittler den Lokführer an. »Ich erkläre mich bereit, ihr die zusätzliche Strafe zu erlassen, wenn sie aus ihrem Versteck kommt, und Sie nennen das unmenschlich? Sie ist eine Diebin! Sie hat ihre Stellung ausgenutzt, um mich auf schamlose Weise zu betrügen. Sie hat kein Mitleid verdient. Wenn sie hier unbedingt erfrieren will … Meinetwegen! Oder wollen Sie die ganze Nacht nach ihr suchen? Die Passagiere warten auf uns!«

Jetzt erhob der Lokführer seine Stimme. »Kommen Sie zurück, Miss! Kommen Sie, bevor es zu spät ist! Mister Whittler meint es ernst. Sie erfrieren, wenn Sie ihm nicht gehorchen. Hier verirrt man sich leicht. Haben Sie keine Angst, Sie bekommen sicher eine faire Gerichtsverhandlung. Selbst nach einer Gefängnisstrafe haben Sie doch noch Ihr ganzes Leben vor sich!«

»Hören Sie auf ihn, Miss!«, rief auch der Schaffner.

»Also, ich habe jetzt genug«, reagierte Whittler unwirsch, als sie wieder nicht erschien, »ich kehre jetzt um. Und Sie sollten mit mir kommen, falls Sie morgen nicht Ihre Kündigung haben wollen. Wir haben schon genug Verspätung.« Seine Schritte entfernten sich. »Worauf warten Sie? Sie ist doch selbst schuld! Aber keine Bange! Sobald wir in Ashcroft sind, schicke ich einen Suchtrupp los, der wird sie schon finden. So schnell stirbt es sich nicht.«

»Ashcroft? Bis der Suchtrupp hier ist, kann es schon zu spät sein«, sagte der Lokführer. »Und wer weiß, ob die Männer sie tatsächlich finden? In den Cascades könnten ganze Armeen verschwinden, ohne dass jemand es merkt.«

»Die finden sie, keine Angst! Kommen Sie endlich!«

Clarissa wartete nervös, bis sich die Schritte der Männer entfernt hatten und ihre Stimmen nicht mehr zu hören waren. Doch selbst dann wagte sie noch nicht, ihr Versteck zu verlassen. Zu groß war die Angst, einer der Männer könnte umgekehrt sein und doch nach ihr suchen. Erst als die Lokomotive ihr schrilles Signal in die Wildnis schickte und das ferne Schnauben der Lokomotive zu hören war, stemmte sie sich auf die Knie und stand ächzend auf.

Steif und ungelenk blieb sie stehen. Die Kälte war bis unter ihre Kleider gekrochen und schien ihren ganzen Körper auszufüllen. Sie bewegte ihre Arme und stampfte ein paar Mal mit den Füßen auf. Nur langsam kam ihr Kreislauf wieder in Gang. Durch die Bäume sah sie die Lichter des Zuges flackern. Weil die neue Lokomotive nicht nur die Wagen, sondern auch die defekte Lok schieben musste, kam er nur langsam voran. Dunkler Rauch stieg aus dem trichterförmigen Schlot auf und schien bis zu ihr in den Wald zu dringen.

Die Einsamkeit, die sie nach der Wegfahrt des Zuges umfing, war grausam. Selbst auf der Farm ihres Onkels, wenn sie auf Morning Star ausgeritten war, hatte sie sich niemals so allein gefühlt, nicht einmal abseits der Farm in den Bergen. Tiefe Stille, so intensiv, dass man sie beinahe greifen konnte, hüllte sie ein, nur unterbrochen von dem leisen Rauschen des Windes in den Baumkronen und dem zischelnden Geräusch, wenn Schnee von den Zweigen fiel.

Die Männer hatten recht, wurde ihr mit Schrecken klar. Allein waren ihre Chancen, in dieser Einsamkeit zu überleben, nicht besonders groß. Zumindest nicht, wenn sie weiter auf die Berge zulief. Natürlich konnte sie zu den Schienen zurückkehren und über die Schwellen zum nächsten Bahnhof laufen. Fünf Stunden würde sie durchhalten. In ihrer Winterkleidung und den festen Stiefeln war sie einigermaßen geschützt, und ihr dicker Schal verhinderte, dass Schnee in ihren Nacken fiel. Aber was nützte der Gewaltmarsch, wenn am nächsten Bahnhof ein Polizist wartete oder der Suchtrupp ihr entgegenkam und sie auf offener Strecke überraschte? Frank Whittler ging sicher kein Risiko ein und zog jede Möglichkeit in Betracht. Wenn sie ihm entkommen wollte, durfte sie nicht in die Zivilisation zurückkehren. In seinem Zorn über die erlittene Demütigung war mit Whittler nicht zu spaßen.

Ohne zu überlegen und weiter über die Konsequenzen nachzudenken, lief sie weiter in den Wald hinein. Nur nicht zurück zu Frank Whittler, den ihr Verhalten anscheinend so tief in seinem

Stolz getroffen hatte, dass er sich wie ein Wahnsinniger benahm, sie wie eine Schwerverbrecherin verfolgte und sogar in Kauf nahm, dass sie in der Wildnis starb, weil er alles daransetzte, sie ins Gefängnis zu bringen. Gab es denn keine Gerechtigkeit mehr in diesem Land? Bestimmten die Reichen und Mächtigen, was Recht und Unrecht war?

Sie wollte weder ins Gefängnis, noch wollte sie sterben. Also musste sie sich bewegen. Solange sie lief, konnte ihr die Kälte nichts anhaben. Ohne die Möglichkeit, ein Feuer zu entzünden, und ohne ein Streichholz schafften das nur Indianer und Fallensteller, durfte sie sich nicht zu lange ausruhen und sich auf keinen Fall irgendwo hinlegen und schlafen. In Vancouver hatte sie von Menschen gehört, die in unmittelbarer Nähe der Stadt erfroren waren, weil sie auf einem einsamen Trail zusammengebrochen waren. Laufen, laufen, und wenn es noch so anstrengend war. Wenn Gott nur ein wenig an einer gerechten Welt gelegen war, würde er einen Ausweg für sie finden.

Der Marsch war eintönig, und jeder Schritt kostete Kraft. Immer öfter stolperte sie über Steine oder abgebrochene Äste. Es gab nichts, woran sie sich orientieren konnte, jeder Baum sah aus wie der andere. Ihre Angst, irgendwann ihren eigenen Spuren zu begegnen und festzustellen, dass sie im Kreis lief, wuchs mit jedem Schritt. Doch nichts konnte sie aufhalten, und selbst, wenn sie im Kreis gelaufen wäre, hätte sie nicht aufgegeben und wäre bis zur völligen Erschöpfung weitergelaufen. Wenn sie es durch die Nacht schaffte, schien am nächsten Morgen vielleicht die Sonne, und sie konnte sich auf einer Lichtung aufwärmen. Noch war nichts verloren, noch besaß sie genug Kraft. Den Suchtrupp hatte sie aus ihren Gedanken verbannt.

Nach ungefähr zwei Stunden erreichte sie den jenseitigen Waldrand und einen See, der den größten Teil einer Lichtung einnahm und von Schneeverwehungen umgeben war. Auf dem Wasser zeigte sich das erste Eis. Das Schneetreiben hatte wieder zugenommen, und dichte Flocken wirbelten ihr entgegen. Der kalte Wind zerrte an ihren Kleidern und erinnerte sie daran, dass von ihm die größte Gefahr ausging. Er drückte die niedrigen Temperaturen weiter hinunter und trieb ihr eisige Schneeschauer und Flocken entgegen.

Am Waldrand entlang lief sie nach Norden. Dort war sie wenigstens einigermaßen geschützt. Der reinste Wahnsinn, wie sie selbst erkannte, und doch die einzige Möglichkeit, um am Leben zu bleiben, denn an den Schienen warteten Frank Whittler und seine Männer, und in den Ausläufern der Berge, denen sie entgegenlief, gab es wenigstens die Hoffnung. Vor fünfzig Jahren waren Goldsucher in diese Wildnis gedrungen. Irgendwo musste es noch eine verfallene Hütte oder einen Unterschlupf geben. Also hielt sie weiter auf die Berge zu, in der Hoffnung, durch Zufall auf so einen Unterschlupf zu stoßen.

Unglücklicherweise nahm das Schneetreiben zu. Als sie den nördlichen Rand der Lichtung erreicht hatte, war der Flockenwirbel so dicht, dass sie kaum noch die Hand vor Augen sah. Um gegen den heftigen Wind anzukommen und nicht im Schnee zu landen, musste sie gebückt gehen und sich mit aller Macht gegen die Böen stemmen. Dunkel und abweisend hoben sich die Fichten gegen den hellen Schnee ab, und doch war der Wald ihre einzige Rettung.

Nur wenige Minuten hielt sie zwischen den Bäumen inne. Als sie merkte, wie ihre Muskeln erschlafften und sie am liebsten zu Boden gesunken und eingeschlafen wäre, lief sie rasch weiter. Die Gefahr, selbst im Stehen oder an einen Baum gelehnt einzuschlafen, war zu groß. Lauf weiter, feuerte sie sich an, gib jetzt nicht auf, du bist Whittler ein zweites Mal entkommen und darfst ihm diesen Triumph nicht gönnen. Setz einen Fuß vor den anderen, immer weiter, immer weiter, schon bald geht die Sonne auf, dann bist du gerettet!

Wieder stieg sie durchs Unterholz, trotzte der Dunkelheit in dem dichten Fichtenwald und kämpfte verzweifelt gegen ihre Müdigkeit an. Wie spät war es wohl? Nach Mitternacht? Drei, vier oder gar schon fünf Uhr? Sie hatte das Gefühl, schon viele Stunden unterwegs zu sein. Doch sie lief weiter nach Norden, so hoffte sie jedenfalls, dem Waldrand entgegen. Einen Moment hatte sie das Gefühl, an derselben Lichtung wie vor einigen Stunden anzukommen, als sie zwischen den Bäumen stehen blieb und unschlüssig in den wirbelnden Schnee blickte, bis sie einen zugefrorenen Bach im Schneetreiben erkannte und die dunklen Umrisse einer Hütte im Flockenwirbel ausmachte.

Zuerst glaubte sie an eine Sinnestäuschung, doch dann lichtete sich das Schneetreiben für einen Augenblick, und sie erkannte, dass sie sich nicht geirrt hatte. Unweit des Waldrandes erhob sich eine Blockhütte am Bachufer.

Von neuer Hoffnung beseelt, hielt sie darauf zu.

8

Die Hütte sah bewohnt aus. Über dem Ofenrohr, das aus dem giebelförmigen Dach ragte, glaubte sie eine dünne Rauchfahne zu erkennen, und unter dem einzigen Fenster lagen leere Fressnäpfe und ein angenagtes Hundegeschirr im Schnee. »Hallo, das Haus!«, rief sie müde, ein alter Westerngruß, den sie von ihrem Onkel auf der Farm gelernt hatte. So rief man im amerikanischen Westen, wenn man sich einer Ranch oder einer Farm näherte, um seine freundlichen Absichten zu zeigen und nicht von einer Kugel getroffen zu werden. »Ist da jemand?« Sie blieb neben der Tür stehen und lehnte sich gegen die Wand.

Als niemand antwortete, öffnete sie die Tür. Angenehme Wärme empfing sie. Durch die Herdplatte auf dem Kanonenofen, der mitten im Raum stand, schimmerte Glut, das einzige Licht in der Hütte. Sie drückte die Tür hinter sich zu und lehnte sich erschöpft dagegen. Geduldig wartete sie, bis sich ihre Augen an die Dunkelheit gewöhnt hatten und sie sicher sein konnte, dass sich tatsächlich niemand in der Hütte befand. In der Stille waren nur das leise Knistern des heruntergebrannten Feuers und das Heulen des Windes zu hören.

Auf dem Holztisch neben dem Fenster stand eine Petroleumlampe. Sie zog ihre Handschuhe aus, suchte in der Schublade nach Streichhölzern und atmete erleichtert auf, als sie eine Schachtel fand. Mit klammen Händen hob sie den Glasbehälter, riss eines der Hölzer an und setzte den Docht in Brand. Mit dem kleinen Metallrädchen, das seitlich angebracht war, schraubte sie den Docht nach oben, bis der Raum hell erleuchtet war, und drückte den Glasbehälter wieder in die Fassung. Immer noch durchgefroren, nahm sie einige Holzscheite vom Stapel neben dem Ofen und fütterte das Feuer, das bereits zu erlöschen drohte. Dankbar beobachtete sie, wie sich die Flammen in das neue Holz fraßen und im Ofen nach oben züngelten. Die Wärme brannte in ihrem Gesicht.

Während sie ihre Hände über der Herdplatte wärmte, blickte sie sich in der Hütte um. Viel gab es nicht zu sehen. Einen Holztisch mit zwei Stühlen, einen alten Küchenschrank, eine Kommode, auf die jemand eine altmodische Waschschüssel gestellt hatte. Daneben stand ein Eimer mit klarem Wasser. Auf dem Bett vor der Rückwand lagen ein Büffelfell und mehrere Wolldecken, in einem kleinen Regal darüber entdeckte sie eine Schachtel Patronen und mehrere zerfledderte Buffalo-Bill-Heftchen. Auch ihr Onkel hatte die Dime Novels mit den Abenteuern des berühmten Westmanns gerne gelesen.

Hinter einem Vorhang, der sich quer durch die Hütte zog und ungefähr ein Drittel der Hütte abtrennte, standen ein weiteres Bett, auf dem ebenfalls einige Decken und schmutzige Wäsche lagen, darunter die langen Unterhosen eines Mannes, und eine Kiste mit Abfall. Sie betrachtete eine gerahmte Fotografie an der Wand, die einen bärtigen Mann zeigte, der Pfeife rauchend vor seinem Blockhaus saß und in die Kamera lächelte. In einer Ecke lag ein Stapel wertvoller Felle.

Die Hütte eines Fallenstellers, erkannte Clarissa. Das Feuer, das beinahe schon erloschen war, als sie Holz nachgelegt hatte, verriet ihr, dass er sie erst vor einigen Stunden verlassen hatte. Wer bei diesem Wetter aufbrach, lebte wahrscheinlich schon sehr lange in der Wildnis und ließ sich von einem Schneetreiben nicht abschrecken. Anscheinend war er mit einem Hundeschlitten unterwegs, um seine Fallen abzufahren oder neue Vorräte in der Stadt einzukaufen. Mit dem Hundeschlitten war er sicher schneller in Ashcroft als der Heizer, der den Stationsvorsteher der Canadian Pacific alarmiert hatte.

Sie rieb erschrocken ihre Hände. Wenn er dort Frank Whittler begegnete und ihre Verfolger erfuhren, dass es eine Hütte in der näheren Umgebung gab, kamen sie ihr vielleicht auf die Spur. Ein Fallensteller, der jeden Winter in dieser Wildnis seine Fallen auslegte, kannte sich besser als jeder andere aus und führte sie vielleicht auf die richtige Spur. Nicht auszudenken, wenn sie ihm folgten und sie in dieser Hütte aufspürten. Dann wäre ihre ganze Anstrengung umsonst gewesen, und sie landete doch noch hinter Gittern.

Sie zog ihren Mantel aus und legte ihn zusammen mit ihrem Schal und der Mütze über einen Stuhl. Mit der Wärme war auch ihre Müdigkeit zurückgekehrt, und sie fühlte plötzlich eine bleierne Schwere in ihrem Körper. Sie konnte kaum noch stehen, schaffte es gerade noch zum Bett und sank seufzend auf das dicke Büffelfell. In diesem Moment war ihr egal, ob Frank Whittler oder ein Suchtrupp auftauchten, der Fallensteller zurückkehrte oder sonst etwas passierte. Sie wollte nur noch schlafen. Die lange Bahnfahrt und der anstrengende Marsch durch die Wildnis saßen ihr in den Knochen. Noch bevor ihr Kopf das Büffelfell berührte, hatte sie die Augen geschlossen und war eingeschlafen.

Auch im Traum war sie auf der Flucht. Unheimliche Schattenwesen lauerten auf Bäumen und hinter Felsbrocken, sprangen sie von allen Seiten an und hetzten sie durch eingeschneite Täler. Sie war zu Fuß unterwegs und sank bei jedem Schritt bis zur Hüfte ein, arbeitete sich keuchend wieder heraus und versank erneut, die bedrohlichen Wesen immer im Nacken. Wie dunkle Wolken, die von dem frostigen Wind durch die Luft gewirbelt wurden, waren sie zu jeder Sekunde in ihrer Nähe und schienen sie bis zur Erschöpfung hetzen und quälen zu wollen, um sie dann endgültig in ihr Schattenreich zu entführen. Im wirklichen Leben hätte Clarissa längst aufgegeben und wäre atemlos im Schnee versunken, zu schwach, um sich noch gegen die Wesen zu wehren, doch in ihrem Albtraum blieb ihr keine Wahl, sie kämpfte sich unablässig durch die Wildnis.

Ein schwaches Licht gab ihr neue Hoffnung, gelber Lichtschein, der immer stärker in dem eisigen Nebel über dem Tal zu leuchten schien. Sie blieb stehen, stellte überrascht fest, wie die Schattenwesen von ihr ließen und in der Luft verharrten, nur noch kurz in ihrer Nähe blieben und entsetzt das Weite suchten, als der gelbe Lichtschein noch stärker zu leuchten begann und ein gefährliches Knurren aus dem Nebel drang. Der einsame Wolf, den der Jäger angeschossen hatte, trat ihr mit brennenden Augen entgegen und senkte den Kopf, als wollte er ihr zeigen, dass er auf ihrer Seite war und alles Böse von ihr abhielt. Im nächsten Augenblick war er verschwunden.

Clarissa öffnete die Augen und brauchte lange, um sich von dem seltsamen Traum zu lösen und zu erkennen, wo sie sich befand. Erschrocken schwang sie die Beine aus dem Bett und blieb auf dem Bettrand sitzen. Nur ganz allmählich löste sich ihre Benommenheit. Sie hatte keine Ahnung, wie lange sie geschlafen hatte, aber das Schneetreiben war vorüber, und durch das Fenster konnte sie weit im Westen den orangefarbenen Schimmer der untergehenden Sonne zwischen den Wolken sehen. Seitdem sie die Hütte betreten hatte, waren über zwölf Stunden vergangen. Die Petroleumlampe brannte kaum noch.

Sie stand auf und reckte sich seufzend. Der nächtliche Gewaltmarsch steckte ihr immer noch in den Knochen. Als sie in die Spiegelscherbe über der Kommode blickte, erschrak sie ein wenig über ihre zerzausten Haare und ihr gerötetes Gesicht und musste gleichzeitig über ihren dunklen Rock und ihre weiße Bluse lachen. Nicht gerade die Kleidung einer Frau, die sich in der Blockhütte eines Fallenstellers einquartiert hatte. Sie band ihre Haare mit einem Band aus ihrer Rocktasche im Nacken zusammen, spritzte sich etwas Wasser aus dem Eimer ins Gesicht und putzte sich die Zähne mit einem Zeigefinger. So wird nie eine Lady aus mir, überlegte sie lächelnd. Sie trocknete sich mit einem Handtuch ab, das am Fußende des Bettes lag, und ging zum Ofen, wo sie neue Holzscheite nachlegte und das Feuer wieder aufflackern ließ.

Während sie die Ofentür schloss, hatte sie plötzlich das Gefühl, beobachtet zu werden. Sie drehte sich erschrocken um und wandte sich zum Fenster, wischte den Beschlag von der Scheibe und starrte in die gelben Augen des Wolfes, dem sie das Leben gerettet hatte. Der gelbe Lichtschimmer aus ihrem Traum! Verwirrt blieb sie stehen, sie konnte nicht glauben, dass er sie in dieser Einsamkeit aufgespürt hatte, und doch war es dieser ganz besondere Wolf, das erkannte sie an seinem Humpeln, als er einen Schritt auf sie zu machte, seinem silbrigen Fell und dem hageren und doch muskulösen Körper.

»Hey, *Bones*«, flüsterte sie, »was tust du denn hier? Du könntest dir ruhig mal wieder was zu fressen besorgen. Siehst ja schon ganz ausgehungert aus.«

»*Bones* ... Knochen. Der Name war wie von selbst über ihre Lippen gekommen, weil der Wolf so knochig und ausgehungert aussah. Seltsamerweise hatte sie keine Angst vor ihm, im Gegenteil, sie fühlte sich auf seltsame Weise zu ihm hingezogen, vielleicht weil sie Mitleid für ihn empfand. In seinen Augen meinte sie so etwas wie Zuneigung zu erkennen. Er schien zu wissen, dass ihr Schrei den Wolfsjäger aus dem Gleichgewicht gebracht hatte, dass seine Kugel deshalb danebengegangen war und ihn nur verwundet hatte.

Sie handelte beinahe automatisch, kramte so lange in den Schubladen der Kommode, bis sie Wundsalbe und einen einigermaßen sauberen Verband fand. Im Küchenschrank entdeckte sie eine halbvolle Flasche Whiskey. Ohne sich über das Risiko, das sie einging, im Klaren zu sein, öffnete sie die Tür und ging langsam auf Bones zu. Jetzt wurde ihr doch etwas mulmig, und sie wäre am liebsten wieder ins Haus gerannt, doch dazu war es zu spät. Ihr blieb nichts anderes übrig als zu lächeln. »Sag bloß, du bist mir die ganze Zeit gefolgt. Hast du denn kein Rudel, das sich um dich kümmert? Bist du einer dieser Einzelgänger, von denen mein Onkel erzählt hat?«

Der Wolf gab ihr keine Antwort, drehte sich langsam im Kreis, als wollte er nach seinem Schweif schnappen, und blieb leise jaulend stehen. Seine Ohren waren aufgestellt, sein Schweif verschwand zwischen den Beinen. Ohne zu wissen, dass eine solche Haltung seine Demut ausdrückte, erkannte Clarissa, dass der Wolf ihr vertraute und sich ihr unterordnete, zumindest im Moment.

Wenige Schritte vor dem Wolf ging sie in die Hocke. Sie stellte die Whiskeyflasche in den Schnee und lächelte ihm aufmunternd zu. »Ich will dir helfen, Bones.« Sie hielt den Verband und die Salbe hoch. »Siehst du? Damit verbinde ich deine Wunde, dann kannst du bald wieder auf die Jagd gehen.«

Sie sah dem Wolf in die Augen und erkannte, dass keine Gefahr von ihm ausging. Anders als bei manchen Hunden und dem Wolf, den sie bei einem Ausritt beobachtet hatte, lag nichts Gefährliches in seinem Blick, nur Zuneigung und die Hoffnung, dass sie seine Schmerzen linderte. Humpelnd kam er auf sie zu, beinahe so vertraulich wie der Hund ihres Onkels, der ihr sofort entgegengesprungen war, wenn er sie auf dem Kutschbock des ankommenden Wagens entdeckt hatte. Keine wilde Bestie wie in den Buffalo-Bill-Romanen.

»Keine Angst, Bones! Das haben wir gleich!« Sie brachte ihn dazu, sich hinzulegen, und fuhr vorsichtig mit der flachen Hand über seinen verletzten Vorderlauf. Der Knochen war vielleicht geprellt, aber nicht gebrochen. »Glück gehabt, die Kugel hat dich nur gestreift. Das dürfte in ein paar Tagen verheilt sein.« Sie riss einen Fetzen von ihrem Unterrock und träufelte etwas Whiskey darauf. »Das brennt jetzt ein bisschen, aber es muss sein. Wenn die Wunde schmutzig ist, kann sie sich entzünden, und das willst du doch nicht.«

Sie wischte vorsichtig das getrocknete Blut von seinem Fell und säuberte die Wunde. Er zuckte unter ihrer Berührung zusammen, hielt aber still. Sie war keine Tierärztin und hatte nicht die geringste Ahnung, wie ein Wolf auf eine so starke Prellung und eine Streifschusswunde reagierte, nahm aber an, dass es richtig war, die Wunde zu desinfizieren. Anschließend schmierte sie Wundsalbe darauf und wickelte einen Verband darum. Erst sehr viel später würde sie bei dem Gedanken erschaudern, einen erwachsenen Wolf verarztet zu haben, ihm so nahe gewesen zu sein, dass sie seinen Atem gespürt hatte.

»So, das dürfte genügen«, sagte sie nach getaner Arbeit. Sie tätschelte seinen Hals und brachte ihn mit einem Klaps dazu, sich zu erheben. Er blieb zögernd stehen, humpelte ein paar Schritte und drehte sich noch einmal zu ihr um. Mit einem Blick aus seinen sonst so berechnenden Augen dankte er ihr.

Sie wartete, bis er verschwunden war, griff nach der Whiskeyflasche und stand auf. Ungläubig schüttelte sie den Kopf und atmete die eiskalte, aber frische Luft ein. Am Himmel standen nur noch wenige Wolken, lediglich weit im Westen schimmerten einige Wolken im Licht der untergehenden Sonne. Die verschneiten Gipfel der Berge, die das Tal im Norden begrenzten, glänzten im abnehmenden Licht. In den Schluchten und am Waldrand lagen schwarze Schatten. Im gefrorenen Bach knackte es, ein winziges Tier ließ sich am Ufer blicken und verschwand wieder, und von den Bäumen im Osten drang das Krächzen eines Raben herüber. Der Wind hatte abgenommen und sang nur noch gelegentlich in den Baumkronen.

Wie schön und scheinbar unberührt diese Wildnis doch war. So nahe war Clarissa der Schöpfung noch nie gewesen, weder auf ihren Ausritten in die Umgebung der Farm ihres Onkels noch auf ihren Ausflügen nach Vancouver Island. Auf dem Meer vielleicht, wenn sie mit ihrem Vater unterwegs gewesen war. Wenn sich das Meer bei ruhigem Seegang wie ein Spiegel nach allen Seiten ausbreitete und man meilenweit nichts als Wasser sehen konnte. So muss die Natur direkt nach der Schöpfung ausgesehen haben, überlegte sie, so grenzenlos und weit wie das Meer, so gewaltig und urwüchsig wie diese Berge. Der Fallensteller hatte sich einen idealen Platz für seine Hütte ausgesucht. Schöner und eindrucksvoller konnte auch das Paradies nicht sein.

Sie blickte noch einmal zum Wald zurück, konnte den Wolf aber nicht mehr sehen und ging ins Haus. Im Küchenschrank fand sie Kaffee, nicht gerade ihr Lieblingsgetränk, aber irgendetwas Warmes brauchte sie, und etwas Käse und einige Cracker. Ausreichend für einen schmackhaften Imbiss. Sie brühte den Kaffee in der blechernen Kanne auf und verzog schon beim ersten Schluck das Gesicht, zum Glück entdeckte sie eine Zuckerdose und Dosenmilch.

Nach dem Essen nahm sie den Besen, der hinter dem Vorhang lehnte, und fegte die Hütte aus, mit einem Lappen wischte sie die Möbel sauber. Sie goss das schmutzige Wasser aus der Schüssel hinters Haus, füllte sie mit Schnee und stellte sie auf das Tischchen neben dem Ofen. In dem Wasser im Eimer, das sie auf der Herdplatte erhitzte, spülte sie das Blechgeschirr. Sie wusch die schmutzige Wäsche, auch wenn sie nirgendwo Kernseife finden konnte, hängte sie über die Schnur, an welcher der Vorhang befestigt war, und trocknete sich zufrieden die feuchten Hände ab. So konnte sich die Hütte wieder sehen lassen. Sie musste sich dem Fallensteller irgendwie erkenntlich zeigen.

Er würde sicher bald zurückkehren. Sie hatte gehört, dass Fallensteller alle paar Tage ihre Fallen abfuhren und unterwegs in kleinen Zelten übernachteten, aber länger als ein paar Tage waren sie nie unterwegs. Den Gedanken daran, was dann passieren würde, verdrängte sie. Sie hatte keine Ahnung, wie ihr der Besitzer der Hütte begegnen würde. Gut möglich, dass er von der flüchtigen Diebin gehört hatte und sie nach Ashcroft brachte, weil er sich eine Belohnung von der Canadian Pacific erhoffte. Oder er verjagte sie und zwang sie, sich allein in der Wildnis zu behaupten. Auch unter den Fallenstellern gab es Männer, denen man besser nicht begegnete. An die anderen Möglichkeiten wagte sie gar nicht zu denken. Nicht nur wohlhabende Männer vergriffen sich an Frauen, auch übermütige Fallensteller, wenn sie zu viel getrunken hatten.

Inzwischen war die Sonne untergegangen, und dunkle Schatten krochen in das Tal. Sie trat ans Fenster, einen Becher mit süßem und viel zu dünnem Kaffee in den Händen, und blickte zum Himmel empor, bestaunte die unzähligen Sterne, die wie Diamanten auf schwarzem Samt funkelten. In der Hütte war es wohlig warm, das Holz brannte im Ofen und knisterte jedes Mal, wenn ein Harzknoten zersprang. Trotz der Gefahren, die vor der Hütte lauerten, und der Bedrohung, die von Frank Whittler und seinen Männern ausging, fühlte sie sich wohl und sicher. Später würde sie oft an diesen Augenblick zurückdenken und behaupten, dass sie sich an diesem Abend in die Wildnis verliebt und beschlossen hatte, ihre Zukunft abseits der großen Städte zu verwirklichen.

Weil sie den ganzen Tag geschlafen hatte, blieb sie an diesem Abend lange auf. Im Schein der Petroleumlampe las sie die Abenteuer von Buffalo Bill und musste jedes Mal lachen, wenn der legendäre Westmann im Alleingang hundert Büffel schoss, bei voller Geschwindigkeit über die Wagendächer eines Zuges turnte oder allein gegen eine hundertfache Übermacht der kriegerischen Sioux antrat und eine schöne Frau vom Marterpfahl befreite. Viel lieber hätte sie in ihrem Tom-Sawyer-Buch gelesen, doch das lag in ihrer Reisetasche, und die würde sie wohl niemals mehr in die Hände bekommen. Auf das Buch konnte sie verzichten, doch das Hochzeitsfoto ihrer Eltern hätte sie gern gehabt. Sie tröstete sich damit, ihre Eltern in ihren Gedanken und Gebeten treffen zu können, wann immer sie wollte, unabhängig davon, wo sie sich gerade befand. Dieses Andenken konnte ihr auch Frank Whittler nicht nehmen.

Am nächsten Morgen wachte sie mit der Sonne auf. Sie wusch sich und zog sich an und trat in die frische Luft hinaus, um die letzte Müdigkeit zu vertreiben, als sie Bones aus dem Wald treten sah. Der Wolf lief ihr entgegen und wollte sie anscheinend begrüßen, als ein Schuss krachte und die Kugel dicht neben ihm den Schnee aufwirbelte. Er erschrak und rannte jaulend und mit eingezogenem Schweif davon. »Verschwinde!«, rief eine Männerstimme.

Gleich darauf erklang ein wütendes »*Giddy-up!*«, und ein Mann lenkte seinen Hundeschlitten vors Haus, ein rauchendes Gewehr in der freien Hand.

9

Was fällt Ihnen ein?«, rief Clarissa vorwurfsvoll, als der Mann vom Schlitten sprang. »Sie hätten ihn beinahe getroffen! Haben Sie denn keine Augen im Kopf? Der arme Kerl ist schwer verletzt! Er wollte mich doch nur begrüßen.«

Der Mann blickte sie verwundert an. »Begrüßen? Sie können froh sein, dass er Ihnen nicht an die Kehle gesprungen ist! Wölfe sind doch keine Schoßhündchen! Außerdem habe ich absichtlich vorbeigeschossen. Ich wollte ihn vertreiben, weiter nichts! Ich hab keine Lust, einen meiner Huskys zu verlieren, nur weil sich eine verrückte Lady um einen verletzten Wolf sorgt.«

»Ich bin nicht verrückt«, erwiderte sie trotzig. »Die Jäger, die auf den Wolf geschossen und ihn verletzt haben, sind verrückt. Wie krank muss man sein, um aus einem fahrenden Zug auf einen Wolf zu schießen? Wir sind doch nicht im Wilden Westen! Selbst einen Wolf quält man nicht auf diese Weise. Wenn ich das arme Tier nicht verarztet hätte, wäre es vielleicht schon tot.«

»Sie haben … was?«

»Was sollte ich denn sonst tun? Ihn vor meinen Augen verenden lassen? Er tauchte plötzlich vor der Hütte auf, da hab ich seine Wunde gesäubert und ihn verbunden. Ich weiß, wie verrückt das klingt, aber so war es tatsächlich.«

»Sie haben einen Wolf verarztet?« Er konnte es noch immer nicht fassen. »Wissen Sie, auf was Sie sich da eingelassen haben? Wie gefährlich so ein verletztes Tier ist? Sie können von Glück sagen, dass Sie noch leben! Der Einzige, der so verrückt war, einen kranken Wolf zu verarzten, war Sieht-hinter-die-Berge, ein Medizinmann der Shuswap, der mir am Fraser River über den Weg lief, und der konnte seine Gedanken lesen. Behauptete er jedenfalls. Sie sehen wie eine Städterin aus. Was wissen Sie von Wölfen?«

»Wenig«, gab sie zu, »aber ich kann erkennen, wenn ein Tier in Not ist und Hilfe braucht. Mit Gedankenlesen komme ich da nicht weiter.« Sie blickte ihn vorwurfsvoll an und errötete, als sie sein spöttisches Lächeln sah. Irgendetwas in den Augen des Fallenstellers brachte sie aus dem Gleichgewicht. »Ich bin Clarissa Howe«, sagte sie, nur um etwas zu sagen, »und mir ist kalt.« Sie hatte nicht mal ihren Mantel angezogen und stand in Rock und Bluse vor ihm. »Wir sollten ins Haus gehen und frühstücken, bevor wir uns weiter streiten.«

»Alex Carmack.« Er schien nicht so recht zu wissen, was er von ihr halten sollte. »Gehen Sie schon mal vor, Lady. Ich muss die Hunde versorgen.«

Sie ging ins Haus und setzte Kaffee auf. Damit er nicht so schwach wie am vergangenen Abend schmeckte, schüttete sie etwas mehr Pulver hinein. Während das Wasser in der Kanne brodelte, trat sie vor die Kommode und ertappte sich dabei, wie sie in die Spiegelscherbe blickte und notdürftig ihre Haare richtete. Die unnatürliche Röte war aus ihrem Gesicht gewichen, und die Ringe unter ihren Augen waren verschwunden, aber sie sah immer noch erschöpft und müde aus, obwohl sie den ganzen Tag und die ganze Nacht geschlafen hatte. Es würde wohl noch ein paar Tage dauern, bis sie wieder bei Kräften war.

Durchs Fenster beobachtete sie, wie Alex die Huskys von ihren Geschirren befreite, sieben prächtige Hunde, die wohl noch die Witterung des Wolfs spürten und aufgeregt jaulten. Er beruhigte sie mit sanfter Stimme und hatte für jeden der Hunde einen freundschaftlichen Klaps und ein paar Worte übrig.

Er war ein stattlicher Mann, gestand sie sich widerwillig ein. Selbst in seinem gefütterten Anorak, der bis auf die Knie reichte, und seiner Fellmütze machte er eine gute Figur. Sein Gesicht war kantig und wirkte durch die leicht hervorstehenden Backenknochen fast indianisch; diesen Eindruck verstärkten auch das pechschwarze Haar, das unter seiner Fellmütze hervorragte, und seine dunklen Augen. An seinem Lächeln und der bedächtigen Art, wie er mit den Hunden umging, erkannte man, wie gern er mit ihnen arbeitete. Alex und seine Huskys waren ein eingeschworenes Team, so wie Buffalo Bill und sein weißes Pferd in der Geschichte, die sie am vergangenen Abend gelesen hatte.

Nachdem er die Geschirre in einer Holzkiste verstaut und den Schlitten neben das Haus geschoben hatte, fütterte er die Hunde mit den Resten eines Eintopfs aus Lachs und Reis, den er in einem Behälter auf seinem Schlitten aufbewahrt hatte. Sie machten sich heißhungrig darüber her. Mit seinem Gewehr und frischen Fellen kam er ins Haus. Er warf die Felle auf eine Kiste, legte das Gewehr auf die eisernen Haken über der Tür, nahm den Eimer mit dem frischen Wasser und verschwand erneut nach draußen. Erst nachdem er die Wassernäpfe der Hunde gefüllt und noch einmal mit ihnen gesprochen hatte, kehrte er zurück.

Sie war bereits dabei, ein Frühstück aus Käse, Speck und dem Zwieback, den sie im Küchenschrank gefunden hatte, zu bereiten, und beobachtete verstohlen, wie er seine Mütze, die Handschuhe und den Anorak auszog. Darunter trug er eine Baumwollhose und einen Wams aus Karibuleder. Er trat vor den Ofen, stellte zufrieden fest, dass Clarissa genug Holz nachgelegt hatte, und rieb seine Hände gegeneinander. Seine dunklen Augen leuchteten wie glühende Kohlen in dem Feuerschein, der durch den Spalt um die Herdplatte aus dem Ofen drang. Der mehrere Tage alte Bart und sein von Wind und Wetter gebräuntes Gesicht ließen ihn ungewöhnlich männlich erscheinen, ähnlich wie einige der jungen Fischer, die sie in Vancouver kennengelernt hatte, nur dass sie keiner von denen aus so ausdrucksstarken Augen angesehen hatte.

Clarissa reichte ihm einen Becher Kaffee und grinste schwach. »Und jetzt wollen Sie wahrscheinlich wissen, was eine Frau wie ich in dieser Wildnis zu suchen hat, und wie ich dazu komme, mich in Ihrer Hütte einzuquartieren.«

»Wäre das zu viel verlangt?«

Sie deutete auf einen Stuhl. »Setzen Sie sich!«

»Wird es so schlimm?«

»Damit ich Ihnen was zu essen geben kann«, erwiderte sie. Das schwache Grinsen war verschwunden. Sie wartete, bis er sich gesetzt hatte, und stellte ihm den Teller hin. »Was anderes habe ich leider nicht gefunden.« Sie schenkte sich selbst ein, schnitt etwas Käse und Schinken ab und setzte sich ihm gegenüber. »Ich bin auf der Flucht«, begann sie nach einer längeren Pause und berichtete ihm in knappen Worten, was sie während der letzten Tage erlebt hatte. »So, jetzt wissen Sie's«, endete sie. »Wenn Sie meinen, Sie müssten mich nach Ashcroft bringen und der Polizei ausliefern, werde ich Sie nicht daran hindern können. Aber wenn Sie es tun, müssen Sie mich fesseln, denn ich werde auf jeden Fall versuchen, Ihnen davonzulaufen. Frank Whittler ist ein ekelhafter Lügner, und ich werde ihm niemals die Genugtuung verschaffen, mich hinter Gitter zu bringen. Eher irre ich für den Rest meines Lebens durch die Wildnis. Ich bin unschuldig! Wer ins Gefängnis gehört, ist Frank Whittler selbst. Der Mistkerl hat versucht, mich zu vergewaltigen!«

»Und Sie haben ihm ordentlich eine verpasst!« Er schien stolz auf sie zu sein. »Sie hätten den Burschen erschießen sollen, dann hätten Sie Ruhe!«

»Dann wäre jetzt sein Vater hinter mir her. Er ist ein hohes Tier bei der Canadian Pacific und kontrolliert halb Kanada. Ich wette, er hat auch bei der Polizei seine Leute sitzen. Wenn man die Eisenbahn gegen sich hat, kann man einpacken, das weiß doch jeder. Fragen Sie die Farmer, die ihr Land verkaufen mussten, die wurden mit einem Apfel und einem Ei abgespeist.«

»Und Frank? Hat der auch Einfluss?«

»Er war auf dem College in Toronto und hat sich eine reiche Verlobte mitgebracht. Besonders groß kann die Leidenschaft nicht sein, sonst hätte er sich wohl kaum an mich rangemacht. Er steigt bei seinem Vater ein. Er wird sich um die Grundstücksgeschäfte der Eisenbahn kümmern, hab ich gehört.«

Alex biss in ein Stück Käse und kaute bedächtig. Die Lachfältchen um seine Augen verstärkten sich. »Sie sind ein harter Brocken, Lady, wissen Sie das? Eine Frau, die einen reichen Schnösel auf die Bretter schickt, der Polizei in Vancouver entwischt und sich die halbe Nacht durch einen Schneesturm in der Wildnis kämpft, trifft man nicht alle Tage. Von der Sache mit dem Wolf ganz zu schweigen. Sind Sie sicher, dass Sie das alles selbst erlebt haben?«

»Glauben Sie vielleicht, ich flunkere Ihnen was vor?«

Er schüttelte den Kopf. »Sonst wären Sie wohl kaum hier. Die letzte Frau, die sich bei mir einquartierte, war eine Indianerin, und selbst die rannte nach zwei Tagen auf und davon.« Er nippte am Kaffee und verzog das Gesicht.

»Aber sie konnte besser Kaffee kochen. Ist wohl nicht Ihre Stärke, Lady?«

»Clarissa«, verbesserte sie ihn, »und wenn Sie weiter solche Reden führen, wieder ›Miss‹ oder ›Ma'am‹!« Sie funkelte ihn aufgebracht an. »Ich habe mich nicht als Dienstmädchen bei Ihnen beworben, und wenn Sie sich einbilden, dass ich Ihnen … Sie wissen, was ich meine, dann irren Sie sich.«

Sein verlegenes Lächeln wischte alle Einwände hinweg. »Ich wollte Sie nicht beleidigen. Tut mir leid.« Er tauchte einen Zwieback in den Kaffee und kaute angestrengt. »Aber nicht jeder Mann ist ein Schwein wie dieser …«

»Frank Whittler. Ich weiß, dass Sie nicht wie er sind.«

Seine Miene hellte sich auf. »Hey … war das ein Eingeständnis?«

»Aber Ihren Kaffee kochen Sie in Zukunft wieder selbst! Ich hab Ihnen die Hütte ausgekehrt und bin gründlich mit dem Putzlappen durchgegangen, das dürfte ja wohl erst mal reichen. Wenn's sein muss, koche ich Ihnen sogar das Essen … Falls ich in Ihrer Unordnung irgendwelche Vorräte finde.«

Er lächelte. »Die sind in der Vorratskammer draußen. Hab sie auf Stelzen gebaut, damit mir die Bären nicht die besten Stücke wegfressen. Elchbraten?«

»Besser als trockener Zwieback.«

Er schob lächelnd den Teller zurück und betrachtete sie eingehend, eine Angewohnheit, die sie auch später noch erröten lassen würde. »Ich schicke Sie nicht weg, Lady«, erwiderte er entschlossen. »Sie können bleiben, so lange Sie wollen, obwohl ich nicht sicher bin, was die feinen Damen und der Pfarrer in Ashcroft dazu sagen würden.« Er deutete hinter sich. »Sie können im Bett hinter dem Vorhang schlafen, da schaue ich Ihnen nichts weg, und die Wasserschüssel gebe ich Ihnen auch. Ich wasche mich draußen im Schnee.«

»Ich bleibe nicht lange, Mister.«

»Ich heiße Alex. Nicht Alexander oder Mister … nur Alex.«

»Und ich Clarissa und nicht Lady.«

»Lady passt aber zu Ihnen.« Er trank einen weiteren Schluck Kaffee und verzog erneut das Gesicht. »Wie lange wollen Sie denn bleiben? Und wo wollen Sie dann hin? Wenn dieser Whittler wirklich so besessen von Ihnen ist, gibt er der Polizei eine Fotografie oder eine Zeichnung von Ihnen und lässt einen Steckbrief verteilen. Vielleicht setzt er sogar eine Belohnung aus.«

»Wie bei Belle Starr? Die raubte Postkutschen und Banken aus und wurde überall gesucht. Hab ich in einer Ihrer Buffalo-Bill-Geschichten gelesen.«

»So ähnlich.«

Sie schüttelte den Kopf. »Ich gehe in die Staaten runter, nach Montana oder Idaho. Da soll es genauso schön wie in Kanada sein. In den Staaten bin ich relativ sicher vor Frank Whittler. Ich fange noch mal ganz von vorn an.«

»Und was machen Sie, wenn man Sie an der Grenze schnappt?«

Daran hatte sie noch nicht gedacht. »Haben Sie eine bessere Idee?«

»Beaver Creek«, antwortete er, ohne lange zu überlegen. Der Name klang wie ein Codewort zu einem besseren Leben. »Eine kleine Stadt, ungefähr zwei Tagesreisen nördlich von hier. Liegt abseits der Wagenstraße in den Wäldern, da gibt es weder Telegraf noch Eisenbahn. Ein Holzfällercamp, ein Sägewerk und ein paar Häuser. Einen besseren Platz gibt es in ganz Kanada nicht. Die Holzfäller tun Ihnen nichts, keine Bange, alles wilde Burschen, aber vor einer Frau gehen die alle in die Knie. Die würden sogar gegen die Canadian Pacific antreten, um einer Lady wie Ihnen einen Gefallen zu tun.«

»So wie Sie?

»So wie ich.« Er errötete leicht, fing sich aber schnell wieder. »Der Witwe Barnes gehört die Pension auf der Main Street, die nimmt Sie bestimmt auf. Eine herzensgute Frau. Ihr Mann war auch Holzfäller und wurde vor ein paar Jahren von einem Baum erschlagen. Seitdem kümmert sie sich um die Männer. Ihr Lumberjack Café ist die erste Adresse in Beaver Creek. Was meinen Sie, Lady? Ich kenne die Witwe gut und könnte ein Wort für Sie einlegen ...«

»Klingt verlockend«, erwiderte sie ein wenig schnippisch. Eine wilde Holzfällerstadt war nicht gerade ihr Traumziel, und sie wäre lieber über die Grenze gegangen, musste dem Fallensteller aber Recht geben. Wenn sie an der Grenze kontrolliert wurde, wären alle Anstrengungen umsonst gewesen. Einen Winter würde sie in Beaver Creek sicher durchhalten. Im Frühjahr, wenn Gras über die Sache gewachsen war, kam sie sicher leichter in die Staaten.

Vor der Hütte begannen die Hunde zu jaulen. Die heiseren Anfeuerungsrufe eines Mannes drangen in die Hütte. Durch das

Fenster beobachteten sie, wie jemand einen Hundeschlitten über den gefrorenen Bach zu Hütte lenkte.

»Da kommt jemand«, sagte Alex.

»Der Suchtrupp!«, erschrak sie. »Der gehört bestimmt zu den Männern, die Whittler in Ashcroft losgeschickt hat! Er darf mich auf keinen Fall finden!«

»Hinter den Vorhang! Kriechen Sie unters Bett, wenn's sein muss!«

Sie gehorchte wortlos und war froh, dass sie erst vor Kurzem den Boden gesäubert hatte, sonst wäre es sicher riskanter gewesen, unter das schwere Eisenbett zu kriechen. Sie hatte eine tote Maus und etliche Spinnen und Insekten unter dem Bett hervorgekehrt. Sie legte sich auf den Rücken, starrte die ausgeleierten Federn an, die direkt über ihrem Gesicht zu sehen waren, und wandte ihr Gesicht zur Seite, obwohl sie nur den Vorhang erkennen konnte.

»Hey Alex!«, erklang die heisere Stimme von draußen. »Ich bin's, Crazy Joe! Ich hoffe, du hast dir keine rote Prinzessin aus dem Indianerdorf geholt und bist gerade dabei, es ihr zu besorgen. Wäre mir verdammt peinlich, wenn ich dich und deine Angebetete nackt antreffen würde. Hab ich recht, Alter?«

Die Tür ging auf, und der Mann betrat die Hütte. Clarissa konnte ihn nicht sehen, schätzte ihn aber auf Sechzig oder noch älter und stellte ihn sich als bärtigen Oldtimer in einem zerschlissenen Anorak vor. »Alex Carmack!«, begrüßte er den Fallensteller. Seine Herzlichkeit klang nicht ganz echt. »Sieht ganz so aus, als müsstest du doch allein durch den Winter kommen. Du solltest dir eine Frau anschaffen, Alter, so wie ich vor dreißig Jahren. Oder waren es vierzig? Ein Jammer, dass meine Maggie so früh sterben musste. Hab ich dir schon erzählt, dass sie von einem wütenden Grizzly angegriffen wurde?«

Alex lachte. »Es war kein Grizzly, sondern ein tollwütiger Hund. Bist du gekommen, um mir eine weitere Lügengeschichte aufzutischen, Crazy Joe?«

»Ein tollwütiger Hund, pah, das ist eine verdammte Lüge! Die Frau eines Fallenstellers stirbt doch nicht an einem Hundebiss! Es war ein Grizzly!«

»Was führt dich wirklich zu mir, Joe?«

»Ich suche eine Frau.«

»Hier draußen?«

»Eine Diebin. Sie hat Frank Whittler, dem Sohn des Eisenbahn-Managers, ein paar tausend Dollar gestohlen und wohl noch ein paar schlimmere Dinge auf dem Konto. Ist auch egal. Whittler will sie unbedingt haben und hat eine Belohnung auf sie ausgesetzt … Tausend Dollar! Nicht übel, was? Damit könnte ich endlich die verdammte Arbeit im General Store an den Nagel hängen. Sie muss hier irgendwo in der Nähe sein, Alex. Sie ist aus dem Zug geflohen, der vor zwei Tagen auf offener Strecke stehen geblieben ist, ungefähr zehn Meilen von Ashcroft. Als Whittler mit der Reservelok auftauchte, ist sie auf und davon. Die Polizei glaubt, dass sie im Wald erfroren ist und wir wahrscheinlich im Frühjahr ihre Leiche finden, aber das halte ich für ein Gerücht. Du hast keine Frau gesehen, oder? Jung und ansehnlich, Mitte Zwanzig, schlank …«

Alex spielte den Unschuldigen. »Ich war die letzten beiden Tage mit dem Hundeschlitten unterwegs. Bin meine Fallen abgefahren. Das einzige weibliche Wesen, dem ich dort begegnet bin, hatte vier Beine und ein dickes Fell.«

»Und du bist sicher, dass du sie nicht in deiner Hütte versteckt hast?« Crazy Joe klang misstrauisch. »Wäre doch verlockend. Eine schöne Frau, die dir das Bett im Winter wärmt und vielleicht sogar ihre Beute mit dir teilt …«

»Hältst du mich für übergeschnappt? Du weißt doch, dass ich enge Räume nicht ausstehen kann. Ich werde den Teufel tun und so ein Risiko eingehen. Meinst du, ich hab Lust, die nächsten Jahre im Gefängnis zu verbringen?«

»Manche Frauen sollen das wert sein.«

»Nicht eine einzige, Crazy Joe!«

»Dann hast du ja sicher nichts dagegen, dass ich mich mal umsehe.« Jetzt klang seine Stimme gefährlich. »Frank Whittler hat mich als Eisenbahndetektiv eingeschworen, weißt du? Ich bin im offiziellen Auftrag unterwegs.«

»Meinetwegen, aber mach keine Unordnung.«

Clarissa kroch so weit unters Bett, bis sie dicht an der Wand lag. Mit klopfendem Herzen hörte sie, wie Crazy Joe durch die Hütte ging, den Vorhang zur Seite schob und sich umsah. Nur weil er beim Bücken einen stechenden Schmerz im Rücken spürte, sah er nicht unter ihr Bett.

Leise fluchend kehrte er zu Alex zurück. »Glück gehabt«, sagte er mürrisch, »wirst wohl auch schon zu alt für die jungen Weiber. Aber sieh dich vor! Wenn mir zu Ohren kommt, dass du der Frau aus der Patsche geholfen oder selbst die Belohnung kassiert hast, häng ich dich an den Ohren auf und lass dich von den Wölfen auffressen.« Er ging schweigend ein paar Schritte und blieb wieder stehen. »Du hast mir gar keinen Kaffee angeboten, Alex.«

»Scher dich zum Teufel, Crazy Joe!«

Der Oldtimer öffnete die Tür und verließ lachend den Raum. Selbst in ihrem Versteck spürte Clarissa den eisigen Luftzug, der durch die offene Tür in die Hütte fuhr. Sie wartete, bis Crazy Joe davongefahren war, und kroch unter dem Bett hervor. Erleichtert klopfte sie sich den Staub aus den Kleidern.

»Vielen Dank«, sagte sie zu Alex.

»Ich bin wohl doch übergeschnappt«, erwiderte der Fallensteller.

10

Sie bleiben besser im Haus«, sagte Alex, als sie das schmutzige Wasser nach draußen bringen wollte. »Crazy Joe ist sicher noch in der Nähe. Wie ich ihn kenne, versteckt er sich am Waldrand und wartet nur darauf, dass Sie aus der Hütte kommen. Er ist ein zäher Bursche.« Er nahm ihr die Schüssel ab, öffnete die Tür und schüttete das Wasser in den Schnee. Durchs Fenster beobachtete sie, wie er einen Augenblick stehen blieb und ein paar Worte mit seinen Hunden wechselte, neuen Schnee in die Schüssel füllte und wieder in die Hütte kam. »Crazy Joe ist noch da«, bestätigte er, als er die Schüssel neben den Ofen stellte. »Wenn Billy die Ohren aufstellt, ist immer jemand in der Nähe.«

»Billy?«, fragte sie erstaunt.

»Mein Leithund. Einen klügeren Husky als meinen Billy gibt es nicht. Wenn ich den nicht hätte, wäre ich schon lange tot. Im letzten Winter hat er mich und die anderen Hunde fast im Alleingang durch einen Blizzard geführt, und einen Grizzly wittert er auf zehn Meilen.« Er trat neben sie ans Fenster und blickte zum Waldrand hinüber. »Crazy Joe konnte nie genug kriegen.«

»Er ist nur wegen der tausend Dollar hinter mir her?«

»Nur? Dafür bekomme ich eine halbe Stadt.«

»Und Sie wollen sich das Geld nicht verdienen?«

»Ich brauche keine halbe Stadt«, antwortete er ernst. »Mir reicht das Geld, das ich mit meinen Fellen verdiene. Ich hab meine Hütte, meine Hunde, mein Gewehr und den Kram, den ich zum Leben brauche, und wenn ich was übrig habe, gehe ich nach Ashcroft oder Beaver Creek und hau das Geld im Saloon auf den Kopf. Mehr muss ich nicht haben. Was soll ich mit tausend Dollar?«

»Und Crazy Joe ist anders?«

Alex nickte versonnen. »Er war mal Fallensteller, so wie ich. Eine Zeitlang waren wir sogar zusammen in den Bergen unterwegs. Irgendwann wurde er wütend, weil ich mehr Felle hatte als er, und ich erwischte ihn dabei, wie er mir zwei Hermelinfelle klauen wollte. Angeblich ein Versehen, aber ich weiß es besser. Und als Gold in den Bergen gefunden wurde, war er unter den Ersten, die zum Quesnel River zogen. Das kleine Vermögen, das er dort fand, hier hat er genauso schnell wieder an eine zweifelhafte Lady in Minerstown verloren. Inzwischen hat er gar nichts mehr. Er kann froh sein, dass ihn der alte Richards den General Store kehren lässt. Der Hundeschlitten gehört auch Richards.«

»Was meinen Sie? Wie lange beobachtet er die Hütte?«

»Einen Tag, länger bestimmt nicht. Er hatte kaum Vorräte dabei.«

»Dann ist wohl Hausarbeit angesagt«, erwiderte sie lächelnd. »Sie haben doch nichts dagegen, wenn ich hinter dem Vorhang ein wenig aufräume?« Sie nahm ihre Hände von der Fensterbank und ging durch die Hütte. Neben dem Ofen blieb sie stehen. »Unter dem Bett lag eine tote Maus, wussten Sie das? Ich bin sicher, da haben Sie noch nie saubergemacht.« Sie drehte sich zur Abfallkiste um. »Gibt es vor dem Haus eigentlich eine Abfalltonne?«

»Damit mir hungrige Bären den Schlaf rauben?« Er schüttelte den Kopf. »Solange der Boden weich genug ist, vergrabe ich das Zeug. Im Winter bleibt der Abfall in der Kiste. So viel Müll habe ich nicht. Alles, was nur einigermaßen essbar ist, schnappen sich die Hunde. Haben Sie ein Problem damit?«

Sie rümpfte die Nase. »Das Zeug stinkt. Bringen Sie es weg, oder zimmern Sie wenigstens einen Deckel auf die Kiste, sonst hab ich bald wieder neue Schmarotzer unter meinem Bett. Keine Bange, ich bin keine dieser verwöhnten Ladys, die schreiend auf einen Tisch klettern, wenn sie eine Maus oder eine Spinne sehen, aber haben muss ich sie nicht. Kochen Sie uns Kaffee?«

»Mach dies, mach das … Sie tun ja gerade so, als wären wir verheiratet!«

»Ach ja, und bevor ich es vergesse: Holen Sie den Elchbraten rein, sonst taut er nicht mehr auf, und es gibt heute Abend wieder trockenen Zwieback.«

Sie schnappte sich den Wassereimer und einen Lappen und trat rasch hinter den Vorhang, damit er ihr schadenfrohes Grinsen nicht sah. Entschlossen machte sie sich an die Arbeit. Nachdem sie die Schmutzwäsche vom Bett geräumt und auf den Boden geworfen hatte, säuberte sie die Matratze, die stark durchgelegen und von zahlreichen Flecken bedeckt war, mit einem nassen Lappen und bezog sie mit einer Wolldecke, die wenigstens einigermaßen sauber war. Kein Vergleich mit ihrem sauberen Nachtlager in Vancouver, aber für ein paar Tage würde es reichen. Alex war sicher daran interessiert, sie so bald wie möglich nach Beaver Creek zu bringen, schon um keinen Ärger mit der Polizei zu bekommen. Wenn die herausbekam, dass er ihr geholfen hatte, war er wegen Beihilfe dran. Und Crazy Joe würde seine Wut an ihm auslassen.

Seltsamerweise gefiel ihr der Gedanke, sich von dem Fallensteller verabschieden zu müssen, nicht besonders. Ob es daran lag, dass sie Alex mochte, vor allem wegen seines Lächelns, oder ob ihr die Aussicht, den Winter in einer Pension in einem abgelegenen Holzfällernest zu verbringen, einen Schrecken einjagte, vermochte sie nicht zu sagen. Sie hatte sich an Alex gewöhnt, schon nach ein paar Stunden, und obwohl er alles andere als ein Gentleman war. Vielleicht war es ja gerade seine einfache und etwas derbe Art, die sie ansprach. Wie grob und gefährlich wohlhabende und gebildete Gentlemen werden konnten, hatte sie vor einigen Tagen am eigenen Leib verspürt.

Mit Vergnügen nahm sie die geschäftigen Geräusche und den

Kaffeeduft von nebenan wahr. Sie hörte, wie er die Hütte verließ, sich längere Zeit draußen zu schaffen machte und mit dem Elchbraten wiederkam. »Ihr Kaffee ist fertig«, rief er wenig später. »Auf den Kuchen müssen Sie leider verzichten.«

»Schade, und auf den hatte ich gerade besonders große Lust.«

Er schien nicht so recht zu wissen, ob sie es ernst meinte, und sah sie mit einem seltsamen Ausdruck an, als er hinter dem Vorhang hervorkam. Seine Unsicherheit währte nur ein paar Sekunden. »Wenn ich frische Milch und Eier hätte, würde ich Ihnen einen backen, Ma'am. Wenn Sie bitte Platz nehmen wollen?«

Sie verbeugte sich, als wäre sie tatsächlich eine Lady wie Mrs Whittler und er ihr Diener, und setzte sich an den Tisch. Sie nippte an dem heißen Kaffee, verfeinerte ihn mit etwas Dosenmilch und Zucker und nickte anerkennend. »Gar nicht mal übel«, sagte sie, »wenn man Kaffee mag und berücksichtigt, dass ihn ein Hinterwäldler aus den Bergen gekocht hat.« Sie nahm noch einen Schluck und lächelte versöhnlich. »Wirklich nicht übel, Alex.«

»Sag ich doch. Bin gespannt, was Sie mit dem Elchbraten anstellen.«

»Lassen Sie sich überraschen, Sir.«

Die nächsten Minuten sagte keiner etwas. Er blickte aus dem Fenster und schien den Himmel nach Wolken abzusuchen, und sie hing ihren Gedanken nach und beobachtete ihn verstohlen. Das schwache Sonnenlicht, das in den Raum fiel, spiegelte sich in seinen Augen und ließ seine gebräunte Haut goldbraun schimmern. Seine Lippen formten ein sanftes Lächeln. Er strahlte eine ungewöhnliche Ruhe aus, wie ein Mann, den nichts erschüttern konnte. Ganz anders als ihr Vater, der das Meer über alles geliebt hatte, aber immer nervös geworden war, wenn sich das Wetter änderte und der Seegang stärker wurde. Vielleicht hatte er sich aber auch nur um sie gesorgt.

»Seit wann leben Sie hier draußen?«, fragte sie nach einer Weile.

»Solange ich denken kann. Mein Vater kam mit den Goldsuchern zum Thompson River, vor knapp vierzig Jahren. Reich wurde er nicht, aber es langte für einen Handelsposten in der Nähe von Lytton. Ein paar Jahre war er mit einer Weißen verheiratet, die ihn nach Strich und Faden betrog und nach einiger Zeit mit einem Handelsreisenden durchbrannte. Es dauerte eine ganze Weile, bis er sich davon erholt hatte und meine Mutter kennenlernte, eine Halbindianerin aus dem Norden. Demnach bin ich wohl Viertelindianer.«

»Und es gab nie Ärger mit den … den Weißen?«

»Manchmal schon, aber mein Vater wusste sich zu wehren, und meine Mutter trug immer ein Messer im Gürtel. Einem Goldsucher, der ihn als Squawman beschimpfte, schlug er fast den Schädel ein. Später wurde es besser. Ich hatte noch nie Ärger mit solchen Leuten. Liegt wohl daran, dass ich die meiste Zeit allein bin. Ich halte mich von den Leuten fern, und wenn ich in der Stadt bin, hänge ich sowieso im Saloon rum und bin nicht ansprechbar. Die meisten Leute wissen gar nicht, dass ich Indianerblut in den Adern habe.«

»Und warum sind Sie kein Händler geworden wie Ihr Vater?«

Er trank von seinem Kaffee. »Ich ging schon als kleiner Junge lieber auf die Jagd. Wochentags half ich im Laden, und am Wochenende zog ich mit meinem Vater durch die Wälder. Das machte mehr Spaß als die langweilige Arbeit im Laden. Sobald ich groß genug war, zog ich allein los, und als ich sah, dass die Fallensteller fast das ganze Jahr in der Wildnis zubringen, beschloss ich, es wie sie zu machen.« Er trank seinen Kaffee aus und lehnte sich zufrieden auf seinem Stuhl zurück. »Nicht besonders aufregend, nicht wahr?«

Sie ging nicht auf seine Frage ein. »Und wo sind Ihre Eltern jetzt?«

»Irgendwo im Norden«, antwortete er. »Als der große General Store in Lytton aufmachte, mussten sie ihren Handelsposten aufgeben und lebten einige Zeit von ihrem Ersparten. Zwei Jahre später zogen sie in ein Nest nördlich von Williams Lake. Meine Mutter wollte wieder näher bei ihren Leuten wohnen. Sie arbeiten beide für einen Rancher, mein Vater als Buchhalter und meine Mutter als Dienstmädchen. Sie würden wohl lieber so leben wie ich, in der Wildnis und ohne die vielen Leute, aber dafür sind sie leider schon zu alt.« Er seufzte. »Wird Zeit, dass ich die beiden wieder mal besuche. Ich hab sie lange nicht gesehen. Wenn ich meine Felle abliefere, bleibe ich meist in Ashcroft hängen, dort treffe ich mich mit dem Pelzhändler. Noch Kaffee?«

Clarissa lehnte dankend ab und machte sich wieder an die Arbeit. Sie erhitzte das Wasser in der Blechschüssel und spülte das Geschirr. Während Alex eine weitere Ladung Schnee holte und auf dem Ofen schmelzen ließ, räumte sie den Küchenschrank auf. Auch hier musste sie mit dem feuchten Lappen ran. Wie Alex ihr reumütig beichtete, hatte er den Schrank schon seit vielen Monaten nicht mehr geputzt. Das Gute daran war, dass sie eine Tafel Schokolade fand, keine zwei Monate alt und immer noch genießbar. »Das Mittagessen kann sich schon mal sehen lassen«, sagte sie, als sie sich die Schokolade teilten. »Wollen wir hoffen, dass unser Abendessen genauso gut schmeckt.«

Sie gab sich große Mühe mit dem Elchbraten, schnitt ihn in kleine Stücke und briet ihn mit einigen wilden Zwiebeln, die Alex in einer Schüssel im Küchenschrank aufbewahrt hatte. Die dicke Köchin, die für die Whittlers arbeitete, hatte die Soße mit flüssiger Sahne und Wein aufgegossen, doch sie besaß weder das eine noch das andere und begnügte sich mit Dosenmilch und Wasser, in der Hoffnung, es würde wenigstens annähernd so gut schmecken.

Alex vergrub den Abfall in der Erdgrube, eine anstrengende Arbeit bei dem eigentlich schon zu harten Boden, und nutzte die restliche Zeit für die Herstellung eines Kistendeckels. Drei lose Bretter, die er hinter dem Haus aufbewahrt hatte, nagelte er zu einer nicht ganz dichten Abdeckung für die Abfallkiste zusammen. Sie würde den Gestank zumindest etwas eindämmen. »Die Luft ist rein«, sagte er, als er wieder hereinkam. »Crazy Joe ist gefahren. Macht auch keinen Spaß, den ganzen Tag in der Kälte herumzustehen. Er griff nach dem Eimer Wasser, den er bereitgestellt hatte, und deutete auf die Schüssel mit dem Lachseintopf, die er mit dem Elchbraten aus der Vorratskammer hereingebracht hatte. »Kommen Sie! Wird höchste Zeit, dass Sie mal wieder an die frische Luft kommen. Helfen Sie mir, die Hunde zu füttern!«

Nach dem langen Tag in der Hütte genoss Clarissa die frische Luft. Der Himmel war dunstiger als am vergangenen Tag, und die Sonne hatte sich hinter den Wolken versteckt, als scheute sie sich davor, das Land mit ihrer Wärme zu verwöhnen. Der wuchtige Wind, der durch die Schluchten im Norden durch das Tal blies, ließ keinen Zweifel daran, dass die Sonne auf verlorenem Posten stand und der Winter im Begriff war, das Land in den Griff zu bekommen. Vereinzelte Schneeflocken tanzten im Wind und verteilten sich auf dem glitzernden Schnee, der selbst die Felshänge in den Ausläufern der Berge etwas weicher und sanfter aussehen ließ.

Clarissa warf einen kurzen Blick zum Waldrand, bevor sie Alex zu den Hunden folgte, konnte aber ebenfalls niemand entdecken und wurde schon im nächsten Augenblick von dem kräftigen Jaulen der Huskys abgelenkt, die anscheinend genau wussten, dass Alex das Fressen brachte, und sie in ihrer Aufregung gar nicht zur Kenntnis nahmen. Sie hatte selten so lebhafte Hunde gesehen, nicht einmal der Mischlingshund auf der Farm ihres Onkels, ein erstklassiger Wachhund mit guten Ohren, war so flink gewesen.

Erst als sie merkten, dass sie den Eimer mit dem Fressen trug, wandten sie sich ihr zu, zerrten heftig an den langen Leinen und sprangen an ihr hoch. Ausgerechnet der kleinste, ein schwarzer Hund mit einem weißen Fleck auf der Stirn, trieb es besonders wild und ungestüm und stieß sie fast über den Haufen. Sie ließ beinahe den Eimer fallen.

»Das ist Smoky«, rief Alex. Die Huskys jaulten so laut, dass sie ihn kaum verstand. »Mein jüngster. Ich hab ihn letztes Jahr einem Indianer abgekauft. Ein wilder Bursche. Ich lasse ihn hinter Billy laufen, da kann er am wenigsten Unheil anrichten. Nicht besonders klug, aber schneller als der Blitz.« Er blickte den Husky an. »Hey, Smoky! Benimm dich gefälligst! Heute bedient dich eine Lady. Da muss man sich zusammenreißen und nicht wie ein Rüpel an der Leine zerren. Zeig der Lady, dass du dich benehmen kannst, okay?«

Billy dachte nicht daran und stürzte sich gierig auf das Fressen, das Clarissa ihm in den Napf schüttete. Sie schlug einen großen Bogen um ihn, hatte aber nichts zu befürchten, solange er mit seinem Fressen beschäftigt war. »Lachen Sie nur!«, schimpfte sie. Der Fallensteller stand mit dem leeren Eimer zwischen den Hunden und amüsierte sich anscheinend über sie. »Ich bin Hunde gewöhnt, mein Onkel hat auch einen, aber nicht solche Wildfänge!«

»Und ich dachte, eine Frau, die einen wilden Wolf verarztet, kann so schnell nichts aus der Ruhe bringen«, konterte er. Sein spöttischer Tonfall verriet, dass er ihr immer noch nicht glaubte. »Geben Sie Billy sein Fressen, das ist mein Leithund, der kommt eigentlich vor den anderen dran, sonst ist er beleidigt. Sehen Sie? Er hat kaum noch Augen für Sie. Der Schwarze mit den weißen Strümpfen. Billy stammt aus der Zucht des Händlers, der mir den Großteil meiner Pelze abnimmt, und der hat ihn von einem Cree-Indianer.«

Billy würdigte sie keines Blickes, als sie den Eintopf in seinen Fressnapf schüttete, er strafte auch Smoky mit einem verächtlichen Knurren. »Clarissa hat es nicht so gemeint«, klärte Alex seinen Leithund auf. »Sie ist erst seit gestern bei uns und hatte noch nie mit Huskys zu tun. Gib ihr eine Chance, Billy!«

Billy hob den Kopf und schien angestrengt darüber nachzudenken, ob er ihr den Fehler durchgehen lassen konnte, bequemte sich nach längerem Zögern zu einem verzeihenden Jaulen und widmete sich seiner Mahlzeit. »Tut mir leid, Billy«, entschuldigte sie sich bei dem Husky. »Ich wusste nicht, dass du hier der Chef bist. Beim nächsten Mal bist du wieder zuerst dran, versprochen.« Sie tätschelte ihm das weiche Fell und bekam ein zufriedenes Knurren als Antwort, ein Zeichen dafür, dass er ihr halbwegs verziehen hatte.

Während Clarissa weiter das Fressen austeilte, stellte Alex sie den anderen Hunden vor. »Die Ruhige mit den spitzen Ohren ist Cloud. Sie ist über drei Ecken mit Billy verwandt und kümmert sich ein bisschen um ihn. Rick ist genauso jung wie Billy, aber ruhiger und klüger.« Er legte einen Finger auf seinen Mund. »Das darf ich nicht zu laut sagen, sonst versteht er mich noch und beißt mir die Ohren ab. Stimmt's, Billy?« Er lachte. »Der Kräftige heißt Chilco, der würde den Schlitten auch allein ziehen, und der kleine Dicke ist Buffalo, ein bisschen zu faul, aber zuverlässig. Frisst für zwei. Waco, der Schwarze mit den langen Beinen, ist unser Langstreckenläufer. Der rennt noch, wenn die anderen längst zusammengebrochen sind.« Er beobachtete die Hunde eine Weile und lächelte zufrieden. »Sagt der Lady guten Tag! Billy?«

Billy schien ihn tatsächlich zu verstehen, ließ von seinem Fressen ab und jaulte plötzlich so laut und heftig, dass selbst Smoky und der hungrige Buffalo in den vielstimmigen Chor einfielen. Als wäre gerade der Mond aufgegangen, jaulten sie um die Wette, den Blick auf den nahen Waldrand gerichtet.

»Was ist denn in die gefahren?«, wunderte sich Alex. »So haben sie noch keinen begrüßt. Man könnte fast meinen …« Er ließ den Satz unvollendet und blickte misstrauisch zum Waldrand hinüber. »Crazy Joe kann es nicht sein.«

Clarissa folgte seinem Blick und sah plötzlich zwei gelbe Augen zwischen den Bäumen aufleuchten. Nur einen Moment, dann verschwanden sie wieder.

»Bones!«, sagte sie.

11

Das Gefühl, in unmittelbarer Nähe eines Mannes einzuschlafen, verunsicherte Clarissa. Nur der Vorhang, der über einer aufgespannten Leine hing und genug Lücken ließ, durch die ein Mann einer Frau beim Ausziehen zusehen konnte, trennte sie von dem Fallensteller. So nahe war sie nachts noch keinem Mann gewesen. Sie glaubte beinahe seinen Atem zu spüren, so wenig Raum war zwischen seinem und ihrem Nachtlager, und als sein leises Schnarchen plötzlich aufhörte und sein Bettgestell zu knarren begann, hielt sie erschrocken den Atem an und glaubte schon, ihn im nächsten Augenblick hinter ihrem Vorhang auftauchen zu sehen, doch er hatte sich nur umgedreht, und wenige Sekunden später hörte sie wieder sein regelmäßiges Schnarchen.

Sie entspannte sich und schloss beruhigt die Augen. Es hätte sie auch gewundert, wenn er zudringlich geworden wäre. Den ganzen Tag hatte er nicht den geringsten Versuch unternommen, sich ihr zu nähern. Er schien ihr eher schüchtern zu sein und erinnerte sie ein wenig an einen Hinterwäldler, der nur alle paar Monate eine Frau zu sehen bekam, und dann auch nur die Sorte, die sich in den Saloons und Kneipen herumtrieb und ihren Lebensunterhalt damit verdiente, gutgläubigen Männern wie ihm das Geld aus der Tasche zu ziehen. Entsprechend zurückhaltend war er ihr begegnet. »Lady« nannte er sie, das hatte noch niemand getan, schon gar nicht die Fischer in Vancouver, und selbst, wenn er es spöttisch meinte, zeigte es doch, dass er sie auf gewisse Weise respektierte.

Was mache ich mir Sorgen, dachte sie, bevor sie einschlief. Morgen oder übermorgen bringt er mich zu dieser Witwe nach Beaver Creek, und dann verschwindet er aus meinem Leben. Es ist vollkommen egal, was er von mir hält und ob ihn nur seine Schüchternheit daran hindert, mich zu umgarnen. Auch wenn ich keine Lady bin und er nicht den Eindruck eines einfältigen Hinterwäldlers macht, sind wir doch grundverschieden. Für uns gibt es keine gemeinsame Zukunft. Er kann keine Frau in dieser Wildnis brauchen, und ich bin verrückt, auch nur daran zu denken. Ich werde vom Gesetz verfolgt und mache besser, dass ich so schnell wie möglich von hier wegkomme. Je schneller, desto besser. Und doch … Das letzte Bild, das sie vorm Einschlafen sah, waren seine dunklen Augen, und statt seines Schnarchens hörte sie seine sanfte Stimme.

Am nächsten Morgen wurde sie durch das Heulen des Windes geweckt. Während der Nacht waren dunkle Wolken aufgezogen, und ein heftiger Sturm tobte um das Haus. Dichte Schneewolken, vom Wind wie schäumende Gischt gegen das Haus getrieben, verdunkelten die Fenster. Noch bevor sie ihre Beine aus dem Bett schwingen konnte, hörte sie, wie Alex aufstand und barfuß zum Fenster ging. Er fluchte leise in sich hinein. »Sind Sie wach, Lady?«

»Was glauben Sie denn?«, antwortete sie. »Bei dem Lärm kann man ja nicht schlafen. Das ist schon der zweite Blizzard, den ich bei Ihnen erlebe.«

»Bin ich jetzt schon am Wetter schuld?« Er riss ein Streicholz und zündete die Lampe an. Als er den Docht hochdrehte, leuchtete warmes Licht bis zur Decke hinauf. »Was Besseres kann Ihnen doch gar nicht passieren. In so einem Blizzard hat niemand Lust, eine Diebin zu jagen. Nicht mal die Polizei.«

»Sie kennen Frank Whittler nicht.«

»Kaffee?«, fragte er. »Die Biskuits von vorgestern?«

»Klingt verlockend«, spottete sie.

Sie hörte zu, wie er die Kaffeekanne auf den Herd stellte und die Biskuits aus dem Schrank holte. Ein leichtes Lächeln umspielte ihre Lippen. Jeder andere Mann hätte gewartet, bis sie angezogen war, und ihr diese Aufgabe überlassen, und sie hätte sich nicht einmal dagegen gewehrt. Ihr Vater wäre niemals auf die Idee gekommen, das Frühstück zuzubereiten. Selbst als ihre Mutter krank gewesen war, musste sie in die Küche gehen. Alex schien so daran gewöhnt zu sein, alles selbst zu machen, dass er gar nicht auf die Idee kam. Oder er traute ihr noch immer nicht zu, anständigen Kaffee zu kochen.

Während der Kaffeeduft durch die Hütte zog, wusch sie sich in der Schüssel, die noch mit dem Wasser vom Abend gefüllt war, und zog sich an. Ihre Haare kämmte sie mehrmals kräftig durch. Sie fühlte sich weder besonders sauber noch anziehend oder gar verführerisch, und hielt diesen Zustand auch für sehr praktisch, wenn man mit einem Fallensteller allein in einer Blockhütte wohnte und ein kräftiger Schneesturm um das Haus tobte. Auch weniger rücksichtslose Gesellen als Frank Whittler wären bei so einer Gelegenheit schwach geworden und hätten sich ihr genähert. Es war schon erstaunlich, welche magische Wirkung gerötete Wangen, etwas Feuchtigkeit in den Augen, der Duft von Rosenwasser oder glänzende Haare auf einen Mann ausüben konnten. Alles Tricks, die Frauen einsetzten, wenn sie einen Mann umgarnen wollten, auch wenn sie es nur darauf anlegten, von ihm ausgeführt zu werden.

Alex schlüpfte gerade in seinen Anorak, als sie den Wohnraum betrat. Er blickte sie ein wenig länger als gewöhnlich an, ließ aber nicht erkennen, was in seinem Kopf vor sich ging. »Ich will nur schnell raus und den Hunden was zu fressen geben«, sagte er. »Kümmern Sie sich inzwischen um die Biskuits. Die letzten, die ich aufwärmen wollte, waren schwarz, als ich sie rausnahm.«

Noch während sie ihn verwundert anblickte, schnappte er sich den Eimer mit dem Futter und öffnete die Tür. Ein heftiger

Windstoß fuhr in die Hütte und brachte eisige Kälte mit. Sie kniff die Augen zusammen, um sich gegen den Schneeschauer zu schützen, der wie sprudelnde Gischt gegen den Herd brandete, und atmete erleichtert auf, als sich die Tür hinter Alex schloss. Selbst in dem heulenden Wind hörte sie ihn fluchen, über den »verdammten Wind«, der auch mal »die Klappe halten« könnte, und seine Huskys, die ständig was zu fressen wollten.

Die Biskuits waren bereits fertig. Sie nahm das Blech aus dem Backofen, ließ sie auf dem Herd abkühlen und stellte verwundert fest, dass er bereits den Tisch gedeckt hatte, so wie es ihrer Meinung nach nur ein verliebter Mann für eine Frau machte. Sie errötete schon wieder und war froh, dass Alex diesmal nicht in der Nähe war und es mit einer dummen Bemerkung herunterspielen konnte. Sie verteilte die Biskuits auf die Teller, schenkte Kaffee ein und setzte sich. Länger als ein paar Minuten würde er sicher nicht brauchen.

Als er nach einer Viertelstunde noch immer nicht zurück war, begann sie, sich Sorgen zu machen. Sie hörte die Hunde jaulen und bellen, ein sicheres Zeichen dafür, dass sie aufgeregt waren und Alex wahrscheinlich dabei war, das Futter auf ihre Näpfe zu verteilen, aber sie konnten genauso gut ein wildes Tier oder eine andere Gefahr gewittert haben. »Alex!«, rief sie, und dann noch einmal so laut, wie sie nur konnte: »Alex! Ist alles in Ordnung, Alex?«

Als Antwort drang ein leises Stöhnen an ihre Ohren, so glaubte sie jedenfalls, denn so einen schwachen Laut hätte man in dem tobenden Sturm bestimmt nicht gehört. Sie stand so hastig auf, dass sie gegen den Tisch stieß und den Kaffee in ihren Bechern verschüttete. Kurz entschlossen schlüpfte sie in ihren Mantel, knöpfte ihn bis zum Hals zu und zog Pelzmütze, Handschuhe und Schal an. Ohne weiter nachzudenken, trat sie in das Unwetter hinaus.

Der eiskalte Wind traf sie wie mit eiserner Faust und riss ihr beinahe die Tür aus der Hand. Sie stemmte sich entschlossen dagegen und zog die Tür mit beiden Händen zu. Der Sturm ließ ihr keine Zeit zum Nachdenken, gönnte ihr nicht einmal einen Augenblick der Ruhe, als sie sich mit dem Rücken gegen die geschlossene Tür fallen ließ und erschöpft durchatmen wollte. Jedes Zögern in so einem eisigen Unwetter bedeutete, dass man dem Wind und der Kälte eine Angriffsfläche bot und sich unnötig in Gefahr begab.

Mit dem Rücken zur Hauswand und den Kopf gegen den Wind gesenkt, kämpfte sie sich schrittweise zu den Hunden vor. Den Schnee, den der böige Wind in eisigen Schauern über sie niedergehen ließ, versuchte sie zu ignorieren und fuhr doch jedes Mal zusammen, wenn er ihr Gesicht traf und auf geheimnisvolle Weise unter ihren Mantel und ihren Rock drang. »Alex!«, rief sie, von wachsender Panik geplagt. »Wo stecken Sie? Sagen Sie doch was!«

Wieder antwortete ihr nur ein leises Stöhnen. Ob es vom Wind, von den Hunden oder tatsächlich von Alex kam, vermochte sie nicht zu sagen. »Alex! Sie machen mir Angst! Ist Ihnen was passiert? Wo stecken Sie, verdammt?«

Sie hatte die Hunde erreicht und blieb erschöpft stehen. Neben dem Haus blies der Wind nicht so stark und der Flockenwirbel war lange nicht so dicht wie vor der Eingangstür. Mit einem raschen Blick erkannte sie, dass Billy sein Fressen bereits bekommen hatte, das Vorrecht des Leithunds, er aber die kräftige Suppe nicht angerührt hatte und nervös zum Waldrand blickte. Während er sich erstaunlich ruhig und abwartend verhielt, zerrten die anderen Hunde nervös an ihre Leinen und bellten, heulten und jaulten, als wäre ein Grizzly in der Nähe. »Billy!«, rief sie dem Leithund zu. »Was ist passiert? Wo ist Alex?«

Er musterte sie mit einem Blick, der alles bedeuten konnte, lief ein paar Schritte und blieb vor dem leeren Platz von Smoky stehen. Der schwarze Wildfang mit der weißen Blesse auf der Stirn war verschwunden! Sie sah die abgerissene Leine im Schnee liegen, bückte sich danach und stellte mit Erschrecken fest, dass Smoky sie durchgebissen hatte. Die Spuren waren deutlich und ließen keinen anderen Schluss zu. Er hatte sich aus dem Staub gemacht. In seinem jugendlichen Überschwang war er in den Sturm gerannt, und Alex folgte seinen Spuren und suchte nach dem leichtsinnigen Ausreißer.

Es dauerte eine ganze Weile, bis sich die Erkenntnis in ihren Gedanken festgesetzt hatte. Alex war irgendwo da draußen und suchte den jungen Husky, in einem tobenden Blizzard, der selbst einem erfahrenen Leithund wie Billy zum Verhängnis werden konnte und den Fallensteller in seiner Sorge um den geliebten Hund so weit von der Hütte weglockte, dass er auch in Gefahr geriet. Auf dem Meer waren selbst erfahrene Seeleute wie ihr Vater in Not geraten und umgekommen, die Natur war überall unberechenbar, auf dem Meer wie hier in den Bergen, und die Gefahren waren nur schwer einzuschätzen. Hatte einer der Fischer nicht von einem Fallensteller erzählt, der nur wenige Schritte von seiner Hütte entfernt in einem tödlichen Blizzard erfroren war?

»Alex!«, rief sie wieder, nur noch lauter und eindringlicher. »Alex! Wir sind hier! Kommen Sie zurück! Warten Sie, bis der Sturm nachgelassen hat! Dann können wir Smoky zusammen suchen!«

Den Blick in die Ferne gerichtet, tätschelte sie Billy, der sein Fressen noch immer nicht angerührt hatte und ebenso nervös schien wie sie. Auch im Jaulen und Heulen der Hunde schwang Angst mit. Selbst die sonst so gelassene Cloud und der träge Buffalo, der sich nur zu solchen Ausbrüchen hinreißen ließ, wenn eine wirklich ernsthafte Gefahr drohte, reagierten aufgebracht und ahnten wohl, dass sich Alex und ihr vierbeiniger Freund in Gefahr befanden.

Clarissa zwang sich zur Ruhe und machte nicht den Fehler, sich vom Haus zu entfernen und in dem Schneesturm nach Alex zu suchen. Sie kannte weder die nähere Umgebung noch die Gefahren und Tücken, die in dem schmalen Tal auf sie warteten. Allein der Tiefschnee, der schon vor dem Sturm zu stattlichen Dünen angewachsen war, konnte einer unerfahrenen Frau wie ihr zum Verhängnis werden, er würde sie beim ersten Fehltritt wie ein gieriges Monster verschlingen und nicht mehr hergeben. Ohne Schneeschuhe und die warme Kleidung eines Trappers käme sie keine hundert Schritte weit, würde vielleicht schon in unmittelbarer Nähe der Hütte sterben, so wie der Trapper, von dem der alte Fischer berichtet hatte. Sie musste bei den Hunden bleiben und konnte nur auf die baldige Rückkehr des Fallenstellers hoffen. So wie Billy, der so angestrengt in die Ferne blickte, als könnte er Alex allein durch seine Gedanken dazu bringen, seinen jungen Freund zu finden.

Vor lauter Aufregung und Angst spürte Clarissa nicht einmal mehr die Kälte und den Wind. Angestrengt starrte sie in den Flockenwirbel, bis alles vor ihren Augen verschwamm und sie beinahe das Gleichgewicht verlor. In ihrer Benommenheit glaubte sie einem Trugbild oder einer Luftspiegelung aufzusitzen, als plötzlich ein dunkler Schatten in dem wirbelnden Schnee auftauchte. Sie realisierte erst, dass Alex zurückgekommen war, als er mit einer Hand ihre Schulter berührte und sagte: »Was suchen Sie denn hier draußen? War Ihnen in der Hütte nicht kalt genug? Oder sind Ihnen die Biskuits verbrannt und Sie wollten sich klammheimlich aus dem Staub machen?«

»Alex!«, reagierte sie unerwartet barsch. »Wo waren Sie denn die ganze Zeit? Sehen Sie denn nicht, dass wir uns Sorgen machen? Ich wette, so laut haben Ihre Huskys noch nie gebellt! Wie konnten Sie es wagen, Sie … Sie …«

Sie umarmte ihn ungestüm und legte ihren Kopf an seine Schulter, schluchzte ein paar mal, bis sie sich wieder in der Gewalt hatte und rasch von ihm löste. »Tut mir leid, Alex … Tut mir leid … Das wollte ich nicht sagen …«

Alex tätschelte den verängstigten Smoky unter seinem linken Arm. »Beschweren Sie sich bei dem jungen Draufgänger! Der dachte wohl, er könnte es ganz allein mit der Wildnis aufnehmen.« Er brachte den zitternden Husky an seinen Platz zurück und band ihn mit einem doppelten Knoten an die Leine. »Möchte nur wissen, was in ihn gefahren ist. Wenn er nicht im Schnee stecken geblieben wäre, hätte ich ihn vielleicht nie gefunden!« Er hob drohend einen Finger. »Beim nächsten Mal hole ich dich nicht zurück, hast du gehört? Ich werde den Teufel tun und noch mal mein Leben riskieren, nur weil du dich nicht benehmen kannst! Zur Strafe bekommst du dein Fressen als Letzter!«

Ohne sich um Clarissa zu kümmern, die etwas verloren in dem wirbelnden Schneetreiben stand und erfreut beobachtete, wie sehr die Hunde sich über die Rückkehr des Fallenstellers und ihres vierbeinigen Freundes freuten, ging Alex zu seinem Leithund und schloss ihn fest in die Arme. Auch ohne ihren Ausbruch wusste er sehr wohl, wie sehr sich Billy um ihn und Smoky gesorgt hatte. »Keine Angst, Billy, mir ist nichts passiert«, beruhigte er den Leithund. »Und sei Smoky nicht böse. Wir waren doch auch mal jung und haben Blödsinn gemacht, oder? Ich wette, du bist auch den Füchsen und Hasen in den Wald nachgerannt, bevor du zu mir kamst. Ich will dir was verraten: Ich bin sogar aus der Schule weggerannt und hab mich zwei Tage und zwei Nächte im Wald versteckt, weil ich Angst vor meiner strengen Lehrerin hatte. Die wollte mir eins mit dem Rohrstock überziehen, und das hat sie dann auch getan. Lass ihm den kleinen Ausflug durchgehen, okay?«

Er richtete sich auf und wartete, bis Billy sich über sein Fressen hermachte, erst dann kümmerte er sich um die anderen Hunde und teilte das restliche Fressen aus. Die Suche nach Smoky schien ihm wenig ausgemacht zu haben, obwohl der Schnee an seinem Anorak klebte und man ihm ansah, dass er bis über die Hüften im Tiefschnee gesteckt hatte. In der Eile hatte auch er nicht die

Zeit gefunden, seine Schneeschuhe anzuschnallen. Zu groß war die Gefahr gewesen, dass Smoky schon nach wenigen Schritten im Schnee erstickt wäre.

Clarissa half ihm dabei, das Fressen zu verteilen, und unterhielt sich besonders eindringlich mit Smoky, der immer noch zitternd vor Angst im Schnee hockte und viel zu benommen war, um sein Fressen anzurühren. Von Billy misstrauisch beobachtet, sagte sie: »Du kannst von Glück sagen, dass dir Alex sofort nachgelaufen ist, sonst wärst du da draußen vielleicht umgekommen, du verrückter Wildfang! Das machst du nicht noch einmal, klar? Wir haben uns große Sorgen um dich gemacht! Hör nächstes Mal auf Billy, der weiß, was gut für einen Husky ist. Stimmt's, Billy?« Sie warf dem Leithund einen versöhnlichen Blick zu. »Du bist der Chef, Billy, das weiß ich doch.«

Nachdem sie die Hunde gefüttert hatten, kehrten sie in die Hütte zurück. Sie legten ihre Kleider ab und wärmten sich vor dem prasselnden Herdfeuer. Erst jetzt merkten sie, wie kalt es vor dem Haus gewesen war. Beide lächelten zufrieden.

»In Vancouver war es wärmer«, sagte sie.

»Und langweiliger.«

Sobald etwas Gefühl in ihre Hände zurückgekehrt war, wischte Clarissa den Tisch sauber, ersetzte den kalt gewordenen Kaffee durch heißen von der Herdplatte und schob die Biskuits noch einmal in den Ofen. »Ich wusste gar nicht, wie gut Kaffee schmecken kann«, sagte sie, als sie endlich beim Frühstück saßen, »bisher hab ich nur Tee getrunken. Oder schmeckt Ihrer anders?«

»Besser«, erwiderte er fröhlich. »Und Sie verstehen es, aus altem und beinahe vergammeltem Gebäck noch anständige Biskuits zu machen. Respekt!«

»Frisches Brot wäre mir lieber.«

»Dann backen Sie doch eins. Ich hab Sauerteig da.«

Clarissa glaubte an einen Scherz, doch nach dem Frühstück warf ihr Alex tatsächlich einen Klumpen Sauerteig zu, und sie erinnerte sich glücklicherweise daran, wie die Köchin der Whittlers ihr Brot gebacken hatte, und machte sich gleich an die Arbeit. »Wissen Sie, warum man langjährige Fallensteller oder Jäger wie mich auch ›sourdoughs‹ nennt?«, fragte Alex, während sie den Teig knetete. »Weil sie ständig einen Klumpen Sauerteig dabeihaben, den sie während des Winter sogar am Körper tragen, damit er auch in der Kälte die Temperatur hält und für neuen Teig verwendet werden kann. Mit einem Klumpen Sauerteig übersteht man jeden Winter. Aber Sie müssen einen Winter im eisigen Norden überstanden haben, sonst gilt der Name nicht.«

»Strenge Sitten haben Sie.« Das Kneten des Teigs tat ihr gut und lockerte ihre Muskeln, die in der Kälte schon eingefroren waren. Es war wesentlich angenehmer, den Schneesturm durch die Fenster zu beobachten und zu wissen, dass genug Holz gestapelt war, um das Feuer im Herd am Brennen zu halten. Sie hielt in der Arbeit inne. »Sie haben Smoky gern, nicht wahr?«

Alex warf einige Holzscheite ins Feuer. »Er erinnert mich daran, wie ungezogen ich als Junge war. Dass ich aus der Schule weggerannt bin, war nicht meine einzige Missetat.« Er schloss die Ofentür und schmunzelte. »Einmal bin ich mit einem Gewehr aus dem Laden meiner Eltern in die Berge gezogen und wollte einen Grizzly schießen. Zum Glück hielten die Bären noch Winterschlaf, und ich bekam nur einen Waschbären vor die Flinte. Der Rückstoß brach mir fast das Schlüsselbein. Und sobald ich wieder gesund war, versohlte mir mein Vater so fest den Hintern, dass ich drei Tage nicht laufen konnte. Ich wollte immer meinen Kopf durchsetzen, auch wenn es wehtat.«

»Und Smoky war wirklich in Gefahr? Hätte er nicht zurückgefunden?«

»Vielleicht«, antwortete Alex, jetzt wieder ernst, »aber ich wollte kein Risiko eingehen. Um diese Zeit kommen einige Wolfsrudel in die Täler, und einige lassen nicht mit sich spaßen, wenn sich Ihnen ein übermütiger Husky in den Weg stellt und ihnen das Revier streitig machen will. Vor zwei Jahren hab ich einen Hund auf diese Weise verloren, deshalb habe ich neulich auch gleich auf diesen Wolf geschossen, als ich Sie neben der Bestie knien sah.«

»Bones ist keine Bestie. Er ist mein Freund.«

»Darauf würde ich mich nicht verlassen, Clarissa. Hier draußen hat man nur unter seinesgleichen Freunde. Alle anderen sind deine Feinde. Nur der Stärkere kann sicher sein, dass er in der Wildnis überlebt. So ist es nun mal … Leider.«

12

Am nächsten Morgen hatte sich der Sturm verzogen, und nur noch wenige Wolken waren am Himmel zu sehen. Über den bewaldeten Hängen im Osten stand die Sonne und brachte den Schnee zum Glitzern. Wie die erstarrten Wogen eines leuchtenden Meeres zogen sich die zu Dünen aufgeworfenen Schneewehen durch das Tal und ließen es seltsam aufgeräumt und sauber erscheinen.

Alex stand in der offenen Tür und blinzelte in die aufgehende Sonne, als Clarissa im Wohnraum erschien. Sie hatte sich gewaschen und ihre Haare im Nacken mit einem roten Band zusammengebunden, das sie beim Aufräumen in einer Schublade gefunden hatte. Ihr Waschwasser hatte sie bereits am Abend vorher ausgetauscht und auf dem Herd zum Kochen gebracht. Am Morgen war es noch lauwarm gewesen. Sie hätte gern etwas von dem Rosenwasser gehabt, das die vornehmen Damen in Vancouver verwendeten, schon um den Gestank, der aus ihren getrockneten Kleidern drang, aus der Hütte zu vertreiben, aber mehr als ein Stück brüchige Seife gab es nicht.

Sie trat neben den Fallensteller und erfreute sich an dem Anblick jungfräulicher Natur. Eher unabsichtlich streifte sie mit ihrer Hüfte seinen Oberschenkel und verspürte dabei eine seltsame Freude, wie beim Anblick eines kostbaren Geschenkes. Plötzlich fühlte sie sich ihm so nahe und vertraut, dass sie beinahe einen Arm um seine Hüfte gelegt hätte. Gerade noch rechtzeitig und auch nur, weil sie in diesem Moment die Sonne blendete, hielt sie sich zurück. Sie war froh, dass er nicht in ihre Richtung sah und mitbekam, wie sie errötete. Mein Gott, wunderte sie sich, was stellt er bloß mit mir an?

»So hab ich mir immer das Paradies vorgestellt«, sagte er, nachdem sie beide lange geschwiegen hatten. »Keine Palmen, keine einsame Insel und kein blaues Meer, nur ein Tal wie dieses, einsam und abgelegen, ohne Spuren von Goldgräbern oder Siedlern, nur wilde Tiere und ein paar Fallensteller.«

Und ich, hätte sie beinahe hinzugefügt.

Auch an diesem Morgen fütterten sie die Huskys gemeinsam, eine Aufgabe, die Clarissa riesigen Spaß machte, besonders bei dem schönen Wetter und der Freude, die sie in den Augen der Hunde zu entdecken meinte, als sie mit Alex neben dem Haus erschien. Der dankbare Blick, den Billy ihr zuwarf, als sie seinen Nacken kraulte, und die ungestüme Art, wie Smoky an ihr hochsprang, waren ein deutliches Zeichen, dass sie sich nicht nur über das Fressen freuten.

»Na, was sagst du, Billy?«, begrüßte Alex den Leithund und legte ihm eine Hand unters Kinn. »Ist das ein Wetter?« Und als der Hund ihn fragend anblickte und leise jaulte, redete er weiter auf ihn ein. »Und ob wir heute einen Ausflug machen! Ihr alle und Clarissa und ich, oder meinst du, ich lasse euch bei einem solchen Wetter neben der Hütte schmoren? Nein, heute wird gelaufen, Billy, und ihr könnt der Lady endlich mal zeigen, wozu ihr fähig seid. Hast du gehört, Smoky?«

Clarissa glaubte natürlich, dass er sie an diesem Morgen nach Beaver Creek bringen wollte, und wahrscheinlich wäre es auch vernünftig gewesen, so schnell wie möglich aus der Nähe der Bahnlinie zu verschwinden, doch als sie beim Frühstück saßen und sich das frisch gebackene Sauerbrot schmecken ließen, überraschte sie Alex mit der Mitteilung: »Sie haben doch nichts dagegen, dass wir heute einen Ausflug machen? Wenn Sie wirklich im Hohen Norden bleiben wollen, müssen Sie doch wissen, wie man einen Hundeschlitten steuert. Mit den Hunden kommen Sie schon besser zurecht als die meisten Fallensteller, die ich kenne, und die Tricks, die man als Musherin kennen muss, bringe ich Ihnen unterwegs bei. Was halten Sie davon, Clarissa?«

»Ich soll einen Schlitten steuern?« Sie blickte ihn ungläubig an. »Aber ich habe nicht die geringste Ahnung, wie man mit so einem Ding umgeht. Ich kann nicht mal auf Schneeschuhen laufen. Und überhaupt … Ich werde wahrscheinlich nie in die Verlegenheit kommen, einen Hundeschlitten zu steuern, und würde Sie und die Hunde doch nur aufhalten. Ich …«

»Unsinn!«, unterbrach er sie. »Wer sich so gut mit Hunden versteht, kann gar nicht anders, als einen Hundeschlitten zu steuern. Ich kenne einige Musherinnen. Die Witwe Barnes in Beaver Creek zum Beispiel, die steuerte schon einen Schlitten, als wir noch in den Windeln lagen, und kam besser mit ihrem Gespann zurecht als der miese Bursche, der mit ihrem Gold durchbrannte. Oder die Frau eines Holzfällers, den ich in den Chilcotins traf, die karrte jahrelang die Vorräte für ein Holzfällercamp durch die Berge. Oder meine Mutter … Hier oben gibt es prächtige Frauen, und ich gehe jede Wette ein, dass einige über kurz oder lang bei den großen Rennen mitmachen und gewinnen.«

Clarissa hatte keine Ahnung, ob ein Sieg in einem Hundeschlittenrennen zu ihren Wunschträumen gehörte. Sie wusste nur, dass sie sich in dieser Bergwildnis mehr zu Hause fühlte als in Vancouver und dass sie sich auf eine ganz eigenartige Weise von der Natur und dem Fallensteller angezogen fühlte. Als wäre sie nach jahrelanger Wanderschaft endlich nach Hause gekommen.

»Aber zuerst müssen Sie was anderes anziehen.« Alex ging zu der Kommode und warf ihr eine Wollhose und ein dickes Flanellhemd zu. »Die gehörten einem Goldgräber, den ich mal kannte. Im Rock kommen Sie nicht weit.«

Clarissa fing die Sachen auf und betrachtete sie wie etwas vollkommen Exotisches und Undenkbares.

»Wen stört's?« Er grinste breit. »Hier draußen sieht Sie niemand. Außer ein paar Wölfen und Bären vielleicht, und die werden sich kaum an Ihrem Anblick stören. Ziehen Sie sich um, Lady, damit wir endlich hier wegkommen!«

»Ich bin keine Lady. In dem Aufzug erst recht nicht.«

»Aber eine Musherin.«

Sie folgte ihm widerwillig und benutzte sogar die Hosenträger, um der ausgefransten Wollhose einen besseren Halt zu geben. Auch das Flanellhemd war ihr mindestens zwei Nummern zu groß. Als sie gerade wieder in ihre Stiefel schlüpfte, kam eine feste Winterjacke mit dickem Futter über den Vorhang geflogen und landete auf ihrem Bett. »Von einem Fallensteller«, rief ihr Alex zu, »hält wärmer als der Mantel. Und jetzt lassen Sie sich ansehen, Miss!«

»Wie eine Miss sehe ich nicht mehr aus«, antwortete sie und bereute schon jetzt, sich auf dieses Abenteuer eingelassen zu haben. Sie brauchte nicht einmal in den Spiegel zu blicken, um zu wissen, wie lächerlich sie in den abgetragenen Kleidern aussah. Wie ein Landstreicher eben, ein Holzfäller oder Goldgräber, der es zu nichts gebracht hatte und allein durch die Wildnis zog.

Sie bemerkte, wie er sich mühsam ein Grinsen verkniff, als sie hinter dem Vorhang hervortrat. »So würde Sie nicht mal Frank Whittler erkennen«, tröstete er sie. »Sehen Sie's doch von der Seite. Eine bessere Tarnung gibt es nicht.«

»Und ich kann mich morgen vor Flöhen und Läusen nicht retten.«

»Unsinn! Die hab ich eigenhändig gewaschen und einen Winter in der Kälte liegen lassen. Die Kälte hier halten weder Flöhe noch Läuse aus, glauben Sie mir. Wenn welche drin waren, haben sie schon längst das Weite gesucht.«

»Wenn Sie das sagen, Alex.«

Er reichte ihr ein Paar Schneeschuhe. »Hier … Wir fangen gleich mit der schwierigsten Lektion an. Die meisten Leute glauben, man braucht sich nur auf die Kufen zu stellen und lässt das Hundegespann die Arbeit erledigen. Auf ebener Strecke und einem geräumten Trail geht das auch, aber so was finden Sie in der Wildnis nur alle hundert Meilen mal … Wenn Sie Glück haben. In einem abgelegenen Tal wie diesem sieht das schon anders aus, und so richtig problematisch wird's nach einem Schneesturm, wie wir ihn gestern hatten. Oder was meinen Sie, wie die Hunde durch den Tiefschnee kommen?«

Sie ahnte, worauf er hinauswollte. »Mit unserer Hilfe?«

»Sie sagen es, Miss.« Er freute sich wie ein Lehrer, der einer hübschen Schülerin die richtige Antwort in den Mund gelegt hatte. »Bis zum Waldrand müssen wir vor den Hunden laufen und einen Trail in den Schnee stampfen. Die härteste Arbeit eines Mushers, aber auch nur selten nötig. Meist nur nach schweren Schneestürmen. Wenn der Trail erst mal steht, kann man ihn immer wieder benutzen. Wenn Sie wollen, übernehme ich die Arbeit. Bevor Sie bei mir hereingeschneit sind, musste ich so was auch immer allein erledigen.«

Clarissa packte die Schneeschuhe mit beiden Händen. »Damit Sie mir später vorhalten, ich wäre einer dieser verwöhnten Ladys aus dem West End von Vancouver? Kommt gar nicht infrage, Mister! Ich schaffe das. Und lächerlicher als in diesen alten Kleidern kann ich mich sowieso nicht mehr machen.«

»Dachte ich mir.« Sie verließen die Hütte und gingen zu den Huskys, die natürlich spürten, dass es endlich wieder losging, und bereits erwartungsvoll an den Leinen zerrten. Sie jaulten und heulten, vor allem aus Angst, Alex könnte einige von ihnen zurücklassen, und sprangen ihm aufgeregt entgegen.

Alex blinzelte zum Waldrand empor. Die Sonne stand dicht über den Bäumen und ließ den Schnee hell leuchten. »Unter den Bäumen liegt weniger Schnee, da kommen wir schneller voran.« Er blickte sie prüfend an. »Sind Sie sicher, dass Sie mit den Schneeschuhen zurechtkommen? Die meisten Städter stellen sich etwas, wie soll ich sagen … etwas unbeholfen damit an.« Er errötete. »Womit ich nicht sagen will, dass Sie eine gewöhnliche Städterin sind.«

»Aber Sie sind ein Klugscheißer!«, rutschte es ihr heraus. Sie schlüpfte beinahe trotzig in die Schneeschuhe, ging zwei Schritte und lag schon beim dritten auf der Nase. Hilflos wie ein Käfer, der auf den Rücken gefallen war, und mit einem trotzigen Lächeln streckte sie ihm eine Hand entgegen. »Ich hab nicht behauptet, dass ich für die Wildnis geboren bin.« Sie hätte sich für ihre vorlauten Worte ohrfeigen können. »Was ist? Wollen Sie mir nicht aufhelfen? Oder muss ich Sie erst wie ein kleines Mädchen anflehen?«

Er zog sie vom Boden hoch und half ihr, den Schnee von ihrer Kleidung zu klopfen. Sie wischte seine Hand ärgerlich zur Seite. Während er den Schlitten auf die Kufen kippte und sich daranmachte, den Hunden die Geschirre anzulegen, versuchte sie mit verbissener Miene einige Schritte, stolperte bei jeder unbedachten Bewegung und ahnte, dass es einige Zeit dauern würde, bis sie sich an das seltsame Schuhwerk gewöhnt hatte. Auf den geflochtenen Tellerschuhen das Gleichgewicht zu halten, war schwieriger, als sie gedacht hatte. Sogar für eine Frau wie sie, die selbst bei heftigem Wind und aufgewühlter See an Bord ihres Fischkutters selten ins Wanken gekommen war.

Alex hatte die Hauptleine vor den Schlitten in den Schnee gelegt und schloss die Hunde paarweise daran an. Billy lief als Leithund vornweg, hinter ihm folgten der übermütige Smoky und die ruhige Cloud, dann Rick und Waco, beide jung und schnell, und hinten die kräftigen Buffalo und Chilco. »Ist ganz einfach«, erklärte Alex, »man klinkt sie an die Leinen, die seitlich von der Hauptleine abgehen, und schon kann es losgehen. Aber achten Sie darauf, dass Sie den Leithund zuerst festmachen, sonst entsteht leicht ein Chaos.«

Clarissa sah, wie sich der junge Smoky ungeduldig in seinem

Geschirr streckte, und beugte sich lächelnd zu ihm hinab. »Du kannst es wohl gar nicht mehr erwarten, was? Als ob es nichts Schöneres gäbe, als sich durch haushohe Schneedünen zu graben.« Sie kraulte ihm aufmunternd den Nacken. »Aber treib's nicht zu toll, Smoky, hörst du? Sonst geht dir später die Puste aus. In der Ruhe liegt die Kraft, sagte mein Großvater immer.« Das war zwar gelogen, sie hatte den Spruch irgendwo gelesen, aber er traf den Nagel auf den Kopf, und sie benutzte ihn gerne. Nur wer sich seine Kräfte einteilte, erreichte sein Ziel, auf hoher See und wahrscheinlich auch in den Bergen.

Doch der anstrengende Marsch zum Waldrand zwang sie bereits während der ersten hundert Schritte, an die Grenzen ihrer Kraft zu gehen. So anstrengend hatte sie sich das Ebnen des Trails nicht vorgestellt. Sie war körperliche Arbeit gewöhnt, hatte an Bord ihres Fischkutters häufiger die Pflichten eines Mannes übernommen und war mehr als einmal in einem Sturm gezwungen gewesen, mit beiden Händen zuzupacken. Nach ihrer Rückkehr in den Hafen war sie oft am Ende ihrer Kräfte gewesen, aber niemals so erschöpft wie während dieses mühsamen Marsches durch den hohen Schnee.

Auch mit den Schneeschuhen sank sie bei jedem Schritt tief ein, und es kostete sie große Mühe, ihr Gleichgewicht zu halten, den Fuß mit dem zweiten Schuh nachzuziehen und einen weiteren Schritt nach vorn zu tun. Eine falsche Bewegung, und sie würde seitlich in den Schnee stürzen oder sogar einen Abhang hinunterrollen und hilflos wie vor ihrem Marsch auf dem Rücken liegen bleiben. Wie eine Seiltänzerin, beide Arme ausgestreckt, hielt sie sich aufrecht, angestrengt darum bemüht, vor Alex keine Schwäche zu zeigen. Sie hatte den Mund zu voll genommen, das erkannte sie inzwischen auch, und sie fragte sich bereits, warum sie auf sein Angebot nicht eingegangen war. Wie bequem wäre es, in eine Decke gewickelt auf dem Schlitten zu sitzen, ihm bei der Arbeit zuzusehen und die Fahrt zu genießen.

Niemals, schwor sie sich im gleichen Augenblick, diese Genugtuung gönne ich ihm nicht. Ich bin keine verwöhnte Lady aus der Stadt. Ich bin die Tochter eines Fischers und anstrengende Arbeit gewöhnt. Ich gebe niemals klein bei!

Doch ihr entging natürlich nicht, wie Alex sie bei jedem Schritt aufmerksam beobachtete und sehr genau darauf achtete, ob sie noch über genug Reserven verfügte. Als sie in einer besonders tückischen Schneeverwehung ins Stolpern geriet und zu fallen drohte, packte er sie mit einer raschen Bewegung am Oberarm und zog sie in die Spur zurück. Weder sie noch er verloren ein Wort darüber, und sie marschierte trotzig weiter, fest entschlossen, auf dem restlichen Weg zum Waldrand so wenige Fehler wie möglich zu machen. Etwas anderes ließ ihr Stolz nicht zu. Sie war lange genug abhängig gewesen, und es wurde höchste Zeit, auf eigenen Beinen zu sthen. Selbst wenn sie einmal heiratete, würde sie sich nicht vollkommen von einem Mann abhängig machen. Ein Entschluss, der die Töchter der anderen Fischer, die schon darüber gelacht hatten, dass eine junge Frau wie sie mit ihrem Vater auf dem Kutter mitfuhr, immer erheitert hatte. »Eine Frau hat gewisse Pflichten«, hatte sie zu hören bekommen, »sie führt ihrem Mann den Haushalt, schenkt ihm Kinder und zieht sie groß und stellt sich ganz in den Dienst der Familie.« Über solche Ermahnungen hatte sie nur gelacht. »Ich bin ein freier Mensch, keine Sklavin!« Nun ja, musste sie zugeben, aber den Mann fürs Leben hatte sie bisher auch nicht gefunden. Welcher Mann schätzte schon eine Frau mit eigenem Kopf? Ein Fallensteller wie Alex Carmack? Immerhin war er sich nicht zu schade gewesen, frischen Kaffee aufzusetzen, wenn auch wohl nur aus Angst, sie könnte ihm auch weiterhin diese furchtbare braune Spülbrühe vorsetzen.

Sie drehte sich zu den Hunden um. Die Spur, die sie mit ihren Schneeschuhen hinterließen, war breit genug und machte es den Hunden relativ leicht, ihnen zu folgen. Ungeduldig, weil sie wussten, dass sie am Waldrand wieder schneller vorankommen würden und sich auf dem Trail austoben konnten, hechelten sie hinter Clarissa und Alex her, manchmal so dicht, dass der Fallensteller sie mit einem lang gezogenen »Whoaaa!« bremsen musste. Smoky bewegte sich wie immer am hektischsten, rannte manchmal so schnell, dass er dem führenden Billy in die Quere kam und von dem Leithund mit einem ärgerlichen Fauchen auf seinen Platz gewiesen wurde. »Immer mit der Ruhe«, unterstützte Alex seinen Leithund, »wir haben es nicht mehr weit.«

Viel Zeit, die Landschaft zu bewundern, blieb Clarissa nicht. Ihre Augen waren auf den Trail fixiert, die Schneise durch das Tal, die Alex mit seinen Schritten vorgab, in einer weiten Kurve zum Waldrand hinauf, damit der Trail nicht zu steil für das Gespann wurde. Der Tag hätte nicht schöner sein können, strahlender Sonnenschein spiegelte sich auf den Verwehungen, und wenn der leichte Wind den trockenen Schnee wie Staub in die Luft wirbelte, funkelten die Kristalle wie leuchtenden Diamanten in der eisigen Luft. Längst war es Clarissa egal, wie sie in ihrer neuen Kleidung aussah. Die Wollhose, so hässlich sie war, erschien ihr wesentlich praktischer als der lange Rock, und die gefütterte Jacke saß besser und hielt wärmer als ihr langer Mantel. Lediglich im Gesicht fror sie, wenn ihr der Wind den Schnee in die Augen trieb, und sie die eisigen Kristalle wie Nadelstiche auf den Wangen spürte.

Sie brauchten fast den ganzen Morgen für den Anstieg, und sie blieb erschöpft, aber auch erleichtert stehen, als sie ihr Ziel erreicht hatten und ihr der würzige Duft der Fichten in die Nase stieg. »Geschafft«, stieß sie schwer atmend hervor. »Aber viel länger hätte es nicht dauern dürfen, das gebe ich zu. Und jetzt erzählen Sie mir bloß nicht, dass Sie nicht aus der Puste sind!«

»Nur ein bisschen«, erwiderte er. »Nur ein ganz kleines bisschen.«

13

Sie teilten sich eine Tafel Schokolade, die Alex aus seiner Anoraktasche zauberte, und genossen die Aussicht in das Tal, das in der hellen Mittagssonne noch freundlicher und einladender wirkte. Die schneebedeckten Hügel und Verwehungen hoben sich leuchtend von den dunklen Wäldern ab, die das Tal umgaben und an den Hängen der fernen Berge klebten. Außer ihrer Hütte, die man nur sah, wenn man von ihr wusste und sie vor den dicht beieinanderstehenden Fichten ausmachte, und dem Trail, den sie mit ihren Schneeschuhen festgetreten hatten, gab es keinen Hinweis auf die Gegenwart von Menschen. Das Tal war tatsächlich ein Paradies, fernab der Zivilisation und inmitten der Wildnis, obwohl man in wenigen Stunden die Bahnlinie erreichen konnte.

»Wissen Sie, was die Indianer über die Eisenbahn sagen?«, fragte Alex, während er seinen Blick über die Schneedünen wandern ließ. »Sie ist eine Erfindung der bösen Geister. Mit ihr kommen gierige weiße Männer, die ihre heilige Mutter Erde aufreißen und nach dem gelben Metall suchen, das für sie keinen Wert hat. Die ihre Bäume fällen und ihre Natur zerstören, um ein Geschäft zu machen, und etwas verkaufen, das ihnen gar nicht gehört. Die keine Ehrfurcht vor der Natur haben und nicht zu wissen scheinen, dass sich die Erde irgendwann für das Leid rächen wird, das man ihr angetan hat. Die Gier von Männern wie den Whittlers zerstört das Gleichgewicht der Natur.«

»Da haben Sie recht«, erwiderte Clarissa, die stets überrascht war, wenn Alex, eben noch übermütig wie ein kleiner Junge, plötzlich ernst wurde und Gedanken aussprach, die man einem einfachen Fallensteller gar nicht zutraute. »Ich habe lange genug für die Whittlers gearbeitet, um das zu wissen. Sie wollen immer mehr. Wenn sie eine Eisenbahnlinie besitzen, wollen sie eine zweite. Wenn sie ein Hotel gebaut haben, wollen sie das nächste und dann ein Kaufhaus und dann eine ganze Stadt. Der ersten Million müssen eine zweite und eine dritte folgen. Warum geben sie sich niemals zufrieden? Und warum glauben sie, sich alles herausnehmen zu können, nur weil sie mehr Geld haben? In der Schule haben wir gelernt, dass vor dem Gesetz alle Menschen gleich sind. Wer das geschrieben hat, kannte wohl die Whittlers nicht.«

Alex überlegte eine Weile. Wenn er seinen Blick in die Ferne schweifen ließ wie jetzt, sah er tatsächlich wie ein weiser Mann aus. »Wegen Frank Whittler würde ich mir keine Sorgen mehr machen«, sagte er. »Bis zum Frühjahr hat der Sie bestimmt vergessen. Sie werden irgendwo neu anfangen.«

Dessen war sie sich nicht so sicher. »Sie kennen Frank nicht. Der hält sich für den Allergrößten und kann es nicht ertragen, wenn man ihn abweist und ihm die kalte Schulter zeigt. Die Schmach, von einem Dienstmädchen abgewiesen zu werden, lässt der nicht auf sich sitzen. Der sucht die ganzen Berge nach mir ab, wenn er herausbekommt, dass ich nach Norden geflohen bin.« Sie blickte in die Richtung, in der die Bahnlinie lag. Über den Bäumen schienen plötzlich dunkle Schleier zu hängen. »Er wird seine Belohnung auf mich so lange erhöhen, bis die ganze Welt nach mir sucht und ich im Gefängnis lande. Gegen die Canadian Pacific habe ich doch nicht die geringste Chance. Die Besitzer der Eisenbahn sind beinahe so mächtig wie der König in England.«

»Nicht, wenn Sie tot sind«, erwiderte der Fallensteller ruhig. Die Worte klangen seltsam aus seinem Mund. »In Beaver Creek findet Sie sowieso niemand, da gibt es nicht mal einen Telegrafen oder eine Zeitung, und ich werde inzwischen das Gerücht in die Welt setzen, dass ich die grausam zugerichtete Leiche einer jungen Frau in den Wäldern gefunden habe. Eine wütende Grizzly-Mutter, der Sie in die Quere gekommen wären, hätte Sie zerrissen.«

»Schöne Aussichten!«

»Aber die beste Tarnung, die man sich denken kann. Sie verändern ein wenig Ihr Äußeres, einer Frau dürfte das doch nicht schwerfallen, und ich sorge dafür, dass die Whittlers ihre Suche einstellen. Bis Frank Whittler darauf kommt, dass wir ihn reingelegt haben, sind Sie längst über alle Berge!«

»Und Sie? Er wird Sie zur Rede stellen.«

»Ich lasse mir was einfallen. Noch Schokolade?«

Clarissa verneinte und schüttelte die quälenden Gedanken ab, scherzte mit den Hunden, die unruhig an dem verankerten Schlitten zerrten und es gar nicht erwarten konnten, endlich durch den Schnee zu rennen. Alex hatte ihnen etwas Trockenfleisch zugeworfen, das sie gierig verschlungen hatten. In dem Vorratsbeutel unter der Haltestange, hatte Clarissa herausgefunden, steckten außerdem Ersatzkleidung, eine Tüte mit Keksen, eine Feldflasche mit Wasser, ein Messer, Streichhölzer, einige andere Utensilien und ein Revolver. »Für Elche«, betonte er, »die sind gefährlicher als Bären und Wölfe. Wenn dir ein Elch in die Quere kommt, kann es passieren, dass er mit den Vorderhufen auf die Hunde losgeht, und dann gnade dir Gott.« Er kniete neben Billy nieder, der ebenfalls schon ungeduldig wurde, und kraulte ihn unter dem Kinn. »Zum Glück habe ich einen schlauen Leithund, der riecht einen Elch auf zwei Meilen, und ich kann rechtzeitig einen Umweg nehmen. Aber sicher ist das auch nicht immer. Weiter nördlich gab es mal einen Fallensteller, dessen ganzes Gespann von einem Elch getötet wurde. Er hatte nur sein Gewehr dabei und bekam es wohl nicht mehr rechtzeitig hoch. Man fand seine Leiche ungefähr zwanzig Schritt weiter im Gestrüpp. Viel war nicht mehr von ihm übrig.«

»Haben Sie keine schöneren Geschichten auf Lager?«, versuchte sie ihn auf andere Gedanken zu bringen. »Stellen Sie sich vor, wir hätten eine Verabredung, nur Sie und ich, würden Sie dann auch von toten Hunden reden?«

»Eine Verabredung?« Er blickte sie verwirrt an.

Sie lächelte. »Eine Verabredung, ja. Wenn sich ein Mann und eine Frau treffen und zusammen etwas unternehmen, nennt man das eine Verabredung. Leben Sie schon so lange in der Wildnis, dass Sie das nicht mehr wissen?«

»Wir haben aber keine Verabredung.«

Leider, hätte sie beinahe gesagt. Sie staunte über ihre Gedanken und wusste nicht, ob sie lachen oder weinen sollte. Sie fühlte sich geradezu magisch von dem Fallensteller angezogen, während eine Stimme tief aus ihrem Inneren dagegen ankämpfte und sie vor ihm zu warnen schien. Ein ähnliches Gefühl, wie es die ungestüme Bergwildnis in ihr auslöste. Während des Blizzards war das Land abweisend und feindlich gewesen, doch jetzt, im strahlenden Sonnenschein, erschien es ihr beinahe lieblich, und sie konnte sich nichts Schöneres vorzustellen, als hier zu leben.

»Worauf warten Sie noch?«, fragte sie ihn lächelnd und erstaunt über ihre eigene Kühnheit. »Wann zeigen Sie mir endlich, wie man einen Schlitten steuert? Oder haben Sie noch eine von diesen grausamen Storys auf Lager?«

Alex konnte es nicht leiden, wenn man ihn in die Defensive drängte, und brauchte einige Zeit, bis sich seine Miene wieder aufhellte. Vielleicht lag es an der stürmischen Begrüßung, die ihm die Hunde zuteil werden ließen. »Nun ja«, begann er verlegen, »wie man die Hunde anspannt, wissen Sie ja schon, und wie man einen Trail in den Tiefschnee tritt, haben Sie auch einigermaßen begriffen.« Sein jungenhaftes Grinsen kehrte zurück. »Wenn auch nicht viel gefehlt hätte, und ich hätte Sie aus dem Schnee graben müssen, nicht wahr?«

Sie reagierte im gespielten Zorn: »Wie bitte? Ich stapfe mir die

Luft aus den Lungen und bin Ihnen ständig zwei Schritte voraus, und Sie werfen mir vor, beinahe in den Schnee gefallen zu sein?« Für kein Geld der Welt hätte sie zugegeben, dass er recht hatte. »Fragen Sie die Hunde, die wissen es besser.«

»Billy?«, rief er.

Der Husky jaulte leise.

»Da haben Sie's, er gibt mir recht.«

»Seit wann verstehen Sie die Hundesprache?«

»Seit ich hier draußen bin und mich mit Billy, Smoky und den anderen beschäftige«, erwiderte sie. »Man muss ein Gefühl für die Hunde entwickeln, wenn man mit einem Gespann zurechtkommen will. Man muss sogar auf sie eingehen, wenn man sie füttert. Sie sind genauso empfindlich wie Männer.«

»Da mögen Sie recht haben«, erwiderte er zu ihrer Überraschung.

Er führte sie um den Schlitten herum und erklärte ihr in wenigen Worten, was sie wissen musste, um ihn zu steuern, ohne schmückendes Beiwerk oder spöttische Bemerkungen. Natürlich musste man ein Gefühl für die Hunde entwickeln, ähnlich wie ein Reiter, der die Launen seines Pferdes kennen musste, wenn er mit ihm erfolgreich sein wollte. Genauso wichtig war es aber auch, den Schlitten zu kennen. Auf ebenen Strecken stand man auf den Kufen oder dem Trittbrett, die Hände an der Haltestange, den linken Fuß auf der Bremse oder die Hacke im Schnee, wenn man langsamer fahren oder bremsen musste. »Wenn die Hunde laufen sollen, rufen Sie ›Go!‹ oder ›Jetzt aber!‹ oder irgendwas in der Art. Ich rufe immer ›Giddy-up!‹. Keine Ahnung, was es wirklich bedeutet, das Wort hat mir mal ein Cowboy aus Texas verraten.«

Sie merkte, wie Billy bei dem Wort an den Leinen zog. »Klingt gut.«

»Wenn Sie nach links wollen, rufen Sie ›Haw!‹ Wenn es nach rechts gehen soll, heißt es ›Gee!‹. Bei ›Easy‹ werden die Hunde langsamer, und bei ›Whoaa!‹ halten Sie an.« Er lächelte verschmitzt. »Wenn Sie Glück haben.«

Er zeigte ihr den Anker, einen eisernen Pflock, der an einer Lederschnur befestigt war und in den Schnee gestoßen wurde, wenn man die Hunde am Weiterlaufen hindern wollte. »Vergessen Sie niemals, den Schlitten zu verankern, wenn Sie irgendwo rasten, und fallen Sie vor allem nicht vom Schlitten. Schlittenhunde sind keine Pferde oder Maultiere, die rennen einfach weiter, wenn Sie runterfallen. Nicht mal Billy würde meinetwegen umkehren. Denken Sie daran, wenn Sie mal irgendwo allein in der Wildnis unterwegs sind. Ich will Ihnen keine Schauermärchen mehr erzählen, aber es sollen schon Musher tagelang in der Wildnis herumgeirrt und dann irgendwo gestorben sein, weil sie vom Schlitten gefallen waren und weder ihre Waffe noch ihre Vorräte bei sich hatten. »Am besten fahren Sie erstmal als Passagier mit.« Er reichte ihr die Decken, die er mitgenommen hatte. »Machen Sie sich's auf der Ladefläche bequem, und halten Sie sich gut fest! Ich will Sie nicht verlieren.«

Clarissa hatte alles erwartet, nur nicht ein so starkes Glücksgefühl, als Alex mit einem lauten »Giddy-up!« die Hunde antrieb, und der Schlitten wie von einem Katapult geschleudert nach vorn schoss. Ähnliches hatte sie nur als kleines Mädchen auf einem Jahrmarkt erlebt, wenn sich das Karussell immer schneller gedreht hatte, und auf dem Meer, wenn sie mit dem Kutter in eine starke Strömung geraten waren. Die Huskys legten sich mit einer solchen Vehemenz in die Geschirre, dass der Schlitten über jeder Bodenwelle einen Luftsprung machte und jedes Mal wieder hart im Schnee landete. Sie musste sich mit beiden Händen am Schlitten festhalten, um nicht herunterzufallen, und dennoch war ihr nach freudigen Jauchzern zumute. Selten hatte sie sich so losgelöst und ungebunden gefühlt wie während dieser kurzen Fahrt.

Sie brausten dicht am Waldrand entlang, blieben im Schatten

der dunklen Schwarzfichten, wo der Schnee nur knöcheltief lag und ideale Bedingungen für die Hunde bot. Die Sonne stand inzwischen hoch über den Hügeln, und es machte ihnen kaum noch etwas aus, wenn der Wind in die schneebedeckten Baumkronen fuhr und frischen Schnee auf sie rieseln ließ. Die Kufen scharrten über den harten Boden und schlingerten leicht, wenn die Hunde einem Hindernis auswichen oder in eine der lang gezogenen Kurven gingen. Es war eine Freude, den Huskys zuzusehen, wie sie kraftvoll und doch elegant in den Geschirren liefen und sich bei jeder Bewegung ihre Muskeln abzeichneten.

»*Easy,* Billy! Nicht so schnell!«, rief Alex den Hunden zu. »Oder wollt ihr, dass unsere Passagierin im Schnee landet? Das Gejammer möchte ich nicht hören!« Er lachte fröhlich. »Halten Sie sich gut fest, Clarissa! Die Hunde sind heute etwas übermütig. Wahrscheinlich wollen sie angeben vor einer Lady.«

»Ich bin keine Lady … und verdammt froh darüber!«

Die Hunde waren nicht gerade erfreut darüber, einen Gang zurückschalten zu müssen, und hielten sich nur widerwillig an das langsamere Tempo, das Billy ihnen vorgab. Besonders Smoky hielt es kaum in seinem Geschirr, und hätte man ihm freie Bahn gelassen, wäre er wahrscheinlich bis zur Pazifikküste gelaufen. Von hinten drängten Buffalo und Chilco, die beiden stärksten, die auf dieser flachen Strecke kaum gefordert waren. Wahrscheinlich waren sie es nicht gewohnt, dass Alex so stark das Tempo drosselte, aber während einer stürmischen Fahrt hätte er ihr wohl kaum erklären können, worauf es beim Steuern eines Hundeschlittens ankam. »Immer mit der Ruhe, Smoky! Buffalo, Chilco … Ihr dürft noch früh genug wieder ran. Aber heute haben wir eine Schülerin an Bord. Drehen Sie sich um, Clarissa, und passen Sie auf!«

Er klang tatsächlich wie ein Lehrer, als er ihr verriet, was einen guten Musher oder eine Musherin ausmachte: »Ein Hundeschlitten ist kein Pferdefuhrwerk. Es gibt weder Zügel, noch braucht man eine Peitsche, um das Gespann anzutreiben. Sie feuern die Hunde mit Zurufen an und lenken, indem Sie Ihr Körpergewicht verlagern. Sehen Sie?« Er lenkte den Schlitten in eine Kurve und beugte sich zur Seite, um dem Schlitten einen stärkeren Drall zu geben, fuhr in die Spur zurück und schwenkte seinen Körper in die andere Richtung. »Bleiben Sie locker in den Knien, besonders wenn es über eine Bodenwelle geht. Passen Sie auf, da kommt eine!« Der Schlitten holperte über verkrustetes Eis, und sie beobachtete, wie er tief in die Knie ging und auf diese Weise den Stoß abfederte. »Mehr müssen Sie nicht wissen. Mit einem guten Leithund wie Billy kann Ihnen sowieso nichts passieren. Hab ich nicht recht?«

Billy hatte ihn wohl verstanden, war aber viel zu sehr in seine Arbeit vertieft, um darauf zu reagieren. Auf dem Trail durfte sich ein Leithund nicht ablenken lassen, die kleinste Unachtsamkeit konnte Gefahr heraufbeschwören.

Nach ungefähr einer Meile lenkte Alex die Hunde nach rechts, folgte einem alten Indianertrail durch den Wald und erreichte eine Schneise, doppelt so breit wie ein gewöhnlicher Trail und durch die höher stehenden Bäume so windgeschützt, dass der Schnee auch dort nur knöcheltief lag. »Meine Rennstrecke«, erklärte er, »muss in grauer Vorzeit mal ein Flussbett gewesen sein.« Er hielt den Schlitten an und drückte den Anker in den Schnee. »Jetzt sind Sie dran, Clarissa! Sie haben lange genug gefaulenzt.«

»Ich soll ganz allein ...?«

»Deshalb sind wir doch hier, oder haben Sie plötzlich Fracksausen?«

»Fracksausen?«

»Angst! Schiss! Bammel!«

»Ich?« Sie schlug die Wolldecken zurück und stieg von der Ladefläche. »Ich hab doch keine Angst! Wer einen Fischkutter durch stürmische See gesteuert hat, fürchtet sich doch nicht vor einem Hundeschlitten! Und die Gelegenheit, in jedem Saloon über eine furchtsame Lady aus Vancouver lästern zu können, liefere ich Ihnen nicht! Ich hab schon ganz andere Sachen geschafft.«

Doch als sie auf das Trittbrett stieg und ihre Hände um den Haltegriff schloss, war ihr doch ein wenig mulmig zumute, und sie zögerte kaum merklich, bevor sie sich ein Herz fasste und den Hunden zurief: »Go! Go! Lauft!«

Sie hatte damit gerechnet, dass die Hunde sich erneut ins Zeug legen würden, geriet aber dennoch ins Straucheln und verlor beinahe das Gleichgewicht, als sie losliefen, und der Schlitten nach vorne schoss. »Heya! Heya!«, überspielte sie ihre Unsicherheit, glitt vom Trittbrett und rannte zwei, drei Schritte hinter dem Schlitten her, sprang wieder drauf und bekam den Schlitten langsam unter Kontrolle. »Lauf, Billy! Smoky, Cloud, nur keine Müdigkeit vortäuschen! Vorwärts … go! Jetzt zeigen wir Alex, was in der Lady aus Vancouver steckt!«

Mit beiden Händen an der Haltestange, die Knie leicht gebeugt, trieb Clarissa die Hunde durch den staubenden Schnee. Wie funkelndes Lametta stob die weiße Gischt unter den Kufen hervor. Der Fahrtwind blies ihr eiskalt ins Gesicht, doch sie fühlte die Kälte kaum, genoss das Gefühl, unterwegs zu sein, als hätten sich die Kufen vom Boden gelöst und sie würde mit dem Schlitten durch das winterliche Paradies fliegen. Ihre anfängliche Nervosität hatte sich längst in riesige Begeisterung verwandelt, und sie fragte sich, warum sie sich nicht schon früher auf ein solches Abenteuer eingelassen hatte. Gab es denn was Schöneres, als auf diese Weise durch die Wildnis zu brausen?

»*Easy*, Billy!«, rief sie, als sie das Ende der langen Schneise erreicht und Alex schon fast aus den Augen verloren hatten. »Und jetzt nach links … *haw* … nach links … und zurück! Lauft, meine Lieben! Zeigt, was ihr könnt!«

Sie sprang vom Trittbrett, schob den Schlitten mit einigen kraftvollen Schritten an, sprang wieder drauf und rief: »Go, Billy, go! So ist es gut, Billy! Das klappt doch wunderbar mit uns! Ich wette, der gute Alex ist neidisch, weil wir noch besser sind als er. Was meinst du, Billy? Schneller, schneller!«

Doch als sie nur noch wenige Schritte von dem Fallensteller entfernt war und ihm mit einer Hand zuwinkte, übersah sie in ihrem Übermut eine Bodenwelle, ging zu spät in die Knie und wurde vom Trittbrett geschleudert.

Sie fiel in den tiefen Schnee am Wegesrand, rollte durch eine besonders feuchte Düne und blieb prustend vor den Bäumen liegen. Etwas schuldbewusst, weil sie einen Fehler gemacht hatte, vor allem aber verlegen und peinlich berührt, weil sie genau wusste, wie dämlich sie in ihrem Zustand aussah, beobachtete sie, wie er den Schlitten stoppte und verankerte, und wartete widerwillig darauf, dass er zu ihr kam und sie mit einer spöttischen Bemerkung wie »Hab ich Ihnen gesagt, dass Sie vom Schlitten springen sollen?« aufzog.

14

Doch als er zu ihr rannte und wohl auch fürchtete, dass sie sich verletzt haben könnte, rutschte er auf dem vereisten Boden aus, balancierte wie ein Tanzbär und versuchte verzweifelt, das Gleichgewicht zu halten. Dabei glitt er erneut aus und stürzte der Länge nach neben sie, die Augen verdreht und einen wenig schmeichelhaften Fluch auf den Lippen. Er kam so dicht neben sie zu liegen, dass sein linker Arm auf ihrer Hüfte landete und er mit seinem Gesicht so dicht vor ihr war, dass sie ihm tief in die dunklen Augen blicken konnte.

»Ist Ihnen was passiert? Haben Sie sich wehgetan?«

»Alles … alles in Ordnung. Und Sie?«

»Ich bin in Ordnung. Clarissa …«

»Alex …«

Und dann küssten sie sich plötzlich, als hätten sie nur auf diesen Augenblick gewartet, und ihr war es vollkommen egal, dass ihre Gesichter voller Schnee waren und ihre Wangen vor Kälte brannten, und es machte ihr auch nichts aus, dass in ihren Lippen kaum Gefühl war und sie den Kuss kaum spürte. Seine Hand auf ihrer Hüfte war ihr genug; sie genoss es, wie sie langsam über ihren Rücken kroch und sich um ihren Nacken schloss, um sie noch fester zu halten und enger zu sich heranzuziehen. Sie fühlte, wie sich sein linkes Bein über ihren Oberschenkel schob und sie auf den Rücken zwang, als wollte er sie im eiskalten Schnee lieben. Er stöhnte vor Verlangen, einem Verlangen, das sich seit Tagen aufgebaut hatte und nur das widerspiegelte, was auch sie empfand. Sie begehrte diesen verdammten Kerl, vielleicht liebte sie ihn sogar, und sie war plötzlich so erregt, dass sie nichts dagegen gehabt hätte, mitten in der Wildnis ihre Kleider abzulegen und sich ihm hinzugeben. Sie war bereit, ihm das zu schenken, was sie bisher noch keinem Mann geschenkt hatte, schon gar nicht in dieser Leidenschaft und Intensität, die sie alles vergessen ließ, was um sie herum geschah. »Alex!«, seufzte sie. »Alex, ich …« Sie vermochte es nicht, ihre Gefühle in Worte zu fassen, und auch er zeigte sein großes Verlangen nur, indem er seine Zunge tief in ihrem Mund wandern ließ und ihren Körper dicht gegen seinen presste.

Billy holte sie mit einem lang gezogenen Jaulen in die Wirklichkeit zurück. Als wäre plötzlich der Vollmond am Himmel erschienen, heulte und jaulte er los, und die anderen Hunde fielen in das Konzert ein, sprangen auf und blickten sehnsuchtsvoll zu den fernen Bergen empor, als würden dort ihre Brüder und Schwestern auf sie warten. Als vielstimmiges Signal hallte das Geheul über die Schneise und verklang geheimnisvoll zwischen den fernen Gipfeln.

Alex löste sich von Clarissa und blickte neugierig zu den Hunden hinüber. »Das machen sie sonst nur, wenn Wölfe in der Nähe sind.« Seine Stimme klang belegt und heiser. »Ist wohl besser, wir kehren um.« Er wandte den Kopf und sah ihr ein wenig verlegen in die Augen. »Bist du okay, Clarissa?«

»Wenn du den Sturz meinst …«

»Ich meine …«

Sie schenkte ihm ein strahlendes Lächeln. »Ich bin sehr okay, Alex. Um ehrlich zu sein, ich habe mich noch nie so gut gefühlt. Wenn die Hunde nicht zu heulen angefangen hätten … Ich weiß nicht, was dann passiert wäre, Alex.«

»Wow«, stieß er leise hervor.

»Wenn ich auch keine Ahnung habe, wohin das führen soll.« Sie ließ sich von ihm aufhelfen und sank noch einmal in seine Arme, wehrte sich nicht dagegen, dass er sie erneut küsste. Diesmal waren seine Lippen warm, und sein Kuss war weich und gefühlvoll wie bei einem Paar, das miteinander vertraut war. Sie löste sich nur widerwillig von ihm. »Du machst mir Angst, Alex.«

»Und du bist eine ganz besondere Frau. Willst du fahren?«

Sie lächelte. »Abwechselnd?«

Er stieg zuerst auf das Trittbrett und ließ die Hunde so gemächlich laufen, dass sie sich kaum festzuhalten brauchte und in Ruhe ihren Gedanken nachhängen konnte. Irgendwie war sie froh, dass sie mit dem Gesicht in Fahrtrichtung saß und ihm nicht in die Augen blicken musste, auch aus Angst, sich in ihren Tiefen zu verlieren und sich ihm vollkommen auszuliefern. Sie brauchte etwas Zeit, um den plötzlichen Gefühlsausbruch zu verdauen, um endgültig in die Wirklichkeit zurückkehren und die Welt mit klaren Augen zu betrachten. Vielleicht war es auch die Erinnerung an ihre Mutter, die ihr wahrscheinlich eine schallende Ohrfeige verpasst hätte, wenn ihr ein solcher Vorfall jemals zu Ohren gekommen wäre. So etwas machte eine Frau nicht, auch nicht die einfache Tochter eines Fischers, nicht mal ein leichtes Mädchen wälzte sich mit einem Hinterwälder im Schnee.

»Sorry, Mama«, murmelte sie leise. Ihr Mund verzog sich zu einem leichten Lächeln. Sie bereute die Küsse und Umarmungen nicht, sie hatte es genauso gewollt wie er und würde seinen Kuss auch jetzt erwidern, wenn er den Schlitten anhielt und sie vom Schlitten zog. Ob es Liebe war, wusste sie nicht. Vielleicht lebten sie beide schon zu lange allein, und es hatte nur eines Funkens bedurft, um die angestaute Leidenschaft zu entfachen. Vielleicht wäre ihr das bei jedem einigermaßen ansehnlichen Mann passiert, wenn sie nur lange genug in seiner Gegenwart zugebracht hätte.

Nein, widersprach sie sich entschieden, Alex Carmack war ein ganz besonderer Mann. Sie hatte sich vom ersten Tag an zu ihm hingezogen gefühlt und war vor allem seinen Augen erlegen. Ihre geheimnisvolle Tiefe, ein Erbe seiner indianischen Vorfahren, bezauberte sie und hatte sie wie ein Magnet angezogen, als wären sie von einer magischen Kraft beseelt, vor der es kein Entkommen gab. Sie weigerte sich, daran zu glauben, dass Alex nur einer von diesen wilden Burschen war, über die sie in der Stadt lästerten. Ein Hinterwäldler, der einen Indianerhäuptling mit ein paar Flaschen Whiskey abspeiste und dafür mit dessen Tochter den Winter verbrachte. Der an die leichten Mädchen der Goldgräberstädte und Holzfällersiedlungen gewöhnt war, die für ein paar Cents mit jedem Mann ins Bett stiegen. Der längst keinen Unterschied mehr zwischen einem Saloonmädchen und einer anständigen Frau erkannte und glaubte, ein Anrecht auf sie zu besitzen und sich alles erlauben zu dürfen, nur weil sie in seiner Hütte genächtigt hatte. So war Alex nicht.

Doch selbst wenn das, was sie füreinander fühlten, wahrhaftige Liebe war … Wohin sollte sie führen? Gab es eine Zukunft für sie? Sie war auf der Flucht. Würde er mit ihr kommen und sich jenseits der Grenze eine neue Zukunft mit ihr aufbauen? War sie bereit, mit ihm in die Wildnis zu ziehen und ihr Leben lang in einer einsamen Blockhütte zu wohnen? In einem Land, in dem man nur Bären, Wölfe und Elche traf? Schaffte sie es, auf alle Annehmlichkeiten der Zivilisation zu verzichten? Sie brauchte keine festlichen Bälle und prachtvollen Kleider, aber wie stand es mit der Gesellschaft anderer Frauen, dem Besuch eines Theaters, einem Spaziergang im Park?

»Whoaa!«, brachte er die Hunde zum Stehen. »Jetzt bist du dran!«

Clarissa war froh, auf andere Gedanken gebracht zu werden, und tauschte mit Alex die Plätze. Beide lächelten, als sie aneinander vorbeiliefen. In diesem Augenblick konnte sie sich nicht vorstellen, ihn jemals zu verlassen, sie war bereit, der Zivilisation für immer abzuschwören und zu ihm in die Wildnis zu ziehen, egal, was die Zukunft bringen würde. Doch schon der nächste Gedanke ließ sie daran zweifeln und bestärkte sie in ihrem Vorhaben, auf eigenen Beinen stehen zu wollen, selbst als verheiratete Frau.

Seltsam, welche Gedanken so ein leidenschaftlicher Ausbruch

auslösen konnte. Bisher hatte sie gedacht, so etwas käme nur in einem dieser Melodramen vor, die sie sich manchmal mit ihren Freundinnen angesehen hatte. Rührselige Theaterstücke, in denen aus einem einfachen Landstreicher ein König und aus einem mittellosen Mädchen vom Lande eine Prinzessin wurde. Was nach dem Happy-end geschah, zeigten die meisten Stücke nicht, wohl aus gutem Grund, wenn sie sich die Ehen ihrer Bekannten in Vancouver ansah. Die ihrer Eltern war noch einer der glücklichsten gewesen. Andere Paare hatten sich auseinandergelebt, der Mann war zum Fischen aufs Meer gefahren, und die Frau hatte den Haushalt geführt und sich um die Kinder gekümmert, und einige hatten sich einfach nur gelangweilt und in den Tag hinein gelebt. So wollte Clarissa einmal nicht enden. Sie wollte ihr Leben nicht vergeuden.

Sie lenkte den Schlitten auf den Pfad am Waldrand und achtete darauf, dass sie mit den Kufen weit genug von der steilen Böschung entfernt blieb. Alex drehte sich zu ihr um und rief: »Du wirst immer besser!« Doch irgendetwas störte sie an den Hunden, vor allem an Billy, der sich seltsam zaudernd verhielt, alle paar Schritte abbremste und die anderen Hunde auflaufen ließ, was sonst gar nicht seine Art war. Auch die empfindliche Cloud benahm sich merkwürdig, wandte öfter den Kopf und schien eine verdächtige Witterung aufzunehmen. Chilco verhielt sich ausgesprochen aggressiv, er schnappte nach seinem Nachbarn und nach Rick und Waco, die schräg vor ihm rannten.

»Whoaa!«, rief Alex den Hunden zu. »Halt an, Clarissa! Sofort!«

Clarissa bremste den Schlitten ab und rammte den Anker in den Schnee. Alex sprang vom Schlitten und stieg auf das Trittbrett, nahm den Revolver aus der Vorratstasche und überprüfte die Ladung. »Auf den Schlitten!«, forderte er sie auf. Es klang beinahe wie ein Befehl. »Sieht ganz so aus, als wären tatsächlich Wölfe in der Nähe. Normalerweise kommen sie uns nicht in die

Quere, aber ich möchte dich nicht unnötig in Gefahr bringen. Beeil dich!«

Sie setzte sich auf die Ladefläche und hüllte sich in die Decken. Schon bevor Alex die Hunde antrieb, klammerte sie sich an den Schlitten. Ängstlich ließ sie ihren Blick über den schmalen Pfad schweifen. Obwohl noch immer die Sonne schien und der Schnee verführerisch leuchtete, lag plötzlich eine unheimliche Stimmung über dem Waldrand. Eine dunkle Gewitterwolke hatte sich über das Tal geschoben. Die Hunde wirkten unruhig und nervös und zerrten nach allen Seiten, sie schienen nicht zu wissen, aus welcher Richtung die Gefahr drohte. Billy drehte sich fragend zu Alex um.

Der Fallensteller sprang aufs Trittbrett. »Ich weiß, Billy! Ich hab auch gemerkt, dass hier was nicht stimmt. Keine Angst, wenn es brenzlig wird, habe ich immer noch den hier.« Er hielt den Revolver hoch. »Und jetzt vorwärts! Wird höchste Zeit, dass wir nach Hause kommen! Giddy-up, lauft endlich!«

Billy hatte sich wieder einigermaßen gefangen und brachte die anderen Hunde mit einem kräftigen Fauchen zur Räson. Mit kräftigen Sprüngen rannte er los. Die Stimmlage seines Herrn und sein Instinkt sagten ihm, dass es jetzt vor allem drauf ankam, so schnell wie möglich zu laufen und die heimatliche Hütte zu erreichen. Dort wären sie sicher. Vor einem aufgebrachten Wolfsrudel oder irgendeiner anderen Bedrohung, die auf sie zukam.

Clarissa saß verkampft auf dem Schlitten. Allein der Anblick der schweren Waffe hatte ihr Angst eingejagt, und die Vorstellung, sie könnten einem gierigen Wolfsrudel oder anderen wilden Tieren in die Quere gekommen sein, ließ ihr Herz bedrohlich schnell klopfen. Von einem Fischer, der jahrelang als Dompteur bei einem Zirkus gearbeitet hatte und sich mit wilden Tieren auskannte, hatte sie gehört, dass Grizzlys den Menschen selbst im Winter gefährlich werden konnten. Angeblich hielten sie keinen richtigen Winterschlaf, sondern wachten mehrmals auf und streiften sogar vor ihren Höhlen umher.

»Giddy-up! Vorwärts!«, trieb Alex die Hunde an.

Die Huskys rannten noch schneller als in der Schneise, sie flogen beinahe über den Schnee. Die Kufen des Schlittens kratzten über den eisigen Boden. Eisiger Fahrtwind blies ihr ins Gesicht, inzwischen fühlte er sich frostig und bedrohlich an. Selbst die Sonne passte sich der bedrückten Stimmung an und verzog sich hinter den Wolken, was den Schnee und blass und bedrohlich erscheinen ließ, weil aller Glanz verschwand. Clarissa blickte angestrengt nach vorn. Sie hatte ihren Schal bis zur Nase hochgeschoben, um besser gegen den eisigen Wind geschützt zu sein, und verharrte leicht geduckt und mit angespannten Muskeln auf dem Schlitten, als erwartete sie einen feindlichen Angriff.

Das Unglück geschah in einer lang gezogenen Kurve, die selbst ihr kaum Schwierigkeiten bereitet hätte. Nur wenige Schritte vor ihnen kreuzte plötzlich ein Wolf den Trail und sprang über die Böschung. Er schien sie gar nicht zu bemerken und nur daran interessiert zu sein, so schnell wie möglich zu seinen Artgenossen zu kommen, die irgendwo auf dem Hang sein mussten. Clarissa bekam sie nur für einen Sekundenbruchteil zu sehen, in dem winzigen Augenblick, bevor die Hunde nach links ausbrachen: fünf oder sechs ausgewachsene Wölfe, die im Tiefschnee um einen erlegten Elch herumstanden und ihm das Fleisch aus dem Körper rissen. Ein Anblick, der sie so erschreckte, dass sie erstarrte und nicht einmal zu einem Schrei fähig war.

Alex reagierte bewusster und trieb die Hunde mit ein paar scharfen Kommandos von der Böschung weg, doch der springende Wolf hatte sie zu sehr erschreckt, und nur Billy zog nach links. Obwohl er blitzschnell reagierte, schaffte er es nicht, die anderen Hunde mitzunehmen. Der Schlitten geriet ins Schlingern und schoss über die Böschung hinaus, er riss das Gespann mit, pflügte beinahe zwanzig Schritte durch den Tiefschnee und blieb in einer buckelförmigen Düne liegen. Nur der tiefe Schnee verhinderte, dass sich die Hunde verletzten. Clarissa erlebte den Sturz wie in Zeitlupe mit, sie sah durch den aufgewirbelten Schnee, wie die Wölfe bei dem toten Elch die Köpfe hoben, und wie Alex kopfüber im Schnee landete und sich mehrmals überschlug. Sie hatte ihren Schutzengel dabei, der sie in einer Schneewehe landen und so weich fallen ließ, dass sie nicht mal eine Prellung erlitt. Über ihr schlug der Schnee zusammen, und um sie herum wurde es dunkel, als wäre sie von einer Lawine mitgerissen worden und tief unter dem Schnee gelandet.

Als sie die Augen öffnete und in den Schnee blinzelte, wusste sie nicht, ob seit dem Sturz erst ein paar Sekunden vergangen waren oder ob sie für einige Zeit das Bewusstsein verloren hatte. Sie lag auf dem Rücken, so viel konnte sie erkennen, und als sie sich streckte, stellte sie zu ihrer Erleichterung fest, dass sie unverletzt war.

Mit beiden Händen grub sie sich aus dem Schnee, klopfte ihn von ihrer Kleidung, suchte nach Alex und den Hunden und sah sich plötzlich einem mächtigen Wolf mit gefletschten Zähnen gegenüber. Sie erstarrte, erschrak so sehr, dass sie nicht mal zu atmen wagte. Wie gebannt starrte sie auf die Bestie, die sie jeden Moment anspringen und töten konnte.

Deshalb war sie also geflohen, schoss es ihr blitzartig durch den Kopf, hatte sie die Mühen der beschwerlichen Flucht auf sich genommen, nur um in diesem abgelegenen Tal, das zu ihrer Zuflucht geworden war, von einem aufgebrachten Wolf getötet zu werden. Sie wollte schreien, vor Angst, aber auch vor Wut, brachte aber nicht einmal ein Stöhnen über ihre Lippen. Zu gewaltig war die Bedrohung durch das kräftige Tier. In seinen Augen war keine Gnade, eine Wolf wie er folgte lediglich seinem Instinkt, verteidigte die Beute, die er gerissen hatte, und tötete oder vertrieb alle Lebewesen, die ihm in die Quere kamen. Sie waren ihm zu nahe gekommen: Alex, der irgendwo im Schnee lag und anscheinend bewusstlos war; die Huskys, die sich in ihren Leinen verheddert hatten und in einiger Entfernung jaulend im Schnee lagen, anscheinend unverletzt, aber unfähig, sich gegen einen Wolf zu wehren.

Doch während Clarissa noch die Bestie anstarrte, schob sich ein zweiter Wolf in ihr Blickfeld, und ihr Herz machte einen Sprung. »Bones!«, flüsterte sie ungläubig. Auch er sah nicht gerade vertrauenerweckend aus, sein Maul war blutig, und an einem seiner Reißzähne hing noch ein Fleischfetzen, aber tief in seinen Augen leuchtete das warme Licht, das ihr schon aufgefallen war, als sie ihn verletzt im Schnee gefunden und verarztet hatte. Ein dankbares Funkeln, wie sie sich einbildete, und tatsächlich wandte sich Bones mit einem warnenden Blick an seinen Kollegen und schien ihm zu verstehen zu geben, dass die Zweibeinerin seine Freundin war und unter seinem persönlichen Schutz stand. Eine Warnung, die der mächtige Wolf nicht zu beachten brauchte, denn er schien der Anführer des Rudels zu sein und wirkte wesentlich kräftiger und gefährlicher als der schmächtige Bones. Doch er gehorchte, zog unwillig knurrend davon und kehrte zu den anderen Wölfen und seiner Beute zurück, als gingen ihn die gestürzten Zweibeiner und die Huskys nichts an. Bones schien besonderen Respekt innerhalb des Rudels zu genießen, vielleicht sogar ein geheimnisvoller Einzelgänger zu sein, der nur sporadisch bei dem Rudel auftauchte und ansonsten seine eigenen Wege verfolgte.

»Danke, Bones«, flüsterte Clarissa, doch auch ihr vierbeiniger Freund war schon wieder verschwunden und hatte sich zum Rudel zurückgezogen. Aus der Ferne beobachtete Clarissa, wie die Wölfe an dem Elchkadaver rissen.

Als sie sich aus ihrer Benommenheit löste, waren die Wölfe verschwunden. Einen Augenblick hatte sie das Gefühl, alles nur geträumt und sich eingebildet zu haben, aber die Überreste des jungen Elchs lagen immer noch im Schnee, und die Spuren von zwei Tieren führten direkt zu ihr. Der Fleischfetzen, den Bones zwischen den Zähnen gehabt hatte, lag vor ihr.

»Bones!«, flüsterte sie wieder.

15

Alex war mit dem Kopf gegen einen Eisbrocken geschlagen und noch immer benommen, als Clarissa ihn endlich fand. »Alex! Mein Gott, Alex! Bist du schlimm verletzt?«, fragte sie, während sie ihn aus dem tiefen Schnee grub.

»Nichts passiert, nur … nur ein bisschen Kopfweh.« Er griff sich an den Hinterkopf und wollte sich aufsetzen, sank aber sofort wieder stöhnend zurück. »Das wird wieder!« Er blieb eine Weile sitzen und wartete, bis der Schmerz etwas nachließ. »Bist du okay? Wie … Wie geht es den Hunden?«

»Ich bin unversehrt«, sagte sie. »Die Huskys haben sich in den Leinen verheddert, aber verletzt hat sich keiner. Die Wölfe sind verschwunden.« Sie dachte nicht daran, ihm von Bones zu erzählen, er hätte ihr sowieso nicht geglaubt. »Ich muss selbst für einige Zeit weg gewesen sein. Als ich aufwachte, waren sie nicht mehr da. Wir haben Glück gehabt, Alex, das hätte wesentlich schlimmer ausgehen können. Bist du sicher, dass du okay bist, Alex?«

»Gib mir ein paar Minuten, Clarissa, dann bin ich wieder wie neu. Ich liege nicht zum ersten Mal auf der Nase. Ich hab schon ganz andere Sachen überstanden, zum Beispiel die Sache mit dem Grizzly damals …« Er verzog das Gesicht vor Schmerz und griff sich erneut an den Hinterkopf. Er spürte eine blutige Beule. »Ich muss irgendwas gegen den Kopf bekommen haben, einen Eisbrocken oder so was. Egal, das … Das wirft mich nicht um.«

»Du hast bestimmt eine Gehirnerschütterung. Damit muss man vorsichtig sein.« Sie wischte ihm den Schnee aus dem Gesicht und von den Haaren. »Meinst du, du kannst aufstehen? Wir müssen zum Trail hoch, wenn wir heute noch bis zur Hütte kommen wollen. Schaffst du das, Alex? Ich hab keine Lust, dich den ganzen Weg zu tragen. Das würde nicht mal ein Lastesel schaffen. Ich könnte dich natürlich von den Huskys ziehen lassen …«

»Wie einen Kadaver?« Er schüttelte den Kopf und bereute die Bewegung sofort, unterdrückte den plötzlichen Schmerz mit einer Grimasse. »Kommt gar nicht infrage. Das schaffe ich … ich schon allein.« Er stemmte sich vom Boden hoch und blieb auf den Knien sitzen. Eine Weile blickte er orientierungslos nach vorn. »Verdammt, mir verschwimmt alles. Der Schlag war wohl doch ein bisschen zu heftig.« Er atmete ein paar Mal tief durch und wartete, bis er wieder einigermaßen klar sehen konnte. »Du musst mir helfen!«

Wenn ein Mann wie er so etwas sagte, stand es schlimmer um ihn, als er zugeben wollte, vermutete Clarissa. Sie schlang beide Arme um seine Hüften und half ihm aufzustehen. Als er es endlich geschafft hatte, blieben sie beide schwankend stehen. Ein Unbeteiligter hätte sicher vermutet, sie würde einen Betrunkenen stützen, nur dass Alex weder nach Alkohol roch noch unzusammenhängende Worte lallte, stattdessen leise fluchte und sich verzweifelt bemühte, sein Gleichgewicht wiederzufinden. Für einen Augenblick genoss sie seine Nähe und seine Wärme, um gleich darauf wieder sein Gewicht zu spüren und sich zu fragen, wie sie es schaffen könnte, ihn über die Böschung zum Trail hinaufzubringen. Wenn er ihr nicht half, würden sie es niemals schaffen, und sie war tatsächlich auf die Hunde angewiesen.

Wie sie es schaffte, vermochte sie später nicht mehr genau zu sagen. Es war wohl dem Adrenalin, das durch ihren Körper pulsierte, und ihrer finsteren Entschlossenheit zu verdanken, dass sie ihn dazu brachte, einen Fuß vor den anderen zu setzen und nach einer Zeit, die ihr wie zwei oder drei Stunden vorkam, endlich den Trail zu erreichen. Dort sank er erschöpft zu Boden. »Dass mir mal eine … eine Frau aus der Patsche helfen … würde, hätte ich … ich auch nicht gedacht! Verdammt, ich glaube … glaube, ich werde langsam alt.«

»Warte hier!«, sagte sie. »Ich hole die Hunde und den Schlitten.«

Wieder durch den Tiefschnee nach unten zu stapfen, die ungeduldigen Huskys aus den verschlungenen Leinen zu befreien und sie mit dem Schlitten über die Böschung zu treiben und zu schieben, dauerte noch mal so lange wie der anstrengende Marsch mit Alex. Es dämmerte bereits, als sie den Trail erreichte, und sie war so erschöpft, dass sie erst einmal zu Boden sank und minutenlang nach Luft rang, bevor sie einen weiteren Gedanken fassen konnte.

Erst als Billy sich ihr näherte und seine raue Zunge über ihre Wange gleiten ließ, löste sie sich aus ihrer Erstarrung und stemmte sich seufzend vom Boden hoch. Wie mit Alex blieb sie eine Weile schwankend stehen, bevor sie zu dem Fallensteller ging, ihn vom Boden hochzog und zum Schlitten führte.

»Und ich dachte, du hältst da unten ein Picknick ab und kommst gar nicht mehr«, sagte er. In seinen Augen war schon wieder der Anflug seines jungenhaften Grinsens zu erkennen. »Ich hab schon gemütlicher den Tag verbracht.«

»Kann ich mir vorstellen«, erwiderte sie.

Sie wickelte ihn in alle verfügbaren Decken und sorgte dafür, dass er einigermaßen bequem auf dem Schlitten saß. Seine Gehirnerschütterung war anscheinend nicht so schwer, wie sie befürchtet hatte, dennoch musste sie vorsichtig sein und ihm die Fahrt so angenehm wie möglich gestalten. Mit zu hohem Tempo und gewagten Manövern riskierte sie seine Gesundheit.

Sie stieg auf das Trittbrett und trieb die Hunde an. »*Easy!*«, warnte sie den Leithund. »Alex geht es nicht besonders. Seid schön vorsichtig, hört ihr?«

Die Hunde schienen sie zu verstehen und fielen in einen leichten Trab, nicht zu zügig, aber auch nicht zu langsam, genau das richtige Tempo, um die Hütte so schnell und so sicher wie möglich zu erreichen. Jetzt machte sich ihre Arbeit vom frühen Morgen bezahlt, denn auf dem Trail, den sie in den Tiefschnee gestampft hatte, bewegten sich die Kufen besonders sicher, und der zu beiden Seiten angehäufte Schnee gewährleistete, dass sie nicht aus der Spur gerieten. Die Sonne war bereits hinter den fernen Bergen verschwunden, und geheimnisvolles Zwielicht lag über dem verschneiten Tal. Am Himmel, der sich ungewöhnlich weit über dem Tal wölbte, flammten die ersten Sterne auf.

Vor der Hütte rammte Clarissa den Anker in den Schnee und brachte Alex ins Haus. Sie half ihm, die Winterjacke und die Stiefel auszuziehen, und versprach ihm, sich um ihn zu kümmern, sobald sie die Hunde gefüttert hatte.

»Solange du mich nicht ausziehst«, sagte er schon halb schlafend.

Clarissa war selbst todmüde und erledigte die Arbeit fast mechanisch. Inzwischen hatte sie oft genug beim Füttern der Huskys geholfen, um zu wissen, was man dabei beachten musste. »Da haben wir noch mal Glück gehabt, was?«, sagte sie zu Billy, dessen Trog sie wie immer zuerst füllte. »Keine Angst, niemand macht euch einen Vorwurf. Euch trifft keine Schuld. Dass der Wolf quer über unseren Trail springt, konnte doch niemand ahnen. Nicht mal Alex war darauf gefasst, dass die Biester so dicht neben der Böschung einen Elch gerissen hatten.« Sie kraulte Billy das Fell. »Euch ist doch nichts passiert? Nein, Alex geht es gut. Ein bisschen Kopfweh, weiter nichts. Ein Mann wie er ist hart im Nehmen. Morgen früh ist er wieder auf dem Damm.«

Smoky hatte den größten Hunger und konnte es gar nicht abwarten, bis sie ihm den Trog gefüllt hatte. Ohne dass die anderen Huskys es mitbekamen, gab sie ihm etwas mehr in seinen Trog. »Du bist ein Vielfraß, Smoky, weißt du das? Du hättest bei den Wölfen bleiben sollen, die langen auch so zu!«

Smoky ließ sich nicht stören, verlangte nicht mal seine Streicheleinheiten und bedankte sich auch nicht für die Extra-Portion. Sein Blick war nur auf sein Fressen gerichtet, und nicht mal ein Wolf hätte ihn dabei stören können.

Nachdem die Hunde versorgt waren, leerte sie den Vorratsbeutel des Schlittens und kehrte ins Haus zurück. Alex hatte es gerade noch geschafft, sich auszuziehen, und lag in seiner langen Unterwäsche auf dem Bett. Sie deckte ihn lächelnd zu und ging auch zu Bett. Sie schlief so fest und tief, dass sie nicht einmal das Heulkonzert der Huskys, das weit nach Mitternacht einsetzte und minutenlang durch das Tal hallte, aus dem Schlaf holte. Sie träumte von Bones, wie er sie erschöpft auf einer Lichtung fand, sie auf seinen Rücken lud und plötzlich Flügel bekam, sich wie ein Drache in die Lüfte erhob und über die weißen Berge segelte, nur begleitet vom eisigen Wind, der aus dem hohen Norden kam und in allen Farben schillernde Schneeflocken mitbrachte.

Als sie aufwachte, glitzerten die Eiszapfen vor dem Fenster im ersten Licht der Sonne, und die Hunde verlangten bereits heulend nach ihrem Frühstück. Sie stand auf und wusch sich, zog die Männerkleidung vom vergangenen Tag an und erschien gerade rechtzeitig im Wohnraum, um mitzubekommen, wie Alex mühsam versuchte, sich aus dem Bett zu quälen. Erschöpft sank er zurück.

»Nichts da!«, wies ihn Clarissa in gespielter Strenge zurecht. »Heute bleibst du im Bett, sonst machst du alles nur noch schlimmer. Oder willst du vor mir in die Knie gehen? Einen Tag im Bett wirst du ja wohl aushalten.«

Er stöhnte leise. »Jetzt weiß ich, warum ich nie geheiratet habe.«

»Weil du viel zu anstrengend für eine Frau bist, und dir jede schon nach kurzer Zeit davongelaufen wäre!« Sie wusste selbst nicht, woher sie den Mut nahm, ihn auf aufzuziehen. »Okay, du kochst guten Kaffee, und mit Hunden wie Billy oder Smoky punktest du bei Frauen immer, aber den meisten wäre das Leben hier draußen zu mühsam. Die Frauen, die ich kenne, wären schreiend davongerannt, wenn sie das erlebt hätten, was wir gestern durchgemacht haben.« Sie lachte. »Die Verlobte von Frank Whittler wäre beim Anblick der fressenden Wölfe wahrscheinlich in Ohnmacht gefallen.«

»Du nicht.« Er hatte seinen Kopf wieder auf das Kissen gebettet und hatte Mühe, sie anzublicken. »Du bist eine bemerkenswerte Frau, weißt du das?«

»Klar weiß ich das.« Sie überspielte ihre Verlegenheit, indem sie zum Herd ging und frisches Wasser aus dem Eimer in einen Topf füllte. »Leider kann die bemerkenswerte Frau keinen Kaffee kochen, deswegen bekommst du auch Fleischbrühe zum Frühstück. Die ist sowieso im Moment besser für dich.« Sie griff nach ihrer Winterjacke, schlüpfte hinein und zog sich die Mütze auf. »Aber zuerst muss ich mich um die Hunde kümmern.« Sie nahm den Eimer mit dem Futter, das die Huskys vor allem morgens bekamen, einen wässrigen Eintopf, der sie mit genug Feuchtigkeit für den Tag versorgte, und verließ das Haus.

Ihre Verlegenheit war größer, als sie geglaubt hatte, und sie war froh, die Tür hinter sich schließen zu können. Vor dem Haus blieb sie einen Augenblick stehen und atmete die frische Luft ein. Auch an diesem Morgen schien die Sonne über dem Tal, und nichts wies darauf hin, dass es dort am vergangenen Nachmittag einen blutigen Überfall gegeben hatte. Auch in diesem paradiesischen Tal hatte sich die Gewalt einen Platz erobert, waren Menschen und Tiere auf den Tod anderer angewiesen, um überleben zu können. So wie sie und ihr Vater einen Teil des Lebens im Meer zerstört hatten. In der Kirche hatte man sie gelehrt, dass die Menschen selbst für dieses Wechselspiel verantwortlich waren, weil sie im Paradies gesündigt hatten, aber sie war der festen Überzeugung, dass Gott die Menschen und Tiere so geschaffen hatte. So wie es ohne Leid keine Freude gab, konnte es kein Leben ohne Tod geben.

Sie staunte über ihre Gedanken und musste einräumen, dass sie für jede Überlegung dankbar war, die sie davon abhielt, mehr über Alex und sich nachzudenken. Sie fühlte sich von dem Fallensteller angezogen wie noch von keinem anderen Mann, den sie bisher kennengelernt hatte. Und obwohl er auf eine wilde Art attraktiv und sehr männlich aussah und sich wahrscheinlich auch in Vancouver jede Frau nach ihm umgedreht hätte, vorausgesetzt, er hätte seine Lederkleidung gegen städtische Kleidung ausgetauscht, wunderte sie sich darüber, sich ausgerechnet in ihn verliebt zu haben. Noch auf ihrem Ausflug hatte sie darüber nachgedacht, ob sie es fertigbringen würde, auf die Zivilisation zu verzichten und mit ihm in die Wildnis zu ziehen, und schon wenig später hatte sie das getan, was sie eigentlich keiner anderen Frau zugetraut hätte, ausgenommen einer Indianerin: Sie hatte sich ohne zu zögern der Anforderung gestellt, die der Unfall von ihr gefordert hatte. Im Alleingang hatte sie ihm auf den Trail geholfen, die Hunde von ihren Leinen befreit und den Schlitten über die Böschung gezogen. Als ob sie jahrelang nichts anderes getan hätte. So benahm sich keine Frau, die das Leben in der Wildnis verabscheute. Eine solche Frau wäre weinend zusammengebrochen und in der nächtlichen Kälte erfroren oder hätte spätestens an diesem Morgen das Weite gesucht, selbst wenn sie damit die Gefahr heraufbeschworen hätte, einige Jahre im Gefängnis verbringen zu müssen.

Sie ging zu den Huskys, die schon ungeduldig warteten, verteilte ihre Gunst wie immer gleichmäßig auf alle Hunde, Smoky bekam vielleicht mal wieder ein bisschen mehr ab, und schüttete den Eintopf in ihre Fressnäpfe. Als einer der Hunde laut jaulte, weil er angeblich zu kurz gekommen war, wanderten ihre Gedanken unwillkürlich zu den Wölfen, denen sie im Tiefschnee begegnet war. Hatte sie dem mächtigen Wolf, der plötzlich vor ihr aufgetaucht war, wirklich gegenübergestanden, oder hatte er nur in ihrer Einbildung existiert, in der Benommenheit und Verwirrung nach dem Sturz? Und war Bones tatsächlich gekommen, um sie vor dem Tod zu bewahren? Gab es ihren geheimnisvollen Retter wirklich?

Sie kehrte ins Haus zurück und kochte die Brühe für Alex. Es machte ihr Spaß, für ihn zu sorgen, ihn zu bemuttern und ihm den Haushalt zu führen. Auf seinem Bettrand zu sitzen und ihm mit einem feuchten Lappen den Schweiß von der Stirn zu wischen, wenn seine Kopfschmerzen zu stark wurden, und frisches Holz in die Flammen zu werfen, wenn das Feuer im Herd heruntergebrannt war. Alles Pflichten, die eine Ehefrau übernommen hätte, und doch etwas, das sie auf geheimnisvolle Weise zufriedenstellte. Nach dem unsteten Leben, das sie nach dem Tod ihrer Eltern geführt hatte, und nachdem sie stets bei fremden Leuten gewohnt und niemals ein Zuhause gehabt hatte, fühlte sie sich zum ersten Mal seit langer Zeit wieder irgendwo dazugehörig, auch wenn es nur für kurze Zeit war. Denn irgendwann in naher Zukunft würde sie ihn verlassen müssen.

Normalerweise lernten sich Liebende außerhalb eines gemeinsamen Heims kennen und lebten in einem sorgenfreien Paradies voller rosaroter Wolken, bevor sie zusammenzogen und der Alltag mit seinen Anforderungen begann. Bei ihnen war es umgekehrt. Sie lebten bereits jetzt zusammen und hatten sich die alltäglichen Pflichten schon geteilt, bevor sie ihre Zuneigung füreinander entdeckt hatten. Mit dem Unterschied, dass sie vielleicht niemals ein gemeinsames Heim besitzen würden. Nicht gerade die Reihenfolge, die ihre Mutter gutgeheißen hätte, und selbst, wenn sie jemals heiraten sollten, würde der Pfarrer, der ihren Bund besiegeln würde, diese Zeit diskret verschweigen.

Der Tag verlief ereignislos und schien doch von besonderer Bedeutung für beide zu sein, bestand nach ihrem Gefühlsausbruch auf der Waldschneise doch eine neue Vertrautheit zwischen ihnen, die jeden Handgriff und jede Geste in einem neuen Licht erscheinen ließ. Aus der anfänglichen Schüchternheit, die sie nach ihrer Rückkehr empfanden, und die bis nach dem Mittagessen anhielt, fanden sie wenig später wieder zusammen, als sie auf seinem Bettrand saß und vorsichtig über die Beule an seinem Hinterkopf strich.

Wie von selbst schloss sich seine Hand um ihr Handgelenk, und bevor sie sich versah, lag sie auf ihm und erwiderte seinen fordernden Kuss, versank in dem rosaroten Taumel, der sie schon auf der Schneise eingehüllt hatte. Sie spürte seinen Körper und sein brennendes Verlangen, empfand es auch selbst und schaffte es nur dank ihres eisernen Willens, sich von ihm zu lösen und mit Tränen in den Augen auf die Decken zu sinken. Nicht nur ihrer Mutter zuliebe, die vom Himmel auf sie herabblickte, davon war sie überzeugt, wollte sie unberührt in eine mögliche Ehe gehen. Auch die Gefahr, in ihrer Zwangslage ein Kind zu bekommen, erschreckte sie, und der Gedanke, möglicherweise von Frank Whittler geschnappt zu werden, ins Gefängnis gesperrt und von ihrem Kind getrennt zu werden, erschien ihr beinahe unerträglich. Sie würde auf andere Weise versuchen müssen, die unerträgliche Spannung, die ihn zu beseelen schien, zu lösen. Er gab ihr sein stummes Einverständnis, küsste sie jetzt sanfter und beinahe schüchtern, als hätte er Angst, die Leidenschaft erneut heraufzubeschwören und für ein tragisches Unglück zu sorgen.

Sie durfte nicht länger warten, machte sie sich vor dem Einschlafen in ihrem eigenen Bett klar, sie musste ihn jetzt verlassen, bevor eine Trennung unmöglich würde. Sobald er seine Gehirnerschütterung überwunden hatte, würde sie ihn bitten, sie nach Beaver Creek zu bringen. Hinter der Notwendigkeit, Frank Whittler zu entkommen, musste auch ihr persönliches Glück zurückstehen, zumindest so lange, bis Gras über die Sache gewachsen war. Wenn ihre Liebe zu Alex stark genug war, würde sie auch die schwere Zeit überstehen und erneut aufblühen, wenn sie zu ihm zurückkehrte. Sie würde ihm nicht gestatten, gemeinsam mit ihm zu fliehen, selbst wenn er das wollte, damit würde sie ihn nur zu einem Straftäter machen, dem eine Gefängnisstrafe wegen Beihilfe drohte, falls man sie gemeinsam erwischte. Es war schon beinahe zu viel verlangt, sich von ihm nach Beaver Creek bringen zu lassen.

Ein wandernder Schatten, der flackernd über das Fenster kroch und mit der Dunkelheit in ihrem Zimmer verschmolz, weckte sie aus dem Dämmerzustand. Sie schlug erschrocken die Decken zurück, schlich zum Fenster und blickte in den Schnee hinaus. Dort stand Bones vor dem Haus, ungefähr dort, wo er gewesen war, als sie Alex getroffen hatte.

Träumte sie? War sie auch am Kopf getroffen worden?

Sie schloss die Augen und öffnete sie wieder, doch Bones war immer noch da. Er benahm sich seltsam, lief mehrmals in die Richtung, aus der sie ins Tal gekommen war, und kehrte wieder zurück, wie ein Hund, der seinen Herrn auf eine Gefahr aufmerksam machen wollte.

»Alex!«, rief sie erschrocken.

16

Clarissa stand dicht am Fenster, als Alex den Vorhang zur Seite schob und zu ihr kam. Er hielt sich den Kopf, fühlte sich anscheinend immer noch benommen, und blickte sie erstaunt an. »Stimmt was nicht? Hast du schlecht geträumt? Unser Unfall gestern war starker Tobak, das gebe ich ja zu, aber …«

»Wir müssen hier weg!«, ließ sie ihn nicht ausreden. »Sofort! Ich glaube, die Verfolger sind ganz in der Nähe! Das ist bestimmt dieser Crazy Joe! Er will sich die tausend Dollar verdienen! Er kann jeden Augenblick hier auftauchen!«

»Crazy Joe? Mitten in der Nacht?«

»Vielleicht ist Frank Whittler dabei! Dem traue ich alles zu!«

»Woher willst du das wissen?«

»Keine Ahnung. Ich weiß nur, dass die Männer nicht mehr weit sein können. Sie können jeden Augenblick hier auftauchen, und dann ist es zu spät. Diesmal finden sie mich, und wenn ich mich noch so gut verstecke.«

»Du hast schlecht geträumt, Clarissa.«

»Ich bin hellwach, Alex. Bones …«

»Bones?« Er glaubte, sich verhört zu haben. »Du willst mir doch nicht weismachen, dass dir dieser knochige Wolf was im Traum geflüstert hat.«

»Er ist da draußen, Alex! Er will mich warnen!«

Er trat neben sie und blickte aus dem Fenster; vergeblich hielt er nach dem Wolf Ausschau. Vor dem Haus war alles still, lediglich der Wind trieb leichte Schneeschleier durch das Tal. Nicht einmal die Huskys rührten sich, nicht mal ein leises Jaulen war zu hören. »Da ist niemand! Das bildest du dir ein, Clarissa.«

»Aber eben war er noch da! Ich weiß, wie verrückt das klingt, aber ich habe ihn wirklich gesehen! Sonst hätte ich dich doch gar nicht geweckt! Bones war eben noch vor dem Haus und wollte mich warnen. Ich muss hier weg!«

Alex zögerte nur einen Augenblick. »Meinetwegen. Ich werde mich mal in der Nähe umsehen. Hat keinen Zweck, dass wir überstürzt das Weite suchen, nur weil du schlecht geträumt hast oder dir was einbildest. Ich mach dir keinen Vorwurf, Clarissa. Was wir gestern erlebt haben, hätte nicht jede Lady so gut wie du weggesteckt, und es würde mich nicht wundern, wenn du immer noch ein wenig durcheinander wärst, aber ich sehe nach, okay? Gib mir ein, zwei Stunden, dann wissen wir, ob jemand in der Nähe ist. Du bleibst hier.«

»Aber … wenn die Männer kommen?«

»Hierher kommt keiner, ohne dass ich es merke.«

Alex zog sich an und nahm sein Gewehr von dem Haken über der Tür. Mit einem geübten Griff überprüfte er die Ladung. Das Geräusch wirkte überlaut in der plötzlichen Stille. Er hängte sich das Gewehr über den Rücken, nahm die Schneeschuhe, die er neben den Herd auf den Boden gestellt hatte, und ging zur Tür. Seine Miene war ernst. Er glaubte sicher nicht an Wölfe, die junge Frauen vor ihren Verfolgern warnten, schien aber selbst von einem unguten Gefühl geleitet zu werden. In seiner Anoraktasche klapperten Patronen.

»Lass die Lampe aus, und bleib vom Fenster weg!«, warnte er sie, bevor er die Tür öffnete. »Und geh auf keinen Fall aus dem Haus!« Er klopfte gegen den Gewehrschaft. »Das nehme ich nur zur Sicherheit mit, falls das Rudel von gestern Nachmittag noch in der Nähe ist. Die sahen nicht so aus, als würden sie sich vor Menschen fürchten. Gestern hatten wir Glück. Die haben uns doch nur nicht angegriffen, weil sie mit dem Elch genug zu fressen hatten.«

Oder weil Bones sie davon abgehalten hat, dachte sie, hütete sich aber, ihm von ihrer gestrigen Begegnung mit dem Wolf zu erzählen. Sie wusste selbst, wie albern das klang. Inzwischen zweifelte sie schon selbst fast daran, dass sie ihm tatsächlich begegnet war. Vielleicht hatte Alex recht, und die Ereignisse der letzten Tagen waren nur zu viel für sie gewesen.

»Dein Kopf«, sagte sie.

»Ist wieder heil«, versprach er. »Hab keine Angst!«

Clarissa wartete, bis er gegangen war, und blieb seufzend in der Dunkelheit stehen. Wie ein flüchtiger Schatten huschte der Fallensteller am Fenster vorbei und verschwand in der Nacht. Vor dem Haus blieb es ruhig, selbst die Huskys spürten anscheinend, dass eine Bedrohung vom fernen Waldrand ausging, und gaben keinen Laut von sich. Sonst hätten sie sich sofort gerührt, wenn Alex nach draußen gekommen wäre. Einmal glaubte Clarissa zu hören, wie seine Schneeschuhe den Schnee berührten, aber das konnte sie sich auch eingebildet haben; dann war nur noch der leise heulende Nachtwind zu hören.

Woher sie die Sicherheit nahm, dass sie aufbrechen würden, sobald Alex von seinem Erkundungsgang zurückkehrte, hätte sie nicht erklären können, doch sie wollte auf jeden Fall vorbereitet sein. Wenn die Verfolger wirklich in der Nähe waren, durften sie keine Zeit verlieren. Entschlossen zog sie sich an. Sie nahm die Winterkleidung, die sie von Alex bekommen und auf dem Gestell über dem Herd getrocknet hatte, und ihre festen Stiefel. Ihre Mütze, die Handschuhe und den Schal legte sie ebenfalls bereit. Sie verstaute den kleinen Lederbeutel mit ihrem Ersparten so in ihrer Jackentasche, dass er nicht herausfallen konnte, denn mehr besaß sie nicht. Nachdem sie ihre Haare zu einem festen Knoten geschlungen hatte, machte sie sich daran, einige Vorräte für die Fahrt zusammenzupacken. Ein paar Kekse und Zwieback, etwas Schinken und Käse, mit Fett und Waldbeeren angereichertes Trockenfleisch, das Alex nach einem indianischen Rezept hergestellt hatte. »Damit kommst du durch den Winter, wenn es sein muss«, hatte er lächelnd behauptet. Für die Hunde stellte sie zwei Beutel mit getrocknetem Lachs bereit. Sie wärmte sogar den Kaffee vom letzten Nachmittag auf und füllte ihn in die Feldflasche des Fallenstellers. Eine knappe Stunde brauchte sie für die Vorbereitungen, und kaum war sie fertig, kehrte auch Alex zurück und sagte: »Du hattest recht. Crazy Joe und einer dieser verrückten Indianer, die ständig vor dem Saloon in Ashcroft herumhängen, lagern ungefähr eine Meile von hier im Wald. Ich konnte sie belauschen. Sie wollen uns noch heute Nacht auf den Pelz rücken. Wir müssen hier weg … Sofort!«

Clarissa hatte nichts anderes erwartet. Sie zeigte auf die Säcke mit den Vorräten. »Ich hab schon alles zusammengepackt. Wir können gleich los.« Sie zog ihre Handschuhe an und stülpte sich die Mütze auf den Kopf. »Haben sie was von Frank Whittler gesagt? Ist er noch unten in Ashcroft?«

»So hörte es sich an.« Alex schnappte sich die beiden Beutel mit dem Hundefutter. »Vor dem Indianer brauchen wir keine Angst zu haben, der gehörte zwar mal zu den besten Spurenlesern der Gegend, hat sich seinen Verstand aber längst weggesoffen. Aber vor den meisten anderen Männern müssen wir uns in acht nehmen. Zweitausend Dollar sind eine Menge Geld.«

Sie griff nach den restlichen Vorräten und der Feldflasche und blickte sich noch einmal in der Hütte um. Viel war im Halbdunkel nicht zu sehen. »Und in Beaver Creek bin ich sicher? Was ist, wenn Joe dort nach mir sucht?«

»Auf die Idee wird er nicht kommen. Beaver Creek ist so ziemlich der letzte Ort, wo man eine junge Frau verstecken würde. Und wenn sie mich auf der Rückfahrt erwischen und ich Ihnen weismachen kann, dass ich bei meinen Eltern in Williams Lake war, denken sie sicher, dass du zur Grenze willst. Beaver Creek ist ein gottverlassenes Nest, und selbst wenn die Männer dort von der Belohnung erfahren würden, wärst du wahrscheinlich sicher.

Die meisten haben selbst genug Dreck am Stecken. Hab keine Angst, Clarissa.«

Sie verließen die Hütte und gingen zu den Hunden, die ihnen schon erwartungsvoll entgegenblickten. Sie hatten es wohl Billys wachem Instinkt zu verdanken, dass keiner der Huskys jaulte oder heulte oder unnötigen Lärm verursachte. Selbst der lebhafte Smoky riss sich zusammen und tänzelte lediglich aufgeregt im Kreis. »So ist es recht!«, lobte Alex sie, »wir müssen jetzt ganz leise sein, sonst kommen uns Crazy Joe und dieser Indianer in die Quere, und wir geraten in große Schwierigkeiten. Sie dürfen Clarissa auf keinen Fall erwischen, habt ihr gehört?«

Die Huskys verstanden ihn und ließen sich ohne das übliche Geheul und Gezanke an die Hauptleine binden. Alex sprach ständig mit ihnen, lobte sie mit gedämpfter Stimme und versetzte jedem einen aufmunternden Klaps. Inzwischen verstaute Clarissa den Proviant in dem Vorratsbeutel unter der Haltestange. Sie war bereits fertig und breitete schon die Decken auf der Ladefläche aus, als Alex sie zurückhielt und sagte: »Warte noch! Ich nehme die Felle mit. Vielleicht fahre ich tatsächlich weiter nach Williams Lake und besuche meine Eltern. Sie brauchen das Geld bestimmt dringender als ich.«

Er verschwand in der Hütte und kehrte mit einem Stapel Felle zurück, vor allem Biber, aber auch Füchse, zwei Vielfraße und ein Hermelin. »Außerdem sind die Felle eine gute Tarnung, falls sie uns unterwegs anhalten und du dich unter den Decken verstecken musst. Mit den Fellen kann ich sie ablenken. Solange wir abseits der Straßen bleiben, kann uns nichts passieren, aber sobald wir den Fraser erreichen, müssen wir ungefähr zehn Meilen über die Wagenstraße fahren. Dort liegt zu viel Tiefschnee, und wir bräuchten Wochen, um mit den Schneeschuhen durchzukommen. Der Fraser River friert erst im nächsten Monat zu. Weiter nördlich sieht es besser aus.« Er band die Felle so auf dem Schlitten fest, dass sie sich dagegenlehnen konnte, und packte sie in die Decken, nachdem sie sich hingesetzt hatte. »Verlass dich auf mich, Clarissa!«

Sie nickte zuversichtlich, obwohl ihr eher mulmig zumute war, und klammerte sich mit beiden Händen an den Schlitten, als Alex leise »Giddy-up! Jetzt gilt es, Billy!«, rief und den Schlitten auf den Trail steuerte, den sie am vergangenen Morgen mit ihren Schneeschuhen getreten hatten.

Die Hunde wussten, was von ihnen verlangt wurde, und legten sich entschlossen in die Geschirre. Im schwachen Licht des Mondes, der am wolkenverhangenen Himmel stand und blasses Licht auf den Schnee warf, jagten sie über den zugefrorenen Bach und in die Hügel jenseits des Ufers hinauf. Die Arbeit schien sie kaum anzustrengen. Scheinbar leichtfüßig erklommen sie die teilweise starke Steigung, unbeeindruckt von dem immer wieder böig auffrischenden Wind, der von den Bergen im Norden herunterwehte. Ihre Bewegungen waren rhythmisch und beinahe anmutig, und wäre ihre Lage nicht so bedrohlich gewesen, hätte Clarissa sicher staunend auf dem Schlitten gesessen und den eleganten Laufstil der Huskys bewundert. So wirkte sie eher verkrampft und ängstlich bei dem Gedanken, Crazy Joe und der Indianer könnten bereits dicht hinter ihnen sein, um sie nach Ashcroft und zu dem wartenden Frank Whittler zurückzubringen. Oh, wie ihr dieser Mann zuwider war! Ein selbsternannter Gentleman, der es zu nichts gebracht hatte und vom Reichtum seines Vaters zehrte, seine Verlobte schon vor der Hochzeit hinterging und bereit war, eine Unschuldige für ein Verbrechen ins Gefängnis zu schicken, das sie nicht begangen hatte.

Sie wandte den Kopf und sah das entschlossene Gesicht des Fallenstellers über sich. Alex lächelte ihr aufmunternd zu. Er war ein rechtschaffener und guter Mann, der sein Leben und seinen Ruf für eine Frau einsetzte, die er kaum kannte. Nicht auszudenken, was passierte, wenn Crazy Joe und der Indianer sie tatsächlich einholten. Würde es zu einem Kampf kommen? Würde Alex sie mit der Waffe verteidigen und die beiden erschießen, wenn sie ihr zu nahe kamen? Man würde ihm niemals abnehmen, dass er in Notwehr gehandelt hatte, dafür würde Frank Whittler schon sorgen, und er würde noch länger im Gefängnis bleiben müssen als sie, vielleicht sogar für den Rest seines Lebens. Das würde sie nicht zulassen. Eher würde sie sich ihren Verfolgern ergeben, als Alex zu zwingen, mit dem Gewehr auf die Männer zu schießen.

»Whoaa!«, bremste er das Gespann am Waldrand.

Sie blickten ins Tal zurück und wurden auf zwei leuchtende Punkte aufmerksam, die sich wie tanzende Flammenbündel durch die Dunkelheit bewegten. Sie steuerten auf die Hütte zu und blieben plötzlich stehen. In ihrem flackernden Schein entdeckten sie die Umrisse zweier Hundeschlitten.

»Crazy Joe und der Indianer«, erkannte Alex. »Sie sind mit zwei Hundeschlitten unterwegs. Gleich wissen sie, dass wir durchgebrannt sind.« Er brummte einen unterdrückten Fluch. »Ich möchte wetten, dass sie mir ein paar Säcke mit Hundefutter stehlen. Und das Brot, dass du gebacken hast.«

»Wenn's weiter nichts ist«, erwiderte sie lapidar.

»Mach dir keine Sorgen!«, tröstete Alex sie, »unsere Hunde sind doppelt so schnell wie ihre. Crazy Joe hat den Schlitten vom Ladenbesitzer, der benutzt ihn gerade mal, um seine Vorräte vom Bahnhof zu holen, und der Indianer hat gerade mal vier Hunde vor dem Schlitten. Damit holt er uns nie und nimmer ein.«

Clarissa wurde ungeduldig. »Weiter, Alex! Weiter!«

Der Fallensteller trieb die Hunde an, und sie setzten ihre wilde Fahrt fort. Indem er sich mehrmals mit dem rechten Fuß abstieß, gab er das Tempo vor, und die Hunde ließen sich nicht zwei Mal bitten. Sie legten sich mit solcher Macht in die Geschirre, dass sich die Leinen fast bis zum Zerreißen spannten, als der Schlitten leicht abhob und wie ein Geschoss nach vorn sauste. Clarissa wurde kräftig durchgeschüttelt, als die Kufen wieder auf den gefrorenen Boden trafen und den Schlitten gefährlich ächzen ließen, sie war aber darauf gefasst und verlor nicht einmal das Gleichgewicht, als sie in eine scharfe Rechtskurve gingen und gefährlich nahe an der Böschung entlangsausten. Mit dem Nachtfrost war der Schnee harsch und widerspenstig geworden und noch schwerer zu befahren als am Nachmittag zuvor. Scharfkantige Eisbrocken wirbelten durch die eisig kalte Luft. Der Schlitten schlingerte und wäre längst gegen die Böschung geknallt und vielleicht sogar umgefallen, wäre Alex nicht ein so guter Musher und Billy nicht ein so erfahrener Leithund gewesen. »Go, Billy, go!«, feuerte er die Hunde an, jetzt lautstark, weil die Verfolger ihn längst nicht mehr hören konnten.

Als sie an der Stelle vorbeikamen, wo der Wolf den Trail gekreuzt hatte und sie über die Böschung gestürzt waren, hielt Clarissa unwillkürlich nach dem Rudel Ausschau, doch das war längst über alle Berge, und nur noch die Überreste des jungen Elchs, ein dunkler Fleck auf dem blassen Schnee, erinnerten an die Vorfälle vom vergangenen Nachmittag. Weder Alex noch die Huskys ließen sich von der Erinnerung einholen, sondern rasten unbeeindruckt an der Unfallstelle vorbei und waren nur noch daran interessiert, so schnell wie möglich aus dem Dunstkreis ihrer Verfolger zu kommen. »Go, go, go!« Vergessen die Gehirnerschütterung, die ihn noch vor wenigen Stunden niedergestreckt hatte, vergessen die Müdigkeit, die sie in der Hütte festgehalten hatte.

In einer riesigen Gischtwolke, von kleinen Eisbrocken durchsetzt, und mit schleifenden Kufen glitt der Schlitten auf die breite Schneise, auf der sie sich zum ersten Mal geküsst hatten. Clarissa war froh, dass sie mit dem Rücken zu Alex saß und er nicht sehen konnte, wie ihr das Blut ins Gesicht schoss. Er lächelte für einen kurzen Augenblick, war aber ebenfalls zu schüchtern, um etwas zu sagen, und rief stattdessen: »Billy, das geht noch schneller! Leg dich in die Riemen! Wir müssen einen ordentlichen Vorsprung hinlegen, bevor wir etwas langsamer machen können.«

Die Hunde verstanden und legten etwas Tempo zu, rannten so beherzt, als gelte es, die Sweepstakes zu gewinnen, das berühmte Rennen in Alaska, das den Mushern und Hunden alles abverlangte.

Inzwischen hatten sich Wolken vor den Mond geschoben, und es schneite wieder. Nicht besonders stürmisch, aber dicht und regelmäßig fielen die Flocken auf das Land herab. Ein Nachteil, weil die Hunde gezwungen waren, etwas langsamer zu laufen, aber auch ein unglaublicher Vorteil. »Was Besseres hätte uns gar nicht passieren können!«, rief Alex. »Der Schnee verdeckt unsere Spuren. In einer halben Stunde liegt er so dicht, dass der Indianer die letzten drei Jahre nüchtern gewesen sein müsste, um sie wiederzufinden.« Er blinzelte zuversichtlich in das Schneetreiben. »Wir nehmen den alten Goldgräbertrail über Foster's Barrier, darauf kommen sie bestimmt nicht. Unterhalb des Gipfels gibt es eine verlassene Jagdhütte, da können wir eine kurze Rast einlegen. Alles in Ordnung mit dir, Clarissa? Ich würde dich gern fahren lassen, aber bei dem Tempo stehe ich lieber auf dem Trittbrett, sonst fallen wir wieder in den Schnee und ... Oh verdammt. Vorwärts, Billy!«

Jenseits der Schneise lenkte Alex den Schlitten in ein lang gestrecktes Tal hinab und auf einen zugefrorenen Fluss, eigentlich nur ein Bach, der sich in zahlreichen Windungen durch hoch aufgeworfene Schneedünen wand und sie in die Ausläufer einiger schroffer Berge führte. Das Eis war hart und fest, und man würde ihre Spuren nicht mehr erkennen, sobald Schnee darauf gefallen war. Außerdem reflektierte er das wenige Licht, das noch vom Himmel fiel, und erleichterte ihnen die Orientierung. Bewundernd stellte Clarissa fest, mit welch nachtwandlerischer Sicherheit sich Alex in dieser Wildnis bewegte, jeden Felsen und jeden noch so kleinsten Baum oder Strauch zu kennen schien und nicht ein einziges Mal zögerte oder nach dem Weg suchte. Ähnlich sicher bewegten sich die Huskys, wie Wölfe oder andere wilde Tiere, die in dieser Einsamkeit zu Hause waren und deren Leben manchmal davon abhing, wie gut sie einen versteckten Trail oder einen Unterschlupf kannten.

In einer weiten Kurve trieb Alex die Hunde aus dem Fluss und zwischen zwei Felsen hindurch auf einen versteckten Pfad, der erst nach ungefähr hundert Schritten breiter wurde und dann in weiten Serpentinen in die Berge hinaufführte. Das Schneetreiben war stärker geworden, doch Alex und die Hunde ließen sich nicht beirren und behielten ihr Tempo bei. Sie wussten genau, wie viel Kraft sie einsetzen mussten, um den steilen Berghang zu erklimmen. Auf halber Höhe führte der Trail an einer steil aufragenden Felswand entlang auf einen Pass zu, und Alex ließ die Hunde anhalten und blickte aus zusammengekniffenen Augen ins weit unter ihnen liegenden Tal hinab.

Es dauerte eine ganze Weile, bis er die Fackeln der beiden Verfolger entdeckte. »Da sind sie!«, rief er zufrieden. »Siehst du die beiden hellen Punkte? Sie fahren nach Osten. Sie denken, wir wollen zum Thompson River runter.«

»Und das bedeutet?«

Alex grinste über beide Backen. »Dass wir sie erst mal los sind! Hab ich's nicht gesagt? Die kommen niemals auf die Idee, dass wir nach Beaver Creek wollen. Nur eine Verrückte wie du verkriecht sich in einem solchen Kaff!«

»Ich wusste immer, dass du ein Gentleman bist«, erwiderte sie.

17

Mitternacht war schon vorüber, als sie die verlassene Jagdhütte auf der anderen Seite des Passes erreichten. Das windschiefe Blockhaus stammte noch aus den Zeiten der Goldgräber, die vor mehr als zwanzig Jahren über den alten Indianerpfad gekommen waren, und wurde nur noch selten benutzt. Die Tierhaut, die man statt einer Scheibe vor das Fenster genagelt hatte, flatterte im Wind, und die Tür hing lose in den Angeln. Vom Dach hingen Eiszapfen.

Im einzigen Raum gab es einen rostigen Ofen und ein Bettgestell mit fleckiger Matratze. Einige Kleintiere suchten schleunigst das Weite, als Alex die Tür aufzog. »Jedes Mal, wenn ich vorbeikomme, sieht es hier schlimmer aus«, sagte er. »Von den Holzfällern und Jägern kennt sie kaum noch einer.«

Ohne sich abzusprechen, teilten sie sich die Arbeit. Alex kümmerte sich um die Hunde, gab ihnen von dem kraftvollen Futter, das ihnen neue Energie für den Rest der beschwerlichen Reise geben würde, und Clarissa suchte im Unterholz des angrenzenden Waldes nach Brennholz. Unter den Bäumen war sie vor dem Schneetreiben geschützt und von geheimnisvoller Stille umgeben. Seitdem sie gesehen hatte, dass ihre Verfolger in die entgegengesetzte Richtung ritten und anscheinend keine Ahnung hatten, wohin Alex und sie unterwegs waren, fühlte sie sich wesentlich besser und empfand auch die Anstrengung der langen Flucht und das lange Aufbleiben nicht mehr als Last.

Mit einem Arm voller Brennholz kehrte sie in die Hütte zurück. Alex hatte die Hunde gefüttert und das Fenster mit einer Decke vom Schlitten verhängt. Im flackernden Licht eines Kerzenstummels, den er irgendwo in dem verwahrlosten Raum gefunden haben musste, reinigte er den Ofen. Auf die fleckige Matratze hatte er ein paar Felle und mehrere Decken gelegt. Sie stapelte das Holz neben den Ofen und schlug ihre Hände gegeneinander, ein hilfloser Versuch, die Kälte schon ohne die Flammen zu vertreiben.

Es schien unendlich lange zu dauern, bis Alex das Feuer angefacht hatte und sich endlich Wärme in der kleinen Hütte ausbreitete. Nur zögernd befreiten sie sich von ihren Jacken und den Mützen und Handschuhen. Beinahe schüchtern sanken sie einander in die Arme, das angenehme Knistern des Feuers dicht neben sich und von wohliger Wärme umgeben. Clarissa hatte beide Arme um den Hals des Fallenstellers geschlungen, und ihr Mund presste sich fest auf seine sich langsam erwärmende Haut. Ein wohltuendes Gefühl, das sie sogar die bleierne Müdigkeit vergessen ließ, die sich nach der beschwerlichen Fahrt durch die Berge in ihrem Körper ausbreitete. Sie wollte etwas sagen, ihm ihre Zuneigung gestehen und sich für die Hilfe bedanken, die er ihr gewährt hatte, aber ihr fielen die passenden Worte nicht ein, und sie schwieg, begnügte sich damit, seinen Herzschlag und seinen Atem zu spüren und in seine braunen Augen zu blicken, als er den Kopf hob und sie küsste.

»Schlaf jetzt«, sagte er, »wir haben noch eine lange Fahrt vor uns.«

»Und du? Wir könnten doch beide …«

Er lächelte schwach. »Eine verlockende Einladung, aber ich hab gestern den ganzen Tag verschlafen. Ich schaffe schon noch ein paar Stunden. Einer muss Wache halten, falls es sich Crazy Joe doch noch anders überlegt oder sich jemand anders in diese Gegend verirrt. Leg dich hin und ruh dich aus, und wer weiß, vielleicht koche ich sogar frischen Kaffee, bevor ich dich wecke.«

»So ein Angebot kann ich schlecht ablehnen«, erwiderte Clarissa ebenfalls lächelnd. Sie küsste ihn noch einmal, diesmal nur kurz und wie eine Ehefrau, die sich von ihrem Mann verabschiedet, und machte es sich bequem.

Schon wenige Sekunden später war sie eingeschlafen. Sie war so müde und erschöpft, dass sie nicht einmal träumte und lediglich das Gefühl verspürte, in einen tiefen dunklen Brunnen zu fallen.

Der Duft von frischem Kaffee weckte sie. Sie öffnete erstaunt die Augen und sah Alex auf dem Bettrand sitzen, in der Hand hielt er einen Becher mit frischem Kaffee. »Versprochen ist versprochen«, begrüßte er sie liebevoll und reichte ihr den Kaffee. »Eier mit Speck gibt es nächstes Mal.«

Sie bedankte sich mit einem zärtlichen Kuss und griff dankbar nach dem zerbeulten Becher, den er auf jeder Fahrt mitführte. Sein Kaffee schmeckte tatsächlich besser als die Brühe, die man in Vancouver unter Kaffee verstand und die sie selbst zusammenbraute. Zumindest war sie heiß und stark genug, um sie wieder auf die Beine zu bringen und sie daran zu erinnern, in welcher brisanten Lage sie sich befand. Sie trank den Becher leer und schwang die Beine aus dem Bett. »Auf Hermelinfellen schläft man wie eine Prinzessin.«

»Deshalb hab ich sie mitgenommen«, erwiderte er grinsend.

Alex hatte die Hunde bereits angespannt, und sie konnten sofort weiterfahren. Das Schneetreiben hatte nachgelassen, doch über die kahlen Berghänge, die sie überqueren mussten, pfiff ein böiger Wind, der ihnen frostige Schneeschauer und eisige Kälte ins Gesicht blies. Der Vorteil war, dass der Schnee dank des heftigen Windes nur knöcheltief lag und sie rasch vorankamen. Die Hunde waren wieder ausgeruht und genossen die schnelle Gangart.

Wie Alex es schaffte, stets den richtigen Weg einzuschlagen, blieb ihr ein Rätsel. Er musste einen ähnlichen Instinkt wie seine

Huskys besitzen. Statt eines Trails sah sie nur eine weiße Fläche ohne Spuren und Abdrücke, die sich vom Waldrand weiter unten bis zu den Felsen weiter oben erstreckte, und nicht einmal Spuren oder Abdrücke wiesen ihm die Richtung. Rechts von ihnen ragten die schroffen Gipfel der Berge bedrohlich empor. Der Himmel war voller Wolken, und es gab nur das wenige Licht, das der frische Schnee reflektierte. Weder Alex noch seine Huskys schien es sonderlich zu stören.

Noch vor ein paar Wochen hätte sie jeden für verrückt erklärt, der ihr vorausgesagt hätte, dass sie mitten in der Nacht mit einem Fallensteller auf einem Hundeschlitten durch die entlegene Wildnis der Cascade Range fahren würde. Und für noch abwegiger hätte sie es gehalten, wenn man ihr verraten hätte, dass sie dabei ein seltsames Glücksgefühl verspüren würde, ungeachtet der prekären Lage, in der sie sich befand. Es war wohl der Gedanke, vollkommen losgelöst vom Alltag und der Natur so nahe wie nie zuvor zu sein. Nicht einmal auf dem Meer, fernab der Stadt und aller Grenzen, hatte sie sich jemals so frei und ungebunden gefühlt. Ihrer Liebe zu Alex tat dieses Gefühl keinen Abbruch, denn in dieser Wildnis konnte man beides sein: einem Menschen verbunden und gleichzeitig frei wie der Wind. Die Liebe war kein Gefängnis, nicht, wenn man sich wirklich mochte und einander respektierte.

Am Waldrand entlang lenkte Alex den Schlitten abwärts. Auf diesen Hängen, die ziemlich stark vereist waren, musste er sich besonders konzentrieren, und auch Billy merkte man an, mit welcher Vorsicht er seine vierbeinigen Freunde ins Tal hinabführte. Alle paar Schritte blickte er sich nach ihnen um und machte sich durch Gesten verständlich, die selbst Alex nicht alle durchschaute. Mal war es ein strenger Blick, dann nur ein verhaltenes Bellen oder leises Schnauben, das den anderen Hunden zeigte, was sie zu beachten hatten. Alex tat seine Pflicht, indem er den Trail ständig im Auge behielt und nach unerwarteten Hindernissen absuchte, mit denen man in dieser Wildnis, fernab aller befahrenen Straßen, verstärkt rechnen musste. Ein herumliegender Ast oder ein kantiger Eisbrocken konnten höchste Gefahr heraufbeschwören, von einem plötzlich auftauchenden Elch oder Wolf ganz zu schweigen.

Clarissa war erleichtert, als sie endlich die weiten Täler des Fraser Rivers erreichten und sich durch den Tiefschnee bis zur breiten Wagenstraße durchkämpften. Breit und einladend lag die breite Piste vor ihnen, nach dem Schneetreiben in der Nacht von jeglichen Spuren befreit und so einsam, als gäbe es außer ihnen keine anderen Lebewesen auf der Erde. Weit hinter der Böschung kämpfte sich der Fraser River durch sein Bett. Noch war es zu früh, um den Schlitten auf den Fluss zu lenken. Im brackigen Wasser schwammen lediglich einige Eisschollen, und es würde noch mindestens einen Monat dauern, bis er zugefroren war. Nicht gerade günstig für sie, wie Alex ärgerlich bemerkte, weil sie dadurch gezwungen waren, ungefähr dreißig Meilen über die alte Wagenstraße zu fahren, auf der man jederzeit einem anderen Musher begegnen konnte, der von der Suche nach ihr gehört hatte und begierig darauf war, sich die zweitausend Dollar zu verdienen.

Alex ließ die Hunde eine Weile verschnaufen. Clarissa reichte er ein Stück Schokolade von seinem scheinbar unerschöpflichen Vorrat. »Die Straße gehört zur alten Cariboo Road«, erklärte er, »weiter östlich stößt sie auf die Hauptstraße. Während des großen Goldrausches muss hier die Hölle los gewesen sein. Meine Eltern haben oft davon erzählt. Hier müssen wir aufpassen.«

Clarissa hatte von dem Goldrausch gehört. »Wir hätten damals nach Norden gehen sollen«, hatte ihr Vater gesagt, wenn es mal nicht so lief, wie er wollte, »dann würden wir jetzt vielleicht auch in einer Villa im West End wohnen.«

Ihre Mutter hatte nur gelacht. »Du taugst nicht zum Goldgräber, und ich hab keine Lust, in einem Zelt in der Wildnis zu wohnen. Du bist Fischer und gehörst aufs Meer, und ich bin die Frau eines Fischers, und man verlangt von uns, dass wir mit dem Wenigen auskommen, das uns das Meer überlässt.«

»Du hast ja recht«, hatte ihr Vater geantwortet.

Der Goldrausch war lange vorbei, doch einige der Siedlungen waren geblieben oder wie Barkerville und Williams Lake zu respektablen Städten angewachsen, und die Cariboo Road galt als eine der wichtigsten Straßen im Inneren von Kanada, auch wenn es sich bei diesem Stück nur um einen älteren Seitenarm handelte. Obwohl weit und breit kein menschliches Wesen zu sehen war, fühlte man sich allein schon durch den Blick auf die breite Straße der Zivilisation näher. Ein Gefühl, das neue Furcht in Clarissa weckte. Denn je näher sie der Zivilisation kam, desto gefährdeter war sie. Jede Begegnung mit einem anderen Menschen konnte sich als fatal erweisen und sie der Freiheit berauben, die sie bei Alex in der Abgeschiedenheit so schätzen gelernt hatte.

Ihre Angst war berechtigt, denn schon nach wenigen Minuten hielt Alex vor einer lang gezogenen Kurve den Schlitten an und sagte: »Schnell! Unter die Decken! Ich glaube, da kommt jemand! Kein Laut, egal was passiert!«

Sie gehorchte wortlos, kroch unter die Decken und schenkte Alex ein unsicheres Lächeln, als er die restlichen Decken und die Felle so auf ihr verteilte, dass niemand Verdacht schöpfte. Kaum war er fertig, stieg er wieder auf das Trittbrett und ließ die Hunde laufen. »Alles okay? Bekommst du Luft?«

»Alles okay«, antwortete sie leise.

Natürlich war nicht alles okay. Sie hatte furchtbare Angst und wäre am liebsten vom Schlitten gesprungen und davongerannt, als die Geräusche eines näher kommenden Schlittens zu hören waren und Alex den Musher erkannte.

»Ein Mountie!«, hörte sie ihn leise sagen.

Ein Polizist der North West Mounted Police, der hatte ihnen gerade noch gefehlt! Die rotberockten Gesetzeshüter waren überall in Kanada unterwegs und unterstützten die örtliche Polizei dabei, die Ordnung aufrechtzuerhalten.

Sie konnte nicht sehen, dass der Mountie nicht seine rote Jacke, sondern den kurzen Büffelfellmantel trug, den alle Polizisten für die eisigen Winter ausgehändigt bekamen, und statt seines breitkrempigen Hutes, an dem man ihn sogar aus großer Entfernung erkannt hätte, bedeckte eine gefütterte Fellmütze seinen Kopf. Dennoch erkannte Alex den Mann schon von Weitem.

»Ich kenne den Burschen«, sagte er leise. »Constable Leland D. Ryker, wenn ich mich nicht irre. Ein unangenehmer Patron, der versteht keinen Spaß. Letztes Jahr in Barkerville hat er mich mal eingebuchtet. Er war ziemlich wütend auf mich damals. Ich hoffe, er hat die Sache inzwischen vergessen.«

Aber der Constable erkannte ihn auf Anhieb. »Alex Carmack!«, rief er, als beide ihre Schlitten gebremst hatten und so weit voneinander entfernt stehen blieben, dass sich die Hunde nicht ins Gehege kamen. »Der Weiberheld von Barkerville! Wie lange hatte ich Sie damals eingesperrt? Vierundzwanzig Stunden?«

»Drei Tage, Constable«, erwiderte Alex verlegen.

»Viel zu kurz, wenn Sie mich fragen, Sie hätten mindestens zwei Wochen verdient, aber das Gesetz ließ mir leider wenig Spielraum. Hätten Ihre betrunkenen Freunde nicht mindestens einen Meineid auf sich genommen, wären Sie vielleicht sogar noch länger in den Knast gewandert. Ich kann es nicht leiden, wenn sich jemand unter dem Einfluss von Alkohol so gehen lässt. Auch in einer sündigen Stadt wie Barkerville sollte man die Grenzen respektieren. Sie hätten Ihr Geld sparen sollen, das wäre einträglicher gewesen.«

»Aber das ist beinahe zwölf Monate her, Constable. Ein bedauernswerter Ausrutscher. Seitdem habe ich mir nichts mehr zuschulden kommen lassen.«

»Ein Ausrutscher?« Die Stimme des Mounties war voller Spott. »Sie haben eine halbnackte Frau huckepack durch die Stadt getragen … Nennen Sie das etwa einen Ausrutscher? Auch wenn die Dame vom horizontalen Gewerbe war, so was gehört sich nicht. So was gab es vielleicht in Texas, vor zwanzig Jahren, als sich die Burschen in Dodge City und Abilene austobten, aber die hatten auch einen dreimonatigen Treck hinter sich und etwas Nachholbedarf.«

»Den hatte ich damals auch, Constable. Ich wollte doch …«

»Sparen Sie sich Ihre scheinheiligen Erklärungen, Carmack!«, würgte ihn der Mountie ab. »Sie haben Mist gebaut, also stehen Sie auch dazu. Richtig?«

»Richtig, Sir.«

Clarissa war unter ihren Decken rot angelaufen. Die Hände zu Fäusten geballt, wusste sie nicht, ob sie lachen oder weinen sollte. Dass ein Fallensteller wie er kein Heiliger war, hätte sie sich denken können. Ein Whiskey zu viel, eine Schlägerei im Saloon, eine Nacht mit einem leichten Mädchen, das alles hatten auch die jungen Fischer hinter sich, die sie in Vancouver getroffen hatte. Kein Grund, um einen Mann gleich zu verdammen, und immer noch besser, als wie Frank Whittler seine Verlobte zu betrügen und sich an ein Dienstmädchen heranzumachen. Aber was dieser Mountie von dem leichten Mädchen erzählte, war doch ein wenig zu heftig.

Du verdammter Mistkerl, flüsterte sie in Gedanken.

»Darf ich fragen, was Sie um diese Zeit auf der Straße machen?«, erklang die sonore Stimme des Mounties, immer noch durchsetzt von beißendem Spott. Anscheinend fand er Gefallen daran, Alex mit seinen Missetaten zu quälen. »Warum sind Sie nicht in Ihrer Hütte oder irgendeinem Roadhouse?«

Alex hatte sich seine Ausrede längst zurechtgelegt. »Ich muss nach Williams Lake zu meinen Eltern. Es geht ihnen nicht besonders. Ich habe sie schon seit einigen Jahren nicht mehr gesehen und will ihnen einige Felle bringen.«

»Und deswegen fahren Sie mitten in der Nacht?«

»Ich habe schon viel zu lange gewartet, Constable.«

»Was für Felle?«

Clarissa spürte, wie die Decken über ihr nach hinten geschlagen wurden, und hatte schon Angst, dass der Mountie sie gleich entdecken würde, doch dann erkannte sie, dass es Alex war. Er schob die Decken gerade so weit zurück, dass sie noch bedeckt war. »Biber, Fuchs, Vielfraß, Hermelin … erste Ware.«

»Vom letzten Winter?« Die Stimme des Mounties klang gefährlich nahe. »Warum haben Sie die nicht längst verkauft? Die werden nicht besser vom langen Liegen. Oder hatten Sie Angst, den Verdienst vorher zu verprassen?«

»Kann sein«, antwortete er scheinbar schuldbewusst. »Mit dem Erlös kommen meine Eltern mindestens über zwei Winter.« Er räusperte sich verlegen, wohl auch, um ihn daran zu hindern, weiter unter die Decken zu schauen. »Kann ich jetzt weiterfahren, Constable? Ich habe es wirklich sehr eilig …«

Der Mountie schien ihn gar nicht zu hören. »Und Sie sind sicher, dass Sie nicht nach der flüchtigen Diebin suchen? Sich die zweitausend Dollar unter den Nagel reißen wollen, die Whittler auf ihre Ergreifung ausgesetzt hat?«

»Zweitausend Dollar?«, tat Alex unschuldig. »Was für eine Diebin?«

»Wollen Sie mir etwa sagen, dass Sie noch nicht von ihr gehört haben? Clarissa Howe, ein Dienstmädchen aus Vancouver. Hat Frank Whittler, den Sohn des Canadian-Pacific-Managers bestohlen und mit einer Waffe bedroht. Whittler hat zweitausend Dollar auf ihre Ergreifung ausgesetzt. Wir glauben, dass sie über die Grenze in die Vereinigten Staaten will, aber Sie glauben vielleicht, dass sie sich in Williams Lake oder Barkerville versteckt hält.«

»Ich habe nie von dieser Clara gehört«, sagte Alex.

»Clarissa«, verbesserte der Mountie.

»Und wenn, würde ich bestimmt nicht hier oben suchen. So

weit würde sie sowieso nicht kommen. Was soll sie in Williams Lake oder Barkerville?«

»Der Meinung bin ich auch, Carmack. Ich möchte nur sicherstellen, dass mir keiner von euch Zivilisten in die Quere kommt. Eine Verdächtige zu finden und zu verhaften, ist Aufgabe der Polizei. Haben Sie mich verstanden?«

»Klar und deutlich, Constable.«

»Dann fahren Sie weiter.« Er kehrte auf seinen Schlitten zurück und legte die Hände an die Haltestange. »Und hüten Sie sich vor den leichten Mädchen, denn wenn ich Sie noch mal erwische, bleibt es nicht bei vierundzwanzig Stunden. Dann sorge ich dafür, dass Sie ein oder zwei Monate brummen.«

»Aye, Sir. Ich werde es nicht vergessen.«

18

Clarissa war so verwirrt, dass sie kein Wort sagte, nachdem der Mountie verschwunden war und sie sich aus den Decken schälte. Wortlos lehnte sie sich gegen die Felle und deckte sich zu. Selbst ein freundliches Lächeln für Billy und Smoky, die sich neugierig nach ihr umdrehten, fiel ihr schwer.

»Hör zu«, setzte Alex zu einer Entschuldigung an, »was der Constable gesagt hat, ist lange her und war ganz anders, als du denkst. Wir haben damals alle mächtig gefeiert, weil wir einen guten Winter hatten und unsere Schlitten unter den Pelzen fast zusammenbrachen, und dann spendierte einer von uns eine Runde, und als wir bei der zehnten angelangt waren … Nun ja, ich war alles andere als nüchtern, wie du dir ja denken kannst, und wusste nicht mehr, was ich tat, also ließ ich auf diese blöde Wette ein und … Es war eine Wette!«

»Du bist mir keine Rechenschaft schuldig, Alex!«, erwiderte sie. »Wir sind weder verlobt noch verheiratet, und selbst wenn … Das ist doch alles schon ein Jahr her, da wussten wir noch gar nichts voneinander.«

Sie vermied es, ihm in die Augen zu sehen. »Ich hab sowieso schon vergessen, was er gesagt hat.«

»Es war alles ganz anders, als der Mountie sagt. Viel harmloser.«

»Schon gut, Alex.«

»Du glaubst mir wohl nicht?«

»Lass uns fahren, Alex, sonst kommt der Mountie noch auf die

Idee, dass du doch was unter den Decken versteckt haben könntest, und kehrt um.«

»Verdammt, Clarissa …«

»Ich mache dir keinen Vorwurf, Alex.«

Doch als er endlich auf den Schlitten stieg und weiterfuhr, empörte sie sich doch über ihn und bemühte sich krampfhaft, ihn ihre Tränen nicht sehen zu lassen. So sehr sie sich auch einredete, keine Besitzansprüche an den Fallensteller zu stellen und ohnehin bald von ihm getrennt zu sein, war sie traurig darüber, dass er den Vorurteilen der Menschen aus Vancouver entsprach. Genau solche Männer wie ihn hatten sie im Sinn, wenn sie Fallensteller als »hinterwäldlerisch« und »ungehobelt« bezeichneten. Er war nicht der Prinz, von dem sie in einsamen Nächten geträumt hatte, und sie würden den Teufel tun und zusammen in den Sonnenuntergang fahren, um in der malerischen Wildnis glücklich bis ans Ende ihrer Tage zu leben. Er hatte sie vor ihren Verfolgern gerettet, und sie hatte ihr Vergnügen daran gefunden, sich im Umgang mit den Hunden und dem Schlitten zu beweisen, und sie hatten sich vielleicht sogar ineinander verliebt, weil sie beide Halt brauchten und ihn in der Gegenwart des anderen gefunden hatten. Aber dieser Zustand war bald vorbei. Sie befanden sich bereits auf dem Rückweg in die wirkliche Welt, und jeder ging bald wieder seine eigenen Wege. Sie weinte leise.

Einige Meilen weiter nördlich bogen sie nach Nordosten ab, und Alex lenkte den Schlitten auf einen zugefrorenen Nebenfluss des Fraser River. Das Eis war bereits fest und dick und bot einen idealen Untergrund für die Hunde und den Schlitten. Billy fand sichtlichen Gefallen daran, den Schlitten über die raue Oberfläche zu ziehen, und feuerte die anderen Hunde mit aufmunternden Blicken an, wobei er nicht vergaß, überhängenden Zweigen und aufgeworfenem Eis auszuweichen und Alex genug Zeit zu geben, dem Schlitten durch Verlagerung des Körpergewichts eine andere Richtung zu geben. In dem dichten Fichtenwald, der sich zu beiden Seiten des Flusses erstreckte, hallten die knappen Kommandos des Fallenstellers dumpf wie ein Echo nach, und das Scharren der Kufen schnitt geräuschvoll in die morgendliche Stille.

Auf einer Lichtung trieb Alex die Hunde aus dem Fluss, blieb eine Weile am Ufer und bog dann plötzlich nach rechts ab in den Wald. Er schien jeden Quadratzoll dieses Waldes zu kennen und lenkte den Schlitten mit einer solchen Entschlossenheit zwischen den Bäumen hindurch, als würde er jeden Tag nach Beaver Creek fahren. Die Huskys zeigten sich ähnlich zuversichtlich, sie schienen genau zu wissen, wohin die Fahrt ging, und zauderten nicht einmal, schreckten auch nicht vor der tiefen Senke zurück, in die Alex sie trieb, bevor er vom Trittbrett sprang und ihnen half, den Schlitten einen steilen Hang hinaufzubewegen, und dann an einer steilen Felswand entlangfuhr.

Den Morgen erlebten sie am Ufer eines zugefrorenen Baches, kaum breit genug für ihren Schlitten und teilweise von aufgeworfenem Eis bedeckt, sodass sie öfter gezwungen waren, einen Umweg einzuschlagen. Wenn die Böschung zu steil war, musste auch Clarissa vom Schlitten steigen und dabei helfen, ihn über das steile Ufer zu wuchten. Die aufgehende Sonne war nicht zu sehen. Obwohl das Schneetreiben aufgehört hatte und die meisten Wolken nach Süden weitergezogen waren, war sie nur als heller Schimmer zwischen den Baumkronen zu erkennen. Ihr schwacher Schein ließ den schneebedeckten Waldboden geheimnisvoll leuchten und passte zu der unheimlichen Stille, die sich zwischen den Bäumen ausbreitete. Das Scharren der Kufen klang übernatürlich laut. Clarissa glaubte, sogar den Atem der Hunde hören zu können.

Gegen neun Uhr, der helle Fleck hinter den Baumkronen war bereits wesentlich größer geworden, erreichten sie das Holzfällerlager außerhalb von Beaver Creek. Schon aus der Ferne hörten sie die Axtschläge und das Mahlen der Sägen. Dem warnenden Ruf

»Timber!«, der sich als vielfaches Echo durch den Wald fortpflanzte, folgte ein gewaltiges Krachen, das selbst den festen Boden erzittern ließ und die Hunde so erschreckte, dass sie für einen Augenblick die Orientierung verloren und in die falsche Richtung liefen. Alex brachte sie mit einem knappen Kommandoruf in die Spur zurück.

Das eigentliche Lager, das aus dem Versammlungshaus, in dem die Holzfäller ihre Mahlzeiten einnahmen, den beiden Schlafhäusern und mehreren anderen Blockhäusern bestand, befand sich unterhalb eines weiten Hanges, der bereits zur Hälfte abgeholzt war. Eine breite Schneise führte von dort in den Wald hinein, die Transportstraße nach Westen, über die kräftige Pferdegespanne die von Ästen und Zweigen befreiten Stämme zu einem Nebenfluss des Fraser Rivers zogen. Bis zum Frühjahr, wenn das Eis aufbrach, blieb die Straße unbenutzt. Ein Teil der Pferde blieb in den Koppeln, der andere half den Männern, die Stämme vom Hang ins Lager zu schaffen. Abseits der Häuser wuchsen die Stapel mit dem wertvollen Fichtenholz ständig an. Einige Huskys, die vor dem Versammlungshaus im Schnee lagen, begannen laut zu heulen und zu jaulen, als sie ihre Artgenossen auf dem nahen Hang witterten.

»*Easy*«, ermahnte Alex seine Hunde, langsamer zu laufen. Er fuhr zwischen den Stümpfen der gerodeten Bäume über den Hang und winkte den Holzfällern zu, die mit ihren langen Äxten tiefe Keile in die Bäume schlugen und ihnen zu zweit mit den großen Sägen zu Leibe rückten. Zwei Männer kletterten oben in den Baumkronen herum und befreiten die Bäume von störenden Ästen oder Zweigen, die Voraussetzung dafür, dass sie in die gewünschte Richtung fielen. Mehrere Lumberjacks, wie man die Holzfäller nannte, entfernten die übrigen Äste und Zweige von den gefällten Stämmen. Für den Transport ins Lager standen zwei schwere Fuhrwerke bereit.

Clarissa und Alex waren bereits auf dem abschüssigen Hang

ins Lager, als ihnen ein kräftiger Holzfäller mit geschulterter Axt in den Weg trat. Er war ungewöhnlich groß und grinste so breit, dass man seine breiten Zahnlücken sah. Über seine linke Wange zog sich eine hässliche Narbe. Seine Augen waren auf Clarissa gerichtet, als er sagte: »Ich will doch gleich verdammt sein! So ein hübsches Vögelchen hatten wir schon lange nicht mehr in Beaver Creek.« Er blickte Alex an. »Bringst du etwa Nachschub für den Bird Cage?«

Alex hielt mit dem Schlitten dicht vor ihm und hatte Mühe, die Hunde zu beruhigen. Er kannte den Holzfäller nicht, dachte aber auch nicht daran, die Beleidigung auf Clarissa sitzen zu lassen. »Für so eine Bemerkung sollte ich dir eigentlich deine restlichen Zähne einschlagen. Miss Holland ist eine Lady. Entschuldige dich gefälligst bei ihr, bevor ich meine Drohung wahr mache und dir den Verstand aus deinem dicken Schädel prügele. Verstanden?«

Der Holzfäller lachte grob. »Ho, ho, du nimmst den Mund ganz schön voll, Fallensteller! Ich wollte das hübsche Ding auf dem Schlitten doch nicht beleidigen. Ganz im Gegenteil, etwas Schöneres könnte ich mir in unserem Bird Cage gar nicht vorstellen. Ich wäre sogar bereit, einen Dollar mehr für sie bezahlen.« Er wandte sich wieder an Clarissa. »Überlegen Sie es sich, Miss! Den anderen Vögelchen war es eine Ehre, mit mir das Bettchen zu teilen.«

»Jetzt reicht's mir aber!«, explodierte Alex und sprang vom Schlitten. Er wusste natürlich, dass er nicht die geringste Chance gegen den mächtigen Holzfäller hatte, war es aber seiner Ehre schuldig, auf ihn loszugehen. »Wenn du deine Axt weglegst, zeige ich dir, was es heißt, eine Lady zu beleidigen!«

Die Hunde spürten, dass sich eine Schlägerei anbahnte, und jaulten laut. Billy zog an den Leinen, als wollte er an dem Holzfäller vorbeilaufen und sich und seinen Herrn in Sicherheit bringen. Smoky bellte ihn wütend an.

»Nein, Alex!«, rief Clarissa erschrocken. »Das bringt doch nichts!«

»Da wäre ich mir nicht so sicher«, triumphierte der Holzfäller schon jetzt. Er warf seine Axt in den Schnee und wollte ein paar Schritte gehen, sah sich aber plötzlich den aufgebrachten Hunden gegenüber. »Aber vorher pfeifst du deine hässlichen Köter zurück, oder traust du dich allein nicht an mich ran?«

»Billy! Smoky! Zurück!«, rief Alex.

»Alex! Komm zurück!«, rief Clarissa.

Inzwischen waren auch die anderen Holzfäller auf sie aufmerksam geworden, und einige hatten bereits ihre Äxte oder Sägen gesenkt und kamen neugierig näher. Einen Faustkampf zwischen dem stärksten Mann ihres Camps und einem schmächtigen Fallensteller wollte sich niemand entgehen lassen.

Aber ihr Vormann, ein rothaariger Mann mit einem Gewehr über den Schultern, hatte etwas dagegen: »Aufhören! Sofort aufhören, Colby!«, fuhr er den mächtigen Holzfäller an. »Ich habe langsam genug von deinen Extra-Touren!«

»Gib mir zwei Minuten«, erwiderte Colby, »dann bin ich mit dieser halben Portion fertig! Er will mir das Fell über die Ohren ziehen, hast du das gehört?« Er lachte schallend. »Ich werde ihn wie eine lästige Fliege zerdrücken und seine Überreste den Wölfen zum Fraß vorwerfen.« Er hob die Fäuste und blickte Alex spöttisch entgegen. »Hast du plötzlich Angst, Fallensteller?«

»Aufhören, habe ich gesagt!«, fuhr der Vormann den Holzfäller an. »Und du gehst zurück an deine Arbeit, Colby, sonst sorge ich dafür, dass man dir die Hälfte vom Lohn abzieht! Oder brauchst du ’ne schriftliche Einladung?«

Colby schien ihn gar nicht zu hören. Sein Blick war unverwandt auf Alex gerichtet, und er sagte: »Wenn du nur ein bisschen Mumm in der Hose hast, kommst du heute Abend in den Saloon, da können wir klären, wer von uns beiden der Stärkere ist.« Er blieb einen Augenblick in unveränderter Haltung stehen, als wäre er noch immer bereit, sich hier und jetzt zu prügeln, hob dann seine Axt auf und bahnte sich wütend einen Weg durch die anderen Holzfäller. »Was gibt es da zu glotzen?«, fuhr er sie an! »Verpisst euch gefälligst!«

Der Vormann wartete, bis alle wieder an die Arbeit gegangen waren, und wandte sich an Clarissa und Alex. »Colby ist ein guter Arbeiter und die meiste Zeit ein lieber Kerl, aber manchmal gehen die Pferde mit ihm durch, und es gibt Ärger. Tut mir leid, wenn er Sie beleidigt haben sollte, Miss.« Er tippte an seine Hutkrempe. »Ich bin C.W., der Vormann in diesem Lager, und so was wie ein Polizist in der Stadt unten. Mein Abzeichen hab ich von der Holzfirma. Wir haben keine offizielle Polizei in Beaver Creek. Wenn Sie dort zu tun haben, würde ich Ihnen empfehlen, sofort weiterzufahren. Und keine Angst, Miss, nicht alle Männer in Beaver Creek sind wie Colby. Wir wissen schon zwischen einer Lady und einem leichten Mädchen zu unterscheiden.«

Alex ging zum Schlitten zurück. »Das weiß ich, C.W.«

Unter den neugierigen Blicken der Holzfäller, die sich noch immer keinen Reim darauf machen konnten, was eine anständige Lady in einem verkommenen Kaff wie Beaver Creek zu suchen haben könnte, lenkte Alex den Schlitten ins Tal hinab. Auch die Hunde schienen froh zu sein, die bedrohliche Ansammlung von Zweibeinern hinter sich lassen zu können. Vorbei am Holzfällerlager und eine Meile am Ufer des zugefrorenen Baches entlang, der Beaver Creek seinen Namen gegeben hatte, erreichten sie die kleine Stadt.

Beaver Creek war noch schäbiger, als Clarissa befürchtet hatte. Zu beiden Seiten einer breiten Straße erhoben sich Blockhäuser und Bretterhütten, darunter der Lumberjack Saloon, eines der wenigen zweistöckigen Gebäude der Stadt, der Bird Cage mit seinen verhängten Fenstern, ein Gemischtwarenladen, eine Futterhandlung und eine Schmiede. Vor den Gebäuden verliefen Plankenwege, und vom Saloon zum Gemischtwarenladen gegenüber hatte man Bretter über die schlammbedeckte Straße gelegt. Die riesigen Fichten, die bereits dicht hinter den Häusern in den Himmel wuchsen, hielten das wenige Licht ab und ließen die Stadt noch einsamer und kälter erscheinen. Menschen waren kaum zu sehen, ein Betrunkener, der aus dem Saloon getorkelt kam, und ein Ladenbesitzer, der auf den behelfsmäßigen Gehsteig getreten war und ihnen neugierig nachblickte. Zwischen den Häusern tummelten sich ein paar Hunde, vor einem der Blockhäuser lagen Huskys und stellten misstrauisch die Ohren auf, als Alex den Schlitten die Straße hinablenkte.

»Vielleicht ist Beaver Creek doch nicht die richtige Stadt für mich«, sagte Clarissa. Der Anblick der trostlosen Siedlung schlug ihr auf den Magen. »Ich weiß nicht, ob ich den ganzen Winter in diesem Nest aushalte.«

»Die Männer sind nicht so wild, wie es den Anschein hat.«

»Und du? Willst du dich wirklich mit diesem Colby prügeln?«

»Colby ist ein Riesenbaby. Ein Aufschneider.«

»Du gehst nicht in den Saloon, versprich es mir.«

»Vielleicht auf ein Bier … Mehr nicht.«

Sie fuhren am Büro des Polizisten und am Blockhaus der Cascade Lumber Company vorbei, der Gesellschaft, die das Land von der Regierung gepachtet und die Genehmigung zur Abholzung bekommen hatte, wie Clarissa schon sehr bald erfuhr. In der Tür stand ein beleibter Mann in einem dicken Büffelfellmantel, eine kalte Zigarre im Mund. Alex kannte ihn wohl von einem seiner früheren Besuche und winkte ihm freundlich zu. »Ben Cook«, erklärte er, »ihm gehört die Cascade Lumber Company. Ein umgänglicher Bursche für einen Boss und freundlich zu den Holzfällern. Jeden Freitag spendiert er ihnen eine Runde im Saloon. Seine Methode, sie bei Laune zu halten. Vor einem halben Jahr hab ich ihm einen Teil meiner Pelze verkauft. Er versteht was von Geschäften, egal, ob es um Holz oder Pelze oder sonst was geht.«

»Das tun die Whittlers auch«, sagte Clarissa bitter. Sie nickte jedoch freundlich, als Cook höflich seinen Bowler lüftete und ihr zulächelte. »Wieso hast du mich eigentlich ›Miss Holland‹ genannt? Brauche ich einen Tarnnamen, falls sich ein Steckbrief oder ein Telegramm zu diesem C. W. verirrt?«

»Sicher ist sicher«, bestätigte ihr der Fallensteller.

19

Das Haus der Witwe Barnes lag am Ende der Straße auf einem Hügel, ein zweistöckiges Blockhaus, im Gegensatz zu den meisten anderen Blockhäusern, die mit Grassoden bedeckt waren, hatte es ein Dach aus Holzziegeln und erstaunlich saubere Fenster, hinter denen sogar Vorhänge zu erkennen waren. Aus dem Schornstein kräuselte Rauch. Vor dem Haus hing ein Schild mit der Aufschrift »Lumberjack Café – Dinner und Lunch zu günstigen Preisen.«

Alex hielt die Hunde an und verankerte den Schlitten. Nachdem er Clarissa heruntergeholfen hatte, ging er mit ihr zum Haus und klopfte an der soliden Holztür. »Witwe Barnes! Ich bin's, Alex! Ich hab Ihnen jemand mitgebracht.«

»Alex? Alex Carmack?« Die Witwe öffnete die Tür und strahlte den Fallensteller an. Sie war eine resolute Frau um die Fünfzig, etwas stämmig um die Hüften und mit dicken Oberarmen, die blonden, von weißen Strähnen durchsetzten Haare hatte sie zu einem Knoten gebunden. Ihre blauen Augen leuchteten fröhlich. »Wenn ich mich recht erinnere, waren Sie eine Ewigkeit nicht mehr hier.« Sie sah Clarissa an. »Sagen Sie bloß, Sie haben inzwischen geheiratet?«

Clarissa und Alex erröteten gleichzeitig.

»Miss Clara Holland«, erwiderte er. Mit einem verstohlenen Blick machte er Clarissa klar, dass er auch ihren Vornamen ganz bewusst geändert hatte. »Sie ist eine … eine gute Freundin. Sie wird von einem aufdringlichen Liebhaber bedrängt, und ich habe ihr gesagt, dass man sich in Beaver Creek gut verstecken kann. Meinen Sie, sie könnte den Winter über bei Ihnen wohnen?«

»Ich habe etwas Geld dabei«, sagte Clarissa schnell.

Die Witwe winkte lächelnd ab. »Lassen Sie Ihre Dollar stecken, Schätzchen. Bei mir brauchen Sie kein Geld. Ich helfe Ihnen gern, diesem aufdringlichen Kerl ein Schnippchen zu schlagen. Ich wäre froh gewesen, wenn ich damals so einen Ort gehabt hätte. Alex hat Ihnen sicher erzählt, dass mein Jimmy mit unseren Ersparnissen durchgebrannt ist. Ist kein Geheimnis, dass ich zu dumm war, um diesen Mistkerl zu durchschauen. Wenn Sie wollen, können Sie bei mir sogar was verdienen. Ich bräuchte eine Bedienung für mein Café. Mit einer jungen Frau wie Ihnen verdoppele ich den Umsatz.«

»Solange mich keiner dieser Holzfäller belästigt, Mrs Barnes.«

»Sagen Sie ›Witwe Barnes‹ zu mir, so nennen mich hier alle«, erwiderte sie lachend. »Und keine Angst, in meinem Haus hat sich noch keiner danebenbenommen. Wer sich nicht an die Regeln hält, fliegt raus.« Sie griff hinter sich und zog ein Nudelholz hervor. »Dafür hab ich das hier und einen Colt Navy, das einzig Wertvolle, das mir mein Ex-Mann hinterlassen hat.«

»Das beruhigt mich, Witwe Barnes.«

»Kein Problem, Schätzchen.«

Alex schien erleichtert zu sein. »Kann ich meinen Schlitten und die Hunde bei Ihnen lassen, Witwe Barnes? Und ein Zimmer für die Nacht bräuchte ich auch. Vielleicht bleibe ich noch zwei, drei Tage hier, bevor ich in meine einsame Hütte zurückkehre. Was meinen Sie?«

»Kein Problem. Aber Sie bekommen nichts umsonst.«

Er kramte in seinen Anoraktaschen und zählte ihr zwei Münzen die Hand. »Hier, das dürfte wohl genügen. Bevor ich's im Saloon ausgebe und heute Nacht auf der Straße schlafen muss. In der Zwischenzeit unterhalte ich mich mal mit Ben Cook. Vielleicht kauft er mir wieder einige meiner Pelze ab. Ich wette, er zahlt besser als die Halsabschneider in Lytton oder Ashcroft unten.«

Er sah Clarissa an und wirkte dabei etwas wehmütig, was eigentlich gar nicht zu ihm passte und auch ihr zu schaffen machte. »Ich … Ich wollte …« Er wusste anscheinend nicht, was er sagen sollte, und blickte die Witwe an.

Die verstand ihn sofort. »Ich geh schon mal rein und setze Teewasser auf. Ich hoffe, Sie wissen guten Tee zu schätzen, Schätzchen. Kaffee ist nur was für Holzfäller und Fallensteller. Ein wenig Gebäck habe ich wohl auch noch.«

Clarissa hörte gar nicht hin. »Du willst dich schon verabschieden?«

»Nur zur Sicherheit«, erwiderte er, »falls du nicht in der Nähe bist, wenn ich morgen oder übermorgen verschwinde. Vielleicht breche ich auch heute Nacht schon auf. Ich werde wohl tatsächlich nach Williams Lake zu meinen Eltern fahren, dann ist der Mountie beruhigt, und ich habe eine gute Geschichte für Crazy Joe und den Indianer, wenn ich Ihnen wieder begegne.«

»Eine gute Idee«, sagte sie leise.

»Vielleicht sehen wir uns mal wieder«, erwiderte er.

»Ja … vielleicht.«

»Ich weiß ja, wo du steckst. Vielleicht schaue ich im Frühjahr mal vorbei und helfe dir, über die Grenze zu kommen. Bis dahin hat sich die Lage bestimmt beruhigt. Dann sucht Crazy Joe bestimmt nicht mehr nach dir, und wer weiß, dieser Frank Whittler hat dann sicher auch ganz andere Sorgen.«

»Ich will's hoffen.«

»Es gefällt dir bestimmt bei der Witwe Barnes.«

»Bestimmt.«

»Nun ja … Dann will ich mal.«

»Küss mich, Alex!«

»Hier draußen? Vor allen Leuten?«

»Du sollst mich küssen, verdammt!«

Und dann küssten sie sich tatsächlich, zuerst vorsichtig und etwas verschämt, weil sie ahnten, dass ihnen die Leute auf der Straße und vielleicht sogar die Witwe Barnes zusahen, und gleich drauf wild und leidenschaftlich, als gäbe es kein Morgen mehr für sie, und vielleicht stimmte das ja auch.

Erst nachdem sie kaum noch Luft bekam, riss sich Clarissa von ihm los und rannte ins Haus. »Leb wohl, Alex!«, rief sie, während sie die Tür öffnete und hinter sich zuschlug. Sie ließ sich in einen der bequemen Plüschsessel im Wohnzimmer der Witwe fallen und weinte wie ein kleines Kind. Sie merkte gar nicht, wie die Witwe Barnes mit einem Tablett aus der Küche zurückkehrte und eine Teekanne, zwei geblümte Tassen und eine Schale mit Gebäck auf das runde Tischchen stellte. Sie füllte die beiden Tassen und setzte sich.

»Ist es so schlimm?«, fragte die Witwe Barnes leise.

Clarissa griff dankbar nach dem Taschentuch, das die Witwe ihr reichte, und tupfte sich schniefend die Tränen aus den Augen. »Ich bin sonst gar nicht so«, sagte sie. »Es … Es kam nur alles so plötzlich. Ich hätte nicht gedacht …« Sie schluchzte leise. »Ich glaube, ich hab mich in Alex verliebt, verdammt!«

»Das sehe ich.« Die Witwe nippte an ihrem Tee. »Kein Wunder, Alex ist ein hübscher Junge und hat einiges auf dem Kasten. Wenn ich so jung wie Sie wäre, würde ich mich wahrscheinlich auch in ihn verlieben. Mit meinem Jimmy und mir ging es damals auch sehr schnell. Er war Holzfäller, so wie die Burschen auf dem Hang. Ein Bild von einem Mann, groß und stark, breit in den Schultern und im Bett … Nun, das ist eine andere Geschichte. Bevor wir uns versahen, waren wir verheiratet, und die ersten Jahre ging auch alles gut.«

»Bis er Sie bestohlen hat.«

»Nicht nur das. Uns wurde plötzlich klar, dass ein rastloser Mann wie er, der von einem Holzfällercamp zum nächsten zieht, nicht für die Ehe geschaffen ist. Ich kam aus Toronto, und er war ein … ein Hinterwäldler. So was geht selten gut, obwohl wir Stadtfrauen uns zu solchen Typen hingezogen fühlen.«

»Sie sind keine Stadtfrau, Witwe Barnes.«

»Jetzt nicht mehr. Damals schon.«

»Und was wollen Sie mir damit sagen?«

»Das wissen Sie doch.« Die Witwe griff nach einem der Kekse und tauchte sie in ihren Tee. »Ich behaupte nicht, dass es zwischen einer Stadtfrau und einem Mann wie Alex keine glückliche Ehe geben kann. Aber es bringt nichts, sich Hals über Kopf in ein solches Abenteuer zu stürzen. Lassen Sie sich Zeit, lassen Sie sich viel Zeit, und glauben Sie nicht, die Welt geht unter, nur weil Sie ihn jetzt für ein paar Monate nicht sehen. Wenn er im Frühling immer noch an Ihnen interessiert ist, gibt es Hoffnung, dass wirklich etwas dran ist an Ihrer Liebe und Sie sich nicht wie zwei vereinsamte …« Sie unterbrach sich mitten im Satz. »Aber wer bin ich, dass ich Ihnen Vorträge halte, noch bevor Sie ein Bad genommen und sich bei mir eingelebt haben. Ich wollte Ihnen eigentlich nur sagen, dass Sie nicht alles so schwer nehmen sollten. Männer wie Alex sind anders als die Männer in der Stadt. Das macht sie für uns anziehend, aber auch gefährlich. Sie leben in der Wildnis. Es ist, als ob Sie einen zahmen Hauskater mit einem wilden Berglöwen vergleichen.« Sie steckte sich den Keks in den Mund und kaute genüsslich. »Verzeihen Sie meine Neugier, Schätzchen, aber wer ist denn der aufdringliche Liebhaber, vor dem Sie davonlaufen? Ein einflussreicher Mann, nehme ich an, wenn Sie sich in ein gottverlassenes Nest wie Beaver Creek wagen.« Sie blickte Clarissa prüfend an. »Oder haben Sie was ausgefressen? Sucht etwa die Polizei nach Ihnen?«

Clarissa überlegte eine Weile, trank hin und wieder einen Schluck Tee, nur um Zeit zu gewinnen, und erkannte schließlich, dass man der Witwe Barnes nichts verheimlichen konnte. »Ich heiße nicht Clara Holland. Mein Name ist Clarissa Howe.«

»Ein schöner Name.«

Und dann erzählte sie ihr alles, von Frank Whittler und seinen beiden Versuchen, sie zu vergewaltigen, von seinem Versuch, ihr einen Diebstahl anzuhängen und sie von der Polizei verfolgen zu lassen, von ihrer Flucht mit der Eisenbahn, dem unfreiwilligen Halt in der Wildnis und ihrer Flucht nach Norden, von ihrer Begegnung mit Alex und ihrer Fahrt nach Beaver Creek.

Nur Bones, den magischen Wolf, erwähnte sie nicht.

Die Witwe Barnes hörte geduldig zu und ließ ihre Worte lange auf sich wirken. Nachdenklich trank sie einen Schluck Tee. Sie blickte in ihre Tasse, als gäbe es dort etwas Wichtiges zu entdecken, und sagte: »Frank Whittler … Den Namen kenne ich. Hat der nicht was mit der Canadian Pacific zu tun?«

»Sein Vater ist ein hohes Tier bei der Eisenbahn«, antwortete Clarissa. »Er hat zwar keinen Abschluss, aber was macht das schon bei so einem Vater? Der Familie gehört halb Kanada. Wenn die Whittlers wollen, dass man eine unschuldige Frau wie mich ins Gefängnis sperrt, dann schaffen sie das auch.« Sie seufzte. »Es sei denn, ich kann mich hier verstecken und darauf warten, dass Gras über die Sache wächst. Im Frühjahr will ich über die Grenze in die Vereinigten Staaten … Ein neues Leben anfangen. Wahrscheinlich allein.«

Die Witwe beugte sich zu ihr hinüber und schloss sie in die Arme. »Jetzt wird mir manches klar, Schätzchen! Keine Angst, ich verrate Sie nicht. Bei mir sind Sie sicher. In unser Nest hat sich noch niemand verirrt, der etwas auf sich hält, und die Polizei schon gar nicht. Selbst die North West Mounted Police glaubt, dass Beaver Creek keinen Umweg wert ist. Sie haben wohl Angst vor den Holzfällern, die halten zusammen wie Pech und Schwefel, und die meisten wissen auch, sich zu benehmen … Außer es ist Freitag, und sie versaufen ihren Lohn im Saloon unten. Heute Abend ist es wieder so weit.« Sie löste sich von ihr und leerte seufzend ihren Tee. »Aber jetzt sollten Sie erst mal ein anständiges Bad nehmen und sich ein wenig hübsch machen. In den Klamotten würde Sie ja nicht mal ein greiser Indianer für eine Frau halten. Und dann schlafen Sie sich mal richtig aus. Sie sind doch sicher hundemüde, oder?«

»Ein heißes Bad?« Ihre Augen leuchteten erfreut. »Das hatte ich schon eine ganze Weile nicht mehr. Sie sind sehr freundlich zu mir, Witwe Barnes.«

Die Witwe rief nach einer ihrer Angestellten, einer jungen Indianerin, die von ihrem Stamm verstoßen worden war, weil sie Ehebruch begangen hatte, und zeigte Clarissa ihr Zimmer. »Ich lege Ihnen einen Rock, eine Bluse und frische Unterwäsche raus. Ich hab einige Kleider von früher aufgehoben, in der Hoffnung, dass ich mal wieder hineinpassen würde. Leider wird das nie der Fall sein, also überlasse ich sie lieber Ihnen. Ich hoffe, sie passen Ihnen.«

Das heiße Bad war die reinste Wohltat. Die Indianerin hatte reichlich Rosenwasser dazugegeben, und Clarissa glaubte sich in einem blühenden Garten. Nach dem Gespräch mit der Witwe Barnes fühlte sie sich schon wesentlich besser. Ihr konnte man vertrauen, das hatte sie schon beim ersten Blickkontakt gespürt, und sie besaß inzwischen die nötige Erfahrung und lebte schon lange genug in der Wildnis, um Männer wie Alex Carmack richtig einzuschätzen. Sie hatte einen teuren Preis dafür bezahlt, hatte sich nach der Flucht ihres Ex-Mannes eine neue Existenz aufbauen müssen, allein in dieser Wildnis, in einer Welt, die eigentlich harten Männern vorbehalten war.

Als Außenstehende hatte sie natürlich gut reden. Da war es leicht, einer jungen Frau wie ihr zu raten, erst einmal durchzuatmen und vielleicht sogar für einige Zeit getrennt zu bleiben, um herauszufinden, ob es sich tatsächlich um wahre Liebe handelte oder sie in ihrer Einsamkeit nur alles durch eine rosarote Brille gesehen hatten. Was wusste sie von der unstillbaren Sehnsucht und dem bitteren Schmerz, den sie erleiden musste, solange sie Alex nicht sah? Der Ungewissheit, dass er es tatsächlich nicht ernst gemeint haben könnte und schon morgen oder übermorgen bei einem leichten Mädchen unterkroch.

Sei nicht albern, wies sie sich zurecht. Du bist kein unbedarftes Schulmädchen mehr, das sich in den Hockeystar der Klasse verliebt hat. Du bist eine erwachsene Frau, die das Leben einschätzen kann und aus Erfahrung weiß, dass nicht alles so sein kann, wie man es sich in seinen Träumen ausmalt. Du hast die jungen Fischer in Vancouver kennengelernt und mit eigenen Augen gesehen, dass die große Liebe von heute schon morgen nur noch in der Erinnerung bestehen kann. Sei auf alles gefasst, und mach dir nicht zu viele Hoffnungen. Sei Alex dafür dankbar, dass er dich davor bewahrt hat, von diesem Crazy Joe und seinem Indianer eingeholt zu werden, und dass du bei dieser netten Frau einen Unterschlupf gefunden hast. Du hast, weiß Gott, andere Sorgen als deine mädchenhafte Begeisterung für den Mann aus der Wildnis.

Doch so sehr sie sich auch anstrengte, ihre Gedanken kreisten weiter um Alex, und sie brauchte nur die Augen zu schließen und den zarten Duft des Rosenwassers einzuatmen, um sein Gesicht vor sich zu sehen, seine dunklen Augen, die leicht hervorstehenden Wangenknochen, das kantige Kinn und die dünnen und doch so verlockenden Lippen, die ihren Mund verschlossen und sie in eine Traumwelt entführten, die sie selbst als junges Mädchen nicht für möglich gehalten hätte. Sie war eine Spätentwicklerin, stellte sie schmunzelnd fest, eine erwachsene Frau, die sich wie ein junges Mädchen für einen Mann begeisterte, während andere Frauen in ihrem Alter längst verheiratet waren. War sie naiv? Oder hatte sie das Glück, die große Liebe zu erleben, mit einem Mann, der sich in der Wildnis die Aufrichtigkeit und Ehrlichkeit bewahrt hatte, die man bei den Männern in der Stadt nur ganz selten fand?

Sie war so in ihre Träume versunken, dass sie gar nicht merkte, wie sie langsam einnickte. Erst als das Wasser schon kalt geworden war, stieg sie aus der Wanne und trocknete sich gründlich ab. In ihrer neuen Unterwäsche setzte sie sich auf den Bettrand. Viel zu erschöpft, um den neuen Rock und die Bluse anzuziehen und sich die Haare zu richten, sank sie auf die Kissen, ungeachtet des rhythmischen Hämmerns, das von der nahen Schmiede herüberdrang, und schloss die Augen. Sekunden später war sie eingeschlafen. Sie merkte nicht, wie die Witwe Barnes leise die Tür öffnete, lächelnd eine Decke über sie breitete und sagte: »Schlaf dich erst mal aus, Schätzchen!«

In ihren Träumen wirbelte alles durcheinander. Inmitten eines stürmischen Blizzards sah sie das Gesicht von Frank Whittler, hörte sein spöttisches Lachen und seine Stimme: »Glaub ja nicht, dass du dich vor mir verstecken kannst und jetzt in Sicherheit bist. Ich finde dich, und wenn ich bis ans Ende der Welt laufen muss! Ich werde dir zeigen, was es heißt, sich einem Mann wie mir zu verweigern. Mach dich auf was gefasst, meine Liebe!« Und während sie sich unruhig und verstört von einer Seite auf die andere wälzte, erschien Alex und beruhigte sie: »Hab keine Angst, bei der Witwe bist du sicher! Nach Beaver Creek verirrt sich dieser Angeber bestimmt nicht! Vertrau mir, Clarissa! Ich liebe dich und werde dich bis an mein Lebensende lieben!«

Vom Gegröle der Holzfäller, die nach Feierabend in die Stadt gekommen waren und in kleinen Gruppen zum Saloon zogen, wachte sie auf. Erstaunt stellte sie fest, dass es schon dunkel war. Sie rieb sich den Schlaf aus den Augen und stand auf, trat ans Fenster und blickte staunend auf die einzige Straße von Beaver Creek hinab. Aus dem verlassenen Nest, das sie am frühen Morgen kennengelernt hatte, war eine lebendige Stadt geworden. Im Schein zahlreicher Laternen waren vor allem die Holzfäller unterwegs, um ihr schwer verdientes Geld wieder unter die Leute zu bringen. Vor dem Bird Cage, in dessen verhängten Fenstern rote Laternen leuchteten, standen zwei leichte Mädchen in dicke Pelzmäntel gehüllt und lockten die Männer an, vom Saloon drang das schräge Klimpern eines Walzenklaviers herüber. Wie in den Buffalo-Bill-Geschichten, die sie in Alex' Hütte gelesen hatte, dachte Clarissa.

Auch weil ihr einfiel, dass die Witwe Barnes gerade an einem solchen Abend eine zusätzliche Bedienung in ihrem Lumberjack Café gebrauchen konnte und vielleicht sogar Alex vorbeikam, zündete sie die Öllampe auf dem Nachttisch an und schlüpfte in ihren neuen Rock und die Bluse. Auch diese Kleidungsstücke passten wie angegossen. Sie wusch sich das Gesicht, kämmte ihre Haare und band sie im Nacken zu einem lockeren Knoten, tupfte sich etwas von dem Rosenwasser, das die Indianerin neben der Wanne stehen gelassen hatte, unter die Ohren und zog die Schuhe an, die vor ihrem Bett standen. Zufrieden betrachtete sie sich in dem Spiegel über der Waschkommode.

Sie blies die Lampe aus und ging nach unten. In der Küche, die zwischen dem Wohnzimmer und dem größeren Raum lag, der als Café diente, begegnete sie der Witwe Barnes, die gerade dabei war, frischen Kaffee aufzusetzen.

»Und ich dachte, Sie wachen überhaupt nicht mehr auf«, empfing sie die Witwe mit einem fröhlichen Lachen. »Lassen Sie sich anschauen! Wundervoll, einfach wundervoll. Ich wollte, ich wäre noch mal so jung wie Sie. Nicht zu glauben, dass mir die Sachen auch mal gepasst haben.« Sie schenkte Kaffee in eine große Kanne. »Für Sie steht Tee auf dem Herd, Schätzchen! Bedienen Sie sich! Ich habe gerade alle Hände voll zu tun! Freitagabend!«

»Ich helfe Ihnen, Witwe Barnes.«

»Aber Sie haben doch sicher Hunger …«

»Zum Essen hab ich später noch Zeit.«

»Na, schön«, freute sich die Witwe. »Ich kann heute Abend wirklich eine zusätzliche Bedienung gebrauchen. Ich hab nur noch die Indianerin, die Ihnen das Badewasser eingefüllt hat, und die ist so langsam, dass ich ständig Beschwerden bekomme. Schenken Sie den Leuten schon mal Kaffee nach.«

20

Clarissa nahm die große Kanne und ging ins Café nebenan. Alle fünf Tische waren von hungrigen Holzfällern besetzt, die wenigstens einmal in der Woche etwas Anständiges essen wollten, aber auch von Leuten aus der Stadt, dem Ladenbesitzer und seiner Frau, dem Polizisten, dem Pfarrer, der zwar keine Kirche hatte, sonntags aber das Bild der nackten Maja im Saloon verhängen ließ und dort seinen Gottesdienst abhalten ließ, und anderen Einheimischen.

Als sie den Raum betrat, verstummte das Gemurmel der Gäste für einen Augenblick, und alle Blicke richteten sich auf sie. Aus der Ecke mit den Holzfällern war sogar ein anerkennender Pfiff zu hören. »Clara, meine neue Mitarbeiterin«, erklang die Stimme der Witwe hinter ihr. »Wenn ihr sie genug bewundert habt, wäre es nett, wenn ihr wieder zur Tagesordnung übergehen würdet. Ich mag es nicht, wenn ihr eine Lady mit euren Augen verschlingt!«

Der Satz war vor allem auf die Holzfäller gemünzt, obwohl auch der Ladenbesitzer und der Pfarrer einen heimlichen und durchaus anerkennenden Blick riskiert hatten, und von dort kam auch das lauteste Gelächter. Die Witwe Barnes wusste, wie man mit ungehobelten Burschen umgehen musste.

»Und macht euch keine falschen Hoffnungen! Clara ist in festen Händen, und über euch würde der Zorn Gottes hereinbrechen, wenn ihr der guten Frau zu nahe kommt. Also benehmt euch und tobt euch bei den Hühnern im Bird Cage aus, falls ihr Frühlingsgefühle bekommt. Ich wünsche guten Appetit!«

Clarissa arbeitete zwei Stunden durch, schenkte Kaffee nach, servierte den leckeren Elcheintopf, der auf der Karte stand, und den Kuchen, den die Witwe am Mittag gebacken hatte. Einem Holzfäller, der die kurze Ansprache der Witwe nicht mitzubekommen zu haben schien, schlug sie unter dem Beifall seiner Kameraden heftig auf die Finger. Die Leute mochten sie und ihre freundliche Art, und vor allem die Männer, ob verheiratet oder nicht, waren froh, eine junge Frau bewundern zu dürfen, ein seltener Anblick in Beaver Creek.

Sie dachte jedoch nur an einen Mann und hielt jedes Mal, wenn sie den Raum betrat, nach ihm Ausschau, aber Alex ließ sich nicht blicken. Als sie dem Ladenbesitzer und seiner Frau Kuchen brachte und frischen Kaffee nachschenkte, bekam sie jedoch eine Unterhaltung der Holzfäller mit und hörte seinen Namen. »Wo steckt eigentlich Colby?«, fragte einer der Männer. »Prügelt der sich mit diesem Fallensteller im Saloon?« Ein anderer antwortete: »Kann schon sein. Colby macht sich nichts aus gutem Essen und ist immer der Erste am Tresen, und diesen Alex hab ich vorhin bei den Hühnern vor dem Bird Cage gesehen.« Clarissa verschüttete vor lauter Schreck den Kaffee und entschuldigte sich hastig bei dem Ladenbesitzer. »Alex?«, bekam sie noch mit. Und die Antwort: »Alex Carmack, so heißt der Bursche. Ich kenne ihn von früher. Ein wilder Hund! Der lässt nichts anbrennen, und wenn der mal ein Bier getrunken hat, geht es meist rund. Warts's ab, Joe!«

In der Küche stellte sie die Kanne hin und stützte sich mit beiden Händen auf den Tisch. Für einen Augenblick verschwamm alles vor ihren Augen.

»Was ist denn los mit Ihnen, Schätzchen?«, rief die Witwe Barnes besorgt. »Jetzt wird's aber höchste Zeit, dass Sie selbst was in den Magen bekommen. Nehmen Sie sich was von dem Elcheintopf, und legen Sie eine Pause ein.«

Clarissa schüttelte den Kopf. »Alex«, brachte sie mühsam hervor. »Alex war bei den leichten Mädchen, sagen die Holzfäller. Und jetzt … Jetzt ist er wahrscheinlich im Saloon und prügelt sich mit diesem Colby.« Sie spürte Tränen in ihren Augen. »Und ich dachte, er liebt mich und …« Sie blickte die Witwe fragend an. »Warum tut er so was, Witwe Barnes? Gestern hat er mir noch gesagt, dass er mich immer lieben wird, oder hab ich das nur geträumt?«

»Sie dürfen nicht alles auf die Goldwaage legen, was die Holzfäller erzählen, Schätzchen!« Die Witwe legte einen Arm um sie und führte sie ins Wohnzimmer. »Selbst wenn es stimmen sollte … Alex ist ein Mann! Ein wilder Bursche, der die meiste Zeit seines Lebens im Busch verbracht hat. Wenn man ständig nur einen Haufen Bäume und wilde Tiere um sich hat, muss man sich irgendwann mal abreagieren. Regen Sie sich nicht auf, wenn er mal über die Stränge schlägt, das ändert bestimmt nichts an seiner Zuneigung für Sie.«

»Ich dachte … Ich wollte …«

»Jetzt setzen Sie sich erst mal und ruhen sich aus.« Die Witwe drückte sie in einen Sessel und lächelte aufmunternd. »Ich bringe Ihnen einen Teller von dem Elcheintopf und einen Tee, dann sieht die Welt gleich ganz anders aus.«

»Ich hab keinen Hunger.«

»Natürlich haben Sie Hunger. Ich bin gleich wieder da.«

Der Elcheintopf schmeckte köstlich, doch schon nach wenigen Bissen hielt sie es nicht länger aus. Sie sprang auf, zog ihre Winterjacke und die Stiefel an, wischte sich mit dem Ärmel die Tränen aus den Augen und lief zur Tür.

»Machen Sie keine Dummheiten, Schätzchen!«, rief ihr die Witwe nach.

Doch Clarissa war bereits draußen und hörte sie nicht mehr. Mit entschlossenen Schritten überquerte sie die Straße und marschierte zum Saloon. Die beiden leichten Mädchen, die in ihren Pelzmänteln vor dem Bird Cage standen und sie mit einer dummen Bemerkung aufzogen, stieß sie unwirsch beiseite. »Ihr solltet euch schämen!«, fuhr sie die lachenden Mädchen an.

»Nun sieh sich einer die an!«, lästerte eine der beiden, eine fette Blonde, nicht älter als achtzehn und mit einem Zigarillo zwischen den Lippen. »Ist kaum in der Stadt und spielt sich schon als Moralapostel auf.« Sie nahm den Zigarillo aus dem Mund und blickte Clarissa nach. »Bist du von der Heilsarmee? Oder hast du Angst, dass wir dir die Männer wegnehmen, Schätzchen?«

Die andere, nicht viel älter und gertenschlank und ausgezehrt, wahrscheinlich vom Opium, das sie vom chinesischen Wäscher zwei Häuser weiter bekam, hustete stark. »Verdirb uns bloß nicht die Preise, du kleine Angeberin!«, rief sie.

Clarissa hörte gar nicht hin. Sie hatte bereits den Saloon erreicht und war so von der Idee besessen, die Wahrheit über Alex herauszufinden, dass sie nicht einmal den Betrunkenen wahrnahm, der aus der Kneipe getorkelt kam, sich bei ihrem Anblick in obszöner Weise zwischen die Beine griff und etwas Unverständliches lallte. Einen bellenden Hund ignorierte sie ebenfalls. Zitternd vor Aufregung blieb sie vor dem großen Fenster stehen und blickte in den Saloon.

Im ersten Moment sah sie gar nichts. Dichter Qualm füllte den Raum aus und ließ sie die Männer nur vage erkennen. Laute Stimmen und derbes Lachen, das Klirren von Gläsern und das Hämmern des Walzenklaviers, das in schrägen Tönen den »Yankee Doodle« nachempfand, schlugen ihr entgegen. Das helle Kichern einer jungen Frau stach aus dem Lärm heraus, und die Vorstellung, sie könnte bei Alex auf dem Schoß sitzen, an seinem Ohr knabbern oder was solche Frauen sonst taten, wenn sie einen Mann dazu bewegen wollten, mit ihnen aufs Zimmer zu gehen, versetzte ihr einen schmerzhaften Stich. Bei den Seeleuten in Vancouver hatte sie mitbekommen, mit welchen schmutzigen Tricks diese Tanzhallenmädchen arbeiteten, wie raffiniert sie vorgingen, um einem Mann die letzten Dollar aus den Taschen zu ziehen.

War Alex so dumm und dreist, sich mit einer solchen Frau einzulassen? Nach allem, was sie zusammen erlebt hatten? Nach den heißen Küssen und Liebesschwüren, die sie in der Wildnis getauscht hatten? Oder war sie eine eifersüchtige Zicke, die einem Mann nicht das bisschen Spaß gönnte, das er sich nach vielen Monaten in der Wildnis redlich verdient hatte? Sie presste die Lippen zusammen. Wenn er sie wirklich liebte, brauchte er keine andere Frau, versuchte sie sich einzureden. Und warum sollte er sich in dieser finsteren Kneipe besaufen, wenn er mit ihr im Mondschein spazieren gehen konnte?

Als sich der Qualm etwas legte, sah sie klarer. Das kichernde Mädchen saß tatsächlich bei einem Mann auf den Schoß, aber der gehörte zu den Holzfällern, und sie knabberte nicht an seinem Ohr, sondern ließ scheinbar genießerisch ihre Hand über seine Schenkel gleiten. Der Holzfäller lachte schallend und rief irgendetwas, das man nicht verstand, drückte sie fest an sich und steckte seine Nase in ihren tiefen Ausschnitt, lachte wieder und küsste sie auf die rubinroten Lippen. Sie antwortete mit ihrem hellen Kichern, stand auf und wollte ihn zur Treppe ziehen, landete aber nur auf dem Schoß des nächsten Holzfällers, der sie ebenfalls küsste und laut »Champagner!« für sie bestellte.

Nach Alex brauchte sie nicht lange zu suchen. Er fing sich gerade einen rechten Haken von Colby ein, stolperte quer durch den Saloon und stürzte nur nicht zu Boden, weil ihn ein anderer Holzfäller auffing. »Nur nicht schlappmachen, Alex!«, rief ihm der Mann zu. »Ich hab einen Dollar darauf gesetzt, dass du erst nach fünf Schlägen k.o. gehst! Enttäusch mich nicht, hörst du?«

Alex fand mühsam sein Gleichgewicht und ging erneut auf den Hünen los, fing sich diesmal eine Linke ein und prallte gegen den Tresen, dabei stieß er mehrere Biergläser um und schüttelte sich wie ein Hund im Regen. »Jetzt reicht's mir langsam!«, rief er. Er nahm einem Holzfäller das Bierglas aus der Hand, trank einen kräftigen Schluck, stellte es auf den Tresen und stürmte wie ein wütender Stier auf Colby zu. Er rammte ihn mit dem Kopf, ging gemeinsam mit ihm zu Boden und wurde von einigen Männern, die mehr wollten oder ebenfalls auf ihn gewettet hatten, wieder hochgerissen. Bevor er sich versah, lief er in eine weitere Linke von Colby, der sich dabei überhaupt nicht anzustrengen schien und seine Schläge nach Belieben austeilte. Mit blutiger Nase taumelte Alex in die Arme eines leichten Mädchens, stützte sich für einen Augenblick bei ihr ab und wurde von einem Mann erneut gegen Colby gestoßen. Diesmal machte der Hüne kurzen Prozess. Ob er genug von dem Kampf hatte oder den Mann kannte, der auf ein K.O. nach dem fünften Schlag gewettet hatte, verriet er nicht. Er lachte nur schadenfroh, rieb sich die leicht geröteten Knöchel und erholte sich bei einem Bier von dem Kampf.

Clarissa blickte fassungslos auf den Fallensteller, der hilflos wie ein Käfer auf dem Rücken lag und alle Viere ausstreckte. »Oh Alex!«, flüsterte sie tränenerstickt. »Wie kannst du mir so was antun?« Ihr Mitleid hielt sich jedoch in Grenzen, viel größer war ihre Wut auf ihn, weil er die zweifelhafte Gesellschaft dieser Rabauken einem Spaziergang mit ihr vorzog. Sie ballte ihre rechte Hand zur Faust und presste sie verzweifelt gegen den Mund. »Du unzivilisierter Wilder! Du Rabauke! Du … Du elender Mistkerl!«

Das Gelächter der Männer, durchsetzt vom Geklimper des Walzenklaviers und dem Kichern der leichten Mädchen, war der einzige Kommentar, den sie zu hören bekam, doch was dann geschah, hätte sie nicht für möglich gehalten, nicht nach dem furchtbaren und einseitigen Kampf, den sie beobachtet hatte.

Colby, eben noch wütend und Alex' erbitterter Feind, ließ sich einen Eimer Wasser vom Wirt geben, schüttete den Inhalt auf den benommenen Fallensteller und zog ihn kameradschaftlich vom Boden hoch, als dieser prustend zu sich kam. Er hielt ihn an den Oberarmen fest, damit er nicht das Gleichgewicht verlor. »Das war gar nicht übel, Fallensteller. Du hast dich wacker gehalten. Wie wär's mit 'nem Bier?« Er gab dem Wirt ein Zeichen und winkte das Mädchen mit den rubinroten Lippen heran. »Hey, Ruby! Kümmere dich ein wenig um meinen neuen Freund! Ich hab das Gefühl, die Lady, die er dabei hat, lässt ihn nicht ran, sonst wäre er bestimmt nicht so wütend gewesen.«

Ruby ließ sich nicht zwei Mal bitten und hängte sich an Alex, küsste ihn so leidenschaftlich auf den Mund, dass er kaum Luft bekam und laut »Wow! Wow!«, rief, als sie endlich von ihm abließ. Zu Clarissas großem Entsetzen schnappte er sich das Mädchen gleich wieder und küsste sie noch einmal. Erst nach einer ganzen Weile ließ er von ihr ab, kramte eine Münze aus seiner Anoraktasche und steckte sie in ihren Ausschnitt. »Du bist jeden Dollar wert, Schätzchen!«, lallte er. Und indem er sein Bierglas hob und Colby kumpelhaft auf die Schultern schlug: »Darauf sollten wir trinken, mein Freund!«

Clarissa hielt sich nicht länger zurück. Ohne zu überlegen, stürmte sie zurück in den Saloon und baute sich vor Alex und Colby auf. Beide Arme in die Hüften gestemmt und vor Wut berstend, schimpfte sie: »Was fällt dir ein, Alex Carmack? Wie kannst du mich so demütigen? Schlägst dich wie ein ungezogener Junge mit diesem … diesem Riesenbaby und lässt dich von dieser … dieser Frau ablecken … Mir ekelt vor dir, Alex Carmack!«

Alex war angetrunken und etwas schwer von Begriff. »Du? Was tust du denn hier?« Er schien tatsächlich zu überlegen, wer sie war. »Frauen … Frauen haben in einem Saloon … keinen Zutritt, weißt du? Nur … nur bestimmte Frauen … So wie Ruby. Stimmt's, mein Täubchen?« Er kniff Ruby in die Wange.

»Dass du dich nicht schämst!« Clarissa schüttelte angewidert den Kopf. »Heute Morgen faselst du noch was von … Na, du weißt schon … Und nur ein paar Stunden später benimmst du dich schlimmer als die Schurken in den Buffalo-Bill-Heften, die ich bei dir gefunden habe. Wie konntest du mich nur so hintergehen, Alex? War vielleicht alles gelogen, was du mir gesagt hast?«

»Aber nein … Ich hab dich nicht belogen.« Er stellte das Bierglas auf den Tresen und ging ein paar Schritte auf sie zu, verlor aber sofort wieder das Gleichgewicht und musste von zwei Männern gehalten werden. »Es ist nicht so, wie du denkst, weißt du … Wir hatten nur ein wenig Spaß … Nichts Besonderes. Stimmt's, Colby? Ich würde … würde dich doch niemals hintergehen!«

»Das hab ich aber anders gesehen! Ich weiß, wir sind weder verlobt noch verheiratet, und du kannst eigentlich tun und lassen, was du willst, aber ein Mann, der noch vor wenigen Stunden …« Sie holte tief Luft. » … der eine Frau aufrichtig liebt, treibt sich nicht mit leichten Mädchen herum und macht sich vor allen Männern zum Affen! Oh, und sag mir jetzt bloß nicht, dass es nicht das ist, wonach es aussieht. Auf diese Sprüche falle ich nicht herein, Alex!«

»Aber ich … Ich liebe dich …« Er war nicht so betrunken, ihren Namen zu verraten. »Ich liebe dich wirklich! Du kannst mir ruhig glauben … Ehrlich!«

»Den Teufel tust du!«

Kaum einem war aufgefallen, dass jemand das Walzenklavier abgestellt hatte und der »Yankee Doodle« mit einem weiteren schrägen Misston verklungen war. Die lautstarke Auseinandersetzung zwischen dem Fallensteller und der Lady war besser als jedes schräge Lied und sogar unterhaltsamer als die Theatertruppe, die einmal in Beaver Creek gastiert hatte. Begeisterte Anfeuerungsrufe wie »Gib's ihm!« und »Er hat's verdient!«, aber auch Beifall für Alex wie »Zeig's deiner Alten!« und »Lass dir nicht alles gefallen!«, begleiteten den Zwist, und als Clarissa sich nicht länger beherrschen konnte, auf Ruby zuging und ihr den Lippenstift im ganzen Gesicht verschmierte, brandete sogar Beifall auf, und jemand rief lallend: »Endlich ist hier mal was los!«

Erst als Ruby sich mit einem heftigen Tritt gegen ihr Schienbein revanchierte und es beinahe zu einem Kampf zwischen ihnen kam, wurde Clarissa bewusst, wie albern sie sich benahm. Mit ihrem lächerlichen Auftreten machte sie sich selbst zum Affen. Sie wich dem leichten Mädchen aus und ging zur Eingangstür zurück, wo sie noch einmal stehen blieb und Alex in die Augen sah. Selbst durch den dichten Qualm erkannte sie seine Reue. »Tut mir leid, «, sagte sie so leise, dass er es nicht hören konnte. »Tut mir leid, Alex!«

Sie verließ den Saloon und merkte gar nicht, dass sich auch auf dem Gehsteig vor dem Saloon einige Schaulustige versammelt hatten. Mit Tränen in den Augen blieb sie stehen. »Ich Idiot!«, schimpfte sie.

Doch kaum hatte sie ausgesprochen, setzte das Hämmern des Walzenklaviers wieder ein, noch mal der »Yankee Doodle«, und gleichzeitig erklang ein so wütender und bestialischer Schrei, dass sie erschrocken zusammenzuckte.

»Nein!«, schrie Alex aus Leibeskräften.

Mit seinem Schrei kam ein Bierkrug durch das Fenster geflogen, die mit bunten Buchstaben bemalten Scheiben zerschellten in tausend Scherben, und der Krug landete irgendwo im Schlamm. Die Leute vor dem Saloon suchten schreiend das Weite. Die Tür ging auf, und Alex torkelte heraus, er schaffte es bis zwei Schritte auf den Gehsteig, bevor er der Länge nach im Dreck landete.

Clarissa wollte umdrehen und ihm aufhelfen, doch C. W., der strenge Vorarbeiter und Polizist, den sie im Holzfällercamp kennengelernt hatte, kam ihr zuvor. Wie aus dem Nichts tauchte er auf und beugte sich kopfschüttelnd über den benommenen Fallensteller. »Ich wusste doch, dass es heute Abend wieder Ärger geben würde.« Er sah Clarissa im Schein der Lampe vor dem Saloon stehen und zuckte die Achseln. »Ich muss ihn einsperren, Miss. Drei Tage und drei Nächte wegen Ruhestörung und Beschädigung fremden Eigentums. Wenn er die Scheibe nicht bezahlen kann, auch noch länger. Wenn Sie ihm was Gutes tun wollen, bringen Sie ihm morgen Mittag was zu essen vorbei. Das Essen, das ich ihm gebe, würde ich nicht mal meinen Hunden vorsetzen.«

Clarissa beobachtete fassungslos, wie C. W. den Fallensteller am Kragen packte und ihn über die Straße zum Gefängnis schob. Weder der Polizist noch Alex sprachen ein Wort, und auch ihr war die Lust am Reden gründlich vergangen. Sie hätte ihm nicht nachlaufen sollen. Sie hätte auf keinen Fall den Saloon betreten dürfen. Sie hatte sich wie eine eifersüchtige Ehefrau benommen, obwohl sie weder verlobt noch verheiratet waren und er ihr nicht das Geringste schuldig war. Sie war eine hysterische dumme eifersüchtige Kuh!

Mit der Überzeugung, einen der größten Fehler ihres Lebens begangen zu haben, und den Augen voller Tränen kehrte sie zur Witwe Barnes zurück.

21

Ohne der Witwe Barnes gute Nacht zu sagen, verschwand Clarissa in ihrem Zimmer. Die Kunde von ihrem peinlichen Auftritt im Saloon war ihr bereits vorausgeeilt, und sie schämte sich, vor der Witwe, den wenigen Gästen, die noch an den Tischen saßen, und vor sich selbst. Erschöpft schloss sie sich ein und blieb minutenlang auf der Bettkante sitzen, abwechselnd heulend und fluchend und unfähig, einen klaren Gedanken zu fassen. Als wäre sie in einem schrecklichen Traum gefangen, der kein Ende nahm.

Als die Witwe an ihre Tür klopfte, reagierte sie nicht. Auch die Aufforderung, die Tür zu öffnen und sich bei einem heißen Tee zu erholen, überhörte sie. Sie wollte allein sein, mit ihrem Kummer und ihrem Schmerz, erst einmal über alles schlafen und die Enttäuschung verdauen, bevor sie anderen Menschen unter die Augen trat. Doch sie fand kaum Schlaf in dieser Nacht. Zum einen, weil sie den ganzen Tag geschlafen hatte, aber auch, weil der Lärm auf der Straße nicht verebbte und sie die schrägen Töne des Walzenklaviers trotz des geschlossenen Fensters bis in ihr Zimmer hörte. Jeder dritte Song war »Yankee Doodle«, und sie wäre am liebsten noch einmal in den Saloon gestürmt und hätte einen oder mehrere Bierkrüge gegen den lästigen Musikautomat geworfen.

Sie hatte das Gefühl, von dem Walzenklavier verspottet zu werden, als hätten die Männer eine bestimmte Walze eingelegt, um sich über sie lustig zu machen. Jedes Grölen, jedes Lachen, alle lauten Stimmen bezog sie auf sich, in der festen Überzeugung, dass sich die Holzfäller noch immer über ihre Auseinandersetzung mit dem Fallensteller und ihren albernen Disput mit der grell geschminkten Ruby amüsierten. Dass die Männer den Vorfall schon längst abgehakt hatten und bis auf wenige Ausnahmen so betrunken waren, dass sie ganz andere Probleme hatten, ahnte sie nicht. Lediglich einmal, als erneut Glas splitterte und, wie sie später erfuhr, ein Bierkrug durch das zweite Fenster geflogen kam, stand sie auf und blickte auf die Straße hinunter, beobachtete mit einer gewissen Abscheu, wie der Polizist auch den hünenhaften Colby ins Gefängnis führte. »Wilde! Ihr seid Wilde!«, flüsterte sie wütend.

Noch mehr ärgerte sie allerdings, dass sie Alex nicht aus ihren Gedanken verbannen konnte. Nach der Schlägerei im Saloon und dem Techtelmechtel mit dem leichten Mädchen hatte sie gehofft, so wütend auf ihn zu sein, dass es ihr nicht schwerfallen würde, ihn zu vergessen, doch das Gegenteil war der Fall. Sie hatte noch immer sein jungenhaftes Lächeln vor sich, hörte seine spöttischen, aber liebevollen Bemerkungen, spürte die sanfte Berührung seiner Hände und dieses wundervolle Gefühl, wenn er sie umarmte und küsste und ihre Körper miteinander verschmolzen. Sie liebte ihn, daran hatte nicht einmal der peinliche Kuss mit diesem leichten Mädchen etwas geändert, und sie erfand tausend Entschuldigungen für sein Benehmen. Alex hatte einen über den Durst getrunken, mehr nicht, so was musste man einem Mann wie ihm, der sein ganzes Leben in der Wildnis verbrachte, doch zugestehen. Sie hatte ihn mit ihrer Zuneigung verstört, und er bekam Angst vor seiner eigenen Courage. Er wollte ihr nicht zumuten, ihr Leben in der Wildnis zu vergeuden, und wollte es ihr leichter machen, sich von ihm zu trennen und ihn zu vergessen. Er liebte sie so sehr, wie sie ihn liebte, und erschrak vor seinen eigenen Gefühlen.

Noch bevor sie sich am nächsten Morgen in der Waschschüssel auf der Kommode wusch, blickte sie aus dem Fenster und sah die Straße wieder einsam unter dem basaltfarbenen Himmel liegen.

Als wären die Holzfäller nie in der Stadt gewesen, als hätte es die letzte Nacht gar nicht gegeben. Es schneite wieder, und eine leichte Schneedecke hatte sich über die Hausdächer und den gefrorenen Schlamm auf der Straße gelegt, die die Stadt ungewöhnlich sauber und rein erscheinen ließ. Aus einigen Schornsteinen kräuselte Rauch, und aus der Schmiede drang bereits das rhythmische Hämmern.

Die Tür des Saloons war verschlossen, die zersplitterten Fenster hatte man mit Brettern vernagelt. Vor dem Gefängnis, das gleichzeitig sein Büro war, stand C. W. im Schnee und rauchte einen Zigarillo, scheinbar unempfindlich gegen die schneidende Kälte, die von Norden herangezogen war. Anscheinend ließ er seinen Vertreter die Arbeit im Holzfällercamp erledigen und kümmerte sich stattdessen um seine beiden Gefangenen. Er hielt ein Gewehr in der Hand, wie die Sheriffs auf den Titelbildern der Buffalo-Bill-Romane, und blinzelte misstrauisch in den fallenden Schnee. Als sein Blick zum Haus der Witwe hinaufwanderte, entfernte sich Clarissa rasch vom Fenster.

Angezogen und zurechtgemacht ging sie nach unten. Im Gastraum saßen einige Leute aus der Stadt, die ihr Frühstück regelmäßig im Lumberjack Café einnahmen, weil die Witwe Barnes den besten Kaffee kochte und das beste Brot buk, und sie machte sich sofort an die Arbeit. Mit einer Schürze vor dem schwarzen Rock bediente und kassierte sie, und erst, als die letzten Gäste gegangen waren, nahm sie das Angebot der Witwe an und gönnte sich auch etwas Rührei mit Brot und eine Tasse schwarzen Tee, den die Witwe Barnes auch für sich kochte. Die Eier stammten von den Hühnern im Stall hinter dem Haus, eine seltene Delikatesse in dieser Wildnis.

»Die ganze Stadt lacht über mich«, sagte Clarissa, nachdem sie lange geschwiegen hatte. »Haben Sie den Ladenbesitzer und seine Frau gesehen? Die haben doch bestimmt gehört, was ich für eine Dummheit angestellt habe.«

»Ach was, Schätzchen, das bilden Sie sich ein!« Die Witwe hatte sich eine Tasse Tee eingeschenkt und setzte sich zu ihr. »Die sind doch nur so fröhlich, weil ich Ihnen gestern ein teures Kleid abgekauft habe. Zehn Prozent Rabatt haben sie mir gegeben und wahrscheinlich hundert verdient.« Sie lachte. »Nun ja, dafür haben sie heute zwei Eier und etwas Kaffee mehr bekommen.«

»Ich hab mich wie ein dummes Schulmädchen benommen!«

»Und wenn schon? Sie tragen Ihr Herz eben auf der Zunge und lassen den Männern nicht alles durchgehen. Ich wollte, ich wäre bei meinem Jimmy damals genauso konsequent gewesen, dann hätte ich vielleicht Schlimmeres verhindert.« Sie nippte an ihrem Tee und seufzte leise. »Leider hab ich das alles kommen sehen. Alex ist ein herzensguter Bursche, ich kenne keinen besseren, aber wenn er unter seinesgleichen ist und ein oder zwei Biere zu viel getrunken hat, ist er manchmal nicht zu halten. Dann benimmt er sich wie ein kleiner Junge auf dem Schulhof … So wie die meisten Männer in diesem Nest.«

»Aber Schuljungen küssen keine leichten Mädchen!«

Die Witwe nahm einen Schluck Tee und zuckte die Achseln. »Nehmen Sie sich den blöden Kuss nicht so zu Herzen, Schätzchen. Der war harmlos und bedeutet nicht das Geringste. Ich weiß, im Augenblick tut es weh, und ich kann gut verstehen, dass Sie dieser Ruby ordentlich eins verpasst haben, aber in ein paar Tagen haben Sie das alles schon wieder vergessen, glauben Sie mir. Ich hatte als junge Frau alle paar Wochen den großen Liebeskummer und dachte jedes Mal, jetzt müsste ich mich kopfüber in den Fraser stürzen.«

»Aber Sie haben es nie getan.«

Die Witwe lachte. »Das wäre ja noch schöner. Ich stürze mich doch wegen eines Kerls nicht ins Unglück. Einmal, ein paar Jahre, bevor ich meinen Jimmy kennenlernte, hab ich so ähnlich reagiert wie Sie. Ich war einem Handelsreisenden auf den Leim gegangen, einem Vertreter, der Strumpfbänder an die Gemischtwarenläden verkaufte und mir so lange schöne Augen machte und mir ein Strumpfband nach dem anderen schenkte, bis ich … Nun ja, ich bin damals wohl etwas zu weit gegangen, und noch in derselben Nacht tauchte eine andere Frau auf, ein junges Ding, das er auf die gleiche Weise geködert hatte. Ich sah zufällig, wie er die Kleine in sein Hotelzimmer schleppte, rannte ihm nach und trieb ihn mit einem Reisigbesen durch das halbe Hotel. Sie hätten mal sehen sollen, wie schnell sich die beiden aus dem Staub gemacht haben.«

»Da wäre ich gern dabei gewesen.« Clarissa konnte schon wieder lachen.

»So ist das Leben nun mal«, fuhr die Witwe fort. »Einen Tag bist du oben und am anderen wieder unten. Wäre ja auch langweilig, wenn alles so liefe, wie wir uns das vorstellen. Stellen Sie sich vor, Alex hätte sich wie ein braver Junge benommen und sich von diesem Colby ferngehalten, keinen Alkohol angerührt, wäre mit Ihnen im Mondschein spazieren gegangen, und Sie hätten morgen geheiratet und wären bis an Ihr Lebensende glücklich zusammen … Das wäre doch furchtbar langweilig. So einfach ist es nun mal nicht.«

»Ich hätte aber nichts dagegen.«

»Sie können die Männer nicht ändern, Schätzchen. Manchmal sind sie ein Segen, gerade so wilde Burschen wie Alex, aber sie können einem auch ganz schön auf die Nerven gehen. So war es wahrscheinlich schon vor ein paar Millionen Jahren, als die Menschen noch in Höhlen lebten. Die Männer benehmen sich wie die Wilden, und wir fallen immer wieder auf sie herein. So ist der Lauf der Welt. Und deshalb könnte Alex heute Abend noch ein Mädchen küssen, und Sie würden ihn noch immer lieben, stimmt's?«

»Vielleicht.«

»Na ja, im Gefängnis ist er erstmal sicher.«

Clarissa kam sich tatsächlich wie ein dummes Schulmädchen vor, weil sie dem Fallensteller alles durchgehen ließ, und wagte es kaum zu sagen: »C. W. meint, ich soll Alex was zu essen bringen.

Das Essen, das er servieren würde, bekäme nicht mal sein Hund zu fressen. Meinen Sie, ich sollte … Ich sollte …«

»Ich packe ihm was zusammen«, erwiderte die Witwe Barnes zu ihrer Erleichterung. »C. W. ist nicht verheiratet und panscht sich immer selbst was zusammen. Ich wette, er schlachtet ein paar Mäuse für seine Gefangenen.«

Clarissa verzog den Mund. »Das ist doch nicht Ihr Ernst!«

»Natürlich nicht, aber der Fraß soll zumindest so schmecken. Richten Sie noch mal Ihre Haare, bevor Sie gehen, damit er weiß, was er verliert, wenn er sich weiterhin so benimmt. Und dann lesen Sie ihm ordentlich die Leviten!«

»Schon wieder?«

»Männer wie ihn kann man nicht oft genug zurechtweisen. Könnte doch sein, dass er im Frühjahr wiederkommt und mit Ihnen zusammen über die Grenze geht, und Sie leben dann tatsächlich bis an Ihr Lebensende glücklich zusammen. Nicht alle Frauen enden so jämmerlich und einsam wie ich hier.«

»Sie haben viele Freunde.«

»Aber keinen einzigen Geliebten.«

Gegen Mittag reichte ihr die Witwe einen Korb mit Hühnerpastete, Biskuits und einer Kanne mit frischem Kaffee, dazu gab es zwei Stücke von ihrem Apfelkuchen. »Verdient hat er die leckeren Sachen nicht, sag ihm das, und wenn ich ihn noch einmal mit dieser Ruby sehe, kann er nächstes Mal bei seinen Hunden vor dem Haus schlafen. Die hab ich übrigens auch gefüttert. Kommt dieses Mal alles auf seine Rechnung.«

Clarissa ahnte, dass es bei dieser Drohung bleiben und sie ihm gar nichts berechnen würde, dafür war die Witwe Barnes viel zu nett und nachsichtig, aber sie ging nicht darauf ein und bedankte sich für den Korb. »Ich werde es ihm ausrichten, Witwe Barnes. Inzwischen wird er wohl wieder nüchtern sein.«

Mit zügigen Schritten ging sie zum Gefängnis. Sie hatte das Gefühl, von unzähligen Augen beobachtet zu werden, und glaubte sogar das spöttische Lächeln der Menschen hinter den Fenstern zu erkennen. Da geht sie, hörte sie die Stimmen einiger Bewohner. Gestern lässt sie sich von diesem Rüpel zum Narren halten, und heute läuft sie ihm nach!

Sie ließ sich nicht beirren und zwang sich zu einem Lächeln, als sie an der Schmiede vorbeikam und der stämmige Mann in seiner Arbeit innehielt und ihr einen verwunderten Blick zuwarf. Hinter einem Fenster seines Blockhauses sah sie den Pfarrer, eine qualmende Pfeife in der Hand, und grüßte freundlich zurück, als er ihr aufmunternd zunickte. Auf der Straße war niemand, dazu war es viel zu kalt, und der Wind trieb die wirbelnden Flocken quer über die Straße. Dichte Nebelschwaden hingen über den bewaldeten Berghängen.

Sie klopfte an die Tür des Gefängnisses und trat ein. Der Polizist saß an seinem Schreibtisch und las in einer alten Zeitung. Bei ihrem Anblick legte er die Zeitung beiseite und stand auf. »Ah … Miss Holland«, begrüßte er sie, »hab mir schon gedacht, dass Sie kommen. Um ehrlich zu sein, hab ich mich fest darauf verlassen, so brauche ich wenigstens nichts zu kochen. In dem Korb ist sicher genug für zwei Gefangene drin, hab ich recht?«

An Colby hatte sie gar nicht gedacht. Sie nahm jedoch an, dass Alex die Hühnerpastete mit ihm teilen würde, und nickte. »Kann ich jetzt zu ihnen?«

C. W. griff nach dem Schlüsselbund auf seinem Schreibtisch und führte sie durch eine offene Tür in den Gang mit der einzigen Zelle. Colby lag auf seiner Pritsche und schnarchte leise. Alex sprang auf, als er sie kommen sah, und trat mit hoffnungsvollem Blick an die Gitterstäbe. »Clara …« Ihm fiel gerade noch rechtzeitig ein, dass sie unter einem anderen Namen bekannt war.

»Zehn Minuten«, sagte C. W., als er die Zellentür aufschloss. »Ich nehme doch stark an, dass Sie keine Waffe in dem Korb versteckt haben, das würde sich nämlich nicht lohnen. Morgen früh werde ich sie sowieso entlassen.«

»Und warum nicht heute? So viel haben sie doch nicht angestellt.«

»Weil es Vorschrift ist und ich angewiesen bin, mich streng an diese Vorschriften zu halten. Wo kämen wir denn hin, wenn ich bei einem der Männer eine Ausnahme machen würde? Carmack und Colby haben fremdes Eigentum zerstört und können von Glück sagen, dass der Saloonbesitzer keine Anzeige erstattet, sonst würden sie nämlich noch länger hinter Gittern schmoren.«

»War nur eine Frage, Mister.«

»Zehn Minuten, okay?«

Clarissa betrat die Zelle, einen düsteren Raum, der nur von einer flackernden Öllampe, die im Zellengang an der Wand hing, beleuchtet wurde. Noch auf der Straße hatte sie geglaubt, sich nicht zurückhalten zu können und ihm um den Hals zu fallen, doch jetzt wirkte sie eher nüchtern, stellte den Korb mit den Leckereien auf seine Pritsche und sagte: »Verdient hast du's nicht.«

»Ich hab mich wie ein Idiot benommen, ich weiß.«

»Schlimmer«, erwiderte sie, »du hast dich lächerlich gemacht. Die Schlägerei mit dem Riesenbaby hätte ich dir vielleicht noch durchgehen lassen, aber dass du diese grell geschminkte … dass du sie vor aller Augen geküsst hast, werde ich dir nie verzeihen. Das war geschmacklos, Alex, und gemein.«

»Ich war betrunken, verdammt! Ich wollte das gar nicht.«

»Danach sah es aber nicht aus.«

»So was tut man eben, wenn man zu tief ins Glas geschaut hat. Ich wollte dich nicht beleidigen, ich hatte mir sogar vorgenommen, nur ein oder zwei Gläser zu trinken und dich dann zu einem Spaziergang abzuholen, aber …«

»Aber?«

»Na, dann hab ich mich mit Colby versöhnt, und dann kamst du und …« Er blickte sie schuldbewusst an. »Du hättest nicht kommen dürfen, Clarissa.« Da C. W. nicht in der Nähe war und

Colby fest schlief, gebrauchte er ihren richtigen Namen. »Du standst wie ein Racheengel im Saloon. Wie eine beleidigte Ehefrau, die es nicht ertragen kann, wenn sich ihr Mann ein wenig amüsiert.«

»So amüsieren sich nur Hinterwäldler.«

»Und die Männer in der Stadt? Sind die anders?«

»Ich dachte, du wärst anders!« Sie setzte sich auf den Pritschenrand und hielt mühsam ihre Tränen zurück. Ihre Hände verschränkte sie wie ein züchtiges Mädchen in ihrem Schoß. »Es hatte alles so gut mit uns begonnen, du warst so aufmerksam und höflich, wie ein Gentleman, und ich dachte schon, ich hätte das große Los gezogen.« Sie blickte ihn vorsichtig an. »Ich dachte, wir sehen uns im Frühjahr wieder und könnten dann vielleicht zusammen …«

»Das große Los?« Ein Anflug seines jungenhaften Lächelns kehrte in seine Augen zurück. »Ich war wohl eher nur ein Trostpreis. Aber du hast dich auch nicht gerade wie eine Lady benommen. Ruby war ganz schön angefressen.«

»Wenigstens etwas«, freute sie sich.

»Gib's zu, du ärgerst dich, dass du sie angegriffen hast.«

»Natürlich ärgere ich mich!« Sie sprach jetzt so laut, dass Colby sein Schnarchen unterbrach, sich verstört umblickte und wieder die Augen schloss. »Ich ärgere mich zu Tode, weil ich mich deinetwegen vor der ganzen Stadt zum Affen gemacht habe. Ich möchte nicht wissen, was sie über mich reden.«

Er setzte sich zu ihr. »Aber du liebst mich noch.«

»Weil ich dir den Essenskorb gebracht habe?«

»Weil du mir noch keine runtergehauen hast.«

Sie grinste. »Das kann ich gerne nachholen.«

»Dann tu's doch endlich!«

Sie holte aus und verabreichte ihm eine schallende Ohrfeige, die ihn beinahe von der Pritsche warf. Er blickte sie verwundert an und griff sich erschrocken an seine Wange, auf der sich bereits ihre Finger abzeichneten. Als er ihre entsetzte Miene bemerkte, lächelte er. »Und jetzt küss mich endlich!«

»Verdient hast du's nicht!«

»Ich mach's wieder gut, Lady. Versprochen.«

»Ehrenwort?«

»Ehrenwort!«

Dann küssten sie sich so zärtlich und innig, dass sie alles um sich herum vergaßen und nicht einmal bemerkten, wie die Tür aufsprang und C. W. in den Zellengang trat. »Schluss mit dem Geturtel!«, rief der Polizist streng.

»Holst du mich morgen früh ab?«, fragte Alex.

»Mal sehen«, antwortete sie in gewohnter Manier. Sie wandte sich lächelnd an den Polizisten. »Wann dürfen die Gefangenen morgen früh gehen?«

»Um zehn Uhr.«

»Dann bin ich um kurz vor zehn hier … Wenn mir keine Klagen kommen.«

Sie verließ das Gefängnis und trat fröhlich in den verschneiten Morgen hinaus. Ihre Tränen waren getrocknet, und sie war wieder guter Dinge.

22

Ben Cook stand in einen Büffelfellmantel gehüllt vor dem Blockhaus seiner Firma, eine qualmende Zigarre im Mund, und griff sich freundlich lächelnd an die Hutkrempe, als Clarissa ihm entgegenkam. »Guten Morgen, Miss Holland«, begrüßte er sie. »Freut mich außerordentlich, Ihre Bekanntschaft zu machen. Ich bin Ben Cook, der Besitzer der Cascade Lumber Company.«

»Cla-Clara Holland«, erinnerte sie sich gerade noch rechtzeitig an ihren falschen Namen. »Ich helfe der Witwe Barnes im Lumberjack Café.«

Cook trug die leutselige Miene eines privilegierten Mannes zur Schau, der es gewohnt war, mit Untergebenen zu sprechen. »Ich hab schon gehört. Das wird ihren Umsatz sicher kräftig steigern. So eine hübsche Frau wie Sie war schon lange nicht mehr in der Stadt.« Er nahm lächelnd die Zigarre aus dem Mund. »Darf ich fragen, was Sie ausgerechnet nach Beaver Creek getrieben hat?«

»Ein aufdringlicher Verehrer«, blieb sie bei der Geschichte, die Alex sich für sie ausgedacht hatte. »Ich hoffe, hier habe ich einigermaßen Ruhe vor ihm. Sie glauben ja nicht, wie lästig so ein Verehrer werden kann.« Sie erwiderte sein Lächeln. »Außerdem erscheint mir Beaver Creek gar nicht so übel.«

»Da haben Sie recht, Miss. Am Freitagabend, wenn ich den Männern ihren Lohn auszahle, lassen sie gern etwas Dampf ab, aber das ist normal.«

Sie nahm an, dass er von ihrem nächtlichen Auftritt wusste, und erklärte: »Nun, gestern habe ich wohl auch ein wenig dazu beigetragen. Ich hoffe, Sie und die anderen Bürger haben keinen falschen Eindruck von mir gewonnen.«

»Wie kommen Sie denn darauf? Eine Frau, die ihrem Mann ordentlich die Leviten liest, wenn er über die Stränge schlägt, ist uns immer willkommen. Ich wollte, manche meiner Männer hätten auch ihre Frauen dabei.« Er paffte an seiner Zigarre und blies den Rauch in die Luft. »Ich nehme an, dieser Carmack ist nicht der aufdringliche Liebhaber, vor dem Sie weggelaufen sind?«

»Sie sind sehr neugierig, Mister Cook.«

Er wurde nicht verlegen. »Das muss ich auch sein, Miss Holland. Immerhin wird man mich zum Bürgermeister dieser Stadt wählen, wenn sie erst einmal groß genug ist, da gehört es zu meinen Pflichten, genau über meine Bürger Bescheid zu wissen … So wie ich meine Angestellten auch genau kenne.«

»Sie meinen, aus Beaver Creek wird eine richtige … Stadt?«

»Bei diesen Holzvorräten?« Er zeigte mit einer umfassenden Bewegung auf die waldbedeckten Hänge vor der Stadt. »Ich glaube sogar, dass Beaver Creek einmal größer und wirtschaftlich bedeutender als Williams Lake sein wird. Natürlich kann ich mit meiner Cascade Lumber Company nicht alles allein stemmen. Wir brauchen noch einen finanzkräftigen Investor, der an diese Stadt glaubt und in eine passable Infrastruktur investiert, und ich will Ihnen etwas verraten: Ich glaube sogar, wir haben diesen Investor schon gefunden.«

»Sie verraten mir doch keine Betriebsgeheimnisse?«

Der Unternehmer lachte. »Nein, ganz im Gegenteil. Ich will Sie ermutigen, in dieser Stadt zu bleiben, vielleicht sogar an befreundete Familien zu schreiben und sie ebenfalls zu bitten, nach Beaver Creek zu kommen. Je mehr respektable Bürger sich bei uns ansiedeln, desto größere Chancen haben wir, dass der Investor ordentlich was springen lässt.« Er betrachtete seine Zigarre. »Und dem Umsatz der Witwe Barnes würde es sicher auch nicht schaden.«

»Und wer ist dieser geheimnisvolle Investor?«

»Nun, das ist sicher nicht schwer zu erraten, obwohl wir hier mitten in der Wildnis leben und es weit und breit keine Eisenbahn gibt, aber wie wir alle wissen, gehört der Canadian Pacific nicht nur die Eisenbahn. Sie besitzen auch Hotels und Dampfschiffe und hätten in Beaver Creek die Möglichkeit, groß ins Immobiliengeschäft einzusteigen.« Er paffte wieder. »Normalerweise belästige ich eine junge Dame nicht mit so trockenen Themen, aber ich würde mich wirklich freuen, wenn noch mehr anständige Bürger in unsere Stadt kommen würden. Vor allem junge Menschen. Der Postreiter müsste morgen oder übermorgen wieder bei uns auftauchen. Geben Sie ihm einige Briefe mit, es wird bestimmt nicht zu Ihrem Schaden sein.« Er zwinkerte ihr beinahe verschwörerisch zu. »Ich wäre sogar bereit, Ihnen einen Bonus zu bezahlen.«

Clarissa hörte bei den letzten Worten gar nicht mehr hin. »Die Canadian Pacific?«, fragte sie. »Sie haben die Canadian Pacific gebeten, in Beaver Creek zu investieren? Und … und hat die Eisenbahn schon geantwortet?«

»Sie haben versprochen, mein Angebot zu prüfen. Thomas Whittler höchstpersönlich hat mir geschrieben und versprochen, einen seiner Angestellten nach Beaver Creek zu schicken, vielleicht sogar seinen Sohn, der wohl die Grundstücksgeschäfte der Canadian Pacific übernehmen soll.« Sein Lächeln verstärkte sich. »Aber dieser geschäftliche Kram interessiert Sie doch nicht wirklich, oder? Wichtig ist, dass wir diese Stadt am Leben erhalten.«

»Frank Whittler?«, entfuhr es ihr. »Er will Frank Whittler schicken?«

Cook blickte sie neugierig an. »Sie kennen Mister Whittler?«

»Nun …« Sie war froh, dass es schneite und der Unternehmer nicht merkte, wie blass sie geworden war. Nur mit Mühe gelang es ihr, die plötzliche Übelkeit zu unterdrücken und ein gequältes Lächeln in ihre Augen zu zaubern. »… Ich dachte nur, ich hätte seinen Namen irgendwo gelesen. Sicher in der Klatschspalte. Ich liebe Klatschspalten! Hat er nicht kürzlich geheiratet?«

»Keine Ahnung. Ich lese nur die Wirtschaftsseiten.«

»Ist ja auch egal.« Sie hatte sich wieder einigermaßen gefangen, und ihr Lächeln fiel etwas herzlicher aus. »Wenn Sie mich jetzt entschuldigen wollen … Die Witwe Barnes wartet sicher schon auf mich. Wir haben viel Arbeit.«

»Das wundert mich nicht, Miss Holland. Grüßen Sie die Witwe von mir.«

»Das will ich gerne tun.«

Clarissa ging rasch weiter, den treibenden Schnee im Gesicht und den Blick auf die vereisten Planken vor ihren Füßen gerichtet, und spürte plötzlich auch die Kälte, die der auffrischende Wind über die Straße trieb. Die Hammerschläge des Schmieds, der unablässig an seinem Amboss arbeitete, dröhnten in ihren Ohren. Ein Hund, der sie auf dem Hinweg noch frech angebellt hatte, ging ihr rasch aus dem Weg und verzog sich winselnd hinter ein Haus.

Frank Whittler … Ausgerechnet er musste nach Beaver Creek reisen. Wahrscheinlich erst im Frühjahr, wenn der Fraser River wieder schiffbar war, vielleicht aber auch früher, wenn sein Vater ihn beschäftigen wollte oder er bestrebt war, ein zukunftsträchtiges Geschäft abzuschließen, um seinem Vater oder seiner Ehefrau oder beiden zu imponieren. Er konnte jeden Tag nach Beaver Creek kommen, heute, morgen, übermorgen, und was dann passieren würde, konnte sie sich leicht ausrechnen. Sie war nicht mehr sicher in Beaver Creek. Ausgerechnet in dem verlassenen Nest, das vor wenigen Minuten noch wie ein ideales Versteck ausgesehen hatte, war sie am meisten gefährdet.

Immer noch unter Schock betrat sie das Haus der Witwe. Sie entledigte sich ihrer Jacke und der Mütze, stopfte die Handschuhe und den Schal in die Taschen und ließ sich auf einen Küchenstuhl fallen. Sie blickte zu Boden.

»Was ist denn mit Ihnen los?«, wunderte sich die Witwe. »Hat Ihnen Alex einen Heiratsantrag oder so was Ähnliches gemacht? Sie sind ja ganz blass!«

»Frank Whittler«, stieß sie leise hervor.

»Der Angeber, der Sie einsperren will? Was ist mit ihm?«

Clarissa erzählte ihr, was sie von Ben Cook erfahren hatte.

»Ach, das ist doch nur dummes Gerede«, beruhigte sie die Witwe Barnes, »so was erzählt er doch jedem, der nach Beaver Creek kommt. Die Holzfirma reicht ihm nicht, obwohl er wahrscheinlich schon mehr Geld auf der Bank liegen hat, als er in einem Leben ausgeben kann. Er will den großen Macker spielen, sich eine Stadt nach seinem Geschmack aufbauen und zum Bürgermeister wählen lassen. Mag sogar sein, dass er einen Investor findet, aber so mächtig wie die Whittlers wird Cook nie. Dafür hat er zu wenig Format.«

»Und wenn Frank Whittler wirklich kommt?«

»Wenn er kommt, was ich noch stark bezweifle, obwohl ich weiß, dass er dem Postreiter schon vor einigen Monaten mehrere Briefe mitgegeben und tatsächlich eine Antwort von der Canadian Pacific bekommen hat … Wenn er tatsächlich kommt, tut er sich die Reise bestimmt nicht im Winter an. Selbst wenn er die Wagenstraße nimmt, muss er noch zum Fraser River, und die Schneise, über die sie im Frühjahr die Baumstämme zum Fluss karren, ist im Winter auch kein Vergnügen. Ohne Hundeschlitten schafft er es nie bis hierher, und ob sich ein Whittler das antut, wage ich doch stark zu bezweifeln.«

»Frank Whittler traue ich alles zu.«

Die Witwe Barnes schenkte ihr heißen Tee ein, wie immer, wenn sie jemand beruhigen wollte. »Machen Sie sich nicht verrückt, Schätzchen! Wen zieht es schon nach Beaver Creek? Holzfäller und Fallensteller und verkorkste Typen wie mich … Alle anderen gehen nach Vancouver oder Calgary oder wenigstens nach Williams Lake. Sie bleiben auch nicht lange, das hoffe ich jedenfalls für Sie, obwohl meine Geschäfte noch nie so gut liefen wie jetzt, seitdem Sie Ihr hübsches Gesicht im Gastraum zeigen. Keine Bange!«

Um Frank Whittler wenigstens zeitweise aus ihren Gedanken zu bekommen, arbeitete Clarissa an diesem Tag besonders angestrengt. Sie bediente während der Mittagspause, räumte ab und spülte das Geschirr, half beim Zubereiten des Hühnereintopfs, den es zum Abendessen geben sollte, und kochte neuen Tee in der Hoffnung, er möge ihr genauso gut gelingen wie der Witwe. Nachmittags half sie ihr beim Backen eines leckeren Käsekuchens.

Und als ihr die Witwe bei Einbruch der Dämmerung sagte, sie solle sich ein wenig ausruhen, bevor die Abendgäste kamen, fütterte sie Alex' Huskys, die hinter dem Haus neben ihrem Schlitten lagen, alle noch in ihren Geschirren, damit sie nicht mit den anderen Hunden der Stadt aneinandergerieten.

Die Hunde winselten erfreut, als sie das Futter brachte, vor allem Smoky, der es gar nicht erwarten konnte, ungeduldig an ihr hochsprang und nach dem Inhalt des Eimers schnappte. Billy wies ihn mit einem ärgerlichen Bellen in seine Schranken und stieß ihn mit der Schnauze auf seinen Platz zurück.

»Immer mit der Ruhe, Smoky!«, beruhigte sie ihn. »Ich habe für jeden von euch genug dabei. Leckeren Lachs mit Reis, das mögt ihr doch so gerne.«

Sie füllte die Fressnäpfe, die noch von der letzten Fütterung im Schnee standen, und liebkoste Billy, der sich ihr Streicheln gerne gefallen ließ. »Ich weiß, ihr würdet jetzt lieber mit Alex und mir durch den Schnee sausen, aber Alex hat sich gestern Abend ein wenig danebenbenommen und muss noch eine Nacht im Gefängnis schmoren. Morgen früh darf er raus. Ich hole ihn ab und komme natürlich gleich mit ihm hierher, das verspreche ich euch.« Billy unterbrach sein Fressen und blickte sie fragend an. »Nein, er hat nichts Schlimmes verbrochen … Er hat nur ein wenig über die Stränge geschlagen.«

Smoky machte sich wie immer gierig über seine Mahlzeit her und hatte selbst für sie kaum Augen, während er fraß. »Du bist wohl nie satt, Smoky? Ist ja auch ein leckeres Fressen, das habt ihr der Witwe Barnes zu verdanken, also seid schön freundlich zu ihr, wenn sie euch besuchen kommt, und fangt nicht mitten in der Nacht zu jaulen an. Hier gibt es sicher viele Wölfe, ich weiß, aber die müsst ihr nicht alle begrüßen. Versprecht ihr mir das, Smoky?«

Mit dem leeren Eimer blickte sie noch eine Weile auf die Hunde herab. Wirbelnde Schneeflocken ließen sie die Augen zusammenkneifen. »Tja, ihr Lieben«, sagte sie, »nun heißt es wohl bald Abschied nehmen. Morgen früh fährt Alex mit euch nach Hause.« Einige der Hunde schienen sie zu verstehen und jaulten leise. »Nein, ich kann nicht mit, leider … Ich bleibe den Winter über bei der Witwe Barnes. Ich hoffe aber, wir sehen uns im Frühjahr wieder.«

Wenn mich Frank Whittler nicht vorher vertreibt, dachte sie, als sie ins Haus zurückging. Smokys lang gezogenes Jaulen begleitete sie bis in die Küche. Die Witwe wartete bereits auf sie und schob ihr einen Korb mit zwei weiteren Hühnerpasteten, einer Tafel Schokolade und einer Kanne Kaffee zu. »Ich dachte mir, Alex könnte noch eine kleine Stärkung gebrauchen. Die zweite Pastete ist für das Riesenbaby, mit dem er sich geprügelt hat. Der hat so ein Festessen genauso wenig verdient wie er, aber ich hab nun mal ein weiches Herz … Und Sie auch, wie ich inzwischen bemerkt habe. Gehen Sie!«

Clarissa bedankte sich und lief zum zweiten Mal an diesem Tag zum Gefängnis. Es schneite immer noch, und in einigen Häusern brannte bereits Licht. Der Hund, der ihr auf dem Rückweg aus dem Weg gegangen war, wagte sich wieder aus seinem Versteck hervor und bellte lautstark, sonst war niemand auf der Straße. Die Hammerschläge in der Schmiede waren verstummt, und auch Ben Cook hatte sein Büro bereits geschlossen und sich wohl in seine Wohnung im ersten Stock zurückgezogen. Er wohnte allein.

C. W. hatte sie bereits erwartet und griff spöttisch lächelnd nach dem Schlüsselbund, als sie den Raum betrat. »So gut möchte ich es auch mal haben«, sagte er. »Seitdem Sie hier sind, leben meine Gefangenen wie Könige.«

»Nur bis morgen früh. Sie werden doch morgen früh entlassen?«

»Alles nach Vorschrift, Miss Holland.«

Er führte sie zu der Zelle und ließ sie ein. Alex saß auf seiner Pritsche und starrte ins Leere, und auch Colby war inzwischen von seinem Rausch erwacht, saß ebenfalls auf seiner Pritsche und stützte den Kopf in beide Hände.

»War nicht so gemeint, Miss«, sagte er, als sie ihm eine Hühnerpastete reichte. »Ich meine … das, was ich gestern zu Ihnen gesagt habe. Manchmal geht es mit mir durch, wissen Sie, und dann muss ich so was sagen. Tut mir leid, Miss … Und danke für die Hühnerpastete, die schmeckt bestimmt lecker.«

Clarissa und Alex unterhielten sich flüsternd.

Als sie ihm verriet, was sie von Ben Cook erfahren hatte, schüttelte er ungläubig den Kopf und sagte: »Das glaube ich nicht. Warum sollte sich die Canadian Pacific mit einem solchen Nest belasten? Selbst wenn die Hauptstrecke fertig ist und sie nach neuen Einnahmequellen suchen … Da gäbe es doch ganz andere Möglichkeiten. Williams Lake, Barkerville, Kamloops …«

»Hier gibt es Holz, Alex, und wahrscheinlich sind die Grundstücke hier noch spottbillig. Ich hab lange genug bei den Whittlers gearbeitet, die fassen nichts an, was nicht die Aussicht auf baldigen Gewinn verspricht. Und wenn es stimmt, dass Frank Whittler tatsächlich … Oh Alex, ich hab solche Angst.«

»Frank Whittler in Beaver Creek? Der war doch erst in Ashcroft!«

»Und wenn ihm sein Vater ein Telegramm geschickt und ihm

den Auftrag gegeben hat, mit Cook zu sprechen? Vielleicht auch nur, um ihn davon abzubringen, nach mir zu suchen, damit die Sache nicht noch mehr Wellen schlägt und der Canadian Pacific schlechte Publicity bringt. Wäre schon komisch, wenn ihn das Schicksal auf diese Weise ausgerechnet hierher verschlüge.«

»Du machst dir zu viele Sorgen … Er kommt bestimmt nicht.«

»Du meinst, wir müssen hier nicht weg?«

Alex legte ihr einen Arm um die Schultern. »Sobald ich hier raus bin, suche ich die Umgebung nach ihm ab. Wenn er in der Nähe ist, finde ich ihn, das kann ich dir versprechen. Ich will nicht, dass du plötzlich hinter Gittern sitzt und ich dir Hühnerpastete und Schokolade bringen muss.« Er grinste.

»Vor allem nicht, wenn ich ein paar Jahre sitzen muss.«

»Dazu wird es nicht kommen, Lady.«

Sie küssten sich lange und innig, auch wenn Colby den Kopf hob und ihnen grinsend dabei zusah. Clarissa versprach noch einmal, ihn pünktlich um zehn Uhr am nächsten Morgen abzuholen. Etwas zuversichtlicher kehrte sie ins Haus der Witwe zurück. Vielleicht hatten Alex und die Witwe ja recht, und sie machte sich tatsächlich unnötig Sorgen. Das wäre schon eine besondere Ironie des Schicksals, wenn Frank Whittler ausgerechnet hier auftauchen würde, dachte sie. So schlecht kann es der liebe Gott nicht mit mir meinen.

Die Arbeit während der Dinner-Zeit lenkte sie ab, und als sie danach mit der Witwe Tee trank, wie es wohl zur Gewohnheit zu werden schien, hatte sie Frank Whittler schon fast vergessen.

Umso bestürzter war sie, als sie um kurz nach elf auf ihr Zimmer kam, aus dem Fenster blickte und einen Hundeschlitten vor dem Gefängnis halten sah. Im trüben Licht der Laterne, und obwohl das Schneetreiben wieder stärker geworden war, erkannte sie einen hochgewachsenen Indianer auf dem Trittbrett. Auf der Ladefläche, in dicke Pelze und Decken gehüllt, saß ein weißer Mann, eine modische Pelzmütze auf dem Kopf und den Schal bis über die Nase gezogen. Sie wusste sofort, dass es sich um Frank Whittler handelte. Seine Augen verrieten ihn, sein kalter und berechnender Blick, der selbst von ihrem Fenster zu erkennen war und auch C. W. traf, der vor dem Gefängnis stand und rauchte.

Sie war viel zu geschockt, um reagieren zu können, blieb reglos am Fenster stehen und starrte aus zusammengekniffenen Augen in das Schneetreiben. Sie versuchte zu ergründen, ob sie sich nicht doch geirrt hatte.

Doch er war es, das war ganz eindeutig, als er sich aus seinen Decken und Pelzen schälte und zu seiner vollen Größe erhob. Er hatte sich eine kostbare Pelzjacke besorgt, und seine Handschuhe hingen an einer Lederschnur um seinen Hals, wie bei einem Musher. Seine Stiefel glänzten im Licht. Auch dem Polizisten gegenüber zeigte er eine solche Arroganz, dass sie am liebsten auf die Straße gerannt wäre und gerufen hätte: »Sie verdammter Angeber!«

Stattdessen blieb sie wie angewurzelt stehen und starrte auf Whittler, der C. W. wohl gerade auf drastische Weise klarmachte, mit wem er es zu tun hatte. Sie verstand nicht, was er sagte, aber seine Gesten waren eindeutig, und die betretene Miene des Polizisten sprach Bände. Er wollte sicher wissen, welches das beste Quartier in der Stadt war und wo es um diese Zeit noch etwas gab, doch dann sagte C. W. irgendetwas und deutete mit dem Daumen hinter sich. Er erwähnte wohl seine Gefangenen, denn Whittler stürmte hinein und kam wenige Minuten später wieder heraus. Er stellte C. W. eine Frage, und der deutete die Straße hinauf, zum Haus der Witwe.

Er weiß, dass ich hier bin, durchfuhr es Clarissa. Sie löste sich aus ihrer Erstarrung, rannte die Treppe hinunter und rief: »Ich muss hier weg! Sofort!«

23

Frank Whittler! Er hat mit C. W. gesprochen!« Mehr brauchte sie der Witwe Barnes nicht zu sagen. Die panische Angst in ihren Augen verriet auch ohne Worte, dass Whittler in wenigen Minuten vor der Tür stehen würde.

Ihr blieb nur die Flucht. Wenn sie in der Stadt blieb, würde Whittler sie bald entdecken, und wenn er die zweitausend Dollar Belohnung erwähnte, würde es genug Menschen geben, die sich die Belohnung verdienen wollten.

Die Witwe reagierte so schnell, wie man es von einer Frau, die so viel durchgemacht hatte wie sie, erwarten konnte. »Ziehen Sie sich um! Ich hole den Vorratssack und packe noch ein paar Sachen dazu. Beeilen Sie sich!«

Sie rannte in ihr Zimmer zurück, vertauschte den Rock gegen die wärmere Männerhose, zog ihre Winterjacke und die Stiefel an und setzte die Pelzmütze auf. Handschuhe und Schal steckten in ihren Taschen. Durchs Fenster beobachtete sie, wie Frank Whittler bereits den Hügel zum Haus emporstieg.

Im Flur hielt ihr die Witwe Barnes den Vorratssack vom Schlitten entgegen. »Ich hab Ihnen eine Feldflasche mit heißem Tee, den restlichen Kuchen und etwas Speck und Käse dazugepackt. Viel Glück!«

Vor dem Haus erklangen Schritte, und jemand klopfte heftig.

»Nehmen Sie die Hintertür! Schnell!«

Clarissa hastete durchs Wohnzimmer, schaffte es aber nicht mehr, durch den Hintereingang zu verschwinden. Frank Whittler hatte bereits die Haustür geöffnet und betrat das Haus. Sie ging rasch neben einem Schrank in Deckung, drängte sich gegen die Wand, um nicht von ihm gesehen zu werden.

»Bei Ihnen arbeitet eine gewisse Clara Holland?«, fragte Whittler.

»Ich wüsste nicht, was Sie das angeht. Wer sind Sie überhaupt?«

»Ich bin Frank Whittler von der Canadian Pacific Railway, und die Frau, die sich bei Ihnen als Clara Holland vorgestellt hat, ist eine gesuchte Diebin, die auch wegen versuchten Mordes gesucht wird. Also … Wo ist die Frau?«

»Eine Diebin?«, versuchte die Witwe Zeit zu gewinnen.

»Wo sie ist, will ich wissen!«

»In ihrem Zimmer im ersten Stock, nehme ich an.«

Frank Whittler stürmte die Treppe hinauf.

Clarissa erkannte, dass ihr nur wenige Augenblicke blieben, und schlüpfte rasch durch die Hintertür. »Frank Whittler ist hier!«, begrüßte sie die Hunde ruhig. »Wir müssen schnell hier weg! Seid so leise wie möglich, hört ihr?« Sie stellte den Schlitten auf und schnallte den Vorratssack an der Haltestange fest, zog die Handschuhe an und rief: »Lauf, Billy! Lauft!«

Mit einem Satz stemmte sich Billy in sein Geschirr und brachte die anderen Huskys dazu, mit gleicher Vehemenz loszurennen. Sie fuhren gerade am Haus vorbei, als Whittler die Haustür aufriss und zu seinem Schlitten rannte. »Warum hältst du sie nicht auf, du Idiot?«, rief er dem Indianer zu, der vor dem Haus gewartet hatte. Er sprang auf den Schlitten und rief ihm ungeduldig zu: »Los, hinterher!«

Clarissa war bereits auf der Straße. Obwohl sie noch keine erfahrene Musherin war, zahlte sich ihr Training aus, und sie blieb sicher auf dem Trittbrett stehen, als sie über den gefrorenen Schlamm rasten und der Schlitten gefährlich schlingerte. Mit einem lauten Scheppern fuhren sie über den Plankenweg hinweg, der eine Straßenseite mit der anderen verband. Der Hund, der ihr schon ein paar Mal in die Quere gekommen war, bellte nervös.

In dem dichten Schneetreiben sah sie C. W. aus seinem Büro treten. Er baute sich mitten auf der Straße auf, sein Gewehr in beiden Händen, und rief: »Halten Sie an, Clarissa Howe! Halten Sie sofort an, oder ich schieße!«

Sie dachte nicht daran. In ihrer Panik feuerte sie die Huskys nur noch mehr an, raste mit einem lauten »Giddy-up! Go!« an ihm vorbei, und er war nicht so dumm, auf eine angebliche Diebin zu schießen, nur weil Frank Whittler es von ihm verlangte. »Warum schießen Sie denn nicht?«, rief Whittler wütend.

Doch sie hatte bereits einen großen Vorsprung, und er hätte sie wahrscheinlich nicht einmal getroffen, selbst wenn er so skrupellos gewesen wäre, wie Frank Whittler es in seinem Hass gehofft hatte. Mit scharrenden Kufen fuhr sie an den letzten Häusern der Stadt vorbei zum Holzfällerlager, das um diese Zeit leer und verlassen unter dem dunklen Himmel lag. Hier hatte der Wind freie Bahn und ließ die Flocken über den Blockhäusern wirbeln. Es war schon nach Mitternacht, und nirgendwo brannte noch Licht, nicht einmal im großen Gemeinschaftshaus. Wie dunkle Schatten lagen die gefällten Stämme herum.

Clarissa musste sich blitzschnell entscheiden. Der einfachste Weg führte über die breite Schneise zum Fraser River, doch selbst, wenn sie es bis dorthin schaffte, wartete dort der beschwerliche Weg über die Berge zur Wagenstraße, und dort würde sie der Northwest Mounted Police in die Arme laufen, die Whittler von der ersten Telegrafenstation alarmieren würde. Ohne zu zögern, lenkte sie die Hunde über den abgeholzten Hang in den Wald hinauf, hielt sie im Schutz der Bäume an und wartete, bis ihr Verfolger erschien. Wenn sie Glück hatte, verdeckte der frische Schnee schon jetzt ihre Spuren.

»Sie ist bestimmt die Schneise runter!«, hörte sie Whittler sagen. »Nun fahr endlich weiter, oder willst du dich von einer Frau abhängen lassen?«

Der Indianer trieb die Hunde an, und sie hörte, wie die Kufen seines Schlittens über den Neuschnee in der Schneise fuhren und schon bald darauf in der Ferne verklangen. Kein Grund zu jubilieren. Es dauerte bestimmt nicht lange, bis sie ihren Irrtum erkannten und im Wald nach ihr suchten. Wenn der Indianer ein geübter Fährtenleser war, würde er ihre Spuren dort entdecken.

Sie trieb die Hunde an und fuhr weiter in den Wald hinein, auf demselben Weg, den sie mit Alex gekommen war. Die Bäume schützten sie einigermaßen vor dem heftiger werdenden Schneetreiben. Leider war die Sicht auch im Wald miserabel, und sie musste sich auf den Instinkt ihrer Hunde verlassen, die den alten Trail aber witterten und zügig weiterrannten.

Als sie in ein weites Tal kam, das auf mehreren Seiten von Wald begrenzt war, hielt sie kurz an. In dem schwachen Licht, das der Schnee reflektierte, erkannte sie einen gefrorenen Fluss, wohl auch ein Nebenfluss des Fraser Rivers. Das Eis war sicher fest genug, um sie und den Schlitten zu tragen und ihr ein schnelles Vorwärtskommen zu ermöglichen. Genau das würde Frank Whittler vermuten. Ebenso gefährlich wäre es auch, auf ihrem bisherigen Trail zu bleiben. Bei dem geringsten Hinweis könnte Whittler ihre Fährte aufnehmen. Wenn sie ihm entkommen wollte, musste sie folglich etwas Unerwartetes tun, ein Wagnis eingehen, dass man einer Frau wie ihr nicht zutraute, das selbst für einen erfahrenen Fallensteller wie Alex ein Risiko gewesen wäre. Sie musste in die Berge fahren, sich am Waldrand entlang und über die sturmverwehten Hänge nach Nordwesten kämpfen und nach einem der verschneiten Pässe suchen, über den sie einen anderen Fluss und einen anderen Weg in die Freiheit finden konnte. Ein gefährliches, beinahe halsbrecherisches Unternehmen, das sie nur einging, weil sie von Panik getrieben wurde und genau wusste, was Frank Whittler mit ihr anstellen würde, wenn er sie erwischte. Er würde es nicht dabei belassen, sie ins Gefängnis zu bringen, und sich auf seine Weise an ihr rächen, sie vielleicht sogar umbringen. Whittler war alles zuzutrauen.

Ohne weiter über die tödliche Gefahr nachzudenken, in die sie sich mit ihrer Entscheidung begab, fuhr sie los. Den Kopf gegen die wirbelnden Flocken gesenkt, lenkte sie die Hunde am Waldrand entlang. Über einen leicht abschüssigen Hang ging es nach Nordwesten, in die dunklen Wolken, die wie bedrohliche Schatten über den Ausläufern der Berge hingen. Billy blickte sich erstaunt um, wollte sichergehen, dass sie auch tatsächlich den schwierigsten Weg nehmen wollte, bis er ihr eindringliches »Go! Go! Go!« vernahm. »Es geht nicht anders, Billy! Er darf uns nicht erwischen! Lauft, ihr Lieben!«

Im Schatten der Bäume war sie einigermaßen vor dem böigen Wind geschützt, und auf dem Hang lag der Schnee nur knöcheltief, dennoch fiel es ihr schwer, den Schlitten in der Spur zu halten. Alle paar Schritte rutschte er auf dem vereisten Untergrund ab, und es war nur den Hunden zu verdanken, dass sie nicht den Hang hinunterglitten. Sobald die Kufen rutschten, verstärkten sie ihre Bemühungen und hielten den Schlitten durch ihr verstärktes Tempo oben. Clarissa versuchte, sie durch geschicktes Verteilen ihres Körpergewichtes zu unterstützen, sprang jedes Mal, wenn der Schlitten nach rechts abdriftete, vom Trittbrett, lief einige Schritte und schob mit, während sie die Hunde ständig anfeuerte.

Sie sah nicht zurück, richtete die Augen stets nach vorn und ging ein so schnelles Tempo wie möglich. Wie ein kleines Boot, das in eine reißende Strömung geraten war, schlingerte der Schlitten dahin, und sie fühlte sich an die Fangfahrten mit ihrem Vater erinnert, wenn ihr Fischkutter bei aufgewühlter See ins Schlingern geraten war. Der Schnee, der ihr ununterbrochen entgegentrieb, war genauso schlimm wie der Regen, den sie vom Meer kannte, nur dass sie hier die Hunde hatte, deren Augen noch schärfer und klarer waren und ihr halfen, die beinahe unlösbare Aufgabe zu meistern.

Doch die Fahrt über den abschüssigen Hang am Waldrand bot

erst einen Vorgeschmack von dem, was sie auf der windumtosten Ebene am Ende des Waldes erwartete. Ein weites Tal, das sich zwischen den Bäumen und großen Felsen ausbreitete, die sich am Fuße eines mächtigen Berges erhoben und nur schemenhaft zu erkennen waren. Im äußersten Westen und im Osten wurde die Ebene von Wäldern begrenzt, so weit entfernt, dass die Bäume den Wind nicht aufhalten konnten und er ungehindert über den harten Boden blies. Wenn sie nicht umkehren wollte, blieb ihr nichts anderes übrig, als die Herausforderung anzunehmen und die eisige Ebene zu überqueren.

Sie zögerte nur kurz, bevor sie die Hunde in den Wind lenkte, entschied nach kurzem Überlegen, sich bis zu den Felsen vorzukämpfen und in deren Schutz den Waldrand zu erreichen. »Heya! Giddy-up!«, feuerte sie die Huskys an und schob ein paar Mal mit dem linken Fuß an, um ihnen ihre Entschlossenheit zu zeigen. »Wir müssen da durch, Billy! Ich weiß, dass ihr das schafft! Ihr seid die besten Huskys der Welt! Lasst mich bitte nicht im Stich!«

Mit grimmiger Zufriedenheit registrierte sie, wie entschlossen die Hunde den Kampf aufnahmen. Mit aufgestellten Ohren, die Schnauze mutig im Wind, verließen sie den Schutz der Bäume und rannten auf die weiße, scheinbar endlose Ebene. Jetzt zeigte sich, welche Kraft in ihnen steckte und wie durchtrainiert sie waren. Es zahlte sich aus, dass Alex ständig mit ihnen unterwegs war und sie auch im Sommer laufen ließ, damit sie nicht zu viel Fett ansetzten und immer in Hochform waren. Nicht selten hing das Leben eines Fallenstellers von seinen Hunden ab, und er war darauf angewiesen, dass sie die Arbeit verrichteten und ihn vor schwierigen Situationen bewahrten. Jetzt war es Clarissa, die auf sie angewiesen war und sich in ihre Hände begab.

Der Wind schlug ihnen mit eisiger Faust entgegen, hinderte sie sekundenlang daran, auch nur einen Schritt vorwärtszukommen, obwohl sich die Hunde mit ihrer ganzen Kraft in die Geschirre stemmten und sie sogar vom Trittbrett sprang und keuchend schob. Der Berg, der sich hinter den Felsen erhob, war ein zorniger Riese, der sie scheinbar mit aller Macht daran hindern wollte, die andere Seite zu erreichen, und sie mit seinem frostigen Atem von der Ebene blasen wollte. Jaulend peitschte ihnen der Wind entgegen, so eisig und kalt, dass ihre Haut brannte und ihre Augen schmerzten, und die Flocken wirbelten so dicht, dass sie kaum noch etwas erkannte und der Verzweiflung nahe war.

»Vorwärts! Vorwärts!«, schrie sie keuchend, doch der Wind riss ihr die Worte von den Lippen, und sie drangen kaum bis zu den Hunden vor. »Nicht aufgeben, Billy! Wir müssen es schaffen! Whittler darf uns nicht einholen!«

Der Leithund verstand sie auch ohne Worte und ließ sich nicht beirren. Indem er sich dem Wind mit einer solchen Energie entgegenstemmte, dass sich die Lederriemen seines Geschirrs tief in seine Haut gruben, riss er die anderen Hunde mit, vor allem den jungen Smoky, der unter diesen harten Bedingungen bewies, warum Alex so große Stücke auf ihn hielt. Trotz seiner Eskapaden war er ein ungewöhnlich starker und wacher Hund, der vor keiner Herausforderung zurückschreckte und sogar die schwächelnde Cloud mitriss. Rick und Waco liefen in seinem Windschatten, sie waren so jung und stark, dass sie sich durch den Wind nicht abschrecken ließen, und Buffalo und Chilco, die wie immer am Schluss liefen, verfügten selbst jetzt noch über Reserven.

Gegen die heftige Windböe, die sie auf einem der leichten Hügelkämme erwischte, waren jedoch alle machtlos. Als hätte der dunkle Riese erneut seine Faust gehoben und über den Schnee fliegen lassen, trieb es die Huskys von dem Hügel in eine feuchte Schneewehe hinein, der Schlitten fiel zur Seite und rutschte den Hang hinab, und Clarissa hatte es nur einem Reflex zu verdanken, dass sie mit den Händen an der Haltestange blieb, als sie mit den Füßen vom Trittbrett glitt und zusammen mit dem Schlitten im Tiefschnee landete.

Keuchend stemmte sie sich vom Boden hoch und richtete den Schlitten auf. Während sie sich den Schnee von der Kleidung schlug, überlegte sie, die Schneeschuhe anzuschnallen, doch der Tiefschnee reichte nicht weit, und wenn sich die Hunde anstrengten, würden sie es auch so schaffen. »Wir lassen uns nicht unterkriegen!«, rief sie den Huskys zu. »Habt ihr gehört? Wir graben uns hier wieder raus und machen weiter, bis wir bei den Felsen sind!«

Auch die Hunde schüttelten den Schnee ab, waren sofort wieder bereit, vielleicht schämten sie sich sogar für den Ausrutscher. Mit kräftigen Sprüngen und unglaublicher Energie kämpften sie sich aus dem Tiefschnee heraus, unterstützt von Clarissa, die entschlossen mit anschob und die Hunde mit ihrer ganzen Kraft unterstützte. Sie erwischten einen kurzen Augenblick der Windstille, als hätte es der unsichtbare Riese nur darauf abgesehen, den Kampf gegen sie wieder aufnehmen zu können, und kletterten auf den Hügel.

Es machte weder Clarissa noch den Hunden etwas aus, dass sie noch nicht einmal die Hälfte des Weges bis zu den Felsen zurückgelegt hatten. Für sie zählte nur der Augenblick, der nächste Schritt, das nächste Hindernis. Mit hochrotem Kopf stand Clarissa auf dem Trittbrett, die behandschuhten Hände um die Haltestange verkrampft, jeder Muskel bis zum Äußersten angespannt. Nur weiter, immer weiter! Die Hunde gaben alles und hielten jetzt auch dem eisigen Atem des Riesen stand, stemmten sich beinahe wütend gegen den Wind und kamen jetzt schneller vorwärts. Nach dem Sturz schienen sie nun noch mutiger und entschlossener zu sein. Clarissa, die eigentlich viel zu unerfahren war, um diese schwere Herausforderung unbeschadet zu überstehen, mobilisierte ihre letzten Kräfte und hatte Tränen der Verzweiflung und Erschöpfung in den Augen, als sie endlich die Felsen erreichten und vor dem stürmischen Wind einigermaßen in Sicherheit waren.

Sie bremste im Schatten eines der Felsen, stützte sich mit dem Oberkörper auf die Haltestange und verharrte keuchend und nach Atem ringend im Windschatten. »Danke«, rief sie den Huskys zu, »das habt ihr gut gemacht! Ohne euch hätte … hätte ich das nie geschafft. Ihr seid die Besten!«

Zum ersten Mal, seitdem sie den Waldrand verlassen hatte, drehte sie sich nach ihren Verfolgern um. Sie waren nicht zu sehen. Nur die fernen Bäume, eine halbe Ewigkeit von ihr entfernt, zeichneten sich als dunkle Wand gegen das Schneetreiben ab. »Seid mal ganz leise!« Die Hunde blieben mucksmäuschenstill stehen, und sie lauschte in die Dunkelheit hinein, glaubte die Anfeuerungsrufe des Indianers und die wütende Stimme von Frank Whittler in der Ferne zu hören. Aber das konnte auch Einbildung sein, geprägt von der Angst, ihrem unbarmherzigen Verfolger in die Hände zu fallen. »Weiter!«, rief sie den Hunden zu. »An den Felsen entlang zum Waldrand! Vorwärts!«

Im Schutz der Felsen kam sie leichter und schneller voran. Der Boden war eben, und sie brauchte kaum vom Trittbrett zu springen, die reinste Erholung nach der mörderischen Fahrt über die Ebene. Wurde sie eben noch allein von dem Gedanken geleitet, ihrem Verfolger zu entkommen, dachte sie jetzt auch an Alex, der hilflos im Gefängnis saß und ihr nicht mehr beistehen konnte. Sie hatte ihn in eine verzweifelte Lage gebracht. Frank Whittler hatte sicher erfahren, dass er sie nach Beaver Creek gebracht hatte, und würde ihn wegen Beihilfe zur Flucht verantwortlich machen. Er konnte von Glück sagen, wenn er dem Richter weismachen konnte, nichts davon gewusst zu haben, dass sie vom Gesetz gesucht wurde, und bei seiner Geschichte mit dem aufdringlichen Liebhaber blieb. Er hatte es nicht verdient, dass er ihretwegen leiden musste.

»Oh verdammt!«, rief sie verzweifelt. »Was habe ich nur getan?«

24

Als sie den Waldrand erreicht hatte, drehte sie sich noch einmal um, aber diesmal hörte sie keine Stimmen mehr. Weder auf der vereisten Ebene noch bei den Felsen waren die dunklen Schatten der Verfolger zu sehen. Entweder waren sie auf ihren Trick hereingefallen und immer noch in die falsche Richtung unterwegs, oder sie waren vor dem eisigen Wind zurückgeschreckt und nicht bereit gewesen, die Ebene zu überqueren. Mit Frank Whittler und etlichen Pelzen und Decken auf der Ladefläche würde es dem Indianer noch schwerer als ihr fallen, seinen Schlitten in der Spur zu halten, obwohl sie sich nicht vorstellen konnte, dass Whittler aufgab. Dazu war er viel zu wütend.

Mit zusammengepressten Lippen trieb sie die Huskys in den Wald hinein. Inzwischen musste es zwei Uhr morgens sein, und noch immer hing ein dunkler und wolkenverhangener Himmel über dem zerklüfteten Land. Durch die Baumkronen drang kaum Licht. Ihr blieb nichts anderes übrig, als sich erneut auf den Instinkt ihrer Hunde zu verlassen und ihnen zu vertrauen, dass sie den Trail durch den Wald auch blind fanden. Sie durfte nicht nachlassen und sich vor allem nicht zu sicher fühlen. Dass sie keine Stimmen mehr gehört hatte, bedeutete nicht zwingend, dass sie Frank Whittler abgehängt hatte. Er konnte ihr noch immer dicht auf den Fersen sein, und falls er herausfand, dass sie den beschwerlichen Weg in die Berge genommen hatte, würde er sie sicher bald einholen. Der Indianer war ein besserer Musher als sie, auch wenn Whittler eher ein Hemmschuh war, so unbeweglich, wie er auf dem Schlitten saß, und sie die besseren Hunde angespannt zu haben schien.

»Nicht nachlassen, Billy! Smoky, jetzt bist du gefordert! Cloud, du wirst doch nicht schlappmachen? Rick, Waco … Weiter so! Nein, ich vergesse euch nicht, Buffalo und Chilco! Was wäre ich denn ohne euch? Vorwärts … Lauft!«

Die Huskys schienen auch im Dunkeln sehen zu können und waren im Wald kaum langsamer als im Freien. Als folgten sie einem unsichtbaren Trail, rannten sie zielsicher zwischen den Bäumen hindurch. Billy brachte seine Kameraden allein durch seine Bewegungen und seine Körpersprache sicher durchs Unterholz, blieb auf einer helleren Lichtung dicht am Waldrand, wo der Schnee nicht so hoch lag, und tauchte erneut zwischen den Bäumen unter, anscheinend entschlossen, sie so bald wie möglich in Sicherheit zu bringen.

Clarissa stand geduckt auf dem Trittbrett, sie hielt sich nur mit einer Hand fest und wehrte mit der anderen die Zweige ab, die ihr ins Gesicht zu schlagen drohten. Einen Ast bemerkte sie beinahe zu spät und tauchte gerade noch rechtzeitig ab, um nicht vom Schlitten geworfen zu werden. »*Easy,* Billy! Nicht so schnell, sonst fall ich noch vom Schlitten! Ja, so ist es besser, Billy! Weiter!«, trieb sie ihre Hunde an.

Doch einen Moment später streifte sie wieder einen Ast. Sie ließ die Haltestange los und fiel vom Schlitten herunter. Im letzten Augenblick bekam sie mit einer Hand das Trittbrett zu fassen und wurde von den schnell laufenden Hunden durch den Schnee und das Unterholz gezerrt. Dorniges Gestrüpp schlug ihr ins Gesicht und zerkratzte ihre Wangen. Aufspritzender Schnee verdeckte ihr die Sicht. »Whoaa!«, rief sie verzweifelt. »Halt! Bleibt stehen!«

Die Huskys gehorchten sofort, und sie schaffte es, die Bremse mit der Hand herunterzudrücken, und verhinderte so, dass der Schlitten den Hunden in die Hinterbeine sauste. Sie erhob sich ächzend und klopfte sich den Schnee aus den Kleidern, berührte die Kratzwunden an ihren Wangen und schob den Schal, der ihr heruntergerutscht war, wieder über die Nase. »Tut mir leid«, rief sie den Huskys zu, »mein Fehler! Ich hab nicht aufgepasst.« Sie war zu müde, sie war einfach zu müde und hatte nach der Überquerung der vereisten Ebene nicht mehr genügend Kraft, um weiterzufahren. Allmählich verlor sie ihre Konzentrationsfähigkeit und brauchte unbedingt eine längere Ruhepause, auch wenn sie damit riskierte, von Whittler und dem Indianer eingeholt zu werden.

Aber nicht hier im Wald, wo es zu lange dauerte, bis der Schnee ihre Spuren zugedeckt hatte, und Whittler ein viel zu leichtes Spiel haben würde. Zu einfach wollte sie es ihm auch nicht machen. »Weiter!«, trieb sie die Hunde an. »Irgendwo finden wir schon ein Plätzchen! Nicht mehr so schnell, Billy!«

Billy fiel es schwer, noch mehr Tempo aus seinen Bewegungen herauszunehmen, aber er gehorchte, und die anderen Hunde folgten ihm. In eher gemächlicher Gangart liefen sie durch den dunklen Wald, bis sie endlich wieder hinauskamen und sich plötzlich im Schatten eines gewaltigen Berges wiederfanden, der direkt vor ihnen aus dem Boden wuchs und bis in die Wolken zu ragen schien. Eine von zahlreichen Hügeln durchbrochene Ebene breitete sich vor ihnen aus, nicht so tückisch und windumtost wie das weite Tal, in dem sie vom Weg abgekommen waren, weil der Berg den Wind abhielt und sie relativ geschützt vor ihnen lag. Sie reichte weit in die Täler hinab und war in der Ferne von Wald umgeben, obwohl die dunklen Schatten, die man in dem Schneetreiben kaum zu erkennen vermochte, auch Felsen sein konnten.

Clarissa überlegte kurz und entschloss sich, den fernen Waldrand anzusteuern. Sie wollte versuchen ihre Verfolger in die Irre zu führen, indem sie nicht im Schatten des Berges blieb, wo sie am sichersten war, sondern über die vereisten Hügel fuhr, um dann erneut zwischen den Bäumen unterzutauchen. Mit frischer

Energie, weil sie jetzt ein Ziel vor Augen hatte, feuerte sie die Hunde an und rief: »Das schaffen wir noch, so müde bin ich nun auch wieder nicht! Wäre doch gelacht, wenn wir Frank Whittler nicht abhängen könnten!«

Befreit rannten die Hunde los. Es tat ihnen gut, nicht mehr gebremst zu werden und im vollen Tempo über die windgeschützte Ebene zu laufen. Instinktiv wichen sie den vereisten Hügelkämmen aus. Schon nach wenigen Schritten hatten sie ihren gewohnten Rhythmus gefunden und rannten kraftvoll durch den knöcheltiefen Schnee. Clarissa, immer noch todmüde, aber von der Aussicht, bald ausruhen zu dürfen, neu motiviert, stand sicher auf dem Trittbrett und verteilte ihr Gewicht so geschickt, dass der Schlitten immer festen Halt hatte und die Kufen nicht abhoben. Lästig waren nur die wirbelnden Flocken, die ihr die Sicht erschwerten, sich aber gleichzeitig auf ihre Kufenspuren legten und sie gegen Frank Whittler und den Indianer schützten.

Der Waldrand war weiter entfernt, als sie gedacht hatte, und sie brauchten fast zwei Stunden, um die andere Seite des Tales zu erreichen. Obwohl sie den Eindruck hatte, sich kaum von dem mächtigen Berg zu entfernen, zog sie eine scheinbar endlose Spur, die allerdings schon im nächsten Augenblick wieder unter dem fallenden Neuschnee verschwand und ihr das Gefühl gab, überhaupt nicht von der Stelle zu kommen. Nur an der bleiernen Müdigkeit, die sich jetzt wieder in ihrem Körper ausgebreitet hatte, merkte sie, wie viel Zeit vergangen war und wie dringend sie eine Ruhepause brauchte. Mit letzter Kraft steuerte sie den Waldrand an und hielt den Schlitten im Unterholz an.

Sie hatte bisher nur wenige Nächte im Freien verbracht, als kleines Mädchen in einem Zelt auf der Ranch ihres Onkels, während eines nächtlichen Picknicks mit jungen Fischern am English Beach in Vancouver, aber nie unter diesen Bedingungen und schon gar nicht ohne ein wärmendes Feuer. Ein »kaltes Camp« nannte man so ein Lager, das wusste sie aus den Buffalo-Bill-

Heften, die sie bei Alex in der Hütte gelesen hatte, weil man ohne ein Feuer keinen heißen Kaffee und keine warme Mahlzeit zu sich nehmen konnte. Buffalo Bill war öfter gezwungen gewesen, in einem kalten Camp zu übernachten, auf der Flucht vor feindlichen Indianern oder Banditen, aber keines seiner Camps war so kalt wie ihres in dieser Nacht gewesen. Selbst zwischen den Bäumen, abseits des heftigen Schneetreibens, herrschte frostige Kälte.

»Hier bleiben wir ein paar Stunden«, sagte sie zu den Hunden. »Ich muss mich ein wenig ausruhen, sonst gibt es nur ein Unglück.« Sie verankerte den Schlitten fest, holte etwas von dem getrockneten Lachs aus dem Vorratsbeutel und fütterte die Huskys. »Ihr wart großartig!«, sagte sie zu ihnen. »Ohne euch hätte mich dieser verdammte Kerl schon längst erwischt!« Sie verwöhnte jeden einzelnen Husky mit einem liebevollen Klaps und flüsterte ihm etwas ins Ohr, ermahnte sie aber auch, während der folgenden Stunden keine unnötigen Laute von sich zu geben, falls Whittler und der Indianer in der Nähe waren.

Während sie die Feldflasche mit dem noch lauwarmen Tee und etwas Käse und Speck aus dem Vorratsbeutel kramte, stieß sie auf Alex' Revolver und zog ihn vorsichtig heraus. Sie hatte noch nie mit einem Revolver geschossen, wusste aber ungefähr, wie er funktionierte, und steckte ihn in ihre rechte Jackentasche. Wenn es gar nicht anders ging, und Frank Whittler ihr Leben bedrohte, würde sie sich auch mit einer Waffe gegen ihn verteidigen.

Im Schutz von drei Bäumen, die relativ dicht nebeneinander standen, errichtete sie ihr Nachtlager. Viel besaß sie nicht, um sich gegen die Kälte zu schützen, eine Decke und einige Fichtenzweige, die im Unterholz herumlagen. Die Zweige dienten ihr als Matratze, in die Decke hüllte sie sich ein, ohne dass es ihr gelang, die Kälte damit vollkommen zu vertreiben. Um möglichst wenig Kontakt mit dem Boden zu haben, lehnte sie sich mit dem Rücken gegen einen der Bäume, nicht gerade eine ideale Stellung, um sich auszuruhen, aber gut genug, um wenigstens ein bisschen Ruhe zu finden.

Der Tee linderte ihren Durst, und der Käse und der Speck schenkten ihr neue Kraft und Energie. Sie kaute genüsslich, beobachtete die Hunde, die sich bereits eingerollt hatten und schliefen. Ein Husky wusste, wie er seine Kraft am besten einteilte, und sein Fell war dick genug, um ihn selbst bei eisiger Kälte nicht frieren zu lassen. Sie stopfte die Reste ihres Proviants in den Vorratssack zurück, verschloss ihn fest, um jederzeit aufbruchbereit zu sein, und lehnte sich schläfrig gegen den Baum, den Revolver legte sie auf ihren Schoß.

Sie hatte das Gefühl, gerade erst eingeschlafen zu sein, als sie leise Stimmen weckten. Sie öffnete die Augen und sah, dass auch ihre Huskys aufgewacht waren und mit aufgestellten Ohren zum Waldrand blickten.

»Leise!«, flüsterte sie ihnen zu.

Sie richtete sich vorsichtig auf, hielt den Revolver in der rechten Hand und spähte zwischen den Bäumen hindurch ins Freie, wo sie die schemenhaften Umrisse eines Hundeschlittens erkannte und die Stimme von Frank Whittler hörte.

»Ich hab dir doch gleich gesagt, dass sie hier nicht ist«, sagte er. »So weit kann sie niemals gekommen sein. Die hat doch keine Ahnung, wie man einen Hundeschlitten steuert. Sie muss sich irgendwo versteckt haben, weiter unten im Holzfällerlager. Über die vereisten Hügel ist sie bestimmt nicht gefahren.«

»Sie weiß, wie man einen Schlitten lenkt«, widersprach der Indianer. Er sprach gutes Englisch, aber mit starkem Akzent. »Und sie hat gute Hunde, bessere als wir. Die Hunde haben ihr geholfen, die Ebene zu überqueren.«

»In dem Schneesturm? Niemals!«

»Sie ist eine tapfere Lady, Mister Whittler.«

»Sie ist eine Diebin, und du bekommst keinen Penny von mir,

wenn du sie nicht bald findest! Seit wann lässt sich ein Krieger von einer Frau reinlegen?«

»Wir müssen warten, bis es hell wird.«

»Unsinn! Wir kehren um und suchen unten weiter.«

»Aber da ist sie nicht, Mister Whittler. Ich glaube, sie ist an den Felsen entlang nach Osten gefahren, um über einen der Pässe das nächste Tal zu erreichen. Da gibt es einen Trail, den unsere Krieger früher benutzt haben.«

»Über einen der Pässe? Bei dem Wetter?«

»Sie hat gute Hunde, Mister Whittler.«

»Willst du alles mit den doofen Kötern erklären? Die können sie auch nicht im Alleingang über einen Pass schleppen. Ich sage, sie hat sich in der Nähe der Stadt versteckt. Wahrscheinlich lacht sie sich dumm und dämlich, während wir hier im Schnee herumirren, aber das Lachen wird ihr noch vergehen, dafür werde ich schon sorgen! Und jetzt dreh endlich um, verdammt!«

Clarissa umklammerte den Revolver mit beiden Händen und beobachtete gebannt, wie der Indianer sein Gespann wendete und in die Dunkelheit verschwand. Nur weil der Wind aus den Bergen kam, hatten die Hunde ihre Huskys nicht gewittert, und sie war unentdeckt geblieben. Sie blieb noch minutenlang angespannt zwischen den Bäumen hocken, erhob sich dann vorsichtig und steckte den Revolver in den Vorratssack zurück. Schnell raffte sie die Decke zusammen und wandte sich an die Hunde: »Wir müssen weiter! Wer weiß, ob sie wirklich umkehren. Irgendwann hört er doch noch auf den Indianer, und dann kommt er zurück.«

Obwohl sie immer noch todmüde und so gut wie gar nicht ausgeruht war, zog sie den Anker aus dem Schnee und fuhr weiter, tiefer in den Wald hinein, nur weg von Frank Whittler und dem Indianer. Die Huskys gehorchten ihr und liefen ein gemäßigtes Tempo, sie ahnten wohl, dass ihnen eine längere Reise bevorstand und sie ihre Kräfte klug einteilen mussten. Clarissa schaffte es kaum noch, sie zu unterstützen. Sie stand auf dem

Trittbrett, klammerte sich mit beiden Händen an die Haltestange und war so erschöpft, dass ihr alle paar Schritte die Augen zufielen und sie ständig drohte, vom Schlitten zu fallen. Als Tochter eines Fischers war sie mehr gewöhnt als die meisten anderen Frauen aus der Stadt, aber auch das genügte nicht, um einen solchen Gewaltmarsch durchzustehen. Selbst Alex hätte sich schwer getan, diese Strapazen auszuhalten.

Einige Bäume in dem Wäldchen standen sehr dicht, und die Hunde waren öfter gezwungen, einen Umweg einzulegen. Es gab nicht einmal die Andeutung eines Trails, und Clarissa hätte ohne den reflektierenden Schnee nicht einmal die Hand vor Augen gesehen. Ihr Vertrauen galt wieder Billy, dem erfahrenen Leithund, einem der klügsten Tiere, die sie jemals gesehen hatte, dessen Instinkt stärker als bei den anderen Hunden ausgeprägt war und ihn befähigte, fast jede Gefahr und jedes Hindernis im Voraus zu ahnen. Nur ihm war es zu verdanken, dass sie die andere Seite des Waldes sicher erreichten.

Sie verharrte am Waldrand und blickte prüfend in das Schneetreiben, das etwas abgeklungen war und den Blick auf die zerklüftete Berglandschaft freigab. Wie gewaltige Riesen erhoben sich die Berge in den nächtlichen Dunst, die schroffen Felswände ohne den geringsten Durchlass, die verschneiten Gipfel in bedrohliche Wolken eingehüllt. Die Pässe, von denen Whittler und der Indianer gesprochen hatte, konnte sie nicht sehen. Wenn es einen Weg durch diese Berge gab, lag er weiter nordöstlich, inmitten der Berge, die nur schemenhaft in der Dunkelheit zu sehen waren.

Um sie zu erreichen, musste sie im Schatten der Felswände bleiben, wo der Schnee nicht so hoch lag, sie aber gezwungen war, die Huskys über zahlreiche bewaldete Hügelkämme zu lenken, immer in Gefahr, durch eine Unachtsamkeit die Kontrolle über den Schlitten zu verlieren und die Böschung hinabzustürzen. Der Weg durch das tief verschneite Tal war jedoch wesentlich beschwerlicher, und sie würde selbst im Vollbesitz ihrer Kräfte und mit Schneeschuhen viel zu lange brauchen. Am einfachsten war es, noch ein wenig im Schutz der Bäume auszuruhen, neue Kraft zu sammeln und erst loszufahren, wenn der Morgen heraufzog und es etwas heller war.

Während sie noch überlegte, stellte Billy die Ohren auf. Im nächsten Augenblick glaubte sie, das Scharren von Kufen und die Anfeuerungsrufe eines Mushers zu hören. Frank Whittler und der Indianer! Sie waren zurückgekehrt!

In ihrer Panik zögerte sie keine Sekunde. Mit einem leisen »Vorwärts! Go! Go! Go!« trieb sie ihr Gespann in das Schneetreiben hinaus, den Ausläufern der Berge im Osten entgegen. Getrieben von der Furcht, in dieser Wildnis von Frank Whittler gefangen zu werden und ihm ausgeliefert zu sein, ließ sie den Hunden freien Lauf, rief sie immer wieder: »Lauft! Vorwärts! Lauft!«

Die Hunde rannten, als wäre der Teufel hinter ihnen her. Mit weiten Sprüngen hetzten sie am Waldrand entlang, kämpften sich durch tieferen Schnee zu der Felswand und rannten über den ersten Hügelkamm. Jeder von ihnen schien zu wissen, wie groß die Gefahr war, in der Clarissa schwebte, und gab sein Äußerstes. Obwohl sie sich erst ein paar Tage kannten, waren sie und die Hunde längst zu einer Einheit zusammengewachsen, die Huskys fühlten sich ihr genauso oder fast so stark verbunden wie Alex.

Sie drehte sich nicht um, sondern blickte nur nach vorn und achtete darauf, mit dem Schlitten hinter den Hunden zu bleiben. Der Hügelkamm, über den sie die Huskys trieb, war stark vereist und tückisch, und schon ein kleiner Fehler genügte, um sie mit dem Schlitten die Böschung hinabstürzen zu lassen. »Heya! Heya! Lauft! Lauft!«, rief sie, ungeachtet der Verfolger, die ihr dicht auf den Fersen sein mussten. Jetzt galt es nur noch, ihre letzten Kräfte zu mobilisieren und Frank Whittler und dem Indianer so schnell wie möglich zu entkommen. Ein beinahe unmögliches Unterfangen, es sei denn, ihre Verfolger hätten sie nicht bemerkt, doch an ein solches Wunder glaubte sie nicht.

Die Angst verlieh ihr ungeahnte Kräfte. Sie schaffte es sogar, zwischen zwei Hügelkämmen vom Trittbrett zu springen und den Schlitten anzuschieben. Die Hunde ließen sich nicht lumpen, verschärften das Tempo und jagten den nächsten Hügelkamm hinauf, rannten durch einen Fichtenwald, der ihr für eine Weile die Sicht nahm und sie erneut zwang, sich nur auf die Tiere zu verlassen. »Nur weiter!«, drängte sie. »Sie dürfen uns nicht erwischen!«

Viel zu spät bemerkte sie den ausladenden Ast einer mächtigen Fichte, der so tief über den Trail ragte, dass sie sich nicht mehr ducken konnte, mit dem Kopf dagegenprallte und im hohen Bogen vom Schlitten geschleudert wurde. Sie stürzte in den knöcheltiefen Schnee, streifte einen Baumstamm mit dem Hinterkopf, überschlug sich ein paar Mal, verfing sich mit dem rechten Fuß in einer Wurzel, schrie vor Schmerzen auf und blieb unterhalb des Hügels liegen, schwer verletzt und halb bewusstlos.

Die Hunde rannten weiter und verschwanden mit dem Schlitten in der Nacht.

25

Als Clarissa aus ihrer Benommenheit erwachte, war es bereits Morgen. Sie lag auf dem Rücken, zur Hälfte vom tiefen Schnee bedeckt, und blickte zu den Baumkronen empor. Es hatte aufgehört zu schneien, sogar ein Stück blauer Himmel war zu sehen. Ein schwacher Trost für sie und kein Mittel gegen den unerträglichen Schmerz, der ihren ganzen Körper beherrschte.

Ihr Kopf brummte, und als sie versuchte, ihn anzuheben, wurde ihr schwindlig und so übel, dass sie nahe daran war, sich zu übergeben. Entmutigt ließ sie ihn wieder sinken. Sie atmete ein paar Mal durch und versuchte es noch einmal, schaffte es bis auf die Ellbogen und spürte einen stechenden Schmerz in ihrem Rücken, der sie erneut zurückfallen ließ. Sie bewegte ihre Arme und Hände, stellte fest, dass ihr rechter Oberarm leicht lädiert war, bewegte den linken Fuß und schrie vor Schmerzen laut auf, als sie den rechten bewegte und merkte, dass er angebrochen oder verstaucht war.

»Billy! Smoky!«, wollte sie rufen, doch es kam nur leises Krächzen über ihre Lippen, zu lange lag sie schon im tiefen Schnee. »Billy! Komm zurück!«

Doch ihre Huskys waren längst über alle Berge, das wusste sie. Nicht umsonst hatte Alex sie vor dieser Gefahr gewarnt. Wenn eine Musherin oder ein Musher vom Schlitten fiel, hielten die Huskys nicht an. Sie rannten weiter, bis ihnen die Puste ausging oder sie irgendjemand aufhielt. Oder wenn der Schlitten umfiel und sich die Leinen um einen Baum wickelten. Auch ein Grund dafür, warum ein Musher immer eine kleine Notration in seiner Anoraktasche mitführte, etwas Schokolade oder Trockenfleisch, Streichhölzer, vielleicht sogar einen Revolver, mit dem man sich nicht nur gegen wilde Tiere verteidigen, sondern auch einen Signalschuss abgeben und Hilfe herbeiholen konnte. In ihrer Panik hatte sie nicht daran gedacht, auch wenn ihr ein Revolver in der Anoraktasche wenig genützt hätte, denn damit hätte sie nur Frank Whittler und den Indianer auf sich aufmerksam gemacht.

Sie wandte den Kopf und spürte wieder den Schwindel und die Übelkeit, stöhnte vor Schmerz und schloss die Augen. Es dauerte einige Minuten, bis sie wieder einigermaßen bei Sinnen war. Als sie sich stark genug fühlte, um ihre Augen wieder zu öffnen und zum Hügelkamm emporzublicken, schien dieser meilenweit entfernt, und weder ihre Hunde noch ihr Schlitten waren zu sehen. Wahrscheinlich hatten sie nicht einmal gemerkt, dass sie gestürzt war. Es war alles so blitzschnell gegangen, dass sie nicht mal Zeit zum Schreien gehabt hatte. Von einer Sekunde auf die andere war es schwarz um sie geworden.

Das einzig Gute an ihrer Situation war, dass auch Frank Whittler nicht gemerkt hatte, dass sie vom Schlitten gefallen war, sonst wäre er doch längst bei ihr, und sie hätte vielleicht noch ganz andere Schmerzen zu erleiden. Anscheinend verfolgten sie immer noch ihren Schlitten. Sie musste trotz ihrer großen Schmerzen lächeln. Wenn ihre Hunde durchgingen, würde es auch einem erfahrenen Musher wie dem Indianer nicht gelingen, sie einzuholen. Oder gab es die Verfolger gar nicht? War sie schon so müde gewesen, dass sie sich alles eingebildet hatte? War nur ein Hirsch durch den Wald getrabt oder ein Eichhörnchen von einem Ast zum anderen gesprungen?

Sie sank zurück in den Schnee und dachte angestrengt nach, doch selbst das Denken tat ihr weh. Anscheinend hatte sie eine Gehirnerschütterung, so wie Alex vor einigen Tagen. Oder war es schon Wochen oder Monate her? Obwohl sie auch in seiner Hütte in der ständigen Gefahr gelebt hatte, von Frank Whittler oder einem Mann wie Crazy Joe entdeckt zu werden, war sie glücklich bei ihm gewesen. Glücklich und zufrieden, zwei Begriffe, die ihr in Vancouver nur selten in den Sinn gekommen waren. Nach dem Tod ihrer Eltern war sie weder das eine noch das andere gewesen, sie hatte widerwillig ihre Pflichten als Dienstmädchen verrichtet, um ihren Lebensunterhalt zu sichern, und wenig an ihre Zukunft gedacht. Es hatte kaum Männer in ihrem Leben gegeben und wenn, dann nur die falschen, und sie hatte bereits geglaubt, längst zu alt für die Ehe zu sein. Was für ein Unsinn, man war nie zu alt für eine dauerhafte Bindung, und wenn Alex auch nicht wie der legendäre Prinz auf seinem weißen Pferd aus den Bergen geritten kam, eher ein seltsamer Eigenbrötler zu sein schien und stets eine spöttische Bemerkung auf den Lippen hatte, war er doch genau der richtige Mann für sie gewesen, der Einzige, den sie wollte.

Sie dachte in der Vergangenheit von ihm. Frank Whittler sorgte sicher dafür, dass er noch länger hinter Gittern blieb und keine Gelegenheit bekam, sie in der Wildnis aufzuspüren und ihr zu helfen. Jeder Versuch, sie aus ihrer misslichen Lage zu befreien, wäre sowieso zu spät gekommen. Sie lag fernab der nächsten Siedlung hilflos im Schnee, unfähig, sich zu bewegen, ohne Proviant, ohne Streichhölzer und ohne eine Möglichkeit, sich irgendwie bemerkbar zu machen. Sie konnte noch nicht einmal den Hang hinaufklettern und dort darauf hoffen, von einem Indianer oder Fallensteller entdeckt zu werden.

»Alex!«, rief sie in ihrer Verzweiflung. »Alex, wo bist du?«

Doch Alex war meilenweit entfernt, und die einzige Antwort, die sie bekam, war das Rauschen der Fichten im eisigen Wind und das leise Knistern, wenn er den Neuschnee neben ihr aufwirbelte. Ansonsten herrschte unheimliche Stille, beängstigend und bedrohlich sogar und so intensiv, als könnte man sie mit den Händen greifen. Sie beobachtete ein Eichhörnchen, das weit über ihr von einem Ast zum anderen sprang und sie nicht einmal zu bedauern schien, genauso wie der Rabe, der eine Weile über ihr saß und sie so lange und intensiv betrachtete, als hätte er ein persönliches Interesse an ihr.

Längst spürte sie auch die Kälte. Sie kam mit dem Wind, der sich einen Weg durch die dichten Baumkronen bahnte, und aus dem gefrorenen Boden unter ihr, schien bereits ihren ganzen Körper auszufüllen und es darauf abgesehen zu haben, einen Körperteil nach dem anderen zu lähmen. Sie drehte sich auf die Seite und schrie laut auf, als stechender Schmerz durch ihren Rücken fuhr. Verzweifelt krallte sie ihre linke Hand in den Schnee. Eine starke Prellung, vermutete sie, zumindest war nichts gebrochen. Sie blieb eine Weile auf der Seite liegen und kämpfte gegen den Schmerz und die Übelkeit an, spürte plötzlich aber ein so starkes Würgen im Hals, dass sie sich in den Schnee übergab.

Nur nicht aufgeben, redete sie sich Mut zu, jetzt nur nicht aufgeben. Wenn ich liegen bleibe, bedeutet das den sicheren Tod. Die Kälte wird mich umbringen, oder ich verhungere. Ein langsamer und qualvoller Tod. Ich muss auf die Beine kommen und auf den Trail zurückklettern, wenn ich wenigstens noch eine kleine Chance haben will. Nicht aufgeben, auf keinen Fall aufgeben, auch wenn die Schmerzen noch so stark sind. Du schaffst es!

Sie stemmte sich vom Boden hoch und schrie vor Schmerz, stützte sich mit beiden Händen an einem Baumstamm ab und wartete stöhnend, bis der Schmerz etwas nachließ. Doch der Schwindel blieb, und als alles vor ihren Augen verschwamm, fiel sie erneut zur Seite und blieb leise weinend im Schnee liegen. Nur nicht aufgeben, schoss es ihr erneut durch den Kopf, verdammt, du schaffst es, so schlimm kann die Gehirnerschütterung nicht sein, wenn du noch einigermaßen denken kannst. Sie zog sich an dem Baumstamm nach oben, blieb schwankend stehen, stolperte zur Seite und kam auf ihrem verstauchten Fuß zu stehen, fiel schreiend zu Boden und war so weit wie vorher. Weinend blieb sie liegen, ausgepumpt und den sicheren Tod vor Augen.

Vor Erschöpfung döste sie ein, öffnete aber entsetzt die Augen, als sie etwas Nasses und Raues an ihrer Wange spürte. Bones war gekommen und ließ seine Zunge über ihr Gesicht gleiten. Der Wolf, den sie vor dem Tod gerettet hatte. Zuerst glaubte sie an einen Traum, oder dass sie bereits vom nahenden Tod gezeichnet war, im Delirium versank und seltsame Trugbilder sah. Doch so oft sie die Augen schloss und wieder öffnete, der Wolf blieb. Bones war tatsächlich bei ihr, und als er sie ansah, lag eine solche Zuneigung in seinen Augen, dass sie neue Zuversicht schöpfte. Sie schaffte es sogar, ihn mit einem Lächeln zu begrüßen. »Bones! Du bist es tatsächlich! Hilf mir, Bones!«

Bones antwortete ihr nicht, er zeigte mit keinem Muskelzucken, dass er sie verstanden hatte, doch in welcher Lage sie sich befand, war offensichtlich, und er brauchte sie auch gar nicht zu verstehen. Verwundert beobachtete sie, wie er sich einige Schritte von ihr entfernte, wieder zurückkehrte und noch einmal davonlief, so wie damals, als er sie aufgefordert hatte, die Hütte zu verlassen. Zeigte er ihr die Richtung an, in die sie gehen oder kriechen sollte?

Sie entdeckte einen abgebrochenen Ast neben sich, als hätte ihn Bones gebracht und neben sie gelegt, griff danach und stemmte sich noch einmal vom Boden hoch. Diesmal achtete sie darauf, den verstauchten Fuß nicht zu belasten, und blieb schwanken stehen, wartete geduldig, bis sie einigermaßen ihr Gleichgewicht gefunden hatte, humpelte ein paar Schritte durch den tiefen Schnee und stürzte wieder, blieb liegen und versank in einem dunklen Nebel.

Wie viel Zeit vergangen war, als sie aus ihrer Benommenheit erwachte, vermochte sie nicht zu sagen, doch Bones war immer noch bei ihr, hatte sich dicht an sie gedrängt und wärmte sie mit seinem dicken Fell. Mit der Wärme flossen neue Energie und

Kraft in ihren Körper und sie schien ihr sogar ein wenig von dem Schmerz zu nehmen, der sie noch immer quälte. Sie kraulte seinen Nacken, als wäre er Billy oder Smoky, und empfand seltsamerweise keine Angst, sondern fühlte sich bei dem Wolf sicher und geborgen.

Kaum schlug sie ihre Augen auf, löste sich Bones von ihr und forderte sie mit leuchtenden Augen auf, ihm zu folgen. Er brachte sie dazu, sich wieder aufzuraffen und auf den Ast zu stützen, sich mit der freien Hand an den Baumstämmen abzustützen und weiterzuhumpeln, immer weiter den Abhang hinab, als wartete dort unten die Rettung. Wo wollte er nur hin? War das ein schlechter Traum? Ein Trugbild, mit dem die bösen Mächte sie in die Irre führen wollten?

Doch der Wolf, der in den meisten Geschichten, die sie kannte, so verteufelt wurde wie der Hai, hatte nichts Böses im Blick und schien es darauf abgesehen zu haben, ihr zu helfen. Geduldig wies er ihr den Weg. Er lief ein paar Schritte, blieb stehen und drehte sich nach ihr um, lief weiter und wartete wieder, bis sie nachgekommen war. Wie ein zahmer Hund, der seinem Frauchen half.

Sie biss die Zähne zusammen und arbeitete sich schrittweise nach unten. Nach jedem Schritt musste sie länger warten, bis die dunklen Schatten vor ihren Augen verschwanden und sie wieder klar sehen konnte. Sie klammerte sich an den auffordernden Blicken des Wolfes fest bis sie an einen versteckten Trail kamen, auf dem sogar Schlittenspuren zu sehen waren. Sie blickte verwundert auf die Spuren, hob den Kopf, um etwas zu Bones zu sagen, und stellte überrascht fest, dass er verschwunden war. »Bones!«, rief sie. »Komm zurück!«

Doch Bones blieb verschwunden, und sie sank seufzend zu Boden, erschöpft von der Anstrengung, die sie auf sich genommen hatte, und benommen von dem dunklen Nebel, der sich vor ihren Augen gebildet hatte. Die Schlittenspuren vor Augen, verlor sie erneut das Bewusstsein. »Zu spät!«, waren die letzten Worte, die sie in Gedanken zu dem Wolf sagte. »Viel zu spät!«

Sie glaubte sich in einem Traum und dem Tode nahe, als sie die Anfeuerungsrufe eines Mushers hörte und schon wenige Minuten später einen Schlitten neben sich halten sah. »Whoaa! Whoaa!«, rief jemand. Sie öffnete die Augen und beobachtete erstaunt, wie sich einer der Huskys ihr näherte und seine Zunge über ihre Wange gleiten ließ, genauso wie Bones es gemacht hatte. Ein scharfes Kommando seines Besitzers trieb ihn ins Gespann zurück. Sie hörte, wie der Musher den Schlitten verankerte und sich ihr näherte, sah ein indianisches Gesicht über sich auftauchen und wich ängstlich zurück. Der Indianer, dachte sie entsetzt, der Indianer hat Whittler überredet, noch einmal umzukehren, und Bones, der nur mein Bestes wollte, hat mich ihnen direkt in die Arme getrieben. Oder war Bones nur eine Gestalt in einem Albtraum, der kein Ende nahm?

Der Indianer betrachtete sie jedoch eher verwundert, legte eine flache Hand auf ihre Stirn, als wollte er feststellen, ob sie unter Fieber litt, entfernte sich ein paar Schritte und kniete im Schnee nieder. Sie wandte den Kopf und sah, wie er die Wolfsspuren untersuchte. Bones war kein Trugbild, er war tatsächlich bei ihr gewesen. Sie beobachtete, wie der Indianer mit zwei Fingern über die Abdrücke strich und immer wieder ungläubig den Kopf schüttelte.

»Hört-den-Donner hatte recht«, sagte er, als er zu ihr zurückkehrte. »Du bist Wolfsfrau, die weiße Frau aus der Geschichte, die er uns erzählt hat.« Sein Englisch war erstaunlich gut. »Du besitzt starke Medizin, sonst wärst du längst tot. Dann hätte ich dich im Schnee begraben müssen.« Er kniete neben ihr nieder und lächelte zuversichtlich. »Der Wolf hat dich auf unseren Jagdtrail geführt. Er wollte, dass wir dich finden. Ich bringe dich in unser Dorf.«

Sie wollte etwas sagen, sich wenigstens bei ihm bedanken,

brachte aber lediglich ein Lächeln hervor. Tapfer unterdrückte sie den Schmerz, als er sie vom Boden aufhob und zum Schlitten trug, sie auf ein warmes Bärenfell legte und sie mit zahlreichen Wolldecken mit den bunten Streifen der Hudson's Bay Company zudeckte. Viele Indianer jagten Pelztiere für die Handelsgesellschaft, die sogar in Vancouver mit einem Handelsposten vertreten war.

»Ich bin Bill Leonard vom Stamm der Shuswap«, sagte der Indianer. Er war ungefähr in ihrem Alter, vielleicht sogar etwas jünger, trug die Hosen und Stiefel eines weißen Mannes und einen indianischen Anorak aus Karibufell. Seine dunklen Haare waren kurz und ragten kaum unter der mit zwei Federn geschmückten Pelzmütze hervor. Er trug ein Gewehr auf dem Rücken.

»Ich …«, stammelte sie, »ich bin …«

»Du bist Wolfsfrau«, wiederholte er, »die weiße Frau, die wir bisher nur aus einer Geschichte kannten. Nur Hört-den-Donner wusste, dass es dich wirklich gibt. Alle anderen dachten, du wärst eine … Wie sagt ihr? Legende.«

Sie gab es auf, ihren richtigen Namen sagen zu wollen, und sank dankbar auf das Bärenfell zurück. Sie war gerettet! Bones hatte sie auf einen geheimen Jagdtrail geführt, den nur die Indianer benutzten, und ihr das Leben gerettet. Ohne ihn wäre sie jämmerlich im tiefen Schnee erfroren. Was es mit diesem Hört-den-Donner auf sich hatte, wusste sie nicht, aber der Name passte zu einem Medizinmann, einem weisen Jäger, der den alten Traditionen verbunden war und mit den Geistern sprach. In Vancouver hatte sie gehört, dass einige dieser Medizinmänner sogar behaupteten, in die Zukunft blicken zu können.

Auch von den Shuswap hatte sie schon gehört. Ein Stamm, der im Inneren von British Columbia lebte und inzwischen in Reservaten angesiedelt war. Sie lebten vom Fischfang und der Jagd, verbrachten die Sommer in ihren Sommercamps an den Ufern des Fraser und des Thompson Rivers und zogen im Winter in ihre festen Dörfer, wo sie ihre religiösen Feste feierten und Geschichten erzählten wie die von der Frau, die mit den Wölfen sprach. Trotz ihrer Benommenheit, die sich wie Nebel in ihre Gedanken schlich, musste sie lächeln.

Sie schloss die Augen und gab sich der Müdigkeit hin, die noch stärker als ihre Schmerzen war und sie in einen unruhigen Dämmerschlaf gleiten ließ. Die Wärme, die von dem Bärenfell und den Decken ausging, war die reinste Wohltat. Ihre Glieder schmerzten ein wenig, als die Kälte aus ihnen wich, und in ihrem Kopf rumorte es, als Bill Leonard seine Huskys anfeuerte und den Schlitten über den holprigen Trail lenkte. Aber was war dieser Schmerz schon gegen die Freude und Erleichterung, zumindest vorerst in Sicherheit zu sein.

Die Fahrt überstand sie in einem seltsamen Dämmerzustand, der sie zwischen seltsamen Träumen und der Wirklichkeit pendeln ließ. Der Rabe, der sie so eingehend gemustert hatte, tauchte über dem Schlitten auf und machte sich mit lautem Krächzen über sie lustig, und überall in den Baumkronen erschienen ihr die gelben Augen von Bones. Als sie die Augen öffnete, sah sie, dass Bill Leonard den Jagdtrail verlassen hatte und seine Huskys einen steilen Hang hinauftrieb, wo schneidender Wind und wirbelnde Flocken ihm große Mühe bereiteten, den Schlitten in der Bahn zu halten. Doch er war ein erfahrener Musher und ließ sich nicht so schnell aus der Ruhe bringen, vermied selbst den Anflug einer Panik und meisterte die Herausforderung, ohne einmal vom Weg abzukommen. Seine Hunde waren wohlerzogen und hörten auf den leisesten Befehl, der oft nur eine Andeutung oder ein Wort aus der Indianersprache war, das Leonard leise vor sich hinmurmelte.

Jenseits des Hanges erreichten sie einen weiteren Jagdtrail, der dicht an den Felsen entlang zu einem der Pässe hinaufführte, die Clarissa so verzweifelt gesucht hatte. Auch hier pfiff der Wind, und eisige Schleier wehten über sie hinweg, doch der Indianer kannte den Trail genau und folgte den inzwischen unsichtbaren Spuren, die er und seine Stammesbrüder in den Schnee gestampft hatten. »Es ist nicht mehr weit!«, rief er, als sie die Passhöhe erreicht hatten und über einen gewundenen Trail ins Tal hinunterfuhren. Auf dieser Seite des Berges waren sie vor dem Wind geschützt und kaum noch durch aufgeworfenes Eis, Verwehungen oder andere Hindernisse zu Umwegen gezwungen.

Als sie das Tal erreicht hatten und durch einen lichten Wald fuhren, war sie schon wieder eingeschlafen und merkte gar nicht, wie die runden Häuser eines Shuswap-Dorfes vor ihr auftauchten: aus Balken und Lehm errichtete Unterkünfte, deren Erddächer mit einer dicken Schneeschicht bedeckt und kaum als solche zu erkennen waren. Erst das vielstimmige Geheul zahlreicher Huskys weckte sie aus ihrer Benommenheit.

26

Vor dem größten Erdhaus hielt Bill Leonard an. Clarissa richtete sich stöhnend auf und sah sich von zahlreichen Männern, Frauen und Kindern umgeben, die sie wie eine Kuriosität bestaunten, obwohl sie schon seit einigen Jahren mit den Weißen in Kontakt lebten und sogar wie sie gekleidet waren. Die meisten Männer trugen einfache Baumwollhosen und zerschlissene Pullover oder Jacken, die Frauen zum Teil bunte Kleider oder Röcke und Decken der Hudson's Bay Company über den Schultern. Sie blickten neugierig und auch ein wenig ängstlich auf sie herab und wichen erst zur Seite, als Bill Leonard vom Trittbrett stieg und rief: »Die Frau, die mit den Wölfen spricht, Häuptling!«

Der Häuptling, der eigentlich »Wunuxtsin« hieß, bei den Weißen aber als »John Christian« bekannt war und von seinem Stamm nur »Häuptling« genannt wurde, trat aus seiner Hütte, feierlich wie ein Staatsmann und in kostbare Felle wie seine Vorfahren gekleidet. Auf dem Kopf trug er eine Fellmütze mit Adlerfedern und einigen Amuletten aus geschnitzten Knochen. Sein faltiges Gesicht erinnerte Clarissa an einen alten Fischer in Vancouver, der noch im Alter von achtzig Jahren aufs Meer gefahren war. Er hob beide Hände und sagte etwas in seiner Sprache, das wie eine Begrüßung klang. Clarissa verstand kein Wort. Genauso gut hätte er auch Chinesisch sprechen können.

»Wunuxtsin spricht kein Englisch«, erklärte Bill Leonard und übersetzte die Worte seines Häuptlings: »Ich bin Wunuxtsin, der Häuptling der Shuswap. Ich heiße dich im Namen aller Bewohner dieses Dorfes willkommen. Wir alle haben die Geschichte von der Frau, die mit den Wölfen spricht, gehört und vertrauen deinen magischen Kräften. Hört-den-Donner, unser Medizinmann, hat dich in seinen Träumen gesehen und vertraut den Geistern, die dich in unser Dorf geschickt haben. Du wirst den Winter bei uns verbringen.«

Clarissa hörte staunend zu. Sie glaubte weder über magische Kräfte zu verfügen noch von irgendwelchen Geistern in das Indianerdorf geschickt worden zu sein. Oder hatte sie den jungen Indianer in ihrer Benommenheit falsch verstanden? Noch immer war sie nicht im Vollbesitz ihrer Kräfte. Ihre Worte kamen langsam. »Ich bin Clarissa Howe … Ich weiß nicht, ob ich … ich über magische Kräfte verfüge … Ich will … will euch nicht zur Last fallen.«

Bill Leonard übersetzte, und der Häuptling schüttelte ernst den Kopf. »Du fällst uns nicht zur Last. Wer mit den Wölfen spricht, hat starke Medizin und wird unserem Volk helfen. Du wirst bei Bill Leonard und seiner Frau wohnen. Sobald du gesund bist, wirst du uns in eine bessere Zukunft führen.« Er blickte Bill Leonard an und nickte. »Das ist alles, was ich zu sagen habe.«

Der Häuptling gab den Dorfbewohnern mit einer gebieterischen Handbewegung zu verstehen, die weiße Frau nicht zu bedrängen, und kehrte in seine Hütte zurück. Clarissa sank wieder auf das Bärenfell. Erschöpft ließ sie über sich ergehen, wie Bill Leonard sie zu seinem Erdhaus brachte und seiner Frau zunickte, die bereits vor dem Eingang wartete und Clarissa etwas misstrauisch betrachtete. »Meine Frau Susan«, sagte Bill, »sie wird sich um dich kümmern. Wir tun das, was die Geister von uns verlangen, weiße Frau.«

Was wohl bedeuten sollte, dass sie sich nicht freiwillig dazu bereiterklärt hatten. Bill brachte sie durch einen tief liegenden Höhlengang ins Innere des Erdhauses und legte sie auf ein Lager aus dicken Fellen. Nach der langen und beschwerlichen Fahrt durch die Kälte schätzte sie die Wärme, die von einem Feuer in der Mitte ausging. Im flackernden Licht erkannte sie, dass das kuppelförmige Hüttendach von vier stabilen Balken getragen wurde und die ganze Hütte mit geflochtenen Matten ausgelegt war. In den Ledertaschen an der Wand lagerten die Bewohner offenbar ihre Vorräte. Außer Bill und Susan lebte noch eine ältere Frau in der Hütte, die Clarissa erst entdeckte, als sie aus den dunklen Schatten trat und neugierig auf sie herabblickte. »Meine Mutter«, stellte Bill sie vor. »Sie spricht kein Englisch.« Er sagte etwas in seiner Sprache zu ihr, und die Frau kehrte zögernd in ihre dunkle Ecke zurück.

»Ich kümmere mich um die Hunde«, sagte Bill auf Englisch zu seiner Frau und verließ die Hütte, wohl auch, um ihr die Gelegenheit zu geben, Clarissa umzuziehen und zu verarzten. Er wirkte ein wenig besorgt, wegen der beiden Frauen in seiner Hütte, nahm sie an. Keine Frau mochte es, wenn ein Mann eine Fremde ins Haus brachte, und seine Mutter musste schon misstrauisch sein, weil sie kein Englisch verstand und nicht alles mitbekam, was geschah.

Doch Susan machte nicht den Eindruck, ihr böse zu sein, als sie mit einem Rock, einem Männerhemd und frischer Unterwäsche zu ihr kam. Sie benahm sich sehr freundlich, wenn auch etwas reserviert, und in ihren dunklen Augen war sogar Anteilnahme zu erkennen. Ihre dunklen Augen waren nicht so klar wie die ihres Mannes, und ihr Gesicht war etwas zu breit, um wirklich hübsch zu sein, wurde aber durch ihre glatten und halblangen Haare aufgewertet, die schwarz wie das glänzende Gefieder eines Raben bis auf ihre Schultern hingen. »Du brauchst neue Kleider. Du siehst aus wie eine … Landstreicherin.«

Das stimmte tatsächlich. Vor allem ihre Hose und ihre Unterwäsche hatten durch die beschwerliche Fahrt gelitten und waren kaum noch zu gebrauchen. Susan zog sie aus, wusch sie vorsichtig mit einem feuchten Lappen und rieb ihren lädierten Rücken mit einer selbstgemachten Salbe ein. Mit beiden Händen betastete sie vorsichtig ihren Fuß und sagte: »Du hast Glück gehabt, es ist nichts gebrochen, aber du wirst Schmerzen haben, wenn er wärmer wird.« Sie holte eine Dose mit getrockneten Kräutern, vermischte sie mit etwas Elchfett und schmierte sie auf die Schwellung. Mit einem Verband aus weichem Leder festigte sie den Fuß. »Wenn du wieder laufen kannst, gebe ich dir die Stiefel. Aber das wird einige Zeit dauern. Wie geht es deinem Kopf?«

Clarissa griff sich an die Beule, die sich an ihrem Hinterkopf gebildet hatte, und verzog das Gesicht. »Mir ist noch etwas schwindlig. Ich … Ich bin mit dem Kopf gegen einen Baum geschlagen. Ich … Ich bin vom Schlitten gefallen … in den Ausläufern der Berge … auf … auf einem vereisten Hügelkamm.«

»Ich weiß«, antwortete Susan zu ihrem Erstaunen. »Hört-den-Donner hat geträumt, was dir passiert ist. Er wusste auch, wo Bill nach dir suchen muss.«

»Euer Medizinmann?«

Sie lächelte. »Ein Wort, das die Weißen erfunden haben. Ein heiliger Mann, der mit den Geistern sprechen kann. Du wirst ihn bald kennenlernen.«

»Ich dachte, ihr … Ihr wärt alle … Christen?«

»Das stimmt. Schon vor vielen Jahren war ein katholischer Pater bei uns und erzählte unseren Eltern von Jesus, der ans Kreuz geschlagen wurde. Eine traurige Geschichte. Nicht nur meine Eltern sagten: Was ist das für ein Gott, der vor seinen Feinden in die Knie geht und sich ans Kreuz schlagen lässt? Ist er so schwach, dass er sich nicht wehren kann? Wir haben bessere Geschichten, deshalb haben wir uns alle taufen lassen, beten aber auch zu den Geistern unserer Vorfahren.« Sie lächelte schwach. »Sicher ist sicher, nicht wahr?«

In den neuen Kleidern und mit dem Verband um ihren Fuß fühlte sich Clarissa schon viel besser. Sogar die Benommenheit in ihrem Kopf ließ anscheinend etwas nach. Sie hatte großes Glück gehabt, das begriff sie erst jetzt so richtig. Hätte der Indianer sie nicht gefunden, läge sie wahrscheinlich schon längst erfroren im Schnee. Aber war es wirklich Glück gewesen? Oder hatte der Medizinmann recht, und Bones hatte ihr tatsächlich geholfen, auf den versteckten Pfad zu kriechen? Hatte er von der Frau, die mit den Wölfen spricht, geträumt und gewusst, dass man sie dort finden würde? Noch stritten Wahrheit und Einbildung um die Vorherrschaft in ihren Gedanken, und sie konnte nicht sagen, was dort draußen wirklich passiert war.

Sie schlief ein, noch bevor Bill zurückkehrte und Susan ihr etwas zu essen geben konnte, und wachte spät am nächsten Morgen auf. Weder Susan noch ihr Mann waren in der Hütte, doch Bills greise Mutter wurde auf sie aufmerksam, füllte eine kleine Schüssel mit Wildeintopf aus dem Kessel über dem Feuer und reichte sie ihr wortlos. »Danke«, sagte Clarissa. »Wo ist Susan?«

»Nicht da«, erwiderte die Alte barsch und unterstrich ihre Antwort mit einer heftigen Handbewegung. Also verstand sie doch ein paar Worte Englisch.

Clarissa ließ sich den Eintopf schmecken. Sie fühlte sich schon wesentlich besser, vor allem der Schwindel hatte nachgelassen, und sie spürte nur noch eine dumpfe Benommenheit in ihrem Hinterkopf. Ihr Rücken schmerzte nur, wenn sie sich zu schnell oder falsch bewegte. Sorgen bereitete ihr lediglich der verstauchte Fuß, der an diesem Morgen stark brannte und geschwollen war. Ein Löffel Laudanum hätte ihr gutgetan, obwohl sie einigermaßen hart im Nehmen war und schon ganz andere Schmerzen ausgehalten hatte.

Nach dem Essen schlief sie wieder ein und erwachte ungefähr zwei Stunden später. Das bildete sie sich jedenfalls ein, besaß sie doch weder eine Uhr, noch konnte sie in der fensterlosen Hütte nach draußen blicken. Susan war noch immer nicht zurückgekehrt, doch Bill saß am Feuer und reinigte sein Gewehr. Auch er benahm sich seltsam, blickte alle paar Minuten von seiner Arbeit auf und starrte ins Feuer, die Augen feucht wie bei einem Menschen, dem großes Leid widerfährt. War er krank? Sorgte er sich um seine Frau, die aus irgendeinem Grund verschwunden war? Oder weinte er um seine alte Mutter, die den ganzen Tag apathisch in der Dunkelheit saß und sich nur erhob, wenn es unbedingt sein musste, als ob der Tod bereits in ihrer Nähe war.

Sie wagte nicht, ihn nach dem Grund zu fragen. Sie war froh, dass sie überhaupt bei den Leonards wohnen und ihre Gastfreundschaft in Anspruch nehmen durfte, und hatte nicht vor, sie mit einer unhöflichen Frage zu bedrängen. Als Bills Mutter unvermutet vor ihrem Lager auftauchte und den Verband um ihren verstauchten Fuß erneuerte, nickte sie dankbar. Der Tee, den die Alte ihr wenig später reichte, linderte die Schmerzen in ihrem Fuß.

Als sie am nächsten Morgen erwachte, war Susan wieder da und behandelte sie so freundlich wie am ersten Tag, gab ihr zu essen, rieb ihren Rücken ein und wechselte den Verband um ihren Knöchel. Sie ließ nicht erkennen, wo sie gewesen war. Es konnte tausend Gründe für ihr Verschwinden geben, einer so harmlos wie der andere, doch als Clarissa die Alte dabei ertappte, wie sie Susan mit einem verächtlichen Blick bedachte, wurde ihr klar, dass etwas anderes dahintersteckte. Ein anderer Mann? Das würde auch Bills traurige Blicke erklären, doch aus Erzählungen glaubte sie zu wissen, dass Indianerfrauen besonders treu waren und Ehebruch streng bestraft wurde. Doch was konnte sonst der Grund für ihr Verschwinden sein? War sie krank und verwirrt? War sie den ganzen Tag Holz sammeln? Besuchte sie eine Freundin?

Clarissa blieb keine Zeit, darüber nachzudenken, denn kaum war sie mit ihrem Frühstück fertig, betrat Hört-den-Donner die Hütte. Mit seiner beeindruckenden Gestalt schien er den ganzen Raum auszufüllen. Er war größer als die meisten weißen Männer, die sie kennengelernt hatte, und beinahe so abenteuerlich wie die

Medizinmänner in den Buffalo-Bill-Geschichten gekleidet. Anders als der Häuptling und die anderen Männer im Dorf trug er eine Hose und einen Anorak aus Karibufell, eine Kette aus Bärenzähnen und bunten Perlen. Sein Kopfschmuck bestand aus einer Fellmütze und einem abgebrochenen Karibugeweih. Die zahlreichen Falten und Furchen in seinem Gesicht erzählten von einem ereignisreichen Leben, und in seinen dunklen Augen war so viel Feuer, dass er jünger schien, als er wirklich war.

»Ich bin Hört-den-Donner«, stellte er sich mit dunkler Stimme vor. Mit einem bedeutungsvollen Blick zeigte er Bill, Susan und sogar der Alten, dass er allein mit der weißen Frau sein wollte. Er wartete geduldig, bis sie gegangen waren. »Darf ich mich zu dir setzen, Frau-die-mit-den-Wölfen-spricht?«

»Natürlich«, sagte sie. War sie bei seinem Erscheinen noch eingeschüchtert gewesen, sah sie jetzt das freundliche Blitzen in seinen Augen und hatte keine Angst mehr vor ihm. »Ich bin Clarissa. Du hast mir das Leben gerettet.«

Hört-den-Donner setzte sich mit verschränkten Beinen neben ihr Lager und zündete sich eine Pfeife an. Er blies den Rauch in die vier Himmelsrichtungen und nach oben und unten und reichte sie ihr. Auch wenn es keine Friedenspfeife wie in den Buffalo-Bill-Heften, sondern nur eine kurzstielige Allerweltspfeife war, wiederholte sie sie Zeremonie und hustete nicht mal.

»Dein Zauber hat dir das Leben gerettet«, verbesserte er sie. »Aus meinen Träumen weiß ich, dass du einen Wolf als Schutzgeist hast, ein magisches Tier, das dich durch dein ganzes Leben begleitet und dir den richtigen Weg zeigt. Ich weiß nicht, warum es so ist. Du bist eine weiße Frau. Weiße Frauen haben keine Schutzgeister, nur indianische Krieger, nicht einmal unsere Frauen. Du bist eine besondere Frau. Eine Frau mit großem Herzen, die bereit ist, sich für andere einzusetzen. Deshalb hat dich der Wolf zu uns geschickt.«

Clarissa fühlte sich geschmeichelt, war aber ehrlich genug,

dem Medizinmann die Wahrheit zu sagen. Die war sie ihm schuldig: »Ich bin auf der Flucht, Hört-den-Donner. Vor einem Mann, bei dessen Familie ich als Dienstmädchen gearbeitet habe. Er wollte mir Gewalt antun, und ich habe mich gewehrt und bin weggelaufen. Ein Freund wollte mich in Beaver Creek verstecken, aber der Mann fand mich auch dort. Er will mich ins Gefängnis bringen, deshalb bin ich hier. Ich bin in den Bergen vom Schlitten gefallen.«

»Weil die Geister oder dein Gott es so wollten.« Hört-den-Donner zog an seiner Pfeife und blickte dem Rauch nach. »Ich weiß von dem Mann, der dich verfolgt. Frank Whittler ist auch unser Feind. Er will, dass man den Indianern das letzte Land stiehlt und darauf Häuser für die Weißen baut. Ich kenne auch den Mann, den du als Freund bezeichnest. Ein guter Mann. Eines Tages wirst du ihn wiedersehen, aber bis es so weit ist, liegt noch ein steiniger Weg vor dir.«

Clarissa blickte den Medizinmann erstaunt an. Woher wusste er, dass sie von Frank Whittler verfolgt wurde? Woher kannte er Alex, und wie kam er darauf, dass sie ihn wiedertreffen würde? Verfügte er tatsächlich über übernatürliche Kräfte? Sprach er mit den Geistern? Konnte er in die Zukunft sehen?

Ein beunruhigender Gedanke und doch so verlockend, denn dann wüsste sie, dass Alex und sie irgendwann vereint sein würden. Unsinn, sagte die Stimme der Vernunft in ihr, kein Mensch kann in die Zukunft sehen, und dafür, dass er von Frank Whittler und ihrer Begegnung mit dem Wolf wusste, gab es sicher eine plausible Erklärung. Irgendjemand musste sie beobachtet und ihm von ihr erzählt haben. Und doch … Zwischen Himmel und Erde gab es vieles, das man sich nicht erklären konnte. Vielleicht lebten ihre verstorbenen Eltern tatsächlich in Walen weiter. Vielleicht war Bones wirklich so etwas wie ein Schutzgeist für sie. Und Hört-den-Donner verfügte über geheimnisvolle Kräfte, die niemand erklären konnte, und blickte in die Zukunft.

»Du zweifelst an mir?«, fragte der Medizinmann, nachdem sie beide lange geschwiegen hatten. Er lächelte still. »Das nehme ich dir nicht übel. Auch ich wundere mich manchmal darüber, was ich sehe und fühle. Dich habe ich gesehen. Du wirst den ganzen Winter bei uns bleiben und etwas für diesen Stamm tun, wofür wir dir ewig dankbar sein werden. Glaube mir, Clarissa.«

»Ich will dir gerne glauben«, sagte sie. »Aber was … Was soll ich tun?«

»Das haben mir die Geister nicht verraten.« Hört-den-Donner paffte an seiner Pfeife und blickte dem Rauch nach. »Ich weiß nur, dass es den Bewohnern dieses Dorfes helfen wird. Glaube daran, Clarissa! Glaube fest daran!«

»Das will ich gerne«, sagte sie. »Aber erwarte nicht zu viel von mir.«

»Du wirst uns nicht enttäuschen. Ich weiß es.«

Hört-den-Donner klopfte seine Pfeife über dem Feuer aus und verließ die Erdhütte. Wenig später kehrten Bill und seine Mutter zurück. Die Alte trug ihre missmutige Miene zur Schau, und Bill wirkte wieder seltsam bedrückt. Susan war nicht bei ihnen. »Hört-den-Donner ist ein guter Mann«, sagte Bill.

Clarissa hatte den Eindruck, dass er nur etwas sagte, um mit ihr ins Gespräch zu kommen, und stimmte ihm zu. »Ich dachte, heilige Männer wie ihn gäbe es nur in den Geschichten von Buffalo Bill. Kennst du Sitting Bull?«

Trotz der gedrückten Stimmung, in der er sich befand, brachte Bill ein Lächeln zustande. »Jeder kennt Sitting Bull. Er war ein großer Häuptling und Medizinmann der Sioux. Du wirst lachen, auch ich habe von ihm in den Buffalo-Bill-Heften gelesen. Aber die Indianer, die dort beschrieben werden, sind anders. Sieh uns an. Wir besitzen weder Pferde noch Tipis, und nur wenige Jäger tragen Gewehre. Die Weißen haben uns in kleine Reservate abgedrängt, wo wir kaum noch Platz zum Leben haben und wo es jedes Jahr weniger Wild gibt. Nicht einmal die Lachse kommen noch in Scharen die Flüsse herauf. Je näher das Frühjahr rückt, desto weniger haben wir zu essen. Wir sind keine glorreichen Krieger wie die Sioux. Wir sind arme … arme Bettler.«

Der Tag verging, ohne dass sich Susan blicken ließ, und Clarissa setzte mehrmals an, Bill nach ihr zu fragen, doch sie bremste sich jedes Mal noch rechtzeitig. Aber irgendwas ging in dieser Familie nicht mit rechten Dingen zu. Um das Abendessen kümmerte sich Bills Mutter, kopfschüttelnd und sichtlich verstimmt, und als Susan endlich erschien, waren ihre Augen verweint und blutunterlaufen, und sie verkroch sich, ohne etwas zu sagen, in ihren Decken.

In der folgenden Nacht wurde Clarissa durch leise Stimmen geweckt. Sie hob den Kopf und hörte, wie Bill eindringlich auf seine Frau einsprach. Obwohl er Englisch sprach, verstand Clarissa nur Halbsätze, die allerdings keinen Sinn ergaben. Susan weinte. Sie konnte Bills Mutter nicht sehen, war aber beinahe sicher, dass die Alte ebenfalls wach war und die beiden beobachtete. Sie glaubte sogar, die grimmige Miene der Frau zu erkennen.

Was war nur mit Susan los?

27

Als sie drei Wochen nach ihrer Ankunft im Indianerdorf wieder einigermaßen laufen konnte und zum ersten Mal die Hütte verließ, schreckte sie vor der plötzlichen Helligkeit zurück und blieb geblendet stehen, bis sich ihre Augen an die ungewohnte Umgebung gewöhnt hatten. Am Himmel standen nur vereinzelte Wolken, und in der Sonne glitzerte der Schnee.

Sie war noch nicht vollkommen gesund. Die Beule war zurückgegangen, und ihr Kopf war klar, auch im Rücken verspürte sie nur noch Schmerzen, wenn sie sich ungeschickt bewegte, aber ihr rechter Fuß machte ihr immer noch einige Schwierigkeiten, und es würde wohl noch zwei oder drei Wochen dauern, bis sie wieder unbeschwert auftreten konnte. Aber sie wollte nicht den Eindruck erwecken, den Winter auf Kosten der Indianer zu verbringen, und wenigstens ihren guten Willen zeigen, indem sie beim Holzsammeln half.

Vor allem Wunuxtsin verfolgte ihre Bemühungen mit Genugtuung. Der Häuptling war einige Male bei den Leonards zu Besuch gewesen, angeblich, um Geschichten zu erzählen, aber sicher auch, um festzustellen, ob sie die Frau war, die Hört-den-Donner angekündigt hatte, und nicht nur darauf aus war, ihre Pflege in Anspruch zu nehmen. Clarissa spürte sein Misstrauen und hätte ihm am liebsten ein paar Münzen von ihren Ersparnissen gegeben, die sie in dem kleinen Lederbeutel mit sich führte, fürchtete aber, ihn damit zu demütigen und womöglich sogar zu beleidigen.

Eine gute Gelegenheit, den Indianern ein paar Münzen zukommen zu lassen, ergab sich während eines Potlatch-Festes, das die Dorfbewohner im Winter abhielten. Sie trafen sich in der großen Versammlungshütte, tanzten, sangen und aßen und hörten dem Häuptling zu, der seine verantwortliche Stellung vor allem seiner Fähigkeit, spannende Geschichten erzählen zu können, verdankte. Den Höhepunkt des Festes bildete jedes Mal der Austausch von Geschenken, die auf eine Decke gelegt und vor allem an bedürftige und schwache Bewohner verteilt wurden. Clarissa legte einen kleinen Beutel, den einige bunte Perlen zierten, auf die Decke und fing sich einen anerkennenden Blick des Häuptlings ein, der beschloss, damit zusätzliche Lebensmittel für den strengen Winter in einem nahe gelegenen Handelposten zu kaufen.

Bei dem anschließenden Rundtanz um das Feuer kam sie neben Susan zu stehen und spürte, wie sich eine Hand der Indianerin in ihre schob und so fest zudrückte, als erlitte sie starke Schmerzen. Clarissa empfand die Berührung eher als Hilferuf, und zum ersten Mal schoss ihr der Gedanke durch den Kopf, dass Hört-den-Donner sie ganz bewusst zu den Leonards geschickt haben könnte. Vielleicht erwartete er, dass sie Susan und damit auch den anderen Dorfbewohnern half. Doch als sich ihre Blicke trafen, lächelte Susan und ließ nicht erkennen, dass es ihr an irgendetwas fehlte. War der Händedruck nur ein Ausdruck der Freude gewesen? Fast konnte man den Eindruck gewinnen, wenn man beobachtete, wie fröhlich und scheinbar ausgelassen sie sich um das Feuer bewegte.

Clarissa vergaß den Vorfall und verbrachte die nächsten Wochen damit, Susan im Haushalt zu helfen und mit den Frauen zum Holzsammeln in die nahen Wälder zu ziehen. Trotz der Kälte übernahmen die Frauen diese Arbeit gern, denn nur abseits des Dorfes konnten sie ungestört über ihre Männer lästern und den neuesten Dorfklatsch austauschen. Auch in einem kleinen Dorf wie ihrem gab es immer etwas zu erzählen. Solange Susan dabei war, fiel kein böses Wort über sie, doch als sie wieder einmal fehlte, bekam Clarissa mit, wie sich zwei Frauen über sie lustig machten. »Die hat bestimmt einen Freund«, sagte die eine, »die treibt es mit dem Sohn des Händlers, wenn du mich fragst. Die treffen sich irgendwo in einer Hütte.« Die andere kicherte. »Der Junge mit den roten Haaren? Gegen den hätte ich auch nichts einzuwenden, aber vielleicht sollten wir lieber zu Bill Leonard gehen. Der braucht bestimmt zwei Frauen, um wieder richtig durchatmen zu können, denn seine eigene bringt es bestimmt nicht mehr.« Wieder ein Kichern. »Ich hab schon von Frauen gehört, die sich für Geld an die weißen Männer verkaufen. Meinst du, sie ist so eine? Sie sieht immer so verweint und fertig aus, wenn sie zurückkommt.«

Mehr hörte Clarissa nicht, und mehr wollte sie auch nicht wissen. Sie würde sich so bald wie möglich selbst ein Bild machen. Sie mochte Susan und ihren Mann und würde ihnen helfen, falls es ein Problem gab, das sich lösen ließ. Aber Susan als Hure, die sich für Geld an einen Weißen verkaufte? Das konnte sie sich nicht vorstellen. Dazu war sie eine viel zu herzensgute Frau. Vielleicht litt sie an einer Krankheit und ging heimlich zu einem Arzt.

Doch während der folgenden Wochen blieb Susan stets zu Hause, und es sah beinahe so aus, als hätte sich das Problem von allein gelöst. Wenn Clarissa nachts aufwachte, hörte sie, wie Susan und ihr Mann verstohlen kicherten und Zärtlichkeiten austauschten. In solchen Nächten kehrte stets Alex in ihre Gedanken zurück, erinnerte sie daran, wie unbeschwert und glücklich sie in seiner Hütte gewesen waren, trotz der ständigen Gefahr. Die wilde Flucht durch die Berge hatte sie noch enger zusammengeschweißt, und obwohl beide wussten, wie schwierig eine gemeinsame Zukunft sein würde, war ihr Abschied bei der Witwe Barnes auch ein Anfang gewesen, das Aufblühen der Hoffnung, dass er im Frühjahr zurückkehren würde und dass es vielleicht doch einen gemeinsamen Weg für sie gab.

Frank Whittler hatte diese Hoffnung zunichte gemacht. Er würde dafür sorgen, dass Alex für längere Zeit ins Gefängnis kam und nicht nach ihr suchen konnte. Die Liebe schaffte vieles, aber auch sie war nicht immer stark genug, um solche Hindernisse zu überwinden, denn wer wusste schon, ob Alex diese Zeit unbeschadet überstand und nach seiner Entlassung noch die Kraft besaß, seinen Gefühlen zu folgen? Als Fallensteller war er das unabhängige Leben in der Wildnis gewöhnt, befreit von allen Zwängen, und schon ein paar Nächte in einer dunklen Zelle konnten ihn zerbrechen. Es war etwas anderes, mit Schwerverbrechern in einem Gefängnis in Vancouver als mit einem harmlosen Säufer in einer Zelle in Beaver Creek eingesperrt zu sein. Über ihre Wangen rannen Tränen, als ihr bewusst wurde, dass sie schuld an seinem Leid war. Ohne sie wäre er niemals in diese Zwangslage geraten.

Und doch blieb die Hoffnung, ihn wiederzusehen, in ihrem Herzen bestehen. Nicht nur, weil Hört-den-Donner sie gemeinsam in seinen Träumen gesehen hatte. Oder weil sie darauf hoffte, dass es Frank gelang, sich durch geschicktes Taktieren aus seiner Zwangslage zu befreien. Sie liebten sich, verdammt noch mal, und wenn sie füreinander bestimmt waren, musste es auch einen Weg geben, den sie beide gehen konnten. Selbst wenn Frank Whittler sie fand und ebenfalls hinter Gitter brachte, durfte sie nicht aufhören, daran zu glauben. Sie würden sich wiedersehen, und weder ein Frank Whittler noch sonst jemand konnten sie daran hindern. Nicht einmal die Canadian Pacific!

Eine folgenschwere Entdeckung, die Susans seltsam heitere Stimmung während der vergangenen Tage, aber auch ihr zwischenzeitliches Verschwinden und die Probleme nach ihrer Rückkehr erklärte, machte Clarissa an einem düsteren Wintertag, als sie etwas später als die anderen Frauen vom Holzsammeln zurückkehrte und durch das Unterholz beobachtete, wie Susan mit dem Holzbündel auf ihrem Rücken stehen blieb, eine kleine Flasche aus ihrer Kleidertasche zog, sich verstohlen umblickte und einen Schluck daraus nahm.

Alkohol! Susan war dem Alkohol verfallen!

Das Problem war so alt wie die Hudson's Bay Company und andere Handelsgesellschaften, die jahrzehntelang nicht davor zurückgeschreckt hatten, die Indianer mit gepanschtem Whiskey für ihre kostbaren Felle zu bezahlen, obwohl sie wussten, dass Indianer anfälliger als Weiße für Alkohol waren und nicht selten daran zugrunde gingen. Inzwischen griff die Northwest Mounted Police hart durch, wenn sie Händler bei dem verbotenen Verkauf von Alkohol erwischten, und zumindest in den entlegenen Reservaten gab es kaum noch Probleme. So stand es jedenfalls in der Zeitung von Vancouver.

Woher Susan ihren Schnaps hatte, vermochte Clarissa nicht zu sagen. Etwas anderes als Schnaps konnte nicht in der Flasche sein, sonst hätte Susan nicht so heimlich daraus getrunken, aber woher stammte er? Bis zur nächsten Handelsstation war es eine Tagesreise mit dem Hundeschlitten, bis dorthin hätte sie es bei ihren Ausflügen niemals geschafft, zu Fuß schon gar nicht. Traf sie sich mit einem Händler in der Wildnis? Das würde ihre schlechte Stimmung erklären, die meist einige Tage, manchmal auch schon Stunden nach ihrer Rückkehr eingesetzt hatte. Anscheinend kaufte sie unterschiedliche Mengen. Solange Schnaps in ihrer kleinen Flasche war und sie einen gewissen Pegel hielt, war sie in bester Stimmung. Ging ihr Alkoholvorrat zur Neige, und der Nachschub ließ zu lange auf sich warten, verschlechterte sich ihre Stimmung rapide, und sie wurde wehleidig, launisch und manchmal sogar aggressiv.

Aber warum unternahm Bill nichts dagegen? Warum folgte er Susan nicht auf ihren Ausflügen und hinderte den Händler daran, ihr den Alkohol zu verkaufen? Warum sah er dabei zu, wie seine Frau immer abhängiger von dem Schnaps wurde? Er brauchte doch nur die Polizei zu alarmieren. Oder gab es einen triftigen Grund, es nicht zu tun? Was steckte dahinter?

Sie beschloss, der Sache auf den Grund zu gehen. Nicht um Susan anzuschwärzen, sondern um ihr zu helfen. Sie mochte die Indianerin. In ihren wachen Momenten war sie eine freundliche und warmherzige Frau, die ihre Zurückhaltung ihr gegenüber rasch abgelegt hatte und ihr wie eine Schwester begegnete. Clarissa konnte nicht zusehen, wie die junge Frau ihr Leben und vielleicht sogar ihre Ehe zerstörte, denn lange würde Bills Mutter ihre plötzlichen Stimmungswechsel bestimmt nicht mehr hinnehmen. Irgendwo hatte Clarissa gelesen, dass die Indianer solche Männer und Frauen aus dem Stamm verstießen und in die Wildnis verbannten, wie es auch Stammesmitgliedern drohte, die ein Verbrechen begangen oder gegen ein Tabu verstoßen hatten. Die Vorstellung, der Häuptling könnte Susan in die Wildnis verbannen und sich selbst überlassen, war ihr unerträglich. Dort würde die arme Indianerin entweder umkommen oder tatsächlich als Prostituierte enden.

Die Gelegenheit, ihr Geheimnis aufzuklären, kam in einer hellen Vollmondnacht, als Clarissa vom fernen Heulen eines Wolfs geweckt wurde und beobachtete, wie Susan sich heimlich von ihrem Nachtlager erhob und anzog, im flackernden Feuerschein eines der wertvollen Hermelinfelle aus einer Tasche nahm und scheinbar unbemerkt aus der Erdhütte kroch. Doch Clarissa war beinahe sicher, dass auch Bill und seine Mutter sie beobachtet hatten.

Clarissa wartete einige Minuten, zog sich dann ebenfalls an und folgte Susan nach draußen. Niemand hinderte sie daran. Vor der Hütte empfing sie schneidende Kälte. Auch ohne den Wind, der sich in dieser Nacht erstaunlich zurückhielt, spürte sie schon nach wenigen Augenblicken den beißenden Frost auf ihrer Haut und zog rasch ihre Fellmütze und die Handschuhe an. Sie kramte den Schal aus ihrer Jackentasche, wickelte ihn zwei Mal um den Hals und schob ihn bis über die Nase. Den Blick auf Susan gerichtet, die in nördlicher Richtung aus dem Dorf stapfte, schnallte sie die Schneeschuhe an, die eine Frau ihr gegeben hatte, als sie zum Holzsammeln aufgebrochen waren.

Als sie sich aufrichtete, stand Bill vor der Hütte. Er hatte sich eine Decke um die Schultern gelegt und reichte ihr sein Gewehr. »Hier«, sagte er. »Ich nehme an, du kannst damit umgehen. Wenn du vor der Höhle stehst, wirst du erkennen, warum ich nicht selbst eingreifen kann. Ich bete für dich.«

»Eine Höhle? Was für eine Höhle?«, wollte sie wissen.

»Geh jetzt«, erwiderte Bill.

Sie nahm das Gewehr und folgte den Spuren seiner Frau. Im hellen Licht des vollen Mondes waren sie deutlich zu erkennen. Die Abdrücke ihrer Schneeschuhe zogen sich durch den Neuschnee, der tagsüber gefallen war und auch den Jagdtrail bedeckte, dem sie nach Norden folgte. Eine schlafwandlerische Gestalt, die sich über den Schnee zum Waldrand bewegte, wo sie zu einem Hügel hinaufstieg. Eine geheimnisvollen Stille umgab sie. Kein Lüftchen regte sich, und das verschneite Land lag wie erstarrt unter dem blassen Licht des Mondes.

Die Nacht war ungewöhnlich klar, und der Mond und die Sterne hoben sich deutlich vom tiefschwarzen Himmel ab. Der Schnee leuchtete weiß und rein. Wie Scherenschnitte wirkten die dunklen Felsen und Bäume gegen den hellen Schnee. In der Stille klangen ihre Schritte ungewöhnlich laut. Als würde die Natur den Atem anhalten und ihr neugierig dabei zusehen, wie sie Susan verfolgte.

Welche Höhle, fragte sie sich? Und woher wusste Bill, wohin Susan ging? War er ihr doch einmal gefolgt? Warum, zum Teufel, hatte er nichts unternommen? Und warum gab er ihr ein Gewehr mit? Nur, um sich gegen eventuelle wilde Tiere zu verteidigen? Die Waffe wog schwer auf ihrem Rücken.

Ungefähr vier Stunden folgte Clarissa der Indianerin durch den Schnee. Susan stand wesentlich sicherer auf ihren Schneeschuhen und kam schnell voran, vielleicht auch von der Gier getrieben, bald Schnaps zu bekommen. Wären ihre Spuren nicht so deutlich gewesen, hätte Clarissa sie vielleicht sogar aus den Augen verloren. Sie führten über den Hügel in ein weiteres Tal mit zerklüfteten Felsen, und dort lag auch die Höhle, von der Bill gesprochen hatte. Clarissa tauchte gerade noch rechtzeitig zwischen den Bäumen auf, um zu beobachten, wie Susan in die Felsen hinaufstieg und in der dunklen Höhle verschwand, deren Eingang deutlich im hellen Mondlicht zu erkennen war.

Erst auf den zweiten Blick sah sie den Schlitten im Tal stehen Er war fest verankert. Die Huskys waren angespannt und lagen im Schnee. Sie waren Menschen gewöhnt und rührten sich nicht mal, als Clarissa das Gewehr von der Schulter nahm und zu der Höhle emporstieg.

Aus der Dunkelheit drang Susans ungeduldige Stimme zu ihr herab, gefolgt von einer weiteren Frauenstimme, jünger, lauter und noch wesentlich aggressiver als die von Susan, auch ein Grund dafür, das keine der beiden Frauen bemerkte, wie Clarissa sich näherte.

»Nur ein Krug? Ein kleiner Krug?«, beklagte sich Susan.

»Mehr bekommst du nicht für ein armseliges Hermelinfell«, war die Antwort der jüngeren Frau. »Sieh es dir doch an! Es stammt nicht mal von diesem Winter. Einige Haare sind abgeschabt. Das ist nur ein paar Dollar wert.«

»Du weißt genau, dass es mehr wert ist. Woanders würde ich mindestens zwei Krüge dafür bekommen, vielleicht sogar drei oder vier. Und der Whiskey wäre besser. Du schüttest irgendwas anderes hinein. Letztes Mal war mir so schlecht, dass ich mich übergeben musste. Da war irgendwas anderes drin.«

Die junge Indianerin lachte. »Dir wird schlecht, weil du nicht genug bekommen kannst. Und das Zeug, das ich dir gebe, ist derselbe Whiskey, den die weißen Männer im Handelsposten kaufen. Einen Krug, mehr gibt es nicht.«

»Du willst mich reinlegen.«

»Wenn es dir nicht passt, nehme ich den Krug wieder mit, und du kannst dir einen anderen für deinen Schnaps suchen. Du weißt genau, welches Risiko ich eingehe, wenn ich dir Whiskey bringe. Wenn mich die Polizei erwischt, lande ich im Gefängnis. Eigentlich müsste ich noch viel mehr verlangen.«

»Schon gut«, wiegelte Susan ab, »nächstes Mal bringe ich dir zwei Felle von diesem Winter, aber dafür bekomme ich einen größeren Krug. Ich brauche mehr Vorrat, wenn du nur noch bei Vollmond kommst. Zwei gute Felle.«

»Wir werden sehen«, antwortete die jüngere Frau.

Clarissa stand dicht neben dem Höhleneingang und hielt das Gewehr in beiden Händen. Sie konnte auch die andere Frau deutlich erkennen. Sie war ebenfalls eine Indianerin, kleidete sich jedoch wie eine Weiße und sprach auch so. Anscheinend war sie bei den Weißen aufgewachsen. Sie hielt den Whiskeykrug in der linken Hand und versteckte die rechte in ihrer Jackentasche, vielleicht um einen Revolver griffbereit zu haben, falls Susan handgreiflich wurde. In ihrem Blick lag so viel Spott, dass Clarissa am liebsten auf sie losgegangen wäre. Für eine Frau, die auf diese Weise ihre skrupellosen Geschäfte abwickelte und Susan dabei noch reinlegte, hatte sie nur Verachtung übrig.

Bei ihrem Anblick erkannte sie auch, warum Bill die Hände gebunden waren. Ein stolzer Jäger wie er ging nicht gegen Frauen vor. Er war machtlos gegen sie, auch wenn sie ihn auslachte und sich über ihn lustig machte. Wenn er sie an die Polizei verriet, würde sie das Gegenteil behaupten oder ihn beschuldigen, den Whiskey gestohlen zu haben. Vielleicht würde sie sogar angeben, er habe sie mit einer Waffe bedroht und vergewaltigt. Einer Indianerin, die seit ihrer Geburt bei den Weißen lebte, würde man eher glauben als einer Säuferin und einem »wilden« Indianer aus dem

Reservat. Keinem Indianer aus ihrem Dorf würde man glauben. Es war ähnlich wie in Clarissas Fall: Einem reichen Mann wie Frank Whittler glaubte man eher als einem unbedeutenden Dienstmädchen. Und einer »zivilisierten« Indianerin eher als einem »wilden Indianer«. Es sei denn ... Es sei denn, eine weiße Frau zeigte sie an.

Fest entschlossen und bevor sie Angst vor ihrer eigenen Courage bekommen konnte, betrat sie die Höhle. Sie bedrohte die junge Indianerin mit dem Gewehr und konnte selbst nicht glauben, was sie sagte: »Nimm deine Hand aus der Tasche, und lass den Krug fallen! Hast du mich verstanden?«

Die Indianerin war so überrascht, dass sie nicht einmal den Versuch unternahm, sich zu wehren. Ausdruckslos nahm die Hand aus der Tasche.

»Und jetzt lass den Krug fallen! Wirf ihn zu Boden!«

»Nein!«, schrie Susan in aufkommender Panik.

Sie wollte sich auf die Indianerin stürzen, doch Clarissa kam ihr zuvor, riss der jungen Frau den Krug aus der Hand und schleuderte ihn gegen die Höhlenwand. Er zersprang in tausend Scherben, und der Whiskey plätscherte auf den felsigen Boden. Susan ließ sich fallen und griff mit den Händen in die Scherben, als könnte sie den Whiskey aufhalten; sie merkte gar nicht, wie sie sich die Finger an den Scherben aufriss und vor der Indianerin lächerlich machte.

»Und jetzt verschwinde und lass dich hier nie wieder blicken!«, ermahnte Clarissa die junge Frau. Ihre Stimme blieb erstaunlich ruhig. »Oder was meinst du, wem man glauben wird, wenn ich erzähle, dass du verbotenen Handel mit einer Indianerin treibst? Deinen Lügen oder einer weißen Frau?«

»Wer bist du? Was soll das?«, fand die Indianerin ihre Sprache wieder.

Clarissa hütete sich, ihre Frage zu beantworten. »Verschwinde!«, sagte sie noch einmal. »Wenn ich dich noch mal erwische, wanderst du ins Gefängnis!«

Die junge Indianerin erkannte, dass sie verloren hatte, und verließ die Höhle. Clarissa behielt das Gewehr schussbereit in den Händen, bis sie auf ihren Schlitten gestiegen und aus dem Tal verschwunden war. Erst dann ließ sie die Waffe sinken und kümmerte sich um Susan, die weinend im Whiskey lag.

28

Susan tobte, als Clarissa sie vom Boden hochzog. Sie zeterte und schrie und trommelte mit beiden Fäusten auf sie ein, rutschte erschöpft an ihr herunter und umklammerte verzweifelt ihre Beine, bekam einen heftigen Weinkrampf, der erst nachließ, als Clarissa sie wieder hochzog und fest umarmte. »Es wird alles gut«, redete sie der Indianerin zu. »Es wird alles wieder gut, glaub mir!«

»Whiskey! Gib mir Whiskey! Nur noch ein Krug, ein kleiner Krug!«

»Du brauchst keinen Whiskey«, antwortete Clarissa, »niemand braucht das verdammte Feuerwasser. Schon gar nicht das gepanschte Zeug, das dir diese Indianerin verkauft hat. Wer weiß, was sie da reintut? Schießpulver, Rattengift … Ich hab die tollsten Sachen über diesen IndianerWhiskey gehört.« Sie verriet ihr nicht, dass sie ihre Weisheiten aus den Buffalo-Bill-Romanen hatte.

»Nur ein bisschen, Clarissa! Nur ein kleines bisschen!«

Clarissa drückte die heftig weinende Indianerin an ihre Brust. Ihr Schmerz und ihre Verzweiflung taten ihr in der Seele weh. »Gib dir ein paar Tage, Susan, dann hast du gar keine Lust mehr auf Feuerwasser.« Sie erinnerte sich an einen Fischer, einen schweren Trinker, der es geschafft hatte, zumindest für einige Wochen vom Alkohol loszukommen. »Am Anfang wird dir schlecht, und dich plagen große Schmerzen, aber die gehen vorbei, und dann bist du gesund und kannst wieder wie andere Frauen leben. Erinnerst du dich denn nicht, wie schön es war, als du noch nicht süchtig danach warst?«

Susan nickte schluchzend. »Nur noch ein Krug, dann höre ich auf!«

»Du hörst sofort auf, Susan, sonst klappt es nicht. Wenn du über die ersten paar Tage hinweg bist, hast du schon halb gewonnen. Du schaffst das, Susan! Du bist stark! Du lässt dich nicht von diesem blöden Feuerwasser besiegen.«

»Noch ein Krug ... Wenigstens einen Schluck!«

»Nein, Susan! Denk an deinen Mann! Denk an deine Zukunft!«

»Ich kann nicht, Clarissa ... Ich ...«

»Ich helfe dir, Susan! Halt dich an mir fest!«

Das tat sie tatsächlich, nicht nur auf dem Rückweg, sondern auch während der nächsten Tage, die noch schlimmer verliefen, als Clarissa es von dem Fischer in Erinnerung hatte. Aber den hatte sie auch nicht beobachtet, als er allein in seiner Hütte lag und die Dämonen bekämpfte, die auf ihn eindrangen.

Susan benahm sich wie eine Wahnsinnige, schrie und tobte und weinte, und wäre ihr Mann nach ihrer Rückkehr nicht den ganzen Tag bei ihr geblieben und hätte ständig auf sie eingeredet, wäre sie wohl davongelaufen, mit Absicht gegen einen Baum gerannt und irgendwo in der Wildnis erfroren.

Noch schlimmer war es während der folgenden Nacht. Clarissa lag nur wenige Schritte von ihr entfernt, als sie plötzlich heftig zu frieren und zu zittern begann, obwohl das Feuer brannte und Bill es in dieser Nacht besonders stark lodern ließ. Sie klammerte sich mit Armen und Beinen an ihren Mann, schlug plötzlich wütend auf ihn ein, beschimpfte ihn, obwohl er weder etwas gesagt noch getan hatte, und schrie so laut, dass die Alte wütend aufstand, ihre Decken nahm und in die Nachbarhütte zu einer Freundin ging. Die indianischen Flüche, die sie dabei von sich gab, verstand Clarissa zum Glück nicht.

Bill beruhigte Susan, zeigte mehr Verständnis für seine Frau, als Clarissa es jemals bei einem Mann erlebt hatte. Er hielt sie so fest umschlungen, dass sie ihn nicht mehr schlagen konnte, und wickelte sie in sämtliche verfügbare Decken, als sie immer stärker zitterte. Für einen Augenblick kehrte Ruhe ein. Susan schlief erschöpft ein, und auch ihrem Mann und Clarissa gelang es endlich, die Augen zu schließen und ein paar Stunden zu ruhen. In einem unruhigen Traum, der von einem stürmischen Schneetreiben geprägt war, traf sie Bones wieder, wie er zwischen den Bäumen hervortrat, immer noch leicht hinkend, aber kaum beeinträchtigt durch die Folgen seiner Verletzung. Seine Schnauze war blutig von einer erfolgreichen Jagd, als er sich ihr zeigte, aber in seinen Augen lagen so viel Wärme und Zutrauen, dass sie neue Kraft in sich aufsteigen fühlte und bereit für den sorgenvollen Tag war, als sie aufwachte.

Bill war bereits aufgestanden und draußen bei den Hunden, als Susan stöhnend erwachte und mit leeren Augen zur Decke starrte, bevor sich erneut die Sucht bemerkbar machte und sie zu weinen und zu zittern begann. Clarissa schreckte aus dem Schlaf und blickte besorgt zu ihr hinüber, erkannte zu ihrem Schrecken, dass Bill nicht in der Hütte war, sprang von ihrem Nachtlager und lief rasch zu ihr. »Susan! Susan! Hab keine Angst! Ich bin's, Clarissa.« Sie legte sich neben Susan und schloss sie in die Arme, zog sie fest an sich und strich ihr tröstend über die Haare. »Es wird alles gut, Susan! Halte durch! In ein paar Tagen hast du das Schlimmste überstanden! Halte durch!«

Bill löste sie ab und versprach, sie nicht mehr aus den Augen zu lassen. Er vertraute ihr, als sie ihm von dem Fischer erzählte, der den Alkohol auf diese Weise besiegt hatte. Dass er schon wenige Monate später rückfällig geworden war, verriet sie ihm nicht. Sie wusch sich und zog sich an, trat in ihrer Winterkleidung ins Freie und war froh, für einen Augenblick allein zu sein. Woher sie die Kraft nehmen sollte, sich um Susan zu kümmern, stand in den Sternen.

Als sie den Medizinmann vor seiner Hütte stehen und in ihre Richtung blicken sah, verstand sie schon besser. Das war also die gute Tat, mit der sie sich bei den Shuswap für ihre Gastfreundschaft bedanken würde. Obwohl sie schon genug eigene Sorgen hatte, versuchte sie einer alkoholkranken Indianerin zu helfen, über ihre Sucht hinwegzukommen. Reichte es denn nicht, dass sie von einem rachsüchtigen Mann verfolgt wurde, der sie unbedingt ins Gefängnis bringen wollte? Und der sich auch an Alex rächen und verhindern wollte, dass sie mit dem Fallensteller glücklich wurde? Sie fragte sich, wie sie mit dieser neuen Herausforderung umgehen sollte.

Sie ging zu dem Medizinmann und grüßte ihn höflich. »Ich würde gern mit dir reden, Großvater.« Inzwischen hatte sie gelernt, dass »Großvater« keine verwandtschaftliche, sondern eine respektvolle Anrede gegenüber einem weisen Mann wie Hört-den-Donner war. Sie kannte sogar das indianische Wort dafür.

Hört-den-Donner bedankte sich mit einem huldvollen Lächeln und führte sie in seine Erdhütte. Sie war kleiner als die Behausung von Bill und Susan, aber ähnlich eingerichtet, und an den Wänden hingen Amulette und Zeichnungen von Kindern. »Von unseren Kindern, die in der Missionsschule waren«, erklärte er, als er ihre erstaunten Blicke bemerkte. »Nicht alles, was uns die Weißen beibringen, ist schlecht. Ich freue mich, wenn unsere Jüngsten in die Schule gehen und Englisch lernen. Nur so werden sie in eine bessere Zukunft gehen.« Er deutete auf eine bunte Zeichnung, die einen Jäger mit Pfeil und Bogen zeigte. »Doch sie dürfen niemals vergessen, woher sie kommen.«

Clarissa wartete, bis sich Hört-den-Donner an seinen Platz vor dem Feuer gesetzt hatte, und ging erst in die Knie, nachdem er sie dazu aufgefordert hatte. Wie es bei den Indianern üblich war, sprachen sie eine Weile über belanglose Dinge wie das Wetter, bevor er fragte: »Was hast du auf dem Herzen?«

»Susan«, erwiderte sie, obwohl sie ahnte, dass er die Antwort bereits kannte. »Sie ist dem Feuerwasser verfallen, und ihr Mann und ich versuchen, sie davon abzubringen. Wenn das die gute Tat ist, die ich eurem Stamm schuldig bin, ist es eine fast unlösbare Aufgabe. Was soll ich nur tun, Großvater?«

»Du bist uns nichts schuldig, Schwester.« Auch er benutzte eine Anrede, die seinen Respekt gegenüber der weißen Frau ausdrücken sollte. »Wir helfen allen Menschen, die sich in Not befinden. Was du tust, tust du freiwillig.« Er lächelte kaum merklich. »Aber in meinen Träumen habe ich gesehen, dass du nicht untätig in einer Hütte sitzen und darauf warten würdest, dass sich der Wintergeist nach Norden zurückzieht. Du bist nicht wie die anderen Weißen. Du bist dir nicht zu schade, den Frauen beim Holzsammeln zu helfen. Beim Potlatch hast du ein Geschenk gegeben. Und du bist dem Ruf der guten Geister gefolgt, um Susan zu helfen, dem Feuerwasser abzuschwören und auf den rechten Weg zurückzufinden. Dafür sind wir dir sehr dankbar, Schwester.«

»Aber die Macht des Feuerwassers ist stark«, erwiderte sie. »Bill und ich helfen seiner Frau, so gut wir können, aber es ist ein Kraft raubender Kampf, und ich weiß nicht, ob wir ihn gewinnen können. Hilf uns dabei, Großvater!«

»Das tue ich bereits, Schwester. Ich bete jeden Tag für Susan, zu den guten Geistern und sogar zu eurem Gott, um ihr in diesem Kampf beizustehen. Ich weiß, wie schwer dieser Kampf ist. Vor vielen Jahren war ich selbst dem Feuerwasser verfallen und brauchte lange, um von diesem bösen Zauber loszukommen und zu meiner wahren Bestimmung zurückzufinden. Wir können Susan den Kampf nicht abnehmen. Sie muss selbst erkennen, dass sie auf dem falschen Weg war, und sie muss die starken Schmerzen, mit denen sie die bösen Geister quälen, erdulden. Wir können ihr nur dabei helfen.«

Ohne sich abzusprechen, wechselten sich Clarissa und Bill in ihrem Kampf für Susan ab. Bill kümmerte sich nachts um sie, hielt sie fest in den Armen und redete beruhigend auf sie ein, wenn die Schmerzen zu groß wurden, und Clarissa blieb tagsüber in ihrer Nähe, ohne sie es allzu deutlich merken zu lassen und sie zu bedrängen. Sie half ihr bei der Hausarbeit und beim Kochen und achtete darauf, dass sie viel an die frische Luft kam, beim Holzsammeln und bei gelegentlichen Wanderungen, die sie auf Schneeschuhen in die nähere Umgebung unternahmen. Die Anstrengung und die eisig kalte, aber frische Luft lenkten nicht nur Susan von ihren Schmerzen und ihrem Kummer ab, sie halfen auch Clarissa, in ihrer Sorge um Alex nicht zu verzweifeln und sich damit zu trösten, dass er nur für kurze Zeit im Gefängnis landen und nach ihr suchen würde, sobald er entlassen wurde. Wenn Gott wollte, dass sie ein Paar wurden, würde er sie wieder zusammenführen … Irgendwann.

Jeder Tag brachte Susan weiter voran. Als würde die frische Luft, die sie außerhalb des Dorfes atmeten, den Alkohol aus ihrem Blut vertreiben und ihr neue Lebensfreude und die Hoffnung auf eine bessere Zukunft schenken. Ihre Anfälle und ihre Neigung, zu Tode betrübt in einer dunklen Ecke zu sitzen und das eigene Schicksal zu beweinen, gingen zurück, und allmählich blickte sie mit neuem Mut in die Welt. Jetzt konnte sie sogar schon wieder mit den anderen Frauen scherzen und lachen, und die Freundinnen, die sich von ihr abgewandt hatten, kehrten zurück und mussten einsehen, sie zu Unrecht verdammt zu haben. »Manchmal ist es schwer, den bösen Geistern zu widerstehen«, sagte Hört-den-Donner eines Abends am großen Feuer in der Versammlungshütte. »Die zu schwach für diesen Kampf sind, brauchen unsere Hilfe.«

Noch war Susan nicht gesund, und Clarissa bezweifelte, dass sie jemals ganz gesund werden würde. Die Gier nach dem Feuerwasser würde bleiben, wenn auch nicht mehr so stark wie früher. Bei dem Fischer in Vancouver, der schon geglaubt hatte, vom Alkohol losgekommen zu sein, hatte ein winziger Schluck genügt, um ihn in sein Leid zurückzustürzen. Nur wenn Susan stark blieb und Bill auf sie aufpasste, hatten sie eine Chance auf eine bessere Zukunft.

Clarissa war es zu verdanken, dass Susan sich bei einem erneuten Zusammenbruch nicht verletzte. Ausgerechnet auf einer ihrer gemeinsamen Wanderungen kehrten die bösen Geister zurück und zwangen sie in die Knie, ließen sie in einem heftigen Weinkrampf ihr eigenes Schicksal beweinen und mit beiden Fäusten in den Schnee trommeln. »Ich … Ich bereite euch nur Kummer!«, stammelte sie schluchzend. »Ich stoße den Mann zurück, der mich liebt und versorgt, und ich stehle seiner Mutter das Lächeln, oder hast du sie jemals lachen gesehen, seitdem du hier bist? Ich bin nichts wert, Clarissa, ich … Ich bin eine Versagerin. Ich will nicht mehr leben!«

Sie sprang auf und rannte mit gesenktem Kopf auf den nächsten Baum zu. Wahrscheinlich hätte sie sich ernsthaft verletzt, wenn Clarissa nicht blitzschnell reagiert und sie an den Beinen gepackt hätte. Wenige Schritte vor dem Baum blieb sie weinend liegen, und Clarissa brauchte über eine Stunde, um sie zu beruhigen und ihr klarzumachen, wie erfüllt ihr Leben ohne Alkohol sein würde. »Halte durch, Susan!«, sprach sie ihr Mut zu. Was sollte sie auch sonst sagen?

Ihre Nagelprobe bestand Susan, als einer der jüngeren Krieger ankündigte, zum Handelsposten zu fahren, um mit dem Geld, das Clarissa beim Potlatch verschenkt hatte, Lebensmittel zu kaufen. Clarissa beobachtete, wie sich Susan ihm zögernd näherte, wohl um ihn zu bitten, auf dem Schwarzmarkt etwas Feuerwasser zu besorgen, im letzten Augenblick aber umkehrte und mit entschlossenen Schritten in ihrer Hütte verschwand. Einer plötzlichen Eingebung folgend, drückte Clarissa dem Krieger eine weitere Münze in die Hand und bat ihn, mehrere Tafeln Schokolade und andere Süßigkeiten für sie mitzubringen.

Mit dem Schatz, den ihr der Krieger einige Tage später überreichte, war sie für das Potlatch gerüstet, ein indianisches Fest, das am selben Abend stattfand. Mit den Süßigkeiten überraschte sie alle Kinder und Susan, die verwundert nach der Schokolade griff und sie fragend anblickte. »Ein Zaubermittel gegen deine Krankheit«, versprach sie fröhlich. »Die Schokolade wird dich endgültig heilen.«

Schon während des Potlatch überzeugte sich Susan von der positiven Kraft, die angeblich in der Schokolade steckte. Als wäre sie tatsächlich von einem geheimnisvollen Zauber beseelt, verdrängte die süße Masse scheinbar die letzten Überreste ihrer Sucht und zauberte eine neue Fröhlichkeit in ihr Gesicht, die selbst Bills Mutter überzeugte und sie nach langer Zeit wieder einmal lächeln ließ. »Ich bin stark!«, rief Susan während des gemeinsamen Tanzes um das Feuer. »Ich bin stark! Ich bin stark!« Und die anderen antworteten ihr: »Du bist stark! Du bist stark! Du bist stark!« Ein beeindruckender Beweis für den Zusammenhalt in diesem Dorf, besonders in schweren Zeiten.

Und die standen auch in diesem Winter vor der Tür. Wie jedes Jahr, wenn der Wintergeist mit seinem eisigen Atem versuchte, sein Bleiben bis weit ins Frühjahr zu verlängern, tobten eisige Stürme in ihrem Tal, und die Lebensmittel in den Vorratshäusern wurden so knapp, dass sie mit halben oder noch kleineren Portionen versuchen mussten, über die Runden zu kommen. Nur während der seligen Zeiten, als noch keine Weißen in ihre Jagdgründe vorgedrungen waren, hatte es noch genug Wild gegeben, sodass keine Not während des Winters herrschte. Die meisten Bewohner hatten sich an die neuen Bedingungen gewöhnt und beklagten sich nicht, sie waren guter Hoffnung, auch diesmal wieder zu überleben, bis die warme Jahreszeit zurückkehrte und sie in ihr Sommerlager am Ufer des Fraser Rivers zurückkehren konnten.

Doch der Wintergeist war diesmal besonders zornig und schien es darauf abgesehen zu haben, sich einige Opfer zu holen, bevor er sich endgültig der Frühlingssonne beugte. Noch unbarmherziger als sonst blies er seinen frostigen Atem in ihr Tal, ließ den Wind mit einer solchen Urgewalt durch das Tal toben, dass sich die Bäume und Sträucher bogen und der Schnee in heftig flatternden Schleiern von den Hüttendächern flog. Selbst die Huskys duckten sich unter der unmenschlichen Kälte und kauerten sich im Windschatten der großen Versammlungshütte zusammen. Ein Schlitten flog gegen eine Hüttenwand und blieb mit einer gebrochenen Haltestange liegen, von einem Hausdach lösten sich Eisbrocken und zerschellten vor dem Eingang, und wer immer den Schutz seiner Hütte verließ und sich ins Freie wagte, konnte von Glück sagen, wenn ihn der starke Wind nicht zu Boden warf. Der Winter versuchte mit aller Macht, in ihrem Tal zu bleiben, und je länger er durchhielt, desto größer wurde die Not in den Hütten. Die Vorräte gingen zur Neige.

Wie ernst die Lage war, wurde Clarissa bewusst, als sie Hört-den-Donner im treibenden Schnee stehen und zu den Geistern beten sah. Die Hände zum Himmel erhoben, bat er sie um Beistand, mit Beschwörungsformeln und dem rhythmischen Rasseln eines Glücksbringers versuchte er, den Winter zu vertreiben. Doch auch seine Fähigkeiten waren begrenzt, und der zornige Wintergeist schien ihn sogar auszulachen, als er seine Worte mit einem lauten Heulen erstickte und ihn mit einem heftigen Windstoß von den Beinen riss.

Clarissa, die gerade auf dem Weg zu ihm gewesen war, rannte zu ihm und half ihm auf. Er nickte dankbar und ließ sich von ihr zu seiner Hütte zurückführen. Er bat sie herein, und sie nahm dankend an. Ohne das übliche Vorgeplänkel kam sie gleich zur Sache: »Ich habe noch etwas Geld, Großvater. Einer der Männer könnte zum Handelsposten fahren und Lebensmittel kaufen.«

»Für das ganze Dorf?« Hört-den-Donner schüttelte den Kopf. »Selbst wenn du einen ganzen Beutel voll Münzen hättest, würde das Geld dafür nicht reichen. Der Händler erhöht die Preise, wenn er sieht, dass wir Not leiden. So hat er es schon immer getan. Daran kannst auch du nichts ändern, Schwester.«

»Aber irgendwas müssen wir tun, Großvater!«

Er nickte schwach. »Beten, Schwester. Beten.«

29

Clarissa merkte weder, dass Weihnachten war, noch, dass ein neues Jahr begann. Der Wintergeist hielt das Dorf fest in seinen Klauen und ließ keine anderen Gedanken zu. Die Lebensmittel in den Vorratskammern nahmen rapide ab, die Portionen wurden noch kleiner, und in den meisten Hütten gab es bereits einen Eintopf, der so wenig gehaltvoll war, dass er eher an eine dünne Suppe erinnerte. Vor allem beim Anblick der weinenden Kinder stand Clarissa nicht der Sinn danach, ihr eigenes Schicksal zu bedauern und zu befürchten, Frank Whittler könnte es durch Zufall in das Indianerdorf verschlagen. Auch Alex verschwand für einige Zeit aus ihren Gedanken, tauchte nur einmal in ihren Träumen auf, als sie ihn in Handschellen in einem Zug sitzen sah, von Frank Whittler bewacht und auf dem Weg in ein Gefängnis für Schwerverbrecher.

Beim Essen hielt sie sich zurück, sie wollte den Leonards auf keinen Fall auf der Tasche liegen. Sie zog sogar mit einigen Frauen in die Wälder, um unter dem Schnee nach essbaren Wurzeln zu graben, kannte sich aber zu wenig aus und war eine größere Hilfe beim Holzsammeln.

Auch die Holzvorräte schrumpften immer schneller, und die Frauen mussten jeden Morgen tiefer in den Wald vordringen, um Brennmaterial zu finden. Erleichtert war sie nur darüber, Susan nicht mehr bei jedem Schritt im Auge behalten zu müssen. Ihre Gastgeberin hatte sich gut erholt und bekämpfte die Sucht, die wohl noch lange in ihr sein würde, mit verstärkten Anstrengungen bei der Arbeit. Fast immer sammelte sie das meiste Holz und die meisten Wurzeln.

Ausgerechnet an einem der Tage, die Clarissa in der Hütte verbracht hatte, kehrten die Frauen ohne Susan zurück. Im dichten Schneetreiben traten sie aus dem Wald, mit Holz, Wurzeln und essbarer Baumrinde beladen, und merkten gar nicht, dass sie plötzlich nicht mehr bei ihnen war. Eine der Frauen schüttelte schuldbewusst den Kopf, als Clarissa aus der Hütte trat und sie nach ihr fragte. »Susan? Das verstehe ich nicht. Eben war sie noch bei uns.« Sie drehte sich nach den anderen Frauen um. »Hat jemand Susan gesehen?«

Eine der jüngeren Frauen trat nach vorn. »Sie hat mir von einem Berghang erzählt, auf dem es viele Wurzeln geben soll. Westlich von der Lichtung, auf der wir gestern waren. Sie wollte morgen hin. Vielleicht ist sie heute noch …«

»Lass die Vorräte hier!«, ließ Clarissa sie gar nicht ausreden. »Eine andere Frau soll sich darum kümmern. Wir suchen nach ihr.« Sie kehrte in die Hütte zurück, zog ihre Wintersachen an und hängte sich die Schneeschuhe über die Schultern, falls sie im Tiefschnee suchen mussten. »Gehen wir«, forderte sie die junge Indianerin auf. »Wir müssen sie finden, bevor es zu dunkel wird.«

Behindert durch das dichte Schneetreiben, stapften Clarissa und die junge Indianerin, die von den Missionaren auf den Namen Jennifer getauft worden war und Jenny genannt werden wollte, in den Wald. Im Schutz der Bäume war die Sicht besser, obwohl der böige Wind die Flocken bis ins Unterholz blies und die Spuren der Frauen schon beinahe verdeckt hatte. Doch Jenny war den Trail während der vergangenen Jahre viele Male gegangen und blieb erst stehen, als sie die Lichtung erreicht hatten, auf der sie zuletzt gewesen waren. Sie deutete nach Westen. »Dort drüben muss es sein. Sie muss den Wildpfad genommen haben, der zum Bach hinunterführt. Der Hang, auf dem es so viele Wurzeln geben soll, liegt am anderen Ufer. Ich führe dich hin.«

Wenn Susan über den Wildpfad gegangen war, ließen sich ihre Spuren nicht mehr erkennen. Clarissa und Jenny gingen dennoch weiter und erreichten das Ufer des zugefrorenen Baches, der durch eine schmale Schneise zwischen den Bäumen floss. Obwohl ihnen der Schnee am Bachufer bis zu den Knien reichte, verzichteten sie darauf, ihre Schneeschuhe anzuschnallen. Schon nach wenigen Schritten hatten sie wieder einigermaßen festen Boden unter den Füßen und stiegen rasch den steilen Hang am anderen Ufer hinauf.

Ein Geräusch ließ Clarissa nach links blicken. Susan kniete auf allen Vieren im Schnee und schluchzte verzweifelt. Sie war so in ihren Schmerz vertieft, dass sie gar nicht merkte, wie die beiden Frauen zu ihr liefen, und Clarissa behutsam einen Arm um ihre Schultern legte. »Susan! Was machst du denn hier? Dir ist doch nichts passiert? Du hast doch nicht … Bist du okay, Susan?«

Susan schien sie gar nicht zu bemerken, sie weinte auch dann ungehemmt weiter, als Clarissa sie vom Boden hochzog und fest in die Arme schloss. Erleichtert darüber, dass sie keinen Whiskey roch, sagte sie: »Susan! Susan! Wir hatten schon Angst um dich! Die anderen Frauen sind alle schon zu Hause.«

Susan hörte auf zu weinen und löste sich von ihr. Mit vorwurfsvollem, beinahe gekränktem Blick stammelte sie: »Keine Wurzeln … hier …. Hier gibt es keine Wurzeln mehr … Wir werden alle verhungern … Ich bin so traurig …«

Clarissa wunderte sich nicht über die plötzlichen Stimmungswechsel bei Susan, die hatte sie bei dem Fischer in Vancouver auch beobachtet. Eben noch fröhlich und unbeschwert und im nächsten Augenblick zu Tode betrübt. »Lass uns nach Hause gehen, Susan«, sagte sie zu ihr. »Wir suchen morgen weiter. Es wird alles gut, du darfst jetzt nicht aufgeben, hörst du? Komm, wir gehen nach Hause. Bill freut sich bestimmt, wenn du nach Hause kommst.«

Ihre Worte, die eigentlich nur dazu bestimmt gewesen waren,

Clarissa zu beruhigen, verfehlten ihre Wirkung nicht. Susan folgte ihr und Jenny willig ins Dorf zurück und konnte schon wieder lachen, als sie die Hütte erreichten. Billy schloss sie in die Arme, und seine Lippen bewegten sich zu einem stillen Gebet.

Zwei junge Männer begnügten sich nicht mit Beten. Sie verschwanden mit einem der Hundeschlitten aus dem Dorf und blieben so lange weg, dass einige Bewohner begannen, sich auch um sie Sorgen zu machen. Einer ihrer Freunde beruhigte den Häuptling, indem er sagte: »Sie suchen nach Wild. Sie sind gute Jäger. Sie haben versprochen, mit neuen Vorräten zurückzukehren.«

Wunuxtsin schien die Auskunft zu genügen, anscheinend vertraute er den jungen Jägern. Er nickte nur und kehrte in seine Hütte zurück. Clarissa entging allerdings nicht seine besorgte Miene, ein Zeichen dafür, dass die Jäger ein großes Risiko eingingen und vielleicht sogar das ganze Dorf in Gefahr brachten. Ähnlich besorgt wirkte Hört-den-Donner, der seine Gebete verstärkte, als er vom Aufbruch der Jäger hörte, und sogar nachts aus seiner Hütte kroch und bei eisiger Kälte zu den Geistern betete. Eine seltsame Anspannung lag über dem Dorf, als würde das Überleben seiner Bewohner nur von den beiden jungen Jägern abhängen, und Clarissa ertappte sich ebenfalls dabei, wie sie morgens aus der Hütte kroch und nach ihnen Ausschau hielt.

Drei Tage später kehrten sie mit einem Schlitten voller Fleisch zurück und wurden von den meisten Bewohnern begeistert empfangen. Nur der Häuptling und der Medizinmann und einige der älteren Männer blickten besorgt auf die Fleischberge. Als Clarissa sich einen Weg zu dem Schlitten bahnte und das Fleisch begutachtete, erkannte sie auch, warum. »Das ist Rindfleisch«, sagte sie. »Ihr habt ein Rind gestohlen und es geschlachtet. Dafür können euch die Besitzer vor Gericht bringen, oder es passiert noch Schlimmeres.« Sie blickte hilfesuchend auf den Medizinmann. »Ich weiß nicht, ob mein Geld für ein ganzes Rind reicht, aber vielleicht genügt es, um den Besitzer zu beruhigen.« Sie wandte sich an die jungen Männer. »Woher habt ihr das Rind?«

»Von der Winterweide eines Ranchers«, antwortete einer von ihnen. »Wir wissen nicht, wie er heißt, aber er merkt bestimmt nicht, dass wir das Rind weggetrieben haben. Wir haben das Fell mit dem Brandzeichen verbrannt.«

»Die Geister wollten, dass wir das Fleisch bekommen«, sagte Hört-den-Donner. »Der Rancher wird den Verlust verschmerzen. Er besitzt viele Rinder. In unserem Dorf rettet dieses Fleisch vielleicht Leben. Ist das Unrecht?«

»Es ist gegen das Gesetz.«

»Dann ist das Gesetz schlecht«, mischte sich der Häuptling ein. »Als uns der weiße Mann ins Reservat schickte, versprach er uns, Lebensmittel und Kleidung zu schicken, wenn es uns schlecht ginge. Ein paar Mal hat er dieses Versprechen gehalten, aber inzwischen kommt kaum noch etwas bei uns an, und wir müssen hilflos mit ansehen, wie die Weißen unser Wild abschießen.«

Auch davon hatte Clarissa schon gehört. In einer Zeitung, die sie in Vancouver in die Hände bekommen hatte, war sogar ein weißer Politiker für die Indianer eingetreten, aber später nicht gewählt worden. »Ich weiß, dass man euch Unrecht angetan hat, aber den Rancher, den ihr bestohlen habt, wird das wohl kaum interessieren. Ich werde zu ihm fahren und mit ihm sprechen.«

Als wären ihre Worte bis weit in die Wälder gedrungen, tauchten plötzlich drei Männer auf Pferden am Waldrand auf, ein Packpferd und ein Ersatzpferd an den Zügeln, und ritten ins Dorf hinab. Der Wind hatte nachgelassen, und nur der Schnee, den die Pferde aufwirbelten, begleitete sie auf ihrem Weg zum Versammlungshaus. Alle drei Männer hielten Gewehre in den Händen.

Ihr Anführer, ein ungefähr fünfzigjähriger Mann mit einem von Wind und Wetter gegerbten Gesicht, zügelte seinen Wallach.

Er trug eine gefütterte Holzfällerjacke, dicke Fellhosen und hatte seinen breitkrempigen Stetson mit dem Schal auf dem Kopf festgebunden. »Ich bin Jimmy Flagler«, sagte er, »das sind meine Cowboys. Ted und Rocky. Mir gehört die Yellow Rose Ranch östlich von Williams Lake.« Seine Stimme klang bedächtig, nicht wie bei einem Mann, der gerade zwei Viehdiebe ausfindig gemacht hatte. Er deutete mit dem Gewehrlauf auf den Schlitten. »Das Fleisch stammt von einem meiner Rinder.« Er wandte sich an seine Männer. »Zeig ihnen die Haut, Ted!«

Der Cowboy, wie sein Kollege ein junger Mann um die Zwanzig und ähnlich gekleidet wie ihr Boss, zog die Überreste einer verbrannten Rinderhaut aus seinen Satteltaschen und warf sie in den Schnee. Anscheinend waren die Jäger zu nachlässig vorgegangen. Man erkannte noch das Brandzeichen.

»Bei der verbrannten Haut haben wir die Spuren dieser beiden Krieger gefunden.« Er deutete auf die jungen Indianer. »Wir sind ihnen bis hierher gefolgt. Ich mag es nicht, wenn man sich ungefragt an meinen Rindern vergreift.« Er legte eine kurze Pause ein. »Gebt ihr zu, es gestohlen zu haben?«

Bevor einer der Indianer eine Dummheit begehen oder etwas Falsches sagen konnte, trat Clarissa entschlossen nach vorn. »Ja, sie geben zu, das Rind gestohlen zu haben, und ich wollte gerade aufbrechen, um Sie dafür zu bezahlen. Also stecken Sie gefälligst Ihre Gewehre weg, und lassen Sie dieses kindische Buffalo-Bill-und-die-Indianer-Spiel. Wir sind hier nicht im Wilden Westen.«

Der Rancher blickte sie erstaunt an und griff sich an die Hutkrempe, wie man es von einem Mann erwartete, wenn er einer Lady begegnete. »Ma'am ... Ich hab Sie gar nicht gesehen. Was tut eine Weiße wie Sie bei den Shuswap?«

»Ich helfe ihnen, durch den strengen Winter zu kommen, und musste mir gerade anhören, dass die Weißen sie jahrzehntelang betrogen haben. Sie haben Hunger, Mister Flagler, sie haben großen Hunger, und einige von ihnen würden sterben, wenn sie dieses Rind nicht gestohlen hätten. Hören Sie denn nicht die Kinder weinen?« In einer der Hütten weinte tatsächlich ein Baby. »Sie brauchen dieses Fleisch, und wenn Sie ein Herz haben, dann schenken Sie es ihnen.« Sie blickte den Rancher auffordernd an. »Was ist mit den Gewehren? Wollen Sie die Waffen nicht endlich wegstecken? Wie gesagt …«

»… Wir sind hier nicht im Wilden Westen. Ich hab Sie schon verstanden, Ma'am.« Er steckte sein Gewehr in den Sattelschuh und forderte seine Cowboys mit einer Kopfbewegung auf, das Gleiche zu tun. »Wer sind Sie, Ma'am? Sind Sie eine Missionarin oder so was? Die Retterin der Indianer?«

»Ich bin Clara Holland«, erinnerte sie sich an ihren Decknamen und war froh, dass sie keiner der Indianer verbesserte, »und es ist schon einige Zeit her, dass ich eine Kirche von innen gesehen habe. Ich finde, hier draußen in der Natur kann man viel besser beten.« Sie lächelte hintergründig. »Nein, ich bin keine Missionarin. Ich hatte einen Unfall und habe es diesen Indianern zu verdanken, dass ich noch am Leben bin. Wie viel wollen Sie für das Rind?«

»Das ist unverkäuflich, Ma'am.«

»Sie wollen die Indianer anzeigen?«

»Unsinn!« Er ließ seinen Blick über die versammelten Indianer schweifen. »Wenn ich mir die Leute hier so ansehe, brauchen Sie noch zwei Rinder mehr, um einigermaßen über den Winter zu kommen. Die beiden Rinderdiebe können mit uns kommen und noch zwei Tiere schlachten. Ich bin sowieso fast pleite, da machen die paar Rinder auch nichts mehr aus. Verstehen Sie mich?«

Clarissa glaubte ihren Ohren nicht zu trauen, und das breite Lächeln in den Gesichtern der meisten Dorfbewohner zeigte dem Rancher, dass ihn auch die Indianer verstanden hatten. Sie konnten ihr Glück kaum fassen. Einige Frauen machten sich sofort daran, das Fleisch in die Vorratshäuser zu bringen, und der Häuptling verneigte sich dankbar vor dem Rancher. »Es gibt noch gute weiße Männer«, sagte er. »Das werden wir Ihnen nicht vergessen, Mister.«

»Und ich dachte …«, begann Clarissa. Auch sie konnte nicht glauben, was Flagler den Indianern angeboten hatte. »Sie sind ein guter Mann, Mister.«

»Jimmy … Sagen Sie Jimmy zu mir.« Er betrachtete sie lange. »Haben Sie vielleicht Lust, mit uns zu kommen, Ma'am? Wir sind zu dritt auf der Yellow Rose, und der alte Sam, der bisher für uns gekocht hat, ist leider vor einigen Monaten gestorben. Wir bräuchten dringend eine Haushälterin oder so was.«

»Oder so was?«

»Nicht das, was Sie denken, Ma'am. Ich hab mit den Frauen nichts mehr im Sinn, und Ted und Rocky, die haben andere Interessen. Erzähle ich Ihnen später mal, wenn die beiden nicht zuhören.« Er drehte sich grinsend zu seinen Cowboys um. »Wir brauchen eine Frau, die sich nicht zu schade ist, auch mal zuzupacken, den Haushalt schmeißt, die Wäsche wäscht, uns was Anständiges zu essen kocht, und wenn's sein muss, auch mal auf der Weide hilft.« Er blickte sie forschend an. »Sie sehen so aus, als könnten Sie das alles, Ma'am.«

»Clara«, verbesserte sie ihn. »Auf der Weide helfen? Wie ein Cowgirl?«

»Können Sie reiten?«

»Nicht besonders. Hab's auf einem Ackergaul gelernt.«

»Dann bringe ich es Ihnen bei. Wenn Sie einmal auf einem richtigen Cowboypferd gesessen haben, wollen Sie nicht mehr runter, wollen wir wetten?«

Clarissa gefiel der Rancher nicht nur, weil er die Indianer beschenkt hatte. Seine bedächtige Art und sein schleppender Dialekt strahlten etwas Beruhigendes aus, und in seinen Augen lag eine Wärme, wie man sie bei wenigen Männern in seinem Alter fand. Er war aufrichtig und warmherzig, zwei Eigenschaften, die nur wenige Männer in sich vereinten. Und als Haushälterin auf einer einsamen Ranch war sie vielleicht sicherer als bei den Indianern. Es machte sicher mehr Spaß, einem betagten Rancher den Haushalt zu führen, als arroganten und reichen Leuten wie den Whittlers im vornehmen West End.

»Die weiße Frau reitet mit dir«, entschied Hört-den-Donner für sie. Er war unbemerkt neben sie getreten und legte eine Hand auf ihre Schulter. »Sie hat mehr für die Shuswap getan, als ich in meinen Träumen sehen konnte, und ich weiß, dass ihr Weg nach Norden führt. Dort wartet eine neue Zukunft auf sie.« Er lächelte sie an. »Wir werden dich niemals vergessen, weiße Frau.«

»Einverstanden«, sagte sie, »aber es fällt mir nicht leicht, zu gehen.«

Der Abschied fiel tränenreich aus, zumindest für Susan, die sie lange umarmte und sich unter Tränen bei ihr bedankte. »Ich bin stark«, flüsterte sie ihr zu. Bill schüttelte ihr kräftig die Hand, seine alte Mutter lächelte ihr dankbar zu, und Hört-den-Donner legte noch einmal eine Hand auf ihre Schulter. »Folge dem Wolf, der dich zu uns geführt hat, denn er ist dein Schutzgeist und wird dich auch auf deinem weiteren Weg begleiten. Und vergiss nicht, was ich dir gesagt habe: Du wirst den Mann, den du vermisst, wiedertreffen.«

Einer der Cowboys führte das Ersatzpferd, einen lebhaften Schecken, zu ihr und half ihr beim Aufsteigen. Nach einigen Schwierigkeiten bekam sie das Pferd unter Kontrolle. Sie redete beruhigend auf das Tier ein und erkannte, dass nicht nur Huskys, sondern auch Pferde ihre Stimme mochten. »Was ich besitze, trage ich am Körper«, beantwortete sie die unausgesprochene Frage des Ranchers. »Ich bin mit meinem Schlitten verunglückt, bevor ich zu den Indianern kam, und hab ihn leider nicht mehr gefunden. Selbst treue Huskys kehren nicht mehr zu Ihnen zurück, wenn Sie vom Schlitten fallen.«

Flager nickte anerkennend. »Sie können besser mit Pferden umgehen, als ich dachte, Clara. Auch wenn es sich nicht schickt, wie Sie im Sattel sitzen. Sobald wir die Ranch erreicht haben, werde ich Ihnen einen Reitrock besorgen.« Er grinste schelmisch. »Oder wollen Sie im Damensattel reiten, Lady?«

»Damit ich beim ersten Hindernis runterfalle? Kommt nicht infrage.«

»Dachte ich mir. Sie sind nicht der Typ.«

Flager riet den Indianern, die sein Fleisch gestohlen hatten, einen Tag zu warten, bis sie aufbrachen, und dann direkt zum Ranchhaus zu reiten. »Ich suche euch die Rinder aus und gebe euch noch etwas Mehl und Zucker mit.«

»Und Schokolade«, ergänzte Clarissa.

»Ich hab zwei Tafeln in der Küche liegen, das stimmt, aber …«

»Für Susan«, erklärte Clarissa.

»Also gut«, erklärte sich der Rancher einverstanden, »und zwei Tafeln Schokolade für Susan.« Er winkte den Indianern zu und trieb seinen Wallach an. Mit einem lauten »Giddy-up!« ritt er aus dem Tal. Clarissa und die beiden Cowboys mit dem Packpferd folgten ihm. Auf einem Hügelkamm drehte sie sich noch einmal nach den Indianern um, dann ritt sie entschlossen weiter.

30

Das »Giddy-up« des Ranchers hallte noch in ihren Ohren nach, als sie am Waldrand entlang aus dem Tal ritten. Der Anfeuerungsruf ließ Alex in ihre Gedanken zurückkehren, und sie sah ihn plötzlich vor sich, wie er auf dem Trittbrett seines Schlittens stand und Billy und die anderen Huskys antrieb.

Ob die Hunde nach Beaver Creek zurückgelaufen waren? Man würde sicher annehmen, dass sie gestürzt und in den Bergen erfroren war, wenn Frank Whittler und der Indianer ihre Spuren nicht fanden. Eine geniale Erkenntnis, würde sie den Millionärssohn doch von einer weiteren Verfolgung abhalten und ihr die Ruhe verschaffen, die sie nach ihrer überstürzten Flucht und der ereignisreichen Zeit bei den Indianern brauchte. Aber was würde Alex denken? Würde er auch an ihren Tod glauben und um sie trauern und sie irgendwann einmal vergessen? Oder war seine Liebe stark genug, um das Unmögliche anzunehmen? Dass sie sich nach ihrem Sturz ins Leben zurückgekämpft hatte? Fast unmöglich, wenn man nicht wusste, wie Bones ihr geholfen hatte.

»Nun?«, fragte der Rancher plötzlich. Er hatte sich etwas zurückfallen lassen und ritt jetzt neben ihr. »Ich hoffe, Sie bereuen Ihren Entschluss nicht.«

Sie löste sich von ihren trüben Gedanken und erwiderte sein Lächeln. »Wir werden sehen, Jimmy. Vielleicht jagen Sie mich zum Teufel, wenn Sie meinen Kaffee probiert haben. Mit Kaffee kenne ich mich nicht so aus, wissen Sie? Ich trinke am liebsten

Tee.« Sie lenkte ihren Schecken um eine Schneewehe herum. »Dieses Giddy-up vorhin, als wir losritten … Sind Sie Texaner?«

»Das hört man doch, oder?« Immer wenn er lächelte, bildeten sich dünne Fältchen um seine Augen. »Aus San Angelo, das liegt in Westtexas. Das krasse Gegenteil von dem Land hier. In Westtexas ist es flach, so flach, dass man die Chinesen am Horizont laufen sehen kann. So was gibt es in ganz Kanada nicht … Nun ja, vielleicht drüben in Newfoundland und Labrador, am Meer.«

»Und in San Angelo sagen sie ›Giddy-up‹?«

Er lächelte wieder. »Nur wenn die Pferde müde sind und ein bisschen mehr als ein ›Hü!‹ oder ›Vorwärts!‹ brauchen. Sagen Sie auch ›Giddy-up‹?«

»Ich schon … ich und ein Fallensteller, den ich kenne.«

»Sie sind eine bemerkenswerte Frau, Clara. Aber das hab ich Ihnen schon mal gesagt, oder? Was treibt eine Frau wie Sie in die Wildnis und dann noch mit einem Hundeschlitten? Verzeihen Sie, wenn ich so neugierig bin, aber kein Mensch fährt doch bei dem Wetter freiwillig durch diese Bergwildnis und bleibt monatelang in einem Indianerdorf? Wenn Sie keine Frau wären, könnte man fast meinen, Sie würden vor irgendjemand davonlaufen oder sich verstecken. Und Sie sehen nicht wie jemand aus, der sich verstecken muss.«

»Tue ich aber.« Clarissa blieb bei der Lügengeschichte, die sie auch in Beaver Creek zum Besten gegeben hatte. »Ein aufdringlicher Liebhaber, der mir nicht mehr von der Seite wich und mich unbedingt heiraten wollte. Ich war sogar bei der Polizei, aber die sagte, man könne keinem Mann verbieten, eine Frau zu umgarnen. Also bin ich bei Nacht und Nebel davongerannt.« Sie blickte ihn an. »Ich hoffe, auf Ihrer Ranch bin ich sicher, Jimmy.«

»Vor dem aufdringlichen Liebhaber?« Der Rancher lachte. »Dem würden wir eine gehörige Abreibung verpassen, wenn er bei uns auftauchen würde.«

»Und vor anderen … Annäherungsversuchen?«

»Sie haben die Nase voll von den Männern, was?« Flagler beugte sich nach vorn und tätschelte seinem Wallach den Hals. »Nun, vor uns brauchen Sie keine Angst zu haben. Sehen Sie sich meine beiden Cowboys an, die haben doch kaum Augen für Sie, obwohl Sie mit Ihrem guten Aussehen und Ihrer Art doch sicher jedem Mann, dem Sie begegnen, den Kopf verdrehen.«

»Sie schmeicheln mir, Jimmy.«

»Ted, der Schlanke mit den kurzen Haaren, hat nur Augen für seine Rose. Rose ist die Tochter eines Roadhouse-Besitzers in Williams Lake. Ihr Vater meint, sie wäre was Besseres, und will nicht, dass sie einen Cowboy heiratet, aber Ted ist stur und versucht es immer wieder. Einmal wollte Rose schon mit ihm durchbrennen, bekam aber im letzten Augenblick kalte Füße. Ihr Vater ist ein grober Holzklotz, dem rutscht schon mal die Hand aus, wenn ihm was nicht in den Kram passt. Er wartet wohl darauf, dass ein Prinz anklopft.«

Clarissa musste schmunzeln. »Und Rocky?«

»Der ist mit fünf Schwestern aufgewachsen und hat mit Frauen wenig am Hut. Rocky unterhält sich lieber mit Pferden. Wenn es ihn mal überkommt, hält er sich an die leichten Mädchen im Rotlichtviertel.« Er zuckte die Achseln. »Sorry, aber er ist noch jung und merkt noch früh genug, dass er falschliegt. Irgendwann taucht die Richtige auf … Aber das dauert noch eine Weile.«

»Und Sie, Jimmy?«

»Ich bin aus dem Geschäft raus, obwohl ich es bei Ihrem Anblick fast ein wenig bedauere, nicht mehr dreißig Jahre jünger zu sein.« Sein Lachen klang aufrichtig. »Vor dreißig Jahren war ich in Carmen verliebt. Ich weiß gar nicht, ob ich Ihnen das alles erzählen soll, aber es kommt Ihnen doch sicher komisch vor, dass ein Mann wie ich allein auf einer Ranch lebt und seit dreißig Jahren keine andere Frau mehr angesehen hat. Daran ist Carmen schuld.«

Sie dachte an Alex. »Die große Liebe Ihres Lebens?«

»Ein bisschen schwülstig, aber so kann man es wohl nennen. Ich bin auf der Ranch meiner Eltern aufgewachsen, nordwestlich von San Angelo, und jeder erwartete, dass ich mir eine der hübschen Ranchertöchter schnappe, so wie mein Vater und mein Großvater, zur Not auch eine der Farmertöchter, obwohl die Schollenbrecher nie besonders beliebt bei uns waren. Es gab schon einige hübsche Mädels unter ihnen, das muss ich zugeben, aber keine war so anmutig und hübsch wie Carmen, die mexikanische Tänzerin aus Guadalajara, die eines Abends im Theater von San Angelo auftrat. Ich verliebte mich sofort in sie und war so begeistert von ihr, dass ich sie am Bühneneingang abpasste und sie mit hochrotem Kopf zum Essen einlud. Sie lächelte, und ich erinnere mich noch genau an ihre Worte: ›Wie könnte ich einem Mann wie Ihnen dieses Angebot abschlagen?‹ Wie gesagt, ich war damals dreißig Jahre jünger. Wir gingen zusammen essen und waren seitdem unzertrennlich. Ein halbes Jahr später heirateten wir. Wir bewirtschafteten die Ranch meiner Eltern, die inzwischen beide gestorben waren, meine Mutter an der Schwindsucht und mein Vater an einem Comanchenpfeil, und ich dachte, jetzt kann dein Leben beginnen. Du besitzt eine Ranch, hast die hübscheste Frau von ganz Texas und wirst die schönsten Kinder des Staates haben.« Seine Miene verfinsterte sich. »Aber es kamen keine Kinder, und bevor ich mich versah, war auch Carmen weg. Sie brannte mit einem Pferdehändler durch und zog nach San Antonio, wo sie einen Schauspieler kennenlernte und beschloss, mit ihm nach Denver durchzubrennen. Unterwegs wurden sie von Comanchen angegriffen. Ihr Anführer skalpierte den Schauspieler und nahm Carmen in sein Tipi mit. Seitdem hat niemand mehr was von ihr gehört.«

»Und woher wissen Sie das mit dem Schauspieler?«

»Stand damals in allen Zeitungen, und ich war plötzlich das Gespött der Gegend. Der gehörnte Rancher, der sich von einem mexikanischen Flittchen hatte reinlegen lassen, denn als sie ging, nahm sie auch meine ganzen Ersparnisse mit. Ich hätte sie natürlich anzeigen und vor Gericht bringen können, aber das hätte sowieso nichts gebracht, und ich liebte sie ja noch immer. Also blieb mir nichts anderes übrig, als die Ranch zu verkaufen und Westtexas zu verlassen. Ich wollte so weit wie möglich weg, landete in Wyoming, dann in Oregon und schließlich hier oben in Kanada. Mal was anderes, diese Berge, und Mexikanerinnen, die mir gefährlich werden können, gibt's hier auch nicht. Das Schlimme ist: Ich würde sie wieder heiraten, wenn sie hier auftauchen würde. Ich weiß, das ist schwer zu verstehen, aber so ist es nun mal.« Er wurde verlegen, hatte wohl gar nicht vorgehabt, ihr so viel zu erzählen. »Können Sie das verstehen, Clara? Dass man eine Frau, die einen auf so schäbige Weise hintergangen und enttäuscht hat, wieder heiraten würde?«

Darauf konnte Clarissa keine Antwort geben. Sie hatte im Augenblick auch mehr mit ihrem Schecken zu tun, der alle paar Schritte stehenblieb und im Unterholz nach etwas Essbarem suchte. »Nehmen Sie ihn an die Zügel«, riet ihr der Rancher. »Sie müssen ihm zeigen, wer das Sagen hat.« Er wandte sich an den Schecken. »Hast du gehört, Pinto? Du hast eine Lady im Sattel, und es gehört sich nicht, ihr deinen Willen aufzuzwingen. Tu gefälligst, was sie will, oder du bekommst heute keinen Hafer. Hast du mich verstanden?«

Clarissa zog ihn mit den Zügeln von einem Strauch weg und führte ihn auf den Trail zurück. Sie bemerkte nicht, wie Ted und Rocky hinter ihr verstohlen grinsten. Sie saß inzwischen etwas sicherer im Sattel, spürte aber, dass ihr noch einiges fehlte, um mit dem Rancher und seinen Cowboys mithalten zu können. Außerdem schmerzten ihre Beine. Sie saß mit ihrem Rock und ihrer wollenen Unterwäsche im Sattel und hatte sich die Innenseiten ihrer Oberschenkel wundgescheuert. Sie verlagerte ihr Gewicht. Was trieb sie bloß nur dazu, ständig neue Herausforderungen anzunehmen? Ihr Stolz, ihre Eitelkeit, der bloße Zufall, nach einem

Fallensteller einem Rancher begegnet zu sein? Die Notwendigkeit, so viel Abstand wie möglich zwischen sich und Frank Whittler zu bringen? Welche Frau aus Vancouver lernte schon innerhalb weniger Monate, auf Schneeschuhen zu laufen, einen Hundeschlitten zu steuern und im Sattel eines Cowboypferdes durch den Schnee zu reiten? Was war nur in sie gefahren?

Gleichzeitig musste sie zugeben, dass ihr diese Herausforderungen auch viel Freude bereiteten, ungeachtet der großen Gefahren, die sie bedrohten, und des beinahe tödlichen Unfalls, den sie nur dank ihres Schutzgeistes überlebt hatte. Ihr Schutzgeist … Hatte der Medizinmann der Shuswap recht? Begleitete sie Bones tatsächlich durch ihr ganzes Leben? Blieb er stets in ihrer Nähe, um sie vor großem Unglück zu bewahren? Oder war er doch nur ein Wesen aus ihren Träumen, das sie sich nur einbildete? Und vor allem … Wo war er jetzt?

Ihr Weg führte sie fast zwei Stunden am Waldrand entlang und über einige Hügelkämme in ein sichelförmiges Tal hinab. Clarissa ritt immer sicherer. Pinto gehorchte ihr inzwischen aufs Wort und reagierte schon auf einen leichten Zügeldruck, wohl auch unter dem Eindruck, dass Flagler stets in ihrer Nähe blieb und darauf achtete, dass sich der Schecke keinen Fehltritt leistete. Alle Pferde waren Schnee und Eis gewöhnt und bewegten sich zielstrebig und sicher. Der Wind, auf den Hügelkämmen böig und am Waldrand eher verhalten, hielt sich in Grenzen, und die Schneeflocken wirbelten nur noch vereinzelt vom Himmel herab. Die Luft war eisig kalt, und der Atem der Pferde gefror in dichten Wolken über ihren Köpfen. Ihre Hufe wirbelten losen Schnee auf, der in hauchdünnen Schleiern hinter ihnen über dem Boden hängen blieb.

Am späten Nachmittag erreichten sie die Wagenstraße, auf der Alex und sie dem Mountie begegnet waren, und Clarissa zögerte unwillkürlich, griff dem Schecken sogar in die Zügel und blieb stehen. Die Chance, anderen Reisenden zu begegnen, vielleicht sogar einem Polizisten, und dem Gesetz in die Hände zu fallen, war hier riesengroß, und sie wäre am liebsten wieder umgekehrt und in die Berge zurückgegangen. Selbst wenn der Rancher ihr wohlgesinnt war und ihr seinen Schutz anbot, würde er nicht verhindern können, dass die Polizei sie festnahm und ins Gefängnis warf, falls man sie erkannte.

»Was ist?«, fragte Flagler. »Schon müde?«

»Ist das die Wagenstraße nach Williams Lake?«

»Ich hoffe es«, antwortete der Rancher. »Wenn nicht, hätten wir nämlich ein Problem. Das heißt, eigentlich führt die Straße an Williams Lake vorbei, weil das Roadhouse eines bekannten Mannes, der wohl als Politiker groß herauskommen will, weiter östlich steht und der Mistkerl es fertigbrachte, die Straßenbauer zu einem kleinen Umweg zu bewegen. Mit Geld lässt sich vieles bewerkstelligen, das war in Texas nicht anders. Jetzt verdient der Roadhouse-Besitzer noch mal so viel, und Williams Lake schaut in die Röhre.« Er trieb sein Pferd auf die Wagenstraße. »Wollen Sie dort festfrieren, Clara?«

Clarissa trieb ihren Schecken auf die Straße und rang sich ein müdes Lächeln ab. »Ich bin nur ein wenig erschöpft, Jimmy. Sieht so aus, als müsste ich mich erst an die Reiterei gewöhnen. Mit dem Schlitten war es einfacher.«

»Und wo haben Sie das Hundeschlitten-Fahren gelernt?«

»Bei einem Fallensteller.«

»Dem aufdringlichen Liebhaber?«

»Nein, aber …«

»… Über den möchten Sie jetzt nicht reden. Kann ich gut verstehen. Was meinen Sie, wie lange ich nicht über meine Carmen reden konnte? Ich hatte immer Angst, dass sich die Leute über mich lustig machen könnten. Hinter meinem Rücken haben sie es natürlich getan, aber wenn ich was gesagt hätte, wäre ich erst recht ihrem Spott ausgesetzt gewesen. Inzwischen weiß ich auch, warum. Ich glaube es jedenfalls zu wissen. Die wenigsten Menschen haben das Glück, die wahre Liebe zu erleben, und gönnen sie deshalb auch anderen nicht. Sie lachen nur, wenn jemand so liebt wie ich meine Carmen.«

»Ich lache Sie bestimmt nicht aus, Jimmy.«

Ganz bestimmt nicht, dachte sie, denn wenn nicht ein Wunder geschieht, ergeht es mir vielleicht wie dem Rancher, und ich werde Alex niemals wiedersehen und mein Leben lang daran denken, wie sehr ich ihn geliebt habe, und welches Glück mir damals entgangen ist. Alex würde niemals fremdgehen, mit einem leichten Mädchen vielleicht, wenn er zu viel getrunken hat, aber niemals mit einer anständigen Frau. Aber er könnte im Gefängnis landen und mich aus den Augen verlieren oder glauben, dass ich inzwischen woanders mein Glück gefunden habe. Oder Frank Whittler band ihm aus lauter Gemeinheit einen Bären auf und erzählte ihm sonst was über sie.

Von Norden näherte sich ein Hundeschlitten. Der Rancher sah ihn zuerst und bedeutete Clarissa und seinen Cowboys, an den rechten Straßenrand zu reiten, um ihn vorbeizulassen. »Die Pferde scheuen manchmal vor den Hunden«, erklärte er ihr. Mit lauten Anfeuerungsrufen näherte sich der Musher, ein Postreiter, wie sie schon bald erkannte. »Hey, das ist Pete Colfax der Postreiter«, erkannte auch Flagler. »Hey, Pete«, rief er, »nicht so stürmisch!«

»Whoaa!« Der Postreiter bremste den Schlitten und kam dicht neben dem Rancher zum Stehen. »Jimmy Flagler! Ich hätte Sie beinahe nicht erkannt.« Er starrte Clarissa an und griff sich respektvoll an seine Schirmmütze. »Gute Abend allerseits. Träum ich, oder hast du dir eine Frau mitgebracht, Jimmy?«

Der Rancher lachte. »Du weißt doch, dass ich seit dreißig Jahren auf einen Brief von Carmen warte. Ich hab ihr meine Adresse nach San Antonio geschickt … Postlagernd. Falls sie sich doch noch anders besinnt.« Er beruhigte seinen Wallach, der vor einem Husky zurückschreckte. »Nein, das ist Clara. Sie wird uns den Haushalt führen. Und jetzt sag nicht, dass es höchste Zeit ist.«

»Ist es aber.« Der Postreiter zog eine Grimasse und blickte Clarissa an. »Ich hoffe, Sie wissen, worauf Sie sich da eingelassen haben. Das letzte Mal, als ich bei Jimmy zu Besuch war, bin ich über einen Armeebecher aus den Indianerkriegen gestolpert, und über dem Spülbecken hingen Spinnweben.«

»Musst du immer übertreiben, Pete?« Der Rancher warf einen entschuldigenden Blick auf Clarissa. »Sag mir lieber, ob du Post für mich hast. Ich hab ein paar neue Buffalo-Bill-Hefte bestellt, und wie ich dich kenne, hast du auch wieder jede Menge Rechnungen dabei. Nehmen die denn nie ein Ende?«

Der Postreiter grinste spöttisch. »Du hast es erraten. Ich hab die Post auf deinen Schreibtisch im Wohnzimmer gelegt. Den Kaffee, den du mir immer anbietest, hab ich mir gespart. Ich hab keinen sauberen Becher gefunden.«

»Da wartet wohl einige Arbeit auf mich«, erwiderte Clarissa scheinbar fröhlich. »Nächstes Mal hab ich nur saubere Becher für Sie, Mister Colfax.«

»Pete … Sagen Sie einfach Pete. So nennt mich hier jeder.«

Pete verabschiedete sich und steuerte seinen Hundeschlitten weiter nach Süden. Seine Anfeuerungsrufe waren noch lange in der kalten und klaren Luft zu hören. Ein endloser Himmel spannte sich über dem hügeligen Land, und weil die meisten Wolken nach Süden weitergezogen waren, konnte man jetzt auch wieder den Mond und die Sterne sehen. Hier draußen war der Himmel wesentlich klarer als in Vancouver, erkannte Clarissa, er wirkte noch dunkler und geheimnisvoller, und die Sterne waren keine hellen Punkte, sondern funkelnde Diamanten, deren Leuchten den jungfräulichen Schnee strahlen ließ.

»So schlimm, wie Pete sagt, ist es nicht«, sagte der Rancher.

Clarissa lachte. »Schlimmer, nicht wahr?«

»Nun, ja …«

»Haben wir noch weit?«

»Eine knappe Stunde, dann sind wir da.«

Clarissa atmete erleichtert auf, als sie die Wagenstraße verließen und über einen ausgetretenen Pfad nach Osten ritten. Durch einen lichten Wald ging es in die Ausläufer einiger Berge, nicht so hoch und dramatisch wie weiter südlich, und am Ufer eines schmalen Flusses entlang in ein weites Tal. Im Mondlicht sah sie einige Blockhäuser im Schatten einiger schroffer Felsen stehen.

»Die Yellow Rose«, sagte Flagler.

Doch Clarissa hatte nur Augen für den nahen Waldrand. In der Dunkelheit, nur wenige Schritte von ihr entfernt, leuchteten die gelben Augen eines Wolfes.

31

Vom Ranchhaus rannte ihnen ein Hund entgegen. Mit weiten Sprüngen kürzte er durch den Tiefschnee ab und sprang freudig erregt an Flagler hoch. Nachdem er den Rancher entsprechend begrüßt hatte, lief er zu Clarissa und zeigte ihr mit übermütigen Luftsprüngen, dass auch sie ihm willkommen war.

»Darauf können Sie sich mächtig was einbilden, Clara«, staunte Flagler. »Normalerweise knurrt Rusty einen Fremden erst mal böse an, und wenn jemand von der Bank oder Steuer kommt, versucht er sogar, ihm an die Gurgel zu gehen. Zu schade, dass ich ihn jedes Mal wieder zurückpfeifen muss.«

»Da hab ich ja Glück, dass ich kein Geld von Ihnen will.« Sie blickte lachend auf den Hund herunter, einen struppigen Mischling mit braunem Fell. »Ein kluger Bursche. Und wie erkennt er die Banker und Steuereinzieher?«

Flagler grinste. »Die haben einen bestimmten Geruch.«

Es dämmerte bereits, als sie sich der Ranch näherten und durch ein Tor, über das sich ein Brett mit der eingebrannten Aufschrift »Yellow Rose Ranch« spannte, auf den Hof ritten. In der hereinbrechenden Dunkelheit waren die Gebäude nur undeutlich zu erkennen: Das zweistöckige Haupthaus mit der breiten Veranda, eine Scheune, ein Stall und ein kleineres Blockhaus, das sich etwas abseits am Bachufer erhob. Aus dem Stall drangen Hühnergegacker und Ziegengemecker. Rusty rannte auf den Stall zu und brachte sie bellend zum Schweigen, kehrte zu Flagler zurück und wartete ungeduldig darauf, dass er aus dem Sattel stieg.

Clarissa rutschte von ihrem Schecken und merkte erst jetzt, wie sehr ihr der lange Ritt zugesetzt hatte. Die Innenseiten ihrer Oberschenkel brannten, und sie wusste schon jetzt, dass sie am nächsten Morgen mit einem fürchterlichen Muskelkater aufwachen würde. Sie hielt sich am Sattelhorn fest, bis sie wieder einigermaßen stehen konnte, und wurde beinahe von Rusty umgerannt, der sie genauso begeistert wie Flagler begrüßte und zufrieden knurrte, als sie ihn in die Arme schloss und ihm über den struppigen Rücken rieb.

»Jetzt reicht's aber, Rusty!«, wies ihn der Rancher zurück. »Wir haben einen langen Ritt hinter uns, und Clara muss sich erst mal ausruhen.« Er wies seine Cowboys an, sich um die Pferde zu kümmern, und führte sie ins Haus.

Schon im trüben Mondlicht, das durch die beiden Fenster ins Blockhaus fiel, erkannte sie die Unordnung in dem großen Wohnraum. Auf dem großen Tisch standen eine Kaffeekanne, ein halb leerer Becher und ein Teller mit Biskuitresten, dazwischen lagen einige Papiere, offensichtlich amtliche Briefe, einer davon mit einem dunklen Kaffeefleck. Auf der schwarzen Ledercouch und den beiden Sesseln lag schmutzige Kleidung, unter dem Couchtisch ragten Stiefel hervor. Noch schlimmer sah es auf dem Schreibtisch unter einem der Fenster aus. Ein Wust von Papieren bedeckte die dunkle Holzplatte, die meisten waren mit Tinte bekleckert, und selbst die gerahmte Fotografie, das Hochzeitfoto seiner Eltern, wie sie annahm, hing schief.

Während Flagler eine der beiden Öllampen im Wohnzimmer anzündete und den bulligen Ofen in Gang brachte, zog Clarissa ihre Jacke, die Mütze, ihren Schal und die Handschuhe aus, legte alles auf die Couch und betrat die geräumige Küche, die man über zwei Stufen am Ende des Wohnraums erreichte. Sie entdeckte eine Öllampe auf dem Tisch, fand Streichhölzer und zündete sie an, drehte den Docht hoch und erschrak, als sie das ganze Ausmaß der Unordnung erkannte. Schmutziges Geschirr in einer Schüssel, ein Teller mit Essensresten und verschüttete Milch auf dem Tisch, auf dem Herd ein Topf mit den Überresten eines Eintopfs, der einige Tage alt sein musste.

»Jetzt wissen Sie, warum ich eine Haushälterin brauche«, sagte Flagler, der unbemerkt die Küche betreten hatte und sich daranmachte, das Feuer im Herd anzufachen. Er wirkte verlegen. »Wir hatten in letzter Zeit viel zu tun, da blieb wenig Zeit für die Hausarbeit. Normalerweise sieht es hier besser aus. Nun ja … ein bisschen besser. Zur Hausfrau bin ich wohl nicht geboren.«

Clarissa konnte sich ein spöttisches Grinsen nicht verkneifen. »Ach, und ich dachte, Sie wollten mich als Cowgirl anstellen, damit Sie endlich genug Zeit für den Haushalt haben. Was meinen Sie, was Ihre Carmen gesagt hätte, wenn sie die Arme in ein solches Chaos geführt hätten! Die hätte sich gleich wieder scheiden lassen und wäre bis nach Südamerika gerannt. *Caramba!*«

Flagler ertrug den Spott mit einem geduldigen und etwas schüchternen Grinsen und vertiefte sich ganz in seine Arbeit, um sie nicht ansehen zu müssen. »Mit dem Aufräumen können Sie morgen früh beginnen«, sagte er, »jetzt sollten Sie sich erstmal ausruhen. Sie schlafen in dem kleinen Blockhaus gegenüber, da wohnte bis vor Kurzem noch der alte Sam drin. Keine Angst, Sam war ein ordentlicher Mensch, da sieht es lange nicht so chaotisch aus. Ich nehme Ihnen frische Bettwäsche mit und zünde Ihnen den Ofen an, aber zuerst gönnen wir uns heißen Kaffee. Den haben wir uns nach dem langen Ritt redlich verdient. Und in der Speisekammer liegt noch mexikanische Wurst.«

Auch Clarissa hatte Hunger und schnitt für jeden ein Stück Wurst und etwas Käse ab. Auch ein paar Scheiben von dem Maisbrot, das der Rancher schlauerweise in ein sauberes Tuch gepackt hatte, tischte sie auf. In den Kaffee gab sie noch einen Löffel mehr als bei Alex und genoss das Aroma, das aus der heißen Kanne stieg. Wenn das so weiterging, schwor sie noch dem Tee ab.

Flagler hatte inzwischen die Post geöffnet und fluchte unterdrückt, als er einen Brief seiner Bank überflog. »Dass einen diese Halsabschneider niemals in Ruhe lassen können. Sie wollen, dass ich wegen meines Kredits nach Williams Lake komme. Die wissen doch genau, dass ich erst nach dem Viehtrieb im Frühjahr flüssig bin. Halsabschneider!« Er warf den Brief auf den Schreibtisch und sah sich lieber die neueste Ausgabe der Buffalo-Bill-Storys an, ein aufregendes Abenteuer des legendären Westmannes bei den Sioux-Indianern, das Buffalo Bill im Messerkampf mit einem Krieger auf dem Titelbild zeigte.

»Zwei Geschichten habe ich schon gelesen«, sagte Clarissa, als sie den Kaffee brachte und den Rancher mit dem Magazin vor seinem Schreibtisch stehen sah. »Dieser Buffalo Bill muss ein wahrer Teufelskerl gewesen sein.«

»Sie lesen Buffalo Bill?«, wunderte er sich. Inzwischen waren auch Tim und Rusty hereinkommen und legten ihre langen Mäntel ab. Der würzige Kaffeeduft ließ sie zufrieden grinsen. »Ich dachte, das tun nur Männer.«

»Und Frauen, wenn nichts anderes da ist.«

»Na, dann weiß ich ja, wer die Hefte jetzt nach mir bekommt.«

Clarissa hatte den großen Esstisch vom schmutzigen Geschirr und den Papieren befreit und mit einem nassen Lappen abgeputzt. Sie schloss die Augen, als sich der Rancher, die Cowboys und sie an den Händen fassten und Flagler ein kurzes Gebet sprach: »Herr, wir danken dir dafür, dass wir einigen hungrigen Indianern helfen durften und dass uns eine Frau, die du uns wohl mit voller Absicht geschickt hast, von nun an den Haushalt führen wird. Wir danken dir für die Speisen und den guten Kaffee und … auch das muss gesagt werden … Wir hoffen, du liest diesem Bankmenschen die Leviten und sagst ihm, dass er sein Geld im Frühjahr bekommt und keinen Tag früher. Amen.«

»Amen«, wiederholten sie gemeinsam.

Im Stillen betete Clarissa weiter, in der Hoffnung, ihr Kaffee möge so gut schmecken, dass man sie nicht gleich wieder zum

Teufel jagte, und wartete gespannt, bis Flagler den ersten Schluck getrunken hatte. Als seine Augen zu leuchten begannen und er sagte: »So muss ein Kaffee schmecken!«, atmete sie erleichtert auf und nahm sich vor, in Zukunft immer einen Löffel mehr in die Kanne zu geben. Stark musste Kaffee sein, das hatte sie inzwischen kapiert.

»Tim … Rusty … ihr kümmert euch morgen früh um die Indianer. Gebt ihnen zwei der jungen Kühe und packt ein paar Vorräte für sie zusammen. Kaffee, Zucker, Mehl … was man halt so braucht. Auch Tabak, wenn ihr welchen erübrigen könnt. Keine Ahnung, warum ich so freundlich zu den Indianern bin, aber vielleicht komme ich dann in den Himmel und muss nicht in der Hölle schmoren wie meisten anderen Rancher dieser Gegend. Vielleicht hab ich auch ein schlechtes Gewissen, weil wir ihnen das Land gestohlen haben.«

»Sie tun das Richtige, Jimmy«, sagte Clarissa.

»Wird gemacht, Jimmy«, erwiderte Ted.

»Ich fahre mit Clara nach Williams Lake. Wir brauchen neue Vorräte, sie muss sich was zum Anziehen kaufen, und ich muss bei der Bank zu Kreuze kriechen. Wie ich diesen Mister Higgins kenne, wird er mir ordentlich zusetzen. Wir nehmen den Schlitten, vom Reiten hat Clara sicher erst mal genug.«

»Und wann räume ich auf?«, wollte sie wissen.

»Das hat Zeit, die Bank nicht. Sie hatten noch nie mit Higgins zu tun.«

Nach dem Essen begleitete Flagler sie in ihre Unterkunft, ein winziges Blockhaus, in das gerade mal ein Bett, eine Kommode, ein Tisch mit einer Waschschüssel und ein Ofen passten. Das frische Bettzeug und ein sauberes Nachthemd legte er auf die Matratze. Er hustete verlegen und sagte: »Das gehörte Sam. Ich hoffe, Sie haben nichts dagegen, ein Männernachthemd zu tragen.« Er zündete ein Feuer im Ofen an und warf zwei Scheite nach, als die Flammen nach oben züngelten. Er deutete auf die Holzscheite auf dem Boden. »Das dürfte erst mal reichen. Bis morgen.« Er grinste verschmitzt. »Mit dem ersten Hahnenschrei. Wir Rinderleute kriechen früh aus den Federn.«

Clarissa bedankte sich, bezog das etwas zu harte Bett und füllte die Waschschüssel mit sauberem Schnee, um am nächsten Morgen frisches Wasser zu haben. Bevor sie unter ihre Decken kroch, warf sie noch einen Holzscheit in die Flammen. Die Wärme tat gut nach dem langen Ritt, obwohl es in dem Blockhaus lange nicht so gemütlich wie in der Indianerhütte war.

Sie zog ihre Überdecke bis zum Hals und blickte erschöpft zum Hüttendach empor. Die Balken warfen lange Schatten im Mondlicht. In dem ovalen Spiegel über dem Waschtisch spiegelte sich der Schnee. Das einzige Fenster war erstaunlich sauber und wurde sogar von Vorhängen eingerahmt, eine Seltenheit in einer Cowboyhütte. Sam war tatsächlich ein sehr ordentlicher Mensch gewesen. Aus dem Ofen drang das Knacken des brennenden Holzes.

Seltsam, dachte sie, mein ganzes Leben habe ich in Vancouver verbracht, nur um von einem gemeinen Betrüger und Lügner wie Frank Whittler in die Wildnis gejagt und zu einer rastlosen Wanderin zu werden, immer auf der Flucht und nirgendwo vollkommen sicher. Zu Fuß bis zu Alex' Hütte, mit dem Hundeschlitten nach Beaver Creek und ins Winterlager der Indianer, zu Pferde auf eine einsame Ranch in den Ausläufern der Chilcotin Mountains. Ich bin heimatlos, wie ein Schiff ohne Anker, das hilflos im stürmischen Meer treibt und jederzeit von einer mächtigen Welle überspült werden kann.

Schon morgen würde sie wieder ein Risiko eingehen. In Williams Lake war die Gefahr, von einem Polizisten aufgehalten oder einem geldgierigen Bürger angesprochen und verraten zu werden, wesentlich größer als hier draußen, und doch hatte sie sich nicht geweigert, den Rancher zu begleiten. Obwohl sie ihm vertraute, hatte sie ihm verheimlicht, warum sie mit dem Hundeschlitten durch die Wildnis gefahren und in einem Indianerdorf untergekommen war. Sie wollte ihn nicht unnötig belasten. Er hatte schon genug Sorgen und war nicht besser dran als die meisten Fischer in Vancouver, die ebenfalls von der Hand in den Mund lebten und auf die großzügigen Kredite einer Bank angewiesen waren – mit entsprechenden Zinsen.

Sie blickte aus dem Fenster, sah die verschneiten Hänge und den zugefrorenen Bach im Mondlicht glänzen und wünschte sich, Alex auf seinem Schlitten über die Hügel kommen zu sehen. Ein Wunschtraum, der irgendwann einmal in Erfüllung gehen musste, wenn ihr Leben einen Sinn haben sollte. Sie wollte nicht wie Jimmy Flagler enden, der immer noch seiner Carmen nachweinte und die einzige Befriedigung in der Arbeit mit seinen Rindern fand. Wo mochte sie wohl sein? Immer noch bei den Comanchen? Als fünfzigjährige Squaw in einem Indianerzelt? Oder längst wieder bei einem anderen Mann? Einem reichen Mexikaner in Mexico City? Einem Amerikaner in New York? Vielleicht sogar in Europa. Verführerische Frauen wie Carmen fanden immer einen wohlhabenden Mann, der ihr Leben finanzierte.

Oder saß sie allein in einer armseligen Hütte und trauerte ihrem Jimmy nach? Sah sie auf ihre alten Tage ein, dass sie damals einen Fehler begangen hatte? Wenn sie nur wüsste, dass sich Jimmy immer noch nach ihr verzehrte.

Sie würde es nicht so weit kommen lassen. Sie würde irgendwann mit Alex zusammen sein, wie Hört-den-Donner es angedeutet hatte, und wenn sie ganz Kanada nach ihm absuchen müsste. Frank Whittler würde sie nicht ewig verfolgen, das hoffte sie jedenfalls, und irgendwann könnte sie sich wieder ungehindert bewegen, ohne von der Polizei aufgehalten zu werden. Noch war es nicht so weit, aber der Tag würde kommen. Niemand konnte ihre Liebe zerstören, und schon gar nicht dieser ekelhafte Frank Whittler!

Wenn sie doch nur wüsste, wo er sich gerade aufhielt! Die Vorstellung, das Whittler tatsächlich vorhaben könnte, ihn vor Gericht zu bringen, machte ihr schwer zu schaffen. Auch wenn er hoch und heilig schwor, nicht gewusst zu haben, dass sie vom Gesetz gesucht wurde, würde ihm das vielleicht nichts nützen, und der Richter würde ein vernichtendes Urteil sprechen. Hatten sie ihn tatsächlich eingesperrt? Wäre er nicht längst bei ihr aufgetaucht, wenn er noch in Freiheit wäre? Oder fand er Trost bei einem Mädchen wie Ruby?

Mit dem beunruhigenden Gedanken, dass er sie schon vergessen haben könnte, schlief sie ein. Sie fiel in einen traumlosen Schlaf, der sie die Strapazen des langen Ritts vergessen ließ, wachte jedoch wenig später wieder auf, als sie das lang gezogene Heulen eines Wolfes aus dem Schlaf riss.

Sie fuhr erschrocken hoch und blickte aus dem Fenster. Jenseits des Baches war eine Bewegung im Halbdunkel zu sehen, zu weit entfernt, um Genaueres erkennen zu können, aber sie wusste auch so, von wem das Heulen kam. »Bones!«, flüsterte sie. »Was tust du hier? Bin ich wieder in Gefahr?«

Sie presste ihr Gesicht gegen die eiskalte Scheibe und versuchte den Wolf gegen die dunklen Schatten des Waldes auszumachen. Außer einer flüchtigen Bewegung konnte sie nichts erkennen. Für den Bruchteil einer Sekunde glaubte sie, seine gelben Augen zu erkennen, konnte aber auch einer Sinnestäuschung aufgesessen sein, so schnell, wie das Leuchten wieder verschwand.

Das Knarren einer Tür drang an ihre Ohren. Ihre Augen wanderten nach rechts und nahmen den Schatten eines Mannes vor der Scheune wahr. Ted, einer der beiden Cowboys. Er war nur mit seinem Mantel und Stiefeln bekleidet, trug einen Stetson und hielt ein Gewehr in den Händen. Anscheinend war auch er durch das Wolfsgeheul geweckt worden. Die Waffe zeigte ihr, was er davon hielt. Rinderleute mochten keine Wölfe, hatten Angst, dass sie zu einer ernsthaften Gefahr wurden und ihre jungen und wertvollen Kälber rissen.

»Nein!«, flüsterte sie. »Sie dürfen ihn nicht erschießen!«

Sie zog sich in Windeseile an und trat ins Freie, schreckte vor dem eisigen Nachtwind zurück, ohne sich von ihm aufhalten zu lassen, und erkannte besorgt, dass Ted bereits über den zugefrorenen Bach gestiegen war und auf den Wald zulief. Seine dunkle Gestalt war in wehende Schneeschleier gehüllt.

»Hey, Ted!«, rief ihm Rocky aus der Scheune nach. »Lass den verdammten Wolf in Ruhe! Auf der Winterweide lässt der sich bestimmt nicht blicken!«

»Sicher ist sicher!«, erwiderte Ted. »Ich leg ihn lieber um!«

»Der wartet sowieso nicht auf dich! Lass den Blödsinn!«

Doch Ted lief weiter, und tatsächlich war Bones noch in der Nähe, lief unruhig vor dem Waldrand auf und ab, als ahnte er, dass Ted ihm nichts tun würde. Clarissa war sicher, dass es Bones war. Inzwischen war er etwas nähergekommen und gegen den Schnee deutlich zu erkennen, die knochige Gestalt und das lang gezogene, etwas heisere Heulen konnten nur zu Bones gehören. Außerdem hinkte er kaum merklich, vielleicht hatte sich die Narbe entzündet.

Clarissa rannte dem Cowboy nach, stapfte durch den Tiefschnee jenseits des Baches und achtete gar nicht darauf, dass der Schnee in ihre Stiefel drang. In der Eile hatte sie auf ihre wollene Unterwäsche verzichtet. Der Wind ließ ihren Rock flattern, und sie musste ihn mehrmals mit den Händen nach unten drücken, um nicht nackt dazustehen.

»Ted!«, rief sie in panischer Angst. »Nicht schießen, Ted!«

Der Cowboy blieb stehen und drehte sich erstaunt um. »Was suchen Sie denn hier, Ma'am? Gehen Sie ins Haus zurück! Da draußen ist ein Wolf.«

Sie rannte weiter. »Nicht schießen, Ted! Lassen Sie den Wolf in Ruhe!«

»Aber ich … Ich muss ihn töten! Er reißt unsere Rinder!«

»Nicht Bones! Nicht dieser Wolf!«

Er bekam große Augen. »Sie … Sie kennen den Wolf?«

Sie hatte ihn eingeholt und blieb schwer atmend stehen. »Das ist Bones«, erklärte sie keuchend. »Der tut den Rindern nichts! Er kennt mich. Ich habe ihm mal … Er war verletzt, und ich habe ihn verbunden. Seitdem taucht er öfter in meiner Nähe auf.« Sie vermied das Wort »Schutzgeist«, wohl wissend, dass er darüber nur gelacht hätte. »Lassen Sie ihn laufen, Ted, er tut nichts.«

»Woher wollen Sie denn wissen, dass es dieser Bones ist?«

»Ich erkenne ihn. Sehen Sie nicht, wie er ein Bein leicht nachzieht?«

Doch Bones war schon wieder verschwunden, und man sah nicht einmal mehr seine Augen in der Dunkelheit leuchten. »Jetzt ist er sowieso weg«, gab Ted auf und machte sich auf den Rückweg. »Ein schlauer Kerl, Ihr Bones.«

Ted kehrte in die Scheune zurück, wo er und Rocky ihr Nachtlager hatten, und sie machte es sich in ihrer Blockhütte bequem, nicht ohne vorher noch einen Holzscheit ins Feuer zu werfen. Diesmal lag ein sanftes Lächeln auf ihrem Gesicht, als sie sich hinlegte, und in ihren Träumen kehrte Bones zurück und rannte dem Hundeschlitten voraus, mit dem Alex zu ihr zurückkehren würde.

32

Was hab ich da gehört?«, fragte Flagler, als sie am nächsten Morgen nach Williams Lake fuhren. Sie saßen auf dem Kutschbock eines Pritschenwagens, dessen Räder man durch Kufen ersetzt hatte, dicke Wolldecken über dem Schoß. Es war windig und bitterkalt. »Sie sind mit einem Wolf befreundet?«

»Bones«, antwortete sie und erzählte ihm dasselbe wie Ted. Er brauchte nicht zu wissen, dass Bones übernatürliche Kräfte zu besitzen schien, vielleicht sogar ein Geisterwolf und ihr Schutzgeist war. Ihr fiel es selbst schwer, diese Version zu glauben, obwohl sie Hört-den-Donner durchaus zugestand, mit den Geistern in Verbindung zu stehen. Zumindest war er ein weiser Mann. »Ich hab ihn mal verarztet und wollte nicht, dass Ted ihn erschießt.«

»Sie haben ein weiches Herz, Clara.«

»Sie etwa nicht? Ich kenne keinen Mann, der Indianern gegenüber so großzügig ist wie Sie. Die meisten Rancher hätten die beiden Rinderdiebe der Northwest Mounted Police übergeben oder an Ort und Stelle aufgeknüpft.«

Er hielt die Zügel locker in einer Hand. »Ich mag die Indianer. Carmen war Mexikanerin, hatte aber auch Indianerblut in den Adern. Yaqui, glaube ich.« Er grinste. »Selbst die Apachen hatten Angst vor den Yaqui-Frauen. Geronimo soll einer Yaqui-Frau davongelaufen sein, weil sie ihn ausgepeitscht hat.«

»Der Apachen-Häuptling? Der kam auch bei Buffalo Bill vor.«

»Obwohl der wirkliche Buffalo Bill ihn nie zu Gesicht bekommen hat. Die Apachen leben an der mexikanischen Grenze, so weit südlich war er nie.«

»Dann sind die Geschichten alle erfunden?«

Er lachte. »Haben Sie das nicht gewusst?«

»Doch … irgendwie schon. Zumindest die Liebesgeschichten. Die haben alle ein Happy-end. Im wirklichen Leben ist das meistens viel komplizierter.«

»Wer weiß das besser als ich.«

Clarissa hatte Vertrauen zu dem Rancher gefasst und hätte ihm am liebsten ihren richtigen Namen genannt und verraten, was sie wirklich in die Wildnis trieb. Er wirkte ebenso vertrauenswürdig wie Hört-den-Donner auf sie, ähnelte ihm sogar auf gewisse Weise. In seinen Bewegungen war er beinahe so bedächtig wie der Indianer, bevor er etwas sagte, überlegte er lange, und wenn er einem in die Augen blickte, war keinerlei Misstrauen in seinem Blick. Beinahe war sie versucht, ihn mit »Großvater« anzusprechen, obwohl ihm das sicher nicht gefallen hätte, aber nur, weil er die Bedeutung der Anrede nicht verstand. Es hätte ihr sicher geholfen, mit ihm über Alex und auch über Frank Whittler zu sprechen, doch sie hielt sich zurück und verschob ihre Beichte auf einen späteren Zeitpunkt, vielleicht auf dem Rückweg oder abends zu Hause.

Williams Lake lag einige Meilen östlich vom Fraser River und machte einen wesentlich armseligeren Eindruck, als sie erwartet hatte. Natürlich war es größer als Beaver Creek, und die Straßen waren breiter und besser befestigt, aber die Häuser und Hütten wirkten genauso schäbig. Eine Ausnahme bildeten das Roadhouse an der Wagenstraße vor der Stadt, die aus soliden Baumstämmen gebaute Bank, das zweistöckige Hotel, ein Restaurant, die Polizeistation der Northwest Mounted Police, der Handelsposten und die zahlreichen Kirchen.

Vor allem abseits der Hauptstraße machte die Stadt eher den Eindruck einer ehemaligen Boomtown, die ihre beste Zeit während des großen Goldrauschs vor mehr als dreißig Jahren gehabt hatte und auf dem absteigenden Ast war, seitdem die Wagenstraße an dem Roadhouse weiter östlich vorbeiführte. Selbst das Post Office war schon seit geraumer Zeit geschlossen.

»Williams Lake ist besser, als es aussieht«, sagte Flagler, als er ihren enttäuschten Blick bemerkte, »zumindest gibt es hier einen Gemischtwarenladen, in dem man so ziemlich alles bekommt, was man braucht, und das Essen im Fraser Café ist auch nicht zu verachten.« Er ließ das Zugpferd etwas langsamer gehen. »Warum gehen Sie nicht in den Laden und decken sich mit neuer Kleidung ein, während ich mit Mister Higgins in der Bank spreche? Sagen Sie George ... ihm gehört der Gemischtwarenladen ... Sagen Sie ihm, dass er mir die Sachen anschreiben soll, außerdem bräuchte ich noch einige Vorräte. Sie wissen ja, was in der Küche fehlt. Ich treffe Sie dann später im Laden ... In einer halben Stunde, nehme ich an. Länger brauche ich bei Higgins selten.«

»Oh, Sie brauchen mir die Sachen nicht zu kaufen«, widersprach sie und klopfte auf den Lederbeutel in ihrer Rocktasche. »Ich habe meine Ersparnisse dabei. Nicht besonders viel, aber für einen Reitrock wird es wohl reichen.«

»Kommt gar nicht infrage, die Sachen gehen auf mich. Einen richtigen Lohn kann ich Ihnen sowieso erst im Frühjahr zahlen, wenn ich Bargeld habe. Kaufen Sie alles, was Sie brauchen. Einen Reitrock, den guten aus Leder, einen neuen Rock und eine Bluse, Unterwäsche, die üblichen Kleinigkeiten. Und sparen Sie nicht an den Lebensmitteln. Ted und Rocky sind starke Esser. Noch zwei von ihrer Sorte, und ich müsste meine eigenen Rinder schlachten. Vergessen Sie nicht die Pfirsiche, die esse ich besonders gern.«

Der Rancher parkte vor dem Gemischtwarenladen und half ihr vom Kutschbock. Sie bedankte sich und blieb auf dem überdachten Gehsteig stehen, bis er die Straße überquert und die Bank betreten hatte. Einige Passanten warfen ihr neugierige Blicke zu. Eine verständliche Reaktion, wenn man bedachte, dass sie mit einem eingefleischten Junggesellen wie Jimmy Flagler gekommen war und zum ersten Mal in der Stadt auftauchte. An eine andere Möglichkeit wagte sie nicht zu denken. Immerhin gab es hier eine Polizeistation, und es konnte jederzeit ein Mountie auf der Straße auftauchen und bei ihrem Anblick auf ganz andere Ideen kommen. Sie erschauderte und betrat rasch den Laden, wo sie weniger im Mittelpunkt stand als auf dem Gehsteig.

Die Tür brachte zwei helle Glöckchen zum Klingeln. Sie blieb stehen, bis sich ihre Augen an das düstere Halbdunkel gewöhnt hatten, und war überrascht, wie groß der Laden war. Wie in einem Kaufhaus türmten sich überall die Waren, in den Regalen an der Wand, auf Tischen, in Kisten, Säcken und Körben. In der linken Hälfte des Ladens, durch eine Stufe abgetrennt, standen vor allem Kleidung, Stoffe, Haushaltsgeräte und Kleinkram zur Auswahl, im restlichen Laden und in den Regalen hinter dem Tresen lagen Lebensmittel und Konserven. Im Vergleich zu einem Laden in Vancouver war das Angebot an frischen Waren bescheiden, besonders jetzt im Winter, aber es gab Kartoffeln, Mehl und Zucker, womit die meisten Leute schon über die Runden kamen.

Sie wartete neben einem Gurkenfass, auf dem sich eine fette orangefarbene Katze ausruhte, bis der Ladenbesitzer eine ältere Dame bedient hatte, und näherte sich ihm lächelnd. »George, wenn ich mich nicht irre. Ich bin Clara Holland, die neue Haushälterin von Jimmy Flagler. Er ist drüben in der Bank und kommt ungefähr in einer halben Stunde nach.« Sie reichte ihm eine Liste mit den Vorräten, die sie brauchten. »Und Sie möchten bitte noch einige Dosen Pfirsiche dazulegen. Ich hoffe, Mister Flagler hat noch Kredit bei Ihnen.«

»Jimmy?« Der Ladenbesitzer betrachtete die Liste. Er war ein schmächtiger Mann mit einem gepflegten Schnurrbart und trug eine grüne Schürze, die eher zu einer Frau gepasst hätte »Sicher hat er den. Im Frühjahr treibt er ein paar Rinder zur Bahn, dann ist wieder flüssig.« Er betrachtete sie erfreut. »Und Sie sind wirklich seine Haushälterin? Ich hatte schon gehofft, Jimmy hätte sich endlich eine Frau angelacht, als ich Sie vom Wagen steigen sah.«

»Oh nein«, antwortete sie lachend. »Ich komme aus Vancouver und habe fest vor, ein Jahr in der Wildnis durchzuhalten. Ich wollte schon als junges Mädchen wissen, wie es im Hohen Norden aussieht. Wenn Sie Mister Flagler gut kennen, müssten Sie eigentlich wissen, dass er nicht ans Heiraten denkt.«

»Wegen Carmen?«

»Sie kennen die Geschichte?«

»Oh, die kennt jeder hier. Jimmy erzählt sie jedes Mal, wenn er in der Stadt ist. Sogar der Zeitung hat er sie mal erzählt. Hilft ihm wohl, damit leben zu können, obwohl ich nicht glaube, dass er jemals darüber hinwegkommen wird. Wenn ich jemals einen Mann gesehen habe, der eine Frau bis zum Tode liebt, dann ihn. Eine Frau wie Sie könnte ihn vielleicht umstimmen, aber …«

»Dann brauche ich noch ein paar Sachen für mich«, wechselte sie rasch das Thema. Sie deutete nach nebenan. »Darf ich mich ein wenig umsehen?«

»Natürlich, Miss. Sagen Sie mir, wenn Sie Hilfe brauchen.«

Clarissa ging nach nebenan und suchte einen schwarzen Rock, eine einfache weiße Bluse, passende Unterwäsche und warme Wollstrümpfe heraus. Den ledernen Reitrock musste George aus seinem Lager im Hinterzimmer holen. »Der einzige«, sagte er, »so was wird hier wenig verlangt. Die meisten Frauen bleiben zu Hause und führen den Männern den Haushalt.« Er meinte es nicht als Vorwurf. »Wollen Sie mit den Cowboys auf den Trail gehen?«

»Wer weiß?«, antwortete sie vieldeutig.

Während sie noch einige Kleinigkeiten wie ein Stück wohlriechende Seife, eine Klammer und ein Lederband für ihre Haare, Kamm und Bürste und Nähzeug und etwas Garn heraussuchte, beobachtete sie durchs Fenster, wie Flagler aus der Bank kam und niedergeschlagen die Straße überquerte. Er war so in Gedanken, dass er beinahe vor ein Fuhrwerk lief und erst im letzten Augenblick zur Seite sprang. Der Kutscher bedachte ihn mit einem lauten Fluch.

Im Laden gab sich Flagler fröhlich. Er winkte ihr freundlich zu und wechselte einige Worte mit George, deutete auf die Pfirsichkonserven im Regal und streichelte die orangefarbene Katze auf dem Gurkenfass. Als George ihn erneut ansprach, drehten sich beide Männer nach ihr um, und man brauchte kein Hellseher zu sein, um zu erraten, dass sie über sie sprachen. George machte ihm wohl den Vorschlag, ihr den Hof zu machen, denn er lachte dabei, und Flagler winkte missmutig ab und dachte wahrscheinlich an Carmen.

»Ich werde ungefähr eine halbe Stunde brauchen, um die Vorräte auf den Wagen zu laden«, sagte George zu dem Rancher, als sie ihre Sachen auf dem Tresen ablegte. »Warum geht ihr nicht was essen und kommt dann wieder?«

»Genau das hatten wir vor«, erwiderte Flagler und blickte sie an. »Ich hoffe, Sie haben Hunger. Im Fraser Café gibt es heute Hackbraten mit Kartoffeln, den dürfen wir uns nicht entgehen lassen. Und frischen Apfelkuchen.«

Sie verließen den Laden und gingen die Straße hinauf. Sofort verschwand das Lachen aus Flaglers Gesicht, und seine Mundwinkel verzogen sich nach unten.

»Schlechte Nachrichten?«, fragte sie vorsichtig.

»Dieser verdammte Higgins!«, brach es aus ihm heraus. Er blieb stehen. »Behauptet, mein Kredit würde Ende des Monats auslaufen, und er müsste noch mal mit dem Direktor sprechen, bevor er mir eine Verlängerung bis nach dem Treck gewähren kann. Bisher hat die Bank jedes Jahr gewartet, bis ich das Geld vom Rinderverkauf hatte, und wir haben niemals über ein Datum gesprochen. Jetzt sagt er, dass der offizielle Frühjahrstermin im Kalender für den Kredit gilt, wo doch jedes Kind weiß, dass der Frühling hier oben später als in Vancouver oder Toronto beginnt. Er will auf mich zukommen, sagt er.«

»Halb so schlimm«, tröstete sie ihn, »so ähnlich haben sie es mit den Fischern in Vancouver auch gemacht. Es geht nur darum, dass sie die Zinsen erhöhen können. Banker sind wie Haie, sagte mein Vater immer, die kriegen nie genug.« Sie blickte zur Bank zurück. »Vielleicht sollte ich mal mit ihm reden. Manche Banker werden weich, wenn ihnen eine Frau schöne Augen macht.«

»Mister Higgins? Der ist kalt wie Eis.« Sie gingen langsam weiter. »Was soll ich nur machen, Clara? Wenn sie den Kredit streichen und nicht so lange warten, bis ich ein paar Rinder verkauft habe, können sie mich enteignen.«

»Die werden sich hüten! Lassen Sie uns erst mal was essen.«

Das Fraser Café lag gegenüber der Polizeistation, und Clarissa fühlte sich plötzlich wieder an ihre eigene missliche Lage erinnert. Falls der Polizist in seinem Büro war, brauchte er nur von seiner Arbeit aufzublicken und sie durch das Fenster zu erspähen, um misstrauisch zu werden. Selbst wenn es sich nicht um den Mountie handelte, dem sie mit Alex begegnet war, würde sie sich einige unangenehme Fragen anhören müssen. Frank Whittler hatte bestimmt dafür gesorgt, dass die Polizei ihre genaue Beschreibung bekam.

Glücklicherweise war die Polizeistation geschlossen, und sie konnte wieder befreit durchatmen, bis sie einen schlanken Mann mit Zylinder vor dem Eingang des Fraser Cafés stehen und einen Zigarillo rauchen sah. Er trug einen ähnlich teuren Pelzmantel wie Frank Whittler und weiße Handschuhe. Sein bleistiftdünner Oberlippenbart verzog sich, als er Clarissa sah.

»Sam Ralston!«, flüsterte sie überrascht. Der Spieler, der sie im Zug vor einer Entdeckung bewahrt hatte. Er wirkte noch genauso arrogant wie damals.

»Kennen Sie den Mann?«, fragte Flagler erstaunt.

»Gehen Sie schon mal vor«, erwiderte Clarissa, ohne auf seine Frage einzugehen. »Bestellen Sie den Hackbraten für mich. Ich komme gleich nach.«

»Sind Sie sicher, dass Sie keine Hilfe brauchen?«

»Gehen Sie«, bat sie den Rancher.

Sam Ralston wartete, bis Flagler etwas widerwillig im Lokal verschwunden war, und ließ die Hand mit dem Zigarillo sinken. »Sieh an«, begrüßte er sie in seiner hochnäsigen Art, »die Lady aus Vancouver. Wissen Sie, dass Sie mir ein Vermögen bringen würden, wenn ich Sie der Polizei ausliefere? Soweit ich weiß, hat Whittler Ihr Kopfgeld auf dreitausend Dollar erhöht.«

»Ich heiße Clara Holland«, verbesserte sie ihn, »und auf das Kopfgeld werden Sie verzichten, weil Sie ein Gentleman sind. Habe ich recht, Sam?«

»Mag sein.« Ralston betrachtete seinen Zigarillo. »Wer ist der Mann?«

»Jimmy Flagler, ein Rancher aus der Gegend.«

»Was Ernstes?«

»Ich arbeite als Haushälterin für ihn«, sagte sie. »Seine Ranch ist ein ideales Versteck. Sobald Gras über die Sache gewachsen ist, ziehe ich weiter.«

»In die Staaten runter?«

»Wir werden sehen. Und was tun Sie in Williams Lake?«

Er zog an seinem Zigarillo und blies den Rauch in die kalte Luft. »Eine Stadt ist so gut wie die andere. Überall gibt es Leute, die zu viel Geld haben und es an mich verlieren wollen. Am Wochenende, wenn die Goldsucher aus den Bergen kommen, wird mit hohen Einsätzen im Saloon drüben gespielt.«

»Dann wünsche ich Ihnen viel Glück.«

Er zuckte die Achseln. »Spielen bedeutet harte Arbeit, und ich habe manchmal den Eindruck, dass Männer wie ich aus der Mode kommen. Vielleicht sollte ich irgendwann mal heiraten und mir auch eine Ranch zulegen.«

»Sie und eine Ranch?«

»Unterschätzen Sie mich nicht. Auch ich kann nicht mein ganzes Leben auf der Wanderschaft sein, und wenn ich eine Frau wie Sie finde …« Er paffte an seinem Zigarillo. »Falls tatsächlich Gras über die Sache wächst, mache ich Ihnen vielleicht einen Antrag. Wir wären ein interessantes Paar, Clarissa.«

»Clara«, verbesserte sie ihn, »und ich bin leider schon vergeben.«

»An den Fallensteller, der Sie nach Beaver Creek gefahren hat?«

»Woher wissen Sie von ihm?«

»Aus der Zeitung«, erwiderte er. Das spöttische Grinsen verschwand von seinem Gesicht. »Alex Carmack, nicht wahr? Frank Whittler wollte ihn nach Vancouver bringen und wegen Beihilfe zur Flucht verurteilen lassen. Unterwegs muss es ihm gelungen sein, sich zu befreien. Er schlug die beiden Polizisten, die ihn bewachten, bewusstlos und sprang bei voller Fahrt aus dem Zug. Später fand man Blutspuren im Schnee. In der Zeitung stand, dass die Polizei sofort die Verfolgung aufnahm, und er sich von einem Felsen in die Stromschnellen des Fraser Rivers stürzte. Man nimmt an, dass er dabei zu Tode kam. Tut mir leid, aber so stand es in der Zeitung.« Er sah das Entsetzen in ihren Augen und zeigte so etwas wie Mitleid. »Haben Sie ihn … geliebt?«

»Das geht Sie gar nichts an!«, erwiderte sie barsch. Sie lief davon und versteckte sich hinter einem der Blockhäuser, lehnte sich mit dem Rücken gegen die Wand und weinte hemmungslos. Alex … tot? Nein, weigerte sie sich, die Meldung zu akzeptieren. Alex war nicht tot! Nie und nimmer! So leicht ließ sich ein Mann wie er nicht ins Bockshorn jagen. Er war ihnen entkommen, und die Polizei erzählte irgendwelche Märchen, damit sie besser dastand. Und wenn er tatsächlich in die Stromschnellen gesprungen war, hatte er es mit voller Absicht getan, weil er genau wusste, wie er sich retten konnte. Nein, er war nicht tot! Er hielt sich irgendwo versteckt und leckte seine Wunden. Sobald er sich aus seinem Versteck wagen konnte, würde er nach ihr suchen, bestimmt!

Doch sicher war das alles nicht, und es war immerhin möglich, dass die Zeitung recht hatte, und er auf seiner Flucht tatsächlich in den Tod gesprungen war. Ein Mann wie er würde sich nicht einsperren lassen, das hatte sie schon immer gewusst. Lieber starb er in Freiheit, als hinter Gittern dahinzusiechen. »Oh Alex!«, schluchzte sie. »Sag, dass du nicht tot bist … Bitte!«

Die Antwort blieb aus, und statt seiner Stimme vernahm sie noch einmal die Worte von Hört-den-Donner: »Ich kenne auch den Mann, den du als Freund bezeichnest. Ein guter Mann. Eines Tages wirst du ihn wiedersehen, aber bis es so weit ist, liegt noch ein steiniger Weg vor dir.« Hatte der Medizinmann sie mit diesen Worten nur trösten wollen? Oder hatte er sie tatsächlich zusammen in seinen Träumen gesehen? »Oh Alex, bitte sei noch am Leben!«

33

Hier stecken Sie also!«, rief Flagler, als er sie in ihrem Versteck aufspürte. »Was ist passiert? Warum weinen Sie? Hat Sie der fremde Mann belästigt?«

»Nein … nein, es ist nur …« Sie wischte sich schniefend die Tränen aus den Augen. »Lassen Sie uns die Sachen holen und nach Hause fahren, Jimmy!«

»Aber der Hackbraten …«

»Ich hab keinen Hunger. Lassen Sie uns fahren, Jimmy.«

»Na, gut. Aber wenn der Mann Sie bedroht hat …«

»Nein, Jimmy. Es ist alles ganz anders.«

Auf dem Rückweg brauchte sie einige Minuten, um Kraft für ihre Beichte zu sammeln. Dann strömte die Wahrheit nur so aus ihr heraus. Sie erzählte ihm alles. Von Frank Whittlers versuchter Vergewaltigung, seinen Lügen und Verleumdungen, ihrer überstürzten Flucht, wie Sam Ralston ihr geholfen hatte, von ihrer Flucht in die Wildnis, ihrer Liebe zu Alex, ihrer Flucht nach Beaver Creek, von Whittlers plötzlichem Auftauchen und ihrer Fahrt zu den Indianern, von der traurigen Meldung, die sie in Williams Lake von Ralston gehört hatte. Nur Bones ließ sie aus. Es reichte schon, was in der vergangenen Nacht passiert war. »Das ist die reine Wahrheit, Jimmy! Tut mir leid, dass ich Sie belogen habe, aber ich hatte Angst. Und heiße Clarissa Howe, nicht Clara.«

Der Rancher fuhr eine ganze Weile schweigend dahin, und sie befürchtete schon, dass er sie davonjagen würde, als er sagte: »Sie glauben doch nicht, dass ich Ihnen deswegen kündige? Wo ich endlich jemand gefunden habe, der etwas Ordnung in unsere Männerwirtschaft bringen könnte? Das glauben Sie doch nicht im Ernst? Nein, meine Liebe, Sie sind an den richtigen Mann geraten. Auf der Yellow Rose sind Sie sicher, und niemand, nicht mal dieser reiche Schnösel aus Vancouver, kann Sie uns wegnehmen. Und was diesen Alex betrifft … Ich glaube nicht, dass er tot ist. Diese Fallensteller kennen sich in der Wildnis aus, die lassen sich doch nicht von ein paar Stromschnellen unterkriegen. Der hält sich bestimmt irgendwo versteckt, und sobald Gras über die Sache gewachsen ist, taucht er bei uns auf.« Er heiterte sie mit einem Lächeln auf. »Hey, das ist der Kerl, der ›Giddy-up‹ ruft, was? Ein Texaner?«

»Kanadier … Soweit ich weiß.«

»Vielleicht hatte er einen texanischen Großvater. So verrückt, aus einem fahrenden Zug zu springen, kann nur ein Texaner sein. Er lebt, Clarissa. Selbst wenn er kein texanisches Blut in den Adern hat, ist er am Leben. Das spüre ich. So gemein, Ihnen das gleiche Schicksal zuzumuten wie mir, kann Gott nicht sein. Sie werden ihn wiedersehen, darauf verwette ich meinen Stetson, und den setzt ein Texaner nicht mal beim Sterben ab. Kopf hoch, Lady!«

Die tröstenden Worte des Ranchers gaben ihr neuen Mut und vertrieben die Tränen. Jimmy hat recht, sagte sie sich, Alex lebt noch und taucht irgendwann hier auf. Er lässt mich nicht im Stich. Er liebt mich doch!

»Vielleicht haben Sie recht, Jimmy. Ich wünsche es mir so sehr.«

»Und nicht mal der Herrgott persönlich könnte einer hübschen Lady wie Ihnen einen solchen Wunsch abschlagen, dafür lege ich meine Hand ins Feuer.« Er lächelte zuversichtlich. »Heute Abend gibt es Pfirsiche zum Nachtisch, oder? Ich habe schon seit einigen Wochen keine Pfirsiche mehr gegessen.«

»Dann wird es aber höchste Zeit.« Sie konnte schon wieder lächeln. »Aber zuerst bringe ich ein wenig Ordnung in die Bude, sonst ersticken wir noch im Dreck. Schlimm, wenn Männer für längere Zeit auf einem Haufen leben.«

»Wie im Zoo, ich weiß.«

Ihr Lächeln verstärkte sich. »Das haben Sie schon mal gehört?«

»Von meiner Mutter. Als ich noch ein kleiner Junge war.«

»Sie mochten Ihre Eltern sehr, nicht wahr?«

Flagler nickte. »Mein Vater war kein Rancher, er war Zeit seines Lebens ein Cowboy, ein fröhlicher Bursche, der immer für einen Dumme-Jungen-Streich gut war. Der hat ihn auch das Leben gekostet. Als eine unserer Nachbarsfamilien von Comanchen umgebracht wurde, schwor er noch während der Beerdigung, sich den Skalp von Quanah Parker zu holen, so hieß ihr Kriegshäuptling, und das versuchte er auch, aber einige Tage später brachte ihn sein Pferd auf unsere Ranch zurück, und er hatte selbst seinen Skalp verloren und starb in meinen Armen. Meine Mutter starb an der Schwindsucht.«

»Das ist ja furchtbar«, erschrak sie.

»So war das damals in Texas. Sie waren gute Leute, meine Eltern, und sie haben mir alles beigebracht, was man als Rancher wissen muss. Ich war auf dem richtigen Weg. Wäre Carmen damals nicht gewesen … Ich wäre wohl immer noch in San Angelo und mit irgendeiner netten Texanerin verheiratet.« Er ließ die Zügel schnalzen. »Aber so ist das im Leben, mal bist du oben und dann wieder unten. Und manche kommen nie mehr auf die Beine.«

Clarissa hätte ihm beinahe eine Hand auf die Schultern gelegt. »Was wollen Sie denn? Sie haben eine schöne Ranch, zwei gute Cowboys und jetzt sogar eine Haushälterin, die Ordnung schafft. Was wollen Sie mehr, Jimmy?«

»Ein ausgeglichenes Bankkonto zum Beispiel.« Er lachte.

Sie erreichten die Ranch am frühen Nachmittag und wurden von Rusty begrüßt, der laut bellend und schwanzwedelnd neben dem Schlitten herlief, bis Flagler anhielt und Clarissa vom Kutschbock half. Abwechselnd sprang er zuerst an Flagler und dann an ihr empor, leckte beide ab und verzog sich erst, als der Rancher ihn mit einem entschlossenen »Genug, Rusty!« davonjagte.

Rusty rächte sich an einigen Hühnern, die leichtsinnigerweise aus dem Stall gekommen waren und sich rasch wieder verzogen, als der Hund bellend auf sie losging. Gackernd und mit schlagenden Flügeln rannten sie davon.

»Rusty!«, wies Flagler ihn noch einmal zurecht.

Nachdem sie ihre Einkäufe ins Haus getragen hatten, brachte Flagler den Schlitten weg und kümmerte sich um das Zugpferd. Clarissa band sich eine Schürze um und begann, das Haus aufzuräumen. Sie fing in der Küche an, wischte Schrank, Tisch, Herd und Boden mit einem feuchten Lappen sauber, spülte sämtliches Geschirr, auch die Teller und Becher, die im Wohnzimmer standen, und war gerade dabei, das Feuer im Herd anzuzünden, als Flagler erschien und seinen Augen nicht traute: »So hat es hier noch nie geblitzt! Nicht mal Sam machte die Küche so sauber. Heute Abend Steaks mit Kartoffeln?«

Sie lächelte. »Und Pfirsiche zum Nachtisch. Das lässt sich machen.«

»In Ordnung. Ich lasse Sie ungern allein, Clarissa, aber die Arbeit muss auch getan werden. Ich reite zu Ted und Rocky auf die Winterweide und sehe mal nach den Kühen. Zum Essen sind wir zurück. Sie kommen zurecht?«

»Sie werden Ihr Haus nicht mehr wiedererkennen.«

Der Rancher verabschiedete sich, und Clarissa fuhr mit der Arbeit fort. Nach der Küche war das große Wohnzimmer dran. Sie wischte den Boden sauber, auch unter den abgeschabten Teppichen, ordnete die Papiere und Briefe auf dem Schreibtisch und warf den Abfall in die Tonne hinter dem Haus. Rusty beobachtete neugierig, wie sie den Deckel der Tonne sorgfältig wieder verriegelte, damit sich die Bären nicht an den Abfällen vergriffen. Sie rückte die Bilder an der Wand gerade, blieb eine Weile vor dem Hochzeitsfoto von Jimmys Eltern stehen und dachte daran, wie schwer sie es in Texas gehabt hatten, zu einer Zeit, als die Armee noch gegen die Indianer gekämpft hatte und man nirgendwo sicher sein konnte. Den Esstisch polierte sie so lange, bis das dunkle Holz glänzte. Mit dem Staublappen ging sie über die anderen Möbel, betrachtete ihr Werk und blickte missbilligend auf die schmutzigen Fenster. Obwohl es schon fast Abend war, machte sie sich sofort an die Arbeit und war erst zufrieden, als die Scheiben wieder sauber und klar waren. Irgendwann einmal würde sie neue Vorhänge für die Fenster nähen.

Sie goss das schmutzige Wasser in den Schnee, verstaute den Eimer in der Rumpelkammer und ließ sich erschöpft in den bequemen Arbeitsstuhl fallen. Dann blätterte sie in dem neuen Magazin mit den Buffalo-Bill-Storys und musste lachen, als sie eine Geschichte fand, in dem ein Fallensteller von den Toten zurückkehrte und in den Bergen von Montana sein neues Glück fand. Er hieß John und hatte auf der Zeichnung keine Ähnlichkeit mit Alex, aber sie nahm die Story als gutes Omen und war mehr denn je davon überzeugt, dass Alex noch am Leben war. Mit feuchten Augen trat sie an eines der sauberen Fenster und blickte über den zugefrorenen Bach, entdeckte einen Fuchs, der am Waldrand entlangrannte und nach einigen Sprüngen zwischen die Bäume zurückkehrte. Alex war nirgendwo zu sehen. Er wird bald kommen, sagte sie sich.

Als sie sich vom Fenster abwandte und draußen plötzlich Hufschlag erklang, glaubte sie schon, ihr Wunsch würde in Erfüllung gehen, ohne daran zu denken, dass Alex mit einem Hundeschlitten kommen würde, doch als sie zum Fenster zurücklief und nach draußen blickte, sah sie, wie der Postreiter, den sie auf der Wagenstraße getroffen hatten, aus dem Sattel stieg. Rusty kannte ihn bereits und beschränkte sich darauf, ihn neugierig zu beschnüffeln. Sie öffnete die Tür und rief: »Pete Colfax, der Postreiter, wenn ich mich nicht irre. Kommen Sie ins Haus, ich hab frischen Kaffee auf dem Herd stehen.«

Der Postreiter nahm die Einladung gerne an und nahm staunend seine gefütterte Mütze ab, als er den warmen Raum betrat. »Beim Jonas! Was ist denn hier passiert? Das letzte Mal, als Jimmy mich auf einen Kaffee einlud, sah es hier aus wie auf einem Trümmerfeld. Sie hat wirklich der Himmel geschickt.«

Sie lachte. »Und ich dachte, das fällt Männern gar nicht auf.«

»Haben Sie eine Ahnung.« Er zog seine Handschuhe aus. »Meine Betty regt sich schon auf, wenn ich meine Hose nicht zusammenfalte, bevor ich sie abends über einen Stuhl hänge. Bei ihr muss immer alles picobello sein.«

Clarissa nahm ihm lächelnd die Mütze und die Handschuhe ab und bat ihn, sich zu setzen. »Jimmy und die Cowboys sind auf der Winterweide und müssten spätestens in einer Stunde hier sein. Haben Sie noch Post für uns?« Sie goss ihm einen Becher Kaffee ein und blieb mit der Kanne vor ihm stehen.

»Einen Brief«, erwiderte der Postreiter. Er setzte sich und wärmte seine Hände an dem Kaffeebecher. »Sie waren schon weg, als mir der Mountie über den Weg lief und mir neue Post gab. Der Postmeister in Lytton hatte sie ihm gegeben, weil ich erst in zwei Wochen wieder nach Süden komme. Der Brief für Jimmy war dabei. Ein ganz besonderer Brief, wenn ich das sagen darf.«

»Sie haben ihn gelesen?«

»Natürlich nicht, aber sehen Sie sich den Absender an!« Er zog den Brief aus seiner Manteltasche und reichte ihn ihr. »Rosita Fernandez«, las sie, »Rosita Fernandez aus San Antonio. Wollen Sie damit sagen …« Sie unterbrach sich und blickte nochmal auf den Absender. »Aber sie hieß doch Carmen …«

»Carmen Fernandez. Ich weiß, Fernandez ist da unten ein so häufiger Name wie bei uns Smith oder Jones, aber es könnte doch sein, dass diese Rosita mit Carmen verwandt ist, ihre Mutter oder

Schwester vielleicht. Welche Rosita Fernandez sollte Jimmy sonst einen Brief schreiben?« Er trank einen Schluck Kaffee und nickte anerkennend. »Ich dachte, der Brief wäre wichtig.«

Sie steckte den Umschlag in ihre Schürzentasche. »Das ist er bestimmt. Danke, dass Sie ihn gleich vorbeigebracht haben. Ich gebe ihn Jimmy besser erst nach dem Essen, sonst bringt er vor Aufregung keinen Bissen herunter.«

»Eine gute Idee«, stimmte ihr der Postreiter zu. Er trank seinen Kaffee aus und stand auf. »Na, dann will ich mal weiter. Meine Betty wartet sicher schon mit dem Abendessen auf mich, und wenn ich zu spät komme, gibt es Ärger.«

Clarissa verabschiedete den Postreiter und machte sich an die Zubereitung des Abendessens. Der Brief brannte in ihrer Tasche. Wenn er wirklich von einer Verwandten seiner geliebten Carmen kam, würde er sein Leben verändern, egal, was drinstand. Den Gedanken, dass sie Alex nie mehr wiedersehen und in dreißig Jahren in einem Brief eines Verwandten von ihm hören würde, konnte sie kaum ertragen. Sie würde ihm den Brief nach dem Essen geben, wenn die Cowboys gegangen waren und er es sich in seinem Sessel bequem machte. Einen so wichtigen Brief las man nicht zwischen Tür und Angel.

Es dämmerte bereits, als Clarissa sich an die Zubereitung des Abendessens machte. Bei ihnen zu Hause hatte es selten Steaks gegeben, bei den Whittlers jedoch jede Woche, und sie hatte der Köchin öfter beim Braten zugesehen. Man durfte das Fleisch nicht zu lange in der Pfanne lassen, damit es nicht zu hart und zäh wurde, und sollte es danach auf ein Tuch zum »Durchatmen« legen, dann würde es noch besser schmecken. Das stimmte tatsächlich, denn beim Abendessen stimmte Flagler schon nach dem ersten Bissen ein Loblied an, und selbst die mundfaulen Cowboys ließen sich ein anerkennendes Grinsen entlocken. Die Kartoffeln hatte sie roh in eine Pfanne geschnibbelt, wie sie es bei der Frau eines deutschen Fischers gesehen hatte, die Bohnen hatte sie mit etwas Speck und Zwiebeln verfeinert. Sie selbst bekam kaum einen Bissen runter, weil sie dem Moment entgegenfieberte, wenn sie ihm den Brief gab.

»Warum essen Sie denn nicht, Clarissa?«, fragte der Rancher. Den Cowboys fiel kaum auf, dass er sie mit einem anderen Namen ansprach. »Sagen Sie bloß, Ihnen schmeckt Ihr eigenes Essen nicht. Die Steaks sind großartig!«

Sie lächelte nur und wartete geduldig, bis alle gegessen hatten. Zum Nachtisch servierte sie die Pfirsiche, die Flagler so gerne aß, und fand auch selbst ihren Appetit wieder. Die Pfirsiche schmeckten noch besser als Schokolade.

Nachdem die Cowboys gegangen waren und sie das Geschirr abgewaschen hatte, kehrte sie ins Wohnzimmer zurück und sah ihn mit dem neuen Buffalo-Bill-Magazin im Sessel sitzen. »Der Postreiter war vorhin hier«, sagte sie. »Er hat mir einen Brief gegeben, der besonders wichtig wäre, nur deshalb hat er den Umweg gemacht und ist vorbeigekommen.« Sie reichte ihm den Brief.

Flagler nahm ihn und starrte lange auf den Absender, als hätte er gerade Post aus dem Jenseits bekommen. In seinen Augen bildeten sich Tränen. Er öffnete den Brief mit den Fingern, faltete das Schreiben auseinander und starrte auf die handgeschriebenen Zeilen, ohne etwas zu erkennen. Er schüttelte seufzend den Kopf. »Ich … Ich kann nicht. Lesen Sie ihn mir vor … bitte!«

Clarissa nahm den Brief und setzte sich ihm gegenüber. Im Schein der flackernden Öllampe las sie die ungelenk geschriebenen und fehlerhaften Zeilen. Während des Lesens korrigierte sie die vielen Fehler. »Werter Senor Flagler, ich schreibe nur sehr schlecht Englisch und bitte Sie, meine Fehler zu entschuldigen. Ich bin die Schwester von Carmen. Ich habe lange gebraucht, um herauszufinden, wo Sie wohnen. Einige Kanadier, die in meiner Bodega abstiegen, haben mir erzählt, dass es in der Nähe von Williams Lake einen Rancher gibt, der so heißt. Einen Texaner.

Das müssen Sie sein, Senor Jimmy. Ich weiß nicht, wo Williams Lake liegt und wie groß es ist, hoffe aber, der Postmeister kennt Ihren Namen und lässt Ihnen den Brief zukommen.«

Clarissa atmete ein paar Mal durch und las weiter: »Wir haben uns nie kennengelernt, Senor Jimmy. Ich war noch in Mexiko, als Sie und Carmen sich kennenlernten. Seit beinahe zwanzig Jahren lebe ich in San Antonio, die letzten sieben zusammen mit meiner Schwester. Ich weiß nicht, ob Sie nach all diesen Jahren noch an sie denken, aber Sie waren in ihren Gedanken, das weiß ich ganz genau, deshalb schreibe ich Ihnen diesen Brief. Ich weiß, wie schlecht Carmen sie behandelt hat. Sie wusste es selbst, wenn sie auch sehr spät zu dieser Erkenntnis gelangt ist. Weder mit dem Pferdehändler noch mit dem Schauspieler war sie glücklich, vielleicht am ehesten noch mit dem Comanchenhäuptling, dem sie angeblich sogar zwei Söhne gebar. Die Wahrheit hat sie mir nie verraten. Schon zwei Jahre, nachdem sie sich mit den Comanchen einließ, besiegten die Texas Rangers ihren Stamm, und sie kehrte nach Mexiko zurück. Sie zog ein paar Jahre als Tänzerin durch die Cantinas und Bodegas und schlüpfte bei mir unter, als sie zu alt für dieses Leben wurde. Mein Mann und ich besitzen eine Bodega in San Antonio. Sie half mir in der Küche und beim Bedienen und sprach immer öfter von Ihnen. ›Ob Jimmy wohl noch lebt? Wo er wohl wohnt? Ob er noch an mich denkt? Ich habe ihm großes Unrecht getan, Rosita, wenn ich es nur wieder gutmachen könnte.‹«

Wieder legte Clarissa eine kurze Pause ein. Als sie sah, dass Flagler ungeduldig wartete, las sie weiter: »Der Grund, warum ich Ihnen schreibe, Senor Flagler, sind die vielen angefangenen Briefe, die ich in ihrem Zimmer gefunden habe. Auch sie kannte Ihre Adresse nicht, schrieb Ihnen aber dennoch und fing so viele Briefe an Sie an, dass ich sie kaum zählen kann. Sie liegen in einer Schublade neben ihrem Bett und fange alle gleich an: ›Ich habe dir großes Unrecht angetan, Jimmy, und würde alles, was ich jemals besessen habe, dafür geben, es ungeschehen zu machen. Ich liebe dich noch immer.‹«

Diesmal beschwor Jimmy eine Unterbrechung herauf, als er heftig zu schluchzen begann und beide Hände vors Gesicht schlug. Sie wartete, bis er sich einigermaßen beruhigt hatte, und fuhr fort: »Ich weiß nicht, wie ich es Ihnen sagen soll, Senor Jimmy, aber Carmen ist vor zwei Jahren von einem Frachtwagen angefahren worden und gestorben. Einige Leute behaupten sogar, sie wäre freiwillig in den Wagen gelaufen und hätte sich umgebracht. Ich kenne die Wahrheit nicht. Als ich ihren Schrei hörte und aus dem Haus rannte, sah ich sie im Staub liegen. Sie lebte noch und hielt meine Hand, als sie starb. Ihre letzten Worte waren ›*Te quiero,* Jimmy! Ich liebe dich.‹ Diese Worte habe ich auch in ihren Grabstein meißeln lassen. Ich hoffe, das war in Ihrem Sinne. Wenn Sie jemals nach San Antonio kommen, würde ich mich freuen, Ihnen ihr Grab zeigen zu können. Ich grüße Sie herzlichst, Rosita.«

Clarissa gab dem weinenden Rancher den Brief und ließ ihn mit seinem Schmerz allein. In dieser schweren Stunde konnte ihm niemand helfen.

34

Clarissa schlief wenig in dieser Nacht. Immer wieder fragte sie sich, was wohl besser war: mit einem Brief vor vollendete Tatsachen gestellt zu werden wie Jimmy oder nach einem Gerücht, wie es ihr Sam Ralston überbracht hatte, noch hoffen zu dürfen, um später umso mehr enttäuscht zu werden.

Nein, sagte sie sich beinahe trotzig, ihre Liebe zu Alex durfte nicht unerfüllt bleiben. Er lebte und würde sie finden, sobald Frank Whittler die Lust an seiner Hexenjagd verloren hatte. Oder war der Millionärssohn schon so verbohrt und beseelt von seinem Hass auf sie, dass er niemals aufgeben würde? Dieser Gedanke machte ihr am meisten zu schaffen, würde es doch bedeuten, dass sie und Alex immer auf der Flucht sein würden, selbst wenn sie trotz der großen Bedrohung zusammenfanden. Oder übernahm Frank Whittler nach seiner Hochzeit wichtige Aufgaben in der Canadian Pacific und hatte gar keine Zeit mehr für seinen privaten Rachefeldzug? Sie konnte sich nicht vorstellen, dass die Eisenbahngesellschaft und sein Vater tatenlos dabei zusahen, wie er große Geldsummen für seine Rache verplemperte.

Wirre Gedanken, die in ihrem Kopf herumschwirrten, bis sie vor lauter Erschöpfung einschlief. Erst das Gackern der Hühner am frühen Morgen weckte sie auf. Sie wusch sich und zog sich in aller Eile an, stapfte durch den Schnee zum Ranchhaus und bereitete das Frühstück. Sehr zur Freude von Ted und Rocky, die den Abend bei einer Flasche Whiskey in der Scheune verbracht hatte, servierte sie Rühreier mit Speck und Toast und noch stärkeren Kaffee als sonst, vor allem für Flagler, der überhaupt nicht geschlafen zu haben schien und dankbar einen großen Schluck nahm. An diesem Morgen erwähnte er weder den Brief noch Carmen.

»Ted, Rocky … ihr reitet auf die Winterweide und seht dort nach dem Rechten. Ich versuche, die versprengten Rinder zu finden, die uns gestern Nachmittag durch die Lappen gegangen sind.« Und nachdem er sich Kaffee nachgeschenkt hatte, wandte er sich an Clarissa: »Machen Sie Ted und Rocky ein paar Sandwiches, Clarissa, sie bleiben den ganzen Tag draußen. Ich komme mittags wieder. Wenn Sie einverstanden sind, zeige ich Ihnen heute Nachmittag die Ranch. Wird höchste Zeit, dass Sie unsere Rinder sehen.«

Sie nahm an, dass er nach dem Brief vor allem auf andere Gedanken kommen wollte, genau wie sie, und willigte dankbar ein. »Sehr gern, Jimmy.«

Nachdem die Männer gegangen waren, kümmerte sich Clarissa um den Haushalt. Sie putzte im ersten Stock, räumte das Schlafzimmer des Ranchers auf und trug die schmutzige Wäsche zusammen. Im Waschraum, der gleich neben der Küche lag, weichte sie die schmutzigen Kleider in heißem Wasser ein und schrubbte sie auf dem Waschbrett, das schon seit einiger Zeit nicht mehr benutzt worden war. Sie spülte die Kleider in sauberem Wasser und hängte sie auf dem Gestell über dem warmen Küchenherd zum Trocknen auf.

Sie war gerade mit der Arbeit fertig und trocknete ihre nassen und geröteten Hände über den heißen Herdplatten, als sie das Schnauben eines Pferdes hörte. Du bist früh dran, Jimmy, dachte sie, trocknete ihre Hände an der Schürze ab und ging ins Wohnzimmer. Nachdem sie die Tür geöffnet hatte, blieb sie erstaunt stehen, den kalten Wind im Gesicht. Ein unscheinbarer Mann, in einen langen Wintermantel gekleidet, auf dem Kopf eine Schiebermütze mit gefütterten Ohrenschützern und eine leicht beschlagene Nickelbrille auf der knochigen Nase, stieg von seinem Pferd und verbeugte sich leicht.

Sie ahnte sofort, mit wem sie es zu tun hatte. »Mister Higgins?«

»Ja, Ma'am.« Er fror trotz des Mantels. »Ist Mister Flagler zu Hause?«

»Leider nein, aber es kann nicht mehr lange dauern, bis er zurückkommt. Er sucht nach einigen versprengten Rindern.« Sie reichte ihm die Hand. »Ich bin Clara Holland, die neue Haushälterin von Mister Flagler. Kommen Sie doch rein, Sie sind ja ganz durchfroren. Wie wär's mit einem heißen Kaffee?«

»Da sage ich nicht nein, Ma'am.«

Sie führte ihn ins Wohnzimmer, nahm ihm seine Winterkleidung ab und legte sie auf einen Stuhl. »Nehmen Sie doch Platz, Mister Higgins.« Sie brachte ihm einen Becher Kaffee und einige Schokokekse, die sie in Williams Lake gekauft hatten, und setzte sich ihm mit einem Becher Tee gegenüber. Während die Wäsche einweichte, hatte sie sich einen Tee gekocht, eine willkommene Abwechslung nach dem starken Kaffee vom Morgen.

»Vielen Dank, Ma'am«, erwiderte er verlegen. Er blickte sich genauso erstaunt wie der Postreiter in dem aufgeräumten Wohnzimmer um und konnte es gar nicht fassen. »Hier sieht es ganz anders aus. Als ich vor einem halben Jahr hier war, konnte man hier kaum irgendwohin treten. Haben Sie hier aufgeräumt?«

»Das gehört zu meinen Aufgaben, Mister Higgins.« Sie trank einen Schluck, um Higgins die Gelegenheit zu geben, von ihrem Kaffee zu kosten, und registrierte erleichtert, wie er zufrieden lächelte. »Ich nehme an, Sie kommen wegen des Kredits. Wie ich gehört habe, läuft er bereits am 21. März ab, aber das dürfte ja wohl nur ein kleiner Formfehler sein, denn wie Sie wissen, beginnt das Frühjahr hier wesentlich später, und Mister Flager kommt erst im April oder Mai dazu, einen Teil der Rinder zu verkaufen. Sobald er das Geld hat, begleicht er die fällige Summe natürlich sofort. Richtig, Mister Higgins?«

»Nun …« Der Angestellte fühlte sich sichtlich in die Enge getrieben. »Mein Direktor sieht das anders. Er besteht darauf, das Geld jetzt schon einzutreiben. So steht es im Vertrag. Er ist ein sehr genauer Mann, unser Direktor.«

»Und hat vom Rindergeschäft keine Ahnung, hab ich recht?«

»Das haben Sie gesagt, Ma'am.«

»Ich nehme an, die Zentrale hat ihn von Vancouver oder Kamloops nach Williams Lake versetzt, und er hat zum ersten Mal mit Ranchern zu tun.«

Higgins blickte sie erstaunt an. »Das stimmt, er kommt aus Kamloops …«

»… und hatte bisher nur mit Ladenbesitzern und anderen Geschäftsleuten zu tun. Ich komme selbst aus Vancouver, Mister Higgins, und weiß, wie lange es dauert, bis man sich an die veränderten Gegebenheiten in der Wildnis gewöhnt hat. In Williams Lake denkt man anders als in Kamloops.« Sie schmeichelte ihm mit einem Lächeln. »Sie leben sicher schon länger hier, Mister Higgins. Sie sehen nicht so aus, als könnte man Ihnen was vormachen.«

»Zehn Jahre«, antwortete er. »Ich komme aus den Chilcotins.«

»Dann wissen Sie ja, wie die Rancher hier leben. Sicher, auch unter den Ranchern gibt es schwarze Schafe, die sich unnötig verschulden und auch im Frühjahr nicht zahlen können, aber Mister Flagler gehört sicher nicht dazu. Sehen Sie sich um, Mister Higgins. Sieht so eine Ranch aus, die kurz vor der Pleite steht? Ich habe schon in einigen Haushalten gearbeitet und kann Ihnen sagen, dass ich selten ein so seriös geführtes Unternehmen kennengelernt habe. Allein die Gebäude übersteigen den Wert des Kredits um ein Vielfaches.«

»Da haben Sie recht, Ma'am. Aber …«

»Ganz zu schweigen von den Rindern.« Clarissa war selbst erstaunt, wie überzeugend sie über etwas reden konnte, wovon sie kaum etwas verstand. »Seine Herde besteht aus kräftigen und gesunden Tieren, die ein Vielfaches ihres Wertes bringen werden, wenn er sie zur Bahnstation treibt und an einen der Viehaufkäufer veräußert. Natürlich wird er das viele Geld bei Ihrer Bank anlegen.«

»Sie verstehen anscheinend etwas von Geschäften, Ma'am, das trifft man sehr selten bei Frauen. Die meisten kümmern sich nur um den Haushalt und die Kinder. Meine Frau, die Helen ... Aber das gehört wohl nicht hierher.«

Clarissa fühlte sich auf der Siegerstraße. »Einen besseren Partner als Mister Flagler können Sie sich nicht wünschen, und Ihren Direktor interessiert das Datum doch sowieso nur am Rande. Hauptsache, er macht Profit. Also geben Sie Ihrem Herzen einen Ruck. Ersetzen Sie März durch Mai, und setzen Sie Ihr Zeichen daneben, dann brauchen auch wir keinen neuen Vertrag.«

»Vielleicht haben Sie recht, Ma'am.« Er tunkte einen Schokokeks in seinen Kaffee und kaute genüsslich. »Dürfte ich noch etwas Kaffee haben?«

»Aber sicher, Mister Higgins. Und wenn Sie wollen, packe ich Ihnen noch ein paar von den guten Schokokeksen ein. Sind wir uns einige wegen des Vertrags? Ich meine, die zwei Monate machen doch wirklich keinen Unterschied, und wenn Mister Flagler den Mehrerlös auf Ihrer Bank einzahlt, dürfte doch auch Ihr Direktor zufrieden sein. Sagen Sie ihm, dass Mister Flagler eine größere Summe erwartet und sich freuen würde, ihn im Mai zu treffen.«

»Sie haben recht, Ma'am. Ich hätte mir den Weg wohl sparen können.«

»Dann hätten Sie auf den Kaffee und die guten Kekse verzichten müssen, Mister Higgins, sehen Sie's von der Seite. Und Sie haben sich so selbst ein Bild von den Veränderungen auf dieser Ranch machen können.« Sie packte ihm die Kekse ein, wartete geduldig, bis er die Änderung im Vertrag abgezeichnet und eine Kopie auf den Tisch gelegt hatte, und brachte ihn zur Tür. »Ich habe mich sehr gefreut, Ihre Bekanntschaft zu machen, Mister Higgins«, verabschiedete sie sich von ihm. »Grüßen Sie Ihre Frau von mir!«

»Das will ich gerne tun. Auf Wiedersehen, Ma'am.«

Sie wartete, bis er über den nächsten Hügelkamm verschwunden war, und blickte zufrieden zum Himmel empor, wo sich zum ersten Mal an diesem Tag die Sonne zwischen den Wolken blicken ließ. In ihrem Licht verwandelte sich der vom Wind aufgewirbelte Schnee in leuchtende Schleier, die sich wallend auf die verschneiten Hügelkämme legten und schwach zu glühen schienen. Trotz der eisigen Kälte, die auch die Sonne nicht vertreiben konnte, blieb sie lange vor dem Haus stehen und genoss den Ausblick auf das verzauberte Land. Wenn nicht auf dem Meer, dann war sie hier zu Hause, so nahe an der Schöpfung wie möglich, inmitten einer wilden und urwüchsigen Natur. Zum vollkommenen Glück fehlte nur die flüchtige Bewegung am Horizont, der Mann auf dem Hundeschlitten, den alle für tot hielten und der dennoch lebte, der Billy und Smoky und die anderen Husky antrieb, um zu ihr zu kommen.

Stattdessen erschien der Rancher auf seinem Pferd und blickte überrascht auf den abgezeichneten Vertrag, als er sein Pferd versorgt und ins Haus gekommen war. »Higgins war hier? Und hat das einfach so abgezeichnet?«

»Einfach so würde ich nicht sagen«, erwiderte Clarissa, »ich musste ihm schon ein wenig zureden und einige unserer guten Schokokekse opfern. Ich hab ihm gesagt, dass Sie bei dem Verkauf Ihrer Rinder einen ordentlichen Profit machen würden und den Mehrgewinn auf seiner Bank anlegen werden. Außerdem war er angenehm von dem aufgeräumten Wohnzimmer angetan.«

Der Rancher lachte schallend. »Sie haben diesen Stinker mit seinen eigenen Waffen geschlagen? Das ist großartig, Clarissa, das ist wunderbar! Sie sind unbezahlbar! Sieht ganz so aus, als hätte mit Ihnen eine neue Ära auf der Yellow Rose begonnen. Wie wär's mit ein paar Schokokeksen zum Lunch? Wie ich sehe, hatten Sie vor lauter Verhandeln keine Zeit, was herzurichten.«

»Entweder das eine oder das andere«, erwiderte sie. »Dafür habe ich Ihr Zimmer aufgeräumt und die schmutzige Wäsche gewaschen, ist das nichts?«

»Ein Grund mehr, mal rauszukommen. Ziehen Sie den neuen Reitrock und Ihre Stiefel an, dann sehen wir uns die Ranch an. Ich schmiere uns inzwischen zwei Sandwiches, das musste ich bisher auch. Mit Wurst und Käse?«

»Und sauren Gurken«, ergänzte sie lachend.

Zehn Minuten später war sie fertig und stieg auf den Schecken, den Flagler für sie gesattelt hatte. Die Sandwiches, üppig belegt und mit etwas zu viel Butter, aßen sie unterwegs. In dem ledernen Reitrock saß sie wesentlich lockerer und ruhiger im Sattel, und mit dem Temperament des Schecken war sie inzwischen so vertraut, dass er sie kaum noch überraschen konnte. Sie hatte längst gemerkt, dass man sich beim Reiten auf keinen Fall verkrampfen durfte. Es war ähnlich wie beim Lenken eines Hundeschlittens: Wenn man auf einer Wellenlänge mit den Tieren lag und ihre Sprache zu verstehen schien, kam man am besten voran.

Flagler folgte dem Trail, den er am Morgen geritten war. Da es seitdem nicht geschneit hatte, waren die Spuren seines Pferdes deutlich zu sehen. Er saß vollkommen entspannt im Sattel, eine Hand an den Zügeln, die andere locker herabhängend, und schien sich auf einem Pferderücken wohler zu fühlen als auf seinen eigenen Beinen. Seinen Stetson hatte er tief in die Stirn gezogen, ähnlich wie Clarissa, die Sams alten Stetson bekommen hatte und darin wie ein erfahrenes Cowgirl aussah. Die Reiterei gefiel ihr, wenn sie sich auf dem Trittbrett eines Hundeschlittens auch mehr zu Hause fühlte und immer noch ein wenig unsicher war, wenn Pinto zur Seite ausbrach oder neben einem Gestrüpp stehen blieb und nach grünen Schösslingen suchte. Aber noch hatte der Winter das Land fest in seinen Klauen, und es würde wohl noch einige Zeit dauern, bis das Tauwetter einsetzte und der Frühling begann.

Über die Hügel jenseits des zugefrorenen Baches und an dem Waldrand entlang, wo sie Bones gesehen hatte, ritten sie in einem stetigen Trab nach Nordwesten. Wo der Schnee nicht so hoch lag, ließ Flagler seinen Wallach in den rhythmischen Trab fallen, den die meisten Rinderleute bevorzugten, und nickte anerkennend, als Clarissa ihren Schecken in die gleiche Gangart fallen ließ. Pinto trabte nicht so gleichmäßig wie der Wallach des Ranchers, er ließ sich leichter ablenken und fiel stellenweise in einen leichten Galopp. Dafür gehorchte er ihr aber wesentlich besser als am Anfang und nahm sofort den Kopf hoch, wenn er wieder mal eine Pause einlegen wollte und sie an den Zügeln zog.

Die Winterweide lag in einer tiefen Senke, nach Norden war sie durch hohe Felswände und in alle anderen Richtungen durch steile Hänge und ausgedehnte Wälder geschützt. Clarissa und der Rancher erreichten sie durch einen Hohlweg und über einen vereisten Hügelkamm, auf dem Pinto ins Rutschen geriet und unwillig wieherte, bis er wieder festen Boden unter die Hufe bekam.

Flagler griff nach ihren Zügeln und half ihr, den nervösen Schecken zu beruhigen. »*Easy*, Pinto!«, rief er. »Oder willst du heute Schlittschuh fahren?«

Sie hielten auf dem verschneiten Hang und blickten in die Senke hinab. Ungefähr hundert Rinder, die meisten braun oder braun und weiß gefleckt, weideten meist dicht bei der Felswand und suchten unter dem Schnee nach dem letzten Gras. Einige Kühe, mehrere trächtig, hielten sich an das Heu, das Ted und Rocky unter einem giebelförmigen Schutzdach aus Fichtenstämmen gestapelt hatten. Clarissa und den Rancher schienen sie nicht zu bemerken.

»Die perfekte Winterweide«, erklärte Flagler, »nach allen Seiten gegen den Wind geschützt, und der Schnee liegt lange nicht so hoch wie anderswo. Selbst in strengen Wintern finden die Tiere hier noch Gras. Auf anderen Ranches müssen sie mit mehr Heu nachhelfen. Sehen Sie die trächtigen Kühe? Die Kälber sind bald fällig. Die Cowboys und ich werden jetzt wohl jeden Tag hier draußen sein, um ihnen helfen zu können, wenn was schiefläuft. Sobald der Frühling kommt und das Gras auf der Sommerweide einigermaßen hoch steht, treiben wir die Rinder zurück und fangen mit dem Roundup an. Wir zählen die Rinder, lassen sie impfen, bränden die Kälber und sortieren die fettesten für den Treck nach Süden aus. In Lytton gibt es mehrere Viehhändler.«

Sie ritten durch die Senke und hielten auf den Wald im Nordwesten zu. Aus der Nähe betrachtet, wirkten die Rinder noch stämmiger und klobiger. Clarissa hatte keine Angst vor ihnen, sie fühlte sich sogar wohl in ihrer Gegenwart und konnte sich gut vorstellen, wie stolz der Rancher auf seine Herde war.

»Hereford-Rinder«, sagte er, »die haben sie jetzt sogar in Texas. Widerstandsfähige Biester, die mit jedem Wetter zurechtkommen und gutes Fleisch bringen. Wesentlich leichter zu halten als texanische Longhorns.« Er lächelte stolz. »Obwohl ein eingefleischter Texaner wie ich nicht ohne die langhornigen Teufel auskommt. Kommen Sie … Ich zeige Ihnen meine kleine Herde.«

Sie ritten durch den Wald und erreichten eine weitere Senke, lange nicht so groß wie die erste, aber noch geschützter und fast ohne Schnee. Die Fichten, die hier besonders dicht standen, und einige Felsen, die noch höher als die Bäume aus dem Boden ragten, hielten den Wind und die Flocken ab.

»Na, was sagen Sie jetzt?«, fragte Flagler, als sie sich den ungefähr zwanzig Longhorns näherte. »Haben Sie schon mal solche Prachtexemplare gesehen? So was gibt's in ganz Texas nicht mehr, und wenn ich ehrlich bin, bringen mir die Biester auch keinen Penny. Aber irgendwas, das mich an Texas erinnert, brauche ich.« Er wurde nachdenklich und dachte wohl zum ersten Mal, seit sie losgeritten waren, wieder an Carmen. Verstohlen wischte er sich eine Träne aus den Augen. »Sehen Sie den Bullen mit den besonders langen Hörnern?«, fuhr er betont fröhlich fort. »Das ist Old Gabe, ein gemeiner alter Bulle, wie er nur aus Texas kommen kann. Halten Sie sich von ihm fern. Wenn der mal schlecht gelaunt ist, geht er auf seine eigenen Kühe los!«

Clarissa betrachtete die Longhorns aus respektvoller Entfernung. Sie hatte solche Rinder noch nie gesehen, sie waren nicht so fett wie die Herefords, eher drahtig und muskulös und mit weit ausladenden Hörnern, die jedem anderen Lebewesen gefährlich werden konnten. Old Gabe war leicht zu erkennen. Er war der einzige Bulle, größer und kräftiger als sein Harem und mit den längsten Hörnern, die sie jemals bei einem Rind gesehen hatte. Selbst aus der Entfernung erkannte sie seinen feindseligen Blick und wie er mit den Hufen scharrte.

Auf dem Rückweg begegneten sie Ted und Rocky, die einige versprengte Jungrinder zur Herde zurückgetrieben hatten und bester Laune waren. Bei ihrem Anblick musste sie unwillkürlich an das bevorstehende Abendessen denken.

»Rühreier mit Bratkartoffeln und Schinken?«, fragte sie.

»Klingt gut«, antwortete Ted.

35

Im Frühjahr erwachte das Land zu neuem Leben. Die Sonne trieb den Wintergeist nach Norden zurück, und der Schnee verschwand wie durch Zauberhand von den Bäumen und dem hügeligen Grasland. Knirschend brach das Eis auf den Flüssen und Bächen und taumelte mit der Strömung nach Süden davon. An den Bäumen wuchsen neue Schösslinge, und die Hügel und Täler waren schon bald mit tiefgrünem Gras und bunten Wildblumen überzogen.

Seitdem der Brief gekommen war, hatte Flager seine Carmen nicht mehr erwähnt. Als wären mit ihrem Tod auch die Erinnerung an die wenigen glücklichen Monate und die Sehnsucht nach ihr gestorben. Er arbeitete härter als sonst und gab sich betont fröhlich, aber selbst die Cowboys merkten, wie sehr er litt, und allen war klar, dass es eine ganze Weile dauern würde, bis er wieder befreit durchatmen konnte. Clarissa, aber auch Ted und Rocky hüteten sich, Carmen und den Brief zu erwähnen, sie hatten Angst, er könnte sich dem Schmerz unterwerfen und trübsinnig werden. Hatte er früher ständig von Carmen erzählt, um sie wenigstens in der Erinnerung an seiner Seite zu behalten, schwieg er jetzt umso beharrlicher, anscheinend fest entschlossen, sie für immer aus seinen Gedanken zu verbannen.

Die starken Gefühle, die ihn über den Tod hinaus an seine geliebte Mexikanerin banden, ließen den Rancher in ihrer Hochachtung steigen, aber sie machten ihr auch Angst. Falls Alex wirklich tot war oder aus anderen Gründen nicht mehr auftauchte, ging es ihr vielleicht genauso, und ihr blieb nichts anderes übrig, als die Flucht in die Arbeit und sich woanders eine Bestätigung zu suchen, um nicht von ihren Gefühlen überwältigt zu werden. Flager spürte ihre Angst, war aber ebenso rücksichtsvoll wie sie und erwähnte den Fallensteller mit keinem Wort. Selbst als sie eines Abends nach dem Essen am Fenster stand und nachdenklich in die Ferne blickte, schwieg er beharrlich.

Die Arbeit auf der Yellow Rose Ranch und das Gefühl, zumindest für die nächsten Monate ein wirkliches Zuhause gefunden zu haben, erleichterten Clarissa den Umgang mit ihren Gefühlen und die bittere Erkenntnis, in eine ungewisse Zukunft zu gehen. Wie Flagler stürzte auch sie sich in den Alltag, erledigte die Hausarbeit, nähte sogar neue Vorhänge für das Wohnzimmer und wurde eine immer bessere Köchin. Sogar Pokern lernte sie, als sie eines Abends mit Flagler und den Cowboys am Tisch saß. Auch wenn Ted und besonders Rocky nicht viel Worte machten, verstand sie sich auch mit ihnen immer besser und gab ihnen sogar gute Ratschläge, wenn sie samstags in die Stadt fuhren, um einen Teil ihres kargen Lohns im Saloon auszugeben. »Irgendwann musst du Rose eine Entscheidung abringen«, sagte sie zu Ted. »Wenn sie dich wirklich liebt, gibt sie sich auch mit einem einfachen Cowboys zufrieden.« Zu Rocky sagte sie nur: »Trink nicht so viel, Rocky!« Wie eine Mutter kam sie sich bei diesen Worten vor und lachte über sich selbst.

Auch dem Rancher gegenüber gebrauchte sie inzwischen die vertraute Anrede. »Meinst du, die beiden nehmen mir die guten Ratschläge krumm?«

»Die brauchen das«, antwortete Flagler lächelnd.

Inzwischen war Clarissa eine noch bessere Reiterin geworden und half auch bei der Arbeit mit den Rindern. Sie jagte versprengte Tiere mit ihrem zusammengerollten Lasso aus dem Gestrüpp, trieb herumirrende Kälber zu ihren Müttern zurück und übte jeden Abend mit dem Lasso. Erst nach einem Monat unablässigen Übens gelang es ihr, die Schlinge zumindest bei jedem zweiten oder dritten Wurf über einen in den Boden gerammten Balken fallen zu lassen. Bei den durchgehenden Rindern, die ständig in Bewegung waren, tat sie sich etwas schwerer, war aber auch dort bald erfolgreich, obwohl sie die Kunst des Lassowerfens niemals so perfekt wie Ted und Rocky beherrschen würde. Auch Flagler war mit dem Lasso noch ein wahrer Meister.

Half sie während des Winters und im beginnenden Frühjahr nur gelegentlich bei der Arbeit mit den Rindern, war beim Roundup ihr voller Einsatz gefragt. Obwohl der Rancher nur etwas mehr als hundertfünfzig Rinder besaß, die Longhorns eingerechnet, dauerte es mehrere Tage, die zum Teil verstreuten Rinder zum großen Lagerfeuer auf der Sommerweide zu treiben.

Clarissa arbeitete mit Flagler zusammen, half ihm dabei, einige störrische Kühe aus einer tiefen Talsenke zu treiben, und ritt noch mal zurück, um sich zu vergewissern, dass es keine Nachzügler gab. »Sei vorsichtig!«, rief ihr Flagler nach. »Und lass die Longhorns in Ruhe! Die schaffst du nicht allein!«

Clarissa hatte nicht die Absicht, sich mit Old Gabe oder einem der anderen langhörnigen Rinder anzulegen, glaubte aber, einige Herefords in einer nahen Senke gesehen zu haben. Sie hatte sich wohl geirrt, denn als sie die Senke erreichte, war dort lediglich ein Kaninchen, das sie erschrocken anstarrte und dann mit raschen Zickzacksprüngen im Wald verschwand.

Sie wendete lachend ihren Schecken und sah sich plötzlich Old Gabe gegenüber, der seinen Kühen vorausgewandert war und ihr den Weg verstellte. Sie wollte zur Seite ausweichen und riss an den Zügeln, verlor dabei das Gleichgewicht und stürzte ins Gras. Pinto brachte sich mit einigen Galoppsprüngen in Sicherheit. »Jimmy!«, rief sie verzweifelt. »Jimmy! Hilf mir!«

Sie hatte inzwischen gelernt, dass ein Longhorn-Bulle vor allem dann angriff, wenn ein Mensch zu Fuß unterwegs war, und stemmte sich ächzend vom Boden hoch. Zum Glück hatte sie sich bei dem Sturz nicht verletzt, aber um wegzulaufen war es zu spät, und Pinto war nicht so gut trainiert, dass er umdrehen und ihr zu Hilfe eilen würde. Mit Schrecken beobachtete sie, wie Old Gabe sie mit geröteten Augen anstarrte und angriffslustig mit den Hufen scharrte.

»Jimmy!«, rief sie wieder. Es gab keinen Felsbrocken und keinen Baum, nicht mal ein Gestrüpp, hinter dem sie in Deckung gehen konnte. »Hilf mir!«

Old Gabe scharrte erneut mit den Hufen und senkte bereits den Kopf mit den mächtigen Hörnern, als Flagler auf seinem Wallach über die Hügel heranpreschte. In Sekundenschnelle hatte er die bedrohliche Situation erfasst. »Gib mir deine Hand!«, rief er schon von Weitem. Sie streckte die Hand aus, sah ihn herangaloppieren, fühlte sich von seiner starken Rechten gepackt und auf den Pferderücken gezogen und legte rasch beide Arme um seine Hüften, um nicht erneut zu stürzen. Sie ritten aus der Senke und hielten neben ihrem Schecken, der in sicherer Entfernung an einem Strauch knabberte, als wäre nichts geschehen. »Das war verdammt knapp!«, stieß Flagler erleichtert hervor. »Tut mir leid! Ich hätte dich nicht allein lassen dürfen. Bist du okay?«

»Alles noch dran«, erwiderte sie ebenso erleichtert. Sie rutschte vom Pferderücken und stieg in den Sattel ihres Schecken. Obwohl nichts passiert war, zitterte sie noch ein wenig. »Dieser Old Gabe ist ein gefährlicher Bursche!«

Der Rest des Roundups verlief ohne Zwischenfälle. Sie zählten die Rinder, drückten den Jungtieren das Brandzeichen der Yellow Rose ins Fell, und Clarissa war vor allem damit beschäftigt, das Essen für die Männer zu kochen und einer Kuh beim Kalben zu helfen. Um die störrischen Longhorns kümmerten sich Ted und Rocky. Auch Rusty war jetzt dabei, er hetzte übermütig durch die Gegend und jagte Hasen und kehrte nur zum Feuer zurück, wenn er Hunger bekam und auf ein paar Fleischbrocken aus dem Bohneneintopf hoffte. Da es keinen Küchenwagen auf der Yellow

Rose gab, hatten sie den Pritschenwagen dabei, an dem Ted und Rocky die Kufen inzwischen durch Räder ersetzt hatten, und Clarissa saß auf der Ladefläche und benutzte das Wagenbett als Arbeitsfläche, wenn sie das Essen vorbereitete. Dort konnte sie auch besser verhindern, dass einer der Männer von den Schokokeksen naschte.

Nach dem Roundup suchte Flagler fünfzig Rinder für den Treck nach Süden aus und ließ Ted und Rocky bei der Herde zurück, während er mit Clarissa zum Ranchhaus zurückritt und die Vorräte für den mehrtägigen Treck zusammenstellte. »Nach dem Bürgerkrieg in Texas war das was anderes«, erinnerte er sich, »damals zogen wir mit tausend Rindern, einer Pferdeherde, zwanzig Cowboys und einem Koch und seinem Küchenwagen von Texas nach Kansas. Das waren über tausend Meilen! Es gab feindliche Indianer, tobende Gewitter und Wirbelstürme, doch nicht mal der Teufel hätte uns aufhalten können, denn wir brauchten jeden Cent und bekamen in Kansas das Zehnfache für unsere Rinder. Das hättest du miterleben müssen, Clarissa!«

»Das klingt fast so, als würdest du dir diese wilden Zeiten zurückwünschen.« Clarissa blickte ihn von der Seite an und bemerkte, dass er nachdenklich geworden war. »Du sehnst dich nach deiner alten Heimat, stimmt's?«

Er überlegte eine Weile und nickte schwach. »Manchmal schon, obwohl es auch dort inzwischen zivilisierter zugeht. Die Comanchen sind im Reservat und genauso friedlich wie die Shuswap, und die Rinder treiben sie inzwischen nur zum nächsten Bahnhof wie hier. Aber als Texaner vergisst du deine Heimat nie, auch nach zwanzig oder dreißig Jahren nicht.« Er ritt eine Weile schweigend neben ihr her und blickte stur geradeaus, als er fragte: »Meinst du, ich sollte mal nach San Antonio fahren und mir das Grab von Carmen ansehen?« Es war das erste Mal nach langer Zeit, dass er Carmen erwähnte.

»Warum denn nicht?«, erwiderte sie nach einer Weile. »Du findest doch sowieso erst Ruhe, wenn du dort einen Blumenstrauß hingelegt hast.«

Er nickte wieder. »Gelbe Rosen ... Die gelben Rosen von Texas.« Er summte das Lied leise vor sich hin. »Vielleicht nach dem Treiben, dann geht es hier etwas ruhiger zu. Meinst du, ihr kämt ein paar Wochen ohne mich zurecht?«

»Wenn du versprichst, wiederzukommen?«

»Keine Angst, eine zweite Carmen gibt es nicht.«

Auf der Ranch wartete noch einige Arbeit auf sie. Sie ließen genug Futter und Wasser für die Hühner und Rusty zurück, verrammelten die Scheune und stopften die persönliche Habe und die Ersatzkleidung, die sie unterwegs brauchten, in ihre Satteltaschen. Nach Cowboyart schnallte auch Clarissa einige Schlafdecken und einen dunklen Regenmantel hinter ihren Sattel. Lediglich ein Gewehr fehlte, damit sie wie eines der mutigen Cowgirls in den Buffalo-Bill-Heften aussah, und sie kam sich beinahe ein bisschen albern vor.

Natürlich gingen alle und auch sie selbst davon aus, den Treck nach Süden zu begleiten, aber jetzt, nur wenige Stunden, bevor sie aufbrachen, bekam Clarissa kalte Füße. »Ich weiß nicht«, sagte sie zu dem Rancher, »meinst du wirklich, ich soll mitreiten? Was ist, wenn mich einer von Whittlers Leuten erkennt? Die Männer von der Canadian Pacific suchen bestimmt nach mir.«

»Jetzt noch? Nach einem halben Jahr?« Der Rancher schüttelte den Kopf. »Das glaube ich nicht. Die haben was anderes zu tun, als die Rachegelüste ihres Juniorchefs zu befriedigen. Aber keine Angst, wir treiben nicht über die Hauptstraße. Wir folgen einem alten Indianertrail durch die Ausläufer der Berge, da haben die Rinder genug Gras, und wir brauchen uns nicht mit den Mounties herumzuschlagen. Bei uns bist du sicher, Clarissa, sicherer als hier allein auf der Ranch.« Er zog grinsend die Riemen seiner schweren Satteltaschen fest. »Außerdem haben wir uns alle an deinen guten Kaffee gewöhnt.«

»Und Old Gabe bleibt zu Hause?«

»Alle Longhorns bleiben hier.«

Clarissa nickte zufrieden. Der Rancher hatte recht, abseits der Wagenstraße war sie tatsächlich sicherer als auf der Ranch, wo jederzeit ein Mountie oder jemand aus der Stadt auftauchen konnte. Wenn die Belohnung noch ausgesetzt war, gab es sicher genug Leute, die sich das Geld verdienen wollten.

Und sie wäre auf dem Weg nach Süden nur wenige Meilen von Alex' Hütte entfernt. Während die Männer zur Bahnstation in Lytton ritten, konnte sie in die Berge reiten und nachsehen, ob Alex tatsächlich noch am Leben war und sich in seiner Hütte verkrochen hatte. Sie brauchte Gewissheit, denn sie wollte nicht wie der Rancher auf Umwegen erfahren, dass er tot war oder nichts mehr von ihr wissen wollte. Und sie wollte nicht länger abwarten.

Während des Trecks wechselte sie sich mit dem Rancher beim Führen der beiden Packpferde ab. Die Tiere folgten ihr willig und halfen ihr sogar dabei, den Schecken im Zaum zu halten. Jedes Mal, wenn er stehen blieb und zu lange an den grünen Schösslingen zupfte, stießen sie ihn ungeduldig an. Sobald Flagler die Packpferde übernahm, half Clarissa den Cowboys, die Herde auf dem Trail zu halten und eventuelle Ausreißer einzufangen. Als hätte sie nie etwas anderes gemacht, preschte sie über die grünen Wiesen, das zusammengerollte Lasso in der rechten Hand, und trieb die Rinder zur Herde zurück. Einmal schaffte sie es sogar, einem jungen Rind, das sich in einem Gestrüpp verfangen hatte, die Schlinge über den Kopf zu werfen und es herauszuziehen. Flagler belohnte sie mit einem anerkennenden Blick. »Das wird noch!«

Die Tage waren alles andere als eintönig und so ereignisreich, dass Clarissa gar nicht merkte, wie die Zeit verging. Immer war etwas zu tun, blieben Rinder zurück oder nahmen Reißaus, führte der Trail einen besonders steilen Berghang hinauf oder an den

Felsen entlang in ein tiefes Tal. Abends lagerten sie in Tälern oder Senken, die Flagler von früheren Treiben kannte, meistens dort, wo sie einigermaßen vor Wind und Wetter geschützt waren. Sie bereitete das Abendessen über einem kleinen Feuer, häufig gab es Bohnen mit Speck und Kaffee, den sie inzwischen perfekt zu kochen wusste. Sie hatte sich so an den starken Cowboykaffee gewöhnt, dass sie nicht einmal Tee mitgenommen hatte. Ihr Wasser schöpften sie aus Flüssen, Bächen und Seen, die im Frühjahr reichlich Wasser führten. Sie schliefen in ihre Decken gerollt auf dem Boden, benutzten ihre Sättel als Kissen und »deckten sich mit dem Himmel zu«, wie Flagler lächelnd bemerkte. Sie hatte sich schon lange nicht mehr so wohl gefühlt.

Nachts wechselten sich die Männer mit der Wache ab. Alle drei hatten Gewehre dabei, hauptsächlich wegen der wilden Tiere, die vor allem den Jungtieren gefährlich werden konnten. Auch ein Grund, warum Clarissa die Kochstelle noch vor dem Schlafengehen gründlich säuberte und die Satteltaschen mit den Vorräten so hoch in die Bäume zog, dass die Bären nicht herankamen. Nach ihrem Winterschlaf waren die Grizzlys besonders hungrig.

Clarissa war von der Wache freigestellt, lag aber dennoch oft wach und blickte zu den Sternen empor, die hier in der Wildnis noch strahlender und intensiver in der Dunkelheit funkelten. Ein beinahe ehrfürchtiges Gefühl erfasste sie beim Anblick des endlosen Universums, in dem sich selbst die Planeten, der Mond und die Sterne zu verlieren schienen und ihr deutlich machten, welch ein winziger Teil des Universums die Erde war. Gab es dort draußen einen Gott oder gute Geister, wie die Indianer behaupteten, die sich Gedanken über sie machten? Die ihr halfen, dem Albtraum einer ungerechten Verhaftung zu entrinnen und Alex wiederzufinden? Die ihr das Glück zurückbrachten, das sie an seiner Seite gefunden hatte? Sie schloss die Augen, ließ die Stille, andächtiger als in einer Kathedrale, auf sich wirken und betete still.

Das Wetter verwöhnte sie mit strahlendem Sonnenschein. Fast jeden Tag wölbte sich ein blauer Himmel über dem hügeligen Land, nur unterbrochen von einigen dünnen Wolkenfetzen, die vor allem zwischen den Gipfeln der fernen Berge hingen. Die milden Temperaturen und der laue Wind ließen sie die schneidende Kälte und die heftigen Blizzards des Winters vergessen und sorgten für eine gute Stimmung auf dem Trail. Sogar der mundfaule Rocky ließ sich zu einigen Scherzen verleiten, die allerdings meist so derb ausfielen, dass er sich ständig bei Clarissa entschuldigen musste. Sie verschwieg ihm, dass sie von den Fischern in Vancouver noch ganz was anderes gewohnt war.

Ungefähr fünfzig Meilen vor Lytton drang plötzlich der lang gezogene Pfiff einer Lokomotive über die Hügel. Clarissa zuckte bei dem Ton erschrocken zusammen und war dann auch mit ihrem Schecken beschäftigt, der bei dem ungewohnten Laut scheute und sie beinahe abgeworfen hätte. Doch sie war inzwischen eine geübte Reiterin und bekam ihr Pferd rasch wieder unter Kontrolle. Nicht jedoch ihre Gedanken, die sich bei dem Pfeifen mit den bedrohlichen Bildern des vergangenen Winters füllten, als sie nur ein paar Meilen von dieser Stelle entfernt vor Frank Whittler in die Wildnis geflohen war, einer gefährlichen und ungewissen Zukunft entgegen. Wieder drang ein Pfiff von der Bahnstrecke herauf, gefolgt vom heftigen Schnauben der Lokomotive, die Schwierigkeiten zu haben schien, die steile Strecke zu meistern.

Sie griff ihrem Schecken in die Zügel und blieb stehen, blickte sich ängstlich nach allen Seiten um, als wären Frank Whittler und seine Männer noch immer in der Nähe und sie müsste jeden Augenblick damit rechnen, von ihnen verhaftet zu werden. Doch niemand ließ sich blicken, und als der Zug in der Ferne verschwunden war, war sie wieder von beruhigender Stille umgeben. Sie drückte Pinto ihre Absätze in die Seite und ritt zögernd weiter. Daher reagierte sie viel zu langsam, als eines der Rinder aus der Herde ausbrach und in einem Gestrüpp untertauchte. Flagler sprang ein, trieb es mit dem aufgerollten Lasso und lauten Anfeuerungsrufen zur Herde zurück. »Giddy-up! Go! Go!«

Sie bedankte sich kleinlaut. »Kein Wunder, wenn man die Canadian Pacific gegen sich hat. Hier in der Nähe ist es passiert. Wenn die Lokomotive nicht schlappgemacht hätte, wäre ich vielleicht gar nicht entkommen.« Sie blickte ihn an. »Würde es dir was ausmachen, wenn ich euch für ein paar Tage allein lassen würde?«

»Du willst nach Alex suchen.« Es klang mehr wie eine Feststellung.

»Zu seiner Hütte ist es nicht weit.«

»Ich hoffe, du findest was Besseres als einen Grabstein.«

»Das hoffe ich auch, Jimmy. Das hoffe ich auch.«

36

Es war ein seltsames Gefühl, den Wegen zu folgen, die sie im vergangenen Winter zu Fuß oder mit dem Hundeschlitten zurückgelegt hatte. Wo während ihrer Flucht noch tiefer Schnee die Hänge und Täler bedeckt hatte, blühten jetzt farbenprächtige Wildblumen auf tiefgrünen Wiesen, und wo ihr damals ein heftiger Blizzard die Sicht genommen hatte, leuchtete jetzt helles Sonnenlicht und ließ selbst die schroffen Berge in einem freundlichen Licht erstrahlen. Ohne den Schnee wirkten sie lange nicht mehr so wild und bedrohlich, und sie hatte beinahe das Gefühl, von ihnen willkommen geheißen zu werden.

Nach Bones hielt sie vergeblich Ausschau. Mit dem Schnee schien auch der geheimnisvolle Wolf verschwunden zu sein oder das Gefühl zu haben, nicht mehr gebraucht zu werden. Stattdessen ließen sich einige Hirsche und zahlreiche andere Waldtiere sehen, in den Baumkronen zwitscherten die Vögel, und über den Wildblumen flatterten farbenprächtige Schmetterlinge. Die Natur, bei ihrem ersten Besuch noch unter dem eisigen Atem des Wintergeistes erstarrt, war mit der Frühlingssonne zum Leben erwacht und bestärkte sie in der Hoffnung, Alex in seiner Hütte zu finden, erschöpft von der anstrengenden Flucht, aber am Leben und bereit, ihr in eine bessere Zukunft zu folgen. Eine andere Möglichkeit durfte es nicht geben. Er war am Leben, er musste am Leben sein, und sie würde ihn finden, egal, wo er sich aufhielt.

Wie gering die Chancen waren, ihn wirklich aufzuspüren, gestand sie sich nur widerwillig ein. Denn wenn er nicht in seiner

Hütte war, hatte er sich entweder bei Indianern oder einem befreundeten Fallensteller verkrochen oder irgendwo anders versteckt, in einer leer stehenden Hütte oder einer Höhle. Weit konnte er nicht sein, aber die Bergwildnis war undurchdringlich, und wenn er nicht gefunden werden wollte, würde ihn nicht mal ein Indianer aufspüren. Nur die Hoffnung, dass er sich in die vertraute Umgebung seiner Hütte zurückgezogen hatte und hoffte, dass man ihn tatsächlich für tot hielt und dort nicht mehr nach ihm suchte, ließ sie weiterreiten. Sie hätte es sich nie verziehen, wenn sie dort nicht nachgesehen hätte. »Vorwärts, Pinto!«, trieb sie den Schecken an. »Vielleicht braucht Alex unsere Hilfe. Lauf schneller!«

Ohne den Schnee war es nicht einfach für sie, sich in der zerklüfteten Wildnis zurechtzufinden. Das Land hatte sich stark verändert, und es gab kaum Trails, an denen sie sich orientieren konnte. Kaum hatte sie sich an einen besonders steilen Hügel, einen entwurzelten Baum oder die Form eines bestimmten Felsens erinnert, erblickte sie schon wieder etwas, das ihr unbekannt vorkam und sie unsicher werden ließ. Ihr Schecke kannte die Gegend nicht, er hatte keine Ahnung, wohin sie ritt, und folgte allein ihren Befehlen. Wahrscheinlich wäre er umgekehrt, wenn man ihm die Entscheidung überlassen hätte, so zerklüftet und unzugänglich waren die Ausläufer der Berge, in die Clarissa ihn trieb. »Vorwärts, Pinto! Weiter!«, trieb sie ihn unablässig an.

Als sie das Tal erreichte, in dem die Hütte des Fallenstellers stand, zügelte sie überrascht ihren Schecken. Im Winter hatte die Hütte vollkommen anders ausgesehen, und die Berge waren wesentlich bedrohlicher dahinter aufgeragt. Der Bach, der zwischen dem Waldrand und der Hütte durch das Tal floss, wirkte ohne die Eisschicht breiter und lebendiger. Erst bei diesem frühlingshaften Wetter erkannte sie, wie romantisch es hier war.

Einem Bauchgefühl folgend, verharrte sie zwischen den Bäumen, wo sie von dem Bewohner nicht zu sehen war. Ihr Herz machte einen Sprung, als sie Rauch aus dem Schornstein quillen sah. Ein Pferd schnaubte, ein stämmiger Brauner mit weißer Blesse. Hatte Alex sich ein Pferd zugelegt? Aber wo waren seine Huskys? Wo waren Billy, Smoky und all die anderen? Waren sie nicht mehr zu ihm zurückgekehrt? Waren sie in der Wildnis umgekommen?

Die Tür ging auf, und eine vertraute Gestalt trat ins Freie. Crazy Joe, der Fallensteller, der sie gesucht und beinahe in der Hütte entdeckt hätte! Sie beugte sich nach vorne und hielt ihrem Schecken rasch die Nüstern zu. »Kein Laut, Pinto!«, flüsterte sie ihm ins Ohr. »Crazy Joe darf uns nicht entdecken!«

Mit klopfendem Herzen beobachtete sie, wie der Fallensteller einen Eimer mit schmutzigem Wasser ins Gras goss und zum Bach hinabstieg, um ihn neu zu füllen. Am Ufer kniete er im Gras und blieb einen Augenblick abwartend sitzen, als würde er spüren, dass jemand in der Nähe war. Sie hielt vor Schreck die Luft an und beschwor den Schecken in Gedanken, sich nicht zu rühren und sie zu verraten. Sie waren keine hundert Schritte von ihm entfernt, und bei der geringsten Bewegung würde er sie entdecken. Ein erfahrener Fallensteller wie Crazy Joe ließ sich nicht so leicht hinters Licht führen.

Zum Glück verhielt sich Pinto still. Er zuckte mit keinem Muskel, als Crazy Joe den Eimer füllte, noch einmal prüfend in ihre Richtung blickte und zur Hütte zurückkehrte. Vor seinem Pferd blieb er stehen. Nur der Angewohnheit der meisten Fallensteller, mit ihren Hunden und Pferden zu reden, hatte es Clarissa zu verdanken, dass sie mehr über Alex erfuhr. »Ich trau dem Frieden nicht«, sagte er. »Und wenn dieser Whittler noch so steif und fest behauptet, dass er tot ist, glaube ich nicht daran, dass Alex den Löffel abgegeben hat. Irgendwann kommt der verdammte Kerl zurück und will seine Hütte wiederhaben. Aber da hat er sich geschnitten! Hier kommt er nicht mehr rein! Und wenn die Canadian Pacific eine Belohnung zahlt, treibe ich ihn bis nach

Ashcroft und übergebe ihn Frank Whittler höchstpersönlich. Nur schade, dass wir das verdammte Weibsstück nie gefunden haben. In der Wildnis soll sie vom Schlitten gefallen und erfroren sein, aber dem Märchen traue ich genauso wenig. Die beiden sind doch mit dem Teufel im Bunde. Aber ich gebe nicht auf, Brauner, hast du gehört? Ich gebe nicht auf. Wenn sich die beiden aus ihrer Höhle wagen, kommen sie bestimmt hierher, und dann gnade ihnen Gott!«

Clarissa erschauderte bei den Worten und beobachtete erleichtert, wie der Fallensteller in der Hütte verschwand und die Tür hinter sich schloss. »Schnell weg!«, flüsterte sie Pinto zu. Sie ritt den Weg zurück, den sie gekommen war, und hielt erst ungefähr eine Stunde später an, als sie sicher sein konnte, nicht mehr von Crazy Joe gehört oder gesehen zu werden. Sie rastete unter ein paar Bäumen, tätschelte ihrem Schecken dankbar den Hals und sagte: »Das hast du gut gemacht, Pinto! Diesem Crazy Joe möchte ich nicht in die Hände fallen. Aber so wissen wir wenigstens, dass man uns für tot hält. Fragt sich nur, ob Frank Whittler genauso denkt und ob es noch mehr Männer wie Crazy Joe gibt. Die sich die Belohnung verdienen wollen und weiter nach uns suchen. Wenn ich nur wüsste, wo Alex ist! Ich muss ihn finden!«

Doch zuerst einmal musste sie sich weit genug von der Hütte entfernen, um nicht zu riskieren, Crazy Joe über den Weg zu laufen, und einigermaßen ruhig schlafen zu können. Entschlossen ritt sie weiter. Sie vermied alle ausgetretenen Pfade, ritt querfeldein über Hügel und Täler, denen sie sonst aus dem Weg gegangen wäre, weil man dort nur langsam vorankam, und suchte sich abseits der Wiesen, auf denen noch die Hufabdrücke ihrer Herde zu sehen waren, einen Platz zum Lagern. Im Schatten einiger Fichten, weit genug vom Trail entfernt, um nicht gesehen zu werden, aber selbst in der Lage, jeden Neuankömmling schon von Weitem entdecken zu können, breitete sie ihre Decken aus. Ohne ein wärmendes Feuer legte sie sich schlafen.

Es würde wohl drei bis vier Tage dauern, bis Flagler und die Cowboys aus Lytton zurückkehrten, und es gab nicht viel, was sie tun konnte. Ihnen entgegenzureiten, wagte sie nicht aus Angst, der Eisenbahn zu nahe zu kommen, für sie der Inbegriff der Bedrohung, weil es dort am ehesten Leute geben würde, die sie erkannten. Und wer wusste schon, ob Frank Whittler selbst das Gerücht in die Welt gesetzt hatte, sie wäre erfroren, oder sie auf diese Weise nur aus ihrem Versteck locken wollte. Sie blieb der Eisenbahn lieber fern und vertrieb sich die Zeit mit Nichtstun, bis Flagler und die Cowboys erschienen.

Zu ihrer Erleichterung ließen sich keine anderen Männer in ihrer Nähe blicken, und ihr blieb genügend Zeit, sich von den Anstrengungen und der Anspannung der letzten Wochen und Monate zu erholen. Dass ihre Gedanken dabei auf Wanderschaft gingen und sie immer mehr verstörten und verwirrten, konnte sie nicht verhindern. War Alex noch am Leben? Wenn ja, wo versteckte er sich? Liebte er sie noch? Suchte er nach ihr? War Frank Whittler noch hinter ihr her? Wie groß war die Gefahr, dass man sie in Williams Lake entdeckte? Gab es noch eine Chance, dass Alex und sie zusammenfanden, oder sollte sie versuchen, gleich über die Grenze in die Vereinigten Staaten zu entkommen? Wo war Bones, ihr Schutzgeist, wenn sie ihn so sehr brauchte?

Ein ganzer Berg von Fragen, der sie zu erdrücken drohte. Dass es bis zur Rückkehr von Flagler und den Cowboys noch einige Tage dauerte und sie unendlich viel Zeit zum Nachdenken hatte, machte ihre Lage nicht besser. Erst vier Tage später, nach einem plötzlichen Wetterwechsel, brachte ein heftiges Gewitter ihr Leben wieder einmal vollkommen durcheinander.

Es begann damit, dass der Wind auffrischte und dunkle, fast schwarze Wolken aus Südwesten aufzogen. Wie eine bedrohliche Wand rückten sie näher, getrieben von dem Wind, der immer heftiger wurde und die ersten Regentropfen über das Land peitschte. Clarissa zog rasch ihren Regenmantel an, stellte den

Kragen hoch und verknotete das Band ihres Stetsons unter dem Kinn. Mit den Stiefeln trat sie das Feuer aus, das sie in dieser Nacht entzündet hatte. Sie rollte die Decken zusammen und band sie hinter ihrem Sattel fest, legte ihre Arme um den Hals des Schecken und redete beruhigend auf ihn ein; »Ist doch nur ein Gewitter, Pinto! So schlimm wird es schon nicht werden!«

Fast im gleichen Augenblick zuckten mehrere Blitze vom Himmel, und ein Donnerschlag ließ den Boden erzittern, so laut und gewaltig, dass Pinto vor Schreck einen weiten Satz machte und sie zu Boden riss. Sie bekam gerade noch die Zügel zu fassen und hielt sich verzweifelt daran fest. Zum Glück hatte der Schecke im Unterholz keine freie Bahn und blieb schon nach wenigen Schritten stehen. Er zitterte am ganzen Leib und wieherte erschrocken. Er schien zum ersten Mal in ein so schweres Gewitter zu geraten und drehte sich nervös im Kreis, bis es ihr endlich gelang, ihn zu beruhigen. »Hooh!«, rief sie. »Hooh! Beruhige dich, Pinto! Ist doch nur ein Gewitter.«

Kaum hatte sie ihn fest an den Zügeln, kurvten erneut Blitze über den abendlichen Himmel und überzogen das Land mit einem seltsamen Flimmern, als hätten sie das Gras entzündet. Im selben Atemzug krachte wieder der Donner, und prasselnder Regen rauschte vom Himmel herab. Selbst unter den Bäumen waren die schweren Tropfen zu spüren, der Regen tobte durch die Baumkronen, riss ganze Zweige ab und trommelte heftig auf den Waldboden.

Clarissa umklammerte die Zügel ihres Schecken fest mit der rechten Hand, drückte so fest zu, dass sich die Nägel in ihre Haut gruben und sie anfing zu bluten. Während sie weiter auf Pinto einredete, ihn mit sinnlosen Worten beruhigte und nur auf ihren Tonfall achtete, zog sie sich weiter in den Wald zurück, ohne dem Unwetter entgehen zu können und einen geeigneten Schutz für sich und den Schecken zu finden. Das Gewitter war allgegenwärtig, das grelle Flackern der Blitze war selbst durch dichte Baumkronen zu sehen, die Erschütterung durch den Donner körperlich zu spüren. Immer weiter drängte sie in den Wald hinein, in der steten Furcht, ein Blitz könnte eine der mächtigen Fichten fällen, bis sie nach einer minutenlangen Suche, die ihr wie eine Ewigkeit vorgekommen war, eine überhängende Felswand fand und sich mit ihrem Schecken unterstellte. »Hier sind wir sicher, Pinto! Hab keine Angst!«

Dicht an die Felswand gedrängt, wartete Clarissa das Unwetter ab. Der Regen rauschte sintflutartig vor ihrem Unterstand herab, wirbelte das Geröll vor den Felsen auf und fetzte Zweige aus den Baumkronen. Grelle Blitze malten bizarre Muster an den Himmel und elektrisierten die schwankenden Fichten. Bei jedem Donnerschlag scheute der Schecke und zwang sie, die Zügel mit beiden Händen zu packen, um ihn am Durchgehen zu hindern. Einmal schlug der Blitz in unmittelbarer Nähe ein, und mit einem gewaltigen Krachen löste sich Gestein aus der Felswand und polterte zu Boden. Pinto geriet in Panik und galoppierte in den Regen. Clarissa hielt die Zügel fest und wurde mitgeschleift, scharrte mit den Stiefeln über das Geröll und rief verzweifelt »Whoaa, Pinto! Whoaa! Bleib stehen!«, bis der Schecke endlich anhielt und sich scheuend und zitternd von ihr unter die Felsen ziehen ließ.

Sie nahm den Stetson ab, schlug das Wasser von der Krempe und setzte ihn wieder auf. Auch unter der überhängenden Felswand war sie nicht vollkommen geschützt. Der böige Wind trieb den Regen in ihren Unterschlupf, zerrte an ihrem Mantel, und selbst ihr breitkrempiger Hut und ihr hochgestellter Kragen konnten nicht verhindern, dass ihr das kalte Wasser über den Rücken lief. Sie fluchte leise und versetzte sich in Gedanken ins Wohnzimmer des Ranchhauses, bei einem Becher heißen Kaffee und frischen Biskuits. Sie hoffte nur, dass Flagler und die Cowboys die Rinder schon abgeliefert hatten und sich vielleicht sogar in ein beheiztes Roadhouse geflüchtet hatten.

Nur ganz allmählich ließ das Unwetter nach. Die Blitze wurden seltener, der Donner leiser, und die dunklen Wolken zogen nach Osten weiter. Aus dem sintflutartigen Rauschen wurde ein normaler Regen, nur noch vom dumpfen Echo weit entfernter Donnerschläge begleitet. »Das hätten wir hinter uns, Pinto!«, tröstete sie ihren Schecken. Pinto zeigte ihr mit einem zufriedenen Schnauben, wie sehr er sich darüber freute. »Ist wohl besser, wir reiten Jimmy und den Cowboys ein Stück entgegen. Trockenes Holz für ein Lagerfeuer finden wir sowieso nicht mehr. Was ist? Immer noch nervös?« Sie strich über seine nasse Mähne. »Keine Angst, Pinto, wir haben es überstanden.«

Sie schlug das Wasser von ihrem Hut, drückte ihn fest auf ihre nassen Haare und stieg in den Sattel. Besonders wohl fühlte sie sich nicht, beinahe wie an Bord ihres Kutters, wenn sie nach einem heftigen Sturm ihre Wunden geleckt und vollkommen durchnässt ihre Arbeit verrichtet hatten. Was hätte sie jetzt für ein heißes Bad gegeben! Aber immer noch besser, als vom Schlitten zu fallen und schwer verletzt und hilflos im Schnee zu liegen. Sie trieb ihren Schecken an und lenkte ihn durch den Wald zurück, ließ ihn über abgerissene Äste und Zweige steigen und war froh, als sie den Trail erreichte, über den Flagler und die Cowboys kommen mussten. Der Wind war hier etwas böiger als im Wald, und der Regen wehte ihr ins Gesicht, machte ihr aber nach dem schweren Unwetter kaum etwas aus. »Vorwärts, Pinto!«, trieb sie den Schecken an. »Wollen mal sehen, wie sich die Männer gehalten haben.«

In dem leichten Trab, den sie sich von Flager abgeschaut hatte, ritt sie nach Süden. Ohne dass sie es bei den dunklen Wolken und dem heftigen Regen gemerkt hätte, war die Nacht hereingebrochen, und sie hätte sich eigentlich einen Platz zum Schlafen suchen müssen, zog es bei dem kühlen Wetter aber vor, in Bewegung zu bleiben, und hoffte darauf, dass Flagler und die Cowboys in der Nähe waren und einen geschützten Lagerplatz gefunden hatten. Der Rancher kannte das Land wie seine Westentasche und fand sicher eine verlassene Hütte oder eine Höhle, in der man einigermaßen trocken blieb. Bei der Vorstellung, sich aufwärmen zu können, trieb sie den Schecken in einen leichten Galopp, um die Männer noch schneller erreichen zu können.

Nicht nur das erfreute Schnauben von Pinto verriet ihr, dass sie nicht mehr fern waren. Schon hinter der nächsten Biegung sah sie zwei Männer am Waldrand, doch der Name des Ranchers, den sie schon auf den Lippen hatte, verwandelte sich in ein ängstliches Stöhnen, als sie selbst in der Dunkelheit erkannte, dass einer der Männer auf dem Boden lag. »Jimmy!«, rief sie jetzt doch, aber es klang nicht mehr erfreut, sondern besorgt, und ihr Verdacht wurde zur schrecklichen Gewissheit, als sie den Schecken in einen heftigen Galopp fallen ließ, vor den Männern aus dem Sattel sprang und feststellte, dass der Mann auf dem Boden tatsächlich Flagler war. Der andere war Ted.

Was geschehen war, ließ sich auch ohne lange Erklärungen erkennen. Ganz in der Nähe, wo der Boden schwarz und verbrannt aussah, hatte der Blitz eingeschlagen und schwere Äste von den nahen Fichten gerissen. Flaglers Wallach stand zitternd in der Nähe, war wohl beinahe in den tödlichen Blitz gelaufen und stand offensichtlich unter Schock, schien aber unverletzt.

»Ein Blitzschlag«, bestätigte Ted. »Sein Pferd hat gescheut und ihn abgeworfen. Einer der Äste hat sich in sein Bein gebohrt. Rocky ist in die nächste Siedlung unterwegs und holt den Doktor und einen Wagen. Bist du okay?«

»Alles klar«, erwiderte sie. Sie ging neben dem verletzten Rancher in die Knie und beugte sich über ihn, erschrak beim Anblick seines blassen, vor Schmerz verzerrten Gesichts. Ted hatte die Wunde an seinem linken Oberschenkel notdürftig mit einem Stofffetzen verbunden. Auch mit seinem rechten Bein schien etwas nicht zu stimmen, es war anscheinend gebrochen. »Jimmy! Kannst du mich hören, Jimmy?« Sie zog einen einigermaßen trockenen Lappen aus ihrer Manteltasche und wischte ihm das regennasse Gesicht ab.

Flagler öffnete die Augen und blinzelte in den Regen. »Ein verdammter Blitz! Der … der Wallach hat gescheut! Das … das tut er sonst … nie!« Er fühlte wohl starken Schmerz und presste die Lippen zusammen. Es dauerte eine Weile, bis der Schmerz nachließ und sich seine Miene entspannte. »Hast du … du Alex gefunden? Sag mir … mir nicht, dass er … er tot ist …. Er lebt, oder?«

»Sieht so aus«, stimmte sie ihm zu, »aber jetzt bist erstmal du dran. Rocky muss jeden Augenblick mit dem Arzt zurückkommen. Halte durch, Jimmy!«

Ted hatte bereits eine Deckenrolle unter seinen Nacken gelegt und breitete die restlichen Decken über seinen Körper. Seine besorgte Miene ließ erkennen, dass er den Zustand des Ranchers für bedenklicher hielt, als es den Anschein hatte. Er holte seine Wasserflasche und setzte sie ihm an die Lippen.

Flagler brachte sogar ein leichtes Grinsen zustande. »Als ob … ob ich in dem … dem verdammten Unwetter nicht genug Wasser abbekommen hätte …« Er hob den Kopf und trank einen Schluck, sank aber gleich wieder zurück und atmete ein paar mal heftig, so sehr hatte ihn die Bewegung angestrengt.

»Worauf warten wir … wir noch?«, fragte er. »Hebt mich in … in den Sattel … so schlimm ist es nicht … ich …ich halte das schon aus … ich brauche … brauche keinen Doc …« Doch im selben Augenblick lief wieder eine Schmerzwelle durch seinen Körper, und er verzog stöhnend das Gesicht, krallte seine Hände ins nasse Gras. »Vielleicht brauche ich … ich doch einen … Doktor …«

37

Es dauerte noch über eine Stunde, bis Rocky mit dem Doktor kam, einem übergewichtigen Mann mit weißem Backenbart und wachen Augen. Er stieg vom Kutschbock des Pritschenwagens, mit dem sie gekommen waren, und kniete sich mit seiner Arzttasche neben Flagler nieder. »Ich bin Doc Adams aus Foster Bar. Wer Sie sind, hab ich schon gehört.« Er registrierte dankbar, dass Ted den Stetson des Ranchers über ihn hielt, um ihn wenigstens einigermaßen vor dem Regen zu schützen, und löste vorsichtig den Verband, den der Cowboy über der Hose verknotet hatte. Er schnitt die Hose mit einer Schere auf und säuberte die Wunde mit einer Flüssigkeit, die anscheinend höllisch brannte. Nachdem er einen neuen Verband über die Wunde gewickelt hatte, sah er sich das andere Bein an. Schon nach einer flüchtigen Untersuchung erkannte er, dass es gebrochen war. Er schnitt auch das rechte Hosenbein auf und nickte betrübt. »Ich muss ihn mitnehmen«, sagte er. »Mit dem gebrochenen Bein kommt er keinen Schritt weit. Ich halte es schon für ein Risiko, ihn nach Foster Bar zu schaffen, aber wir können ihn ja schlecht hier draußen lassen. Heben Sie ihn auf den Wagen! Aber seien Sie vorsichtig!«

»Hey«, wehrte sich der Rancher, »ich will nicht in … in Ihrem Nest versauern. Ich will nach Hause! Wenn ich's bis … bis Foster Bar schaffe, kann ich auch bis … bis zur Ranch auf … auf dem Wagen bleiben! Untersteh dich, Ted!«

»Wenn Sie das wollen, kann ich Ihnen auch gleich den Totenschein ausstellen, Mister!«, widersprach der Doktor. »Kommt gar nicht infrage! Sie kommen mit nach Fosters Bar und kurieren sich in meinem Krankenzimmer aus. Wenn Sie Glück haben, sind Sie in ein paar Wochen wieder auf dem Damm!« Er wandte sich an den Cowboy. »Nun machen Sie schon! Ich hab keine Lust, die halbe Nacht hier draußen zu verbringen, sonst fange ich mir noch eine Erkältung ein und kann mich selbst verarzten. Auf den Wagen!«

Clarissa breitete rasch ein paar Wolldecken auf der Ladefläche aus und half Ted, den Rancher auf den Wagen zu heben. Er stöhnte vor Schmerz und stand kurz vor einer Ohnmacht, als er endlich auf den Decken lag. Sie deckte ihn mit weiteren Decken zu, band Flaglers Pferd und ihren Schecken an den Wagen und kletterte auf die Ladefläche. Ted warf ihr den Stetson des Ranchers zu, stieg in den Sattel und griff nach den Zügeln der Packpferde. Rocky hatte sein Pferd bereits an den Wagen gebunden und stieg mit dem Doc auf den Kutschbock. »Wir kommen mit«, sagte Ted, »wir lassen ihn nicht allein.«

Der Doktor hatte keine Einwände und überließ Rocky bereitwillig die Zügel. Der Cowboy trieb die Zugpferde mit einem lauten Schnalzen an. Auch jetzt war er auffällig schweigsam, als wäre er in Gedanken versunken. Nur an seinen unruhigen Augen sah man, wie sehr er sich um den Rancher sorgte.

Obwohl sie zur Wagenstraße fuhren und es dort kaum Hindernisse gab, brauchten sie über eine Stunde bis zu Fosters Bar. Die winzige Siedlung, vor einer Sandbank am Ufer des Fraser Rivers gelegen, bestand lediglich aus einigen Blockhäusern und Bretterbuden. Sie machte einen noch armseligeren Eindruck als Beaver Creek. Ein Wunder, dass es dort überhaupt einen Arzt gab.

Wie die meisten Einwohner war er während des Goldrausches vor mehr als dreißig Jahren gekommen, hatte einiges Gold gefunden und sich eine einigermaßen sichere Existenz aufgebaut. Auf der Wagenstraße war immer noch viel Verkehr, und er war der einzige Arzt im weiten Umkreis. Seine Praxis lag in einem komfortablen zweistöckigen Blockhaus am Rande der Siedlung.

Die Frau des Arztes stand bereits mit einer brennenden Öllampe in der offenen Tür, als sie vor dem Haus hielten. In weiser Voraussicht hatte sie ein Bett hergerichtet und führte Ted und Rocky, die den leise stöhnenden Rancher trugen, ins Krankenzimmer. Clarissa zog ihren Regenmantel aus, nahm den Stetson ab und half der Arztfrau beim Kaffeekochen, während die Männer den Verletzten auszogen, abtrockneten und ihm ein Nachthemd des Doktors anzogen. Es dauerte über eine halbe Stunde, bis der Doktor das gebrochene Bein verarztet und geschient hatte und erschöpft aus dem Zimmer trat. Hinter ihm erschienen die Cowboys, beide kreidebleich und verängstigt.

»Ich habe ihm etwas Laudanum gegeben«, antwortete der Doktor, als er Clarissas fragenden Blick bemerkte. »Das dürfte reichen, um ihn für eine Nacht ruhigzustellen.« Er setzte sich an den Küchentisch und forderte die Cowboys auf, es ihm gleichzutun. Seine Frau schenkte jedem Kaffee ein. »Morgen oder übermorgen werde ich entscheiden, ob ich amputieren muss.«

»Amputieren?«, riefen Clarissa und die Cowboys gleichzeitig.

Der Doktor legte seine Hände um den warmen Kaffeebecher. »Warum soll ich Ihnen was vormachen? Es sieht nicht gut aus. Der Bruch ist sehr kompliziert, und die Möglichkeit, dass sich die Wunde entzündet, ist sehr groß.«

»Und das kriegt man nicht anders hin?«

»Wir werden sehen. In ein oder zwei Tagen weiß ich mehr.«

»Hauptsache, der arme Mann hat erst mal etwas Ruhe«, meldete sich die Frau des Doktors. Sie hatte ein paar Biskuits aufgewärmt und stellte sie auf den Tisch. Ted und Rocky machten sich hungrig darüber her. »Sie sind herzlich eingeladen, die Nacht in unserem Haus zu verbringen.« Sie blickte die Cowboys an. »Sie können im zweiten Krankenzimmer schlafen, und für Sie …« Sie wandte sich Clarissa zu. »… richte ich das Bett im Gästezimmer her. In Fosters Bar gibt es weder ein Hotel noch ein Roadhouse. Bleiben Sie, so lange Sie möchten. Mein Mann ist sicher einverstanden.« Sie lächelte dem Doktor zu, der gute Miene dazu machte und ebenfalls lächelte.

Clarissa und die Cowboys nahmen die Einladung gerne an, und sie genoss es, nach dem langen Trail und dem Unwetter wieder in einem warmen Bett zu schlafen. Die letzten Regentropfen des abklingenden Unwetters pochten leise gegen die Fensterscheiben und verstärkten das angenehme Gefühl, zumindest für eine oder zwei Nächte sicher und geborgen zu sein. Dass sie schlecht träumte und mehrmals in dieser Nacht aufwachte, lag an Flaglers schrecklichem Unfall und der immer stärker werdenden Angst, der Doktor könnte gezwungen sein, ihm ein Bein abzunehmen. Dieses Gefühl verdrängte sogar die Gedanken an Crazy Joe, der immer noch hinter ihr und jetzt auch hinter Alex her war und keine Skrupel zu haben schien, sie Frank Whittler auszuliefern.

Am nächsten Morgen schien es Flagler schon viel besser zu gehen. Nach dem Frühstück, als Clarissa und die Cowboys nach ihm sahen, saß er bereits aufrecht in seinem Bett und trank heißen Kaffee. »Worauf wartet ihr noch?«, rief er seinen Männern zu. »Soll ich vielleicht noch länger hier rumliegen? Ladet mich gefälligst auf den Wagen und bringt mich endlich nach Hause.« Er blickte den Doktor an, der nachdenklich am Türrahmen lehnte. »Wir dürfen uns den Wagen doch ausleihen? Sagen Sie mir, was wir Ihnen schulden. Wir haben gerade ein paar Rinder verkauft und sind einigermaßen bei Kasse.«

Doc Adams nannte ihm den Betrag für die Behandlung. »Aber Sie sind noch lange nicht gesund, Mister, und es ist unverantwortlich, in diesem Zustand auf einem Wagen nach Williams Lake zu fahren.«

»Unsinn! Ich fühle mich schon viel besser!«

Der Doktor nickte. »Weil ich Ihnen das Laudanum gegeben habe, das verdrängt die Schmerzen. Aber der Bruch sieht nicht besonders gut aus, und die Möglichkeit, dass sich die Wunde unterwegs entzündet, ist äußerst groß. Ich sage es Ihnen nur ungern, aber es könnte sein, dass ich amputieren muss.«

»Sie wollen mir das Bein abnehmen? Kommt nicht infrage!«

»Wollen Sie lieber an Blutvergiftung sterben?«

»Wir fahren nach Williams Lake«, ließ sich Flagler nicht einschüchtern. »Dort gibt es auch einen Arzt, und der hat mindestens genauso viele Jahre wie Sie auf dem Buckel. Der soll sich um mich kümmern. Wenn es mir schon an den Kragen gehen soll, will ich wenigstens in der Nähe meiner Ranch sein.«

»Das kann ich nicht verantworten, Mister!«

»Unsinn! Ich unterschreibe Ihnen einen Wisch, auf dem steht, dass ich freiwillig gehe, dann sind Sie aus dem Schneider.« Er winkte Ted und Rocky herbei. »Und geben Sie mir das Laudanum mit, das Zeug ist großartig.«

»Und macht süchtig, wenn Sie zu viel davon nehmen.«

»Ich passe schon auf, Doktor. Ich bin keine siebzehn mehr.«

Auch Clarissa schaffte es nicht, den Rancher umzustimmen. Hilflos musste sie mit ansehen, wie Ted und Rocky den Rancher zu dem Pritschenwagen trugen und ihn auf eine alte Matratze legten, die Doc Adams aus einer Abstellkammer hervorgezaubert hatte. Mit einem Bärenfell und etlichen Wolldecken verschaffte er ihm die nötige Wärme. Flagler legte sich mit Kopf auf die zusammengerollten Decken, die Clarissa unter seinen Nacken geschoben hatte, und nickte dankbar, als ihm die Frau des Doktors eine Dose mit Keksen reichte. »Passen Sie gut auf sich auf, Mister«, gab sie ihm mit auf den Weg.

Im blassen Sonnenlicht, das nach dem nächtlichen Unwetter über den Bergen lag, machten sie sich auf den Weg. Clarissa saß bei Rocky auf dem Kutschbock, ihre Pferde hatten sie an den Wagen gebunden. Ted saß als Einziger im Sattel und führte die Packpferde an den Zügeln. Über die morastige Hauptstraße von Fosters Bar fuhren sie auf die breite Wagenstraße zurück.

Die Rückfahrt verlief ohne Zwischenfälle. Der Rancher schlief die meiste Zeit und stöhnte nicht einmal, wenn die Räder über einen Stein oder eine Bodenwelle holperten. Ob er tatsächlich widerstandsfähiger war, als alle angenommen hatten, oder seine unerschütterliche Ruhe nur dem Laudanum geschuldet war, wusste sie nicht. Während Ted und vor allem Rocky aber davon überzeugt waren, dass ihr Boss ein harter Texaner war und das Schlimmste schon überstanden hatte, blieb sie weiter misstrauisch und fürchtete sich vor einem Rückfall. »Nicht so schnell!«, warnte sie Rocky immer wieder.

Unterwegs begegneten sie nur wenigen Reisenden. Einige hielten an, als sie den Verletzten auf dem Wagen sahen, und boten ihre Hilfe an, andere beließen es bei einem neugierigen Blick und fuhren wortlos an ihnen vorbei. Für Clarissa interessierte sich kaum jemand, lediglich zwei Cowboys von einer anderen Ranch, die ihre Pferde zügelten und einige Worte mit Ted und Rocky wechselten, sahen zu ihr hinüber und tippten an die Krempen ihrer Stetsons.

Sie erreichten Williams Lake am frühen Nachmittag. Doc White, der einzige Arzt der Stadt, ein eher schmächtiger Mann, der aus unerfindlichen Gründen aus Chicago in den Hohen Norden gekommen war, öffnete aufgeregt die Tür, als sie mit dem Wagen vor seinem Haus hielten, und half den Cowboys, den verletzten Rancher ins Krankenzimmer zu tragen. Die Wirkung des Laudanums hatte nachgelassen, und Flagler stöhnte schon wieder, als sie ihn auf eines der Betten legten. Erst ohne die Schmerzmittel merkte man, wie schwer seine Verletzungen wirklich waren. Ted berichtete dem Doktor in wenigen Worten, was passiert war. Clarissa reichte ihm das Laudanum.

Doc White bat seine Besucher, im Wohnzimmer zu warten, solange er den Rancher untersuchte, und ließ sich bedenklich viel Zeit. Weder die Cowboys noch sie schenkten sich von dem Kaffee ein, den die Frau des Doktors auf den Tisch stellte, sie waren viel zu nervös und blickten immer wieder ängstlich auf die Tür zum Krankenzimmer. »Wir hätten ihn nicht mitnehmen dürfen«, sagte Ted einmal, und Clarissa murmelte: »Warum braucht er so lange? Jimmy ging es doch schon viel besser, als wir herkamen.« Rocky lief nervös auf und ab und schimpfte leise: »Verdammter Blitz! Verdammtes Gewitter!«

Als der Doktor endlich erschien, war seine Miene ernst. »Ich will Ihnen nichts vormachen«, eröffnete er ihnen. »Es sieht nicht gut aus. Die Wunde im rechten Oberschenkel verheilt gut, aber die Bruchstelle im anderen Bein hat sich entzündet, und ich muss wahrscheinlich amputieren. Das Schlimme ist: Er weigert sich. Obwohl ich ihm gesagt habe, welche Folgen das haben könnte, will er sein Bein behalten … Koste es, was es wolle.« Er seufzte. »Vielleicht können Sie noch mal mit ihm reden, auf mich hört er leider nicht. Sagen Sie ihm, dass er wahrscheinlich sterben wird, wenn ich das Bein nicht abnehme.«

Clarissa erklärte sich bereit und betrat das Krankenzimmer. Schon als sie sich auf den Bettrand setzte und nach der Hand des Ranchers griff, erkannte sie, wie sinnlos ihr Bemühen war. »Ich weiß, was du willst«, empfing sie der Rancher aufsässig. Doc White hatte ihm einen weiteren Löffel Laudanum gegeben. »Du sollst mir um den Bart gehen und mich überreden, mir das Bein abnehmen zu lassen. Kommt nicht infrage! Lieber lande ich mit zwei Beinen in der Hölle als mit einem Holzbein auf der Weide. Ich hab keine Lust wie ein verdammter Pirat herumzuhumpeln und mich zum Gespött der Leute zu machen. Das Bein bleibt dran, und wenn ihr euch auf den Kopf stellt, basta!«

»Niemand lacht dich aus, Jimmy. Und du bist nicht der Einzige, der mit einem Holzbein durch die Gegend läuft. Ich kannte einen Fischer in Vancouver, der hatte ebenfalls ein Holzbein und zog die fettesten Lachse an Land.«

Flagler schüttelte den Kopf. »Ich weiß, du meinst es gut mit mir und wartest nur darauf, mich bemuttern zu können, aber ich habe keine Lust, als Krüppel durch die Gegend zu reiten. Weißt du, was ein Comanche tat, wenn er ein Bein oder einen Arm verlor? Er ritt mit lautem Kriegsgeheul in eine Schlacht und wartete nur darauf, dass man ihn in die Ewigen Jagdgründe schickte. Wir Texaner sind ähnlich. Wir brauchen zwei Beine zum Leben.«

Clarissa erkannte, dass sich Flagler nicht umstimmen lassen würde, und ahnte auch, dass es noch einen anderen Grund als texanischen Stolz dafür gab: Ohne die Hoffnung, seine geliebte Carmen noch einmal wiederzutreffen, hielt er das Leben nicht mehr für so verlockend, dass er sich um jeden Preis daran klammerte. Vielleicht hoffte er, sie im Jenseits in die Arme schließen zu können? Der Gedanke, dass ihn die schöne Mexikanerin trotz allem geliebt und sogar versucht hatte, mit ihm Kontakt aufzunehmen, schien unerträglich für ihn zu sein. »Schlaf dich erstmal richtig aus«, bat sie ihn.

Zurück im Wohnzimmer, schüttelte sie enttäuscht den Kopf. »Wenn er sich dieser Sturkopf mal was in den Kopf gesetzt hat, ist er nur schwer davon abzubringen.« Sie blickte Ted und Rocky an. »Warum reitet ihr nicht auf die Ranch zurück und macht mit der Arbeit weiter? Ich bringe inzwischen das Geld zur Bank und kümmere mich um Jimmy. Vielleicht kann ich ihn ja doch noch umstimmen.« Sie trat ans Fenster und blickte auf die Hauptstraße hinaus. »Obwohl ich glaube, dass er in Gedanken längst bei seiner Carmen ist.«

Die Cowboys waren einverstanden. Rocky würde den Pritschenwagen nach Fosters Bar zurückbringen, während Ted mit den Packpferden und Flaglers Wallach auf die Ranch zurückritt. Er reichte ihr die lederne Geldbörse mit dem Erlös, den sie für die Rinder bekommen hatten. »Ich hab ein dummes Gefühl«, sagte er, als er zur Tür ging. »Seit er diesen Brief von Carmens Schwester bekommen hat, ist er nicht mehr der Alte. Das geht nicht gut aus.«

Wie recht er mit seiner Ahnung hatte, zeigte sich während der folgenden Tage. Die Entzündung wurde immer schlimmer, und obwohl Clarissa jeden Tag mehrere Stunden an seinem Bett verbrachte, änderte er seine Meinung nicht. Er hatte sich damit abgefunden, dass er sterben würde, und schien sich in gewisser Weise sogar darauf zu freuen, bald mit Carmen vereint zu sein. »In meinem Leben lief eine Menge schief«, sagte er, »und mit Carmen wäre ich vielleicht der glücklichste Mensch der Welt geworden. Aber auch so war nicht alles schlecht.« Er lächelte trotz der Schmerzen. »Wenn ich nur ein paar Jahre jünger wäre, hätte ich dir vielleicht sogar einen Heiratsantrag gemacht.«

Clarissa ließ sich selten auf der Straße blicken, sie beglich ihre Schulden bei der Bank und im Gemischtwarenladen und verließ das Hotel ansonsten nur, um Flagler in der Praxis des Doktors zu besuchen oder im Fraser Café zu essen. Mehrmals sah sie den Mountie, den sie auf der Wagenstraße getroffen hatten, über die Straße laufen und rechnete eigentlich täglich damit, dass er auf sie aufmerksam wurde und sie aufsuchte, doch er klopfte nicht an ihre Tür. Anscheinend glaubte er das Gerücht von ihrem Tod, und wahrscheinlich hatte er auch wichtigere Dinge zu tun, als eine vermeintliche Diebin zu verfolgen. Sie ließ es darauf ankommen, denn sie wollte Flagler in diesen schweren Stunden nicht von der Seite weichen, aber sie blickte lange aus dem Fenster und zögerte jedes Mal, bevor sie das Hotel verließ und auf den Gehsteig hinaustrat.

Vier Tage, nachdem sie den verletzten Rancher zum Doktor gebracht hatten, klopfte ein Hoteldiener an ihre Zimmertür. Sie merkte schon an seinem Gesichtsausdruck, was passiert war. »Sie möchten sofort zu Doc White kommen, Miss!«

38

Es geht zu Ende«, empfing sie Doc White in der offenen Tür. »Ich habe ihm einen großen Löffel Laudanum gegeben, aber er ist bei vollem Bewusstsein.«

Sie ging ins Krankenzimmer und setzte sich auf den Bettrand. Seit ihrem letzten Besuch, der nur wenige Stunden zurücklag, hatte sich sein Aussehen noch einmal verschlechtert, seine Haut war blasser und durchsichtiger geworden, seine Augen lagen tief in den Höhlen und waren stumpf und leer. Als er sie erkannte, kehrte für einen winzigen Augenblick Leben in sie zurück.

»Wer immer dieses Laudanum erfunden hat, war ein verdammt kluger Kopf«, sagte er. Seine Stimme klang brüchig und hatte wenig Kraft. »Das Zeug schmeckt wie die Hölle, aber danach … Danach spürst du nichts mehr.«

Sie griff nach seiner Hand und drückte sie leicht. Obwohl er lächelte, waren Tränen in seinen Augen. Er schien keine Schmerzen zu haben, nur ein leichtes Zucken um seine Mundwinkel verriet, dass selbst das Laudanum kaum noch ausreichte. Als er zu krächzen begann, flößte sie ihm etwas Wasser ein und wischte ihm den Mund ab. »Streng dich nicht so an, Jimmy!«

»Ich … Ich hab nicht mehr lange, Clarissa. Der Sensenmann ist schon im … im Zimmer und wartet nur … nur darauf, dass wir unseren Plausch beenden.«

»Ich schicke ihn wieder weg.«

Er brachte ein Lächeln zustande. »Geht nicht, Clarissa. Wenn … wenn deine Zeit gekommen ist, lässt … lässt er sich nicht mehr … mehr vertreiben. Er … er sieht eigentlich gar nicht … nicht so übel aus.« Er verlor zusehends an Kraft und brauchte einige Zeit, um seine Sprache wiederzufinden. »Ich … Ich werde dich vermissen, Clarissa. Du … Du hast mein … mein Leben wieder lebenswert gemacht. Auch wenn du nur … nur ein paar Monate auf der … der Yellow Rose warst … Mir kommt es so vor, als würdest du schon … schon Jahre zu unserer Mannschaft gehören. So wie … wie Ted und Rocky …. Ah, verdammt!«

Heftiger Schmerz ließ ihn das Gesicht verziehen. Sie nahm die Laudanum-Flasche vom Nachttisch und flößte ihm etwas in den Mund. Er nickte dankbar und entspannte sich langsam wieder. Auf seiner Stirn stand kalter Schweiß. »Ich … ich habe mein Testament gemacht, Clarissa. Du und Ted und Rocky … ihr … ihr bekommt die … die Ranch zu gleichen Teilen. Ich … ich weiß … du willst nicht ewig bleiben … du wartest auf Alex, und ich … ich hoffe bei Gott, dass … dass du ihn findest … aber … aber pass gut auf dich … dich auf, Clarissa.«

Er schloss die Augen, und sie glaubte schon, dass er gegangen war, aber seine Stimme erklang noch einmal, diesmal so leise, dass sie sich nah über ihn beugen musste, um ihn zu verstehen. »Carmen … verdammt, sie … sie ist es wirklich! Carmen … ich …«, flüsterte er noch, dann verstummte er für immer.

Die Beerdigung fand drei Tage später statt. Kein prunkvolles Ereignis wie ein paar Wochen zuvor, als einer der Großrancher aus den Chilcotin Mountains gestorben war, eher so bescheiden, wie es Flagler gewollt hätte. Nur Ted und Rocky und sie sowie George, der Besitzer des Gemischtwarenladens, einige Cowboys von Nachbarranches und vier oder fünf Schaulustige begleiteten den schwarzen Leichenwagen mit dem Fichtensarg zum Friedhof. Der Pfarrer, der ihn kaum kannte, verlor sich in Allgemeinplätzen und lobte einen »großartigen Menschen, der viel zu früh aus dem Leben gegangen war«, bis Tim das Wort ergriff und sagte: »Wir sollten uns keine Sorgen um Jimmy machen. Er wollte nicht auf einem Bein wie ein Pirat durch die Gegend humpeln, und ich bin sicher, er ist jetzt endlich mit seiner Carmen vereint und zeigt uns allen eine Nase. Ruhe in Frieden, Boss, und grüß Carmen von uns!«

Das war die längste Rede, die Clarissa jemals von dem Cowboy gehört hatte, und die schönste dazu. Nach diesen Worten konnte sie sogar lächeln, als sie den Sarg in die Grube hinunterließen. »Aus der Erde sind wir genommen, zur Erde sollen wir wieder werden, Erde zu Erde, Asche zu Asche, Staub zu Staub«, sagte der Pfarrer. Er schaufelte Erde auf den Sarg und ließ ein »Ruhe in Frieden!« folgen. »Mach's gut, Jimmy!«, sagte Clarissa, als sie vor dem Grab stand. Nachdenklich verließ sie mit den Trauergästen den Friedhof.

Am Eingang wartete ein Mountie auf sie. Er trug seine rote Uniformjacke, die aufgebauschten Reithosen und den breitkrempigen Hut und begegnete ihr einigermaßen freundlich. Doch als er seinen Namen nannte, befürchtete sie das Schlimmste. »Miss Clarissa Howe?«, empfing er sie. Ted und Rocky und einige andere Trauergäste blieben erstaunt stehen. »Constable Leland D. Ryker von der Northwest Mounted Police. Dürfte ich Sie in mein Büro bitten?«

Sie blieb entsetzt stehen und erblasste. Jetzt war es also doch so weit, schoss es ihr durch den Kopf, ein übereifriger Mountie hatte sie entdeckt und würde sie nach Vancouver zurückschicken. Alle Anstrengungen der letzten Monate waren umsonst gewesen. Man würde sie in Vancouver vor Gericht stellen und verurteilen, und das schadenfrohe Lächeln von Frank Whittler würde sie bis in ihre Zelle begleiten. Sie würde Alex niemals wiedersehen.

Wie viele Jahre würde man ihr geben? Drei … vier … oder zehn wegen Mordversuchs? Selbst wenn Alex den Sturz in den Fraser River überlebt hatte, würde er nicht so lange auf sie warten. Ihr Leben, ihre Zukunft war zerstört. Mit dem Tod des Ranchers waren auch die bösen Geister zurückgekehrt. Gab es denn keine Gerechtigkeit mehr? Konnte sich ein reicher Betrüger wie Frank Whittler alles leisten? Hatte er denn kein Gewissen? Einen langen und steinigen Weg hatte ihr Hört-den-Donner prophezeit, bevor sie den Mann, den sie liebte, wiedersehen durfte. Führte er auch über das Gefängnis?

Und wo war Bones? Hatte ihr Schutzgeist sie verlassen?

»Setzen Sie sich doch«, forderte der Mountie sie freundlich auf. Er begab sich hinter seinen Schreibtisch und bot ihr den Besucherstuhl an. »Kaffee?«

»Was gibt es?«, fragte Clarissa verwundert.

Er wartete, bis sie saß, und nahm ebenfalls Platz. »Ich weiß natürlich schon länger, dass Sie die steckbrieflich gesuchte Clarissa Howe sind«, begann er nach einer kurzen Pause. »Und glauben Sie mir, ich hätte nicht gezögert, Sie festzunehmen, wenn Sie sich tatsächlich eines Verbrechens schuldig gemacht hätten.« Er gestattete sich ein schwaches Lächeln. »Aber die Kollegen in der Zentrale hatten schon länger ihre Zweifel an Mister Whittlers Darstellung der Ereignisse und ermittelten heimlich gegen ihn – ein großes Wagnis, wie Sie sich vorstellen können. Immerhin ist sein Vater einer der führenden Männer der Canadian Pacific und einer der reichsten Männer des Landes. Aber inzwischen hat sich die Sache von selbst aufgeklärt. Heute Morgen ging ein längeres Telegramm an alle Dienststellen der Northwest Mounted Police. Die Haftbefehle gegen Sie und Alex Carmack, falls er noch leben sollte, sind mit sofortiger Wirkung aufgehoben. Frank Whittler hat gestanden. Nicht freiwillig, wie Sie sich bestimmt denken können, sondern unter Zwang. In dem Telegramm standen keine Einzelheiten, aber ich weiß, dass seine Hochzeit mit dieser jungen Frau aus Ontario geplatzt ist, weil er das neue Dienstmädchen der Familie belästigt hat. Ausgerechnet seine Verlobte erwischte ihn auf frischer Tat. Sie ließ die Hochzeit sofort absagen und zwang ihren Verlobten, in aller Öffentlichkeit zuzugeben, auch Sie belästigt und den Diebstahl nur erfunden zu haben. Um es sich mit der Canadian Pacific und ihren Kunden nicht zu verderben, distanzierte sich Thomas Whittler von seinem Sohn und setzte ihn vor die Tür. Wenn die Gerüchte stimmen, bekommt er ein bescheidenes monatliches Gehalt für sein Nichtstun, sonst nichts. Wie ich die Whittlers kenne, wird er wohl auch sein Erbe abschreiben können.«

Clarissa hörte fassungslos und mit wachsendem Erstaunen zu und hatte Tränen in den Augen, als der Mountie mit seinem Vortrag fertig war. »Soll das … Soll das heißen, dass ich frei bin? Dass ich nicht mehr gesucht werde?«

»Genau das soll es heißen, Miss.« Der Mountie gefiel sich anscheinend in seiner Rolle als Überbringer guter Nachrichten. »Ich möchte Sie aber dennoch bitten, sich vorzusehen. Frank Whittler könnte auf die Idee kommen, sich an Ihnen rächen zu wollen. Ich halte natürlich die Augen offen, aber wie Sie wissen, kann ich nicht überall sein. Haben Sie etwas von Alex Carmack gehört?«

»Sie mögen ihn nicht, Constable, nicht wahr?« Von den guten Nachrichten beschwingt, konnte sie sich ein schadenfrohes Grinsen nicht verkneifen. »Ich hatte mich tatsächlich auf dem Schlitten versteckt, als Sie ihn im Winter auf der Wagenstraße anhielten, erinnern Sie sich? Er ist ganz anders, als Sie denken.«

»Das hoffe ich für Sie, Miss. Haben Sie Kontakt zu ihm?«

»Noch nicht«, räumte sie ein. »Ich hoffe, er erfährt von Whittlers Geständnis und lässt sich bald hier blicken. Und Sie lassen gefälligst Ihre spöttischen Bemerkungen, wenn Sie ihm begegnen. Und wenn er zehn Mal eine nackte Frau durch den Saloon getragen hat. Das würde er heute nicht mehr machen.«

»Sie sind eine resolute Frau, Miss Howe.«

»Bleibt mir was anderes übrig in diesem Land?«

Clarissa verabschiedete sich von dem Mountie und verließ sein Büro. Als freie Frau, die keine Angst mehr vor einer Verfolgung durch die Polizei zu haben brauchte, fühlte sich die frische Luft noch besser an. Ich bin Clarissa Howe und habe mir nichts zuschulden kommen lassen, hätte sie am liebsten gerufen. Endlich war sie frei, am Ende hatte die Gerechtigkeit doch gesiegt.

Sie überquerte die Straße und sah den Pritschenwagen der Yellow Rose vor dem Gemischtwarenladen stehen. Ted und Rocky waren bereits dabei, Vorräte aufzuladen. »Alles in Ordnung«, signalisierte sie ihnen, als sie ihre besorgten Mienen sah. Sie verriet ihnen, was der Mountie berichtet hatte.

»Gute Nachrichten«, kommentierte Ted wie immer knapp.

»Es sei denn, Whittler will sich an dir rächen«, überlegte Rocky.

Ted winkte ab. »Mit dem werden wir leicht fertig. Wenn es sein muss, schleife ich ihn an den Haaren in die Stadt und werfe ihn zu den Schweinen hinter dem Saloon. Mit den fetten Biestern versteht er sich sicher großartig.«

Sie freute sich über den Zuspruch und die Unterstützung, die sie von ihren neuen Partnern bekam, aber dennoch fühlte sie sich nicht sehr sicher. Mit Frank Whittler war nicht zu spaßen. Ein arroganter Bursche wie er, der von seiner Verlobten an der Nase herumgeführt und lächerlich gemacht und von seinem Vater enterbt und zum Teufel gejagt worden war, hatte nichts mehr zu verlieren und war mit Sicherheit gefährlich. Er ließ sich bestimmt nicht ohne Weiteres erwischen.

Aber die Mounties behalten ihn im Auge, dachte sie und betrat den Laden, um ein paar Worte mit dem Ladenbesitzer zu wechseln. Auch ihm erzählte sie, dass sie zu Unrecht verdächtigt worden war und eigentlich Clarissa Howe hieß. »Vergessen Sie nicht die Pfirsiche«, erinnerte sie ihn. »Die Tradition behalten wir auch nach Jimmys Tod bei. Und die guten Schokokekse.«

George lachte. »Die hat Ted längst eingepackt.«

Clarissa und Rocky saßen bereits auf dem Kutschbock, als Ted in den Sattel stieg und sein Pferd neben den Wagen lenkte. »Ich mache einen kleinen Umweg und komme später nach«, sagte er. »Ihr habt doch nichts dagegen?«

»Rose?«, fragte Rocky lachend.

Auch Clarissa schmunzelte. »Sag ihr, dass dir jetzt ein Drittel der Yellow Rose Ranch gehört und sie sich nicht mit irgendeinem Cowboy einlässt. Und dass ich ihr persönlich eine Tracht Prügel verpassen werde, falls sie weiterhin auf ihre Eltern hört und glaubt, irgendwo gäbe es einen Besseren für sie.«

»Und wenn sie dann nicht mehr will?«

»Ist sie selbst schuld«, antwortete Clarissa.

Sie fuhren zur Ranch zurück, ihren Schecken hatten sie an den Wagen gebunden, und wurden von Rusty begrüßt, der ihnen aufgeregt entgegenrannte und übermütig am Kutschbock hochsprang, bis sie vor dem Haus hielten. Er würde erst später merken, dass der Rancher nicht mehr zurückkam.

»Schon gut«, beruhigte sie den Hund, »ist ja schon gut. Wir haben dir auch was Feines zum Spielen mitgebracht.« Sie kramte einen kleinen Gummiball, den sie im Laden gekauft hatte, aus einer der Schachteln und warf ihn zum Bach hinab. Rusty rannte ihm blitzschnell hinterher, packte ihn und kehrte damit zurück. »Das hab ich nun davon«, rief sie lachend, während Ted die Vorräte ins Haus brachte. »Jetzt darf ich den ganzen Tag mit ihm spielen.«

Nach dem unerwarteten Tod des Ranchers änderte sich nicht viel auf der Yellow Rose. Aus Respekt vor ihrem ehemaligen Boss blieben Clarissa in ihrem kleinen Blockhaus und Ted und Rocky in ihrer Unterkunft in der Scheune wohnen. Die Arbeit verteilte sich wie früher: Die beiden Cowboys kümmerten sich um die Rinder und die Arbeit auf der Weide, und sie erledigte die Hausarbeit und half auf der Weide aus, wenn eine zusätzliche Arbeitskraft gebraucht wurde. Vor jedem Abendessen beteten sie für Flagler und wünschten ihm, dass er wieder mit seiner Carmen vereint war. »Wenn es nicht so wäre, hätte er sich doch längst beschwert«, sagte Ted, »dann hätte es ein Unwetter gegeben, wie wir noch nie eins erlebt haben.« Manchmal pokerten sie abends um geringe Beträge oder besprachen, welche Arbeiten in den nächsten Wochen erledigt werden sollten. Die meiste Zeit blieben die Cowboys aber unter sich, und Clarissa nähte, stopfte oder machte es sich in einem der Ledersessel gemütlich und las in den Buffalo-Bill-Magazinen, die Flagler alle aufgehoben hatte. Die spannenden Geschichten faszinierten sie ungemein.

Jimmy Flagler war eigentlich unersetzbar, wegen seiner jahrelangen Erfahrung als Rancher, aber auch, weil sein Name untrennbar mit der Yellow Rose Ranch verbunden war. Noch Wochen nach seinem Tod meinte Clarissa jedes Mal, wenn sie am frühen Morgen das Ranchhaus betrat, um das Frühstück zuzubereiten, ihn die Treppe herunterkommen zu sehen und seine kräftige Stimme zu hören, wenn er rief: »Clarissa, bist du schon in der Küche? Ich brauche heute einen besonders starken Kaffee, wir haben viel Arbeit vor uns.« Ohne ihn wirkte das Haus leer, nicht nur, weil sie auch weiterhin in ihrem Blockhaus und Ted und Rocky in der Scheune wohnen blieben. Und wenn die Cowboys auf die Weide ritten, war es noch immer ungewohnt für sie, die Entscheidungen allein oder mit ihr gemeinsam zu treffen. »Jimmy hat es so gewollt«, erinnerte sie die beiden. »Ich bin sicher, er sieht uns vom Himmel aus zu und passt auf, dass wir alles richtig machen. Also strengt euch gefälligst an. Wir sind es ihm schuldig, die Yellow Rose am Leben zu erhalten.«

Sie selbst würde die Yellow Rose verlassen, sobald Ted und Rose heirateten und die Tochter des Roadhouse-Besitzers auf die Ranch zog. Ted hatte sich ein Herz gefasst und seinem Mädchen ordentlich ins Gewissen geredet, und sie hatte anscheinend nur auf sein entschlossenes Vorgehen gewartet. Auch ihr Vater war einer Hochzeit anscheinend nicht mehr abgeneigt, was aber wohl eher daran lag, dass Ted kein Cowboy mehr, sondern ein respektabler Rancher war. »Wenn der wüsste, dass ich als Rancher genauso wenig wie als Cowboy verdiene, würde er sicher anders reden«, sagte Ted grinsend.

Noch verriet Clarissa den Cowboys ihre Pläne nicht. Was hätte sie ihnen auch sagen können? Dass sie jeden Abend vor dem Schlafengehen in ihrer Hütte am Fenster stand und sehnsuchtsvoll zum Waldrand blickte, in der Hoffnung, Alex dort auftauchen zu sehen? Wenn er noch am Leben war und erfahren hatte, dass nicht mehr nach ihnen gesucht wurde, konnte es nicht mehr lange dauern, bis er auftauchte. Sie hatte inzwischen eine deutliche Spur hinterlassen, und es würde ihm bestimmt nicht schwer fallen, sie zu finden. Doch als er sich nach einigen Wochen noch immer nicht blicken ließ, befiel sie jedes Mal ein ängstliches Zittern, wenn sie aus dem Fenster blickte, und ihre Gedanken wanderten zu Frank Whittler. Hatte er noch immer nicht aufgegeben? War er nach seiner Niederlage zu einem verbitterten Rächer geworden, der auch nicht davor zurückschreckte, Alex und sie umzubringen? Noch nie hatte es eine solche Ungewissheit in ihrem Leben gegeben.

Was sie jedoch nicht sah, waren die geschmeidigen Bewegungen eines mageren Wolfs, der unablässig durch die Wälder strich und stets in ihrer Nähe blieb.

39

Wenn der Bankdirektor jemals darauf spekuliert hatte, die Yellow Rose Ranch könnte ohne ihren ehemaligen Besitzer bankrott gehen und ihm preiswert in die Hände fallen, sah er sich bald getäuscht. Ted und Rocky, beide hervorragende Cowboys, die auch vom Rindergeschäft einiges verstanden, machten sein Fehlen durch ihren noch größeren Einsatz wett, unterstützt von Clarissa, die inzwischen zu einem passablen Cowgirl geworden war und sogar einigermaßen mit dem Lasso umgehen konnte. Ihre Hoffnung, ohne einen Kredit in den gefürchteten Winter gehen zu könne, war nicht unberechtigt.

Das Wetter konnte nicht besser sein. Im Frühjahr schien meist die Sonne, aber einige kräftige Regenfälle ließen das Gras noch höher als sonst wachsen, und die Rinder, vor allem aber die Kälber, gediehen prächtig und würden beim nächsten Viehtrieb einen noch höheren Preis erzielen. Auf den Weiden wuchs so viel Gras, dass sie im Spätsommer zwei junge Männer einstellten, die ihnen halfen, genug Heu für den Winter zu schneiden, und sie einen Teil an einen Rancher jenseits des Fraser verkaufen konnten. Bei der Einzahlung in der Bank handelte Clarissa einen noch besseren Kredit für die Ranch heraus, dank ihres Charmes und weil es inzwischen noch eine zweite Bank in Williams Lake gab, die ebenfalls an den Einlagen der Ranch interessiert war.

In der Stadt war Clarissa eine angesehene Frau. Sogar der Pfarrer hielt inzwischen große Stücke auf sie, nachdem er anfangs etwas besorgt gewesen war, weil sie mit drei und später zwei Männern auf einer einsamen Ranch lebte. Erst als er auf der Yellow Rose zum Abendessen eingeladen war und gesehen hatte, dass sie in einer eigenen Hütte schlief, war er zufrieden gewesen. Mister Higgins und der Bankdirektor respektierten sie wegen ihres Verhandlungsgeschicks, im Fraser Café mochte man sie, weil sie die besten Eier verkaufte, und George vom General Store hatte sie schon vom ersten Tag an gemocht.

Constable Leland D. Ryker grüßte sie bei jeder Begegnung höflich und schüttelte bedauernd den Kopf, wenn sie nach Alex fragte. Er hatte sich nirgendwo gemeldet, und niemand hatte ihn gesehen. Falls er wirklich tot war, würde sein Leichnam wohl für immer verschollen bleiben. Die gleiche Reaktion zeigte er, wenn sie nach Frank Whittler fragte. Nach einem ausführlichen Gespräch mit seinem Vater hatten die Northwest Mounted Police und die Stadtpolizei von Vancouver darauf verzichtet, ihn wegen Irreführung der Behörden anzuzeigen, und interessierten sich nicht mehr für ihn. Wo er sich im Augenblick aufhielt, vermochte niemand zu sagen. Von seinen Kollegen in Vancouver hatte der Mountie lediglich erfahren, dass er die Villa seiner Eltern verlassen hatte und dass sein Vater ihn nicht mehr erwähnte.

Jeder in Williams Lake schätzte Clarissa wegen ihres Lächelns und ihres freundlichen Auftretens, und niemand außer dem Ladenbesitzer und seiner Frau, mit denen sie etwas näher befreundet war, sah die Traurigkeit in ihren Augen, die sie in der Öffentlichkeit so gut zu verbergen wusste. Ihre Sehnsucht nach Alex wuchs ständig, und jeder Tag, der verging, ließ sie noch trotziger und entschlossener in die Zukunft blicken. Spätestens im Winter, wenn sie die Ranch verließ, würde sie nach ihm suchen. Dazu war sie inzwischen fest entschlossen, obwohl sie nicht die geringste Ahnung hatte, wo er sein könnte. Sie würde ihren Schecken nach Süden lenken und das ganze Land nach ihm absuchen und sich erst zufrieden geben, wenn sie seine Leiche gefunden oder von ihm selbst erfahren hatte, dass er nichts mehr von ihr wissen wollte. Beides schrecklich, aber immer noch tröstlicher, als in dieser Ungewissheit weiterzuleben. Der Gedanke, ein ähnliches Schicksal wie Jimmy Flagler zu erleiden, der sich ein Leben lang nach seiner Carmen verzehrt hatte, ohne zu ahnen, dass sie wieder in San Antonio lebte und sich wohl ebenso sehr nach ihm sehnte, war ihr unerträglich.

Als ein kleiner Zirkus in Williams Lake gastierte, beging sie sogar die Dummheit, sich der Wahrsagerin Olga Alexejewna Petrova anzuvertrauen, angeblich die Tochter eines russischen Zaren und mit hellseherischen Fähigkeiten ausgestattet. Einen halben Dollar opferte sie für deren Dienste. Die Wahrsagerin, tatsächlich eine Russin, aber nur mit einem sibirischen Pelztierjäger verwandt und in ein wallendes Gewand mit silbernen Sternen auf blauer Seide gehüllt, führte sie in ein kleines Zelt und bat sie, auf dem ausgerollten Teppich Platz zu nehmen. Sie blickte im düsteren Licht einer Öllampe und im farbigen Rauch aus einer Schale mit irgendwelchen Kräutern und Farbstoffen in eine Glaskugel, ließ sie mehrmals kreisen und beschwor sie mit einem russischen Wortschwall. Mit starkem Akzent, aber in fließendem Amerikanisch, sagte sie: »Ich sehe einen Mann in deinem Leben. Er folgt dir in einen heftigen Schneesturm und ruft deinen Namen. Ein großer Mann, ein kräftiger Mann, aber ich kann sein Gesicht nicht sehen. Der Schnee fällt zu dicht.«

Sie schüttelte den Kopf und hielt die Glaskugel mit beiden Händen. Sie war mit strahlenden Farben gefüllt, die als zähe Masse durch den Kern flossen, wenn sie die Kugel bewegte, und im flackernden Schein der Lampe geheimnisvoll leuchteten. Sie wiederholte ihre Beschwörungsformel und blickte angestrengt in die fließenden Farben, schüttelte verärgert den Kopf und ließ die Hände mit der Kugel sinken. »Mehr kann ich leider nicht sehen. Der Mann trägt eine Kapuze, die fast sein ganzes Gesicht verdeckt. Ich sehe nur sein energisches Kinn.« Ihr knallroter Mund verzog sich einem hoffnungsvollen Lächeln. »Aaah, jetzt kann ich ihn besser sehen. Ein entschlossener Mann, sehr willensstark und begierig darauf, deinen Körper kennenzulernen.« Ihr Lächeln wurde noch breiter. »Aaah, das ist eine gute Nachricht. Das ist sogar eine sehr gute Nachricht. Ich wünsche dir viel Glück mit ihm, meine Liebe!«

Clarissa verließ das Zelt und blieb enttäuscht in der lauen Sommerluft stehen. Die Worte der Wahrsagerin waren den halben Dollar nicht wert, den sie dafür ausgegeben hatte. Vermutlich erzählte sie jeder jungen Frau etwas Ähnliches, und der Hokuspokus mit der Glaskugel und dem duftenden Rauch diente lediglich dazu, den banalen Worten einen gewissen magischen Glanz zu verleihen. Wollte nicht jede unverheiratete Frau diese Worte hören? Und stellte sich nicht jede ihren Prinzen kräftig, willensstark und begierig vor? Leider traf die Weissagung nicht nur auf Alex, sondern auch auf Frank Whittler zu. Auch er vereinte diese Eigenschaften, und wie begierig er war, hatte sie in Vancouver selbst festgestellt. Am liebsten wäre sie in das Zelt zurückgerannt und hätte die Wahrsagerin geschüttelt und gerufen: Wen siehst du denn nun in deiner Kugel? Alex oder Frank Whittler? Sag es mir, du verdammte Betrügerin! Doch sie beherrschte sich natürlich, sie hatte doch schon vorher gewusst, dass sie von der Russin keine ehrliche Antwort bekommen würde. Niemand konnte in die Zukunft blicken, außer vielleicht Hört-den-Donner, und der hatte ihr längst seine Antwort gegeben. Am Ende eines langen und steinigen Weges würde sie ihn finden, den Mann, nach dem sie sich sehnte. Aber wie lange dauerte das noch? Warum kehrte Alex nicht zurück?

Clarissa verdrängte die quälenden Gedanken und stürzte sich noch entschlossener als zuvor in die Arbeit. Hinter dem Haus legte sie einen Gemüsegarten an, der sie im Spätsommer mit frischen Kartoffeln, Tomaten, Salat und Kräutern und Gewürzen versorgen und ihren Speiseplan wesentlich fantasievoller gestalten sollte. Selbst Rocky, der vorgab, von Rindfleisch und Kartoffeln leben zu können, fand Gefallen an der Abwechslung und bedauerte nur, dass sie in dem Garten keinen Tabak anbauen konnte. Um den Garten zog sie einen kleinen Zaun, der auch dem neugierigen Rusty klarmachte, dass er dort nichts zu suchen hatte. Rusty rächte sich, in dem er einige Steine mit seinem Urin markierte und gar nicht daran dachte, dem roten Ball nachzurennen, als sie wieder einmal mit ihm spielen wollte. Erst nachdem sie ihn mit einem Elchknochen getröstet hatte, ließ er sich wieder dazu herab, ihr zu gehorchen.

Während Rocky der unbeschwerte Cowboy blieb, der er zu Lebzeiten von Jimmy Flagler gewesen war, ging in Ted eine Veränderung vor. Die wachsende Verantwortung als einer der Besitzer der Yellow Rose Ranch ließ ihn überlegter und gelassener handeln. Dazu gehörte auch, dass er seiner launischen Braut die Flausen austrieb und ihrem hochnäsigen Vater in einer denkwürdigen Rede klarmachte, dass er seine Rose heiraten würde, so oder so, und ihm sein arrogantes Verhalten langsam auf die Nerven ginge. Er wäre kein Millionär und kein Prinz aus einem Märchenbuch, er würde nicht mal ein weißes Pferd reiten, aber er wäre jetzt Mitbesitzer einer Ranch und hätte sogar etwas Geld gespart. Nach dem Herbst-Roundup würde geheiratet, basta.

So erzählten es jedenfalls die Leute, die dabei gewesen waren, als Ted seine Ansprache gehalten hatte. Was hätte sie dafür gegeben, den sonst so wortkargen Cowboy bei einer solchen Wutrede erleben zu dürfen. Mit einer gewissen Genugtuung berichtete Ted, dass sein zukünftiger Schwiegervater ihm nach dem ersten Schrecken kräftig die Hand geschüttelt und seinen besten Whiskey unter dem Tresen hervorgeholt hätte. »So hab ich mir meinen verdammten Schwiegersohn immer vorgestellt«, sollte der Roadhouse-Besitzer gesagt haben. Und Ted sagte beim abendlichen Kartenspiel auf der Yellow Rose: »Wenn ich gewusst hätte, dass er mir danach aus der Hand fressen würde, hätte ich ihm schon viel früher die Meinung gegeigt.«

Seine eigentliche Befähigung zum Rancher aber stellte Ted erst beim Herbst-Roundup unter Beweis. Er organisierte den Zusammentrieb noch besser als Flagler, erwischte fast jedes Rind, das ihm davonlaufen wollte, mit dem ersten Lassowurf und trieb sogar die Longhorns ohne große Schwierigkeiten zum Feuer. Niemand schaffte es so schnell und präzise wie er, einem laufenden Kalb die Schlinge um die Hinterbeine zu werfen, im selben Augenblick aus dem Sattel zu springen, das Kalb an allen Beinen zu fesseln und zum Bränden auf die Seite zu werfen. Kaum hatte Rocky ihm das Brandzeichen der Yellow Rose, ein schlichtes YR, ins Fell gebrannt, ließ er es auch schon wieder frei und wandte sich dem nächsten Tier zu. Seine fröhliche Miene verriet, mit welcher Begeisterung und Freude er bei der Arbeit war.

Clarissa half den Cowboys, die Rinder auf die Winterweide zu treiben, und erklärte sich bereit, jeden Morgen nach ihnen zu sehen, während sie einen wertvollen Bullen und zwanzig besonders fette Rinder zur Eisenbahn trieben. »Im Haus und in meinem Gemüsegarten gibt es genug zu tun«, hatte sie das Angebot abgelehnt, das Treiben mitzumachen. Das stimmte zwar, noch mehr war sie allerdings daran interessiert, auf der Ranch zu sein, falls Alex erschien. Obwohl bereits einige Monate vergangen waren, seitdem ihr der Mountie die guten Nachrichten gebracht hatte, war sie noch immer davon überzeugt, dass er lebte und auf der Suche nach ihr war. Sie hatte alles getan, um ihn auf ihre Spur zu bringen und hatte sogar den Betreiber der Postkutschenlinie zwischen Ashcroft und Barkerville gebeten, nach ihm Ausschau zu halten. Zu viel Aufhebens wollte sie aber nicht machen, um Whittler nicht auf ihre Spur zu locken. Wenn Ted und Rocky sie nicht so dringend auf der Ranch gebraucht hätten, wäre sie wohl längst schon selbst losgeritten, um nach ihm zu suchen. Sobald Ted geheiratet hatte und Rose auf die Yellow Rose zog, würde sie die Arbeit im Haus übernehmen. Clarissa wollte ihren Anteil an der Ranch an die beiden Cowboys verkaufen, zu einem Preis, der ihnen genug Spielraum ließ.

Sie verriet ihnen diesen Entschluss am Abend, bevor sie auf den Trail gingen, und wurde sich schnell mit den beiden einig. »Ich habe mir schon gedacht, dass du gehen würdest«, sagte Ted, »obwohl wir sicher nichts dagegen gehabt hätten, wenn du auf der Ranch geblieben wärst. Stimmt's, Rocky?«

»Und ob«, sagte Rocky nur.

Aber sie wussten natürlich, warum sie wirklich ging, und Ted munterte sie mit den Worten auf: »Ich hoffe, du hast mehr Glück mit deinem Alex als Jimmy mit Carmen. Obwohl dir die Männer die Tür einrennen würden, falls du Alex abschwören würdest. Aber das kommt wohl nicht infrage, oder?«

»Alex oder keiner.« Sie meinte es ernst.

Nachdem Ted und Rocky mit den Rindern losgezogen waren, wurde es seltsam still auf der Ranch. Meist waren nur das leise Rauschen des Windes, das Gackern der Hühner und das gelegentliche Bellen von Rusty zu hören. Clarissa hielt sich an ihre tägliche Routine, ritt gleich nach dem Frühstück auf die Weide hinaus, um nach den Rindern zu sehen, versorgte die Hühner und die Pferde und erledigte die Hausarbeit. Nach getaner Arbeit setzte sie sich mit einem starken Cowboykaffee in einen der Ledersessel und las in dem neuen Buffalo-Bill-Magazin, dass der Postreiter gebracht hatte. Über die Geschichte einer englischen Adeligen, die auf der Ranch eines amerikanischen Raubeins landete und ihren morgendlichen Earl Grey vermisste, musste sie lachen. Sie selbst war längst zum Kaffee übergegangen, »wie es sich für ein ordentliches Cowgirl gehörte«, wenn man Ted und Rocky glauben konnte.

Am Nachmittag des dritten Tages wurde Clarissa durch plötzlichen Hufschlag und das Knarren von Rädern aufgeschreckt. Sie lief zum Fenster und sah einen Einspänner vor das Haus rollen. Vom Kutschbock stieg Sam Ralston, in einen langen Mantel gekleidet und den unvermeidlichen Zylinder auf dem Kopf. Sie öffnete überrascht die Tür. »Sam Ralston! Immer noch in der Gegend? Und ich dachte, hier gibt es längst nichts mehr für Sie zu holen.«

»Sagen Sie das nicht, Clarissa.« Er lüftete seinen Zylinder und grüßte sie freundlich. Mit einem Blick auf den Zweispänner fügte er hinzu: »Ich habe mir dieses seltsame Gefährt geliehen, um Sie zu besuchen. Ich bin kein besonders guter Reiter. Eigentlich hatte ich gehofft, Sie würden in die Stadt kommen, nachdem Ihre Cowboys auf dem Trail sind.« Er blieb vor ihr stehen und lächelte sie in dieser Mischung aus Überheblichkeit und Bewunderung an, die ihr schon im Zug nicht gefallen hatte. Sie tröstete sich damit, dass er sich immer wie ein Gentleman benommen und ihr sogar die Flucht ermöglicht hatte.

»Kommen Sie doch rein«, sagte sie, obwohl es alles andere als schicklich war, mit einem Mann im Haus allein zu sein, wenn niemand in der Nähe war. »Ich habe gerade frischen Kaffee aufgesetzt, und es gibt auch noch Schokokekse.«

»Sehr gerne«, erwiderte er und folgte ihr ins Haus.

Nachdem sie den Kaffee eingeschenkt und einen Teller mit Keksen auf den Tisch gestellt hatte und sie sich gegenübersaßen, sagte sie: »Was führt Sie zu mir, Sam? Sie sind doch nicht wegen Kaffee und Keksen hier.«

»Ich wollte Sie warnen«, kam er ohne Umschweife zur Sache. »Frank Whittler soll in Lytton gewesen sein. Einer der Männer, mit denen ich gestern beim Pokern zusammensaß, will ihn in einem Saloon gesehen haben. Whittler muss wohl ziemlich betrunken gewesen sein. Er soll randaliert und auf seinen Vater geschimpft haben, dass er ihm schon noch zeigen würde, dass man sein eigen Fleisch und Blut nicht auf diese Weise demütigen dürfe. Und er hätte geschworen, es der verdammten Diebin, die für seine missliche Lage verantwortlich wäre, ordentlich heimzuzahlen. Damit meinte er wohl Sie. Er gebrauchte ein anderes Wort für ›Diebin‹, das ich Ihnen nicht zumuten möchte.«

Sie brauchte eine Weile, um die Nachricht zu verdauen, trank einen Schluck Kaffee und griff geistesabwesend nach einem Schokokeks, bevor sie erwiderte: »In Lytton? Dann wird er wohl bald hier auftauchen.« Sie stellte ihren Becher auf den Tisch. »Wann hat der Mann ihn in Lytton gesehen?«

»Vor zwei Tagen.« Ralston zog einen Zigarillo aus seiner Brusttasche, hielt ihn fragend hoch und zündete ihn an, nachdem Clarissa ihre Zustimmung gegeben hatte. »Aber noch besteht kein Grund zur Sorge. Als der Mann ihn am nächsten Morgen beim Frühstück traf, hatte er wohl gerade ein Telegramm von seinem Vater bekommen und war wieder guter Dinge. Er wollte wohl nach Vancouver zurück und irgendwas mit ihm klären. Ich nehme an, Thomas Whittler hat es satt, sich von seinem flegelhaften Sohn das Ansehen der Familie beschädigen zu lassen, und lockert die Daumenschrauben ein wenig. Etwas mehr Geld, eine Chance, sich irgendwo in der Ferne zu beweisen … Ich weiß es nicht. Auf jeden Fall stieg er noch am selben Tag in den Zug nach Osten und wird wohl einige Tage in Vancouver bleiben, bevor er wieder daran denkt, in Ihre Nähe zu kommen.« Er paffte genüsslich. »Ich wollte Sie warnen, Clarissa. Mit diesen Whittlers ist nicht zu spaßen.«

»Ich weiß, Sam. Deshalb werde ich diese Ranch auch verlassen.«

»Um wieder ständig auf der Flucht zu sein?« Ralston hüllte sich in Tabakrauch. »Frank Whittler wird keine Ruhe geben, Clarissa. Er ist besessen von Ihnen und kann es nicht mit seiner Ehre vereinbaren, von Ihnen abgewiesen und gedemütigt worden zu sein. Er macht Sie doch für alles verantwortlich, das Scheitern seiner Ehe, den Ärger mit seiner Familie … Er wollte alles haben, den großen Manager spielen, mit dem Reichtum seiner Familie protzen, die schöne Tochter eines wichtigen Geschäftspartners heiraten und nebenbei seinen Spaß mit Frauen wie Ihnen haben. Sie haben ihm alles verdorben.«

»Soll ich etwa hier bleiben und warten, bis er auftaucht?«

Er zuckte die Achseln. »Solange die beiden Cowboys auf der

Ranch wohnen, brauchen Sie doch keine Angst zu haben. Außerdem …« Er zögerte ein wenig und paffte an seinem Zigarillo. »Außerdem wollte ich Ihnen meinen Schutz anbieten. Ihnen dürfte sicher nicht entgangen sein, dass ich Sie … Nun, dass Sie mir äußerst sympathisch sind, und da es nicht so aussieht, als wäre der Fallensteller noch am Leben, könnte ich doch …« Er drückte den Zigarillo in dem Aschenbecher aus, den sie ihm hingestellt hatte. »Ich will nicht mit der Tür ins Haus fallen, Clarissa, und Sie können versichert sein, dass ich mich wie ein Gentleman benehmen werde, solange wir uns … nun, aneinander gewöhnen … Was ich sagen will: Ich könnte Sie vor Whittler beschützen.«

Clarissa glaubte, sich verhört zu haben. Hatte ihr Sam Ralston tatsächlich angeboten, als Ersatz für Alex einzuspringen? Als Beschützer und Leibwächter, und sobald man sich etwas nähergekommen war, auch als Liebhaber und vielleicht Ehemann? »Ihr Angebot in allen Ehren«, antwortete sie freundlich, aber bestimmt, »aber ich brauche keinen Beschützer. Außerdem ist Alex noch am Leben. Ich bin sicher, dass er bald zurückkehren wird. Nichts für ungut …«

Er hatte oft genug am Spieltisch gesessen, um zu wissen, wann er verloren hatte, und stand auf. »Sicher, Clarissa. Ich wollte Ihnen nicht zu nahe treten.« Er deutete eine Verbeugung an. »Leben Sie wohl, Clarissa.«

Sie brachte ihn zur Tür und war erleichtert, als er weggefahren war.

40

Ausgerechnet an dem Tag, als Ted und Rose heirateten, kehrte der Winter zurück. Von Norden zogen schwere graue Wolken heran und entluden sich in einem dichten Flockenwirbel, der das Land innerhalb weniger Stunden mit einer dichten Schneedecke überzog. Die Temperaturen fielen rapide und ließen über den Bächen und ruhigen Gewässern dünne Eisschichten entstehen.

Clarissa hatte ihr gutes Kleid angezogen, weinrot und mit weißen Rüschen am Kragen und an den Ärmeln, trug aber einen gefütterten Wintermantel, den sie erst vor wenigen Wochen gekauft hatte, ihre Fellmütze, die Handschuhe und Stiefel dazu. Wie alle Hochzeitsgäste, die sich in der Kirche versammelten, war sie froh, als sie ihren Platz in dem warmen Gotteshaus gefunden hatte. Die halbe Stadt war eingeladen, der Ladenbesitzer, der Bankdirektor, sogar Mister Higgins und Constable Leland D. Ryker von der Northwest Mounted Police. Der Mountie trug trotz der Kälte seine Paradeuniform mit der scharlachroten Uniformjacke und stach nicht nur wegen seiner Größe, sondern auch farblich aus der Menge heraus. Ted trug einen dunklen Anzug, die Braut ein langes weißes Kleid, das ihr Vater von einem Geschäftspartner in San Francisco hatte schicken lassen. Rose sah wie eine Prinzessin aus.

Die Zeremonie machte Clarissa mehr zu schaffen, als sie angenommen hatte. Sobald sich Tränen in ihren Augen sammelten, verschwammen die Konturen des Brautpaares, und Ted verwandelte sich in Alex, und aus Rose wurde sie selbst. »Mit diesem

Ring nehme ich dich zum Mann«, sprach sie Roses Worte so laut mit, dass sich einige Leute erstaunt nach ihr umdrehten, »im Namen des Vaters und des Sohnes und des Heiligen Geistes … Amen.«

»Sie dürfen die Braut jetzt küssen«, sagte der Pfarrer.

»Alex!«, flüsterte Clarissa kaum hörbar.

Ted und Rose küssten sich und ließen sich von allen beglückwünschen. Roses Vater hatte seine Vorbehalte längst abgelegt und hielt die beiden minutenlang in den Armen; seine Frau weinte hemmungslos. Teds Eltern waren vor einigen Jahren an der Schwindsucht gestorben. Stattdessen gratulierten Clarissa und Rocky, der Cowboy mit einem kräftigen Schulterklopfen und der Ankündigung: »Jetzt wird's aber Zeit, dass ich mich auch mal umsehe, Partner.«

Vor der Kirche wartete ein mit zahlreichen Glöckchen behängter Pferdeschlitten auf das Brautpaar. Unter dem Beifall aller Hochzeitsgäste fuhren sie zum Roadhouse, wo bereits alles für den Empfang vorbereitet war. Ihre Gäste folgten mit Schlitten, Wagen, Pferden und Maultieren. Eisiger Wind begleitete sie zu dem Roadhouse vor der Stadt, einem zweistöckigen Blockhaus mit einem festlich geschmückten Gastraum, in dem eine riesige Torte darauf wartete, von Ted und Rose angeschnitten zu werden. Der erwachsene Sohn des Eisenwarenhändlers, der beste Musiker der Stadt, spielte mit seiner Fiddle auf, zumeist deftige Volkslieder aus den Goldgräbertagen, zu denen sich vortrefflich das Tanzbein schwingen ließ. Begeisterter Beifall belohnte das Brautpaar, als es den Kuchen angeschnitten und sich noch mal geküsst hatte.

Clarissa aß ein kleines Stück Kuchen und ließ sich einen Becher Kaffee einschenken, lange nicht so gut wie ihrer, und lächelte Ted und Rose zu, die ihren Freudentag in vollen Zügen genossen. Rocky hatte sich von ihrem Glück anstecken lassen und flirtete ausgerechnet mit Becky, der Tochter des Pfarrers. Sie war fünf Jahre älter als er und wurde von den meisten Bewohnern als »ewige Jungfrau« belächelt. Ihr schien die ungewohnte Aufmerksamkeit, die man ihr ausgerechnet während einer Hochzeit schenkte, zu gefallen. Als der Fiddler nach dem Eröffnungswalzer, zu dem sich Ted und Rose etwas unbeholfen im Kreis drehten, eine flotte Polka anstimmte, gehörten Rocky und Becky zu den ersten Paaren, die sich auf der Tanzfläche zeigten.

Nur Clarissa floh vor dem Trubel. Schon aus Angst, zum Tanz aufgefordert zu werden, verkroch sie sich mit einem Becher Kaffee in die Küche und blickte aus dem Fenster. Ihr war nicht nach Tanzen zumute, schon gar nicht zu einer fröhlichen Polka. Eher betrübt verlor sich ihr Blick in dem Flockenwirbel vor dem Haus. Die Hochzeit von Ted und Rose bedeutete einen weiteren Einschnitt in ihrem Leben, ihr folgte beinahe zwangsläufig der Abschied von der Yellow Rose Ranch. Leider gab es noch nicht den geringsten Hinweis auf einen Neuanfang, bot sich ihr keine Richtung, in die sie sich wenden konnte. Wo sollte sie nach Alex suchen? Was war ihr neues Ziel?

In dem dichten Schneetreiben leuchteten zwei gelbe Punkte. Sie trat noch näher an das Fenster heran und drückte sich die Nase an der vereisten Scheibe platt. Zuerst glaubte sie an eine Sinnestäuschung, dann lichtete sich der Flockenwirbel wie durch Zauberhand, und sie sah einen mageren Wolf über die Lichtung kommen. Bones war zurückgekehrt! Er blieb keine zwanzig Schritte vor ihrem Fenster stehen, als wollte er ihr etwas sagen, und rannte plötzlich davon, verharrte noch einmal und verschwand dann ganz.

Sie verstand ihren Schutzgeist auch ohne Worte. Bones will, dass ich aufbreche. Jetzt … Sofort! In diesem Augenblick! Er weiß, dass mir Gefahr droht, und will, dass ich unterwegs bin, bevor mir ein Leid geschieht. Frank Whittler hat mich aufgespürt! Er ist in der Nähe und wird mir Gewalt antun, wenn ich nicht sofort aufbreche! Was sollte Bones' Geste denn sonst bedeuten?

Ich muss hier weg!

Ohne weiter zu überlegen, stieß sie sich vom Fenster ab und kehrte in den Gastraum zurück. Rocky wollte sie zum Tanz entführen, wieder eine rasante Polka, doch sie riss sich von ihm los und machte ihm eindringlich klar: »Ich muss weg, Rocky! Ich muss hier sofort weg! Ich glaube, Frank Whittler ist in der Nähe! Du weißt, wozu der Bursche fähig ist. Ich muss sofort aufbrechen!«

»Jetzt gleich? Aber die Hochzeit? Du kannst doch nicht ...«

»Ich muss, Rocky! Ich muss!«

Sie bahnte sich einen Weg durch die Tanzenden und sah Ted und Rose am Tresen stehen. Sie erzählte ihnen das Gleiche wie Rocky. »Tut mir leid, Ted ... Rose ... Tut mir furchtbar leid, aber es geht nicht anders. Frank Whittler ...«

»Woher willst du denn wissen, dass er unterwegs ist?«

»Ich weiß es einfach, Ted!« Den Wolf erwähnte sie nicht.

Clarissa umarmte Ted und Rose zum Abschied und verabschiedete sich auch von den anderen Hochzeitsgästen, mit denen sie näher bekannt war. Sie erntete verständnislose Blicke und neugierige Fragen, die sie weder beantworten konnte noch wollte und entdeckte Tränen in den Augen des Ladenbesitzers, als sie ihn freundschaftlich umarmte. Williams Lake und seine Einwohner hatten ihr eine neue Heimat gegeben, und niemand verstand, warum sie die vertraute Umgebung und die Unterstützung, die sie dort hatte, gegen das gefährliche und unstete Leben in der Wildnis aufgab. George vermutete, dass mit Rose eine neue Herrin auf die Yellow Rose zog und sie ihr nicht im Weg stehen wollte, und sie ließ ihn in dem Glauben. Zum Teil stimmte es ja auch. Nur Ted und Rocky gehörten wirklich auf die Ranch, und wenn eine Frau dort das Regiment führte, dann die Ehefrau eines der Cowboys.

»Ich bringe dich zur Ranch«, bot sich Rocky an. Sie waren mit dem Pritschenwagen gekommen und hatten die Pferde auf der

Ranch gelassen. »Polka tanzen kann ich in zwei oder drei Stunden auch noch.« Er blickte zu Becky hinüber, die lachte und ihm zu verstehen gab, dass sie auf ihn warten würde.

Clarissa verabschiedete sich noch einmal von Ted und Rose. »Bei euch ist die Yellow Rose in den besten Händen. Ich wette, Jimmy freut sich darüber.«

»Pass auf dich auf, Clarissa! Soll ich nicht doch …«

»Feiert schön, Ted! Ich wünsche euch alles Glück dieser Welt!«

Sie erreichten die Ranch am frühen Nachmittag. Wie jedes Mal, wenn sie vor das Haupthaus fuhr oder ritt, sprang ihr Rusty aufgeregt entgegen, nur dass er diesmal noch lauter bellte und sich gar nicht mehr von ihr trennen wollte, als sie vom Kutschbock stieg und ihm den Nacken kraulte. Anscheinend ahnte er, dass sie die Ranch für immer verlassen würde. »Es geht nicht anders, Rusty«, sagte sie, »ich muss euch leider verlassen. Aber du bekommst ein neues Frauchen, und die ist bestimmt genauso freundlich zu dir wie ich.«

Während Rocky ihren Schecken sattelte, lief sie in ihr Blockhaus und vertauschte ihr Kleid und den Mantel mit dem Reitrock und der gefütterten Felljacke. Ihr Besitz war kaum angewachsen, er passte in die beiden Satteltaschen, die sie vor dem Treck von Flagler bekommen hatte. Im Ranchhaus deckte sie sich mit Vorräten für einen längeren Ritt ein. Ihr blieb nicht viel Zeit. Bones war nervös gewesen und hatte zur Eile gemahnt, so kam es ihr jedenfalls vor, und sie wollte so schnell wie möglich aufbrechen. Selbst wenn sie sich das Erscheinen des Wolfes nur eingebildet hatte … Manchmal war sie nicht mal sicher, ob es ihn überhaupt gab … selbst dann hätte sie so gehandelt. Jede Faser ihres Körpers verriet ihr, dass Gefahr nahte. Ihr blieb keine Zeit.

Sie packte das Buffalo-Bill-Magazin in die Satteltaschen, verschloss sie und verließ das Haus. Rocky wartete bereits mit dem Schecken, der freudig schnaubte, als er sie witterte. Sie schnallte die Satteltaschen auf den Rücken des Pferdes und stieg in den Sattel. »Leb wohl, Rocky«, verabschiedete sie sich von dem Cowboy, und sag auch Ted und Rose, dass ich sie vermissen werde.«

Ohne ein weiteres Wort trieb sie den Schecken an und ritt zum nahen Waldrand. Rusty rannte eine Weile neben ihr her, spürte deutlicher denn je, dass sie nicht mehr zurückkehren würde, und gab erst auf, nachdem sie den vereisten Bach überquert hatte. Sie drehte sich nicht mehr um, hielt den Blick stur geradeaus gerichtet und hielt ihr Gesicht in den böigen Flockenwirbel. Es fiel ihr schwerer, die Yellow Rose zu verlassen, als sie gedacht hatte. Sie hatte sich heimisch auf der Ranch gefühlt, hatte gern den Haushalt geführt und besonders die Arbeit mit den Rindern genossen. Schon auf dem Fischkutter ihres Vaters hatte sie gespürt, welche Herausforderung es für sie bedeutete, sich mit den Launen der Natur anzulegen, und es spielte für sie dabei keine Rolle, mit welchen Elementen sie es zu tun bekam: dem endlosen Ozean oder der zerklüfteten Bergwildnis im westlichen Kanada. Sie war kein City Girl wie die vornehmen Ladys im West End, sie brauchte die unverfälschte Natur.

Sie hatte beschlossen, denselben Trail wie vor einem halben Jahr mit den Rindern zu nehmen, auch wenn der Schnee dort höher lag und Pinto sich besonders in den Tälern schwertun würde. Die Chancen, dort Frank Whittler zu begegnen, waren wesentlich geringer. Noch kamen sie gut voran. Die lockere Art, wie sie im Sattel saß, ließ erkennen, dass sie während der letzten Monate fast jeden Tag geritten war, und der Schecke war Schnee gewöhnt, er hatte schon so manchen schweren Winter erlebt. Mit gesenktem Kopf kämpfte sie sich durch das Schneetreiben, ritt am Waldrand entlang in eine Senke, überquerte dort einen schmalen Fluss und stieg aus dem Sattel, als sie in zu tiefen Schnee gerieten und der Schecke kaum noch vorwärtskam. Mit einem Hundeschlitten und auf Schneeschuhen wäre sie besser dran gewesen. Was wohl aus Billy und Smoky und den anderen Huskys geworden war? Ob sie nach ihrem Sturz aus den Wäldern geflohen und ein neues Zuhause gefunden hatten?

Gedankenversunken stapfte sie durch den tiefen Schnee. Sie achtete nicht auf das nervöse Schnauben ihres Schecken und blickte erst auf, als sie ein leises Knurren hörte und gleich darauf das vertraute gelbe Leuchten im treibenden Schnee bemerkte. Bones war in ihrer Nähe und hielt es anscheinend für nötig, sie auf diesem Ritt zu begleiten. Selbst wenn sie ihn nicht sah, spürte sie seine Nähe, glaubte sie zu wissen, dass er nur wenige Schritte von ihr entfernt durch den Schnee streifte und sie wie eine Artgenossin beschützte.

In dem Fichtenwald, der die verschneite Senke begrenzte, schickte sie sich an, erneut in den Sattel zu steigen. Unter den breiten Baumkronen war es dunkel, wurde besonders ein verschneiter Tag wie dieser zur Nacht, und ihre Augen mussten sich erst an die neue Umgebung gewöhnen. Viel zu spät bemerkte sie die dunkle Gestalt, die zwischen den Bäumen auf sie gewartet hatte. Sie musste ihr von der Ranch gefolgt sein.

Frank Whittler!

Als er zwischen den Bäumen hervortrat, war sein Gesicht deutlich zu sehen. Seine Augen leuchteten schadenfroh und beinahe so siegessicher wie damals in Vancouver, als er sie in ihrem Zimmer überrascht hatte, nur dass er diesmal alle Trümpfe in der Hand hielt und ihr mit der arroganten Lässigkeit eines weit überlegenen Siegers entgegentreten konnte. Er trug seinen langen Pelzmantel und hielt ein Gewehr in der rechten Hand.

»Damit hast du nicht gerechnet, was?« Er genoss seine Überlegenheit in vollen Zügen. »Ich hätte dich schon vor der Ranch abpassen können, aber hier sind wir ungestörter.« Sein grimmiges Lächeln hatte etwas Reptilienhaftes. »Schön, dass ich nicht so lange warten musste.«

»Ich bin unschuldig«, erwiderte sie, »das wissen die Leute.«

Sein Lächeln wurde noch gehässiger. »Es hat niemand gesagt,

dass ich dich festnehmen würde. Dein Weg ist hier zu Ende, Schätzchen! Du hast mich lange genug an der Nase herumgeführt. Oder meinst du, ich lasse es dir durchgehen, dass du mich in aller Öffentlichkeit lächerlich gemacht hast?«

»Sie wollten mich vergewaltigen, Sie Scheusal!«, entfuhr es ihr.

»Und jede andere wäre froh gewesen, wenn ich so wild auf sie gewesen wäre!« Er glaubte anscheinend, was er sagte. In einer Mischung aus aufgestauter Wut und jammervollem Selbstmitleid fuhr er fort: »Weißt du, was du angerichtet hast, du Miststück? Deinetwegen hat mich meine Verlobte verlassen! In den Zeitungen hat man sich lustig über mich gemacht! Und wenn ich bei meinem Vater nicht zu Kreuze gekrochen wäre, hätte er mich enterbt.« Sein Selbstmitleid hielt nicht lange an, wich grenzenloser Verachtung. »Aber dafür wirst du bezahlen, Schätzchen! Deinen Fallensteller hab ich schon erwischt, der schwimmt bei den Lachsen im Fraser River, und dir wird es auch nicht besser gehen. Niemand wird mich verdächtigen, wenn deine Leiche im nächsten Frühjahr unter dem Schnee auftaucht! Man wird den Mord irgendwelchen Buschräubern oder den Indianern in die Schuhe schieben. Das Gewehr werfe ich nachher in den Fraser River.« Er hob das Gewehr, bis die Mündung auf ihre Brust zeigte. »Du hättest mich nicht vor den Kopf stoßen sollen! Andere Frauen stellen sich doch auch nicht so an. Jetzt wird dich leider der Teufel holen, und der geht noch ganz anders ran, glaub mir!«

Clarissa suchte verzweifelt nach einem Ausweg. Frank Whittler kannte keine Hemmungen, das hatte sie inzwischen erkannt, er würde sie kaltblütig erschießen. Und er hatte recht, man würde ihm nicht das Geringste nachweisen können. In ihrer Verzweiflung sagte sie: »Ich bin nicht allein, Mister Whittler. Ich habe einen Wolf dabei. Meinen Schutzgeist. Er geht Ihnen an die Gurgel, wenn Sie nicht verschwinden. Gehen Sie, solange noch Zeit ist!«

»Ein Wolf? Dein Schutzgeist?« Er lachte höhnisch. »Wo hast du denn den Blödsinn her? Seit wann tun sich Wölfe mit verrückten Weibern wie dir zusammen?« Er zielte mit dem Gewehr auf sie. »Genau zwischen die Augen!«

Noch bevor er den Finger um den Abzug krümmen konnte, ertönte ein bedrohliches Fauchen hinter ihm. Wie aus dem Nichts sprang ihn Bones an, die Reißzähne entblößt und zum Töten bereit, und stieß ihm die Waffe aus der Hand. Whittler stürzte entsetzt zu Boden, hob beide Arme vor sein Gesicht, als ihm der übel riechende Atem des Wolfes entgegenschlug, und hätte den tödlichen Biss dennoch nicht verhindern können. Speichel tropfte ihm ins Gesicht.

»Bones! Lass ihn!«, rief Clarissa gegen ihren Willen.

Der Wolf ließ von Whittler ab, blieb aber vor ihm stehen und blickte ihn drohend an, jederzeit bereit, ihm die Kehle durchzubeißen. Whittler stützte sich mit beiden Händen ab und rutschte in panischer Angst von ihm weg. »Sag der Bestie, dass sie verschwinden soll! Schick ihn weg, verdammt!«

Clarissa dachte nicht daran. »Verschwinden Sie, Mister Whittler! Und lassen Sie sich nie mehr in meiner Nähe blicken, denn Bones ist immer in meiner Nähe, und noch einmal werde ich ihn nicht zurückhalten! Gehen Sie!«

Diesmal gehorchte Whittler. Er stand vorsichtig auf, ließ den Wolf dabei nicht aus den Augen, und wich rückwärts zwischen die Bäume zurück, drehte sich plötzlich um und rannte davon, als wäre der Leibhaftige hinter ihm her. Wenig später drang Hufschlag durch den Wald. Frank Whittler gab Fersengeld.

Clarissa wusste nicht, ob sie wach war oder träumte. Erst jetzt, als Whittler verschwunden war, wurde ihr bewusst, wie nahe sie dem Tod gewesen war. Sie sank erschöpft auf die Knie. Plötzlich drehte sich alles vor ihr, und sie sackte zur Seite in den Schnee, schloss verwirrt die Augen und versuchte angestrengt, wieder einen klaren Kopf zu bekommen. Im Unterbewusstsein spürte sie, wie sich Bones neben sie legte und sie mit seinem Körper wärmte.

Als sie aufwachte, war Bones verschwunden, und stattdessen glaubte sie ein Gesicht über sich zu erkennen. Sie wehrte sich gegen die Benommenheit, die ihren Körper noch immer lähmte, und wartete geduldig, bis ihre Sicht klarer wurde. Ein Gesicht, ein vertrautes Gesicht, und ein verschmitztes Lächeln, das nur einem Mann gehören konnte.

Sie glaubte sich in einem Traum, schloss die Augen und öffnete sie wieder, doch er war immer noch da und blickte ihr mitfühlend in die Augen. Ein gütiges Schicksal hatte ihn auf denselben Trail geschickt wie sie.

»Alex!«, flüsterte sie. »Alex! Alex!«

Er zog sie vorsichtig vom Boden hoch, und sie lagen sich minutenlang stumm in den Armen. Über seine Schulter hinweg sah sie einen Hundeschlitten zwischen den Bäumen stehen. »Billy!«, erkannte sie den Leithund sofort. »Smoky! Cloud! Rick! Waco! Buffalo! Chilco!« Die Namen der Huskys gingen ihr wie selbstverständlich über die Lippen. »Alex!« Sie nahm den Kopf von seiner Schulter und blickte ihm in die Augen. »Sag mir, dass ich nicht träume, Alex! Komm bloß nicht auf die Idee und sag mir, ich würde mir das alles nur einbilden. Du bist es doch? Du bist es doch wirklich, Alex, oder?«

»Whittler wollte mich umbringen, und wenn mich dieser verrückte Oldtimer nicht aus dem Fraser gefischt und versteckt hätte, wäre es ihm auch gelungen. Ein Fallensteller, den ich von früher kannte. Ich war ziemlich am Ende, sonst hätte ich schon eher nach dir gesucht. Whittler hat aufgegeben.«

»Ich weiß. Bones musste etwas nachhelfen.«

»Bones? Erzähl mir nicht …«

»Wo waren die Huskys?«, fragte sie schnell.

»Bei der Witwe Barnes. Ich bin ihr einiges schuldig.«

»Mir auch.«

»Dir?«

»Ein ganzes Leben. Und jetzt küss mich endlich, Alex!«